mtb

Stephanie Laurens

Eine Lady riskiert alles

Roman

Aus dem Englischen von
Alexandra Kranefeld

mtb

MIRA® TASCHENBUCH

1. Auflage: November 2018

Titel der englischen Originalausgabe:
The Lady Risks All

erschienen bei: Avon Books, an imprint of HarperCollins *Publishers* LLC,
New York, U.S.A.

Umschlaggestaltung: büropecher, Köln
Umschlagabbildung: R. Goshgarian/Harlequin Books S.A.
Lektorat: Annkatrin von Roth
Satz: GGP Media GmbH, Pößneck
Printed in Germany
Dieses Buch wurde auf FSC®-zertifiziertem Papier gedruckt.
ISBN 978-3-956-49861-9

www.mira-taschenbuch.de

Werden Sie Fan von MIRA Taschenbuch auf Facebook!

Prolog

Lord Julian Roscoe Neville Delbraith, zweitgeborener Sohn des Duke of Ridgware, war ein Taugenichts. So sehr gar, dass er dem Begriff eine neue Bedeutung gab. Groß gewachsen, mit dunklem Haar und von gefährlich gutem Aussehen, pirschte er mit der animalischen Anmut eines Panthers auf Beutezug durch die besseren Kreise der Londoner Gesellschaft, getrieben von einem Hunger, den es zu stillen galt und der auch reichlich gestillt wurde. Die Gentlemen fanden ihn einen kapitalen Burschen, dessen Bekanntschaft man sich gern rühmte, wohingegen die Damen seine unfehlbare Eleganz zu schätzen wussten, sein Geschick auf dem Tanzparkett, seinen Charme und den gelegentlich aufblitzenden messerscharfen Witz. Sein Aufzug war stets von erster Güte, und seine Pferde ließen jeden Peer vor Neid erblassen. Wein, Frauen und Glücksspiel waren – wenn auch in umgekehrter Reihenfolge – sein bevorzugter Zeitvertreib, was nicht weiter verwunderlich war. Die Delbraiths brachten seit Generationen Männer hervor, denen das Spiel wie eine Sucht war. Es lag ihnen im Blut, ja, manche nannten es gar einen Fluch.

So gesehen musste man es Lucasta, Lord Julians Mutter und Schutzherrin der Delbraiths in der vorherigen Generation, hoch anrechnen, dass sie es mit starker Hand vermocht hatte, ihren Gatten Marcus, Julians Vater, im Griff zu haben und das Familienvermögen zusammenzuhalten. Wohl hätte auch Marcus liebend gern alles aufs Spiel gesetzt, aber dem hatte Lucasta einen Riegel vorgeschoben, und zwar sehr energisch. Es schien sich auszuzahlen, denn ihr erstgeborener Sohn George war denn auch der erste Delbraith seit ungezählten Generationen, der keine Anzeichen des Familienfluchs aufwies.

Manch einer mochte meinen, dass Lucastas rühmliches Bemühen um Marcus und George ihr keine Kraft mehr ließ, ein ähnliches Wunder auch bei Julian zu bewirken, andere glaubten, dass Julian einfach zu halsstarrig war und damit selbst seiner Mutter über den Kopf wuchs. In den Augen des *ton* war Julian der Inbegriff des männlichen Delbraith, sein Archetypus sozusagen. Dagegen war selbst Lucasta machtlos.

Andererseits war es auch kein Beinbruch, dass Julian mit solcher Begeisterung dem Fluch der Delbraiths frönte, war doch George der Erbe.

Und George war ganz anders als sein Bruder. Ein großer, ruhiger Mann, stark und verlässlich, wenn auch etwas fade, schien er keinerlei Laster zu haben. In Gesellschaft, wo Julian lebhaft, unterhaltsam, bisweilen auch unverschämt war, stand George schweigsam dabei, die Hände auf dem Rücken verschränkt, und dachte sich seinen Teil. Kurzum, George war ein Langweiler, aber auch das war nicht weiter schlimm, denn als Erbe war George eine sichere Bank, und darauf kam es an.

Folglich konnten *ton* und Familie sich eines stillen, erleichterten Lächelns nicht enthalten, als George nach dem Tod seines Vaters den Titel übernahm. Das Lächeln wurde breiter, als George eine ausgesprochen vorteilhafte Ehe mit Caroline einging, Tochter des Earl of Kirkcombe, eine vernünftige junge Dame, die allseits hoch angesehen und geschätzt war.

Caroline schloss sich dem Urteil ihrer Schwiegermutter an und fand George ohne Fehl und Tadel, zumindest was seine Immunität gegen den Familienfluch anging. Dass es in eher intimeren Bereichen durchaus Mängel gab, behielt sie für sich, wie es sich gehörte. Nach außen hin rühmte sie George, wo sie nur konnte, und die Gesellschaft sah es mit Wohlgefallen. Wenig verwunderlich, dass Caroline sich so gar nicht für ihren Schwager, den schönen, schamlos verkommenen Wüstling

Julian erwärmen konnte. Sie gab deutlich, wenn auch unausgesprochen, zu verstehen, dass sein Einfluss unerwünscht, da schädlich sei und sie ihn von ihrem Gatten, sich selbst und dem Kind, das sie erwartete, fernzuhalten wünsche.

Julian, der für solche feinen Schwingungen durchaus empfänglich war, beugte sich dem unausgesprochenen Wunsch seiner Schwägerin. Letztlich war sie die Frau seines Bruders, die Duchess – was kümmerte es ihn? Seine zuvor recht häufigen Besuche auf Ridgware, dem Familiensitz in Staffordshire, wo er sich zunächst nach dem Befinden seiner Mutter erkundigte, um dann mit seinen drei deutlich jüngeren Schwestern herumzutoben, wurden mit der Zeit immer seltener, bis er sich gar kaum noch blicken ließ. Die Dienerschaft, die weit mehr mitbekam, als man meinen mochte, bedauerte das sehr, aber natürlich gab niemand etwas auf ihre Meinung.

Dann brachte Caroline ihr Kind zur Welt, einen Sohn, der auf den Namen Henry George Neville Delbraith getauft wurde und rein äußerlich sämtliche Züge eines echten Delbraith zeigte. Caroline sah es verständlicherweise mit Sorge und schwor sich, ihn auf Teufel komm raus vor dem Fluch der Delbraiths zu bewahren.

Am Tag der Taufe fand Julian sich in der Kirche ein, setzte sich zu seiner Mutter und den Schwestern und kam sich vor wie die böse Fee im Märchen, als er unter Carolines vernichtendem Blick seiner Mutter das wirklich unverfängliche Taufgeschenk überreichte, damit wiederum sie es seinem Neffen übergebe, und sowie die Zeremonie beendet war, schüttelte er seinem Bruder die Hand, wünschte seiner Schwägerin und dem ängstlich gehüteten Bündel in ihrem Arm alles Gute und fuhr unverzüglich zurück nach London.

Danach besuchte Julian seine Mutter und seine Schwestern nur noch, wenn Caroline und nach Möglichkeit auch Baby Henry außer Haus weilten. Wenn George da war, schaute Julian kurz bei ihm herein, aber da sie ihrem Wesen nach so grundverschieden waren und die Verantwortung des Titels zudem schwer auf Georges Schultern lastete, fanden die Brüder nie viel zu sagen; die ein oder andere Bemerkung wurde gemacht, vielleicht eine Beobachtung, die sie miteinander teilten, ehe sie wieder – freundschaftlich, aber einander doch fremd – getrennter Wege gingen.

Derweil füllte Julian sein Leben mit Glücksspiel und den üblichen Ausschweifungen. Das Glück war ihm hold: Karten, Würfel, Pferderennen und überhaupt alles, was rannte oder anderweitig rasant war – er spielte gern auf Risiko und setzte große Summen. Was ihm an Zeit noch blieb, verbrachte er mit Tändeleien, einst mit halbseidenen Kokotten, aber nun zunehmend mit gelangweilten Ehefrauen seiner eigenen Kreise. Auch als Weinkenner wurde er geschätzt, wenngleich man ihn noch nie betrunken erlebt hatte. Was daran liegen mochte, dass Trunkenheit und Glücksspiel keine treffliche Kombination waren und Julian es mit dem Familienfluch sehr ernst nahm.

Und so zogen die Jahre ins Land.

Hätte man einen seiner Peers gefragt, wie es um die Finanzen Lord Julian Delbraiths bestellt sei, wäre wohl die einhellige Antwort gekommen, dass er nur noch einen Schritt vom Ruin entfernt war. Dass ihm das Wasser bis zum Hals stehe und er bald kläglich untergehen werde. Dem erfahrenen Beobachter war es unvorstellbar, wie man auf Dauer ein so ausschweifendes Leben führen und dem Glücksspiel frönen konnte, ohne einen Berg Schulden anzuhäufen. Spieler verloren immer, das war allgemein bekannt, wenn nicht auf kurze, so doch auf lange Sicht. Glücksspiel hatte noch jeden ins Unglück gestürzt.

Eine Auffassung, die Caroline, Duchess of Ridgware, sehr nachdrücklich teilte. Mehr noch, sie glaubte, dass ihr nichtsnutziger Schwager peu à peu das Familienvermögen verprasste, aber wann immer sie diese Sorge ihrem Gatten gegenüber zur Sprache brachte, schaute George nur grimmig drein und versicherte ihr, dass sie sich da täuschte. Wenn sie indes beharrte, da es doch das Erbe ihres Sohnes zu schützen galt, wurde George schmallippig und erklärte ihr kühl, dass Julian lediglich das bescheidene Einkommen bezog, das ihm laut dem Testament ihres Vaters vierteljährlich zustand, und darüber hinaus nichts. Dass Julian noch nie weitere Mittel erbeten hatte, auch nicht bei George persönlich. Caroline glaubte ihm zwar nicht, aber angesichts des für ihren Gatten ungewöhnlichen Temperamentsausbruchs blieb ihr nichts anderes übrig, als ihn beim Wort zu nehmen und es dabei zu belassen.

Genau genommen wussten nur zwei Menschen über Lord Julians finanzielle Situation Bescheid: zum einen sein Kammerdiener Rundle, zum anderen Jordan Draper, Sohn des langjährigen Prokuristen der Delbraiths. Auf Julians Bitte hatte Jordan seine Finanzgeschäfte übernommen, um sie vom Familienvermögen seines Bruders getrennt zu halten. Nur diese beiden wussten, dass Julian zu jenen Delbraiths gehörte, die es nur ungefähr in jeder zweiten oder dritten Generation einmal gab. Er war einer der wenigen Delbraiths, die gewannen. Natürlich gewann er nicht jede Wette, jedes Spiel, aber unterm Strich zahlte es sich immer für ihn aus. So war es schon immer gewesen, solange er denken konnte. Seit er im zarten Alter von fünf Jahren den Spaß am Wettspiel entdeckt hatte, war keine Woche vergangen, aus der er als Verlierer hervorgegangen wäre. Manchmal gewann er vielleicht nur einen Viertelpenny, aber alles in allem hatte er noch nie Geld verloren.

Es war Jordan Draper ein Rätsel, dass niemand sich je gefragt hatte, wie es sein konnte, dass eine Familie, so alt wie die Delbraiths und mit einem derart ruinösen Fluch belegt, noch immer im Besitz sämtlicher Anwesen und ihres Vermögens war. Durch Julian wusste er die Antwort. Großvater, Vater, Sohn – über drei Generationen war zumindest einer der männlichen Nachfahren mit einem glücklichen Händchen gesegnet. Dank Lucasta musste man sich auf diese Laune der Ahnenreihe natürlich nicht mehr verlassen, hatte ihr Einfluss auf Marcus und nachfolgend George dem Laster doch Einhalt geboten. Der Fluch schien gebannt zu sein. Aber wenn er sich Julians gut gefüllte Konten und erfolgreiche Investitionen ansah, war Jordan sich gar nicht mal sicher, ob der Familie damit langfristig gedient war.

Seines ausschweifenden Lebenswandels zum Trotz erfreute Julian sich eines komfortablen Wohlstands, und sein Leben plätscherte ohne größere Vorkommnisse dahin. Natürlich war ihm bewusst, was der *ton* von ihm hielt, und dieses Wissen beförderte noch seine Neigung zum Zynismus, ließ ihn oft im Stillen lächeln über die Arglosigkeit der Welt.

Bis dann eines Abends im Jahre 1811 an die Haustür seines Quartiers in der Duke Street geklopft wurde.

Es war November, das Wetter trübe und trist. Nur wenige seiner Bekannten weilten noch in der Stadt, was erklärte, weshalb Julian daheim am Kamin saß, die Füße vor sich auf einem Schemel, ein Buch in der Hand. Als es klopfte, hob er den Kopf, hörte Rundles Schritte am Salon vorbei zur Tür gehen und wartete ... fragte sich, ob nicht vielleicht ...

»Mylord!« Rundle kam ohne anzuklopfen herein, was sonst nicht seine Art war. »Es ist Higginbotham von Ridgware.«

Julian schaute an Rundle vorbei auf den Stallmeister seines Bruders, und als er der ernsten Miene und des leicht desolaten Auftritts des Mannes gewahr wurde, setzte er sich sofort auf. »Meine Mutter?«

Higginbotham stutzte, dann schüttelte er den Kopf. »Nein, Mylord – Ihr Bruder.«

»George?« Julian konnte sich beim besten Willen nicht vorstellen, warum George den armen Higginbotham bis nach London jagen sollte, um nach ihm, dem nichtsnutzigen Bruder, zu schicken. »Was will er denn?«

Higginbotham tat sich sichtlich schwer, doch dann brach auf einmal alles aus ihm heraus. »Seine Gnaden wollen gar nichts mehr. Er hat sich eine Pistole an den Kopf gesetzt und abgedrückt. Er ist tot. Wir dachten, es wäre vielleicht besser, wenn Sie kämen, Mylord.«

Julian fuhr wie der Teufel und erreichte Ridgware am folgenden Vormittag. Seinen Phaeton ließ er bei den Stallungen stehen und betrat das Haus durch die Seitentür. Es herrschte Totenstille. Seine Schritte hallten auf den Marmorfliesen wider, als er nach vorn in die Halle ging, wo er einen Moment stehen blieb. Higginbotham hatte nicht zu sagen gewusst, was George zu dieser raschen, unwiderruflichen Tat getrieben hatte. Einer Tat, die ganz und gar untypisch für ihn war.

Und die Julian sich beim besten Willen nicht erklären konnte.

Als er hinter sich in einem der Korridore ein Geräusch vernahm, drehte er sich um.

Ein älterer Mann in einem makellos sauberen schwarzen Anzug trat auf ihn zu. »Danke, dass Sie so schnell gekommen sind, Mylord.«

Julian nickte knapp. »Draper.« Es handelte sich selbstredend um Draper senior, den Prokuristen seines Bruders und Jordans Vater. Die Drapers unterhielten ein Büro in Derby, was Ridgware eindeutig näher lag als London. Julian suchte in Drapers Gesicht nach einer Antwort. »Haben Sie eine Vorstellung, warum George ... ich kann es noch immer kaum glauben ... warum er sich das Leben genommen hat?«

Draper nickte düster. Er sah blass aus, erschöpft und deutlich älter, als Julian ihn in Erinnerung hatte. »Leider ja, Mylord. Umso größer ist meine Erleichterung, dass die Bediensteten Sie, ohne lange zu zögern, geholt haben. Die Sache ist schrecklich genug, und wir werden rasch ein paar Entscheidungen treffen müssen, wollen wir die Familie vor Schlimmerem bewahren.«

»Vor Schlimmerem ...?« Julian runzelte die Stirn. »Ich verstehe nicht ganz.«

»Ich weiß.« Draper deutete den Korridor hinunter. »Wenn Sie mit ins Büro kommen würden, dann will ich versuchen, es Ihnen zu erklären.«

Julian zögerte. »Wie geht es meiner Mutter?«

»Sie ist zutiefst erschüttert, wie auch die Duchess. Der Arzt war gestern hier und hat beiden etwas zur Beruhigung gegeben. Mir wurde gesagt, dass sie wohl in ein paar Stunden wieder wach wären.«

»Und meine Schwestern? Und Henry? Mein Gott, der Junge ist jetzt der Duke!«

»Allerdings – aber keine Sorge, man kümmert sich vorbildlich um die jungen Leute. Die Bediensteten haben alles im Griff.« Draper verstummte einen Moment und rieb sich die Stirn. »Leider duldet unsere Unterredung keinen Aufschub, Mylord. Die Zeit drängt, wenn ich das so sagen darf. Sie werden es gleich verstehen.«

Draper war an sich die Ruhe in Person, vertrauenswürdig, gewissenhaft und unerschütterlich, was mit einer der Gründe war, warum Julian seinem Sohn seine eigenen Geschäfte übertragen hatte. Den Alten so aufgewühlt zu erleben warf weitere Fragen auf und war, gelinde gesagt, beunruhigend. Julian nickte bedächtig. »Gut, wenn Sie meinen«, sagte er und bedeutete ihm, vorauszugehen.

Während er Draper den Korridor hinabfolgte, fragte er: »Wann ist es passiert?«

»Gestern früh, Mylord. Meines Wissens hörten die Bediensteten den Schuss gegen elf Uhr. Sie haben die Tür zur Bibliothek aufgebrochen, aber ausrichten konnten sie natürlich nichts mehr.«

Während der langen Fahrt hatte Julian viel Zeit zum Nachdenken gehabt. »Wer weiß sonst noch von Georges Tod?«

»Im Augenblick, Mylord, beschränkt sich das Wissen auf die Hausangestellten, das Stallgesinde und die Familie. Und der Doktor und ich wissen natürlich auch Bescheid.«

»Dann bestünde die Möglichkeit, die Umstände seines Todes zu vertuschen«, überlegte Julian laut. Sein erster Gedanke hatte seinen Schwestern gegolten, seiner Mutter, dem kleinen Henry, ja, selbst seiner Schwägerin, denn eine Selbsttötung in der Familie, aus welchen Gründen sie auch erfolgt war, warf immer einen langen Schatten. Derlei blieb nie ohne gesellschaftliche Folgen.

Draper zögerte. »Möglicherweise«, meinte er dann, doch überzeugt klang er nicht.

Julian betrat hinter Draper das Büro des Anwesens.

Draper wies auf den Sessel hinter dem Schreibtisch. »Setzen Sie sich am besten. Das macht es Ihnen leichter, Einsicht in die Bücher zu nehmen.«

Leicht irritiert tat Julian wie ihm geheißen. »Wozu brauche ich denn Einsicht in die Konten?«

Draper drehte sich, nachdem er eines der Hauptbücher aus dem Regal gezogen hatte, wieder um und sah ihn ernst an. »Ich bedauere, Ihnen mitteilen zu müssen, Mylord, dass Ihr Bruder entgegen allgemeiner Auffassung nicht gegen den Fluch der Delbraiths gefeit war.«

»Heiliger Bimbam!« Julian raufte sich die Haare, als er sich mit dem Beweis und wahrem Ausmaß von Georges Spielsucht konfrontiert sah. Während der letzten halben Stunde hatte Draper ihm sämtliche Konten vorgelegt, wobei vor allem eines deutlich geworden war: George war gelungen, woran sämtliche Delbraiths vor ihm gescheitert waren. Er hatte das Anwesen zu Grunde gerichtet und den Schaden zu beheben versucht, indem er auf sämtlichen Besitz Hypotheken aufgenommen hatte, bis nirgends mehr etwas zu holen gewesen war.

Julian ließ die Hände sinken und lehnte sich zurück. »Gut«, meinte er, auch wenn gar nichts gut war. Sein Verstand lief auf Hochtouren, jonglierte mit Zahlen, Chancen und Wahrscheinlichkeiten. Jetzt war ihm klar, warum Draper ihn so dringend hatte sprechen wollen. »Rechnen Sie das mal zusammen«, fuhr er fort. »Alles. Und dann schicken Sie nach Jordan, sagen Sie ihm, er soll meine aktuelle Bilanz mitbringen.«

»Ja, Mylord.« Draper zögerte, ehe er gestand: »Ich war so frei, vorhin schon nach ihm geschickt zu haben – er müsste binnen der nächsten Stunde eintreffen.«

Julian hob den Blick. »Das war, wenn Sie mir die Bemerkung gestatten, ungewohnt anmaßend von Ihnen.« Er sagte es ohne allen Vorwurf, eher wie eine Frage.

Draper erwiderte seinen Blick, ohne mit der Wimper zu zucken. »Ich bitte um Verzeihung, Mylord, aber ich kenne Sie und Ihren Bruder, seit Sie kleine Kinder waren. Ich wusste, dass die Familie auf Ihre Hilfe zählen kann, und wie ich bereits sagte, bleibt uns …«

»… keine Zeit.« Julian verzog das Gesicht, dann nickte er knapp. »Na schön.« Er schob den Stuhl zurück. »Dann gehe ich jetzt nach oben und schaue bei meinen Schwestern vorbei. Lassen Sie mich rufen, sowie Jordan eingetroffen ist.«

Er traf Millicent, Cassandra und Edwina im oberen Salon an, den sie als ihr kleines Reich für sich hatten. Man hatte ihnen mitgeteilt, dass George gestorben war, mehr jedoch nicht. Doch da auch sie den Schuss und den nachfolgenden Aufruhr mitbekommen hatten, fiel es ihnen nicht allzu schwer, eins und eins zusammenzuzählen.

»Er hat sich umgebracht, nicht wahr?«, fragte Millicent, die mit ihren vierzehn Jahren auf dem besten Wege war, eine zweite Lucasta zu werden. Sie saß auf der breiten Fensterbank, die Knie bis ans Kinn gezogen, und redete nicht lange um den heißen Brei.

Nachdem Julian die drei zur Begrüßung länger und fester umarmt hatte als sonst, ließ er sich auf dem Kissen zu Millicents Füßen nieder und überlegte, wie viel er ihnen sagen, was ihnen ersparen sollte …

Cassie, elf Jahre, schnaubte. »Erzähl es uns einfach. Wenn du es uns nicht sagst, aus den Dienstboten kriegen wir es schon heraus.«

Und so fügte Julian sich seufzend, hatte aber ein wachsames Auge auf die zehnjährige Edwina, damit nichts, was gesagt wurde, sie überforderte.

»Aber ... *warum?*« Millicent runzelte die Stirn. »Er muss doch einen Grund gehabt haben, etwas so Grauenhaftes zu tun.«

Womit sie gleich beim heikelsten Punkt waren. »Von Draper habe ich erfahren, dass George angefangen hat zu spielen. Anscheinend ist er doch vom Fluch der Delbraiths eingeholt worden, und statt das Anwesen, Vermögen und Ansehen der Familie aufs Spiel zu setzen, hat er ... nun, dem Spuk ein Ende gemacht.«

Nicht ganz die Wahrheit, aber auch nicht ganz gelogen. Julian hoffte, sie gaben sich damit zufrieden.

Seine Schwestern sahen ihn an, alle drei mit fragend gerunzelter Stirn, dann gab Cassie wieder dieses Schnauben von sich. »Das sieht ihm ähnlich. George ist so verstockt, dass er nicht mal um Hilfe bitten kann.« Sie richtete ihre grauen Augen auf Julian. »Du lebst schon dein ganzes Leben mit dem Fluch, aber dir kann er nichts anhaben – und der Familie hast du auch nicht geschadet damit.«

Er rang sich ein müdes Lächeln ab. »Leider war George nicht wie ich.«

»Das stimmt.« Millie schwang die Beine von der Fensterbank und legte ihm kurz die Hand auf den Arm. »Du bist aus härterem Holz geschnitzt. Aber apropos Familie – was ist mit dem Makel? Wegen der Selbsttötung, meine ich.«

»Deswegen braucht ihr euch keine Sorgen zu machen. Ich las eben den Bericht des Arztes, und er rät, sich daran zu halten, dass George plötzlich und unerwartet vom Schlag getroffen wurde.«

Die drei ließen das einen Moment sacken, dann meinte Edwina ganz sachlich: »Gut. Als Nächstes bräuchten wir Trauerkleidung, um ihm in aller Form die letzte Ehre zu erweisen.«

Millie verzog das Gesicht. »Wir werden kaum darum herumkommen. Er konnte ein schrecklicher Stoffel sein, unser George, aber nachdem er sich so selbstlos für uns geopfert hat, soll er wenigstens bei seiner Beerdigung stolz auf uns sein können.«

Aus dem Augenwinkel sah Julian einen Einspänner, gelenkt von Jordan Draper, die Einfahrt hinaufpreschen.

»Wir sollten das mit Mama besprechen«, meinte Cassie. »Über Kleider zu reden muntert sie bestimmt auf. Oder lenkt sie zumindest von Georges Malheur ab.« Sie schaute Julian an. »Warst du schon bei ihr?«

»Nein, noch nicht.« Er zögerte. »Doch, das ist eine gute Idee. Lenkt sie ab, muntert sie ein wenig auf, und sagt ihr, dass ich jetzt hier bin und so bald wie möglich hinaufkomme, um mit ihr zu sprechen.« Die Mädchen sprangen auf, und auch er erhob sich. »Vorher muss ich allerdings noch einiges mit Draper klären. Aber sagt Mama, dass ich gleich danach zu ihr komme.«

Seine Schwestern nickten, umarmten ihn noch einmal, und als sie alle zusammen den Salon verließen, atmete Julian verstohlen auf. Das war längst nicht so schlimm gewesen wie befürchtet.

Die nächsten Stunden verbrachte er mit den Drapers, Vater *und* Sohn, später kam auch noch Minchinbury dazu, der Anwalt der Familie. Zu viert wurde es recht eng im Büro, aber keiner von ihnen schlug vor, das Gespräch in einem weniger geschützten Raum fortzuführen.

Minchinbury bestätigte, dass Georges Testament Julian als alleinigen Erben vorsah und ihm zudem das geteilte Vormundschaftsrecht für den dreijährigen Henry zufiel. Letzteres quittierte Julian bloß mit einem Nicken und beschloss, sich später damit zu befassen; immer schön der Reihe nach, eine Katastrophe nach der anderen.

»Wir können es drehen und wenden, wie wir wollen«, schloss Jordan nach endloser, fruchtloser Debatte, »aber selbst wenn wir alle frei verfügbaren Werte liquidieren und sämtliche Erträge des Anwesens auf die Tilgung der Schulden verwenden, übersteigen die Forderungen doch bei Weitem die Zahlungsfähigkeit des Dukes.«

Während sie die immer aberwitzigeren Zahlen durchgesehen hatten, war eine Idee in Julian gereift. Eine nicht minder aberwitzige Idee, aber auf dergleichen verstand er sich gut. Er lehnte sich zurück und sah Jordan an. »Rechne mal meine Vermögenswerte mit ein. Mach alles zu Geld, was sich zu Geld machen lässt, verwende es zur Reduzierung der Schuldenlast, und lass mir ...« Er überlegte kurz. »... zehntausend in bar. Wenn wir weiterhin mit einem ständigen Einkommen meinerseits von ...« Hier musste er etwas länger rechnen, ehe er die Summe nannte.

Draper und Minchinbury blieb vor Schreck der Mund offen stehen, aber Jordan hob nur kurz die Brauen und brachte die neuen Zahlen zu Papier, wob sie ein in das komplizierte Geflecht aus Hypotheken- und Kreditrückzahlungen.

Währenddessen tauschten Draper und Minchinbury immer wieder verstohlene Blicke, als sie zu ahnen begannen, worauf Julian hinauswollte. Es war Minchinbury, der sich, noch immer leicht entsetzt, an Julian wandte. »Mylord ... was genau haben Sie vor?«

Julian bedeutete ihm, zu warten, bis Jordan alles durchgerechnet hatte.

Als er fertig war, atmete Jordan tief durch. »Es könnte reichen«, meinte er und sah Julian an. »Knapp, aber machbar.«

Ihm brauchte Julian nicht zu erklären, was er vorhatte; Jordan arbeitete schon so lange für ihn, dass er sich denken konnte, worauf alles hinauslief, aber Julian war dennoch froh, seine Rückendeckung zu haben. Lieber auf Nummer sicher gehen. »Du hast auch die laufenden Kosten mit einberechnet? Den Unterhalt des Anwesens, die üblichen Zuwendungen an meine Mutter, die Mädchen und die Duchess? Die Mitgift der Mädchen wurde nicht angerührt?«

»Die Mitgift der Mädchen ist schon lange passé«, erwiderte Jordan. »Aber bis sie alle sechzehn sind, lässt sich das wieder ansparen – das habe ich berücksichtigt. Zudem eine jährlich steigende Summe für Henry, beginnend an seinem fünften Geburtstag.«

»Ausgezeichnet«, meinte Julian und versuchte sich zu sammeln, ehe er sich an Draper und Minchinbury wandte. »Was ich vorschlagen würde, Gentlemen, ist Folgendes.«

Er legte ihnen seinen Plan dar, bis ins letzte Detail, denn wenn er die Delbraiths vor dem Ruin bewahren wollte, wenn er den Titel, das Anwesen, die Familie retten wollte, brauchte er ihre Unterstützung. Zunächst waren sie bestürzt, als sie die ganze Tragweite seines Plans begriffen, doch letzten Endes stimmten auch sie zu, denn eine andere Wahl blieb nicht.

George hatte es sich leicht gemacht; nun war es an Julian, die Trümmer aufzulesen.

Das Gespräch mit seiner Mutter verlangte ihm erneut einiges ab – nicht zuletzt, da sie meinte, an Georges Schmach mitschuldig zu sein.

Sie war noch immer eine attraktive Frau und saß, das ergrauende Haar streng aus dem von Trauer gezeichneten Gesicht genommen, mit einem zerknäulten Taschentuch in der Hand in ihrem Privatsalon, den Sessel leicht einem der Fenster zugewandt. »Ich hätte es merken müssen!«, klagte sie sich an. »Es ist mir unbegreiflich, wie mir die Anzeichen entgehen konnten.«

Entgegen weitverbreiteter Annahme verstand Julian sich gut mit seiner Mutter; was beider Eigensinn anging, waren sie einander sehr ähnlich und schon vor langer Zeit zu einer stillschweigenden Übereinkunft gelangt: Lucasta würde ihm nicht in seine Angelegenheiten hineinreden, und er hielt sich aus den ihren heraus. Beide ließen sich zu nichts drängen, was sie nicht wollten.

Julian sah hinaus auf die sich weit erstreckenden Rasenflächen und das angrenzende Wäldchen und seufzte. »Mama, wenn nicht einmal ich etwas bemerkt habe, dann gab es auch nichts zu bemerken. Er war ziemlich gut darin, seine Schwäche zu verbergen.«

»Er hat uns getäuscht. Er hat uns *betrogen.*« Nach einem Moment fing Lucasta sich wieder und fuhr ruhiger fort: »Wie lange ging das schon so?«

Julian zögerte, war aber klug genug, sie nicht zu belügen. Er wandte sich zu ihr um. »Laut Draper, seit er nach Eton kam, wenngleich die Einsätze zu Beginn klein waren, sodass Papa oder du keinen Verdacht schöpfen würdet. Erst nachdem er sein Erbe angetreten hatte, begann er, um größere Summen zu spielen.«

Lucasta schüttelte hilflos den Kopf. »Und du hast nie auch nur den Hauch eines Gerüchts gehört?«

»Nein.« Was wiederum einiges sagte über die von George frequentierten Etablissements. Hätte er die in ihren Kreisen wohlgelittenen Spielhöllen besucht, hätte Julian davon gewusst. George musste sich in die Unterwelt geflüchtet haben, um seine Sucht zu befriedigen.

Lucasta atmete einmal tief durch und hob das Kinn. »Nun gut. Wir können nicht ändern, was geschehen ist. Am besten, wir folgen Doktor Melroses Rat und halten uns daran, dass George der Schlag getroffen hat. Wir lassen ihn beisetzen, wie es sich gehört, und dann«, sie sah Julian an, »lesen wir den Scherbenhaufen auf und schauen, was noch zu retten ist.« Sie wartete, doch als er keine Anstalten machte, von sich aus etwas zu sagen, seufzte sie nur. »Da George sich lieber den Schädel weggepustet hat, als sich den Folgen seines Tuns zu stellen, fürchte ich das Schlimmste. Aber sag – wie schlimm steht es wirklich?«

Er versuchte gar nicht erst, etwas zu beschönigen. Ohnehin ein zweckloses Unterfangen, seine Mutter war der Wahrheit nicht minder zugetan als ihrer Familie. Sie würde alles tun, um die Ihren zu schützen, und wenn sie Ausflüchte auch nur witterte, würde sie nicht eher lockerlassen, bis sie Gewissheit hatte. Und so zog er sich einen Sessel heran, setzte sich und erzählte ihr alles. Als sie dann, wenig verwunderlich, vor Schreck wie gelähmt dasaß, fuhr er geschmeidig fort: »Ich habe sowohl mit den beiden Drapers gesprochen als auch mit Minchinbury und mir etwas überlegt. Man könnte es einen Akt der Verzweiflung nennen, aber unsere Lage *ist* verzweifelt. Nach kurzer Bedenkzeit haben sie meinem Plan zugestimmt, denn es ist unser einziger Ausweg. Glaub mir, wir haben sämtliche Optionen erörtert, aber die Lage ist ernst. Nichts wird uns aus dieser Situation noch retten außer dem, was ich dir gleich vorschlagen werde.«

Sie sah ihn lange an. »Dein Plan wird mir vermutlich nicht gefallen, oder?«

»Nein, aber eine andere Möglichkeit bleibt uns nicht.« Und dann begann er darzulegen, was er vorhatte.

Seine Mutter hörte es sich schweigend an. Sowie er fertig war, begannen sie zu streiten. Damit hatte er gerechnet, aber er blieb standhaft, bis sie sich schließlich einsichtig zeigte. Nur in einer Hinsicht war sie zu keinen Zugeständnissen bereit, und das überraschte ihn dann doch.

»Einen Sohn habe ich verloren – ich will dich nicht auch noch verlieren. *Nein!*« Sie gebot ihm zu schweigen. »Ich sehe ein, dass es für den Erfolg des Planes unabdingbar ist, jeden öffentlichen Kontakt zu vermeiden, *aber* …«, sie sah ihn eindringlich an, »… ich bestehe darauf, dass du uns, mich und deine Schwestern, hier weiterhin besuchst. Sie sind meine Töchter, und ich verbürge mich dafür, dass sie ein Geheimnis ebenso wahren können, wie ich es kann. Du wirst dich *nicht* von uns lossagen, und wir würden dich auch niemals gehen lassen.« Tränen standen ihr in den Augen. »Das, mein Lieber, kannst du nicht von uns verlangen. Wenn du deinen Plan also umsetzen willst, kalkulierst du das besser mit ein. Es ist meine einzige Bedingung, aber die ist nicht verhandelbar.«

Mit einer solch heftigen Reaktion hatte er nicht gerechnet. Er musterte seine Mutter aufmerksam, doch da er um ihren unbeugsamen Willen wusste, besann er sich schließlich eines Besseren. »Gut, wenn du darauf bestehst. Aber meine Besuche auf Ridgware werden in aller Heimlichkeit stattfinden müssen.«

Sie nickte verständig. »Das sollte kein Problem sein. Die Bediensteten sind verlässlich, und du weißt, dass sie alles für dich täten.«

»Und die Mädchen …« Er zögerte. »Ich überlasse es dir, ihnen alles zu erklären. Du findest gewiss die besseren Worte, und mir bleibt keine Zeit für die unvermeidlichen Einwände und Begründungen. Jordan und ich müssen so schnell wie möglich nach London zurückkehren. Wenn wir die klaffenden Löcher, die George in die finanzielle Fassade unserer Familie gerissen hat, zumindest notdürftig flicken wollen, ist rasches Handeln angezeigt.«

Lucasta betrachtete ihn nachdenklich. »Und Caroline?«, fragte sie schließlich. »Wenn du möchtest, setze ich sie davon in Kenntnis.«

Er schüttelte den Kopf. »Nein, ich rede gleich noch mit ihr. Wir teilen uns jetzt Henrys Vormundschaft und werden einen Weg finden müssen, uns zu arrangieren – und sei es bloß um des Jungen willen.«

Julian gab sich einen Ruck und stand auf.

Lucasta erhob sich ebenfalls. Sie zog ihn an sich und gab ihm einen Kuss auf die Wange. »Dann geh jetzt, mein Lieber. Ich weiß, dass dir keine andere Wahl bleibt.«

Rasch ließ sie ihn los und wandte sich ab, aber er sah dennoch die Träne, die ihr über die Wange rann.

Das Gespräch mit seiner Schwägerin setzte einem langen, schrecklichen Tag die Krone auf.

Als er sich auf den Weg zu ihren Räumlichkeiten machte, sah er bereits Draper und Minchinbury ihren Salon verlassen. Sie schlossen die Tür hinter sich und kamen ihm auf der Galerie entgegen. Sowie er auf die beiden traf, blieben sie alle drei stehen, um sich kurz zu besprechen.

»Ich habe der Duchess soeben die von ihrem Gatten getroffenen Verfügungen erläutert«, sagte Minchinbury. »Sie wurde davon in Kenntnis gesetzt, dass die Ordnung des Nachlasses allein Ihnen obliegt und sie sich auch die Vormundschaft ihres Sohnes mit Ihnen teilen muss. Sie ist sich der Rechte und Pflichten im Klaren, die Ihnen daraus entstehen.«

Julian musste sich ein Lächeln verkneifen. »Und wie hat sie das aufgenommen?«

Minchinbury verzog das Gesicht. »Nicht allzu gut, fürchte ich, aber es musste ihr ja gesagt werden. Zumindest weiß sie nun über die Situation Bescheid.«

»Wir haben sie zudem über die finanzielle Lage unterrichtet, die der verstorbene Duke hinterlassen hat«, fuhr Draper fort. »Ich habe ihr zu erklären versucht, dass Sie – entgegen ihrer Annahme – niemals Mittel aus der Vermögensmasse bezogen haben, die Ihnen nicht zustanden, und die derzeitige Situation allein den verheerenden Ausschweifungen ihres verblichenen Gatten zu verdanken sei. Ihren Plan haben wir selbstredend nicht näher erläutert, allerdings angedeutet, dass Sie einen solchen hätten und wir in Anbetracht aller Umstände davon überzeugt seien, dass es die einzige Möglichkeit ist, die

Familie, wenn nicht gar die Herzogswürde samt aller Privilegien, vor unwiderruflichem Schaden zu bewahren.«

Julian sah zwischen den beiden hin und her. »Wenn ich Sie recht verstehe, haben Sie der Duchess mitgeteilt, dass sie meinem Vorschlag auf Teufel komm raus zustimmen muss, wenn sie sich und ihren Sohn vor dem Ruin retten will?«

Die beiden Männer zögerten einen Moment, dann nickten sie. »Das könnte man so sagen. Wir …« Minchinbury warf einen kurzen Blick auf Draper. »… sind ja schon längere Zeit in die Meinung eingeweiht, die Ihre Gnaden von Ihnen hat, Mylord, und sahen es darum als unsere Pflicht an, die Dinge für Ihre Gnaden richtigzustellen, damit Ihre Worte auf fruchtbareren Boden fallen.«

Draper nickte zustimmend. »Das war das Mindeste, was wir tun konnten, um Sie in Ihrem Vorhaben zu unterstützen.«

Julian verneigte sich. »Ich danke Ihnen, meine Herren. Ihre Hilfe weiß ich zu schätzen.«

Die beiden verbeugten sich und traten beiseite. Minchinbury meinte zum Abschied: »Sie können sich auch weiterhin jederzeit an uns wenden, Mylord. Wir sind Ihnen gern zu Diensten.«

Julian nickte kurz und setzte seinen Weg fort. Vor Carolines Tür hielt er sich gar nicht erst mit zweifelnden Gedanken auf, sondern klopfte gleich an. Sowie von drinnen ein gedämpftes »Herein« erklang, trat er ein.

Caroline stand mit dem Rücken zum Fenster und hatte die Arme um sich geschlungen. Julian deutete eine Verneigung an, schloss die Tür und ging zu seiner Schwägerin. »Mein Beileid. Ich wünschte, es wäre anders gekommen, aber es hilft ja nichts: Wir müssen miteinander reden.« In schicklicher Distanz blieb er stehen und suchte den Blick ihrer blauen Augen. »Minchinbury und Draper sagten mir bereits, dass sie dich über die Lage aufgeklärt hätten. Gibt es vielleicht etwas, das du nicht verstehst, hast du noch Fragen?« Er bemühte sich um einen ruhigen, sachlichen Ton.

Ihr Gesicht der üblichen Fassade beraubt, schaute sie ihn an; er sah die Fragen, die Gefühle, den Zorn in ihren Augen. Am Ende kam ihr nur ein einziges Wort über die Lippen: *»Warum?«*

Julian schüttelte den Kopf. »Er wusste offenbar keinen anderen Ausweg.«

»Aber ...« Sie winkte ab und sah beiseite. »Ich ...« Wieder verstummte sie, dann fasste sie sich ein Herz, mied es aber, ihn anzusehen. »Es fällt mir noch immer schwer, zu begreifen, dass ich all die Jahre *dich* für den Schuldigen hielt, wobei doch er es war.«

Julian stutzte. »Du hattest einen Verdacht?«

»Ja, aber dabei nicht ihn im Visier.« Sie lachte trocken. »Darauf wäre ich nie gekommen. Aber einige Teile meines Schmucks ... Imitate, keine echten Stücke, denn alles, was einmal echt war, ist längst dahin, durch billige Kopien ersetzt.« Sie sah Julian an. »Ich dachte, er bräuchte meinen Schmuck, um deine Schulden zu begleichen. Weil er annahm, ich würde den Unterschied nicht bemerken und es besser wäre, als Vermögen aus dem Anwesen ...« Die Stimme versagte ihr, und sie wandte sich ab. »Nein, du brauchst mir nicht zu sagen, wie dumm ich war, wie blind. Das weiß ich selbst.«

Du liebe Güte, nach solchen Dramen stand ihm nun wahrlich nicht der Sinn. »Caroline, wenn wir eine finanzielle Katastrophe abwenden wollen, müssen wir jetzt handeln. Die Zeit drängt.«

Sie bedachte ihn mit bitterem Blick. »Laut Minchinbury und Draper bleibt mir keine andere Wahl, als mich deinen Plänen zu fügen, wenn ich weiter mit Henry hier leben und seine Zukunft nicht aufs Spiel setzen will.«

Er seufzte still. Das war der Nachteil, dass die beiden sich bereits eingemischt hatten. »In dieser Hinsicht haben sie recht, aber das ist nur ein Teil der Wahrheit. Soll mein Plan gelingen, kommt es auch auf deine Kooperation an. Jeder wird seine Rolle spielen müssen, und dazu möchte ich dir mein Vorhaben kurz erläutern.«

Caroline gönnte sich einen Moment Bedenkzeit, dann sah sie ihn entschlossen an und nickte. »Gut, dann sag, was du vorhast.«

Sie setzte sich nicht und bot auch ihm keinen Platz an. So standen sie einander gegenüber, und er legte ihr seinen Plan dar. Als er zum Ende kam, sah sie ihn ungläubig an.

Schweigen senkte sich zwischen sie, ihr schien es die Sprache verschlagen zu haben.

»Und?«, fragte er schließlich. »Wirst du deinen Part übernehmen? Die Rolle spielen, die du notwendigerweise spielen musst, um das Ganze glaubwürdig zu machen?«

Sie blinzelte, klappte den Mund auf und wieder zu. »Ich … ich verstehe nicht …«

So langsam strapazierte sie seine Geduld. »Die Frage ist ganz einfach. Wirst du …«

»Nein, das meine ich nicht …« Sie hielt einen Moment inne, ehe sie fragte: »Du willst dich selbst opfern. *Warum?* Das verstehe ich nicht, und ich traue dem nicht. Wenn ich diesem Plan zustimme und dich in deinem Vorhaben unterstütze, werden mein Sohn und ich für immer in deiner Schuld stehen. Henrys Zukunft wird von dir abhängen – das können wir niemals wiedergutmachen.«

»Stimmt«, meinte er bloß.

Sie lachte, ein rauer, freudloser Ton, und wandte sich ab.

»Caroline.« Es kostete ihn große Willensanstrengung, ruhig und sachlich zu bleiben. »Willst du selbst jetzt deinem Stolz die Oberhand lassen und meine Hilfe ablehnen?«

Sie sah ihn wieder an, suchte seinen Blick.

Von fern drang ein heller, übermütiger Schrei zu ihnen, ein Laut freudiger Ausgelassenheit, nicht der Furcht. Julian trat ans Fenster und sah seine Schwestern und Henry aus dem Wald kommen. Sie hatten einen Spaziergang gemacht und kehrten nun zurück. Millie und Cassie ließen Henry zwischen sich schaukeln. Er war erst drei; dass sein Vater gestorben war, berührte ihn nicht weiter. Er lebte unbekümmert im Augenblick. Zwei Diener und die Amme folgten ihnen, sie unterhielten sich leise, während sie ein Auge auf die vier hatten.

Julian schaute zu Caroline hinüber. Er war ein ganzes Stück größer als sie; gut möglich, dass sie nicht sehen konnte, was er gerade beobachtete.

Wenngleich er versucht war, sie beim Arm zu packen und ans Fenster zu zerren, bedeutete er ihr nur höflich, näher zu treten. »Du willst wissen, warum ich ein solches Opfer bringe?« Als sie neben ihn trat, zeigte er hinaus. »Darum. Keiner der vier – oder der sieben, wenn wir genau sind – hat das Los verdient, das ihnen unweigerlich bevorstünde, wenn ich nicht tun würde, was getan werden muss. Und es gibt nur diese eine Möglichkeit.«

Er beobachtete sie, wie sie ihren Sohn betrachtete und seine Worte sacken ließ.

Nach einer Weile meinte sie, ruhiger nun, gefasster: »Es gibt wirklich keine andere Möglichkeit?«

Er zögerte. »Der Fluch der Delbraiths hat unsere Familie in diese Bredouille gebracht; da scheint es mir nur rechtens zu sein, dass der Fluch der Delbraiths uns auch wieder daraus befreit.«

»Aber zu welchem Preis?«

»Um jeden Preis. Und letztlich ist das meine Entscheidung, nicht deine.«

Sie schaute noch eine Weile hinaus in den Garten, dann trat ein entschlossener Zug in ihr Gesicht. »Gut, ich bin einverstanden. Ich werde tun, was immer es braucht, um … die Situation zu entschärfen.«

Eine weitere Etappe geschafft. Er atmete kurz auf und wappnete sich dann, um auch das nächste Hindernis zu überwinden, das eine noch größere Herausforderung darstellte. »Und da wir gerade von dem Fluch sprechen, so habe ich eine Bedingung, die nicht verhandelbar ist. Als Gegenleistung für mein Bemühen, die Familie zu retten – dich und Henry eingeschlossen –, erwarte ich von dir, dass er die Wahrheit über seinen Vater erfährt. Ihm soll nicht verborgen bleiben, was geschehen ist und warum.«

»Wie bitte?« Caroline wirbelte zu ihm herum. »Das kann nicht dein Ernst sein! Er ist doch noch ein Kind …«

»Natürlich nicht jetzt. Aber sobald er alt genug ist, es zu verstehen, Fragen zu stellen. Denn das wird er. Und ich möchte, dass seine Fragen ehrlich beantwortet werden. Ich will nicht, dass du den Fluch vor ihm zu verbergen suchst.« Er sah sie ernst an. »Denn ich nehme das alles nicht auf mich, damit du ihn in dem Glauben bestärkst, er könne gegen den Fluch gefeit sein, und er dann sein gesamtes Vermögen wegschmeißt, kaum dass er volljährig ist.« Sie wollte widersprechen, doch Julian deutete mit warnendem Finger auf sie und kam ihr zuvor. »Zudem erwarte ich als sein Vormund, ihn bei meinen Besuchen zu Gesicht zu bekommen und in aller Ruhe mit ihm sprechen zu können. Meinetwegen kannst du gern dabei sein, aber das Reden überlass mir.«

Carolines Miene war wie versteinert. »*Nein.* Nein, das werde ich nicht …«

»Caroline.« Sein schneidender Ton ließ sie verstummen; er sah sie unverwandt an, als er in schonungsloser Offenheit sagte, was gesagt werden musste. »Weder du noch Mama habt das Unheil bei George erkannt. Wenn du versuchst, Henry zu ‚schützen', wirst du denselben Fehler machen wie Mama mit George. Der Fluch ist dadurch nicht gebannt, aber Henry wird alles tun, um ihn zu verbergen. Und du wirst zwangsläufig nichts bemerken. Aber ich werde die Zeichen erkennen, denn ich weiß, wonach ich Ausschau halten muss, und ich kann dir versichern, dass ich ein sehr genaues Auge auf Henry haben werde.« Eindringlich sah er sie an. »Du musst das verstehen, Caroline. Dieser Fluch ist eine reale Bedrohung. Er ist wie eine Erbkrankheit – wenn wir es rechtzeitig erkennen, wenn Henry die Hilfe bekommt, die er braucht, lässt es sich in den Griff kriegen. Wenn wir so tun, als ob nichts wäre, wenn wir seine Versuchung leugnen, wird es ihn heimlich verzehren, so wie George.«

»Und was ist mit dir?«, fragte Caroline mit einem ungläubigen Schnauben. »Kannst du mit deiner Schwäche denn so gut umgehen, dass es dich nicht verzehrt?«

Er schwieg einen Moment und überlegte, was er erwidern sollte. »Meine *Schwäche*, liebe Caroline, ist in der derzeitigen Situation das Einzige, was dich und Henry vor dem Armenhaus bewahren kann. Daran solltest du denken, ehe du mir zum Vorwurf machst, von unserer Gabe Gebrauch zu machen. Alles hat zwei Seiten. Und wie es aussieht, bin ich der einzige noch lebende Delbraith, der eigene Erfahrungen hat mit dem Fluch. Der weiß, welchen Anfechtungen Henry sich mit den Jahren wird stellen müssen und wie damit umzugehen ist.« Er ließ seine Worte wirken, löste den Blick nicht von ihr und fuhr etwas milder fort: »Ich weiß, dass es schwer für dich ist, das als gegeben zu akzeptieren, aber nach Lage der Dinge bin ich Henrys einzige Hoffnung auf eine erfolgreiche Zukunft, sowohl in finanzieller als auch persönlicher Hinsicht.«

Erst als er diese harten Wahrheiten aussprach, wurde ihm bewusst, welche Verantwortung er auf sich nahm.

Aber es musste sein, in diesem Punkt blieb ihm keine Wahl.

Als Caroline nichts erwiderte, nur wie gelähmt dastand und noch verlorener wirkte als zuvor, wandte er sich zum Gehen. An der Tür blieb er stehen und sah sich nach ihr um. »Setz nicht deinen Sohn aufs Spiel, Caroline. Wenn dir an seinem Wohl gelegen ist, tust du, was ich sage.«

Sie trat zum Fenster und gab keine Antwort.

Auch Julian ging ohne ein weiteres Wort.

Eine halbe Stunde später, nachdem er sich von seinen Schwestern und seinem kleinen Neffen verabschiedet hatte, lenkte Julian sein Gespann die Auffahrt hinunter, dann gab er den Pferden die Peitsche und sah zu, dass er so schnell wie möglich zurück nach London kam.

In den frühen Morgenstunden überließ er den Wagen und die völlig erschöpften Tiere einem der Stallburschen und legte das kurze Stück zu seiner Wohnung zu Fuß zurück. Die Hände tief in den Manteltaschen vergraben, ging er Richtung Duke Street und erlaubte sich zum ersten Mal, über seinen Plan nachzudenken. Während der langen Fahrt hatte er sich jeden Gedanken daran verboten; zu sehr war es ihm wie das Bilanzziehen eines dem Tode Geweihten erschienen.

Bei seiner Unterkunft angekommen, stieg er Stufe um Stufe die Treppe hinauf, steckte den Schlüssel ins Schloss und öffnete die Tür.

Er trat ein und zog sie leise hinter sich zu.

Und damit war sein Leben als Julian Delbraith abgeschlossen.

1. Kapitel

Zwölf Jahre später
London, Oktober 1823

Miranda Clifford blieb im Schatten einiger Bäume stehen und beobachtete, wie ihr jüngerer Bruder Roderick über eine gepflegte Rasenfläche zielstrebig zu der prächtigen, im Mondlicht weiß schimmernden Villa marschierte.

Sie selbst war zu beiden Seiten von dichtem Gebüsch und alten Bäumen schützend umgeben, die das Haus wie im Schoß von Mutter Natur bargen. Ein leichter Wind ging, ein Lüftchen nur, ein leiser Hauch, der die feinen Strähnen, die sich aus ihrem Chignon gelöst hatten, ihren Nacken kitzeln ließen.

Reglos stand sie da, den Blick auf Roderick gerichtet, der nun ohne Zögern die drei Stufen zur Terrasse hinaufging und durch eine verglaste Tür das Haus betrat. Lautlos schloss die Türe sich hinter ihm.

»Verflixt!« Miranda starrte zu der Tür, als wollte sie ihren Bruder zur Umkehr bewegen. Es war noch schlimmer als befürchtet.

Drei Wochen war es her, seit ihr das erste Mal aufgefallen war, dass Roderick sich spätabends heimlich aus dem Haus stahl. Sie hatte sich damit zu beruhigen versucht, dass derlei nächtliches Treiben bei einem jungen Gentleman von dreiundzwanzig Jahren ganz normal und nicht der Rede wert sei. Andererseits hatte sie besagte dreiundzwanzig Jahre damit zugebracht, ihren Bruder vor Unbill zu bewahren; ihn zu beschützen war ihr in Fleisch und Blut übergegangen, das konnte man nicht einfach von heute auf morgen ablegen. Und weil es ihr so schwerfiel, hatte sie einen Pakt mit sich geschlossen: Einmal wollte sie ihm heimlich folgen, nur um sich zu vergewissern, dass er sich – wohin er auch ging, was immer er tat – nicht in Gefahr begab.

Nicht, dass sie ihm nicht vertraut hätte; sie wollte einfach nur Gewissheit. Wenn sich herausstellte, dass ihre Sorge unbegründet war, würde sie sofort wieder nach Hause gehen, und Roderick bräuchte nie davon zu erfahren.

Vor zehn Minuten war sie ihm daher die dunkle Treppe hinuntergefolgt, durch das nachtschlafende Haus an der Claverton Street, Pimlico, das sie sich mit ihrer Tante teilten. Die Standuhr auf dem Treppenabsatz hatte zwanzig Minuten vor elf gezeigt. Sie war Roderick in das Morgenzimmer gefolgt, über den Rasen und durch das Gartentor, das auf die kleine Gasse hinter dem Haus führte. Ihr nach der neuesten Mode kurz gefasstes Cape fest um sich gezogen und das Retikül an sich gedrückt, hatte sie sich im Schutz der Dunkelheit wie ein Schatten an seine Fersen geheftet. Ihre Verwunderung, dass er sich an die schmalen Durchgänge hielt, statt einfach zur Straße zu gehen, fand nach gut fünf Minuten strammen Fußmarschs eine Erklärung, als Roderick vor einem in eine hohe Mauer eingelassenen Gartentor haltmachte und ohne sich umzusehen hindurch verschwand.

Miranda zögerte kurz, dann folgte sie ihm. Zuerst war ihr nicht bewusst, in wessen Garten sie sich da schlich, doch sowie sie das Haus sah, diesen stattlichen Bau mit all seiner Pracht, wusste sie Bescheid. »Was, zum Teufel, hat er bei Neville Roscoe verloren?« Die Frage enthielt bereits die Antwort. Neville Roscoe war ihr wohl berühmtester, auf jeden Fall aber berüchtigtster Nachbar. Er war Londons unangefochtener Glücksspielkönig und nannte zahlreiche Spielhallen und Clubs sein Eigen, in denen eine durch die Bank gut betuchte, aristokratische Klientel verkehrte. Glücksspiel war das bevorzugte Laster der besseren Gesellschaft, und Roscoe schien ein Meister darin zu sein, den von Gier Getriebenen zu geben, wonach sie verlangten.

Es hieß, er sei dadurch zu einem beachtlichen Vermögen gekommen und verfüge über nicht minder beachtlichen Einfluss in allen Sphären der Gesellschaft. Als leicht anrüchig galt er, aber nicht als kriminell. Ihm war das nebulöse Reich zwischen *ton* und Unterwelt vorbehalten; den einen Tag verkehrte er mit dem Hochadel, den nächsten mit den Paten der Demimonde und schaffte es doch, sich von keiner dieser Welten vereinnahmen zu lassen.

Im Grunde war Roscoe ein Rätsel und lebte nach seinem eigenen Gesetz.

Er hatte bereits hier gewohnt, in der weißen Villa an der Chichester Street mit Blick über den baumbestandenen Dolphin Square bis hinab zur Themse, als Roderick vor einem Jahr das gleich um die Ecke gelegene Haus an der Claverton Street kaufte. Binnen Tagen nach ihrem Einzug hatte Miranda quasi alles über den berühmt-berüchtigten Nachbarn gewusst.

Mit eigenen Augen gesehen hatte sie ihn indes noch nie, und sie war auch nicht sonderlich erpicht darauf.

»Elender Schuft.« Sie war sich nicht sicher, ob sie Roderick oder Roscoe meinte; dass ihr Bruder sich im Spiel versuchte, war zwar nicht verwunderlich, aber … Ihre Lippen wurden schmal. »Sich mit Roscoe einzulassen, kann er sich nicht leisten.«

Was nicht hieß, dass er sich derlei nicht leisten *konnte*. Ihr Bruder war ein vermögender junger Mann, der auch auf Roscoes Niveau finanziell mitzuhalten vermochte. Aber sein Reichtum verdankte sich dem Handel, es war kein altes Geld, das über Generationen weitergereicht worden war. Und das, so war es ihr und ihrem Bruder zeitlebens eingebläut worden, hieß, dass sie beide, weit mehr als jene, die von Stand geboren waren, über jeden Zweifel erhaben sein mussten und tadellose Respektabilität zu wahren hatten.

Roderick in Roscoes Haus verschwinden zu sehen hatte sofort den Geist ihrer älteren Schwester Rosalind heraufbeschworen. Sie drei waren als Kinder zu Waisen geworden, und Rosalind war mit Roderick und Miranda bei ihren beiden unverheirateten Tanten aufgewachsen. Rosalind waren dieselben Lektionen, dieselbe unnachgiebige Strenge zuteilgeworden, aber mit sechzehn Jahren hatte sie schließlich begonnen aufzubegehren. Sie war mit fahrendem Volk davongelaufen und zwei Jahre später ausgezehrt und am Ende ihrer Kräfte zurückgekehrt.

Rosalinds Tod war ebenso tragisch wie der ihrer Mutter, die einst mit ihrem Vater durchgebrannt war, einem Fabrikantensohn. Und beides sollte ihnen ständige Ermahnung sein: Wann immer jemand aus ihrer Familie den schmalen Pfad der Tugend und Respektabilität verließ, waren Ruin und ein früher Tod die Folgen. Miranda wollte weder, dass Roderick jung sein Leben ließ, noch wollte sie, dass seine Zukunft eine anderweitig tragische Wendung nahm. Stillschweigend nach Hause zu gehen und ihn seinem Schicksal zu überlassen, das kam somit nicht infrage.

Im Schutz der Dunkelheit pirschte sie sich über den Rasen zum Haus und besagter Tür. Im Geiste malte sie sich aus, welche Ausschweifungen sie dahinter finden würde – ihre Fantasie reichte von hochriskantem, ruinösem Spiel bis zu … Orgien? Ihre Vorstellung einer Orgie war recht begrenzt, aber nach allem, was sie gehört hatte, durchaus wahrscheinlich. Frauen gehörten bei Roscoes Veranstaltungen ganz selbstverständlich dazu; seine Clubs waren bekannt für das zahlreich vertretene weibliche Personal.

Wenn ich Glück habe, kann ich mich unbemerkt daruntermischen – zumindest bis ich Roderick gefunden habe. Sie wirkte erfahren genug, das war einer der Vorteile, die erste Blüte hinter sich zu haben. Auf der Terrasse angekommen, sah sie an ihrem violettblauen Promenadenkleid hinab, das sie unter dem Cape trug. Abendgarderobe war es nicht gerade, aber elegant genug, sie als Angehörige der Oberschicht auszuweisen. Jetzt, da sie schon mal hier war, würde sie keinen Rückzieher machen. Sie wollte ja bloß bleiben, bis sie Roderick gesichtet hatte und er sie; das sollte genügen, um ihn zur Besinnung zu bringen. Und dann würde er sie nach Hause begleiten – so wie es sich gehörte.

Mit zwei Schritten war sie bei der Tür, öffnete sie und trat ein. Vor ihr erstreckte sich ein dunkler Korridor. Erst als sie die Türe leise hinter sich schloss, fiel ihr auf, wie seltsam still es war. Auch dass das Haus quasi im Dunkeln lag, war merkwürdig. Vom Garten aus hatte sie die gesamte Rückfassade überblicken können, doch in keinem der Fenster hatte ein Licht gebrannt, nichts deutete auf eine Feier hin, nicht einmal auf eine der gediegenen Art. Sämtliche ihrer Sinne hellwach, blieb sie an der Tür stehen und versuchte sich erst einmal zu orientieren.

Da das Grundstück zur Chichester Street hin abfiel, befand sich der rückwärtige Garten in erhöhter Lage und sie sich somit im ersten Stock und nicht im Erdgeschoss, das nach vorn zur Straße hinausging. Vermutlich wurde die Geselligkeit in einem der Empfangsräume eine Etage tiefer abgehalten. Sie spitzte die Ohren und lauschte, konnte aber nicht einmal gedämpfte Geräusche vernehmen.

Leicht irritiert begann sie, den langen Korridor hinabzugehen. Wenn Roderick durch diese Tür ins Haus gelangt war, musste auch er diesen Weg genommen haben, denn einen anderen gab es nicht, sah man von vereinzelten Räumen ab, die links und rechts des Flurs abgingen und hinter deren verschlossenen Türen es gleichfalls dunkel und still war. Mit jedem Schritt wurde Miranda ihrer Umgebung mehr gewahr. Es herrschte eine erstaunlich gediegene Atmosphäre, alles schien solide und geschmackvoll zu sein. Alt war das Haus indes nicht; es hieß, Roscoe habe es nach seinen Vorstellungen erbauen lassen. Vielleicht erklärte das die hochwertige Ausstattung, die sie im Halbdunkel mehr erahnte denn sah. Jede Linie, jede Form zeugten von zurückhaltender Eleganz, ergänzt nur von einem Hauch Luxus in Draperie und Dekor. Ihr blieb keine Zeit, stehen zu bleiben und sich umzusehen, aber die gerahmten Gemälde an den Wänden bemerkte sie dennoch. Es schienen Originale zu sein – und von recht namhaften Künstlern noch dazu.

Sie fragte sich, ob die solide Bauweise des Hauses die seltsame Stille erklärte. Vielleicht schluckten auch Teppiche und Draperien jeden Laut. Der über den Flur gespannte Läufer war zumindest so dick, dass sie schier bis zum Knöchel darin versank und ihre eigenen Schritte nicht mehr hörte.

Im vorderen Teil des Hauses angelangt, öffnete der Korridor sich auf eine halbrunde Galerie, in deren Mitte sich die Haupttreppe befand. Miranda blieb stehen und sah sich um. Drei weitere Gänge führten auf die Galerie, aber noch immer war kein Mucks zu hören. Auch brannte nirgends Licht; der Raum wurde von fahlem Mondschein erhellt, der durch die hohe Glaskuppel des Treppenhauses fiel und ein großes Fenster direkt gegenüber, das einen Blick auf die Baumwipfel des Dolphin Square bot und dahinter den silbern schimmernden Fluss.

Gegenüber, unter besagtem Fenster, wand sich die Treppe in einem weiten, eleganten Schwung nach unten.

Sie fasste sich ein Herz und beschloss, nach unten zu gehen, und dort, am Kopf der Treppe, hörte sie auch endlich gedämpfte Stimmen, dem Vernehmen nach ausschließlich Männer. Sie mussten irgendwo im Erdgeschoss sein, aber noch ein ganzes Stück entfernt, irgendwo in den Tiefen des Hauses.

Hufschlag auf dem Straßenpflaster ließ sie sich zum Fenster umdrehen. Sie schaute hinaus und sah einen elegant gekleideten Gentleman aus einer Droschke steigen. Nachdem er den Fahrer bezahlt hatte, ging er hinauf zum Haus.

Sie kannte den Mann nicht, aber sein Aufzug, sein ganzes Auftreten ließen vermuten, dass er den besseren Kreisen der Gesellschaft angehörte.

Ein Klingeln hallte im Haus wider, auf das fast unverzüglich die gemessenen Schritte des Butlers im Vestibül zu hören waren. Miranda überlegte, ob sie an die Treppe treten sollte, von wo aus sie gut nach unten hätte schauen können, aber die Gefahr, entdeckt zu werden, war zu groß. Also blieb sie, wo sie war, und lauschte.

»Guten Abend, Mylord.«

»Guten Abend, Rundle.« Der Besucher trat ein, die Tür wurde geschlossen. »Ich bin spät dran, fürchte ich. Sind die anderen schon da?«

»Ja, Mylord, aber der Herr lässt auch noch auf sich warten.«

»Ausgezeichnet.« Unten schien der Gast Mantel, Hut und Handschuhe sowie seinen Stock abzulegen. »Dann dürfte ich ja nichts verpasst haben.«

»Vermutlich nicht, Mylord.«

»Findet die Sitzung wie immer in der Bibliothek statt?«

»Jawohl, Mylord.«

»Machen Sie sich keine Umstände, Rundle – ich kenne den Weg.«

»Danke, Mylord.«

Zwei Paar Schritte verließen die Halle in unterschiedlicher Richtung. Im Nu war Miranda zur Treppe geeilt – aber sie kam zu spät, um zu sehen, welcher der Männer wohin gegangen war. Allerdings schwang eine Tür am Ende der Halle noch nach, durch die vermutlich der Butler in den hinteren Teil des Hauses verschwunden war. Was wiederum hieß, dass es die Schritte des Besuchers waren, die in dem Gang linker Hand verklangen, wo sich dann die Bibliothek befinden dürfte, in der besagte »Sitzung« stattfand.

Nachdem sie einmal tief Luft geholte hatte, streckte sie die Hand nach dem Geländer aus und …

Ein kalter Schauer lief ihr über den Rücken, eine Ahnung, dass etwas nicht stimmte.

Sie verharrte reglos … wartete, lauschte. Zwar hatte sie niemanden kommen hören, aber sie hatte ja selbst erlebt, wie lautlos man sich hier bewegen konnte, selbst wenn man es *nicht* darauf anlegte. Ihre Sinne, zuvor ganz auf die Vorgänge in der Halle gerichtet, warnten sie mit einem Mal, dass jemand hinter ihr stand – und zwar ganz nah.

Der Atem stockte ihr, das Herz schlug ihr bis zum Hals, als sie sich *ganz* langsam umdrehte … und ihr Blick auf eine tadellos gebundene Krawatte aus cremefarbener Seide fiel.

Roscoe sah, wie ihre Augen sich weiteten, als sie den Blick hob, um ihm ins Gesicht zu schauen. Sie hatte schöne Augen, aber er versagte sich ein Lächeln. »Kann ich Ihnen helfen, Miss …?«

Sie antwortete nicht sofort, aber er machte nicht den Fehler, zu glauben, dass sie vor Schreck wie gelähmt sei; im Gegenteil, in ihren Augen blitzte recht lebhaftes Kalkül auf, während sie überlegte, was sie erwidern solle. Von zarter, anmutiger Gestalt mochte sie sein, aber er hatte reichlich Übung darin, Menschen auf den ersten Blick einzuschätzen. Ein Blick in ihr Gesicht reichte ihm. Eine stille Kraft und Entschlossenheit sah er darin, die sich deckten mit der aufrechten Haltung und dem geschmeidigen Gang, die ihm schon aufgefallen waren, als er sie über die Galerie hatte gehen sehen. Keine Frage, mit welcher Art junger Dame er es zu tun hatte.

Resolut und bestimmt war sie und, wenn ihr etwas am Herzen lag, auch unerbittlich.

Folglich überraschte es ihn auch nicht, dass sie nach dem ersten Schreck nicht mal mit der Wimper zuckte, sich zu ganzer, durchaus überdurchschnittlicher Größe aufrichtete und recht hochmütig meinte: »Ich bin Miss Clifford.«

Diese Mitteilung erwischte ihn dann doch kalt, auch wenn er sich natürlich nichts anmerken ließ.

Ihr Blick wanderte abwärts und fiel auf das Kontenbuch, das er in der Hand hielt. Sie zog die fein geschwungenen Brauen zusammen. »Und mit wem habe ich das Vergnügen?«

Ihr Ton machte keinen Hehl daraus, dass sie ihn für eine Art Sekretär oder Verwalter zu halten schien. Entgegen seiner Absicht zuckte nun doch ein belustigtes Lächeln um seine Lippen. »Ich bin der Besitzer dieses Etablissements.«

Anscheinend jagte ihr das einen größeren Schreck ein, als ihn plötzlich hinter sich stehen zu sehen. Sie starrte ihn an, wie vor den Kopf geschlagen, und rang merklich nach Worten. »*Sie* sind Roscoe?«

Er konnte sich denken, was sie über ihn gehört hatte; ein Grund mehr, sie noch etwas weiter in Verwirrung zu stürzen. Er verneigte sich vor ihr mit all der Eleganz, die ihm einst selbstverständlich gewesen war. »Dann willkommen in meinem bescheidenen Quartier, Miss Clifford, auch wenn ich mich frage, was Sie herführt.«

»Bescheidenes Quartier?« Sie hatte eine tiefe, samtene Altstimme, die sehr gut zu seinem ersten Eindruck von ihr passte. Ihr Blick schoss hinüber zu den drei Gemälden, die entlang der Galerie hingen – zwei Gainsboroughs und ein Reynolds –, dann auf die Tapisserie hinter ihm. »Für einen Glücksspielkönig haben Sie einen recht erlesenen Geschmack, Sir.«

Schön, dass es ihr aufgefallen war, aber so leicht ließ er sich nicht ablenken. »Allerdings. Meine Frage beantwortet das nicht.«

Miranda war derweil mit einer ganz anderen Frage befasst: Wie sollte sie hier ohne auch nur den Ruch eines Skandals wieder herauskommen? Ein Problem, das ihrer ganzen Verstandeskraft bedurfte, und was davon noch übrig war, war gründlich durcheinander. Sie hatte nicht die geringste Vorstellung von Roscoe gehabt, aber *so* hätte sie ihn sich nicht mal in ihren kühnsten Träumen vorgestellt.

Er war groß – deutlich größer als sie, und sie war nicht

klein –, aber Brust, Schultern und seine langen, muskulösen Glieder fanden sich in so perfekter Proportion, dass der Gesamteindruck anmutiger Eleganz einem glatt den Atem rauben konnte. Auch seine Garderobe war nicht das, was man von einem Glücksspielkönig erwartet hätte – in dem tadellos geschnittenen dunklen Rock über einer in gedecktem Blau, Grau und Schwarz gestreiften Weste mit schlichten schwarzen Knöpfen, cremeweißem Hemd, besagter Krawatte, exquisit gebunden, und schwarzen Breeches hätte er in den allerbesten Kreisen reüssiert und immer noch eine bessere Figur abgegeben als die meisten anderen Gentlemen.

Jede seiner Gesten, seiner Bewegungen, der Klang seiner Stimme … sie hätte nicht zu sagen gewusst, was für ein Mann er letztlich war, aber ein Blick in sein markantes Gesicht, seine dunklen Augen, die sie so ruhig und unverwandt ansahen, sein scharf geschnittenes Kinn und die Patriziernase, das alles gab ihr die Gewissheit, dass Vorsicht geboten war. Mehr noch, er erschien ihr gleich in vielfacher Hinsicht gefährlich, ohne dass sie hätte sagen können, woran sie bei ihm war.

Kurzum: Der Mann war ihr ein Rätsel.

Mit Männern wie ihm hatte sie keine Erfahrung, aber nachdem sie nun in dieser Klemme steckte, konnte er ihr vielleicht auch wieder heraushelfen. Sie reckte das Kinn noch ein wenig höher und hielt sich an ihren Hochmut. »Ich bin hier, um meinen Bruder zu retten.«

Langsam zog er eine seiner dunklen Brauen nach oben. »Retten?«

Eine unausgesprochene Warnung schwang darin mit; sie ignorierte es. »Genau. Sie können der besseren Gesellschaft gar nicht so fern sein, als dass Sie nicht wüssten, wie ruinös es für meinen Bruder wäre, würde bekannt, dass er mit jemandem Ihrer … *Neigungen* verkehrt.«

Seine Miene blieb unergründlich. Er ließ einen Augenblick verstreichen, dann sagte er nur: »Meine … *Neigungen?*«

Nein, sie würde sich nicht einschüchtern lassen. »Ihre Geschäfte. Ihr zwielichtiges Tun.« Sie warf einen vielsagenden Blick in die Halle. »Ich weiß zwar nicht genau, welchem Vergnügen Sie und Ihre Gäste sich an diesem Abend hingeben, aber wenn Sie so nett wären, Mr. Clifford auszurichten, dass ich hier bin und er mich nach Haus begleiten möge, dann werden weder er noch ich Sie künftig behelligen.«

Statt ihrer Bitte auch nur ansatzweise nachzugeben, sah er sie weiter an, die dunklen Augen – sie konnte nicht erkennen, welche Farbe sie hatten, ging aber nicht davon aus, dass sie schwarz waren – prüfend auf ihr Gesicht, ihre Augen gerichtet. Seine Miene gab nichts preis, war völlig unergründlich.

»Sagen Sie mir doch bitte eins, Miss Clifford«, meinte er schließlich, und seine tiefe Stimme ging ihr durch Mark und Bein, »was glauben Sie, welche Unterhaltung ich meinen … *Bekannten* in der Privatsphäre meines Zuhauses biete?«

Ja, ja, sie hätte nicht unbefugt in sein Haus eindringen dürfen, aber sie würde einen Teufel tun und sich von einem Glücksspielkönig über Recht und Unrecht belehren lassen. »Das weiß ich nicht, und es interessiert mich auch nicht, aber zweierlei kam mir in den Sinn, als ich Roderick dieses Haus betreten sah: entweder eine private Glücksspielrunde oder aber eine Orgie. Ganz gleich, worum es sich handelt, ich glaube nicht, dass es im Interesse meines Bruders ist, daran teilzuhaben. Wie ich überhaupt glaube, dass der Umgang mit Ihnen nicht zu seinem Vorteil sein wird.«

Seine schweren Lider senkten sich kurz, ehe er sie wieder ansah. »Wollen Sie mich beschuldigen, Ihren Bruder zu verderben, Miss Clifford?«

Sie zuckte nicht einmal mit der Wimper ob seines leise drohenden Tons. »Tun Sie das denn?«

»Nein.« Aber sie war keineswegs die erste Dame, die ihn dessen bezichtigte; und vielleicht war es dieses Echo aus längst vergangenen Zeiten, das Roscoe veranlasste, sie eines Besseren zu belehren. Er wollte ihr beweisen, dass sie unrecht hatte, ihr zeigen, dass sie sich in ihm täuschte. Und er wollte noch heute eine Entschuldigung von ihr hören.

Normalerweise war er nicht so empfindlich, es war ihm gleich, was die Leute von ihm dachten. Im Grunde begriff er selbst nicht, was ihn ritt, warum sie, diese Dame, der er nie zuvor begegnet war, ihn an so heikler Stelle treffen konnte. An einer Stelle, die noch immer schmerzte, trotz allem …

»Ich würde vorschlagen, Miss Clifford, dass Sie mit mir kommen.« Er trat zurück und bedeutete ihr, ihm in den Korridor am Ende der Galerie zu folgen.

Argwöhnisch starrte sie ihn an. »Warum? Ich kann genauso gut hier warten, während Sie Roderick holen.«

»Glauben Sie wirklich, ich würde Ihren Bruder derart blamieren?« Er setzte sich in Bewegung und ließ sie einfach stehen.

Eins, zwei, drei Schritte wartete sie ab … dann schnaubte sie gereizt und setzte sich in Bewegung. »Wohin gehen wir?«

»An einen Ort, von dem aus Sie unser Treiben genau verfolgen können, ohne dass einer meiner Gäste auch nur etwas davon bemerkt.«

»Nein!« Sie blieb stehen.

Als er einfach weiterging, musste sie sich beeilen, um ihn einzuholen. Mit hochmütiger Miene und etwas außer Atem fügte sie hinzu: »Ich … ich brauche mir das nicht anzuschauen – wirklich nicht.«

»Oh doch.« Er verzog keine Miene, doch innerlich grinste er. Sie würde sich noch wundern!

Vor einer schmalen, in das Holzpaneel eingelassenen Tür blieb er stehen und wandte sich nach ihr um. »Sie müssen eine wirklich blühende Fantasie haben, wenn Sie glauben, ich würde in meiner Bibliothek Orgien abhalten.«

Sie stutzte. »Ach ja?«

»Ja. Vertrauen Sie mir, in meiner Bibliothek finden keine

Orgien statt. Das Schlimmste, worauf Sie sich gefasst machen müssten, wären acht Männer beim Glücksspiel, aber heute kann ich nicht einmal damit dienen.« Er suchte ihren Blick, sah sie herausfordernd an. »Sie sind Ihrem Bruder gefolgt, weil Sie wissen wollten, was ihn herführt – die Antwort findet sich hinter dieser Tür. Werden Sie jetzt kneifen und das Weite suchen, oder haben Sie den Mut, sich der Wahrheit zu stellen?«

Wenn er ehrlich war, amüsierte er sich königlich, und aller Anstrengung zum Trotz schien er es nicht völlig verbergen zu können. Mit schmalen Augen sah sie ihn an, schürzte die Lippen, schließlich nickte sie. »Na schön. Ich bin bereit.«

Er öffnete die Tür und winkte sie herein.

Hoch erhobenen Hauptes trat sie über die Schwelle. Erneut gelangten sie auf eine Galerie, die einmal ganz um die sich über zwei Geschosse erstreckende Bibliothek lief.

Sie hielt sich dicht im Schatten der von Büchern gesäumten Wände und blickte hinab auf die sieben Gentlemen, die in der Mitte des Raums um einen Tisch saßen. Geschäftsbücher und Notizen lagen bereit, und alle schienen darauf zu warten, dass der Herr des Hauses sich einfand und die Sitzung eröffnete. Derweil vertrieben sie sich die Zeit mit dem für ihresgleichen üblichen Geplänkel und höflicher Plauderei.

Die Galerie war mit einem dicken Teppich ausgelegt, der es ihm und Miss Clifford erlaubte, sich lautlos und unbemerkt zu bewegen. Er stellte einen Sessel dicht ans Geländer und bedeutete ihr, sich zu setzen.

Sie zögerte, huschte dann doch nach vorn und nahm Platz. Er wartete, bis sie sich Rock und Cape gerichtet hatte, dann beugte er sich über sie und flüsterte ihr ins Ohr: »Solange Sie nicht aufstehen, kann man Sie von unten nicht sehen. Und wenn Sie ganz leise sind, wird man Sie nicht hören. Aber Sie können von hier oben alles beobachten und jedes einzelne Wort verstehen, das unten am Tisch gesprochen wird.«

Miranda unterdrückte die heftigen und äußerst beunruhigenden Empfindungen, die es ihr bescherte, seine Stimme so nah zu hören, seinen Atem zu spüren, der sich in den feinen Härchen an ihrem Nacken verfing. Stattdessen spitzte sie die Ohren und versuchte, sich auf das Gespräch bei Tisch zu konzentrieren, und musste feststellen, dass er recht hatte. Die Galerie war akustisch perfekt gelegen, ein richtiger Lauschposten; sie konnte ohne Mühe verstehen, was gesagt wurde, obwohl die Männer recht leise sprachen.

Roscoe stand noch immer über sie gebeugt, und sie war sich seiner Nähe bewusst; die Kraft und die Wärme, die von ihm ausgingen, ein feiner, angenehmer Geruch – alles bestürmte ihre Sinne, wenn er ihr so nah war. Sie schluckte und musste sich anstrengen, ein Nicken zuwege zu bringen.

Zufrieden richtete er sich auf und wandte sich zum Gehen, kam dann noch einmal zurück und beugte sich erneut über sie, flüsterte ihr wieder so betörend ins Ohr. »Wir nennen uns übrigens die Philanthropische Gilde.«

Und noch ehe sie seine Worte ganz begriffen hatte, war er auch schon zur Tür hinaus.

Roscoe setzte sich zu den anderen Gildenmitgliedern, entschuldigte sich, dass er sie hatte warten lassen, dann eröffnete er die Sitzung und versuchte sich aufs Geschäftliche zu konzentrieren.

Die Organisation der Philanthropischen Gilde war im Grunde ganz einfach. Sie führten gemeinnützige Projekte durch, die jeweils von einem der Mitglieder geleitet wurden. Bei jedem Treffen wurde über die gemachten Fortschritte berichtet und nach Lösungen für etwaige Probleme gesucht. Normalerweise fanden sie sich einmal im Monat zusammen, aber da sie in letzter Zeit einige neue Vorhaben angegangen waren – zwei Projekte waren abgeschlossen und durch neue ersetzt worden, Roderick war erst kürzlich zu ihnen gestoßen und bedurfte noch einer gewissen Anleitung –, hatten sie die Frequenz ihrer Sitzungen vorübergehend erhöht.

Die Projekte wurden durch einen Fonds finanziert, der von einem peniblen Pfennigfuchser von Anwalt verwaltet wurde. Jeder steuerte so viel bei, wie er konnte oder wollte, doch ein geforderter Mindesteinsatz von fünftausend Pfund im Jahr sorgte dafür, dass der Kreis der Mitglieder exklusiv und überschaubar blieb.

Ro Gerrard, Viscount Gerrard, war das erste reguläre Mitglied gewesen. Ro hätte auch einen hervorragenden Spieler abgegeben, doch hatte es ihm nie im Blut gelegen. Sein wendiger Verstand und das Händchen für Zahlen und Erfolgschancen erwiesen sich bei mehr dem Allgemeinwohl dienenden Unternehmungen jedoch als ebenso nützlich. Als er den Markt nach geeigneten wohltätigen Zwecken sondiert hatte, war er auf Roscoe gestoßen. Nach der ersten Überraschung hatte Ro getan, was er immer tat: Er hatte Fragen gestellt, Vorschläge gemacht und schließlich so lange gedrängt, bis auch Roscoe einsah, dass es nur vernünftig wäre, wenn sie sich zusammentaten, um mit vereinten Kräften das Gute zu fördern.

Aus diesem bescheidenen Anfang war schließlich die Gilde erwachsen.

»Unsere jungen Damen scheinen gut auf Mrs. Canterburys Unterrichtsmethoden anzusprechen«, erstattete Sebastian Trantor Bericht, auch er noch ein Neuling, der sich ihnen nach seiner Heirat mit Ros Schwägerin angeschlossen hatte. Er betreute eine von der Philanthropischen Gilde finanzierte Schule in Lincoln, die Waisenmädchen die Möglichkeit bot, sich zu Schreibkräften ausbilden zu lassen.

Danach berichtete Roderick über sein Projekt, eine kleine Gemeindeschule in Battersea, keine allzu komplexe Aufgabe, die gut geeignet war, erste Erfahrungen zu sammeln. »Ich bin nicht ganz glücklich mit einigen der Lieferanten, von denen die Schule auch weiterhin Materialien beziehen möchte. Meiner Ansicht nach sollten wir an unserem Prinzip festhalten, Vetternwirtschaft zu vermeiden und Lieferanten, die in verwandtschaftlicher Beziehung zu den Schulleitern stehen, nur dann zu nutzen, wenn es keine Alternativen gibt.«

»Hört, hört«, meinte Max Gillard. »Sehr weise gesprochen. Das war eine unserer ersten Regeln, die uns seitdem nicht nur viel Ärger, sondern auch einiges an Kosten erspart hat.«

Roderick nickte. »Ich werde noch einmal mit Amtmann Hendricks sprechen.«

»An deiner Stelle«, mischte sich Roscoe ein, »würde ich mich ganz im Vertrauen an Father … O'Leary, oder? … wenden. Er sitzt im Schulausschuss, und auch wenn ihm ein solches Ausschlusskriterium vermutlich *nicht nötig* erscheint …« Roscoe lächelte zynisch in die Runde. »… sollte ein kleiner Hinweis, dass die Gilde nur Projekte finanziert, die sich an diese Regeln halten, genügen, damit er den Ausschuss von unserem Anliegen überzeugt. Wozu sich damit aufhalten, dir den Mund fusselig zu reden, wenn er das für dich übernehmen kann.«

»Das sehe ich genauso«, pflichtete Hugh Bentley ihm bei und wandte sich an Roderick. »Letztlich wollen wir nicht nur, dass sie sich an unsere Vorgaben halten, sondern ihnen auch das Gefühl vermitteln, sie wären selbst auf die Idee gekommen.«

Roderick grinste und machte sich Notizen.

So ging es reihum weiter, bis auch Roscoe den Fortschritt seines laufenden Projekts schilderte – eine Schule, die Jungen aus den Elendsquartieren am Hafen immerhin so viel beizubringen versuchte, dass sie sich später auf den Werften ausbilden lassen konnten. Dazu kooperierte die Gilde bereits mit den Werftbesitzern, die ein Mitspracherecht beim Lehrplan hatten und später auch über die Anstellung in Lohn und Brot entschieden.

Als zuletzt auch noch Hugh – Lord Hugh Bentley, der

zweitgeborene, doch deutlich begabtere Sohn des Duke of Raythorne – das Wort ergriff und Rapport erstattete, begann Roscoe sich allmählich zu entspannen. Er lehnte sich zurück und fragte sich, was sein ungebetener, argwöhnischer Gast oben auf der Galerie wohl von alldem hielt.

Von den acht um den Tisch versammelten Männern, entstammten sieben – Ro, Sebastian, Marvin Grayle, Edward Bremworth, Hugh, Max und er selbst – alten Adelshäusern. Die einzige Ausnahme war Roderick. Zwar stellte eine adelige Abstammung keine Bedingung dar, um in die Gilde aufgenommen zu werden, aber Tatsache war nun einmal – von rühmlichen Ausnahmen wie Roderick abgesehen –, dass ein Großteil des für wohltätige Zwecke verfügbaren Geldes in den Händen des Adels lag.

In Gedanken bei seiner heimlichen Beobachterin, hätte Roscoe zu gern gewusst, ob sie schon vor Scham im Boden versank. Er wusste zwar nicht, warum Roderick seiner Familie nichts von seiner Mitgliedschaft in der Gilde erzählt hatte, aber wenn er jetzt diese überbehütende große Schwester bedachte und dazu die Tatsache, dass Roderick immerhin schon dreiundzwanzig war und über ein beträchtliches Vermögen verfügte, konnte er verstehen, dass Roderick endlich einmal etwas ganz für sich allein hatte machen wollen. Ein Befreiungsschlag sozusagen.

Trotz des Altersunterschieds von fünfzehn Jahren und der damit einhergehenden Lebenserfahrung, die ihn und Roderick voneinander trennten, konnte Roscoe ein solches Bestreben nur zu gut nachvollziehen.

Ob die feine Miss Clifford das auch so sah, war indes eine andere Frage.

Miranda verfolgte die Sitzung mit angehaltenem Atem.

Die Stimmen der Männer drangen klar und deutlich zu ihr, und mit jedem Wort sank sie tiefer in einen Abgrund aus

Scham und Selbstkasteiung.

Aber wie hätte sie das auch ahnen können?

Noch ehe Roscoe unten in der Bibliothek aufgetaucht war und am Tisch den Vorsitz eingenommen hatte, war sie schon über den gesellschaftlichen Rang der anwesenden Gentlemen im Bilde gewesen. Zwar schienen sie einander gut genug zu kennen, um einen freundschaftlichen Umgang zu pflegen und sich mit Namen statt mit Titeln anzureden, aber in scherzhaften Bemerkungen war hin und wieder ein »Lord« oder einmal auch ein »Viscount« gefallen.

Das hatte sie aufhorchen und genauer hinsehen lassen, und bei näherer Betrachtung erschienen ihr Gesichter und Habitus der Herren durchaus aristokratisch – was im Übrigen auch für Roscoe galt, nun, da sie ihn bei Lichte betrachten konnte. Ohne jeden Zweifel stammten solche Züge von noblen Vorfahren ab, auch wenn in seinem Falle besagte Vorfahren sich vermutlich abseits des Stammbaums vergnügt hatten.

Und doch, dieses Gesicht … es schlug sie mühelos in seinen Bann. Während sie sich die verschiedenen Berichte anhörte und daraus ihre Schlüsse zog, ruhte ihr Blick indes nicht auf den jeweils Rapport erstattenden Herren, sondern auf Roscoe. Weil er kein einziges Mal den Blick hob, um zur Galerie hinaufzuschauen, ließ er es ihr frei, ihre stetig wachsende Neugier zu befriedigen und ihn eingehend – prüfend, fragend – zu betrachten.

War er ihr zuvor ein Rätsel gewesen, so war er es nun noch mehr.

Zudem bekam sie nicht oft Gelegenheit, einen Mann, noch dazu jemanden seines Kalibers, so ungehindert, ja fast schamlos beobachten zu können. Einen Mann, der all das verkörperte, wovor man sie zeitlebens in den höchsten Tönen gewarnt hatte.

Er sah gut aus, wenngleich nicht auf die hübsche, gefällige Art, dazu war er zu alt. Eine Abgeklärtheit, die von Erfahrung sprach, stand ihm ins Gesicht geschrieben, die seinen markanten Zügen eine gewisse Härte verlieh. Seine Lippen waren fein geschwungen, doch spielte oft ein zynisches Lächeln darum, während die schweren Lider über seinen dunklen Augen – über deren Farbe sie sich noch immer nicht im Klaren war – und seine oft ausdruckslose Miene auf Distanziertheit und einen gewissen Ennui hindeuteten, wenn nicht gar einen Überdruss an der Welt.

Sein Gesicht mit dieser Ahnung verborgener Stärke und einer in sich zurückgezogenen Persönlichkeit kam ihr schon interessant genug vor, aber wie faszinierend fand sie erst seinen Körper! Bereits auf der Galerie hatte er sie beeindruckt, aber ihn nun dem Vergleich mit den anderen Männern unterziehen zu können weckte noch größeren Gefallen an seiner hochgewachsenen Gestalt, seiner langgliedrigen Eleganz.

In seinen Bewegungen verbanden sich Kraft und Anmut, eine Mischung, die sie unwiderstehlich fand. Allein, wie er sich in seinem Stuhl zurücklehnte, um einem der anderen Gentlemen zuzuhören! Sie konnte sich kaum sattsehen an dieser Pose, dieser lässigen Noblesse eines Mannes in den besten Jahren, der mit sich und seinem Körper im Reinen war.

Erst als die Sitzung beendet wurde und er sich erhob, um mit den anderen die Bibliothek zu verlassen – noch immer ohne auch nur einen Blick in ihre Richtung zu werfen –, konnte sie sich aus seinem Bann befreien und ihre Gedanken wieder anderem zuwenden.

Wie beispielsweise der Frage, was sie aus dem soeben Gehörten folgern sollte. Denn ganz gleich, wie sie die Sache sehen mochte, war ihr nun ziemlich deutlich geworden, dass es Anmaßung, wenn nicht gar eine Unverschämtheit gewesen war, Roscoe zu bezichtigen, er habe einen schlechten Einfluss auf Roderick. Weit gefehlt – das Gegenteil war der Fall. Sie würde sich entschuldigen müssen.

Eine tiefe, aufrichtige Entschuldigung war angezeigt.

Sie seufzte still. Roscoe mochte zweifelhafter Herkunft und Londons berühmt-berüchtigter Glücksspielkönig sein, aber unter der harten Schale, dem kühl distanzierten, machtbewussten Äußeren, verbarg sich ein feinsinniger, fürsorglicher Mann. Ein Mann, der ihren Beifall verdient hätte, nicht ihren Argwohn.

Ein Gentleman mochte er nicht sein, wurde aber als solcher von den Peers akzeptiert. Niemand schien sich an seiner dubiosen Herkunft oder seiner Reputation zu stören, und solange Roderick in seiner Verbindung zu ihm Diskretion wahrte, wollte ihr beim besten Willen kein Grund einfallen, warum sie dagegen vorgehen sollte. Roderick würde kein Schaden daraus entstehen, wenn er mit Roscoe in dessen Funktion als Vorsitzender der Philanthropischen Gilde Umgang pflegte. Tatsächlich könnte er noch das ein oder andere von Londons Glücksspielkönig lernen, was ihm nur zum Vorteil gereichen sollte – auch wenn diese Vorstellung ein wenig gewöhnungsbedürftig war.

Gewiss, es mochte seltsamere Gemengelagen geben, aber so auf die Schnelle wollte ihr keine einfallen.

Mein Gott, welche Blamage. Kurz war sie versucht, sich ganz feige davonzustehlen, die Galerie zu verlassen, während Roscoe seine Gäste verabschiedete, auf demselben Weg zu verschwinden, auf dem sie gekommen war, und heimwärts zu eilen … Aber nein, so war sie nicht. Oder vielmehr, so wollte sie nicht sein. Sie war ungebeten in sein Haus gekommen und hatte ihn beleidigt, er hingegen hatte sie als stille Beobachterin an diesem Treffen teilhaben lassen, das sie so viel gelehrt hatte, nicht zuletzt alles, was sie über Rodericks jüngstes Vorhaben wissen musste.

Statt um ihren Bruder zu bangen, konnte sie stolz auf ihn sein.

Und beides – dass ihr die Sorge genommen war und sie Roderick mit neuer Anerkennung begegnen konnte – verdankte sie Roscoe, weshalb es nur recht war, sich auch ihrerseits mit der einem Gast gebührenden Rücksicht und Höflichkeit zu verhalten und auf ihn zu warten, damit er sie hinausbegleiten konnte.

Zumal sie sich ja noch entschuldigen wollte, so wenig es ihr auch behagte.

Fünf Minuten später öffnete sich die Tür zur Galerie, und da stand er, ihr irritierender Gastgeber, er füllte den schmalen Durchgang fast aus und sah sie nur an, als wäre es an ihr, das Wort zu ergreifen.

Sie seufzte leise, fasste sich ein Herz und stand auf, erwiderte seinen Blick erhobenen Hauptes. »Ich muss mich entschuldigen, Mr. Roscoe. Offenbar bin ich gleich einigen Trugschlüssen erlegen – sowohl was Sie als auch meinen Bruder anbelangt. Ich möchte Ihnen danken, dass Sie es mir gestattet haben, die Wahrheit zu erfahren.«

Auch wenn Roscoe keine Miene verzog, so war er doch überrascht. Seiner Erfahrung nach taten sich Damen mit festen Überzeugungen, und als solche erschien ihm Miss Clifford, schwer damit, ihre Ansichten zu ändern oder gar Fehler einzuräumen. Doch ein Blick in ihr Gesicht genügte, in ihre schönen braunen Augen, und er fand nur reine, ernste Aufrichtigkeit.

Rodericks Schwester schien zu den wenigen Frauen zu gehören, die auch stark genug waren, einen Fehler zuzugeben.

Er neigte höflich den Kopf. »Keine Ursache.« Eigentlich hatte er damit gerechnet, sie eine halbe Stunde triezen zu müssen, bis er ihr eine halbherzige Entschuldigung entlockt hätte – denn ohne wollte er sich nicht zufriedengeben –, aber sie hatte ihm den Wind aus den Segeln genommen, und natürlich konnte er sich jetzt nicht enttäuscht zeigen. »Meine Bekannten nennen mich einfach nur Roscoe«, fügte er hinzu.

Warum er das noch gesagt hatte, wusste er selbst nicht genau, doch erschien es ihm angemessen. Er trat beiseite. »Kommen Sie, ich bringe Sie jetzt nach Hause.«

Sie hatte sich schon zum Gehen gewandt, nun blieb sie wieder stehen und sah ihn kühl an. »Danke, aber das wird nicht nötig sein. Vermutlich wissen Sie, dass wir gleich um die Ecke wohnen.«

Er konnte sich ein Lächeln nicht versagen. »Allerdings, das weiß ich. Aber hier unterliegen Sie einem weiteren Fehlschluss, Miss Clifford, denn ein Gentleman wie ich würde eine Dame niemals allein nach Hause gehen lassen – weder bei Tag und erst recht nicht bei Nacht.«

Miranda betrachtete ihn aufmerksam; der feine Schwung seiner Lippen – vermutlich ein angedeutetes Lächeln – barg leisen Spott. Sie hatte sich entschuldigt, und er hatte ihre Entschuldigung angenommen, aber er konnte noch nicht davon lassen, sie in seiner Meinung über ihn eines Besseren zu belehren.

Über seine Worte nachsinnend, suchte sie nach einer Möglichkeit, dennoch höflich abzulehnen, aber was hätte sie sagen sollen? Dass sie keine Dame war?

Und so schickte sie sich ins Unvermeidliche, neigte artig den Kopf und trat zu ihm auf den Korridor.

Seite an Seite gingen sie zurück zur vorderen Galerie. Mittlerweile brannten Lampen entlang der Wände, in deren sanftem Schein sie stehen blieb, um eines der Gemälde genauer zu betrachten. Eigentlich hatte sie es nicht fragen wollen, konnte sich dann aber doch nicht zurückhalten. »Das ist doch nicht etwa …?« Sie deutete auf die Leinwand.

»Ein Original? Doch. Zudem eines seiner schöneren Werke, wie ich finde.«

Sie sah ihn bloß an; er stand bereits an der Treppe und wartete geduldig, dass sie sich von seinen Kunstschätzen losreißen würde. »Ich wäre versucht, eine Bemerkung über der Sünde Lohn zu machen, aber vermutlich würde ich auch damit einem Irrtum erliegen, nicht wahr?«

Er lächelte. Ein echtes, so betörendes Lächeln, dass es ihr

direkt unter die Haut ging und ihr an Stellen warm wurde, von denen sie nicht einmal geahnt hatte, dass sie zu erwärmen waren. Doch alles, was er darauf erwiderte, war: »Allerdings.«

Sie warf noch einen Blick auf die beiden anderen Gemälde, besah sich auch die Tapisserie, wenngleich Gobelins sie nicht sonderlich interessierten, und erst dann, als es sich wirklich nicht länger aufschieben ließ, schloss sie sich ihm wieder an.

Zusammen gingen sie die Treppe hinunter; sie hatte sich schon gefragt, ob er den Weg über die Straße oder durch den Garten wählen würde, wollte seiner Wahl aber nicht widersprechen. Trotz des Risikos, mit ihm gesehen zu werden – was in Anbetracht der späten Stunde und des eher ruhigen Viertels sehr gering sein dürfte –, war es ihr bei Dunkelheit doch lieber, die Straße zu nehmen statt die schmalen Gassen.

Sein Butler hielt noch in der Halle die Stellung. Grauhaarig und stattlich und so routiniert, dass er sich nicht den Hauch von Überraschung anmerken ließ über das plötzliche Auftauchen einer jungen Dame, die er seines Wissens nie ins Haus gelassen hatte, machte er einen Diener und holte dann auf Roscoes Bitten dessen Mantel. Sie nutzte die Gelegenheit, sich ein wenig umzusehen, bewunderte auch hier die gediegene Ausstattung mit elegantem Holzpaneel und drei großen Landschaftsgemälden.

Der Butler kehrte mit einem fashionablen Paletot zurück. Als Roscoe hineinschlüpfte und sich die Manschetten zurechtzog, erlaubte sie sich noch einmal einen Blick auf ihn. Just in diesem Moment schaute er auf, und im hellen Schein des Kronleuchters konnte sie endlich die Farbe seiner Augen erkennen.

Sie waren blau. Ein tiefes, dunkles Blau.

Ein ungewöhnlicher Ton, leuchtend und lebendig. Das Haar hingegen, modisch geschnitten, sodass die dichten Locken eng am wohlgeformten Kopf lagen, war von einem satten

Braun, das bei minderen Lichtverhältnissen schwarz erscheinen mochte.

Der Butler wartete an der Tür und öffnete sie auf einen Blick Roscoes.

Mit der ihm eigenen Anmut winkte Roscoe sie herbei und ließ ihr den Vortritt. Als sie die Stufen vor dem Haus hinunterging, hörte sie ihn hinter sich zum Butler sagen: »Ich bringe die Dame nur rasch nach Hause. In einer halben Stunde sollte ich zurück sein.«

»Sehr wohl, Sir – ich gebe Rawlins Bescheid.«

Auf dem Trottoir blieb sie stehen und wartete auf Roscoe. Die Höflichkeit gebot es zwar, nicht zu fragen, aber … »Rawlins?«

Roscoe erwiderte kurz ihren Blick, ehe sie gemeinsam die Straße hinabgingen. »Einer meiner Leibwächter. Einer von ihnen steht mir immer rund um die Uhr zur Verfügung, und sie sehen es nicht gern, wenn ich ohne Vorwarnung verschwinde.«

»Verstehe.« Sie schritt forsch neben ihm aus und war froh, dass er ihr nicht seinen Arm bot, denn die galante Geste auszuschlagen wäre recht unfreundlich gewesen, aber sie hätte es dennoch getan. Derlei anzunehmen hätte einen Grad der Bekanntschaft signalisiert, der zwischen ihnen nie sein konnte. Ein Glück war die Straße, genau wie sie gehofft hatte, menschenleer und verlassen. Die Bäume auf dem Dolphin Square warfen dunkle Schatten auf die gegenüberliegende Straßenseite, doch auf ihrer Seite schien der Mond ungehindert aufs Trottoir und wies ihnen den Weg. »Wenn Sie die Sorge Ihrer Leibwächter zu schätzen wissen, können Sie gewiss auch nachvollziehen, weshalb ich Roderick zu Ihrem Haus gefolgt bin.«

Roscoe zögerte, dann meinte er: »Ja, das kann ich tatsächlich.« Wer, wenn nicht er, hätte das verstehen können? Er wusste, wie weit der Wunsch, seine Liebsten zu beschützen, einen Mann treiben konnte; für eine Frau verhielt es sich vermutlich kaum anders. Er wartete ab, denn er ahnte, was als Nächstes kommen würde.

Zwar brauchte sie eine Weile, um die richtigen Worte zu finden, aber schließlich fasste sie sich ein Herz und hob das Kinn noch ein wenig höher. »Mir ist bewusst, dass es mir nicht zusteht, Sie darum zu bitten, aber wenn Sie Roderick gegenüber nichts davon erwähnen könnten, dass ich heute hier war, wäre ich Ihnen sehr für Ihre Diskretion verbunden.«

»Ich hatte nicht die Absicht, es zu erwähnen.«

Sie nickte, ohne ihn anzusehen. »Danke.«

Er gönnte ihr diesen Moment der Erleichterung, ehe er meinte: »Allerdings wüsste ich zu gern, warum Sie glauben, dass Roderick, der mit seinen dreiundzwanzig Jahren nach meinem Dafürhalten außerordentlich reif und vernünftig ist, noch Ihres Schutzes bedarf.«

Er wandte sich zu ihr um und sah einen düsteren Schatten über ihr Gesicht huschen.

»Das … lässt sich nicht so einfach erklären.«

Er richtete den Blick wieder nach vorn; bis die Claverton und die Chichester Street sich kreuzten, war es noch ein wenig hin. »Uns bleiben gewiss noch ein paar Minuten.«

Nach einem Moment des Schweigens atmete sie tief aus. »Na schön, wenn Sie es unbedingt wissen wollen. Wir wurden sehr früh zu Waisen. Zwei Tanten, die älteren Schwestern meiner Mutter, zogen uns drei auf – mich, Roderick und Rosalind, unsere große Schwester. In Anbetracht unserer Umstände mussten wir uns stets tadellos anständig betragen und weit mehr als andere auf unsere Reputation bedacht sein, aber …« Sie seufzte. »… wie Jungs nun einmal sind, fiel es meist meiner Schwester und mir zu, ein Auge auf Roderick zu haben und ihn … vor Ungemach zu bewahren.«

»Und wie lange beschützen Sie ihn schon? Zwanzig Jahre?«

»Wenn nicht länger, ja. Es ist mir in Fleisch und Blut übergegangen.« Als sie in die Claverton Street einbogen, fügte sie hinzu: »Eine Angewohnheit, von der ich mich vermutlich langsam lösen sollte.«

Dabei konnte er ihr nur Glück wünschen; eine so lange währende Gewohnheit wurde man nicht so einfach los. Der Wunsch, andere zu beschützen, war einem, wie sie ganz richtig gesagt hatte, in Fleisch und Blut übergegangen.

Als sie sich dem Haus näherten – er wusste, dass es Rodericks war –, blieb sie an der schmalen Gasse stehen, die zu den hinteren Gärten führte. »Ich würde lieber das Gartentor benutzen.«

Sie ging ihm voraus in die dunkle Gasse; er folgte ihr ohne ein weiteres Wort.

Der Zugang zum Garten fand sich auf halber Höhe des Grundstücks. Miranda blieb stehen, schob den Riegel zurück und stieß das Tor aus massivem Holz auf. Schon zum Gehen gewandt, blieb sie noch einmal stehen und sah Roscoe an. »Danke, dass Sie mich begleitet haben.«

Im schwachen Mondschein meinte sie wieder dieses zynische Lächeln um seine Lippen spielen zu sehen. »Obwohl es doch in Ihren Augen nicht nötig war?«

Einen Moment schaute sie ihn nur an, ehe sie meinte: »Es gehört sich so für einen Gentleman.« Sie neigte den Kopf. »Gute Nacht.«

»Gute Nacht, Miss Clifford.«

Sie drehte sich um, trat durchs Tor – und stolperte über die flache Steinstufe.

Seine Hand schloss sich mit festem Griff um ihren Ellbogen.

Eine Vielzahl von Empfindungen – sehr heftig und sehr beunruhigend – schossen ihren Arm hinauf.

Er hielt sie, bis sie sich wieder gefangen hatte.

Sie richtete sich auf und atmete tief durch, versuchte, einen klaren Kopf zu bekommen. Das Herz schlug ihr bis zum Hals, seine Berührung verursachte ihr – durch sämtliche Kleider – ein wohliges Prickeln auf der Haut. Sie wartete einen Moment, ehe sie wagte, ihn anzusehen. Wie nah er ihr auf einmal war, dieser starke Fels von einem Mann, ungleich *wirklicher*, lebendiger als zuvor – und ihr ungleich gefährlicher.

»Danke«, sagte sie, froh, dass zumindest ihre Stimme ruhig und gefasst klang. »Haben Sie nochmals vielen Dank.«

Er sah sie an, den Blick seiner dunklen Augen forschend auf ihr Gesicht gerichtet, seine Miene indes war schwer zu deuten, unergründlich. Schließlich lockerte er seinen Griff um ihren Ellbogen; langsam, fast zögerlich löste er Finger um Finger, als widerstrebte es ihm, sie loszulassen.

Dann trat er zurück, hinaus auf die Gasse, und nickte knapp. »Noch einmal gute Nacht, Miss Clifford.«

Sie merkte, dass sie wieder freier atmen konnte, erwiderte sein Nicken und griff nach dem Tor. »Haben Sie vielen Dank … Roscoe. Und gute Nacht.«

Sie schloss das Tor hinter sich und blieb noch eine ganze Weile so stehen, starrte im Dunkeln darauf und wartete, dass ihr Herzschlag sich beruhigte.

Und diese nie auch nur geahnten Empfindungen langsam abebbten.

Schließlich atmete sie noch einmal tief durch, drehte sich um und ging hinauf zum Haus.

Roscoe stand bestimmt noch eine Minute vor dem geschlossenen Tor, in Gedanken versunken, die Stirn in nachdenkliche Falten gelegt, dann wandte er sich ab und ging weiter die Gasse hinab, um für den Rückweg die Abkürzung zu seinem Haus zu nehmen.

Miss Clifford – ihren Vornamen kannte er nicht, aber er bräuchte nur einen Blick in Rodericks Akte zu werfen, wenn es ihn denn interessierte – war … nun, sie war definitiv *anders* als die üblichen Damen der Gesellschaft.

Was genau an ihr anders war, wusste er allerdings selbst nicht zu sagen. Die Hände in den Manteltaschen vergraben, sann er darüber nach, während er ohne Eile heimwärts schlenderte.

Vielleicht lag es daran, dass sie älter war als die meisten der jungen Damen, die er kannte. Zwar wusste er nicht, wie alt genau sie war, aber auf jeden Fall älter als Roderick, er würde mindestens fünf Jahre schätzen. Achtundzwanzig könnte passen und würde zumindest zum Teil ihre Charakterstärke erklären – eine innere Stärke, die ihm sofort aufgefallen war und die er zu schätzen wusste. Und doch … bei aller Festigkeit und Entschlossenheit wirkte sie unsicher, sich ihrer selbst nicht gewiss.

Eine ungewöhnliche Mischung, die sein Interesse weckte.

Ihm kam wieder der Moment in den Sinn, da er sie, der Gartenstufe und ihres Ungeschicks sei Dank, beim Arm gefasst, sie berührt hatte. Es war lange her, wenn überhaupt, dass er sich eines solch sinnlichen Ansturms bewusst gewesen wäre. Es war wie ein Schlag, der ihn traf, erstaunlich in seiner Intensität. Dass sie es auch gespürt hatte, stand außer Frage; er hatte es ihr von den Augen ablesen können, den leicht geöffneten Lippen, hatte ihren Atem flacher, rascher gehen hören.

Dessen ungeachtet verbot sich jeder weitere Gedanke an die Möglichkeiten, die jener Augenblick ungeschützter, gegenseitiger Anziehungskraft verhieß. Jede weitere Annäherung wäre zum Scheitern verurteilt. Wenn er die Situation nicht völlig falsch einschätzte, hatte Miss Clifford ihm gerade nicht nur das Gartentor vor der Nase zugemacht, sondern ihn auch ein für alle Mal aus ihrem Leben verbannt.

»In Anbetracht unserer Umstände mussten wir uns stets tadellos anständig betragen und weit mehr als andere auf unsere Reputation bedacht sein.«

Entgegen ihrer Annahme verstand er zwar nicht, warum es sich so verhielt, aber wenn sie so sehr auf ihre Respektabilität bedacht war, dürfte eine wie auch immer geartete Bekanntschaft mit Londons Glücksspielkönig so ziemlich das Letzte sein, wonach ihr der Sinn stand.

Eine Weile ging er in Gedanken versunken weiter, dann verzog er die Lippen zu einem zynischen Lächeln, hob nickend den Blick und beschleunigte seine Schritte. Die harte Realität seines Lebens wartete auf ihn.

Miranda hielt sich noch ein wenig in der Kühle des Gartens auf, bis ihre aufgewühlten Sinne in ihren gewohnt gleichmütigen, wenn nicht gar schlafwandlerischen Zustand zurückgekehrt waren. Einen solchen Funken hatte sie noch nie gespürt, hatte sich noch nie so *lebendig* gefühlt. Sie wollte gar nicht darüber nachdenken, was das zu bedeuten hatte. Ihr Bauchgefühl hatte sie von Beginn an gewarnt, dass Roscoe gefährlich war; zu Recht, wie sie nun meinte. Eine solche Zerstreuung konnte sie nicht gebrauchen in ihrem Leben – sie konnte ihn nicht mal in die Nähe ihres wohlgeordneten, respektablen Lebens lassen.

Nachdem sie die kleine Episode als niemals zu wiederholende Erfahrung verbucht hatte, ging sie zur seitlichen Terrasse und betrat das Haus durch die Fenstertüren des Morgenzimmers. Das Morgenzimmer war vorwiegend ihr überlassen; hier stand ihr Sekretär, auf dem sie nun ihr Retikül abstellte, dann streifte sie sich das Cape von den Schultern und breitete es über die Lehne des Stuhls.

Ihre Gedanken kreisten einmal mehr um Rodericks Projekt und die Arbeit der Philanthropischen Gilde. Sie verließ den Raum und trat hinaus in die im Dunkeln liegende Halle, ging weiter zur Treppe und begab sich nach oben.

Sie hatte kaum fünf, sechs Stufen bewältigt, als sich auf dem Treppenabsatz eine weiß gewandete Gestalt aus dem Schatten löste.

Miranda hätte beinahe geschrien. Sie schluckte ihren Schreck herunter – es schien eine Nacht der Wunder und Schrecken zu sein – und rang, die Hand noch immer am Hals, nach Atem. »Tante, du hast mir vielleicht eine Angst eingejagt.«

»Allerdings, mein Fräulein – und du mir.« Gladys starrte sie durchs Halbdunkel an und hieb mit ihrem Stock auf den Boden. »Wo bist du gewesen? Zu einer solchen Stunde nach Hause zu kommen! Wie oft habe ich dir gesagt …«

»Ich war nur ein wenig im Garten spazieren. Roderick war ausgegangen, und du weißt, dass ich keinen Schlaf finde, bis er wieder sicher daheim ist. Es erschien mir Zeitverschwendung, vorher zu Bett zu gehen.«

Gladys schnaubte. »Er kam schon vor einer halben Stunde zurück. Wahrscheinlich schnarcht er längst.«

»Oh, dann ist es ja gut. Ich war etwas abgelenkt.« Von Londons Glücksspielkönig.

»Du musst vorsichtiger sein, Mädchen«, ermahnte Gladys sie, wandte sich schwerfällig um und begann, ihre stattliche Gestalt die Treppe hinaufzuwuchten. »Vergiss nicht, dass du dir nicht auch nur den Ruch unstatthaften Verhaltens leisten kannst.«

Miranda folgte ihr und ließ den wohlbekannten Sermon zum einen Ohr hinein- und zum anderen hinausrauschen; sie hatte es schon so oft gehört, dass sämtliche mahnenden Worte sich in ihre Seele gebrannt hatten.

Oben angekommen, blieb Gladys schnaufend stehen, sodass Miranda notgedrungen ein paar Stufen weiter unten innehalten musste. Gladys drehte sich um und schickte einen ungnädigen Blick zu ihr hinab, ehe sie die unvermeidliche Schlusssalve abfeuerte. »Oder willst du enden wie deine Mutter und deine Schwester?«

Mit einem stillen Seufzer erwiderte Miranda pflichtschuldig: »Nein, Tante, natürlich nicht.«

Gladys nickte zufrieden und marschierte zu ihrem Zimmer. »Roderick ist ein vermögender Gentleman, und er ist ein *Mann*, will sagen, die Gesellschaft wird nicht einmal mit der Wimper zucken, wenn er zu nachtschlafender Stunde nach Hause kommt. Aber du, mein Mädchen, ein falscher Schritt von dir, und dein Ruf ist unwiederbringlich dahin. Also merk dir das: Respektabilität ist oberstes Gebot.«

Mit dieser Ermahnung ließ Gladys sie stehen und verschwand in ihr Zimmer.

Miranda tat einen tiefen Seufzer, dann ging sie langsam weiter zu ihrem eigenen Zimmer am Ende des Korridors.

Nachdem sie die Tür hinter sich geschlossen hatte, wartete sie einen Moment, ob das Gefühl der Enge, das sie gerade befallen hatte, nachließe. Aber noch immer war ihr, als schnürten die strengen Regeln, die Unerbittlichkeit ihrer Tante ihr die Luft ab.

Wie Blei lag sie auf ihr, diese Respektabilität, hielt sie klein, in engen Grenzen gefangen, drohte sie zu ersticken.

Während sie darauf konzentriert gewesen war, Roderick zu retten, während ihrer Begegnung mit Roscoe und dem gemeinsamen Weg zurück nach Hause, hatte dieses Gefühl der Einengung und Beschränktheit – *umschränkt, gepfercht, umpfählt*, um es mit Shakespeare zu sagen – kurz nachgelassen.

Mit einem müden Lächeln trat sie an ihren Ankleidetisch und begann, sich zum Schlafen bereit zu machen. Der heutige Abend war nur ein kleiner Ausbruch aus ihrem wohlanständigen Leben gewesen. Ein paar flüchtige Stunden in einer anderen Welt, in der andere Regeln galten.

Aber dies hier war ihr Leben – ein Leben, in dem sie stets aufpassen musste, sich nicht auch nur den kleinsten Fehltritt zu leisten; eine Welt, in der sie, wollte sie irgendwann einmal ein eigenes Leben, einen eigenen Hausstand haben, zu aller Zeit und in jeder Hinsicht die Regeln des Anstands würde einhalten müssen.

Dank der kurzen Freiheit, die sie gerade gekostet hatte, schien ihr das Gewicht gesellschaftlicher Erwartungen schwerer denn je, wie ein Mühlstein hing es ihr um den Hals, zog sie mit sich hinab. Eine Bürde, der sie, glaubte man den Tanten, sich nie würde entledigen können.

Vorausgesetzt, sie erwartete mehr vom Leben, als ihrer vom Schicksal heimgesuchten Mutter oder ihrer Schwester vergönnt gewesen war.

Nachdem sie ihr Kleid und Unterkleid ausgezogen und das Nachthemd übergestreift hatte, schlug sie das Plumeau zurück und schlüpfte ins Bett. Sie drehte sich zur Seite und schaute aus dem Fenster, hinaus in die mondhelle Nacht.

»Manchmal frage ich mich schon«, überlegte sie laut, aber so leise, dass die Worte selbst für sie kaum zu hören waren, »ob sie nicht glücklich waren. Ja, sie mögen eines frühen Todes gestorben sein, aber zumindest waren ihnen ein paar Jahre des Glücks beschieden.«

Sie sann noch einen Moment darüber nach, dann ließ sie den Kopf aufs Kissen sinken, schloss die Augen und fiel in einen Schlummer, in dem kein Traum ihre kleine vertraute Welt störte – eine Welt, in der Respektabilität oberstes Gebot war.

2. Kapitel

Die nächste Begegnung mit ihrer Tante fand den Morgen darauf am Frühstückstisch statt.

Das bleigraue Haar zu einem strengen Knoten gebunden, die schwere Gestalt in mehrere Lagen flatternder Gewänder gehüllt, war sie bereits in die Lektüre ihrer Korrespondenz vertieft. Als Miranda sie grüßte, kam von Gladys nur ein zerstreutes Brummeln.

Sie setzte sich und dankte Hughes, dem Butler, für die frisch aufgebrühte Kanne Tee, goss sich eine Tasse ein und nahm sich einen Toast – alldieweil darauf wartend, dass Gladys eine Bemerkung zu ihrer mitternächtlichen Begegnung auf der Treppe machte, aber die Minuten verstrichen in herrlicher Stille, und es machte den Eindruck, als hätte die Korrespondenz Gladys vollauf in Beschlag genommen. Miranda war froh um die kleine Verschnaufpause und würde sich hüten, ihre Tante auf sich aufmerksam zu machen.

Roderick war wie gewohnt schon zu seinem täglichen Ausritt aufgebrochen. Miranda knabberte an ihrem Toast, nippte am Tee und sann wieder über die Erkenntnisse des gestrigen Abends nach, insbesondere über Roscoes Einschätzung, dass ihr Bruder ein für sein Alter sehr reifer und vernünftiger junger Mann sei und daher, so die unausgesprochene Schlussfolgerung, ihres Schutzes nicht länger bedürfe.

»Aha, mein Fräulein!«

Sie zuckte kurz zusammen und schaute zu Gladys auf. Den Kneifer auf der Nasenspitze, hielt ihre Tante einen Brief fast auf Armeslänge von sich, während sie das Geschriebene überflog.

»Wie es aussieht, hat Mr. Wraxby noch immer ein Auge auf dich geworfen. Er schreibt, dass er kommende Woche in der Stadt sein wird und sich freuen würde, uns seine Aufwartung zu machen.« Gladys ließ den Brief sinken und nahm Miranda ins Visier ihrer braunen Augen, denen trotz einer gewissen Altersschwäche nichts entging. »Dann hast du also doch noch eine Chance. Gut so – etwas Besseres als Mr. Wraxby hätten Corrine und ich uns nicht für dich erhoffen können.«

Corrine war Gladys' ältere Schwester gewesen; beide waren sie unverheiratet geblieben und hatten der leichtfertigeren jüngeren Schwester ihre unbedachte Liebesheirat nie verziehen. Trotzdem waren sie natürlich ihrer Pflicht nachgekommen und hatten die Verantwortung für Georgianas drei Kinder übernommen, als die Schwester und ihr Gatte Frederick Clifford – klassisch gebildet, aber eben doch nur ein Fabrikantensohn – bei einem Bootsunglück ihr Leben gelassen hatten. Dreiundzwanzig Jahre war das her.

Schwer vorzustellen, aber fairerweise musste man sagen, dass Corrine gar noch unerbittlicher als Gladys der Ansicht gewesen war, Georgianas Kinder müssten sich allzeit der Respektabilität verpflichten, um den Makel ihrer Herkunft, wenn nicht auszugleichen, so doch zumindest so gering wie möglich zu halten. Denn nichts war beschämender, als dem Handel zu entstammen – auch wenn er einem noch so großen Reichtum beschert hatte. Als Töchter von Sir Augustus Cuthbert, Baronet, die dem niederen Landadel angehörten und sich mit Klauen und Zähnen an jedes gesellschaftliche Privileg klammerten, das mit ihrem bescheidenen Rang einherging, hatten Corrine und Gladys ihre Mündel nie vergessen lassen, dass sie nur einen winzigen Schritt von der gesellschaftlichen Ächtung entfernt waren.

Als sie noch auf dem Land gelebt hatten, auf Oakgrove Manor in Cheshire – dem Anwesen, das Roderick von Frederick geerbt hatte, erworben mit dem geschmähten Vermögen, welches Frederick wiederum von seinem unstandesgemäßen Vater geerbt hatte, dem Fabrikbesitzer –, waren Miranda die ihr von den Tanten auferlegten Regeln als weder besonders streng noch ungewöhnlich erschienen. Da sie seit ihrem sechsten Jahr unter der Ägide der beiden lebte, war ihr ein anderer Blick auf die Welt gar nicht gegeben. Die Tanten würden schon wissen, was gut für sie war.

Doch als Corrine vor zwei Jahren gestorben war, Miranda noch immer nicht verheiratet und die Verehrer zudem recht rar gesät waren, hatte Gladys sich bereitgefunden, dass sie – Roderick, Miranda und Gladys als Anstandsdame – ein paar Jahre in London verbringen sollten, um den dortigen Heiratsmarkt zu sondieren, immer in der Hoffnung, dass sich endlich etwas Passables fände, wenn schon nicht für Miranda, so doch wenigstens für Roderick.

Roderick hatte dann das Haus an der Claverton Street gekauft, und vor einem Jahr waren sie nach Pimlico umgezogen, damals noch am grünen Rand der ständig wachsenden Metropole gelegen, und die ruhige Lage war Gladys sehr entgegengekommen.

Miranda fragte sich, ob ihrer Tante jemals zu Gehör gekommen war, dass Londons berüchtigter Glücksspielkönig in ihrer unmittelbaren Nachbarschaft lebte …

»Miranda! Jetzt hör doch mal zu!«

Sie blinzelte, um das Bild eines markanten Gesichts mit dunklen Augen und zynischem Lächeln zu vertreiben. »Tut mir leid, Tante. Wraxby, sagtest du?«

»Allerdings.« Gladys' Augen funkelten wie zwei hart schimmernde Onyxsteine. »Du tätest gut daran, dir die Tatsache in Erinnerung zu rufen, dass du, seit du törichterweise den Honourable Mr. Jeffers abgewiesen hast, keinen einzigen Antrag mehr erhalten hast. Wenn du jemals einen eigenen Hausstand haben willst, würde ich dir raten, alles auf Mr. Wraxby zu setzen. Wenn du dich ein bisschen anstrengst und ihm bietest, was er bei einer Ehefrau sucht, stehen die Zeichen gut, dass er dir einen Antrag macht.«

»Wenn du meinst, Tante.« Miranda senkte den Blick auf ihren Teller. »Vermutlich hast du recht.«

Jeffers. Obwohl seitdem einige Zeit vergangen war, vermochte die bloße Erwähnung seines Namens sie noch zu erschüttern. Die Erinnerung daran deprimierte sie zutiefst, öffnete ein ganzes Fass verletzter Gefühle und anhaltenden, lähmenden Selbstzweifels.

Lionel Jeffers war ein Gentleman aus Cheshire, etwas älter als die üblichen Verehrer, doch damals, mit gerade einmal zwanzig, war sie geschmeichelt gewesen, dass ein reifer Mann wie er sich um ein junges Mädchen wie sie bemühte. Sie hatte sich im siebten Himmel geglaubt und kurze Zeit gar gehofft, endlich das Glück zu finden, nach dem ihre Mutter und ihre Schwester mit so fatalen Folgen gesucht hatten. Ihr wäre natürlich ein anderes Schicksal beschieden und immerwährendes Glück und … Bis eine wohlmeinende Dame sie eines Tages beiseitenahm und sie aufklärte. Jeffers sei nicht an ihr interessiert, sondern einzig an ihrem Vermögen.

Als wäre das nicht schlimm genug gewesen, hatten ihre Tanten, als sie ihnen, kreuzunglücklich und am Boden zerstört, davon berichtete, sie nur verständnislos angesehen. Ihnen war der Grund von Jeffers' Interesse an ihr von Anfang an bewusst gewesen. Auch wussten sie von seiner langjährigen und äußerst kostspieligen Geliebten.

Die Erinnerung an die Vorhaltungen und Schmähungen, die gefolgt waren, nachdem sie Jeffers einen Korb gegeben hatte, ließen sie noch immer bis ins Mark erschauern.

Roscoe musste ungefähr im selben Alter sein wie damals Jeffers … Mit dem Unterschied, dass Miranda keine zwanzig mehr war.

Sie versuchte, sich zusammenzureißen, nicht mehr an sein Gesicht zu denken, seinen Körper, die sie beide gestern bis in den Schlaf verfolgt hatten … Genug. Sie zwang ihre Gedanken zurück ins Hier und Jetzt. »Kommende Woche … Gut, ich werde dafür sorgen, dass das Haus präsentabel ist, und die Köchin schon einmal warnen, dass wir Besuch erwarten und uns von unserer besten Seite zeigen wollen.«

»Tu das«, erwiderte Gladys und maß Miranda mit kritischem Blick. »Wenigstens haben wir jetzt kühleres Wetter und deine Kleider lange Ärmel. Als Wraxby uns das letzte Mal besuchte, wirkte er nicht sehr angetan davon, dass deine Sommerkleider so viel Haut zeigten. Ich denke, das war einer der Gründe, die ihn zögern ließen. Diesmal würde ich ihm an deiner Stelle keinen neuerlichen Grund geben, an deiner Respektabilität zu zweifeln.«

»Ja, Tante.« Miranda schob ihren Stuhl zurück und stand auf. »Ich würde dann jetzt mit Mrs. Flannery sprechen.«

Gladys nickte und winkte sie fort.

Auf dem Weg ins Morgenzimmer, wo ihre tägliche Besprechung mit der Haushälterin stattfand, versuchte Miranda, ein Bild Wraxbys aus den Tiefen ihrer Erinnerung heraufzubeschwören, eines nicht weiter bemerkenswerten Witwers in den Vierzigern, der in Suffolk lebte und ihr eher halbherzig den Hof machte, seit sie ihm in der Bond Street aufgefallen war. Viel gab ihre Erinnerung an diesen fast schon quälend zurückhaltenden Herrn nicht her …

Sie kannte Wraxby nun schon fast ein Jahr, Roscoe war sie nur einmal begegnet.

Und doch war Wraxby ihr nie im Traum erschienen.

»Gelman wartet unten, und er kommt – wie gewünscht – in Begleitung von Jennifer Edger.«

Roscoe saß am großen Schreibtisch seines Arbeitszimmers und schaute von dem Kontenbuch auf, das er gerade durchging, der Monatsbilanz des Pall Mall Clubs, den Gelman erfreulich erfolgreich für ihn führte. Die Meldung entlockte ihm hingegen ein spöttisches Hochziehen der Augenbraue und einen vielsagenden Blick auf Jordan Draper.

Jordan, der mit seinem braunen Haar, den braunen Augen und dem braunen Anzug schlichter wirkte, als er war, nahm wieder seinen Platz rechter Hand von Roscoe ein.

»Und wie ist die Stimmung zwischen ihnen?«, fragte Roscoe. »Schon erste Anzeichen bösen Bluts? Jenny, die Gelman an die Gurgel geht ... oder umgekehrt?«

Jordan grinste. »Wider Erwarten sind sie friedlich. Deine Verwarnung letzten Monat scheint Früchte zu tragen.«

Roscoe schnaubte. »Abwarten.« Sein Blick kehrte zu den Zahlen zurück, und nach kurzer Betrachtung räumte er ein: »Eines muss man den beiden ja lassen – der Club läuft prächtig.«

»Stimmt.« Jordan beugte sich vor und nickte zufrieden. Mit Blick auf den letzten Saldo gab er seine Prognose für die kommenden Monate ab.

Roscoe hörte aufmerksam zu; das Spekulative lag ihm mehr als jedem anderen, aber von Jordans Fähigkeiten konnte er sich noch eine Scheibe abschneiden. Er würde ihm immer dankbar sein, dass er sich vor Jahren bereit erklärt hatte, das ländliche Kontor seines Vaters zu verlassen und sich mit ihm zusammenzutun. Während der letzten zwölf Jahre, da Roscoe sich sein Imperium aus Spielhallen und Clubs aufgebaut hatte, hatte Jordan ihm mit der ihm eigenen Ruhe und Bescheidenheit treu zur Seite gestanden, hatte stets den Überblick behalten und dafür gesorgt, dass alles auf den letzten Penny seine Richtigkeit hatte.

Selbst jetzt, da er in Größenordnungen von mehreren Tausend Pfund kalkulieren musste, würde Jordan penibel auf jeden Schilling schauen. Sie waren ein perfekt eingespieltes, unschlagbares Team, und es gab niemanden, dem Roscoe mehr vertraut hätte als Jordan Draper.

Nachdem sie noch weitere fünf Minuten die Bücher durchgegangen waren, lehnte Roscoe sich zurück. »Gut, dann wollen wir uns anhören, was die beiden zu berichten haben.« Er schaute zu dem Diener, der sich in diskreter Entfernung an der Tür bereithielt. »Bitten Sie Mr. Gelman und Miss Edger herauf, Tomkins.«

Tomkins, deutlich größer und kräftiger gebaut als die üblichen fashionablen Lakaien, nickte und begab sich nach unten.

Kurze Zeit später kam er mit einem hochgewachsenen, empfindsam wirkenden Mann zurück, der seiner Aufmachung und dem Auftreten nach auch als Gentleman hätte durchgehen können, und einer jungen Frau mit rabenschwarzem Haar und feiner Alabasterhaut, die in einem dunkelblauen Kleid eine sehr aparte Figur machte.

Beide blieben sie mit gehörigem Abstand zum Schreibtisch stehen; der Mann deutete eine Verneigung an, und auch die junge Frau neigte höflich den Kopf. »Sir«, kam es einstimmig.

Roscoe betrachtete sie einen Moment, studierte ihre Mienen, ihren Blick, dann setzte er sich energisch auf und bedeutete den zweien, in den Sesseln vor dem Schreibtisch Platz zu nehmen. »Bitte, setzen Sie sich.«

Sein erster Eindruck deckte sich mit dem, was Jordan berichtet hatte: Beide schienen das Kriegsbeil begraben zu haben, aber solange die Wurzel des Übels nicht aus der Welt war, traute er dem Frieden nicht so ganz. Jenny Edger war ohne Frage die beste Pikett-Spielerin, die er hatte – von ihm selbst einmal abgesehen –, weshalb er sie am liebsten im Pall Mall Club beschäftigte, der überwiegend vom alten Adel frequentiert wurde, einer Klientel, die dieses Spiel noch pflegte und ohne Weiteres größere Summen einsetzte.

Jenny war eine Goldgrube, aus der er alles herauszuholen gedachte, das Problem war bloß, dass Gelman, der den Club ansonsten mit großer Umsicht und zu seiner und Jordans vollsten Zufriedenheit führte, aus unerklärlichen Gründen eine spontane Abneigung gegen Jenny empfunden zu haben schien, die von ihr ebenso heftig erwidert wurde.

Roscoe war zu dem Schluss gelangt, dass allen geholfen wäre, wenn die beiden einfach mal zusammen ins Bett gingen und ihre Differenzen dort beilegten, aber solche Ratschläge erteilte nicht einmal er seinen Mitarbeitern, und so flogen zwischen den zweien weiterhin beim geringsten Anlass die Fetzen. Obwohl beide eher von nüchternem, pragmatischem Wesen waren, erwiesen sie sich zusammen als hochexplosives Gemisch. Letzten Monat, nachdem es wieder einmal zum Eklat gekommen war, hatte Roscoe sie beide einbestellt und ihnen eine Abmahnung erteilt.

Seitdem hatte er es sich angewöhnt, sie nur noch zusammen zu sich rufen zu lassen, hatte beiden die Verantwortung für die Rentabilität des Clubs übertragen – was im Grunde ohnehin der Realität entsprach –, immer in der Hoffnung, sie würden endlich begreifen, dass sie – und sei es bloß geschäftlich – aufeinander angewiesen waren und sich endlich zusammenraufen sollten, wollten sie ihre Anstellung behalten, was auch in Roscoes Augen mehr als wünschenswert war.

Das Gespräch verlief sehr zufriedenstellend, und am Ende hegte er tatsächlich die Hoffnung, die zwei könnten künftig kollegial zusammenarbeiten. Während alle Beteiligten nach diesem Etappensieg vorsichtig aufatmeten und Tomkins die beiden hinausführte, wandte Roscoe sich an Jordan. »Was steht als Nächstes an?«

»The Tower.« Jordan hatte die Bücher des Pall Mall Clubs bereits weggeräumt und die neuen auf dem Schreibtisch ausgebreitet. »Ich denke, wir sollten uns den Faro-Tisch etwas genauer ansehen. Wenn mich nicht alles täuscht, geht dort etwas nicht mit rechten Dingen zu.«

Dafür hatte auch Roscoe einen guten Blick; er brauchte sich die Zahlen bloß anzusehen, um einschätzen zu können, ob die

Abweichungen sich im üblichen Rahmen bewegten oder eben nicht.

Er vertiefte sich in die Bücher, dann nickte er. »Allerdings, du hast recht. Clapham führt den Laden – ist er heute hier?«

»Ja, er wartet unten.«

»Gut. Er soll hochkommen und uns erzählen, was sich diesen Monat an seinem Faro-Tisch abgespielt hat.«

Roscoe hatte an diesem Tag alles in allem vier solcher Besprechungen, wobei die beiden Streithähne des Pall Mall Club sich wider Erwarten noch als das kleinste Problem erwiesen. Clapham vom Tower Club gab er zwei seiner Leute mit auf den Weg, die den korrupten Croupier am Faro-Tisch zur Rede stellen und ihn dann des Hauses verweisen sollten. Zwar verfügte der Club über eigenes Sicherheitspersonal, aber Roscoes Leute waren noch mal ein anderes Kaliber: Sie verstanden es, den Gegner einzuschüchtern, ohne ihm ein Haar zu krümmen. Roscoe selbst hatte sie in dieser Kunst unterwiesen; ohne solche Drohgebärden wäre er in seinen Anfangsjahren auf keinen grünen Zweig gekommen.

Die erst kürzlich erworbene Spielhalle in Soho tat sich noch etwas schwer mit den Qualitätsstandards, die er all seinen Häusern auferlegt hatte. Seit seinen Anfängen in der Branche galt für ihn die eiserne Regel, dass in keinem seiner Etablissements mit faulen Tricks gespielt wurde. »Das Haus spielt fair« war einer der Gründe, warum ihm recht bald schon Glücksspieler aller Couleur scharenweise die Tür einrannten. Von der Konkurrenz zunächst belächelt, gab der Erfolg ihm letztlich recht.

Zehn Jahre später befand das Londoner Glücksspiel sich praktisch in seiner Hand, und den wenigen anderen noch verbliebenen Casinos war klar geworden, dass sie sich an dieselben Prinzipien des Fairplays würden halten müssen, wollten sie mit ihm konkurrieren – was aber nur die wenigsten schafften.

Um sich lange Diskussionen zu ersparen, beschloss er, einen seiner Spezialisten nach Soho zu schicken, einen routinierten Profispieler von unscheinbarem Äußeren, der einen Betrüger mit unfehlbarem Blick erkennen konnte. Nachdem er Bowen damit betraut hatte, besagtes Etablissement in der kommenden Woche ins Visier zu nehmen, verwandte er die nächste Stunde darauf, mit Jordan die Kreditrahmen auszuarbeiten, deren Überschreitung ein sofort anberaumtes Krisengespräch zur Folge hätte. Aber Roscoe war zuversichtlich, dass sich mit Jordans finanziellem Sachverstand und Bowens prüfendem Blick die kleinen Anfangsschwierigkeiten aus dem Weg räumen ließen, ohne dass er selbst groß würde eingreifen müssen.

Das Problem in der Spielhölle in der Nähe der Strand war dagegen etwas ernster, wenn auch leichter zu beheben. Zwei Mitarbeiterinnen, die das Gebäude in den frühen Morgenstunden durch den Nebeneingang verlassen hatten, waren tätlich angegriffen worden. Sie hatten um Hilfe schreien können, worauf das Sicherheitspersonal herbeigeeilt war. Den Frauen war nichts weiter geschehen, doch der Vorfall warf ein schlechtes Licht auf sein Haus und trug nicht gerade dazu bei, das Arbeitsklima zu verbessern. Roscoe beriet sich mit Mudd und Rawlins, seinen Leibwächtern, und wies sie dann an, zusätzliche Leute anzuheuern, die dafür sorgen sollten, dass alle Mitarbeiterinnen nach ihrer Schicht sicher nach Hause kämen.

Sehr früh in seiner Laufbahn hatte er die Erfahrung gemacht, dass Frauen die besseren Croupiers und Kassierer abgaben, weshalb ein nicht geringer Teil seines Personals weiblich war. Frauen waren ehrlich und zuverlässig, und, wie er dem Leiter der Spielhölle gegenüber gar nicht oft genug betonen konnte, solange die Mitarbeiterinnen sicher und gern zur Arbeit kamen, bräuchte er sich um den Umsatz keine Gedanken zu machen, weshalb es auch in seinem eigenen Interesse sei, gewisse Vorkehrungen zu treffen. Auf absehbare Zeit wurden daher zusätzliche Wachen abgestellt, um die Sicherheit der Frauen zu garantieren.

Am späten Nachmittag hatten sie ihr Pensum abgearbeitet.

Jordan räumte die Bücher weg, verabschiedete sich und ging.

Roscoe winkte Tomkins herein, damit der wieder an der Tür Posten bezog, dann lehnte er sich zurück, streckte die Beine aus und versuchte, sich zu entspannen.

Seine Gedanken begannen zu wandern, gaben ihm die Erinnerung an ein Gesicht ein, das längst nicht so auffallend apart war wie das von Jenny Edger, ihn aber deutlich mehr faszinierte. Große hellbraune Augen unter fein geschwungenen Brauen, die Nase gerade und entschieden, der Mund ein wenig zu breit, aber die Lippen weich und sinnlich, milchig weiße, makellose Haut mit einem rosigen Schimmer, das Haar hellbraun mit einem Hauch Honig und Gold, ein festes und doch feminines Kinn, zu alledem eine Miene, die immer eine Spur zu ernst war, zu nüchtern, zu unerbittlich auf den Anstand bedacht.

Das war natürlich nur sein persönlicher Eindruck, aber sein Gefühl für eine Person trog ihn selten.

Weshalb er hier saß und sich Gedanken über Rodericks Schwester machte, gab ihm ein weit größeres Rätsel auf.

Er verdrängte das Bild und versuchte, sich die Sache aus dem Kopf zu schlagen, diesen Impuls, etwas zu ergründen, das er nicht verstand, setzte sich wieder auf und öffnete die mittlere Schublade seines Schreibtischs.

Nachdem er die jüngsten Briefsendungen seiner Familie herausgenommen hatte – eine Nachricht von seiner Mutter, eine von seiner Schwägerin, beide heute Morgen eingetroffen –, haderte er kurz mit sich und öffnete Carolines Brief zuerst. Er las ihr kurzes Anschreiben und nahm sich dann das beigelegte Schulzeugnis aus Eton vor, dessen Lektüre ihn leise schmunzeln ließ.

Er legte die Bögen beiseite und öffnete den schmaleren Brief seiner Mutter, einen ihrer üblichen Berichte, in denen sie ihn kurz über das Leben seiner Schwestern und deren Kinder auf dem Laufenden zu halten pflegte. Diesmal teilte sie ihm mit, dass die drei Mädchen kommende Woche ein paar Tage auf Ridgware verbringen wollten, um Edwinas Hochzeit vorzubereiten. Edwina war die jüngste seiner Schwestern und die letzte, die unter die Haube kam. Trotz der unausgesprochenen Einladung, dass seine Unterstützung willkommen wäre, sollte er Gelegenheit zu einem Besuch finden, konnte er sich kaum vorstellen, den Frauen eine große Hilfe zu sein, wenn erst mal alle fünf die Köpfe zusammensteckten.

Bei Millicents und Cassandras Hochzeit hatte er sich in letzter Minute in die Kirche geschlichen, hatte die Trauung von ganz hinten verfolgt, wo niemand ihn sehen konnte, und war wieder verschwunden, kaum dass das frischgebackene Brautpaar sich geküsst hatte. Unter normalen Umständen hätte er beide Schwestern zum Altar geführt – so blieb es Henry überlassen, der damals noch ein halbes Kind gewesen war.

Es war eine schmerzliche Erfahrung gewesen, schmerzlicher, als er erwartet hätte.

Nun würde auch Edwina heiraten, und wieder konnte er seine Schwester nicht zum Altar führen.

Den Brief noch immer vor Augen, malte er sich aus, wie seine kleine Schwester zur Trauung durch die Kirche schritt. Dieses plötzliche Gefühl, fast körperlich das Verstreichen der Zeit zu spüren, all die Jahre, die er sich nicht mehr zurückholen konnte, verpasste Gelegenheiten, die nie wiederkämen, ließen seine Gedanken in eine Richtung abschweifen, die er ihnen sonst nur selten erlaubte – er sann über all das nach, was er bereute.

Hing Träumen nach, die er sich vor langer Zeit versagt hatte.

Damals noch, ohne groß darüber nachzudenken, sich kaum

bewusst, was er aufgab. Denn damals war es nicht so wichtig erschienen. Aber jetzt …

Im Laufe von zwölf Jahren hatten seine Prioritäten sich verändert.

Er war mittlerweile achtunddreißig und wusste beim besten Willen nicht, wie er das eine Ziel erreichen sollte, das ihm – vor allem anderen, wenn auch lange Zeit unbemerkt – sein eigentlicher, größter Wunsch war.

Die Familie war der Nabel seiner Welt gewesen, um den sich alles gedreht hatte, aber die Familie, für die er so viel geopfert hatte, würde es so bald nicht mehr geben. Die Mädchen waren demnächst allesamt verheiratet, hatten Ehemänner und Kinder, kurzum: eigene Familien. Seine Mutter wurde von Jahr zu Jahr älter, und Henry, der zwar derzeit noch auf ihn angewiesen war, würde bald schon erwachsen sein und selbst über sein Leben bestimmen können.

Und er … er würde allein zurückbleiben.

Ohne eine Familie, für die er sorgen konnte. Niemand mehr, der seiner bedürfen würde.

Er war viel zu abgeklärt, um sich nicht darüber im Klaren zu sein, dass seine Rolle immer darin bestanden hatte, anderen zu helfen, ihr Leben auf den Weg zu bringen. So war es ihm anscheinend bestimmt. Vielleicht war es ja der tiefere Sinn seines Daseins.

Wer also würde er sein, was tun, wenn er niemanden mehr hatte?

In die Leere, die sich vor ihm auftat, schob sich mit einem Mal wieder das Gesicht, das ihn gestern Abend so in seinen Bann gezogen hatte.

Warum dachte er auf einmal wieder an sie? Dann fiel ihm ein, wie er ihr gesagt hatte, dass Roderick ihren Schutz nicht mehr brauchte. Eine Parallele zu seiner eigenen Situation – natürlich, das erklärte es.

Ein müdes Lächeln spielte um seine Mundwinkel; guten

Rat, den er da gegeben hatte. Er kannte sich damit aus, erst Opfer zu bringen und dann loslassen zu müssen. Er wusste, wie schwer es war.

Einen Moment sann er noch nach, dann legte er den Brief seiner Mutter beiseite, schüttelte seine melancholische Anwandlung ab und griff zur Feder, um seiner Schwägerin zu schreiben und ihr zu versichern, dass Henrys Leistungen in Eton nichts zu wünschen übrig ließen, ja erwartbar waren. Wäre es anders, müsste er sich Sorgen machen, dass sein Neffe nicht all das lernte, was es auf dem Internat zu lernen gab.

Er stellte sich Carolines Miene vor, wenn sie das las, und nur Tomkins, der an der Tür Wache stand, hielt ihn davon ab, laut zu lachen.

»Diese Schweinskopfsülze ist wirklich ganz hervorragend.« Gladys schaute über den Tisch zu Miranda. »Die sollten wir auch auftragen lassen, wenn Mr. Wraxby zum Essen kommt. Ich könnte mir denken, dass er ganz angetan davon wäre.«

Miranda nickte. »Ich werde gleich morgen mit Mrs. Flannery sprechen, dass die Köchin sich darum kümmern soll.« Nach Corrines Tod hatte sie die Haushaltsführung übernommen; es gab ihr etwas zu tun, das Gefühl, zu etwas nütze zu sein. Mit Blick auf Roderick, der den Platz am Kopf der Tafel innehatte, wie es sich gehörte, meinte sie: »Wir wissen noch nicht, wann – oder ob überhaupt – Mr. Wraxby zum Essen kommt, aber er schrieb Tante Gladys, dass er nächste Woche in der Stadt sei und hier vorbeischauen wolle.«

Roderick zog eine Augenbraue hoch; zwar enthielt er sich jeden Kommentars, aber sie konnte ihm vom Gesicht ablesen, was er dachte: Wraxby hat *Gladys* geschrieben?

Sie senkte den Blick auf ihren Teller. Roderick hielt Wraxby für einen kalten Fisch und erachtete ihn nicht als passenden Verehrer für sie, aber ihrem kleinen Bruder mit seinem honigbraunen Haar, seinem ansprechenden Gesicht und seinem noch ansprechenderen Vermögen standen ja auch kein Leben als alte Jungfer und ein einsamer Lebensabend bevor.

Der Gedanke an Rodericks Vermögen lenkte ihre Gedanken abermals auf das, was er zumindest mit einem Teil des Geldes zu tun gedachte. Vorhin im Salon war sie ein paar Minuten mit ihm allein gewesen, ehe Tante Gladys sich zu ihnen gesellt hatte, aber sie war unschlüssig gewesen, ob sie das Thema ansprechen sollte. Wenn ja, wie sollte sie ihm erklären, woher sie von seinem Projekt erfahren hatte?

Wie Roscoe ganz richtig erkannt hatte, war Roderick nicht zu einem zügellosen Taugenichts herangewachsen, sondern war ein für sein Alter sehr vernünftiger und verantwortungsbewusster junger Mann geworden. Er schien sich gründlich überlegt zu haben, was er mit seinem Vermögen und seinem Leben anfangen wollte, und dass er sich in der Philanthropischen Gilde engagierte, sollte ihr vermutlich zeigen, dass er auf dem richtigen Weg war.

Einem Weg, den er ganz allein, ohne ihre Hilfe, gefunden hatte.

Bis Hughes das Trifle auftrug, Rodericks Lieblingsdessert, war sie zu dem Entscheidung gelangt, dass es an der Zeit war, sich etwas zurückzuziehen und ihrem Bruder die Privatsphäre zu gewähren, die ihm zustand.

»Schweinskopfsülze«, notierte sich Mrs. Flannery auf ihrer Liste. »Nun gut. Für das heutige Mittagessen hätte ich als Vorspeise an eine leichte Fischsuppe gedacht und dann vielleicht …«

Miranda saß an ihrem Sekretär im Morgenzimmer und ging mit Mrs. Flannery, die sich einen Stuhl herangerückt hatte, den Speiseplan durch. Zuvor hatten sie schon die Anschaffung neuen Linnens besprochen und dass das Küchenmädchen ausnahmsweise seinen freien Tag verschieben müsse.

»Und für das Abendessen, Miss, dachte ich mir, da Mr. Roderick vorhin zu Hughes meinte, dass er außer Haus äße, und es somit nur Sie und Miss Cuthbert wären, dass wir eventuell …«

Miranda nickte, hörte aber kaum noch zu. Roderick hatte *Hughes* gesagt, dass er außer Haus essen würde, aber zu *ihr* hatte er darüber kein Wort verlauten lassen, obwohl sie ihm vorhin auf dem Gang begegnet war?!

»Meinen Sie, das wäre recht so, Miss?«

Sie schaute auf und stellte fest, dass Mrs. Flannery sie fragend ansah. »Ja, das sollte auf jeden Fall genügen.« Nachdem sie sich etwas gesammelt hatte, meinte sie: »Gibt es sonst noch etwas, das wir besprechen müssten?«

»Nein, Miss, das wäre heute Morgen alles.« Mrs. Flannery stand auf. »Dann will ich Sie jetzt wieder Ihrer Arbeit überlassen und mache mich an die meine.«

Sie konnte zwar ein Lächeln für die Haushälterin erübrigen, doch sowie Mrs. Flannery das Zimmer verlassen hatte, erlosch es wieder.

Roderick hatte ihr sonst immer gesagt, wenn er … nun, bis vor Kurzem hatte er es ihr gesagt.

Bis er erwachsen geworden war und sein eigenes Leben zu führen begonnen hatte.

Wie es ihm ja auch zustand.

Wie sie es sich immer für ihn erhofft hatte.

Aber dass er ihr nicht einmal …

Sie schüttelte gereizt den Kopf und sagte sich, dass sie sich einfach damit würde abfinden müssen, nicht mehr Rodericks Kindermädchen zu sein.

Die nächsten beiden Tage versuchte sie jede freie Minute auszufüllen und erledigte all die kleinen, leidigen Pflichten im Haushalt, die sie sonst gern ein wenig schleifen ließ. Sie besann sich ihrer Rolle als Dame des Hauses, die ihr ja derzeit zukam, und versuchte ihrer Aufgabe bestmöglich gerecht zu werden.

Bis zu jenem Nachmittag, als sie mit der Rosenschere bewaffnet die Beete im Garten abschritt und alles abknipste, was ihr an Welkem vor die Füße kam. Der Gärtner grub derweil eines der hinteren Beete um und beäugte sie mit Argwohn, als machte er sich Sorgen, ihr plötzlicher Eifer könnte seine Dienste demnächst erübrigen.

Vor einem verblühten Rosenstock blieb sie stehen.

Was, zum Teufel, tat sie hier?

Versuchte sie sich selbst davon zu überzeugen, dass sie eine echte Aufgabe hatte, dass ihre Rolle in Rodericks Haushalt nicht bloß vorübergehender Natur war, die sie an seine Braut würde abtreten müssen, sowie er sich verheiratete?

Die Erkenntnis erschütterte sie. Sie konnte diesen Haushalt noch so vorbildlich führen, es würde nie der ihre sein.

Genau wie es ihr nicht länger zukam, über Roderick und sein Leben zu bestimmen.

Weder das Behüten ihres Bruders noch das Führen seines Haushalts waren Aufgaben, die von Dauer waren. Nichts davon würde ihrem Leben auf lange Sicht einen Sinn verleihen können.

Während sie die verwelkten Rosen betrachtete, ging ihr die eine, unvermeidliche Frage mit einer ganz neuen Dringlichkeit durch den Kopf.

Was soll ich nur machen?

Mit dem Rest meines Lebens?

Zwei Tage später wollte Miranda sich nach dem Abendessen gerade nach oben begeben, um den Roman zu holen, den sie gerade las, und sich damit zu Gladys in den Salon setzen, als sie Roderick eiligen Schrittes herunterkommen hörte. Mit einem Lächeln blieb sie auf dem Treppenabsatz stehen und trat beiseite, um ihn vorbeizulassen.

Er trug Abendgarderobe, tadellos und korrekt, grinste sie an, eilte aber einfach an ihr vorbei. »Ich bin heute Abend außer

Haus«, ließ er sie wissen und winkte ihr vom Fuß der Treppe zu. »Wir sehen uns morgen.«

Sie blieb, wo sie war, und schaute ihm hinterher, wie er zielstrebig die Halle durchquerte, kurz ein paar Worte mit Hughes wechselte, dann wurde die Haustür geöffnet und kurz darauf wieder geschlossen.

Wenn sie ihn fragte ... Würde Hughes wissen, wohin Roderick gegangen war?

Nicht, dass sie ihn gefragt hätte, es wäre zu entwürdigend gewesen.

Zumal es sie im Grunde auch nichts anging. Es war nicht mehr ihre Angelegenheit, wo ihr Bruder den Abend verbrachte.

Ihre Zeit als seine treu sorgende große Schwester war endgültig vorbei.

»Und was jetzt?«

Die geflüsterten Worte hallten leise im Treppenhaus wider.

Schließlich drehte sie sich um und eilte die restlichen Stufen nach oben.

Wie angekündigt, wurde Wraxby am folgenden Nachmittag vorstellig. Er war in diesem Jahr schon dreimal zu Besuch gekommen, hatte aber den Sommer über auf seinem Landsitz in Suffolk geweilt, um seine drei Söhne während der Schulferien zu beaufsichtigen.

»Nun, da sie wieder in Rugby sind und Geschäfte mich nach London führten, wollte ich die Gelegenheit nicht verstreichen lassen, unsere Bekanntschaft ein wenig aufzufrischen, Miss Clifford«, sagte Wraxby und beugte sich über Mirandas Hand.

Gladys hatte er bereits begrüßt, die aus ihrem Sessel am Kamin die Begegnung mit Argusaugen verfolgte. Roderick war nicht zugegen; Miranda hatte ihn den ganzen Tag noch nicht gesehen, aber sie würde sich hüten, sich nach seinem Verbleib zu erkundigen.

»Welch eine Freude, Sie wieder bei uns begrüßen zu dürfen,

Sir.« Sie zog ihre Hand zurück, bedeutete Wraxby, auf dem Sofa Platz zu nehmen, und setzte sich ans andere Ende. »Werden Sie denn lange in der Stadt bleiben?«

»Ein, zwei Tage.« Wraxby ordnete seine Rockschöße. Wie immer war er tadellos gekleidet, wenngleich weniger fashionabel denn penibel.

Die nachfolgende Unterhaltung – bestehend aus gestelzten Plattitüden Wraxbys, denen Gladys ausnahmslos beipflichtete – warf bei Miranda unweigerlich die Frage auf, welches Los ihr beschieden wäre, würde er ihr einen Antrag machen und sie ihn annehmen und er sich hernach nicht mehr gezwungen sehen, auch nur ansatzweise unterhaltsam zu sein.

Herrje, wie fade konnte ein Mann denn sein? Sie seufzte still und ermahnte sich, ihm eine Chance zu geben – und sich. Denn vielleicht fände sie ja über ihn den Weg zu einem eigenen Leben.

Erschwert wurde ihr das Kennenlernen indes durch Gladys' Anwesenheit, die Wraxby strikt in dem engen gesellschaftlichen Rahmen hielt, den sie für den Salon schicklich fand.

Vielleicht bemerkte er ihr Schweigen oder den Umstand, dass seine Konversation vornehmlich mit Gladys stattfand und nicht mir ihr, denn zu Mirandas Überraschung ergriff Wraxby selbst die Initiative. »Vielleicht, Miss Clifford, würden Sie mir die Ehre erweisen, einen kleinen Spaziergang zu machen? Ich fuhr eben am Fluss entlang und sah den Teegarten am Ende der Straße, der mir neu zu sein scheint. Waren Sie schon einmal dort?«

»Noch nicht.« Sie stand erleichtert auf. »Aber gegen einen Spaziergang hätte ich nichts einzuwenden, und vielleicht können wir uns ja im Anschluss von der Qualität des Angebots überzeugen.«

»Eine hervorragende Idee.«

Nachdem er sich von Gladys verabschiedet und ihr versichert hatte, bestens auf Miranda aufzupassen, trat Wraxby zu ihr in die Halle. Schweigend wartete er, dass das Mädchen ihr Umhang, Hut und Handschuhe brachte. Nachdem sie alles angelegt hatte, wandte sie sich zu ihm um, doch statt ihr seinen Arm zu reichen, bedeutete er ihr einfach nur, vorauszugehen.

Ihr Spaziergang zum Dolphin Square führte über die Chichester Street und folgte damit in umgekehrter Richtung jenem Weg, den sie vor bald einer Woche mit Roscoe gegangen war. Wraxby trabte neben ihr her und gab belanglose Kommentare ab, wie ruhig und gehoben man doch hier lebe. Als ihr Blick die weiße Villa auf der gegenüberliegenden Straßenseite streifte, lag ihr ein Hinweis auf den dortigen Bewohner auf der Zunge, aber sie verkniff es sich in weiser Voraussicht.

Vermutlich hätte Wraxby dann wissen wollen, woher sie davon erfahren hatte und warum sie meinte, das erwähnen zu müssen, und nein, das ersparte sie sich lieber. Zudem sollte sie ihn, ihre vermeintlich letzte Chance, besser nicht vor den Kopf stoßen.

Sie schlug den Weg in den kleinen Park ein, trat in den kühlen Schatten der Bäume und schaute hinunter zum Fluss, wo eine flache Steinmauer die Uferstraße begrenzte. Die Nähe seines Hauses war es wohl, die ihr Erinnerungen an jenen Abend eingab, das Bild seines markanten Gesichts heraufbeschwor … Bevor ihre Gedanken noch weiter auf Abwege geraten konnten, versuchte sie sich auf die Fragen zu konzentrieren, die sie an Wraxby hatte. Er schlenderte stumm neben ihr her, die Schritte den ihren angepasst, die Haltung astrein, den Blick nach vorn gerichtet. Sie wandte sich ihm zu. »Sie sagten, Sie seien vorhin am Fluss entlanggefahren – war es eine angenehme Fahrt?«

Wusste er die kleinen Freuden, das Schöne im Leben zu schätzen? So wie Roscoe, wenn man nach den Gemälden in seinem Haus urteilt, dachte sie unweigerlich, ehe sie sich wieder auf ihren Begleiter konzentrierte, dem mit einem Mal leise Irritation ins Gesicht geschrieben stand.

»Ich nahm diese Strecke, um den Verkehr auf den Hauptstraßen zu vermeiden. Es war auf jeden Fall schneller, ja.«

Sie ließ sich nichts anmerken; man konnte schließlich nicht alles haben. »Sie haben noch kaum von Ihrem Anwesen erzählt. Ist es schön gelegen?«

»Ich denke schon.« Nach einem Moment schien er wohl selbst zu merken, dass die Antwort nicht hinreichend war, und fügte hinzu: »Mir wurde verschiedentlich gesagt, es handele sich um ein sehr attraktives Stück Land. Und Maude, meine erste Frau, fand das Haus recht behaglich.«

Behaglich. Nun, das war doch immerhin etwas. Weitere Fragen nach der Umgebung und der Nachbarschaft gaben erneut wenig Aufschluss. Sie vermutete, dass Wraxby ihr nicht willentlich etwas vorenthalten wollte, sondern einfach sehr zurückhaltend war. Vielleicht auch nicht sonderlich aufmerksam.

Die Kunst der Konversation war ihm zumindest nicht gegeben.

Dafür schien er ein sehr korrekter Mensch zu sein und durchaus ehrlich.

Sie wollte ihm zugutehalten, dass seine letzte Brautwerbung schon eine Weile zurücklag, sein Charme etwas eingerostet war, und vielleicht lag es ihm auch nicht, sich selbst anzupreisen. All das konnte ihr jedoch nicht erklären, warum sein Interesse, so halbherzig es auch sein mochte, nun ausgerechnet ihr galt. Sie überlegte krampfhaft, was sie bislang von ihm wusste. »Sie haben vorhin Ihre Söhne erwähnt – drei, wenn ich mich recht entsinne. Wie alt sind sie denn?«

Er nickte. »Elf, zwölf und dreizehn.«

»Oh, so jung?« Sie hatte angenommen, sie wären schon älter. »Verstehe.« So langsam begann sie tatsächlich zu begreifen.

Schweigend schlenderten sie weiter; als sie sich dem Fluss näherten, frischte der Wind etwas auf.

Als sie den Teegarten am Themseufer erreichten, führte Wraxby sie zu einem runden Tisch, von dem aus man einen weiten Blick über den silbergrauen Flusslauf hatte. Nachdem sie bestellt und die Bedienung gegangen war, räusperte er sich. »Miss Clifford, lassen Sie mich ganz offen sprechen. Ich habe die Absicht, so viel dürfte offensichtlich sein, mich neuerlich zu verheiraten. Einer der Gründe hierfür ist, dass ich mich nicht in der Lage sehe, den zartfühlenderen Aspekten der Erziehung meiner Söhne gerecht zu werden.«

Nun, da er einmal begonnen hatte, legte er recht ausführlich dar, wie er sich ihre mögliche Verbindung vorstellte. Sie nippte an ihrem Tee, der ganz vorzüglich war, und hörte aufmerksam zu. Was er da schilderte, war im Grunde keine Brautwerbung, sondern eine Stellenbeschreibung.

Was sie für die Stelle qualifiziere, seien ihr Alter, ihre angenehme, eher konventionelle und durchschnittliche Erscheinung und ihr völliges Desinteresse an den, wie er es nannte, rasanteren Seiten des gesellschaftlichen Lebens. Ihre Mitgift, über die er anscheinend von Gladys belehrt worden war, gebe ihm die Gewissheit, dass sie einander gesellschaftlich wie auch finanziell ebenbürtig seien, was Miranda so verstand, dass er, wenn er sie zur Frau nähme, nicht unter seinem Stand heiraten würde. Er gehörte dem niederen Landadel an, derselben Schicht wie die Cuthberts, und wie ihrer Tante schien auch ihm die Wahrung von Anstand und Schein vorrangigstes Ziel.

Was nun die zu besetzende Stelle anging, so konnte man mit Fug und Recht von einem besseren Kindermädchen sprechen – wogegen im Prinzip nichts einzuwenden war, spielte er doch mit offenen Karten und ließ sie wissen, worauf sie sich einließe. Bedachte man ihre Situation und die seine, konnte nichts an seinem Vorschlag Anstoß erregen. Die ihm vorschwebende Verbindung war keine, die einer Dame wie ihr in den Augen der Gesellschaft unwürdig gewesen wäre.

Nachdem er ihr seinen Vorschlag unterbreitet hatte, beließ er es zu ihrer größten Erleichterung zunächst dabei. Er machte keine Anstalten, sie nach ihrer Meinung zu fragen oder ihr gar eine Entscheidung abzuverlangen. Vielmehr hatte sie den Eindruck, dass er eine gewisse Zeit gegenseitigen Kennenlernens als unerlässliche Vorsichtsmaßnahme sah. Weshalb Miranda, als sie abermals schweigend zurück zum Haus spazierten, in aller Ruhe über seine Worte nachdenken konnte … und sich fragte, ob die Rolle eines besseren Kindermädchens alles war, was ihr zustand. Sollte ihr Leben nicht mehr wert sein?

Ihre schwesterliche Besorgnis hintanzustellen fiel ihr nicht leicht; umso größer daher ihre Erleichterung, dass Roderick an diesem Abend nicht ausging und mit Gladys und ihr zusammen aß.

Kaum saßen sie alle um den Tisch versammelt, nahm Gladys Roderick ins Visier. »Mr. Wraxby war heute Nachmittag hier und ist mit deiner Schwester spazieren gegangen. Bei ihrer Rückkehr lud ich ihn für morgen Abend zum Essen ein, und er hat zugesagt. Ich erwarte, dass du zugegen bist, Roderick – Mr. Wraxby soll nicht den Eindruck bekommen, du hieltest sein Interesse an deiner Schwester für nicht von Bedeutung.«

Weil auch sie ein wachsames Auge auf ihren Bruder hatte, entging Miranda nicht, wie ausdruckslos Rodericks sonst so joviale Miene mit einem Mal wurde, als versuchte er, seine Reaktion auf diesen drakonischen Befehl zu verbergen; im nächsten Moment entspannten seine Züge sich wieder, und er nickte wohlwollend. »Ja, natürlich. Ich werde da sein.« Er schaute zu Miranda herüber; als ihre Blicke sich trafen, gönnte er ihr ein aufmunterndes Lächeln.

Er würde da sein und ihr zur Seite stehen; die Gewissheit entlockte ihr ein Lächeln, das ihm ebenso galt wie ihr selbst.

Später, nachdem sie noch mit Hughes wegen des morgigen Dinners gesprochen hatte, wollte sie sich gerade in den Salon begeben, als sie Roderick die Treppe hinunterpreschen hörte.

Er warf ihr ein Grinsen zu. »Ich gehe noch mal ein paar

Stunden weg.« Sie blieb bei ihm in der Halle stehen. Er drückte ihr das Buch, das er bei sich trug, in die Hand und griff nach seinem Mantel. Während er sich anzog, besah sie sich das Buch genauer; es sah genauso aus wie jene, die Roscoe und die Mitglieder der Philanthropischen Gilde benutzten.

Fertig angezogen, streckte Roderick die Hand nach seinem Buch aus. Sie reichte es ihm und lächelte. »Viel Spaß«, wünschte sie ihm und meinte es tatsächlich so.

»Den werde ich haben!«, rief er, schon halb zur Tür hinaus. Ohne sich noch einmal umzudrehen, winkte er ihr zum Abschied, dann sprang er die Treppe hinunter und marschierte in Richtung hinteren Gartenweg davon.

Sie überließ es Hughes, die Tür zu schließen, und ging, noch immer lächelnd, in den Salon.

Als am folgenden Abend die Uhren im Haus sieben schlugen und von Roderick noch immer keine Spur war, lächelte sie indes nicht.

»Wo kann er denn sein?« Mit zunehmender Besorgnis stand sie auf und läutete nach Hughes. Sie hatte sich wohlweislich nicht nach ihrem Bruder erkundigt, wollte sie ihm doch seinen Freiraum lassen und nicht mehr jeden seiner Schritte überwachen, doch irgendetwas stimmte nicht, das hatte sie im Gefühl.

»Mr. Wraxby wird jeden Moment hier sein.« Gladys war ebenso wenig erfreut über Rodericks Fernbleiben wie Miranda, machte sich aber weit weniger Sorgen. »Nun hör doch auf, dich verrückt zu machen! Wahrscheinlich hat er sich nur verspätet.«

Die Tür des Salons wurde geöffnet, und Miranda drehte sich nach Hughes um. »Ist Mr. Roderick inzwischen nach Hause gekommen?«

Der Butler sah etwas betreten drein. »Nein, Miss.«

Sie ging in Gedanken noch einmal den ganzen Tag durch, dann schlug sie alle Bedenken in den Wind und fragte rundheraus, was ihr keine Ruhe ließ: »Wann haben Sie oder einer der Bediensteten ihn zuletzt gesehen?«

Jetzt sah Hughes nicht mehr nur betreten drein, sondern kam einer gequälten Miene so nah, wie es einem gut ausgebildeten Butler nur möglich war. »Gestern Abend, Miss. Sie waren zugegen, als er das Haus verließ.«

Sie spürte ihre Knie nachgeben; mit zwei Schritten war sie beim Sofa und ließ sich darauf sinken. »Wollen Sie damit sagen, dass er seitdem nicht mehr zu Hause war?«

Hughes hatte sich gefasst und trug wieder routinierte Ausdruckslosigkeit zur Schau, den Blick auf die Wand knapp über ihrem Kopf gerichtet. »Ja, Miss. Das Stubenmädchen meinte, sein Bett sei nicht angerührt worden. Soweit wir wissen, war er letzte Nacht nicht zu Hause.«

»Das höre ich zum ersten Mal …« Sie schaute zu Gladys, doch ihre Tante war offenbar genauso unwissend wie sie. »Warum hat uns niemand Bescheid gegeben, dass mein Bruder verschwunden ist?«

Hughes stieg das Blut in die Wangen. »Wir … will sagen, die Bediensteten … nun, wir dachten, dass der Herr schon seine Gründe haben wird, die Nacht außer Haus zu verbringen.«

Miranda traute ihren Ohren kaum. Wollte Hughes andeuten, dass Roderick …? Dachten die Bediensteten, dass ihr Bruder eine *Tändelei* hatte? »Nein«, sagte sie entschieden, hörte selbst, wie lächerlich es klang, denn immerhin war er dreiundzwanzig … Trotzdem schüttelte sie energisch den Kopf, denn darum ging es ja gar nicht. »Er hat versprochen, dass er heute Abend hier sein würde.«

Gladys schnaubte. »Männer! Sie sind doch alle gleich, zumal in dem Alter. Bestimmt hat er sich irgendwo die Nacht um die Ohren geschlagen und unseren Gast völlig vergessen.«

»Nicht wenn er es versprochen hat!« Miranda hätte noch mehr zu sagen gehabt, aber lautes Klopfen an der Haustür ließ sie innehalten.

»Das wird Mr. Wraxby sein.« Gladys winkte Hughes hinaus. »Gehen Sie, und lassen Sie ihn herein – und wenn Mr. Roderick kommt, richten Sie ihm aus, dass wir seine Anwesenheit erwarten, ganz gleich, wie es um seinen Kopf bestellt sein mag.« Gladys schnalzte mit der Zunge. »Das wird ihm eine Lektion sein.« Nachdem Hughes sich entfernt hatte, richtete sie ihren unerbittlichen Blick auf Miranda. »Und du hörst jetzt endlich auf, wie eine Irre die Hände zu ringen. Setz ein Lächeln auf, Mädchen, und streng dich ein bisschen an, Mr. Wraxby bei Laune zu halten. Denn vergiss nicht …« Gladys beugte sich vor und dämpfte die Stimme. »… in deiner Situation kannst du es dir nicht leisten, den einzigen würdigen Verehrer zu vergraulen, den du hast.«

Da ihr kaum eine andere Wahl blieb, atmete Miranda tief durch und stand auf, als Wraxby eintrat. Sie setzte ein Lächeln auf und reichte ihm die Hand. »Seien Sie uns willkommen, Sir. Ich hoffe, Sie befinden sich wohl.«

Nachdem sie sich schon länger im Salon aufgehalten hatten als üblich, war Roderick zwischenzeitlich immer noch nicht zurückgekehrt. Miranda war derart darauf konzentriert, nach Geräuschen zu lauschen, die sein Kommen verrieten – doch nie kamen –, dass die Unterhaltung bei ihr zum einen Ohr hinein und zum anderen hinaus rauschte. Am Ende sah sie sich gezwungen, Roderick zu entschuldigen, der nun leider aufgehalten worden sei, aber vielleicht später noch zu ihnen stoßen werde. Ohne es ausdrücklich zu sagen, ließ sie es so klingen, als hätte er eine diesbezügliche Nachricht geschickt.

Wraxby neigte nur höflich den Kopf und reichte dann Gladys den Arm, um sie zu Tisch zu führen.

Das Dinner verlief ohne weitere Zwischenfälle, aber die Konversation war gar noch quälender als sonst, selbst für Wraxbys Verhältnisse. Miranda, die von dem leeren Platz am Ende des Tisches ständig an Rodericks Abwesenheit erinnert wurde, musste sich wirklich bemühen, zumindest den

Anschein von Aufmerksamkeit zu wahren. Zwar eröffnete Gladys die Tafel mit betonter Unbefangenheit, aber bis das Dessert serviert wurde, war auch sie besorgtem Schweigen anheimgefallen.

Nach dem Essen kehrten sie noch einmal in den Salon zurück, und die nachfolgende Stunde war wohl die zäheste und aufreibendste, die Miranda je erlebt hatte. Sie konnte sich nicht vorstellen, dass Wraxby von alledem nichts bemerkt hatte, aber als er sich schließlich erhob, um sich zu verabschieden, und sie ihn hinaus in die Halle begleitete, ließ er mit keinem Wort erkennen, dass er sich ihrer besorgten Zerstreutheit bewusst war.

Anscheinend war er für alles, das ihn nicht unmittelbar selbst betraf, völlig unempfänglich.

Hatte sie zuvor noch erwogen, sich ihm anzuvertrauen, vielleicht um seinen Rat zu bitten, so war dieser Wunsch nun dahin. Sich Wraxby mitzuteilen würde nicht helfen, und sein Rat würde womöglich alles nur schlimmer machen.

Nachdem er sich galant über ihre Hand gebeugt hatte, richtete Wraxby sich wieder auf, nahm seinen Hut von Hughes entgegen und sah schließlich Miranda an. »Ich werde morgen nach Suffolk zurückkehren, aber vermutlich in ein paar Wochen wieder in der Stadt sein. Darf ich hoffen, Sie noch hier anzutreffen und von Ihnen empfangen zu werden?«

Sie rang sich ein Lächeln ab. »Aber natürlich, Sir. Sie werden immer willkommen sein. Wir beabsichtigen nicht, die Stadt in nächster Zeit zu verlassen.«

»Ausgezeichnet.« Wraxby setzte seinen Hut auf und verneigte sich. »Dann wünsche ich Ihnen eine gute Nacht, Miss Clifford.«

Sie wahrte ihr Lächeln, bis die Tür sich hinter ihm geschlossen hatte, dann glitt es ihr vom Gesicht wie Wasser. Einen Moment blieb sie so stehen, dann kehrte sie zurück in den Salon. »Wir müssen die Polizei rufen.«

»Was?« Gladys glotzte sie ungläubig an, dann hielt sie energisch dagegen. »Nein, das kommt überhaupt nicht infrage!«

Miranda stemmte die Hände in die Hüften. »Was soll das heißen? Roderick ist *verschwunden*! Ihm muss etwas zugestoßen sein. Ich werde die Behörden verständigen …«

»Das wirst du nicht!« Gladys bekam ganz schmale Augen und reckte kämpferisch das Kinn. »Ich werde nicht zulassen, dass du einen solchen Wirbel machst. Die Behörden verständigen – was soll das denn bringen? Gerede, Gerüchte, einen Skandal! Und was, glaubst du, wird man unternehmen? Wie sollen die Konstabler deinen Bruder denn finden? Sie werden sich gar nicht erst auf die Suche machen, *das* sage ich dir! Sie werden jemanden herschicken, der uns beruhigen soll, und dann werden sie warten, dass er von selbst wieder auftaucht. Aber bis dahin wird die Gerüchteküche kochen – und alles für nichts und wieder nichts!«

Gladys zog ihren Schal um sich und mühte sich aus dem Sessel, dann sah sie Miranda streng an. »Du hörst mir jetzt mal zu, Mädchen.« Sie schwang sich noch einmal zu jener Autorität auf, die sie die letzten zwanzig Jahre gewesen war. »Ich *verbiete* dir hiermit, auch nur ein Wort davon verlautbaren zu lassen. Die Polizei kann uns nicht helfen. Niemand kann das. Wir können nichts weiter tun, als darauf zu warten, dass dein Bruder wieder nach Hause findet.« Sie drängte sich an Miranda vorbei zur Tür. »Und dass er genügend Vernunft besitzt, bis dahin nicht noch für unnötigen Wirbel zu sorgen.«

Unnötigen Wirbel. Miranda schaute ihrer Tante nach, wie sie aus dem Salon stampfte. Sie schaute ihr nach, bis sie längst die Treppe hinauf nach oben verschwunden war.

»Die Polizei kann uns nicht helfen. Niemand kann das.«

Ersteres vermochte Miranda nicht zu beurteilen.

Aber bei Letzterem, da war sie sich sicher, irrte ihre Tante.

»Guten Abend.« Miranda erwiderte den Blick von Roscoes Butler hoch erhobenen Hauptes. »Ich bin Miss Clifford, die Schwester von Roderick Clifford. Ich müsste Mr. Roscoe in einer dringlichen Angelegenheit sprechen.«

Trotz der späten Stunde öffnete der Butler ihr die Tür und trat beiseite. »Gewiss, Miss. Treten Sie ein.«

Sie dankte ihm und ging ein paar Schritte in die Halle; der große Kristalllüster, der auf dem Tisch in der Mitte des Raumes stand, strahlte gedämpftes Licht aus.

Nachdem er die Tür wieder geschlossen hatte, wandte der Butler sich um und verneigte sich. »Wenn Sie hier warten würden, Miss – ich werde dem Herrn Bescheid sagen, dass Sie hier sind.«

»Danke.« Sie atmete tief durch, auch wenn ihr die Brust wie zugeschnürt war, und versuchte, nur keinen Gedanken daran zu verschwenden, was sie hier eigentlich tat. Gladys hatte ihr indes keine andere Wahl gelassen. Wenn sie sich nicht an die Behörden wenden durfte, was sollte sie tun? Sie brauchte Hilfe, um Roderick aufzuspüren, und sie war sich sicher, dass Roscoe ihnen würde helfen können, wenn er es denn wollte.

Sie schnürte ihr Cape auf und ließ es sich von den Schultern gleiten, faltete es einmal zusammen und legte es auf dem Tisch ab. Darunter trug sie das schlichte, langärmelige Kleid aus hellbrauner Moiréseide, das sie vorhin beim Dinner getragen hatte.

Der Butler – Rundle, so hieß er – war den Korridor hinab verschwunden, der, wie sie wusste, zur Bibliothek führte.

Keine Minute später kam er auch schon zurück. »Wenn Sie mir bitte folgen würden, Miss.«

Sie folgte ihm den Gang hinunter, der wie auch die Halle mit dunklem Holz getäfelt war. An den Wänden hingen Gemälde – Jagdszenen mit Pferden und Hunden –, doch in so wohlbemessenen Abständen, dass Farbe und Sujet nicht überwältigend wirkten. Der Korridor endete vor einer schmucken Doppeltür; Rundle öffnete sie und ließ sie in jenen Teil der Bibliothek treten, den sie an jenem Abend nicht hatte einsehen können, da er direkt unterhalb der Galerie lag.

Das Ambiente war luxuriös und doch behaglich; kaum über die Schwelle getreten, blieb Miranda stehen, spürte, wie sich die Tür lautlos hinter ihr schloss, und ließ die Schönheit des Raums auf sich wirken. An der Stirnseite prasselte ein Feuer im mannshohen offenen Kamin, warf einen flackernden goldenen Schein auf den steinernen Sims, erhellte jedes Detail und erfüllte den weiten Raum mit wohliger Wärme. Ein Teppich in warmen, gedämpften Farben bedeckte den ebenfalls steinernen Boden, und vier Sessel, bezogen mit gediegenem braunem Leder, standen vor den Kamin gruppiert, daneben kleine Beistelltische aus dunkler Eiche, demselben Holz, aus dem auch die Vitrinen gefertigt waren, die den Kamin flankierten, und die hohen Bücherregale, die einmal um den ganzen Raum und bis hinauf zur Decke reichten.

Über Sims und Vitrinen hingen abermals Gemälde, die sich mühelos mit denen messen konnten, die sie an anderer Stelle im Haus gesehen hatte. Lampen waren so platziert, dass sie die Szenerie in ein vorteilhaftes Licht tauchten.

Obwohl dergestalt von ihrer Umgebung abgelenkt, fiel ihr Blick doch sogleich auf Mr. Roscoe, der in einem der Sessel am Kamin gesessen hatte, die langen Beine von sich gestreckt, und sich nun anmutig erhob. Wie bei ihrer letzten Begegnung war er tadellos gekleidet, diesmal in maßgeschneidertem schwarzem Rock, schwarz-blau gestreifter Weste und dunklen Breeches. In der Hand hielt er ein Buch und den Blick einen Moment fragend auf sie gerichtet, ehe er ihr schließlich bedeutete, näher zu treten und sich zu setzen. »Willkommen einmal mehr in meinem bescheidenen Quartier, Miss Clifford. Sie finden mich gespannt, was so dringlich sein kann, dass es Sie erneut an meine Tür verschlägt.«

Leicht verunsichert neigte sie den Kopf. »Ich muss Ihnen danken, dass Sie bereit waren, mich zu empfangen, Sir.«

Wieder sah er sie einen Moment nur an – seine Miene war unergründlich, der Blick seiner dunklen blauen Augen dafür umso eindringlicher –, ehe er sie, nun schon leicht ungeduldig, heranwinkte. »Sparen Sie sich die Höflichkeiten, Miss Clifford. Was ist passiert?«

Als hätten seine Worte den Bann gebrochen, ließ sie sich in den Sessel ihm gegenüber sinken und sagte schlicht: »Roderick ist verschwunden.«

Schweigend sah er sie an, dann legte er das Buch beiseite und setzte sich. Sie rechnete schon damit, dass er ihre Sorge abtun, versuchen würde, sie zu beschwichtigen, doch stattdessen fragte er ruhig: »Wann wurde er zuletzt gesehen?«

»Gestern Abend. Ich sprach kurz mit ihm, ehe er aus dem Haus ging – ich nahm an, dass er an einem Treffen der Gilde teilnehmen würde.«

»Das hat er. Er war hier, ja. Und danach hat er zusammen mit den anderen das Haus verlassen.«

Sie beugte sich gespannt vor. »Haben Sie gesehen, in welcher Richtung er das Haus verließ?«

Roscoe überlegte. »Nach oben ist er nicht gegangen, weshalb ich annehme, dass er die Tür nach vorn zur Straße hin genommen hat. Ich hörte noch, wie er sich von Gerrard verabschiedete, der zur selben Zeit aufbrach. Gerrard hatte einen Wagen warten und wandte sich in die entgegengesetzte Richtung.« Er schaute auf und richtete seine Aufmerksamkeit wieder auf Miranda Cliffords Gesicht; seine Neugier war dann doch groß genug gewesen, ihren Namen in Rodericks Akte nachzuschlagen. »Er ist kurz nach Mitternacht aufgebrochen. Sind Sie sicher, dass er nicht doch nach Hause gekommen und später wieder gegangen ist?«

»Niemand hat ihn gesehen …« Sie verstummte, dann fasste sie sich ein Herz und meinte: »Bevor ich herkam, war ich in seinem Zimmer. Die Kleider, die er gestern Abend trug, fehlen. Ebenso das Buch …« Sie sah ihn fragend an. »Sie wissen schon, das Notizbuch, das er dabeihatte. Es fehlt auch. Wäre er kurz zurückgekommen, warum hätte er es wieder mitgenommen?«

Roscoe verzog keine Miene. »Ich meine mich zu erinnern, dass er das Buch dabeihatte, als er ging … Er hätte es ja auch hier vergessen können, aber ich bin mir ganz sicher, dass dem nicht so war. Woraus folgt, dass er irgendwo unterwegs verschwunden ist.«

»Könnte jemand es auf das Buch abgesehen haben? Enthielt es wertvolle Informationen?«

»Er hat sich Notizen darin gemacht, die Fragen festgehalten, die er dem Schulausschuss stellen wollte.« Roscoe überlegte einen Moment, dann schüttelte er den Kopf. »Nein, ich wüsste nicht, wer daran interessiert sein sollte. Zudem, hätte jemand es auf das Buch abgesehen, würde man es ihm wohl einfach entwendet und Roderick auf der Straße zurückgelassen haben.« Er stand auf und betätigte den Klingelzug. »Da dem nicht so ist, müssen wir davon ausgehen, dass er selbst das Ziel war und entführt wurde.«

Rundle erschien auf das Läuten hin an der Tür.

»Sagen Sie Mudd und Rawlins, dass ich sie sofort brauche.«

»Ja, Sir.« Rundle entfernte sich zügig; wenn Roscoe zu dieser Stunde nach seinen Leibwächtern verlangte, war Eile geboten.

Roscoe kehrte an seinen Platz zurück, setzte sich aber nicht. In Gedanken ging er bereits die ersten Schritte seines Plans durch, Roderick ausfindig zu machen.

Miranda Clifford schaute ihn an. »Ich weiß nicht, wie genau so etwas abläuft, aber Sie wissen ja, dass wir vermögend sind, weshalb es sich natürlich von selbst versteht, dass wir für Ihre Hilfe und die Ihrer Leute bezahlen werden.«

Er richtete seine Aufmerksamkeit wieder auf sie, sah die Anspannung in ihrem Gesicht, die Sorge um ihren Bruder, die an ihr zerrte. »Das wäre ein Affront für mich und meine Männer. Wir werden nach Roderick suchen, ihn finden und wieder nach Hause bringen, weil er ein Freund und Mitstreiter ist – und glauben Sie mir, Miss Clifford, ich bin in dieser Stadt bekannt dafür, nichts auf meine Leute kommen zu lassen.«

Sie straffte die Schultern und hob das Kinn. Ihre Blicke trafen sich, und sie schien etwas erwidern zu wollen, besann sich dann offenbar anders und neigte, wenn auch unwillig, den Kopf. »Danke.«

Ihm blieb kaum Zeit, seinen kleinen Sieg auszukosten, denn schon kündigten schwere Schritte auf dem Gang seine beiden besten Leute an. Ihnen vertraute er wortwörtlich mit seinem Leben.

Sie klopften und kamen auf seine Order herein. Beide waren große, kräftige Kerle, mit kurz geschorenen Schädeln, gestählten Muskeln und ebensolchen Fäusten. Beide konnten auf eine recht bewegte Vergangenheit zurückblicken, von denen beispielsweise die gebrochenen Nasen zeugten, doch sie waren gute Männer, blitzgescheit und wendig und nun zudem in adrette schwarze Anzüge gekleidet.

In denen sich das eine oder andere Messer verbarg, mit dem beide trefflich umzugehen verstanden.

Rawlins schloss die Tür und stellte sich neben Mudd, beide sahen Roscoe an und warteten auf ihren Einsatz. Von dort, wo sie standen, konnten sie Miranda Clifford nicht sehen, was allerdings auch hieß, dass ihr der Blick auf die beiden verstellt war. Im Nu war sie aufgestanden und neben ihn getreten, um Mudd und Rawlins in Augenschein zu nehmen.

Die Männer zuckten nur kurz mit der Wimper, dann hefteten sie den Blick wieder auf ihn und taten, als hätten sie Miss Clifford gar nicht bemerkt.

Wäre die Lage nicht so ernst gewesen, hätte er lächeln müssen; die zwei wussten wirklich, was von ihnen verlangt wurde.

Diskretion war oberstes Gebot, wenn in diesem Fall auch fehl am Platz. »Das ist Miss Clifford. Sie ließ mich soeben wissen, dass Mr. Clifford, ihr Bruder, nicht nach Hause zurückgekehrt ist, nachdem er gestern von hier aufbrach.«

Mudd runzelte die Stirn. »Ich habe ihn aber noch die Straße runtergehen sehen.«

»Haben Sie vielleicht noch jemanden dort gesehen?«, fragte Miranda. »Ist Ihnen irgendetwas aufgefallen?«

Mudd schaute sie an und schüttelte den Kopf. »Nein, Miss. Soweit ich das erkennen konnte, war außer ihm niemand unterwegs.«

»Aber unter den Bäumen im Park könnte jemand gestanden und ihm aufgelauert haben. Oder am Ende der Straße«, warf Roscoe ein, weniger als Feststellung denn als Unterweisung an seine Männer.

Beide begriffen sofort. Rawlins nickte. »Klar, hätte sein können. Sollen wir mal die Gegend durchkämmen?«

Roscoe schaute auf die Uhr. »Es ist fast zwölf, dieselbe Zeit wie gestern. Ja, schickt alle Männer raus, sie sollen die ganze Umgebung absuchen: Chichester Street, Dolphin Square und besonderes Augenmerk auf die Claverton Street. Ihr kennt das Haus von Clifford?«

»Das große, hinter der Kreuzung das zweite rechts, gleich hinter der ersten Quergasse.«

Roscoe nickte. »Genau das. Schaut euch da mal um. Selbst zu so später Stunde besteht die Möglichkeit, dass jemand etwas gesehen oder gehört hat.«

Die beiden machten sich auf den Weg und schlossen die Tür hinter sich.

Roscoe sah seine Besucherin an, die tief in Gedanken versunken zu sein schien. »Wenn es etwas zu finden gibt, und sei es nur ein kleiner Anhaltspunkt, werden meine Männer es finden.«

Sie schaute ihn an. »Und was dann?«

»Sowie wir eine Spur haben, folgen wir ihr, machen Roderick ausfindig und bringen ihn zurück.« Er sagte es mit Nachdruck und ließ sie nicht an seiner Ernsthaftigkeit zweifeln. Abwartend sah er sie an, spürte förmlich, wie sie vorsichtig aufatmete, wie die erste Angst, diese Ohnmacht und bodenlose Furcht, die sie überhaupt erst zu ihm geführt hatten, sich langsam legten. Gleich beim ersten Wort hatte er gemerkt, dass sie vor Sorge zum Bersten gespannt war; er hatte getan, was er konnte, ihr die Anspannung zu nehmen, ihr Gewissheit zu geben, dass er alles tun würde, was in seiner Macht stand.

Es hatte seine Wirkung nicht verfehlt, aber sie dachte schon weiter – und fand neuerlichen Anlass zur Sorge.

»Kommen Sie«, meinte er daher, wollte die Hand nach ihr ausstrecken, besann sich aber gerade noch. »Ich bringe Sie jetzt nach Hause.« Weil er merkte, dass sie zum Widerspruch ansetzen wollte, fügte er, nun etwas dringlicher, hinzu: »Machen Sie es nicht komplizierter, als es ist, Miranda.«

Miranda blinzelte kurz, als sie ihn ihren Namen sagen hörte, aber wenn sie nicht wollte, dass er sie beim Arm fasste und wieder diese heftigen Empfindungen in ihr weckte, tat sie wohl besser daran, hier nicht den ganzen Abend herumzustehen; nachdem er sie schon kaum merklich bis zur Tür dirigiert hatte, war es in der Tat einfacher, nachzugeben und sich ihm anzuschließen.

In der Halle griff er sich ihr Cape vom Tisch und hielt es ihr an, schlüpfte dann in seinen Mantel, während sie sich noch die Bänder zuschnürte und die Kapuze aufsetzte, dann war er auch schon an der Tür, kam dem Butler zuvor, ließ ihr den Vortritt und folgte ihr hinaus.

Einmal aus dem Haus, machten sie sich ohne Eile auf den Weg. Obwohl es in dieser Gegend noch keine Straßenlaternen gab, schien der Mond doch hell genug, um sie schemenhaft die Männer erkennen zu lassen, die unter den Bäumen umherhuschten und den Platz absuchten. Es schien ihr ein ziemliches Aufgebot zu sein. Mit Blick in die Richtung fragte sie: »Sind das alles Ihre Leute?«

Er schaute nur kurz hinüber und sah dann wieder geradeaus. »Die meisten, ja. Aber man hat auch Verbindungen, die mir heute gerade recht kommen.« Nach einem Moment setzte er nach: »Die *uns* recht kommen, meine ich natürlich.«

Erst da wurde ihr bewusst, dass er sich ihr gegenüber nicht ausdrücklich bereit erklärt hatte, sie über die weiteren Ereignisse auf dem Laufenden zu halten. »Ich möchte über alles informiert werden, was Sie über Rodericks Verbleib herausfinden.«

»Natürlich. Ich verspreche Ihnen, Sie zu benachrichtigen, wann immer ich etwas Neues erfahre.«

Das Versprechen war ihm ein wenig zu geschmeidig über die Lippen gegangen, aber was sollte sie dagegenhalten? »Danke«, sagte sie und nahm sich vor, noch einmal in sich zu gehen und zu überlegen, wie sicherzustellen war, dass er ihr unverzüglich Bericht erstattete. Denn später, wenn alles vorbei war, könnte es zu spät sein.

Als sie die Claverton Street erreicht hatten, sah sie abermals dunkle Gestalten durch die Nacht streichen. Etwas die Straße hinunter unterhielt sich einer der Männer mit einem Droschkenkutscher.

Wie um ihrer Frage zuvorzukommen, meinte Roscoe: »Die meisten Droschken fahren bestimmte Strecken, bedienen nur bestimmte Gegenden, zumal so weit außerhalb der Stadt. Gut möglich, dass er gestern Abend auch hier unterwegs war. Und selbst wenn er nur vorbeigefahren ist, könnte ihm etwas aufgefallen sein.«

Er schaute sie an, und sie spürte seinen Blick auf sich. »Wir brauchen nur eine einzige Spur, der Rest ergibt sich dann von selbst.«

Sie nickte und bog in die Gasse hinter den Gärten ein.

Roscoe zögerte, sah sie ins Dunkel verschwinden, ehe er ihr folgte.

Bevor sie beim Gartentor angelangt war, hatte er sie wieder eingeholt. »Verzeihen Sie meine Neugier – aber warum nehmen Sie nicht einfach den Eingang vorn an der Straße?«

Sie blieb vor dem Tor stehen und drehte sich nach ihm um. »Wegen meiner Tante. Sie wollte nicht, dass jemand von Rodericks Verschwinden erfährt – ich wollte die Polizei verständigen, aber sie hat es mir verboten.«

Er hob fragend die Brauen.

Aber während er überlegte, wie er seine nächste Frage formulieren sollte, fuhr sie auch schon fort: »Sie hat Angst, es könnte unnötigen Wirbel machen – ein Skandal ist ihre größte Sorge. Dass Leute plötzlich mit dem Finger auf uns zeigen, unser gesellschaftliches Ansehen in Gefahr ist. Vermutlich hat sie damit recht, aber wie sollte ich sie darüber bestimmen lassen, untätig abzuwarten?« Trotz der Dunkelheit sah er sie entschieden das Kinn recken. »Rodericks Leben könnte auf dem Spiel stehen.«

Sie sah ihn an, suchte seinen Blick. »Nicht dass Sie mich falsch verstehen – sie macht sich ebensolche Sorgen wie ich und kann sich vermutlich denken, dass ich losgezogen bin, um Hilfe zu holen, aber wenn ich hintenherum und durch das Morgenzimmer ins Haus komme, kann sie so tun, als wäre ich nur ein wenig im Garten spazieren gewesen, wie ich es des Öfteren tue. So vergeben wir uns beide nichts.«

Er hätte gern noch mehr erfahren, aber nun war kaum die Zeit, weitere Fragen zu den Familienverhältnissen zu stellen. Und so beschränkte er sich auf das, was ihr im Augenblick am meisten helfen würde. »Versuchen Sie, ein wenig zu schlafen. Das ist leichter gesagt als getan, ich weiß, aber bedenken Sie, dass Sie Roderick von größerem Nutzen sein werden, wenn Sie morgen früh frisch ausgeruht sind und einen kühlen Kopf bewahren.« Er trat zurück und nickte ihr zum Abschied kurz zu. »Sowie ich mehr weiß, benachrichtige ich Sie.«

Sie zögerte, dann neigte auch sie kurz den Kopf und öffnete das Tor. »Haben Sie noch einmal vielen Dank. Roderick und ich stehen in Ihrer Schuld.«

Diesmal passte sie auf, als sie über die Schwelle trat, und stolperte nicht.

Schade, ging es ihm durch den Kopf.

Er wartete, bis sie mit einem letzten kurzen Blick zurück das Tor leise hinter sich schloss.

Auch dann blieb er noch einen Moment stehen, ehe er sich schließlich umdrehte und sich wie schon die Woche zuvor durch die dunklen Gassen auf den Rückweg machte. Ihm konnten sie nichts anhaben. Obwohl er sich Mudd und Rawlins als Leibwächter hielt, war er doch, wenn er ganz ehrlich war, weitaus gefährlich als die beiden zusammen.

Um als Neville Roscoe zu überleben, musste er es sein; das war seinerzeit eine seiner ersten Lektionen gewesen.

Unterwegs dachte er über Miranda Clifford nach. Nicht nur darüber, dass sie ihn faszinierte, was seltsam genug war, sondern über alles, was unerklärlich und widersprüchlich war an ihr: einerseits so furchtlos und entschlossen, dann wieder unsicher und verzagt.

Wenn er nun die obsessive Angst ihrer Tante vor einem Skandal bedachte – auch wenn er sich beim besten Willen nicht erklären konnte, warum die Nachricht von Rodericks Entführung der Familie gesellschaftlich schaden sollte –, meinte er die Ursache von Mirandas Unsicherheit darüber, wie sie sich verhalten sollte, zu erahnen.

Was ihn überraschte, war die Entschlossenheit, mit der sie an ihren Überzeugungen festhielt. Das zeugte von einer Stärke, die er dann doch nicht erwartet hätte. Sie hatte alle Bedenken in den Wind geschlagen und die sicheren, von ihrer Tante vorgegebenen Grenzen überschritten, war mitten in der Nacht zu ihm gekommen, weil sie ihren Bruder in Gefahr glaubte.

Dazu brauchte es Mut, Loyalität und Leidenschaft. Leidenschaftliche Hingabe der Art, wie er sie nur zu gut verstand, eine Hingabe an die eigenen Überzeugungen, die eine Saite in ihm zum Klingen brachte, vor der er sich nicht verschließen konnte.

Wenn die letzten zwölf Jahre ihn eines gelehrt hatten, dann war es bedingungslose Ehrlichkeit mit sich selbst. Und wenn er ganz ehrlich mit sich war, so musste er sich eine gewisse Neugier hinsichtlich Miranda Cliffords eingestehen. Er wollte, ja, er *musste* mehr über sie erfahren.

Wobei die Suche nach Roderick und seine Rettung zweifellos der schnellste Weg wären, um auf den Grund ihrer Seele zu gelangen.

3. Kapitel

Am folgenden Morgen saß Roscoe an seinem Schreibtisch, in der Hand eine Tasse Kaffee, die Rundle ihm gebracht hatte, und vor sich die Unterlagen, die Jordan am Abend zuvor herausgelegt hatte. Sein Kompagnon hatte noch etwas in seinem eigenen Büro zu erledigen, würde wohl aber bald zu ihm stoßen, damit sie sich an die Arbeit machen konnten.

Während er in kleinen Schlucken seinen Kaffee trank, versuchte er, die Ereignisse der gestrigen Nacht aus seinen Gedanken zu verbannen und sich auf das Tagesgeschäft zu konzentrieren; kaum hatte er angefangen, klopfte es dezent an der Tür, und Rundle schaute herein.

Roscoe hob fragend die Brauen.

»Miss Clifford ist da, Sir.« *Und wünscht Sie zu sprechen* brauchte er gar nicht mehr zu sagen.

Roscoe hätte es sich denken können.

Aber er zögerte, denn er hatte zu arbeiten ... gleichwohl wollte er sie nicht abweisen. Mit einem stummen Seufzer schob er die Papiere zusammen. »Bringen Sie sie hoch.« Sein Büro befand sich im ersten Stock, mit Blick auf den hinteren Garten. »Nein, warten Sie.« Er setzte sich auf, trank seinen Kaffee aus und reichte Rundle die leere Tasse. »Die können Sie mitnehmen.« Wenn er ihr gegenübertrat, musste er seine fünf Sinne beisammenhaben.

Rundle trat an den Schreibtisch, nahm die Tasse und entfernte sich.

Zwei Minuten später war er zurück und führte Miranda Clifford herein, die heute sehr züchtig in grünen Twill gekleidet war, das hellbraune Haare zu einem Chignon zusammengefasst. Als Roscoe aufstand und hinter seinem Schreibtisch hervorkam, um sie zu begrüßen, fragte er sich, ob ihr bewusst war, dass bei einer Frau mit ihrer Figur und einem Gesicht wie dem ihren züchtige Kleider und strenge Frisuren die männliche Fantasie eher befeuerten, als sie im Keim zu ersticken.

Auch wenn er ihr natürlich nicht sagen würde, dass ihr bevorzugter Stil ebendiese Wirkung auf ihn hatte.

Sie trat näher und erwiderte seinen Blick. »Mr. Roscoe ...«

»Nur Roscoe«, erinnerte er sie, was ihm noch immer lieber war als die förmliche Anrede.

Ein forscher Zug trat um ihren Mund. »Gut, dann Roscoe. Ich hoffe, Sie entschuldigen die frühe Stunde ...« Sie verstummte, als er nach ihrer behandschuhten Hand griff, ließ dann aber doch zu, dass er sich galant darüber beugte.

»Guten Morgen, Miss Clifford.« Er richtete sich wieder auf und erfreute sich insgeheim am rosigen Schimmer, der ihr in die Wangen gestiegen war, und deutete zu den beiden Kanapees, die einander vor dem Kamin am Ende des Raums gegenüberstanden. »Bitte setzen Sie sich doch. Ich werde Ihnen gleich berichten, was wir bislang in Erfahrung gebracht haben.«

Sie bedachte ihn mit einem leise tadelnden Blick, ehe sie hinüber zur Sitzecke ging und Platz nahm. »Wie gesagt, ich wollte mich entschuldigen, Sie so früh am Tag zu stören. Mir ist bewusst, dass ein Besuch zu dieser Stunde sich nicht schickt.«

»Für jemanden in meiner Branche ist das gar nicht so früh«, meinte er und setzte sich ihr gegenüber. »Und vermutlich werden Sie mich gleich daran erinnern, dass ich, um künftig von solchen Besuchen verschont zu bleiben, Ihnen beizeiten eine Nachricht mit meinen neuesten Erkenntnissen hätte schicken sollen.«

»Sie haben demnach etwas herausgefunden?«

Sowie er die Angst in ihren Augen sah, sie in ihrer Stimme

hörte, ließ er die Spielchen sein. »Ja. Jemand hat beobachtet, wie Roderick an besagtem Abend dieses Haus verließ und am Ende der Chichester Street von zwei Männern angesprochen wurde. Er brach zusammen und wurde zu einer Kutsche getragen.« Ihre Augen weiteten sich, er hingegen verzog keine Miene, als er fortfuhr: »Meine Männer versuchen derzeit, die Spur der Kutsche zu verfolgen. Bislang noch ohne Erfolg, aber wenigstens haben wir jetzt einen Anhaltspunkt.«

Ihm entging nicht der leise Zweifel in ihrem Blick, der wohl einmal mehr bedeutete, dass sie sein Handeln nur schwer mit ihrer vorgefassten Meinung von ihm vereinbaren konnte. »Verzeihen Sie mir, wenn ich ganz offen spreche, aber, so dankbar ich Ihnen für Ihre Anstrengungen auch bin, Sie scheinen doch recht viel Aufwand wegen meines Bruders zu betreiben. Entstehen Ihnen keine geschäftlichen Nachteile, wenn Sie sich derart von Ihrer Arbeit ablenken lassen? In Ihrer Branche, wie Sie es nannten, könnte man es Ihnen als Schwäche auslegen.«

»Nein, ganz im Gegenteil. Ich sagte Ihnen ja gestern Abend bereits, dass ich dafür bekannt bin, nichts auf meine Leute kommen zu lassen. In den Augen meiner Geschäftspartner und wohl auch der Konkurrenz ist Roderick einer meiner Mitstreiter. Würde ich nichts unternehmen, um ihn zu finden und seine Entführer zur Rechenschaft zu ziehen, sähe man meine Macht als … nun, nicht gar so groß an, wie besagte Geschäftspartner derzeit glauben – womit mir und meinen Interessen gar nicht gedient wäre.« Er blickte sie an. »Dass mir Nachteile aus meiner Suche nach Roderick erwachsen würden, können Sie sich also getrost aus dem Kopf schlagen. Zudem gilt die Gegend hier als mein Terrain, um das man besser einen großen Bogen macht. Meine Männer fühlen sich, mehr noch als ich, durch die Entführung Rodericks in ihrer Ehre gekränkt und werden dementsprechend handeln.«

Er sah keinen Anlass, ihr gegenüber zu erwähnen, dass es sich bei dem Zeugen, der Rodericks Entführung beobachtet hatte, um einen Handlanger Gallaghers handelte, einer der Größen der Unterwelt. Vermutlich hatten beide geglaubt, dass ihre schon seit Langem laufende Observation nicht auffliegen würde, aber Roscoe hatte Gallaghers Spitzel vom ersten Tag an bemerkt, sich allerdings nicht weiter daran gestört, denn er hatte nichts vor Gallagher zu verbergen, der sich darauf spezialisiert hatte, Informationen über kriminelle Aktivitäten zu verkaufen. Und so hatte er den Mann an seinem Platz belassen; in weiser Voraussicht, wie sich jetzt zeigte.

»Ich lasse seit den frühen Morgenstunden Ihr Haus beschatten, falls die Entführer eine Nachricht überbringen sollten«, sagte er stattdessen, »aber bislang kamen nur Zeitungen und die Post. Und da Sie nichts dergleichen erwähnten, gehe ich nicht davon aus, dass eine Lösegeldforderung per Post eintraf, oder?«

Miranda starrte ihn ungläubig an. Eine Lösegeldforderung? »Nein … nichts dergleichen.« Vielleicht hätte sie ja besser zu Hause bleiben sollen, aber … Sie runzelte die Stirn. »Ist es denn wahrscheinlich, dass eine solche Forderung noch eintreffen wird – zwei Tage nachdem man Roderick entführt hat?«

Roscoes Miene gab nichts preis. »Nein, mit jedem weiteren Tag wird es unwahrscheinlicher. Sollte es den Entführern um Lösegeld gehen, hätten Sie schon gestern früh eine entsprechende Nachricht erhalten.«

»Es kam aber nichts, keine Nachricht, kein Wort.« Sie betrachtete ihn und überlegte, ob sie daran Anstoß nehmen sollte, dass er Rodericks Haus beschatten ließ, kam dann aber zu dem Schluss, dass es etwas scheinheilig gewesen wäre, sich darüber aufzuregen. »Danke, dass Sie Ihre Männer für die Observation bereitstellen.«

»Wenn doch noch jemand auftaucht, haben meine Männer Anweisung, mich sofort zu benachrichtigen und die Verfolgung aufzunehmen.« Er schwieg einen Moment, um seinen

Worten Nachdruck zu verleihen. »Seien Sie versichert, Miss Clifford, dass ich Sie umgehend wissen lassen werde, wenn ich Neuigkeiten habe.«

Sein abschließender Ton schien das Ende der Unterredung, der Audienz, zu bedeuten, aber sie machte keine Anstalten aufzustehen, wie es er ganz offensichtlich erwartete.

Fragend sah er sie an.

Sie nahm allen Mut zusammen und erwiderte seinen Blick. »Spräche etwas dagegen, wenn ich hier warten würde, bis sich etwas Neues ergibt?«

Ihm war anzumerken, dass er damit nicht gerechnet hatte. Weshalb sie eilig hinzufügte: »Ich weiß, es ist wirklich viel verlangt, aber …« Sie hob beschwichtigend die Hände. »Wenn ich jetzt nach Hause ginge, würde ich mich nur verrückt machen. Hier *wüsste* ich wenigstens, dass noch keine Spur gefunden wurde, dass man nichts Neues über Rodericks Schicksal erfahren hat.«

Vor allem konnte sie sichergehen, dass er keine Nachricht über ihren Bruder erhalten und weitere Schritte unternehmen würde, ohne sie davon in Kenntnis zu setzen. Nicht, dass sie an seiner Beteuerung zweifelte – er würde sie benachrichtigen, gewiss; die Frage war nur, wann. Die Antwort darauf, so fürchtete sie, dürfte lauten, wenn es ihm gerade passte oder geraten schien. Außerdem traute sie ihm durchaus zu, dass er ihr eine Nachricht schickte, dass man ihren Bruder gefunden habe und er unterwegs sei, um ihn zu befreien, aber kein Wort darüber verlauten ließ, wann und wie und wo und wohin. Sie wollte aber *alles* wissen.

So langsam bekam sie eine bessere Vorstellung davon, was für ein Mann Neville Roscoe war. Obwohl ihre Einsichten so gar nicht zu dem Bild passten, das man gemeinhin von Londons Glücksspielkönig hatte – und das auch sie sich von ihm gemacht hatte –, bestätigten ihr seine Worte und mehr noch seine Taten zunehmend, dass ihre Einschätzung der Wahrheit deutlich näher kam als das Bild, welches die Gesellschaft von ihm hatte.

Darum hielt sie es auch für zielführender, nicht lange mit ihm zu diskutieren, ob und wann er sie zu benachrichtigen hätte, sondern stattdessen an sein Mitgefühl zu appellieren. Sie beschrieb ihm, welche Ängste sie ausstehen würde, müsste sie nun nach Hause gehen, statt hier, mit ihm, warten zu dürfen, wo sie sogleich erfahren würde, was ihm zugetragen wurde.

Roscoe musterte sie eine Weile, versuchte, sich an ihre Stelle zu versetzen, und wollte ihr einfach mal zugestehen, dass sie nicht maßlos übertrieb, was die Sorge um ihrem Bruder anging.

Lieber wäre es ihm ja gewesen, sie würde gehen, ihn nicht unnötig ablenken, aber … Obwohl er gleich einiges mit Jordan durchzuarbeiten hatte, handelte es sich um keine sensiblen Informationen, keine Gespräche, bei denen sie nicht hätte anwesend sein dürfen – hier, auf dem Sofa, in diskreter Entfernung zum Schreibtisch. Natürlich könnte er ihr vorschlagen, in der Bibliothek zu warten, aber damit wäre ihr vermutlich nicht besser gedient als mit Rodericks Salon. »Ich fürchte nur, Sie werden sich schrecklich langweilen.«

Ihre Miene entspannte sich, und sie klopfte auf die recht große Tasche, die sie auf dem Schoß hielt. »Ich habe mir ein Buch mitgebracht. Ich will Sie nicht von der Arbeit abhalten. Sie werden nicht einmal merken, dass ich da bin.«

Fast hätte er geschnaubt – ungläubig, verräterisch. »Na gut.« Er stand auf. »Wenn Sie mich dann entschuldigen würden, die Arbeit ruft.«

Sie sah zu ihm auf. »Danke.«

Wenn er sich noch gefragt hätte, warum er ihrer im Grunde dreisten Bitte nachgab, würde er die Antwort wohl dort gefunden haben – in ihren großen braunen Augen, ein lichtes, helles Braun mit einem Schimmer Grün und Gold, und diesem Blick voller Dankbarkeit, der ihm hinunterging wie ein guter Wein. Mit einem kurzen Neigen des Kopfes wandte er sich ab und kehrte an den Schreibtisch zurück. Als er wieder vor seinen Unterlagen saß, musste er ein gerüttelt Maß an Willensanstrengung aufbringen, um sich auf die Arbeit zu konzentrieren. Verstohlen schaute er zu ihr hinüber, aber als er sie mit einem aufgeschlagenen Buch auf dem Schoß dort sitzen sah, den Kopf über ihre Lektüre gebeugt, riss auch er sich zusammen und fing an.

Zehn Minuten später klopfte Jordan an die Tür und kam herein.

Fast dankbar stürzte Roscoe sich in die Arbeit.

Zwei Stunden später wurde die Tür des Arbeitszimmers vorsichtig geöffnet. Jordan war in sein eigenes Büro zurückgekehrt, um das zuvor Besprochene in die Tat umzusetzen; Roscoe nahm an, er habe etwas vergessen oder noch eine Frage, doch als er aufschaute, sah er Rundle – ein Teetablett in den Händen.

Mit einer kurzen Verneigung in seine Richtung trug Rundle das Tablett zu Roscoes ungeladenem Gast. Er sah Miranda von ihrem Buch aufschauen und sich dann lächelnd bedanken, als sein Butler die kleine Erfrischung vor ihr auf dem flachen Beistelltisch abstellte.

Fragend schaute sie zu Roscoe.

Er schüttelte den Kopf. »Nein, danke, für mich nicht.« Doch dann stieg ihm ein köstlicher Duft in die Nase, und er schob seinen Stuhl zurück. »Wenngleich, einen Keks würde ich nehmen.«

Nachdem er wieder auf dem Sofa ihr gegenüber Platz genommen hatte, stibitzte er sich gleich drei Kekse, ignorierte den wohlwollenden Blick Rundles, ehe dieser sich wieder entfernte, und erkundigte sich, was sie denn Schönes lese. Wie sich herausstellte, war es eines von Miss Austens Werken, aber Miss Clifford gestand ihm, dass sie auch Biografien mit großem Interesse las.

Nachdem sie festgestellt hatten, dass sie beide ein bestimmtes Buch über Militärgeschichte gelesen und dieselben Ansichten hinsichtlich der jüngsten Ereignisse in Indien hatten, kehrte er wieder an seine Arbeit zurück und überließ sie weiter ihrer Lektüre.

Wenngleich nicht lange. Es klopfte, und Rawlins kam herein. Ohne lange Vorrede sagte er: »Mrs. Selwidge ist hier. Scheint Schwierigkeiten zu geben.«

Roscoe war sich Mirandas am anderen Ende des Raums bewusst, zögerte aber dennoch nicht: »Bringen Sie sie nach oben.«

Zwar überlegte er kurz, ob er Miranda bitten sollte, zu gehen, oder die Besprechung in die Bibliothek zu verlegen, aber … letztlich war es nun mal so. Das gehörte mit zu seiner Arbeit, war Teil dessen, der er war.

Rawlins führte eine hochgewachsene Frau herein – Anfang dreißig, anständig, ja fast schon gediegen gekleidet, aber das Leben hatte ihr Gesicht gezeichnet und ihre Augen hart gemacht.

Selbst nach all den Jahren musste er dem angeborenen, verräterischen Impuls widerstehen aufzustehen; fatal, denn Amelia Selwidge war keine Dame und hätte sich gelinde gesagt gewundert, wenn er solche Nettigkeiten an den Tag gelegt hätte. Er deutete auf einen der Stühle vor seinem Schreibtisch. »Rawlins meinte, es gebe Schwierigkeiten. Was ist passiert?«

Amelia arbeitete lang genug für ihn, um zu wissen, dass sie direkt zur Sache kommen sollte. »Lord Treloar, der jüngere.«

»Das wäre dann …« Er versuchte, sich den entsprechenden Stammbaum vor Augen zu führen. »Christopher?«

Amelia nickte. »Hält sich für Gott auf Erden. Ich habe schon zweimal mit ihm gesprochen, aber vergebliche Liebesmüh. Das geht zum einen Ohr rein und zum andern wieder raus – oder er will einfach nicht begreifen, dass meine Mädchen nicht fürs schnelle Vergnügen zu haben sind, zumindest nicht für Leute wie ihn. Gestern Abend hat er es wieder bei zweien versucht. Als die eine, Cindy, mir Bescheid gesagt hat, hab ich unseren George auf Treloar angesetzt – ganz unauffällig und diskret, versteht sich. Sollte bloß mal ein Auge auf den Kerl haben, Sie wissen schon. Und nur gut so, sag ich, denn keine halbe Stunde später hat er sich an Jane rangemacht – Jane, Sie werden sich erinnern, so ein kleines, schmächtiges Ding, aber gibt die Karten beim Baccarat wie eine Eins. Sie hat natürlich Nein gesagt, und als sie es noch mal wiederholt hat, holte Treloar aus und wollte ihr eine reinhauen. Hat er natürlich nicht, weil George sich sofort auf ihn gestürzt hat. Wir haben den Kerl dann rausgeschmissen, aber der kommt wieder, das ist so sicher wie das Amen in der Kirche. Faule Eier wirst du nie los.«

»Keine Sorge, der kommt nicht wieder«, versicherte Roscoe ihr, warf Rawlins einen kurzen Blick zu und wandte sich dann wieder an Amelia. »War er betrunken?«

»Nicht mal angeschickert. Wir halten uns strikt an die Regeln: Wer angetrunken ist, fliegt raus. Die meisten gehen dann freiwillig, aber wie gesagt, Treloar war stocknüchtern. Ekelhafter Kerl.«

Er nickte bedächtig. »Ich werde mich um ihn kümmern, der macht euch keine Scherereien mehr. Richten Sie Cindy und Jane aus – ich erinnere mich sehr gut an die beiden –, dass sie Treloar nicht mehr zu Gesicht bekommen werden, aber wenn doch, wenn er sich ihnen noch einmal bei der Arbeit oder außerhalb des Clubs nähert, sollen sie sofort Ihnen oder George Bescheid geben.« Er betrachtete Amelia Selwidges früh gealtertes Gesicht. »Das gilt auch für Sie, Amelia. Wenn es Scherereien gibt, will ich davon erfahren. Und Lord Treloar hat mit sofortiger Wirkung Hausverbot.« Er lächelte grimmig. »Für sämtliche meiner Häuser.«

»Für alle?« Ein Lächeln breitete sich auf Amelias Gesicht

aus, als ihr sein Beschluss in all seiner Konsequenz klar wurde. »Oha, kann ich da nur sagen! Das wird Seiner Lordschaft ganz schön die Abende verhageln, wenn er sich nicht mehr zu seinen Freunden an den Spieltisch gesellen kann.«

»Allerdings.« Roscoe griff schon nach der Feder. »Wer weiß, vielleicht ist ihm das ja eine Lektion.«

Nachdem sie sich überschwänglich bei ihm bedankt hatte – was es gar nicht gebraucht hätte, denn derlei verstand sich für ihn von selbst –, stand Amelia sichtlich erleichtert auf und wandte sich zum Gehen. Erst als sie schon fast an der Tür war, bemerkte sie Miranda Clifford, doch seine Besucherin schien ganz in ihr Buch vertieft zu sein und schaute nicht auf.

Nachdem er Amelia hinausgebracht hatte, kehrte Rawlins zurück. »Soll ich Seiner Lordschaft gleich noch einen Besuch abstatten?«

Roscoe, der bereits einen Brief – oder wohl eher eine Bannbulle – an Christopher, Lord Treloar, verfasste, schüttelte den Kopf. »Das wird nicht nötig sein. Außerdem möchte ich, dass Sie und Mudd hierbleiben, für alle Fälle. Mr. Cliffords Verschwinden hat im Augenblick Vorrang, und dieser Brief …« Er hielt inne, las sich das Geschriebene noch einmal durch und fuhr mit einem Lächeln der Genugtuung fort: »… dieser Brief sollte unsere Probleme mit Treloar aus der Welt schaffen.« Er unterschrieb und faltete das Schreiben zusammen, notierte Treloars Namen darauf und reichte es Rawlins. »Jordan müsste seine Anschrift haben. Einer eurer Kollegen soll den Brief zustellen, dann erklären Sie Jordan die Situation und sagen ihm, dass er allen Häusern eine diesbezügliche Mitteilung schicken soll. Treloar hat auf Lebenszeit Hausverbot – oder bis ich meine Entscheidung widerrufe.«

Rawlins grinste. »Wird gemacht, Sir.« Er schnappte sich den Brief und verschwand recht beschwingten Schrittes, wie Roscoe fand.

Als die Tür sich hinter ihm schloss und wieder Ruhe einkehrte, lehnte Roscoe sich zurück, betrachtete Miranda Clifford, die das Haupt noch immer über das Buch geneigt hatte, und wartete …

Sowie sie umblätterte und kurz zur Seite sah, fing er ihren Blick auf. »Ich dulde weder Prostitution noch Zuhälterei in meinen Häusern«, erklärte er. »Zwar beschäftige ich überdurchschnittlich viele Frauen in meinen Etablissements, aber ich trage dafür Sorge, dass sie mehr als gut leben können von ihrer Arbeit – die ausschließlich Tätigkeiten als Croupier, Kassierer oder Bedienung vorsieht.«

Sie erwiderte seinen Blick ruhig, dann meinte sie: »Ich habe mir ehrlich gesagt nie Gedanken darüber gemacht, aber wenn doch, so wäre ich vermutlich demselben Irrtum aufgesessen wie das Gros der Gesellschaft, das zu glauben scheint, derlei Gewerbe gehöre in einem Casino ganz selbstverständlich dazu.«

»Was nur wieder beweist, wie unwissend das Gros der Gesellschaft ist«, erwiderte er und zögerte, ehe er hinzufügte: »Meine Casinos sind auf routinierte, unverbesserliche Spieler ausgelegt – das ist die Klientel, die am meisten einsetzt und am meisten verliert –, und es ist schlichtweg so, dass einem der Spielsucht Verfallenen weibliche Gesellschaft herzlich egal ist, wenn der Ruf Fortunas lockt.«

Ein belustigtes Lächeln spielte um seine Lippen, und Miranda senkte den Blick. »Das kann ich mir gut vorstellen. Meiner Erfahrung nach können Männer sich ohnehin nicht auf mehrere Dinge zugleich konzentrieren.« Damit griff sich wieder nach ihrem Buch und versenkte sich darin.

Er betrachtete sie noch einen Moment, dann schüttelte er kaum merklich den Kopf und wandte sich wieder seiner Korrespondenz zu.

Warum er das Bedürfnis verspürt hatte, sich vor ihr zu rechtfertigen – sich und die Frauen, die für ihn arbeiteten –, wusste er selbst nicht, aber es war ihm nicht nur geboten erschienen, sondern geradezu zwingend.

Während er Miranda Clifford nach unten begleitete in das kleine Speisezimmer, wo, wie Rundle ihm mitgeteilt hatte, ein leichtes Mittagessen sie erwarte, versuchte er sich mit der Erkenntnis anzufreunden, dass ihm aus unerfindlichen Gründen wichtig war, was sie von ihm, seiner Arbeit und seinen Leuten hielt.

Bedachte man seine Vergangenheit, wurde es gar noch unverständlicher; er hatte schon vor langer Zeit aufgehört, sich um die Meinung der angeblich guten Gesellschaft zu scheren.

Andererseits scheine ich nicht der Einzige zu sein, der sich Miranda Clifford von seiner besten Seite zeigen will – wenn nicht gar Eindruck schinden –, dachte er verwundert, als er hinter ihr ins Speisezimmer trat und das weiße Tischtuch sah, eingedeckt mit Porzellan, Tafelsilber und Kristallgläsern. Du liebe Güte, was war denn in Rundle gefahren?

Nachdem er ihr den Stuhl zu seiner Rechten zurechtgerückt und sich gleichfalls gesetzt hatte, fragte er sich, ob das eifrige Bemühen seines Personals, ihr den Service zu bieten, der ihnen ihrer Ansicht nach zustand – Morgentee auf einem Tablett, Lunch an gedeckter Tafel –, wohl daher rührte, dass sie die erste und einzige Dame war, die je sein Haus von innen gesehen hatte. Ganz zu schweigen von seinem Arbeitszimmer, seinem Privatissimum.

Das, so musste er einräumen, dürfte Anlass genug sein. Er war sich nicht sicher, was ihn zu solcher Nachsicht bewegt hatte, er hätte ihr ihre Bitte auch einfach abschlagen können. Aber Menschen, die für ihre Überzeugungen einstanden, die eine solche Hingabe an den Tag legten, um ihre Liebsten zu beschützen, waren schon immer seine Achillesferse gewesen. Und wen wunderte es?

Miranda schaute sich mit regem Interesse um, saugte alles in sich auf, was sie sah. Wider Erwarten hatte sie sich den Vormittag über kein bisschen gelangweilt, sondern alles sehr ... aufschlussreich gefunden. Dass man sie bediente, ihr Tee in einem Sèvres-Service servierte und sie zum Lunch an eine so elegant gedeckte Tafel führte – damit hätte sie nun wahrlich nicht gerechnet. Und alles war wunderbar stimmig, nichts zu aufdringlich oder zu prunkend, nirgends eine Spur von Extravaganz.

Das aufgetragene Essen bestätigte ihren Eindruck: eine leichte Suppe, gefolgt von Aufschnitt und Fischpastete, dazu verschiedene Gemüsegarnituren. Den Abschluss bildeten Käse und Obst. Selbst der Wein war vorzüglich, dezent und nicht zu schwer.

Als sie den Raum betreten und auf dem ihr von Roscoe gehaltenen Stuhl Platz genommen hatte, war ihr Blick auf das Gemälde an der gegenüberliegenden Wand gefallen – eine schottische Landschaft mit prächtigem Hirsch. Es kam ihr vage bekannt vor, und so erkundigte sie sich danach, was zu einem Gespräch über die anderen Kunstwerke führte, die sie in seinem Haus gesehen hatte: die Gemälde, Büsten, Figurinen und Skulpturen, nicht zu vergessen natürlich die Tapisserien.

Während sie aßen, beantwortete er ihre Fragen; sein Kunstgeschmack erschien ihnen beiden als sicheres Terrain. Gleichwohl unterstrichen seine Antworten, sein Wissen und sein Auge für die schönen Dinge des Lebens nur noch, wie sehr sich alle Welt in ihm täuschte.

Neville Roscoe, Londons berüchtigter Glücksspielkönig, war keineswegs der, für den die Gesellschaft ihn hielt.

»Ich muss es einfach fragen«, meinte er schließlich, lehnte sich zurück und sah sie mit seinen dunklen blauen Augen an. »Müsste Ihre Tante Sie nicht längst vermissen?«

»Nein. Ich sagte ihr beim Frühstück, dass ich jemanden aufsuchen werde, von dem ich mir Hilfe bei der Suche nach Roderick verspreche.«

»Nach allem, was ich bislang über sie gehört habe, wäre sie

vermutlich entsetzt, wenn sie wüsste, dass Sie hier sind, unter diesem ruchlosen Dach.«

Miranda schauderte, als sie an Gladys' Reaktion dachte. »Vermutlich, ja. Aber ich bin neunundzwanzig Jahre alt und kann größtenteils selbst über mein Leben bestimmen. Und in der jetzigen Situation hat für mich absoluten Vorrang, dass wir Roderick wohlbehalten finden.« Sie überlegte einen Moment. »Wahrscheinlich ist Gladys mittlerweile schon ganz krank vor Sorge. Ihre Sorge um einen Skandal ist allerdings noch größer, und deshalb wird sie nichts unternehmen, um Roderick aufzuspüren, könnte es doch einen Wirbel verursachen, wie sie das nennt. Und so bleibt es mir überlassen, Hilfe zu suchen und meinen Bruder zu retten.«

Roscoe nickte nachdenklich. »Da wir gerade davon sprechen – da noch immer keine Lösegeldforderung eingetroffen ist, können wir Geld als Motiv wohl ausschließen. Was mich zu der Frage führt, ob Roderick Ihres Wissens nach Feinde hat?«

Sie dachte kurz nach, dann schüttelte sie den Kopf. »Mir fällt ehrlich gesagt niemand ein, mit dem er auch nur eine Meinungsverschiedenheit hätte.«

Die Antwort verwunderte Roscoe nicht weiter. Ihr Bruder war ein ruhiger, besonnener Mensch, ein ernsthafter junger Mann, nett und gutmütig, aber keineswegs dumm – kurzum: jemand, der in aller Regel unbeschadet durchs Leben glitt. Aber … Er sah sie an. »Ich weiß ja nun zufällig ein wenig über Rodericks Hintergrund Bescheid – dass er in Cheshire geboren wurde, auf Oakgrove Manor, welches er von seinem Vater geerbt hat und das sich noch immer in seinem Besitz befindet. Allerdings wüsste ich gern noch mehr, denn es mag etwas in Ihrer beider Vergangenheit geben, das mit diesem Fall zu tun hat. Wenn Sie mir vielleicht einen kurzen Abriss liefern könnten …«

Der Grund war keineswegs aus der Luft gegriffen, aber

natürlich war Roscoe auch gespannt, mehr über sie zu erfahren. Zumal es ihr gleich eine Beschäftigung gab, während sie darauf warteten, dass seine Männer eine Spur entdeckten.

»Ja, wo soll ich anfangen … Roderick ist der Jüngste von uns dreien: Erst kam Rosalind, dann ich, dann er. Wir wurden alle auf Oakgrove geboren. Damals lebten unsere Eltern natürlich noch, aber als Roderick noch ein Säugling war und ich sechs und Rosalind sieben, kamen sie bei einem Bootsunglück ums Leben.« Sie lehnte sich zurück, den Blick vor sich auf den Tisch gerichtet, und hob kurz die Brauen. »Ehrlich gesagt habe selbst ich kaum Erinnerungen an sie. Unsere Tanten – Corrine und Gladys Cuthbert, die älteren, unverheirateten Schwestern meiner Mutter – sind dann zu uns gezogen und …«

Er hörte aufmerksam zu, stellte hier und da eine Frage, hakte nach, wenn er noch mehr Einzelheiten hören wollte. Am Ende wusste er weit mehr über die Lebensgeschichte der Geschwister, als in seinen Akten stand.

Es bedurfte einiger Nachfragen, bis er begriffen hatte, woher der Glaube ihrer Tante an Mirandas und Rodericks gesellschaftliche Angreifbarkeit rührte, die letztlich der Grund war, weshalb sie sich strikt an Anstand und Etikette zu halten hatten. Zwar wusste er, dass Rodericks Vermögen – und damit auch das ihre – aus dem Großgewerbe stammte, aber weder sie selbst noch ihre Eltern waren je im Handel tätig gewesen oder auch nur damit in Berührung gekommen, was sie, zumindest in den Kreisen, in die er hineingeboren war, von allem diesbezüglichen Makel befreite. Geld stank nicht, das war sogar dem Adel klar, und woher es stammte, war nur dann von Belang, wenn die Quelle noch so nah war, um ihre trüben Wasser riechen zu können.

Gleichwohl mochten im niederen Landadel, jenen Kreisen, in denen ihre Tante sich bewegte, andere Regeln herrschen. Vielleicht besaßen die Ansichten ihrer Tante in dieser Sphäre absolute Gültigkeit, was wusste er schon?

Wie erhofft brachten Mirandas Offenbarungen ihn ein wenig weiter. Ihr Platz war immer zwischen Roderick und ihren Tanten gewesen, was erklären mochte, weshalb sie sich an deren Regeln hielt, ganz gleich, ob ihr diese engen Grenzen nun gefielen oder nicht. Es war weniger, was sie ihm über Rodericks Leben erzählt hatte, als die kleinen Randbemerkungen und das Unausgesprochene, aus dem er sich die eigentliche, *ihre* Geschichte zusammenreimte. Insbesondere nach dem tragischen Tod der älteren Tante hatte sie sich immer mehr dem Diktat besagter Tante Gladys gebeugt, um den Frieden zu wahren und Roderick zu schützen.

Bis sie sich vom Tisch erhoben und er ihr beipflichtete, dass nach allem, was sie ihm erzählt hatte, nichts darauf hindeutete, dass Roderick Feinde hatte, die ihn entführt hatten, ihm gar nach dem Leben trachten könnten, fand er zugleich das Rätsel gelöst, das sie selbst ihm gewesen war. Diese unerbittliche Respektabilität, an die sie sich klammerte, entsprach nicht ihrem Wesen, sondern war ihr in vielen Jahren eingedrillt worden.

Sie war nie richtig davon überzeugt gewesen, hatte sich aber an Regeln und Gebote gehalten, weil sie Roderick so bestmöglich beizustehen glaubte. Jetzt jedoch, da ihrem Bruder mit Respektabilität nicht mehr geholfen war, hatte sie den strikt vorgegebenen Pfad verlassen und war zu ihm, Roscoe, gekommen, auf ein Terrain, das ihr zwar völlig fremd war, von dem sie sich aber Hilfe versprach.

Als sie zusammen wieder nach oben gingen, fragte er sich, wohin ihr neuer Weg sie führen würde, ob sie, sowie Roderick in Sicherheit wäre, zur alten Respektabilität zurückkehren würde oder …

Dessen ungeachtet, war sein Wunsch, ihr zu helfen und ihren Bruder zu finden, nun vielleicht noch stärker als zuvor.

Am späten Nachmittag, als Miranda ihren Roman beiseitegelegt hatte und bestimmt schon eine halbe Stunde unruhig am Fenster stand, das hinaus auf den hinteren Garten ging, und ihm auch noch den letzten Rest seiner Konzentration raubte, klopfte es wieder an der Tür, und Mudd steckte den Kopf herein.

Er sah erst Roscoe an, schaute dann verstohlen zu Miranda, deutete eine Verbeugung an und kam endlich herein. Nachdem er die Tür hinter sich geschlossen hatte, blickte er zu Roscoe, musste aber sichtlich dem Drang widerstehen, zu ihr hinüberzuschielen.

»Und?«, fragte Roscoe, um seinen Burschen aus seinem Dilemma zu erlösen. »Was haben wir gefunden?«

»Die Kutsche«, gab Mudd erleichtert Auskunft, als herrschte nun endlich Klarheit, an wen er sich wenden solle. »Will sagen, wir wissen jetzt, woher sie stammt. Ein Droschkenkutscher hat sie vorbeifahren sehen, als er an dem Abend einen Fahrgast in der Claverton Street abgesetzt hat. Er schwört, dass sie dem Besitzer des Blue Jug gehört, das ist eine Schenke unten am Hafen. Er, also der Droschkenkutscher, meinte, dass der Wirt den Wagen regelmäßig vermietet, als kleines Zubrot.«

Roscoe warf einen Blick auf die Uhr; es war schon nach fünf. »Am besten, wir hören uns dort um, wenn ordentlich Betrieb ist.« Er sah Mudd an. »Sagen Sie Rawlins, dass wir drei um halb acht aufbrechen. Wir nehmen einen unserer Wagen.«

»Ja, Sir.« Mudd grinste, nickte im Hinausgehen Miranda höflich zu und schloss die Tür hinter sich.

Roscoe erhob sich und trat zu ihr ans Fenster. »Sie haben es vermutlich mitbekommen«, sagte er und runzelte leicht die Stirn. »Ich werde nachher diesen Wirt befragen und schauen, was er uns zu sagen hat.«

Sie drehte sich zu ihm um. »Ich komme natürlich mit.«

Er schüttelte den Kopf. »Nein, das werden Sie nicht. Ich …«

»Mr. Roscoe.« Sie richtete sich zu ihrer ganzen Größe auf und reckte das Kinn. »Ich …«

»Nur Roscoe«, sagte er barsch.

»Das ist doch ganz gleich!«, schoss sie zurück. »Ich werde hier nicht tatenlos herumsitzen …«

»Miss Clifford.« Er hatte reichlich Erfahrung darin, sich mit seiner Stimme Gehör und Gehorsam zu verschaffen; es brauchte nicht viel, der richtige Ton genügte, und den brachte er jetzt zum Einsatz, um sie zur Räson und zum Schweigen zu bringen.

Sie presste die Lippen aufeinander und funkelte ihn an.

Um ein Haar hätte er den bösen Blick erwidert, beherrschte sich aber gerade noch. »Ich habe Ihnen erlaubt, den ganzen Tag in meinem Haus, ja, in meinem Arbeitszimmer zu verbringen, damit Sie Neuigkeiten aus erster Hand erfahren können. Das ist durchaus nicht selbstverständlich. Ich hätte es nicht tun müssen, fand aber, ich könnte Ihnen in Anbetracht der Umstände ruhig ein wenig entgegenkommen. Allerdings werde ich die Grenze dessen, was ich reinen Gewissens gutheißen kann, ganz gewiss nicht überschreiten. Ich werde Ihnen *nicht* erlauben, dass Sie mich in eine Hafenspelunke begleiten. Selbst wenn Sie sich bereit erklärten, draußen in der Kutsche zu warten, in Obhut des Kutschers, ist die Gegend zu gefährlich, als dass ich das Risiko eingehen würde. Zu behaupten, es wäre kein Ort für eine Dame, geschweige denn eine respektable, wäre noch eine Untertreibung.« Er war mit seiner Geduld am Ende. »Herrje, ist das so schwer zu begreifen? Selbst *ich* nehme zwei Leibwächter mit!«

Sie sah ihn nur an, doch in ihren Augen blitzte noch immer Widerspruchsgeist.

»Legen Sie es nicht darauf an, dass ich meinen Großmut bereue.«

Sie spitzte die Lippen, aber kein unbedachtes Wort kam ihr darüber.

Er nahm es als einen Sieg, den der kluge Mann mit beiden Händen ergreifen sollte, trat zurück und deutete zur Tür. »Kommen Sie, ich bringe Sie nach Hause.« Er hatte sich kaum umgewandt, als er merkte, wie sie Luft holte. »Und fangen Sie jetzt um Himmels willen nicht wieder damit an, dass das nicht nötig sei.«

Sie verließen das Haus in angespanntem Schweigen; diesmal wählten sie den Weg durch den Garten und die hinteren Gassen.

Miranda war leicht verärgert, sah aber ein, dass sie von ihrem Gastgeber wider Willen keine weiteren Zugeständnisse erwarten durfte. Als er das Gartentor hinter sich zuzog, stutzte sie. »Ist das nie abgeschlossen?«, fragte sie. Er schüttelte nur den Kopf, womit sie sich indes nicht zufriedengab. »Machen Sie sich in Anbetracht der vielen Kunstschätze in Ihrem Haus keine Sorgen wegen Einbrechern?«

Er sah sie an, bis sie seinen Blick erwiderte. »Ich bin Neville Roscoe.«

Sie blinzelte kurz. »Und das genügt?«

Er hob die Schultern und schaute wieder geradeaus. »Selbst die dümmsten Einbrecher machen sich vorher schlau, bei wem sie einsteigen – zumal wenn es ein Haus ist wie das meine. Sowie sie wissen, wem es gehört, halten sie nach einem anderen Objekt Ausschau.«

»Hmm«, machte sie, denn sonderlich Furcht einflößend fand sie ihn nicht; nach allem, was sie heute erfahren hatte, handelte es sich bei dem berüchtigten Neville Roscoe zum größten Teil um eine Illusion, geschaffen von einem Mann, der überraschend feinsinnig war und ein bemerkenswertes Gespür für menschliche Eigenheiten und Schwächen hatte.

Da es auch ihr an solchem Gespür nicht fehlte, hatte sie vorhin von ihrer Auseinandersetzung abgelassen. Sie ließ sich von ihm bis ans Gartentor begleiten, verabschiedete sich in aller Höflichkeit, hörte sich kühl sein Versprechen an, ihr morgen zu berichten, was er heute Abend in Erfahrung bringen würde, neigte noch einmal kurz den Kopf und schloss das Tor.

Sie wartete, bis seine Schritte sich die Gasse hinab entfernt hatten, dann schnaubte sie und marschierte kopfschüttelnd zum Haus. Im Morgenzimmer angekommen, warf sie ihr Retikül auf den Schreibtisch, stemmte die Hände in die Hüften, starrte düster die arglose Wand an und ließ sie all das hören, was sie Roscoe wohlweislich nicht gesagt hatte. »Wenn Sie glauben, ich würde Däumchen drehend daheim am Kamin sitzen und bis morgen früh warten, um zu erfahren, was mit Roderick passiert ist, dann haben Sie sich aber geschnitten, Sir.«

Drei Stunden später spähte Miranda aus dem Dunkel einer Mietdroschke, die im Schutz der Bäume am Dolphin Square stand, zu Roscoes Haus hinüber und sah eine schnittige schwarze Stadtkutsche die seitliche Auffahrt hinunterfahren. Mit dem Knauf von Großvaters Spazierstock öffnete sie die Luke am Droschkendach. »Folgen Sie der schwarzen Kutsche dort vorn«, wies sie den Fahrer an. Sie sprach mit tiefer Stimme und gab sich recht schroff. »Aber unauffällig.«

»Aye, Sir.« Mit klingelndem Geschirr brachte der Fahrer sein Gespann in Bewegung.

Ein leises Erschauern ließ sie den Mantel, den sie aus Rodericks Schrank entwendet hatte, enger um sich ziehen; darunter trug sie Hose, Hemd, Krawatte, Weste und Gehrock, die gleichfalls aus dem Schrank ihres Bruders stammten. Aber es war nicht Angst, die sie erschauern ließ, sondern Erregung, wenn nicht gar Euphorie. In all ihren neunundzwanzig Jahren hatte sie sich noch nie in ein solches Abenteuer gestürzt, noch nie etwas so Unerhörtes, Riskantes getan – und sie genoss jede Sekunde.

Sie war selbst erstaunt, auf welche Ideen ihr Verstand sie mit der gehörigen Entschlossenheit brachte. Dass sie nicht allein zu Hause warten wollte, hatte außer Frage gestanden; sie hatte ein Ziel vor Augen, und hier war sie nun, folgte Roscoe in einer

Mietdroschke zu seiner Verabredung in dieser Hafenspelunke. Wie einfach es sein konnte!

Vierzig Minuten später, als die Droschke endlich ihr Ziel erreicht hatte, empfand sie noch immer leisen Triumph.

Der Fahrer beugte sich herab, damit seine Worte sie durch die kleine Luke erreichten. »Da vorn sind sie, Sir. Näher kann ich nicht ranfahren, das würde ihrem Kutscher auffallen.«

Sie spähte bereits hinaus ins trübe Dunkel. Über allem hing ein schwefeliger Nebel, der sich um die schäbigen Gebäude legte, ihre Schatten noch vertiefte und die spärlich stehenden Laternen ein gespenstisches Licht werfen ließ, in dem man kaum die Hand vor Augen sehen konnte. Die Gegend war wirklich genauso unerfreulich, wie Roscoe es angedeutet hatte; ein Glück stand da vorn seine Kutsche, gediegen, respektabel und seltsam beruhigend. Sie waren gerade noch rechtzeitig gekommen, um Roscoe und seine Männer in der Spelunke verschwinden zu sehen, einem flachen Gebäude, das zwischen zwei größeren stand, von ihnen fast erdrückt wurde. Gute Adressen waren es allesamt nicht.

»Warten Sie hier«, trug sie dem Fahrer auf, öffnete den Schlag und kletterte hinaus. Die Pflastersteine unter ihr waren uneben und glitschig. Zum Glück trug sie ihre Reitstiefel. Leise schloss sie die Droschkentür, hielt den Kopf gesenkt, als sie ohne alle Eile hinüber zur Schenke spazierte und sich dabei auf ihren Stock stützte, als würde sie ihn brauchen. Die Haare hatte sie sich fest hochgebunden und unter einem kurzkrempigen Hut versteckt, das Gesicht größtenteils unter der Kapuze des Mantels verborgen, die sie sich noch über den Hut gezogen hatte.

Die Hände steckten in ihren Reithandschuhen, und je näher sie der Schenke kam, desto mehr hoffte sie, alles bedeckt und verborgen zu haben, was ihr Geschlecht verraten könnte.

Dergestalt gewappnet, überlegte sie nicht lange, öffnete die schäbige Tür und trat ein.

Drinnen war es gar noch trüber als draußen, aber hier kam der Rauch von einem schlecht ziehenden Feuer und dem billigen Tabak, den praktisch jeder der Gäste zu paffen schien. Sie machte nicht den Fehler, sich mit großen Augen umzusehen, sondern steuerte sofort einen kleinen Tisch neben der Tür an. Es war ein geradezu perfekter Beobachtungsposten. Etwas abseits, spärlich beleuchtet und nah am Ausgang. Nachdem sie ihren Stock an den Tisch gelehnt hatte, setzte sie sich, stützte die Ellbogen auf die zerschrammte Holzplatte und das Kinn in die behandschuhten Hände, sodass die untere Hälfte ihres Gesichts verdeckt war. Erst dann sah sie sich unter dem Schutz der weiten Kapuze im Schankraum um.

Roscoe war nicht schwer zu finden. Er lehnte an dem langen Tresen gleich gegenüber der Tür und unterhielt sich mit dem kahlköpfigen Mann, der dahinter Dienst tat. Mudd und Rawlins hatten sich etwas weiter im Raum an einen Tisch gesetzt, von dem aus sie sowohl die Tür im Blick hatten als auch ihrem Herrn Deckung geben konnten. Vor allem Letzteres hielt sie offenbar gerade beschäftigt, weshalb sie von den beiden unbemerkt hatte hereinkommen können.

Auch sie heftete zunächst den Blick auf Roscoes Rücken, sah dann an ihm vorbei zum Wirt, versuchte, ihm die Worte von den Lippen abzulesen, als er, unverdrossen ein Glas nach dem anderen abtrocknend, Roscoes Fragen ohne allzu großes Interesse beantwortete.

»Verdammt!«, entfuhr es ihr. Sie konnte einfach nicht herausfinden, was der Schankwirt sagte.

Aus dem Augenwinkel registrierte sie eine Bewegung; eine Bedienung ging gerade von Tisch zu Tisch, um Bestellungen entgegenzunehmen, doch plötzlich hielt sie inne, um Roscoe zu beobachten. Miranda war es nur recht, sie hatte nämlich keine Ahnung, was sie bestellen sollte, ohne dass ihre Maskerade aufflog.

Ein kurzer Blick bestätigte ihr, dass die meisten, wenn nicht alle der Gäste Roscoe beobachteten; selbst jene, die unverzagt weiterschwatzten, ließen ihn nicht aus den Augen. Und alle sahen jäh beiseite, als er sich aufrichtete und vom Tresen abwandte, den Blick durch den Raum schweifen ließ. Sie hielt den Kopf gesenkt und wagte kaum zu atmen, als sein Blick über sie glitt. Doch es passierte nichts – er stutzte nicht, schaute sich weiter um. Vorsichtig atmete sie auf, spähte unter ihrer Kapuze hervor und sah ihn zu einem alten Mann schlendern, der in einer schmalen Nische auf der anderen Seite des Raums saß.

Roscoe zog sich einen Stuhl heran, stellte ihn an den Tisch des Alten und setzte sich.

Wieder lag ihr eine leise Verwünschung auf den Lippen; auch jetzt kehrte er ihr den Rücken zu, und die beiden waren einfach zu weit weg und redeten zu leise, als dass sie auch bloß ein Wort hätte aufschnappen können … Näher heran wagte sie sich indes nicht. Einfallsreichtum und Entschlossenheit hatten ihr bisher gute Dienste geleistet, aber sie wollte den Bogen nicht überspannen.

Roscoe versuchte, seine Gedanken von der in einen dunklen Umhang gehüllten Gestalt abzulenken, die über dem Tisch gleich an der Tür kauerte. Er hatte schon vor langer Zeit gelernt, dass es unklug war, sich von seinen Gefühlen beherrschen zu lassen, einer jähen Anwandlung von Wut nachzugeben. Doch das sagte sich leicht. Gerade eben, in dem Moment, als er sich ihrer Anwesenheit bewusst geworden war – es gespürt, es irgendwie *gewusst* hatte, dass sie da war –, als er sich umgedreht und sie sofort entdeckt hatte, wäre es um seine Selbstbeherrschung fast geschehen gewesen.

Es hatte ihn das Äußerste seiner vielgerühmten Willenskraft gekostet, sich stattdessen dem alten Mann zuzuwenden, der nach Auskunft des Schankwirts der Besitzer dieser Kaschemme war. Ohne sie eines Blickes zu würdigen, ohne sich anmerken zu lassen, dass all seine Sinne sie längst geortet hatten, war er quer durch den Raum zu dem Alten gegangen.

Der Wirt war auf den ersten Blick ein komischer Kauz, aber er wäre wohl kaum so alt geworden, wäre er nicht auch ein gehöriges Schlitzohr gewesen. Die kleinen Knopfaugen auf Roscoe gerichtet, fragte er schließlich: »Was schert es Sie, wer meinen Wagen gemietet hat?«

»Weil Ihre werte Kundschaft leider unerwähnt ließ, dass sie mit dem Gefährt einen meiner Geschäftspartner entführen wollte. Ich habe Grund zu der Annahme, dass sein Leben in Gefahr ist, und darum«, Roscoe lächelte fein, »bin ich hier. Um Sie höflichst um Auskunft zu bitten, wer Ihre Kutsche an besagtem Abend zur Verfügung hatte.«

Der Alte schaute ihm in die Augen. »Hab schon viel von Ihnen gehört, hier unten. Wenn die beiden gewollt hätten, dass ich den Mund halte, hätten sie mir mehr zahlen sollen, hab ich recht?«

»Allerdings, das hätten sie.«

»Tja, haben sie nur leider nicht, und weil Sie schon so höflich fragen, kann ich Ihnen ja ruhig sagen, dass es zwei Schwergewichte namens Kempsey und Dole waren, die meine Kutsche an besagtem Abend hatten. Haben sie mitsamt dem Fahrer gemietet.«

»Sie wissen nicht zufällig, für wen die beiden arbeiten oder an was sie gerade dran sind?«

Der Alte schüttelte den Kopf. »Keine Ahnung. Ist auch nicht ihr übliches Revier hier. Aber ich habe auf Einbruch oder eben Entführung getippt, denn wozu hätten sie sonst die Kutsche gewollt? Natürlich stelle ich keine Fragen. Mich interessiert nur, dass der Wagen am nächsten Morgen wieder unversehrt im Stall steht – und das tat er –, außerdem hab ich mir sagen lassen, dass Millet, das ist der Fahrer, mit seiner Tour mehr als zufrieden war.«

Roscoe schwieg einen Moment. »Und was können Sie mir

über Kempsey und Dole sonst so erzählen? Alles, was Sie wissen, könnte eine Hilfe sein.«

Der alte Mann zuckte mit den Schultern. »Wie gesagt, ist nicht ihr übliches Revier hier. Ich krieg die beiden nicht oft zu sehen, hab aber gehört, dass sie für jeden arbeiten, der sie sich leisten kann.«

Roscoe meinte zu verstehen, was der Alte meinte. »Will sagen, es gibt nichts, was sie nicht tun würden?«

»So hab ich's gehört.«

»Gut.« Roscoe richtete sich auf. »Wo finde ich Millet?«

Nachdem er den mutmaßlichen Aufenthaltsort seines Kutschers aus dem Alten herausbekommen hatte, stand Roscoe auf, nickte dem Wirt noch einmal zu und wandte sich zum Ausgang. Kurz vor der Tür machte er einen geschmeidigen Schritt zur Seite, packte den Kapuzenmann beim Ellbogen, zog ihn – oder vielmehr sie – auf die Füße, schnappte sich den Stock, der am Tisch lehnte, und schob sie vor sich zur Tür hinaus.

Draußen in der Gasse zerrte er sie noch ein paar Meter weiter ins Dunkle, fort vom Eingang der Spelunke, ehe er sie unsanft zu sich umdrehte, ihren wutentbrannten Blick ohne mit der Wimper zu zucken erwiderte und sie anherrschte: »Was, zum Teufel, haben Sie hier verloren?«

»Ich will wissen, was mit meinem Bruder geschehen ist!«, gab sie zurück, ihr Ton kaum sanfter als seiner. Nein, einschüchtern ließ sie sich nicht, eher im Gegenteil. Wütendes Aufbegehren stand ihr ins Gesicht geschrieben, als sie versuchte, ihm ihren Arm zu entreißen. »Lassen Sie mich los!«

Was er schließlich tat, wenn auch widerwillig. Denn insgeheim fühlte er sich besser, vor allem aber ruhiger, wenn er sie fest im Griff hatte.

Sie bedachte ihn mit einem finsteren Blick und rieb sich den Ellbogen.

Das Unausgesprochene dieser Geste drang schließlich durch

seinen Zorn und ließ ihn verrauchen. Entschuldigen würde er sich dennoch nicht.

Mit einem stillen Seufzer schloss er die Augen, rieb sich kurz über den Nasenrücken, um sich besser konzentrieren zu können, und öffnete die Augen wieder. »Wie sind Sie hergekommen?«

Miranda entging sein resignierter Ton nicht; nur mit Mühe konnte sie die Empfindungen zurückhalten, die ihr auf einmal die Haut prickeln ließen. »Mit dieser Droschke«, entgegnete sie und deutete durch das Dunkel zum Wagen, der noch immer dort stand, wo er sie vorhin herausgelassen hatte. »Er wartet, um mich zurückzubringen.«

Roscoe runzelte die Stirn. »Wie haben Sie ihn dazu gebracht, hier zu warten? Das machen sie in dieser Gegend nämlich nur ungern.«

»Ich habe ihm eine Guinee extra gezahlt und ihm eine weitere versprochen, sowie ich zurück wäre.«

Roscoe drehte sich nach Mudd um, als er ihn hinter sich herankommen hörte. »Geben Sie dem Droschkenkutscher zwei Guineen, und sagen Sie ihm, dass er heute Nacht nicht mehr gebraucht wird.«

Die Worte ließen sie Mut fassen. Als Mudd, nachdem er einen kurzen Blick auf sie geworfen hatte, zur Droschke ging, fragte sie: »Was haben Sie herausgefunden?«

Roscoe sah sie bloß an und wartete, bis Rawlins sich zu ihnen gesellte, der seinen Augen kaum traute, als er sie erkannte. »Ihr Bruder wurde von zwei Männern namens Kempsey und Dole entführt. Die beiden sind Auftragsgangster und wohl keine Unbekannten. Wer sie beauftragt hat, weiß ich noch nicht, aber ich weiß, wo der Kutscher wohnt, der die beiden gefahren hat. Vielleicht kann er uns weiterhelfen.«

Mudd war gerade rechtzeitig zurückgekommen, um das meiste mitzukriegen. »Dann knöpfen wir uns jetzt den Kutscher vor?«

Miranda schaute Roscoe an und wartete.

Roscoe sah sie an, betrachtete sie, das Gesicht halb unter der Kapuze verborgen, und doch hätte nicht mal ein Blinder sie für einen Mann halten können. Wie es seine Gewohnheit war, wägte er Chancen und Risiken ab, ging seine Optionen durch, aber in diesem Fall hatte eines natürlich Vorrang: Sie mussten so bald wie möglich Rodericks Fährte folgen, ehe seine Spur sich verlor. »Ja«, sagte er daher und wandte sich an Mudd und Rawlins. »Ihr fahrt oben mit. Sagt Cummins, wir müssen in die Ryder Lane in Clerkenwell.«

Diesmal nahm er sie sanfter beim Arm und führte sie zu seiner Kutsche. Mudd öffnete ihnen die Tür, ehe er mit Cummins, dem Kutscher, sprach. Sie raffte den Mantel und kletterte hinein. Er reichte ihr den Stock nach, dann stieg auch er ein und zog mit rühmlicher Zurückhaltung den Schlag nahezu lautlos hinter sich zu.

Miranda hielt sich in der finsteren Kloake, als welche Ryder Lane sich entpuppte, wohlweislich im Hintergrund und hörte still zu, wie Roscoe den Kutscher befragte.

Aus der Deckung der gegenüberliegenden Hauswand und vor sich Mudds breite Schultern, der sich schützend zwischen sie und die geöffnete Tür geschoben hatte, in der nun Millet stand, ein schmächtiger Mann mit bleicher Gesichtsfarbe und schütterem Haar, konnte sie zusehen, wie Roscoe dem arglosen Kutscher recht schnell verdeutlichte, warum es in Millets eigenem Interesse sei, seine Fragen zügig und vor allem ehrlich zu beantworten.

Bis jetzt hatte sie nichts an Roscoe finden können, was auch nur entfernt Furcht einflößend gewesen wäre, aber hier, in dieser finsteren Gasse, verströmte auf einmal alles an ihm – seine Haltung, seine Stimme, jede noch so kleinste Bewegung – eine Bedrohlichkeit, die sie erschauern ließ.

Auch Millet schlotterte vor Angst. »J…ja, Sir«, stammelte er, rang ratlos die Hände und verbeugte sich schließlich. »Ich … ja, schon verstanden.«

»Sehr gut. Also – Kempsey und Dole, die beiden Männer, die die Kutsche mit Ihnen als Fahrer gemietet haben, wo haben Sie die zwei aufgelesen?«

»Sie haben vor dem Blue Jug gewartet, hinten bei den Ställen. Waren schon da, als ich gekommen bin, haben mir sogar noch geholfen, die Pferde anzuschirren, und sich dann raus bis nach Pimlico fahren lassen.«

»Und wo haben Sie gehalten?«

»Chichester Street, ganz am Ende. Am Park vorbei und ungefähr da, wo die andere Straße kreuzt … Claverton müsste das sein.«

»Da haben Sie also angehalten. Und dann? Erzählen Sie mir, was dann passiert ist, alles, was Sie gesehen oder gehört haben.«

»Die beiden haben nicht viel gesagt. Wie ich gehalten hab, sind sie raus, haben mir gesagt, dass ich warten und mich nicht von der Stelle rühren soll. Und dann sind sie weg. Ich hab erst gedacht, sie wären in den Park, aber als sie dann wieder auftauchten, schwer beladen, sind sie aus der anderen Richtung gekommen. Könnte sein, dass sie sich in einem der Durchgänge die Straße runter versteckt haben.«

»Könnte sein. Was hatten sie denn bei sich, als sie so schwer beladen ankamen?«

Millets Blick begann zu flackern. »Wenn ich ganz ehrlich bin, Sir, kann ich das nicht mit Sicherheit sagen.«

»Warum nicht?«

»Na, weil's dunkel war. Auf dem Stück gibt's keine Straßenlaternen. Ich hab nur sehen können, wie sie was Schweres zwischen sich schleppten, wie ein zusammengerollter Teppich oder so – jeder hatte ein Ende gepackt.« Millet hielt inne, als versuchte er, sich das Geschehen in Erinnerung zu rufen. »Bei der Kutsche hat Dole sein Ende abgelegt, den Schlag geöffnet, das Ding wieder aufgehoben und ist dann rückwärts damit eingestiegen, und Kempsey kam ihm hinterher.«

»Die Fracht hätte auch ein in einen Mantel oder eine Decke gehüllter Mann sein können?«

Millet nickte argwöhnisch. »Jetzt, wo Sie's sagen … hätte sein können, ja.«

»Gut. Und dann? Wohin haben Sie die beiden dann gebracht?«

»Das war das Seltsame an der Sache. Ich hab gedacht, ich würde die zwei zurück in die Stadt bringen, aber Kempsey hat mich nach Norden fahren lassen, bis rauf nach Paddington, wo ich an einer schmalen Gasse halten sollte. Da sind sie in einen anderen Wagen umgestiegen.«

»Eine andere Kutsche?«

»Ja, 'ne richtige Reisekutsche. Kein Kutscher, kein Stallbursche, nur irgendein Junge aus der Gegend, der ein Auge drauf hatte. Den haben sie dann gleich weggeschickt, dann ihre Fracht umgeladen und mich mit dem Rest von meinem Lohn zurückgeschickt.«

Roscoe nickte bedächtig. »Irgendeine Idee, wohin sie gefahren sein könnten?«

»Ich hab mich da nicht unnötig aufgehalten. Aber die Kutsche stand in nordwestlicher Richtung, also schätze ich, sie sind aus der Stadt rausgefahren.«

»Sie kennen sich doch aus mit Fahrzeugen und Pferden – was für eine Kutsche war das? Ist Ihnen irgendetwas aufgefallen?«

Millet legte die fahle Stirn in Falten. »Viel sehen konnte ich nicht, gab nirgends Licht. Aber ich würde sagen, das war 'ne stinknormale Reisekutsche, nicht mehr taufrisch, ungefähr so wie die vom Blue Jug. Nix Dolles, wahrscheinlich auch gemietet. Und die Pferde, das waren vielleicht Klepper … Ackergäule, die werden ihre Zeit gebraucht haben.« Millet nickte bedächtig. »Doch, doch. Jetzt fällt mir wieder ein, warum ich so sicher war, dass sie noch weiterwollten, raus aus der Stadt – da war nämlich Gepäck geladen. Als ich gewendet hab, ist es mir aufgefallen.«

Roscoe musterte Millets wenig einnehmendes Gesicht und kam zu dem Schluss, dass der Mann die Wahrheit sagte. »Gut aufgepasst, danke.« Er sah Millet noch einen Moment an, hielt seinen Blick, dann nickte er. »Gute Nacht, Millet.«

Millet sackte vor Erleichterung förmlich in sich zusammen.

Roscoe wandte sich ab, nahm Miranda im Vorbeigehen beim Arm und zog sie mit sich, als er die schmale Gasse schleunigst verließ.

»Fällt Ihnen jemand ein, der ein Interesse an Rodericks Tod haben könnte?«, fragte er Miranda, als er ihr in seiner Stadtkutsche gegenübersaß, die leise rumpelnd heimwärts gen Pimlico rollte. Im schwachen Schein der Kutschenlampen musterte Roscoe ihr Gesicht. Er hatte die Vorhänge zugezogen und Licht gemacht, damit er sie besser befragen konnte. Gespannt beugte er sich vor, die Ellbogen auf die Knie gestützt, und sah zu, wie sie sich das Hirn zermarterte.

Doch wie schon zuvor schüttelte sie nur den Kopf. »Nein, mir fällt beim besten Willen niemand ein.« Sie erwiderte seinen Blick. »Vielleicht geht es ja doch um Lösegeld …«

»Nein. Abgesehen davon, dass noch immer keine Lösegeldforderung eingegangen ist, ergibt es wenig Sinn, Roderick aus London fortzuschaffen, wenn man ihn nur als Geisel halten will.«

»Aber wurde er denn wirklich aus London weggebracht? Sind Sie sicher, dass Sie Millet trauen können? Er kann die Absichten von Kempsey und Dole völlig falsch gedeutet haben.«

Er ging noch einmal seine Unterredung mit Millet im Geiste durch, dann nickte er. »Unter normalen Umständen würde ich Millet wohl nicht über den Weg trauen, aber er hatte keinen Grund, uns anzulügen, und alles, was er uns erzählt hat, entsprach dem, was einem Mann seines Gewerbes auffallen würde: Alter und Art der Kutsche, die Pferde, das geladene Gepäck.«

Den Blick aufs Fenster gerichtet, fort von ihr und ihrem besorgten Blick, rief er sich noch einmal alles ins Bewusstsein, was er bislang erfahren hatte, spielte verschiedene Möglichkeiten durch … und lehnte sich schließlich mit einem schweren Seufzer zurück. »Es passt alles nicht richtig zusammen. Irgendetwas müssen wir übersehen.«

Sie runzelte die Stirn. »Wie meinen Sie das?«

»Wenn jemand Roderick aus dem Weg schaffen wollte, wenn er Kempsey und Dole beauftragt hätte, ihn umzubringen, dann hätten die beiden ihn nicht vorher noch aus der Stadt gebracht, sondern die Sache gleich in der Chichester Street erledigen können.«

Miranda holte tief Luft und atmete langsam wieder aus. »Aber da wir ihn dort nicht gefunden haben …«

»Deshalb zu glauben, dass er noch lebt, wäre zu einfach, aber …« Roscoe hielt inne. »Ich weiß es nicht. Die Indizien sprechen nicht für eine Entführung, aber Mord scheint genauso unwahrscheinlich zu sein. Kempsey und Dole schaffen ihn aus London fort … Mir will nicht in den Kopf, warum sie das getan haben. Haben sie ihren Plan geändert?«

Sie klammerte sich an das Wenige, das sie hatten. »Dass sie ihn aus London weggebracht haben, spricht aber doch dafür, dass er noch lebt, oder?« Ihr Blick ruhte auf ihm. »Warum sollten sie einen Toten fortschaffen? Wie Sie schon sagten, man hätte ihn einfach an Ort und Stelle liegen lassen können.«

Er überlegte einen Moment, dann nickte er. »Genau. Zumal ich mir nicht vorstellen kann, dass Auftragsgangster wie Kempsey und Dole sich unnötige Umstände machen. Selbst wenn sie ihn nicht auf der Straße hätten liegen lassen, der Fluss ist bloß ein Stück die Straße runter … Ohne Ihnen voreilige

Hoffnungen machen zu wollen, gehe ich tatsächlich davon aus, dass Roderick noch lebt.«

Nach kurzer Bedenkzeit fügte er hinzu: »Dennoch sollten wir uns die Frage stellen, wer von Rodericks Tod profitiert.«

Sie sah ihn bloß an, und er hob vielsagend die Brauen. »Nun«, begann sie schließlich, »meines Wissens – und da ich mit meinen bald dreißig Jahren über meinen Teil des Vermögens selbst bestimmen kann, bin ich auch mit den Verfügungen aus dem Testament meiner Eltern vertraut – wäre im Falle von Rodericks Tod wohl ich die alleinige Nutznießerin.«

Er nickte düster. »Das dachte ich mir. In dieser Richtung kommen wir somit auch nicht weiter.«

Eine Minute verstrich. Ihr war, als begriffe sie erst jetzt in aller Konsequenz, was geschehen war. Was geschehen sein könnte … Sie sah Roscoe an. »Was ist mit Kempsey und Dole? Sollten wir nicht mehr über die beiden herausfinden?«

Er schaute nachdenklich vor sich hin und nickte. »Das wäre unser nächster Schritt.«

Sie wartete, aber mehr kam nicht; wenig später wurde die Kutsche langsamer und bog ab, kurz darauf kam sie ganz zum Stehen.

Roscoe öffnete den Schlag und stieg aus, dann drehte er sich um und half Miranda heraus, die zwar Männerkleidung trug, in dem weiten Mantel aber kaum sehen konnte, wohin sie die Füße setzte. Unter dem Vordach seines Hauses blieben sie stehen.

Mudd und Rawlins waren derweil auch vom Kutschendach gesprungen und hielten sich bereit.

Er drehte sich zu den beiden um. »Sagt Gallagher Bescheid, dass ich ihn sprechen will. Den Ort kann er sich aussuchen, aber es muss öffentlich sein.«

»Ja, Sir.«

Er deutete auf die Kutsche. »Am besten nehmt ihr einfach den Wagen – solange ihr ihn wieder zurückbringt.«

Mudd und Rawlins grinsten. Sie öffneten den Schlag, riefen Cummins zu, wohin sie wollten, dann lachten sie über des Kutschers erwartbar trockene Bemerkung und kletterten in den Wagen.

Roscoe zog Miranda zurück in den Schatten des Vordachs und wartete, bis Cummins das Gespann gewendet und wieder hinaus auf die Straße gefahren war.

»Wer ist Gallagher?«, fragte sie.

»Jemand, den Sie überhaupt nicht kennen wollen.« Er sah sie einen Moment an, dann deutete er am Haus entlang zu den Stufen, die in den hinteren Garten führten. »Kommen Sie, Miss Clifford, Ihrer Aufmachung zum Trotz werde ich Sie jetzt nach Hause bringen.«

4. Kapitel

Am folgenden Tag fand sich Miranda gar noch früher bei Roscoe ein, aber aus Rundles Lächeln schloss sie, dass man mit ihrem Kommen gerechnet, wenn sie nicht gar erwartet hatte.

Rundle führte sie hinauf ins Arbeitszimmer, kündigte den Besuch an und schloss leise die Tür hinter sich, als er sich wieder entfernte.

Roscoe saß mit einer Tasse Kaffee am Schreibtisch und sah ein paar Briefe und Unterlagen durch. Als sie näher kam, schaute er auf.

Sein Blick blieb an ihrem violetten Promenadenkleid hängen, als wäre er in Gedanken anderswo oder hätte noch nie ein solches Kleidungsstück gesehen, dann hob er mit einem kurzen Blinzeln den Blick und sah sie an. »Für elf Uhr habe ich ein Treffen mit Gallagher vereinbart.«

»Wo?« Sie stellte ihre Tasche ab, blieb aber stehen, als wollte sie sich nicht lange aufhalten.

»Im großen Saal des Museums.«

Die Vorstellung, dass Gestalten der Unterwelt ihre konspirativen Treffen in Museen abhielten, war recht … *erhellend*. Sie lächelte. »Hervorragend. Dann kann ich ja mitkommen.«

»Ja und nein.« Sein Blick glitt abermals an ihr hinab. »Es wäre besser, wenn Gallagher gar nichts von Ihnen weiß. Er braucht nicht mal zu wissen, dass wir nach Roderick suchen. Niemand, der seine Sinne halbwegs beisammen hat, lässt Gallagher unnötig Informationen zukommen, denn man kann nie wissen, welchen Nutzen er am Ende daraus schlägt.« Er sah sie an. »Sie können gern bei dem Treffen zugegen sein, aber …«

»Es wäre gut, wenn ich mich wieder verkleidete.«

»Genau.« Er lehnte sich zurück und nahm sie prüfend in Augenschein. »Aber diesmal nicht als Mann. Sie werden einen Hut brauchen mit Schleier, Handschuhe – Garderobe, die Sie bestmöglich verhüllt, aber dabei unauffällig ist. Zwei meiner Leute werden Sie begleiten, eines der Hausmädchen und ein Diener. Sie nehmen mit den beiden eine meiner Kutschen.« Unverwandt sah er sie an. »Kommen Sie um halb elf wieder, dann brechen wir auf.«

Und damit wandte er sich wieder seinen Unterlagen zu.

So ließ sie aber nicht mit sich umspringen, sie war schließlich keine seiner Bediensteten. Sie rührte sich nicht vom Fleck und fixierte sein gesenktes Haupt. Die zum Fenster hereinfallende Morgensonne verlieh seinem Haar einen sehr aparten rötlichen Schimmer.

Schließlich schaute er wieder auf, ließ fragend die Brauen in die Höhe schnellen.

»Danke«, sagte sie mit einem Lächeln.

Und damit schnappte sie sich ihr Retikül, drehte sich auf dem Absatz um und ging.

Roscoe schaute ihr nach, bis die Tür sich hinter ihr geschlossen hatte, dann schüttelte er den Kopf. »Worauf habe ich mich da bloß eingelassen?«

Eine Antwort auf seine Frage blieb natürlich aus.

Mit einem neuerlichen Kopfschütteln wandte er sich wieder seinen Papieren zu, denn es galt noch einiges zu erledigen, ehe sie erneut auftauchte, um ihn von der Arbeit abzulenken.

Zwei Stunden später stand Miranda ganz *vortrefflich* verkleidet in schwarzer Trauerrobe, die sie dem Ableben ihrer Tante Corrine verdankte, im großen Saal des Museums, richtete den dunkel verschleierten Blick auf eine fast wandfüllende Darstellung der Kreuzigung und wartete auf den Beginn des konspirativen Treffens.

Sie hielt gar ein mit schwarzer Spitze besetztes Taschentuch in der Hand, für alle Fälle.

Das Mädchen, das Roscoe zu ihrer Begleitung abgestellt hatte, stand, gleichfalls in schlichten, gedeckten Farben gekleidet, einen Schritt hinter ihr und trug Mirandas schwarzen Umhang über dem Arm. Der Diener, ein strammer Bursche und nicht unerfreulich anzusehen, stand dem Mädchen untätig, aber wachsam zur Seite.

Roscoe hatte Miranda genau angewiesen, vor welchem Bild sie sich platzieren sollte, doch nun, da sie Stellung bezogen hatte und alles bereit war, wurde sie langsam ungeduldig. Ein Blick auf die große Uhr über dem Eingang verriet ihr indes, dass es bis elf Uhr noch ein paar Minuten hin waren.

Sie wollte ihren Blick gerade wieder dem Gemälde zuwenden, als die Eingangstüren aufschwangen und von zwei Männern offen gehalten wurden, um einen dritten einzulassen – ein Schwergewicht von einem Mann, der seine Körperfülle auf zwei Gehstöcke gestützt in den großen Saal schob. Nach ein paar Schritten blieb er stehen und sah sich um. Er war schlicht in einen braunen Anzug gekleidet, und über den feisten Wangen sondierten kleine dunkle Augen aufmerksam die Umgebung.

Mit einem vernehmlichen Ächzen setzte er sich wieder in Bewegung und steuerte die Bank an, die direkt vor der Kreuzigungsszene stand.

Das war also Gallagher. Miranda hatte ihn sich ganz anders vorgestellt. Durch ihren Schleier beobachtete sie, wie er sich mühsam setzte und seine Männer mit knapper Geste fortschickte; die beiden zogen sich zurück und hielten in diskreter Entfernung Wache.

Obwohl zu dieser Zeit kein Andrang herrschte, war das Museum doch durchaus gut besucht. Außer Miranda und ihren beiden Begleitern flanierten noch einige Paare und Grüppchen in der Rotunde, um die ausgestellten Werke zu bewundern. Ab und an kreuzten Besucher zielstrebigen Schrittes den Saal, um zu den anderen Räumen zu gelangen.

Ehe die Ungeduld abermals von ihr Besitz ergreifen konnte, traf Roscoe ein. Mit Mudd und Rawlins im Gefolge trat er in den großen Saal, sah sich kurz um und wandte sich, nachdem er Gallagher entdeckt hatte, mit ein paar Worten an seine Begleiter, ehe er ohne Eile auf die Bank zuging. Ohne Gallagher eines Blickes zu würdigen oder seine Anwesenheit anderweitig zur Kenntnis zu nehmen, setzte er sich in höflicher Entfernung und gab vor, sich in die Betrachtung der Kreuzigungsszene zu versenken.

Miranda trat auf die andere Seite des Gemäldes und neigte den Kopf ein wenig, als wäre auch sie in stillen Kunstgenuss vertieft. Von hier aus hatte sie zudem einen besseren Blick auf Gallagher.

Seine kleinen dunklen Augen huschten zu Roscoe hinüber. »Was kann ich denn an diesem herrlichen Morgen für Sie tun?«

Roscoe verzog keine Miene. »Ihr Spähposten vor meinem Haus ließ mich auf Nachfrage wissen, dass zwei kleine Gauner namens Kempsey und Dole unweit meines Domizils einen meiner Kompagnons aufgegriffen haben, kurz nachdem er mein Haus verlassen hat. Vermutlich können Sie sich denken, dass derlei Vorkommnisse kein gutes Licht auf mich als Gastgeber werfen und der Zwischenfall mich gehörig verstimmt.«

Gallagher lehnte sich zurück und betrachtete das Gemälde. »Verständlich.«

»Allerdings. Ich wüsste gern alles über Kempsey und Dole – vor allem natürlich, wer die beiden angeheuert hat.«

»Der Grund für den Überfall interessiert Sie nicht?«

»Der interessiert mich sehr wohl, aber sowie ich weiß, wer dahintersteckt, dürfte der Grund sich von selbst erschließen.«

»Hm.« Gallagher schwieg einen Moment, ehe er fragte: »Wie macht sich denn mein Großneffe?«

»Gut. Sie hatten recht, er versteht etwas von Zahlen und

hat eine rasche Auffassungsgabe. Wenn er so weitermacht und nicht vom rechten Weg abkommt, dürfte er bald einen gehörigen Sprung nach oben machen.«

»Gut zu wissen.« Gallagher schlug einen geschäftsmäßigen Ton an. »Was Kempsey und Dole angeht, die sind nicht von hier. Angeblich sollen sie aus Birmingham stammen, haben sich aber seit einiger Zeit schon das Hood and Gable in Mile End als Operationsbasis ausgeschaut. Die Auftragslage scheint gut zu sein, und ich weiß aus verlässlicher Quelle, dass sie sich auf ihr Geschäft verstehen. Ich hatte für die zwei noch keine Verwendung, aber so hat man es mir zugetragen.«

»Irgendeine Idee, wer die beiden angeheuert haben könnte?«

»Von uns war es zumindest keiner, so viel kann ich Ihnen sagen.«

Nun war es Roscoe, der Gallagher einen argwöhnischen Blick zuwarf. »Sicher?«

»Ganz sicher. Es hat sich längst rumgesprochen, was passiert ist, und ich wusste, dass Sie fragen würden, weshalb ich mich schon mal umgehört habe. Aber keiner der üblichen Verdächtigen hat auch nur den Hauch einer Ahnung. Wenngleich Quirky, der sich mit seinen Jungs auch im Hood and Gable rumtreibt, mir berichten konnte, dass Kempsey und Dole von einem Unbekannten ein Päckchen angenommen haben. Niemand hatte den Mann jemals zuvor gesehen, und er war nicht weiter auffällig – braunes Haar, mittlere Größe und auch sonst ganz durchschnittlich, die Kleider nicht neu, ein wenig schäbig gar, die übliche Klientel. Eine lange Narbe an der Wange, aber selbst das fällt mittlerweile kaum mehr auf, hat doch jeder zweite Kriegsheimkehrer irgendwelche Blessuren vorzuweisen.«

»Leider, ja.« Roscoe schwieg einen Moment, dann meinte er: »Demnach handeln Kempsey und Dole für einen Unbekannten, den niemand genauer beschreiben kann oder gar wiedererkennen würde und der keine Verbindungen zur Londoner Unterwelt hat.«

»So sieht es aus. Eine Kleinigkeit noch, die vielleicht weiterhilft: Kempsey und Dole nutzen häufig ein Gespann aus den Stallungen des Hood and Gable. Anscheinend haben sie derzeit wieder einen Wagen in Gebrauch, samt Pferden. Meistens fährt Dole. Die Kutsche ist nicht weiter bemerkenswert, aber die Klepper dürften auffallen: ein Falbe mit blonder Mähne und ein Apfelschimmel – ein ziemlich auffälliges Paar.«

Roscoe setzte sich auf. »In der Tat. Und was ist mit Kempsey und Dole, wie sehen die aus?«

»Bullige Kerle, alle beide. Dole ist etwas größer und wendiger, aber Kempsey ist der Anführer, er sagt, wo's langgeht. Im Zweifelsfall auch der Mann fürs Grobe. Dole tut, was man ihm sagt, und hält den Mund. Kempsey hat kurze braune Haare, schon leicht ergraut. Dole ist dunkler, trägt das Haar etwas länger und hat an einem Ohr eine dicke Geschwulst. Beide kleiden sich einfach, aber ordentlich und sollen mit breitem Birmingham-Dialekt sprechen.«

Roscoe prägte sich die dürftigen Personenbeschreibungen ein. »Eins noch: Tragen die beiden Schusswaffen?«

»In der Regel nicht. Sie bevorzugen offenbar Messer. Oder die bloßen Fäuste.« Gallagher nickte bedächtig. »Schlägertypen.«

Nachdem sie mit ihren beiden Begleitern zurück in die Chichester Street gefahren war, führte man sie in das kleine Speisezimmer, wo sie am Tag zuvor zu Mittag gegessen hatten. Wieder musste Miranda warten. Sie begann ungeduldig auf und ab zu gehen und fragte sich, wo Roscoe abgeblieben war und, weit wichtiger noch, was er wohl gerade tat. Nach der konspirativen Unterredung war sie noch ein wenig im Museum geblieben und hatte sich ein, zwei weitere Gemälde angesehen, um keinen Verdacht zu erregen. Roscoe war längst davongeeilt, doch erst nachdem auch Gallagher gegangen war, hatte auch Miranda mit ihren beiden Begleitern den großen Saal verlassen.

Endlich ging die Tür auf, und Roscoe kam herein. Sie eilte auf ihn zu. »Und was jetzt?«

Er schloss erst mal die Tür hinter sich, dann sah er sie an. »Jetzt essen wir.« Er deutete zum Tisch und zog ihr den Stuhl heran. »Und dann bringe ich Sie nach Hause.«

Sie setzte sich und zügelte ihre Ungeduld, bis er links von ihr am Kopf der kleinen Tafel Platz genommen hatte, ehe sie fragte: »Aber sollte man Kempsey und Dole nicht folgen? Und was ist mit Roderick?«

»Ich habe bereits Männer losgeschickt, die Fährte dieses ungleichen Gespanns aufzunehmen. Das sollte nicht schwer sein.« Er faltete seine Serviette auseinander und sah zu Rundle hinüber, der das Essen hereinbrachte. »Wer immer ihr Auftraggeber sein mag, die beiden wären schön dumm, die direkte Strecke zu fahren und die Poststationen zu frequentieren. Und wenn sie ihre Pferde unterwegs nicht wechseln, sind sie gezwungen, Pausen einzulegen, damit die beiden Klepper sich ausruhen können. Das gibt uns Zeit.«

Während Rundle das Essen auftrug, hing Miranda still ihren Gedanken nach. Aber sowie der Butler die Tür hinter sich geschlossen hatte, wandte sie sich wieder an Roscoe und ließ sich auch nicht von seiner wenig mitteilsamen Miene entmutigen. Denn natürlich hatte er längst einen Plan – genau wie sie. »Und wenn Sie Kempsey und Dole und damit hoffentlich auch Roderick aufgespürt haben, was dann?«

Roscoe kaute, schluckte, nahm den Blick nicht von seinem Teller. »Sowie ich weiß, wohin sie wollen, werde ich ihnen folgen und Roderick zurückbringen.« *Vorausgesetzt, er lebt noch.*

Eine Sekunde verstrich. »Glauben Sie, er lebt noch?«

Er seufzte still, dann sah er sie an. »Ich halte es für wahrscheinlich. Ohne zu wissen, was genau vor sich geht – hätten sie sich seiner entledigt, wäre der Wagen wieder in der Remise des Hood and Gable, aber das haben meine Männer überprüft. Der Wagen ist nicht da. Und deshalb …« Er aß seelenruhig weiter. »Deshalb gehe ich davon aus, dass sie noch mit Roderick unterwegs sind und er bei bester Gesundheit ist. Sie werden ihn aller Wahrscheinlichkeit nach an einen bestimmten Ort bringen, ihn dort vielleicht ihrem Auftraggeber übergeben.« Er beobachtete, wie sie beim Essen die Stirn in konzentrierte Falten legte; aber immerhin aß sie etwas. Er stellte fest, dass ihn das freute – was ihn wiederum leicht irritierte. »Ich nehme an, dass Sie noch immer keine plötzliche Eingebung hatten, wer hinter alldem stecken könnte?«

Sie schüttelte den Kopf. »Es ist mir unerklärlich.«

»Dann sind wir schon zwei. Dennoch, bei allem, was wir bislang wissen, dürften wir, wenn wir nicht unnötig Zeit verlieren, gute Aussichten haben, Roderick lebend zu befreien.«

Sie trank einen Schluck Wasser, um das sie Rundle statt des Weins gebeten hatte, galt es doch, einen klaren Kopf zu wahren. »Sobald Sie wissen, wo die beiden stecken, werden Sie also Ihre Leute schicken, um Roderick aus ihren Fängen zu befreien.«

Eine Feststellung, die eigentlich eine Frage war.

»Nein, ich fahre selbst.«

Sie sah ihn an. »Ach ja?« Als er nickte, runzelte sie die Stirn. »Aber ich habe doch gesehen, wie beschäftigt Sie hier sind …«

»Miss Clifford«, hob er an und legte eine kurze Pause ein. »Warum mache ich mir wohl die Mühe?« Natürlich war die Frage rein rhetorischer Natur, und er würde sie auch gleich beantworten: »Miranda – auch wenn ich Roderick Gallagher gegenüber als einen Kompagnon bezeichnet habe, so ist er doch mehr. Ich erachte ihn als einen Freund. Er hat Vertrauen in mich gesetzt, ist meinem philanthropischen Beispiel gefolgt, und schon deshalb werde ich für ihn tun, was ich für jeden guten Freund tun würde. Ich überlasse sein Schicksal nicht meinen Leuten, sondern werde mich selbst darum kümmern. Auch wenn ich volles Vertrauen in ebendiese Leute habe und sie für außerordentlich fähige Männer halte, ist manches dann doch Chefsache.«

Sie betrachtete ihn aufmerksam, dann senkte sie den Blick. »Danke.«

Und damit wandte sie sich wieder ihrem Essen zu.

Er wollte es ihr gerade nachtun, als er sich insgeheim fragte …

»Ich werde Sie natürlich begleiten.«

Hatte er es nicht geahnt? »Nein«, entgegnete er seufzend. »Das werden Sie nicht.«

»Wollen wir uns wieder streiten deswegen? Ich dachte, das sei geklärt.«

Er schüttelte den Kopf. »Sie bleiben hier.«

Sie warf ihm einen vernichtenden Blick zu, den er geflissentlich übersah. Ihren Worten indes konnte er sich nicht verschließen. »Ihnen ist schon klar«, sagte sie betont ruhig, ganz die Stimme der Vernunft, »dass ich Ihnen so oder so folgen werde. Notfalls auch allein. Und die Wahrscheinlichkeit, dass ich in Schwierigkeiten, wenn nicht gar in Gefahr gerate, dürfte ungleich größer sein, wenn ich alleine reise statt in Ihrer Begleitung.«

Er legte Messer und Gabel beiseite, warf seine Serviette auf den Tisch und wandte sich ihr zu. »Es besteht keinerlei Grund für Sie, sich weiter in diese Angelegenheit …«

»Ich wüsste gleich mehrere Gründe«, fiel sie ihm ins Wort und hob die Gabel, um jedem ihrer Punkte Nachdruck zu verleihen. »Zunächst einmal bin ich Rodericks Schwester, seine nächste Anverwandte. Sollte er verletzt und nicht ansprechbar sein, dürfte es hilfreich sein, wenn ich zugegen bin, um seinen Willen zu vertreten.«

Roscoe schwieg, musste sich aber eingestehen, dass dies durchaus ein Argument war und – leider – auch im Bereich des Möglichen lag.

»Zudem dürfte, so er verletzt ist, meine Anwesenheit sein

Leid lindern. Was, wenn er einen Schlag auf den Kopf bekommen und sein Gedächtnis verloren hat? Er würde Sie vielleicht gar nicht erkennen.« Sie ließ die Gabel sinken, legte sie schließlich ganz ab. »Außerdem, das sagte ich ja schon, kann ich nicht einfach untätig herumsitzen und abwarten, hier, sicher und behaglich in London, während wer weiß was geschieht. Ich würde vor lauter Sorge den Verstand verlieren.«

Sorge um euch beide. Aber das behielt Miranda besser für sich. Sie faltete ihre Serviette, legte sie neben ihren Teller und wandte sich Roscoe zu.

Der anscheinend erkannt hatte, dass es vergebens gewesen wäre, gegen ihre Gründe Einspruch zu erheben. »Ich wüsste dennoch nicht, wie …«

»Ganz einfach«, beschied sie ihm, denn schließlich war er nicht der Einzige, der Pläne schmieden konnte. Und seit sie aus dem Museum zurückgekehrt war, hatte sie reichlich Zeit zum Nachdenken gehabt. »Wir reisen einfach zusammen, als gehörte es sich so. Ich werde Trauer tragen.« Sie deutete auf ihr schlichtes schwarzes Kleid. »Ich bin eine junge Witwe, die zum Krankenbett einer Verwandten reist, und Sie sind ein Freund der Familie, der mich begleitet. Niemand wird daran Anstoß nehmen, es ist ein glaubhaftes, völlig legitimes Szenario und hat zudem den Vorteil, auch Ihnen einen hervorragenden Vorwand zu liefern. Wenn wir Kempsey und Dole gefunden haben, erregen Sie als mein Begleiter keinen Verdacht. Schließlich brauchen Sie einen guten Grund für Ihre Reise, sonst dürfte bereits Ihr bloßes Auftauchen genügen, den Argwohn der beiden zu wecken.«

Sie lächelte triumphierend. »Und vergessen Sie nicht: Eine Dame kann sich hin und wieder unpässlich fühlen, was eine perfekte Ausrede ist, die Reise zu unterbrechen und sich länger an einem Ort aufzuhalten – wie gemacht, um in aller Ruhe die Umgebung auszukundschaften und Roderick aus den Fängen Kempseys und Doles zu befreien.« Kurz schienen ihre Gedanken in eine andere, weniger erfreuliche Richtung zu schweifen. »Ich verstehe mich auch darauf, Wunden zu versorgen, so sie nicht zu gravierend sind.« Sie nahm sich zusammen, hob den Blick und sah ihn an. »Ein perfekter Plan.«

Roscoe furchte die Stirn. »Ich kann genauso gut Mudd und Rawlins mitnehmen ...«

»Nein, können Sie nicht. Gallagher meinte, Kempsey und Dole verstünden sich auf ihr Geschäft, was wiederum heißt, dass ein Blick auf Mudd und Rawlins ihnen genügen dürfte, um sie als das zu erkennen, was sie sind – jemandes Schergen.«

Roscoe räusperte sich. »Die beiden ziehen es vor, als meine Leibwächter bezeichnet zu werden. Ich übrigens auch.«

»Was Sie nicht sagen. Männer, die jemanden bewachen, der Macht genug hat, sie als Schutz zu brauchen, und sie sich zudem leisten kann. Männer, die um dieses Jemand willen gewiss auch zu Gewalt greifen würden.« Sie nickte bedächtig und sah ihn an. »Wie dem auch sei – wenn Sie Mudd und Rawlins mitnehmen oder ganz allein reisen, Sie werden immer auffallen, und Kempsey und Dole werden Sie, so schlicht Sie sich auch kleiden mögen, als die Bedrohung wahrnehmen, die Sie sind.« Kurz hielt sie inne, dann fügte sie nüchtern hinzu: »Und wer weiß – wenn die zwei Gefahr wittern, könnten sie Roderick töten, damit er nicht gegen sie aussagen kann.«

Dagegen konnte er nun wirklich nichts einwenden.

Ihr Blick, kurz in vage Fernen gerichtet, schoss sich wieder auf ihn ein, ihre Miene war nun gar noch entschlossener als zuvor. »Wir müssen uns einen harmlosen Anschein geben, wenn wir uns Kempsey und Dole gefahrlos nähern und Roderick retten wollen.«

Er seufzte still. »Miranda, das wird nicht an einem Tag zu schaffen sein. Wie stellen Sie sich das vor ...«

Aber was immer er gegen ihren Plan vorbrachte, sie machte jeden einzelnen seiner Einwände zunichte. Und mit jedem widerlegten Argument hatte es mehr den Anschein, als wäre ihr Plan die einzig vernünftige Vorgehensweise.

Als gar nichts mehr half, versuchte er sie aus der Ruhe und in Rage zu bringen, aber sie durchschaute seine Taktik und bedachte ihn nur mit einem vernichtenden, wenn nicht gar verächtlichen Blick, ohne weiter darauf einzugehen.

Letzten Endes sah er sich gezwungen, ihr eine Autorität ins Gedächtnis zu rufen, die er lieber unerwähnt gelassen hätte. »Was ist mit Ihrer Tante? Was wird sie davon halten, dass Sie mit mir reisen, ganz allein?« Als sie nicht sogleich etwas erwiderte, sah er seine Chance und legte nach. »Weiß sie denn überhaupt, dass Sie hier sind? Dass Sie Ihre Tage hier, in meinem anrüchigen Domizil, verbringen?«

Sie schaute ihn bloß an und erwiderte kühl: »Nein, meine Tante weiß nicht, dass ich hier bin. Aber ich glaube, so ist es ihr auch lieber. Will sagen, es wäre schlimmer für sie, davon zu wissen, als meine Besuche hier unwissentlich gutzuheißen. Das mag für Sie etwas kompliziert klingen, aber Gladys macht sich mittlerweile ebenso große Sorgen um Roderick wie ich. Sie weiß, dass ich, wo auch immer ich mich herumtreiben mag, mein Möglichstes tue, um ihn zu finden und unversehrt nach Hause zu bringen. Wenn wir Kempsey und Dole hinaus aufs Land folgen müssen, und so sieht es ja gerade aus, werde ich ihr selbstverständlich Bescheid sagen – wenn auch nur, dass ich mit jemandem, der mir bei der Suche nach meinem Bruder behilflich ist, über Land fahren und Rodericks Spur folgen werde. Mehr braucht sie nicht zu wissen, und mehr werde ich ihr nicht sagen. Sie wird auch keine Fragen stellen, denn, das können Sie mir glauben, Gladys kann sehr pragmatisch sein. Gewiss wird sie die Hände über dem Kopf zusammenschlagen, aber weder wird sie es mir verbieten noch mir unnötige Steine in den Weg legen.«

Er ließ ihre unerschütterliche Entschlossenheit einen Moment auf sich wirken, sah ihren klaren Blick, das unnachgiebige Kinn, den entschiedenen Zug um den Mund ... Sie hatte eindeutig an Selbstbewusstsein gewonnen seit jenem ersten Abend, da sie sich heimlich in sein Haus geschlichen hatte.

Es hätte durchaus in seiner Macht gelegen, Nein zu sagen und dieses Nein auch durchzusetzen, ihr wachsendes Selbstbewusstsein mit einem Schlag zunichtezumachen.

Doch er brachte es nicht über sich. Er konnte sie nicht in ihren Käfig der Unerfahrenheit und Unsicherheit zurückstoßen, aus dem sie sich gerade zu befreien schien, getrieben von dem Wunsch, ja dem Willen, Roderick zu retten.

Wer hätte besser als er gewusst, welch ungeahnte Kräfte ein zum Handeln gedrängter Wille zum Beschützen freisetzen konnte, welche Verwandlungen bewirken; wenig erinnerte jetzt noch an den Mann, der er vor zwölf Jahren gewesen war. Er hatte sich verändert, zum Guten wohlgemerkt. Wer hätte damals gedacht, was alles in ihm steckte?

Aber ...

Er hatte den Blick nicht von ihr genommen und sie den seinen ruhig abwartend erwidert.

Schließlich rang er sich ein unverbindliches Zugeständnis ab. »Wir werden sehen«, sagte er. »Bevor wir überhaupt etwas unternehmen können, müssen wir Kempsey und Dole auf die Spur kommen.«

Fast hätte er wieder mit einem triumphierenden Lächeln gerechnet, aber sie neigte nur still den Kopf, als erklärte sie sich damit einverstanden, und gestattete ihm ohne weiteres Wenn und Aber, sie jetzt nach Hause zu begleiten.

Da helllichter Tag war, nahmen sie diskret die Kutsche, und so fand Miranda sich neben Roscoe in einem seiner Stadtwagen, während sie das kurze Stück die Chichester Street hinab, die Claverton Street hinauf und dann in die schmale Gasse an der Rückseite des Hauses zurücklegten. Als das Gespann vor dem hinteren Gartentor hielt, öffnete Roscoe den Schlag und sprang heraus, reichte dann ihr die Hand, um ihr beim Aussteigen behilflich zu sein.

Wieder spürte Miranda dieses beunruhigende Prickeln, als seine Finger sich um ihre schlossen. Aber diesmal war sie darauf vorbereitet und wusste sich gegen die fatale Wirkung zu wappnen. Und so war es längst nicht so verheerend wie jene kleinen Zwischenfälle gestern Abend, als er sie immer wieder ohne jede Vorwarnung beim Arm gefasst hatte. Sowie sie festen Boden unter den Füßen hatte, zog sie ihre Hand zurück und beglückwünschte sich im Stillen dazu, wie gut sie ihre wunderlichen Empfindungen verborgen hatte.

»Danke«, sagte sie und sah ihn abwartend an.

Er erwiderte ihren Blick. Sekunden verstrichen, schließlich gab er nach. »Ich lasse Sie benachrichtigen, sowie es Neuigkeiten gibt.«

Sie nickte schweigend, ließ ihn das Tor öffnen und trat achtsam über die Schwelle, um sich keinen neuerlichen Fehltritt zu leisten. Als sie sich umwandte, war er bereits einen Schritt zurückgetreten und hob die Hand zum Abschied; sie lächelte und schloss das Tor. Einen Moment blieb sie noch stehen und wartete, bis der Kutschenschlag zufiel und das Gespann die Gasse hinab davonrollte.

Dann drehte sie sich um, ging langsam durch den Garten zum Haus und dachte über alles nach, was sie bislang erfahren hatte. Nicht nur über Roderick – und Roscoe –, sondern mehr noch über sich selbst. Dass die Sorge um Roderick sie zum Handeln zwingen würde, war keine Überraschung; was sie indes überraschte, war all das, was sie getan und erreicht hatte, wie besonnen sie reagiert, wie entschieden sie gehandelt hatte.

Ohne zu zögern, hatte sie sich mit Roscoe angelegt, hatte nicht nachgegeben und von ihm verlangt, sie an Rodericks Befreiung teilhaben zu lassen, wie es ihr in ihrer Rolle als dessen Schwester zustand. Keine Spur ihrer üblichen Zurückhaltung, kein Zweifeln und Zaudern, als sie ihm dargelegt hatte, wie diese Aktion ihrer Ansicht nach bestmöglich zu bewerkstelligen wäre. Alles in allem war sie ziemlich stolz auf sich, was ihr in den letzten beiden Tagen gelungen war. Damit einher ging ein Gefühl größerer Freiheit und Klarheit, eine größere Gewissheit ihrer selbst, auch wenn sie sich selbst kaum wiedererkannte.

Während sie hinauf zum Haus lief, versuchte sie, dieses vage, schwer zu beschreibende Gefühl zu fassen. Sie ging über die Terrasse, öffnete die Tür und trat ins Morgenzimmer.

Gladys saß auf dem Sofa, den Blick zum Fenster. »Da bist du ja endlich! Das wurde auch Zeit. Wo warst du denn so lange?« Ihre Tante beugte sich vor und betrachtete sie mit bangem Blick. »Hast du etwas von Roderick gehört?«

Die Angst in ihrer Stimme ließ keinen Zweifel daran, dass die letzte Frage Gladys' eigentliche Sorge war. Miranda legte Retikül und Schal ab, zog sich die Nadeln aus dem Hut und setzte auch ihn ab – samt dem lästigen Schleier, den sie längst zurückgeschlagen hatte. Währenddessen überlegte sie, was sie ihrer Tante sagen sollte. »Man hat Roderick an jenem Abend auf dem Heimweg entführt. Zwei Männer sollen in einer Kutsche mir ihm davongefahren sein. Wir wissen allerdings weder, wohin sie ihn gebracht haben, noch, was hinter alldem steckt.«

Gladys war blass geworden. Eine ganze Weile sah sie Miranda nur still an und versuchte, das Gehörte zu verarbeiten. Dann spitzte sie die Lippen und lehnte sich zurück. »Wer ist ‚wir'?«, fragte sie. »Wo warst du? Und mit wem?«

»‚Wir' meint mich und einen Freund Rodericks, der mich bei der Suche nach ihm unterstützt. Ich war in seinem Haus, es ist nicht weit von hier.« Es verhielt sich genau so, wie sie es Roscoe geschildert hatte: Gladys machte sich ebensolche Sorgen um Roderick wie sie, fühlte sich aber hilflos und damit ihrer Angst ausgeliefert, weshalb sie in einem ziemlichen Dilemma steckte. Einerseits wollte sie, dass Miranda Roderick rasch aufspürte und ihn sicher und wohlbehalten nach Hause brachte, andererseits schwebte – wie immer in Gladys' Vorstellung – über alledem der Ruch eines drohenden Skandals.

Für Miranda war die Gefahr eines Skandals längst in den Hintergrund getreten. Sie stand vor der Wahl, ihren Ruin zu riskieren oder ihren Bruder zu retten. Die Entscheidung fiel ihr nicht schwer.

Vielleicht war es das, was sich so befreiend anfühlte. Auf einmal lösten sich all die Einschränkungen und Regeln in Luft auf, die sie ihr Leben lang eingeengt hatten. Roderick zu finden war oberste Priorität, gegen die alles andere verblasste.

Gladys richtete sich mühsam auf und streckte ihre Hand aus. »Hilf mir mal bitte auf. Ich werde mich nach drüben in den Salon setzen.«

Miranda half ihrer Tante auf die Beine und wollte sie hinaus und in den Salon führen, aber Gladys schüttelte ihre Hand unwirsch ab und schleppte sich, auf ihren Stock gestützt, zur Tür. Meist brachte sie ihre Tage im Salon zu, wo sie sich dann mit einer Stickarbeit oder einem Buch beschäftigte – immer für den Fall der Fälle gewappnet, dass Besucher sich einfanden. Was zwar selten vorkam, aber Gladys legte großen Wert auf Äußerlichkeiten und wollte zumindest stets den Schein wahren.

An der Tür drehte sie sich noch mal nach Miranda um. »Ich werde nicht weiter fragen, und du wirst mir auch nichts erzählen, aber eins lass dir gesagt sein, mein Fräulein: Sieh dich gut vor. Du kannst es dir nicht leisten, deine Chance bei Wraxby zu verspielen. Gentlemen wie Mr. Wraxby haben sehr strikte Ansichten darüber, was sich für eine Dame schickt. Und was nicht.«

Miranda hob die Brauen und hörte sich einen Ton anschlagen, in dem sie nie zuvor mit ihrer Tante gesprochen hatte. »Das mag wohl sein, liebe Tante, aber wenn es Mr. Wraxby so sehr an Mitgefühl gebricht, dass er nicht nachzuvollziehen vermag, dass ich alles in meiner Macht Stehende tun muss, um Roderick zu finden …« Dann ist Wraxby nicht der Richtige für mich, dachte sie, sagte aber stattdessen: »Dann werden wir sicherstellen müssen, dass er nie davon erfährt, und da er derzeit wieder in Suffolk weilt, müssen wir uns diesbezüglich wohl keine Sorgen machen.«

Wenn sie jetzt noch verkündete, Wraxby niemals zu heiraten, wenn er sich so kaltherzig zeigen sollte, würde sie Gladys nur wieder in hellen Aufruhr versetzen und einen endlosen Streit vom Zaun brechen, den sie beide gerade nicht gebrauchen konnten.

Gladys sah sie aus schmalen, dunkel funkelnden Augen an, wandte sich dann mit einem Grummeln ab und humpelte hinaus.

Miranda lauschte den schweren Schritten ihrer Tante nach und hätte eigentlich damit gerechnet, dass ihre Gedanken weiter um das Gespräch kreisen würden, um Gladys, den Haushalt, die Speisepläne, die Bediensteten – die üblichen Aufgaben, die es jeden Tag zu erledigen galt. Doch obwohl sie sich all dieser leidigen Verpflichtungen bewusst war, hatten diese mit einem Mal nicht mehr dieselbe Macht über sie, vermochten nicht, sie zurück in ihre stupide Routine zu zwängen und auf immer dort festzuhalten.

Sie nahm ihr Retikül, ihren Umhang und ging hinauf auf ihr Zimmer, wo sie nach einem Mädchen läutete und ihm auftrug, ihre Reisetasche zu holen. Dann machte sie sich daran, alles herauszusuchen, was sie auf ihre abenteuerliche Suche nach Roderick mitnehmen wollte. Denn es war gewiss nur eine Frage der Zeit, bis Roscoe erfuhr, wohin Kempsey und Dole ihren Bruder gebracht hatten – und dann wollte sie bereit sein.

Erst als sie fertig gepackt hatte, wurde ihr klar, dass sie fest damit rechnete, spätestens morgen von Roscoe zu hören. Nicht nur, dass sie auf seine Fähigkeiten setzte, nein, sie vertraute auch wie selbstverständlich darauf, dass er sein Wort halten und ihr diese wichtige neue Information unverzüglich zukommen lassen würde.

5. Kapitel

»Ich fasse es nicht, dass ich mich darauf eingelassen habe.« Roscoe sagte es zwar mehr zu sich selbst, aber es war ihm gleich, ob seine Begleiterin ihn hörte.

»Dann sind wir schon zwei.« Ihr Ton ließ indes keinen Zweifel daran, dass sie die gegenwärtige Lage völlig anders beurteilte als er.

Sie saß neben ihm, vorn auf dem Bock seines offenen Zweispänners, hielt sich aufrecht und gerade in ihrer vorbildlichen Trauerrobe – dem schwarzen Kleid samt passendem Umhang, dem Hut mit schwarzem Schleier –, doch von dem Moment, da sie losgefahren waren, hatte eine bange und dabei fast freudige Erregung von ihr Besitz ergriffen, eine Anspannung, die sie alles mit seltsamer Klarheit sehen ließ. Nichts entging ihrem wachen Blick.

Er hätte gedacht, sie niedergeschlagen und tief in Gedanken zu finden, ganz mitgenommen vor Sorge um ihren Bruder. Denn dass sie sich um Roderick sorgte, stand außer Frage, auch wenn sie jetzt versuchte, ihre Furcht mit Munterkeit zu überspielen. In gewisser Weise rechnete er ihr das hoch an. Er konnte verstehen, dass sie diese Rettungsaktion auch als einen Befreiungsschlag empfand und keinen Moment ungenutzt lassen wollte.

Sie hatten die Stadt in nordwestlicher Richtung verlassen, waren der Oxford Road gefolgt, um die Fährte der alten Mietkutsche mit dem ungleichen Pferdepaar aufzunehmen, in der Kempsey und Dole ihre wertvolle Fracht beförderten.

Als Roscoe ihr heute früh um acht eine Nachricht geschickt hatte, war er sich trotz der Entschlossenheit, die sie tags zuvor zur Schau gestellt hatte, nicht sicher gewesen, ob sie noch immer den Wunsch hatte, ihn zu begleiten. Vielleicht war sie über Nacht zur Vernunft gekommen, hatte eingesehen, wie unklug, ja geradezu närrisch es wäre, sich auf ein solches Unterfangen einzulassen. Wahrscheinlich würden Anstand und Respektabilität die Oberhand gewonnen haben, das drohende Desaster, der gesellschaftliche Ruin eine gar zu verheerende Aussicht.

Sie hatte gar nicht erst auf seine Nachricht geantwortet.

Stattdessen hatte sie kurz darauf vor seiner Tür gestanden, schwarz gewandet und verschleiert, mit robustem Schuhwerk und erfreulich handlichem Gepäck.

Ihre Entschlossenheit schien so unerschütterlich zu sein, dass er gar nicht erst versucht hatte, sie noch in letzter Minute von ihrem Vorhaben abzubringen. Sich damit abzufinden, dass sie diesen Schritt wissentlich tat und vermutlich nicht bereuen würde, hieß aber noch lange nicht, dass nicht *er* letzten Endes bereuen würde, sich darauf eingelassen zu haben. So zumindest sahen es Mudd und Rawlins, Rundle und selbst Jordan, die allesamt mehr oder minder vehement Einspruch erhoben hatten und nicht verstehen konnten, was in ihn gefahren war, ihr ihre Bitte zu erfüllen.

Er indes wusste es; er konnte es nur schlecht in Worte fassen, geschweige denn erklären. »Wie hat Ihre Tante es aufgenommen?«, fragte er stattdessen, um sich auf andere Gedanken zu bringen. »Wie viel haben Sie ihr verraten?«

»Ich habe ihr erklärt, dass Sie – ein guter Freund Rodericks – seine Spur gefunden hätten und wir, also Sie und ich, nun die Verfolgung aufnehmen würden, um ihn aus den Händen seiner Entführer zu befreien.«

»Und sie hatte keine Einwände?«

Miranda warf ihm einen kurzen Blick zu. »Ich hatte Ihnen doch das Dilemma meiner Tante geschildert. Zudem bin ich fast dreißig – ich treffe seit geraumer Zeit meine eigenen Entscheidungen.« Was zwar nicht ganz der Wahrheit entsprach, aber immerhin tat sie es jetzt, und nur das zählte. In dieser Hinsicht hatte sie einiges gut, wie sie fand. »Auch wenn ich mich meist den Wünschen meiner Tante füge«, räumte sie ein, »habe ich sie in dieser Angelegenheit gar nicht erst um Erlaubnis gefragt. Und sie hat nicht versucht, mich davon abzubringen.«

Sie hatte entschlossen und ganz nach eigenem Gutdünken gehandelt, und es fühlte sich *herrlich* an. Wie befreiend, ihre eigenen Entscheidungen zu treffen, zu tun, was *sie* für richtig hielt. Endlich dem strengen Regiment ihrer Tante zu entkommen, sich losmachen von all den kleinlichen Regeln und Verboten. Sie würde einfach immer ihrem Bauchgefühl vertrauen und ihren Prinzipien treu bleiben. Was sollte dann schon passieren?

Miranda beugte sich vor und spähte die Straße hinab. »Das Dorf dort vorn scheint mir größer zu sein als alle, die wir bislang passiert haben.«

»Uxbridge. Dort könnten wir einen kurzen Halt einlegen und uns vergewissern, ob wir noch immer auf der richtigen Spur sind.«

Später machten sie zur Mittagszeit Rast in High Wycombe. Roscoe half ihr beim Aussteigen, nachdem sie im Hof des Five Bells gehalten hatten.

»Danke.« Während er mit dem Stallburschen redete, strich sie ihr Kleid glatt und richtete ihren Schleier. Als sie wieder aufschaute, stand er auch schon bereit und reichte ihr seinen Arm. Einen Moment zögerte sie, aber lieber flüchtig die Hand auf seinen Rockärmel legen, als dass er sie abermals beim Arm fasste.

Und doch war sie sich, als sie an seiner Seite die Stufen hinaufging und den Gasthof betrat, seiner Nähe überdeutlich bewusst. Fast fühlte sie sich versucht, ihre Finger fester um seinen Arm zu schließen, seine Muskeln, seine Wärme zu spüren, aber sie widerstand.

Nur gut, dass sie den Schleier trug, der die rosige Glut verbarg, die sie auf einmal durchströmte.

Sie traten an die Rezeption, wo Roscoe um ein privates Speisezimmer bat, in dem man ihnen ein leichtes Mittagsmahl servieren solle. Dann sah er Miranda an, das Zeichen für ihren Einsatz.

Sie schlug ihren Witwenschleier zurück und schenkte dem Wirt ein mattes Lächeln. »Wir versuchen, eine kleine Reisegesellschaft einzuholen – einen Gentleman, der mein Cousin ist, und zwei Männer, die meine Familie ihm als Begleitung mit auf den Weg gegeben hat. Eigentlich hatten wir alle zusammen gen Norden aufbrechen wollen, aber leider kam uns etwas dazwischen, und die anderen sind schon mal vorausgefahren. Es ist jetzt drei Tage her, dass sie London verlassen haben. Sie oder einer ihrer Leute haben die drei nicht zufällig hier vorbeikommen sehen?«

In Uxbridge hatten sie die Feststellung gemacht, dass man ihnen bereitwilliger Auskunft gab, wenn Miranda in ihrer Trauerkleidung die Fragen stellte. Oft bot man ihnen auch gleich Hilfe an.

Hier jedoch schüttelte der Wirt den Kopf, wenn auch mit Bedauern. »Es tut mir leid, Madam – ich wüsste nicht, dass eine solche Reisegesellschaft bei uns Halt gemacht hätte. Aber ich werde mich mal umhören und schauen, was ich in Erfahrung bringen kann.«

»Haben Sie vielen Dank.« Sie lächelte herzlich und ließ ihren Schleier wieder herab. Mit Roscoe folgte sie dem Wirt ins Speisezimmer. Um glaubwürdig zu wirken, waren sie übereingekommen, einen freundschaftlichen Umgang zu pflegen und sich mit Vornamen anzusprechen, womit mögliche Verwechslungen von *Miss* und *Mrs.* entfielen. Für ihre Zwecke war es das Beste, wenn sie als Witwe angesehen wurde.

Sobald das Essen serviert war und sie wieder allein waren, kam Roscoe zur Sache. »Wenn wir hier nichts erfahren, werde ich mich nach Tisch in den Stallungen entlang der Straße und in dieser Schenke am Stadtrand erkundigen.«

»Da wir ihrer Fährte bis hierher gefolgt sind und noch immer jemand sie entlang der Strecke gesehen hat, können wir wohl davon ausgehen, dass sie High Wycombe passiert haben, so sie nicht plötzlich vom Erdboden verschwunden sind.« Die Sorge um Roderick nahm ihr zwar den Appetit, aber sie zwang sich dennoch zu essen; wenn sie vor Schwäche ohnmächtig wurde, würde sie ihrem Bruder kaum von Nutzen sein.

»Mich wundert nur, dass sie noch nirgends über Nacht Rast gemacht haben. Zeit genug sollte sein, können sie doch nicht wissen, dass wir ihnen bereits auf der Spur sind. Ihre Pferde sind nicht die schnellsten, und nach unseren Erkenntnissen haben sie die Klepper seit London kein einziges Mal gewechselt. Nichts spricht dafür, die Nacht durchzufahren.« Roscoe schwieg einen Moment und aß weiter, ehe er hinzufügte: »Nach wie vor wissen wir nicht, wohin sie eigentlich wollen – das sollten wir im Hinterkopf behalten.«

Miranda nickte. »Nicht dass wir immer weiterfahren, obwohl sie längst auf irgendeine Nebenstrecke abgebogen sind.« Nach kurzem Überlegen meinte sie: »Mir ist nach wie vor schleierhaft, warum sie ihn aus London wegbringen.«

»Dem kann ich mich nur anschließen«, sagte Roscoe düster.

Sie waren gerade bei der Käseplatte angelangt, als es schüchtern an der Tür klopfte und eine junge Magd eintrat. Die Hände fest vor sich verschränkt, machte sie einen Knicks und haspelte atemlos herunter: »Madam, wenn Sie entschuldigen, aber Figgs«, sie deutete mit dem Kopf hinter sich Richtung Rezeption, »er hat gesagt, Sie würden zwei Männer und einen Gentleman suchen? Die vor ein, zwei Tagen hier durchgekommen wären?«

Miranda lächelte ermutigend. »Ja, das stimmt. Können Sie uns irgendetwas über die drei sagen? Der Gentleman ist mein Cousin.«

»Ich kann natürlich nicht sicher sagen, ob sie es wirklich waren, aber meine Schwester arbeitet in der Schenke die Straße runter. Wir gehen morgens immer zusammen zur Arbeit, und das ist jetzt vielleicht …« Das Mädchen überlegte angestrengt. »Vor zwei Tagen war's. Da waren zwei Männer, die einen jungen Mann, der wie ein Gentleman aussah, aus der Schenke getragen und in eine Kutsche verfrachtet haben. Tam, also das ist meine Schwester, hat mir dann erzählt, die wären mitten in der Nacht aufgetaucht und am nächsten Morgen, wo wir sie dann gesehen haben, weitergefahren.«

Miranda schenkte ihr ein dankbares Lächeln. »Vielen Dank.«

»In der Tat, das hilft uns sehr.« Roscoe ließ eine Münze springen, die das Mädchen, ganz rot im Gesicht, mit einem Knicks entgegennahm. »Sie wissen nicht zufällig noch, auf welcher Straße sie die Stadt verlassen haben?«, fragte er. »Wir nehmen zwar an, dass sie direkt weiter nach Oxford fahren, aber man kann nie wissen, ob sie nicht doch noch einen Abstecher machen.«

»Glaub ich nicht, Sir, die sind direkt weitergefahren. Die Kutsche kam an mir vorbei, als ich gerade hier in den Hof kam, deshalb bin ich mir so sicher. Die Pferde hab ich sofort wiedererkannt, eins hatte eine ganz helle Mähne, fast schon weiß.«

Roscoe reichte ihr noch eine Münze, und dem Mädchen gingen vor Staunen fast die Augen über. »Eine letzte Frage noch: Sie meinten, die beiden Männer hatten den jungen Herrn aus der Schenke getragen. Wie genau haben sie ihn getragen?«

»Na ja«, das Mädchen warf einen entschuldigenden Blick auf Miranda, ehe sie sich wieder an Roscoe wandte, »der eine hat ihn bei den Schultern gepackt und der andere bei den Füßen. Um den einen Fuß hatte der Gentleman einen Verband, und er schien nicht bei Bewusstsein zu sein. Ganz schlaff hing er da, wie ein Mehlsack.« Wieder schaute sie zu Miranda, sah das Entsetzen in deren Blick und rang bestürzt die Hände. »Tut mir leid, Madam. Ich dachte, das wüssten Sie.«

Miranda atmete tief durch. »Nein, nein, schon gut.« Sie winkte ab und lächelte matt. »Haben Sie vielen Dank, uns Auskunft gegeben zu haben – genau das wollten wir wissen.«

Roscoe stand auf und geleitete das Mädchen hinaus, um es von Mirandas Gefühlsaufwallung abzulenken. »Allerdings. Wir wussten wohl, dass er verletzt ist, waren jedoch über sein derzeitiges Befinden im Unklaren. Sie haben uns sehr geholfen, vielen Dank.«

Die Hand fest um ihre unerwarteten Reichtümer geschlossen, knickste das Mädchen noch einmal und eilte davon. Als Roscoe die Tür hinter ihr schloss und sich nach Miranda umdrehte, schob die gerade ihren Teller beiseite.

Sie hob den Blick und sah ihn an. »Wir sollten uns auf den Weg machen.«

Er betrachtete sie einen Moment, dann nickte er. »Verzagen Sie nicht – immerhin lebt er.«

Nach jeder Abzweigung machten sie Halt und holten Erkundigungen ein, doch hatte es den Anschein, als wären die Ganoven geradewegs weiter Richtung Oxford gefahren. Nach einigen Meilen fanden sie eine Schenke, in der die beiden zwei Tage zuvor gegen Mittag einen Stopp eingelegt hatten, um einen Happen zu essen.

Als Roscoe zurückkam – Miranda hatte draußen gewartet –, stieg er schweigend wieder auf den Bock, griff nach den Leinen und setzte das Gespann in Bewegung. »Nur Kempsey und Dole sind hineingegangen«, sagte er dann, »den Mann in der Kutsche hat niemand gesehen, aber Dole soll ihm etwas Wasser hinausgebracht haben.«

Nun, da sie wussten, dass Roderick verletzt und sehr wahrscheinlich nicht bei Bewusstsein war, konnten sie präziser nachfragen – etwas, worauf wiederum Roscoe sich besser verstand. Es genügte, dass Miranda sich in ihrer Trauerrobe im

Hintergrund hielt, um das nötige Mitleid zu wecken und die Hilfsbereitschaft, die es brauchte, um ihren vermeintlichen Cousin zu finden.

Als fern am Horizont die ersten Giebelspitzen von Oxford auftauchten, meinte er: »Wir sollten versuchen, uns in sie hineinzuversetzen und so zu denken wie sie. Angenommen, sie haben Oxford am späten Nachmittag erreicht, wie es den Anschein hat, dann sind …«

»Dann sind sie vermutlich weitergefahren, ohne sich lange in der Stadt aufzuhalten.«

»Genau. Wir nähern uns der Stadt aus östlicher Richtung. Gleichwohl gibt es einige, meines Wissens drei, Straßen, die nach Süden führen.«

Sie stutzte. »Warum sollten sie denn so weit gen Norden fahren, nur um dann wieder südwärts zu steuern?«

»Ganz genau. Weshalb wir diesen Teil der Stadt zunächst einmal außen vor lassen. Ich würde vorschlagen, dass wir uns am nördlichen oder westlichen Stadtrand ein Hotel suchen, und während Sie schauen, was Sie dort in Erfahrung bringen können, fahre ich die Straße nach Westen ab und die nach Norden – in dieser Richtung sind es, glaube ich, zwei Routen – und versuche, ihre Fährte wiederzufinden.« Er brauchte sie nur anzusehen, ihr irritiertes Stirnrunzeln, um zu wissen, was jetzt kommen würde.

»Vielleicht«, sagte sie, »wäre es ja besser, wenn ich Sie begleite.«

Er gab vor, über ihren Vorschlag nachzudenken, ehe er bedauernd mit den Schultern zuckte. »In Anbetracht der von Kempsey und Dole bevorzugten Etablissements dürfte es für mich allein einfacher sein, Nachforschungen anzustellen.« Deutlich einfacher, denn wenn sie in der Nähe war, hatte er kaum seine sieben Sinne beisammen. Dabei stets ein Auge auf sie haben zu müssen war auch eher hinderlich.

»Vermutlich haben Sie recht«, sagte sie seufzend und gab

sich geschlagen. »Dann lassen Sie uns erst nach Oxford fahren und ein anständiges Hotel suchen.«

Auch sie erreichten das kleine Universitätsstädtchen am späten Nachmittag. Auf den Straßen herrschte noch emsiger Betrieb, der zumindest Roscoe vertraut war und Erinnerungen an seine eigenen Studienjahre weckte.

Es war mitten im Semester, und die Straßen waren bevölkert von Studenten und Professoren in ihren Talaren. Es war bald zwei Jahrzehnte her, seit er zuletzt hier gewesen war, und er nahm nicht an, dass ihn nach so langer Zeit noch jemand erkannte, aber ... »Oakgrove Manor liegt doch in Cheshire, nicht wahr? Da dürften Sie und Ihre Nachbarn auf dem Weg nach London vermutlich immer durch Oxford reisen.«

»Meistens ja.«

»Es wäre also möglich, dass jemand Sie hier erkennt.«

Er hörte förmlich, wie sie sich innerlich wand, ehe sie erwiderte: »Möglich wäre es, ja.«

»Dann sollten wir die üblichen Adressen wohl besser meiden und in einem der weniger stark frequentierten Hotels Quartier beziehen.«

Etwas abseits der Straße nach Woodstock fanden sie eine ruhige, kleine Pension, in der sie sich für die Nacht zwei Zimmer und einen privaten Salon nahmen. Roscoe machte sich sogleich wieder auf den Weg, um den Flüchtigen nachzustellen, und überließ es vertrauensvoll Miranda, für ihr leibliches Wohl zu sorgen und darauf zu schauen, dass das Gepäck auf die Zimmer gebracht wurde.

Ihre Verkleidung stand ihr gut zu Gesicht, und auch die erfundene Geschichte vom Freund der Familie, der sie, eine junge Witwe, zu einer Familienzusammenkunft begleitete, gereichte ihr zum Vorteil. Zumindest konnte Miranda weder bei der Pensionswirtin noch bei deren Angestellten Anzeichen von Argwohn oder Herablassung entdecken. Rasch wurde warmes Wasser auf ihr Zimmer gebracht, und nachdem sie sich etwas frisch gemacht hatte, ging sie hinunter in den Salon. Noch ehe ihr Zeit blieb, in Grübeleien zu versinken, kam auch schon ein Mädchen herbeigeeilt und fragte, ob sie Tee und Gebäck wünsche, um sich nach der Reise ein wenig zu stärken. Eine gute Idee, fand Miranda, und versuchte, sich die nächste halbe Stunde mit ganz vorzüglichen Scones abzulenken, die mit frischer Sahne und Himbeermarmelade serviert wurden.

Leider währte die Zerstreuung nicht lange.

Bei Einbruch der Dämmerung begann sie, unruhig am Fenster auf und ab zu gehen, und spähte immer wieder hinaus, um nach Roscoe Ausschau zu halten. Roderick war verletzt, und zwar vermutlich so schwer, dass er über weite Strecken nicht bei Bewusstsein war. Damit hatte sie bei aller Sorge nicht gerechnet. Wenn sie ehrlich war, hatte sie es sich schlicht versagt, darüber nachzudenken, wie die zwei Schurken ihren Bruder wohl gefügig gemacht hatten. Roderick war zwar nicht allzu groß und kräftig gewachsen, aber auch kein schmaler Hänfling. Er war jung und robust und, als er das Haus zuletzt verlassen hatte, auch bei bester Gesundheit gewesen.

Herrje, es war zum Verrücktwerden. Sie verwünschte ihre Gedanken, die immerzu um sein derzeitiges Befinden kreisten. Sein vermeintliches Befinden, denn wer konnte schon wissen … Halt, nein, rief sie sich zur Räson. Erst mussten sie Roderick finden, ihn aus den Fängen der Ganoven befreien, und dann konnte man weitersehen – dann würde sie überlegen, was sie für ihn tun, wie für ihn sorgen konnte.

Als die Tür ohne vorheriges Anklopfen geöffnet wurde, wirbelte sie herum.

Roscoe kam herein.

»Ein Glück!«, rief sie und versuchte, seine Miene zu deuten, übte sich in Geduld, während er erst einmal die Tür hinter sich schloss. »Haben Sie ihn gefunden?«

Roscoe trat an den Tisch, der in der Mitte des Raums stand, und sah sie an, las ihr die Ungeduld von den Augen ab, den verzweifelten Wunsch, etwas Ermutigendes zu hören. »Es ist genau, wie wir schon dachten. Sie haben die Stadt lediglich passiert und dann bei einem kleinen Gasthof in Kidlington Rast gemacht.«

Sie überlegte kurz. »Dann wollen sie weiter nach Norden.«

»Vermutlich«, sagte er. »Ich nehme an, dass sie nach Birmingham unterwegs sind. Vielleicht erinnern Sie sich – Gallagher meinte, die beiden kämen von dort.«

»Ja, ich erinnere mich«, entgegnete sie und runzelte die Stirn. »Aber warum? Warum sollten sie eine so lange Reise auf sich nehmen, um Roderick so weit fortzubringen?«

»Das kann ich Ihnen auch nicht sagen. Es erscheint mir unsinnig. Wenn sie denn überhaupt einen Plan haben, so erschließt er sich mir bislang nicht.«

Sie sah ihn einen Moment an, ehe sie ruhig und gefasst fragte: »Haben Sie etwas über Rodericks Zustand erfahren?«

Er zögerte, doch die bange Erwartung in ihren Augen ließ ihm keine andere Wahl. Er sagte ihr die Wahrheit. »Als sie ihn ins Wirtshaus trugen, war er noch immer – oder wieder – bewusstlos. Auch als sie später den Schankraum verließen und ihn zurück zur Kutsche brachten. Allerdings scheint er zwischendurch ansprechbar gewesen zu sein. Der Wirt will gehört haben, wie Kempsey und Dole hin und wieder das Wort an ihn richteten, konnte aber leider nicht mit Sicherheit sagen, ob Roderick auch etwas erwidert hat.« Er haderte einen Moment mit sich, dann entschied er sich, bei der Wahrheit zu bleiben und nichts schönzureden. »Ich vermute, sie haben ihm den Fuß gebrochen – eine einfache, aber sehr effiziente Methode, um ihn an der Flucht zu hindern und kurzzeitig außer Gefecht zu setzen, ohne bleibenden Schaden anzurichten oder sein Leben aufs Spiel zu setzen. Die Schmerzen sind allerdings beträchtlich und dürften genügen, einem Mann die Sinne schwinden zu lassen.«

Da sie schon ganz blass um die Nase geworden war, behielt er seine Vermutung, dass der gebrochene Fuß kaum Rodericks einzige Verletzung war, dann doch für sich. Es war allerdings anzunehmen, dass seine Entführer ihm zunächst eins über den Schädel gezogen hatten. Der Schmerz des Knochenbruchs, gepaart mit einer leichten Gehirnerschütterung, da dürfte dann jeweils ein leichterer Schlag auf den Kopf genügen, um ihn erneut das Bewusstsein verlieren zu lassen. Um ihn beispielsweise davon abzuhalten, Passanten und Schankpersonal um Hilfe anzurufen. Wenn sie unter sich waren, würden sie ihn knebeln, was auch erklärte, warum der Wirt in Kidlington »den invaliden jungen Gentleman« kein einziges Wort hatte sagen hören.

»Bei alldem sollten wir nicht vergessen«, fuhr er fort, »dass der einzige Grund, weshalb Kempsey und Dole ihm den Fuß gebrochen haben, der ist, ihn am Leben zu lassen. Sie scheinen nicht die Absicht zu haben, ihn zu töten. Zumindest vorerst nicht.«

Sie sah ihn an, sichtlich entsetzt von seinen offenen Worten, deren sie sich gleichwohl kein einziges entgehen ließ. Ihre aufsteigende Verzweiflung legte sich gar ein wenig, doch die Angst blieb. »Sie mögen nicht die Absicht gehabt haben, ihn auf der Stelle zu töten, als sie ihn entführten, aber wie lange noch wollen sie ihn festhalten? Und *wozu* das alles?«

Fragen, auf die es bislang keine Antwort gab. Roscoe blieb es denn auch erspart, darauf etwas zu erwidern, da just in dem Moment die Wirtin mit ihren Töchtern hereinkam, um den Tisch zu decken und ihnen ein einfaches, doch schmackhaftes Essen aufzutragen.

Während der Mahlzeit hing seine Begleiterin ihren düsteren und vermutlich sehr regen Gedanken nach. Einige Male versuchte Roscoe, ein Gespräch in Gang zu bringen, aber nichts vermochte sie aus ihrer sorgenvollen Grübelei zu reißen.

Sie so aufgewühlt zu sehen ging ihm näher als gedacht und weckte auch in ihm eine Unruhe, die er so weder bei sich kannte noch sonderlich angenehm fand.

Weshalb er, als sie ihr Mahl beendet hatten, auch sogleich aufstand und meinte: »Kommen Sie, holen Sie Ihren Umhang. Wir wollen noch einen kleinen Abendspaziergang machen.«

Nach der ersten Verwunderung ließ sie sich auf sein Ansinnen ein, da sie wohl annahm, er verfolge eine bestimmte Absicht damit.

Was auch der Fall war.

Federleicht ruhte ihre Hand auf seinem Arm, als sie schließlich aufbrachen und stadteinwärts spazierten. Es war nicht weit zu jenem Gebäude, das ihr bereits aufgefallen war, als sie vorhin daran vorbeigefahren waren. Jetzt standen feierlich gekleidete Menschen davor, darunter auch einige Studenten und Professoren in ihren schwarzen Roben. »Was ist das, eine Konzerthalle?«, fragte sie, neuerlich verwundert, als er Anstalten machte, sich mit ihr unter den Besuchern einzureihen.

Er nickte. »Wegen Roderick können wir heute Abend ohnehin nichts mehr unternehmen. Da dachte ich mir, etwas Zerstreuung könnte uns beiden guttun.«

Sie las das Programm, das draußen angeschlagen war, und sah ihn fragend an. »Händel?«

»Aber ja«, erwiderte er, während er an einem kleinen Schalterfenster zahlte und sie dann ins Foyer führte. »Ich habe eine Schwäche für Händel.«

Sie gab sich ungläubig; er lächelte.

Tatsächlich saß und lauschte er während der ganzen Vorstellung wie gebannt und warf nur ab und an einen kurzen Blick zur Seite, um sich zu vergewissern, dass die Musik auch ihr gefiel. Der Chor brillierte mit einem Repertoire aus des Meisters weltlichen Oratorien, die sich hin und wieder mit einigen

Arien abwechselten. Das kleine Begleitorchester spielte so vorzüglich, dass die Musiker vermutlich dem Konservatorium der Universität entstammten.

Am Ende der Vorstellung, als der aufbrandende Applaus wieder verebbt war, sie sich mit den anderen Besuchern langsam ihren Weg zum Ausgang bahnten und schließlich wieder auf die Straße traten, war längst finstere Nacht hereingebrochen. Die Musik wirkte indes noch so stark in beider Gemüt nach, dass sie wie von erhabenen Tönen getragen zurück zum Gasthaus spazierten.

Dergestalt in eine wohlige, friedfertige Stimmung versetzt, hatte Roscoe dennoch einen wachsamen Blick auf ihre Umgebung. Oxford war zwar sicherer als London, aber je weiter sie sich vom Stadtzentrum entfernten, desto spärlicher beleuchtet waren die Straßen.

Während sie langsam auf den Boden der Tatsachen zurückkehrte und die Musik sie, wenn auch zögerlich, aus ihren Fängen entließ, stellte Miranda verwundert fest, dass ihr ein feines Lächeln auf den Lippen lag, eine stille Freude sie erfüllte. Die Sorge um Roderick war nach wie vor da, jedoch bis auf Weiteres in den Hintergrund gerückt. Denn wie Roscoe ganz richtig gesagt hatte, könnten sie für ihren Bruder heute ohnehin nichts mehr tun.

Welch eine gute Idee, ihr eine so wunderbare Zerstreuung zu bescheren! Die letzten zwei Stunden waren ihre Gedanken ganz von der Musik gefangen gewesen; welch eine Erholung von der ständigen Grübelei. Und wenngleich auch ihm dieses kleine Intermezzo Freude bereitet hatte, so schien das Ansinnen, dieses Konzert mit ihr zu besuchen, doch frei von Eigennutz gewesen zu sein.

Nachdem das Publikum sich zerstreut und die meisten Richtung Stadtzentrum gegangen waren, fanden sie sich nun allein auf der Woodstock Road, umfangen von stiller, friedlicher Nacht.

An der Ecke, wo sie die Straße überqueren mussten, blieb Roscoe stehen. Einen Moment hielt er den Blick geradeaus gerichtet, sein Profil scharf umrissen vom Licht der Laterne, die sie eben passiert hatten.

Miranda musterte ihn, Londons Glücksspielkönig, besah sich die straffen, markanten Züge, die geraden Linien von Nase und Mund, das kräftige Kinn, die breite Stirn, die schweren Lider über den dunklen Augen.

Ein Gesicht, das auf andere hart und unbeugsam wirken mochte, hinter dem sich jedoch, wie sie mittlerweile wusste, eine tiefe Güte verbarg.

Einem plötzlichen Impuls folgend, reckte sie sich auf die Zehenspitzen und streifte mit den Lippen seine Wange, ein schlichter, unverfänglicher Dankeskuss.

Doch genau in dem Moment wandte er sich ihr zu.

Ihre Lippen trafen sich.

Beide zogen ruckartig die Köpfe zurück und erstarrten, wenn auch nur kurz, einen Herzschlag lang.

Sie senkte den Blick auf seinen Mund; er betrachtete forschend ihr Gesicht.

Dann eine Bewegung von ihm, eine Bewegung von ihr, und ihre Lippen fanden erneut zueinander.

Und diesmal wichen sie nicht zurück.

Ihre Lippen waren weich und nachgiebig, die seinen fest und entschlossen.

Und schon fühlte es sich echt und lebendig an; ihre Verbindung, zuvor bloß zu ahnen gewesen, war mit einem Mal Wirklichkeit geworden. Alles war wie verwandelt, ein köstliches, süßes Sehnen, zarte Bande, die lockten und faszinierten, umso mehr, da es so plötzlich und absichtslos geschah.

Die bloße Berührung ihrer Lippen, eine Empfindung so neu und betörend, dass die Zeit stehen zu bleiben und ewig zu währen schien.

Miranda vergaß alles um sich her, vergaß, wo sie waren und

weshalb, vergaß, was sie tat. Sie spürte ihren Empfindungen nach und ließ sich von ihnen davontragen.

Sie wusste nicht, wie lange sie so standen, Sekunden nur, vielleicht Minuten, während derer die Berührung seiner Lippen sich in ihre Sinne brannte.

Doch währenddessen geriet alles andere in Vergessenheit. Nichts hatte sie je so vereinnahmt, sie so völlig in seinen Bann geschlagen wie dieser eine, in aller Unschuld berauschende Kuss.

Roscoe war wie berauscht, ja ihm schwindelte gar. Ihm! Und das von der bloßen Berührung ihrer Lippen.

Er war hingerissen, absolut trunken, und er wollte mehr. Schon spürte er, wie sich sämtliche Muskeln spannten, wie die Lust sich in Stellung brachte, um das Kommando zu übernehmen und den Dingen ihren unvermeidlichen Lauf …

War er des Wahnsinns?

Und schon kam ihm die Vernunft dazwischen.

Jäh richtete er sich auf, sah Miranda ungläubig, wenn nicht bestürzt an und suchte in ihrem Gesicht nach der lockenden Verführerin, die ihn so leicht hätte verführen können. Wie konnte das sein? Und doch musste es … musste *sie* es sein. Unmöglich konnte er sich das eingebildet haben.

Miranda sah ihn aus großen, feucht schimmernden Augen an. Dann blinzelte sie, blickte zu Boden, und selbst im fahlen Schein der Laterne sah er, wie ihre Wangen sich röteten.

Sie trat einen Schritt zurück, um Distanz zwischen sie zu bringen, und obwohl er nicht mal den Arm um sie gelegt hatte, musste er dem Drang widerstehen, die Hand nach ihr auszustrecken, sie wieder an sich zu ziehen.

Sie wandte sich ab und schaute die Straße hinab. »Bitte verzeihen Sie.« Ihre Worte waren kaum mehr als ein gequältes Flüstern, und sie zog ihren Umhang fester um sich. »Ich wollte mich bloß … bedanken.« Ohne ihn anzusehen, bedachte sie ihn mit einem kurzen Neigen des Kopfes. »Es wird nicht wieder geschehen.«

Warum nicht?

Eine abwegige Frage, die er sich selbstredend verkniff. Denn natürlich hatte sie recht – sie war eine junge Dame und er Londons Glücksspielkönig. Zwischen ihnen konnte, *durfte* nichts sein, und sie taten beide besser daran, sich das stets in Erinnerung zu halten.

Auch wenn ihm nach etwas ganz anderem der Sinn stand.

Aber was sollte er nun darauf erwidern? Was sagen, das nicht eine glatte Lüge gewesen wäre?

Nachdem er sich eingestehen musste, dass sich das, was soeben geschehen war, nicht mit ein paar leicht dahingesagten Worten aus der Welt schaffen ließe, reichte er ihr seinen Arm, erkannte auch die Vergeblichkeit dieser Geste und machte eine Aufforderung daraus, als wollte er sie heranwinken. »Kommen Sie, es ist spät. Lassen Sie uns weitergehen.«

Sie hob den Kopf und nickte, mied es indes, ihn anzusehen, als sie neben ihm die Straße überquerte, um das letzte Wegstück zur Pension zurückzulegen.

6. Kapitel

Roscoe musste feststellen, dass sie beide Meister der Täuschung waren. Und doch ließ sich, als er und Miranda tags darauf zügig weiter Richtung Birmingham fuhren, eine wissende, leise knisternde Spannung zwischen ihnen nicht verhehlen.

Als sie in ihr Quartier zurückgekehrt waren, hatten sie sich mit einem verlegen gemurmelten »Gute Nacht« auf ihre Zimmer zurückgezogen. Heute früh dann war sie frisch und munter zum Frühstück erschienen, und wie verstohlen er sie auch musterte, konnte er keinerlei Anzeichen erkennen, dass sie sich auch nur daran erinnerte, was am Abend zuvor zwischen ihnen geschehen war.

Abgesehen davon, dass sie sich ihm gegenüber jetzt wieder sehr steif und korrekt gab; ihm war kaum aufgefallen, wie sehr sie sich während der letzten Tage in seiner – und er in ihrer – Gesellschaft entspannt hatte. Nun, damit war es offenbar vorbei. Jetzt waren sie wieder Londons Glücksspielkönig und eine mit der Schicklichkeit vermählte junge Dame, die nicht mehr gemein hatten als den beiderseitigen Wunsch, ihren Bruder zu finden und zu befreien, und das möglichst bald. Eine ganz einfache, klar umrissene Beziehung, in der kein Raum war für Unter- oder Zwischentöne, für jedes noch so kleine Zeichen gegenseitiger Anziehung.

Allerdings fragte er sich, ob sie die Kraft hätten, den Schein zu wahren, bis sie Roderick gefunden und sicher zurück nach London gebracht hatten.

Letzte Nacht, allein in seinem Zimmer, hatte er Zeit zum Nachdenken gehabt. Über den Kuss und was er ihm offenbart hatte. Tatsache war, dass er sich von dem Moment an zu Miranda Clifford hingezogen gefühlt hatte, da sie klammheimlich in seinem Haus aufgetaucht war. Nie würde er vergessen, wie sie dort im Dunkel der oberen Galerie gestanden hatte, umrissen nur von fahlem Mondschein. Ihr Anblick hatte ihn fasziniert. Aber das allein war es nicht. Solche Anwandlungen waren ihm nicht fremd, und nachdem er erfahren hatte, wer sie war und was sie zu ihm geführt hatte, hatte er sich jeden weiteren Gedanken in dieser Richtung versagt.

Dann jedoch war sie ein weiteres Mal gekommen und hatte um seine Hilfe gebeten, eine Bitte der Art, die er noch nie hatte abschlagen können. Eine Schwäche, der er sich wohl bewusst war, auch wenn in dem Fall noch etwas anderes hineinspielte. Er hätte lügen müssen, wenn er behauptet hätte, sich des zusätzlichen Anreizes der von ihr ausgehenden Anziehung nicht bewusst gewesen zu sein. Denn seine Faszination hatte nicht nachgelassen, im Gegenteil.

Ein Asket war er nie gewesen; in den achtunddreißig Jahren seines Lebens hatte er reichlich Erfahrung mit dem anderen Geschlecht gesammelt, angefangen bei den schillernden Frauenzimmern seiner wilden Jugend bis zu den gelangweilten Ehefrauen des *ton*, die sich mit einer Affäre den häuslichen Ennui vertreiben wollten und die in den letzten Jahren hauptsächlich seine Gespielinnen waren. Seit er Roscoe war, hatte er sich keine Mätresse mehr gehalten, zu gefährlich war es für ihn als auch für die jeweilige Dame, aber in Enthaltsamkeit übte er sich deswegen noch lange nicht.

Seiner Erfahrung dankte er es, gleich bei der ersten Begegnung mit Miranda Clifford gemerkt zu haben, dass die Anziehungskraft auf Gegenseitigkeit beruhte.

Andererseits ließ ebenjene Erfahrung ihn auch wissen, dass sie der gegenseitigen Anziehungskraft nicht nachgeben oder ihn gar zu Avancen ermutigen würde, schienen Miss Clifford derlei Empfindungen doch eher Anlass zur Beunruhigung zu sein, auf jeden Fall aber etwas, dem sie keine weitere Beachtung zu schenken wünschte.

Und er, trotz seiner anrüchigen Reputation der geborene Gentleman, hatte ihr bestmöglich den Gefallen getan und auch keinen weiteren Gedanken daran verschwendet.

Bis gestern Abend.

Keiner von ihnen hatte es dazu kommen lassen wollen, aber nun war es geschehen.

Jetzt hatte die Realität ihrer Empfindungen sie eingeholt und sich überlebensgroß zwischen sie geschoben, war die Dritte im Bunde, während sie schweigend dahinrollten und das Rattern der Räder ihnen viel lauter erschien als in den Tagen zuvor.

Schließlich tauchte Birmingham vor ihnen auf. Er kannte die Stadt recht gut, lag sie Ridgware doch am nächsten, auch wenn er meist auf direktem Wege zum Familiensitz reiste.

Auch Miranda war Birmingham nicht fremd, doch nun, als Roscoe den Wagen durch die belebten Straßen lenkte, schaute sie sich zusehends ernüchtert um. Viel hatte sich verändert seit ihrem letzten Besuch; Roderick in einer so dicht bevölkerten Stadt zu finden, dürfte weit schwieriger werden als gedacht.

Kurz vor dem Stadtzentrum wandte sie sich fragend an ihn. »Und jetzt?« Sah man von den üblichen Höflichkeiten ab, hatten sie heute noch kaum ein Wort miteinander gewechselt.

»Jetzt werden wir uns wieder Zimmer in einem der kleineren Hotels nehmen, und dann mache ich mich auf den Weg, um Erkundigungen einzuholen.«

»Aber wenn Kempsey und Dole hier zu Hause sind, dürften sie kein Gasthaus benötigen oder zu Mittag in einer Schenke Rast machen.«

»Das nicht, aber wir sollten dennoch sicherstellen, dass sie tatsächlich hiergeblieben und nicht noch weiter gen Norden gefahren sind. Zum Beispiel nach Liverpool.«

Sie war versucht zu fragen, wie er denn jetzt auf Liverpool kam, von wo aus man per Schiff nach Irland oder bis nach

Amerika gelangen konnte, entschied dann aber, es fürs Erste auf sich beruhen zu lassen und sich erst wieder darüber Gedanken zu machen, wenn es mehr als schiere Mutmaßung sein sollte. Vor allem musste sie jetzt einen klaren Kopf bewahren, da half es nicht, sich verrückt zu machen.

Unterwegs hatten sie sich in den Rasthäusern und Schankstuben entlang der Strecke nach ihrem »kranken Cousin und seinen beiden Begleitern« erkundigt. Kurz vor Birmingham wurden sie dann fündig und erfuhren, dass tatsächlich ein Gespann wie das gesuchte, mit einem Falben und einem Grauschimmel, kürzlich dort vorbeigefahren war. Die Aussicht – die sie wie Roscoe nur im Bereich des Möglichen verorten wollte, nicht mehr, aber auch nicht weniger –, dass ihr Bruder ganz in der Nähe war, ließ sie schwanken zwischen Zuversicht, Aufruhr und Anspannung, vor allem aber machte es ihr neuen Mut und spornte sie an, nun, dem Ziel so nah, nicht nachzulassen in ihrem Bemühen, Roderick zu finden.

Zudem lenkte es sie davon ab, sich unnütze Gedanken über ihren Begleiter zu machen und in Erinnerungen an diesen gleichermaßen unerwarteten wie erhellenden Zwischenfall zu schwelgen, diesen fast schon magischen Moment, der sich im nächtlichen Oxford zwischen ihnen zugetragen hatte.

An sich sollte sie zutiefst bereuen, was vorgefallen war, so sagte sie sich zumindest, aber nicht einmal sie konnte sich zu solcher Scheinheiligkeit überwinden, auch nicht in Gedanken, und so beschloss sie, es einfach zu vergessen, aus ihrem Gedächtnis zu streichen, als wäre nie etwas gewesen. Sie durfte ihr Handeln nicht von solchen Gefühlsverwirrungen bestimmen lassen. Einen kühlen Kopf zu wahren war das Gebot der Stunde. Es war, was Anstand und Vernunft geboten. Allerdings hatte es lediglich dazu geführt, dass sie nun erst recht daran dachte und mittlerweile derart angespannt war, als müsste sie beständig gegen sich selbst, gegen ihre wahren Neigungen angehen …

Sowie ihr auffiel, dass sie schon wieder abschweifte, rief sie sich streng zur Räson. Und merkte, dass er sie ansah. Sie wusste nicht, wie lange schon, doch seine irritierte Miene ließ vermuten, dass er ihr eine Frage gestellt und die sie, in Gedanken weit, weit weg, gar nicht gehört hatte. Sie wurde rot. »Entschuldigen Sie, ich war völlig in Gedanken. Was haben Sie gesagt?«

In Gedanken. Der Farbe ihrer Wangen nach konnte Roscoe sich schon vorstellen, woran sie gedacht hatte. Den Blick wieder starr geradeaus gerichtet, musste er sich eine höchst unkluge Bemerkung verkneifen und rief sich in Erinnerung, woran sie beide sich halten wollten beziehungsweise *sollten*, bis das hier ausgestanden war. Nachdem er drei Mal tief durchgeatmet hatte, konnte er gar wieder einen halbwegs nüchternen Ton anschlagen. »Ich wollte nur wissen, ob wir hier – wie schon in Oxford – vor durchreisenden Nachbarn aus Cheshire auf der Hut sein müssen.«

Sie verzog das Gesicht. »Ich fürchte, ja. Nach London reisen die meisten zwar auf direkterem Wege, aber sichergehen kann man natürlich nicht. Manch einer mag hier Besorgungen zu machen haben und sich nur ein paar Tage in der Stadt aufhalten.«

»Also keines der großen Hotels«, stellte er fest, was durchaus in seinem Sinne war; er mochte älter und reifer geworden sein, aber es dürfte noch immer genug Leute in Birmingham geben, die ihn als den erkennen würden, der er längst nicht mehr war. Dass jemand den verlorenen Sohn sichtete, der seit zwölf Jahren verschollen war, hatte seiner Familie gerade noch gefehlt.

Er steuerte ein kleines Hotel in einer Seitenstraße an, dessen Zimmer nur auf Hinterhöfe und schmale Gassen hinausgingen. Obwohl es hauptsächlich von Geschäftsreisenden frequentiert wurde, konnte das Haus doch einige Suiten vorweisen. Nachdem er die Räumlichkeiten in Augenschein genommen und für gut befunden hatte – ein kleiner Salon, von dem zu beiden Seiten die Schlafzimmer abgingen –, ließ er Miranda in ihrem Quartier zurück und ging wieder nach unten, um die Formalitäten zu regeln und das Gepäck nach oben bringen zu lassen. Sobald das geklärt war, verließ er das Hotel und machte sich auf den Weg, um zu schauen, was er über den Verbleib von Kempsey, Dole und Roderick herausfinden konnte.

Er kehrte früher als geplant zurück. Kaum eine Stunde war er die Schenken und Spelunken abgelaufen, hatte sich nach besagtem Gespann ungleicher Pferde umgehört, als sein in langen Londoner Jahren geschultes Bauchgefühl sich meldete.

Kempseys Namen hatte er ein einziges Mal erwähnt, zweimal eine Beschreibung seiner Person gegeben, den Namen Doles auch nur einmal genannt, das alles noch dazu nie an ein und demselben Ort, und doch waren ihm die verstohlenen Blicke, der wachsende Argwohn nicht entgangen, der sich allerorten regte, wo er sich nach den beiden erkundigte. Roscoe fand sich in einem Dilemma: Einerseits wollte, *musste* er wissen, wo Kempsey, Dole und Roderick sich aufhielten, andererseits durfte er keine unnötige Aufmerksamkeit auf sich lenken, schon gar nicht Kempsey und Dole selbst Verdacht schöpfen lassen.

Immerhin hatte sich damit Gallaghers Vermutung, dass die zwei aus Birmingham stammten, bestätigt. Man kannte die Burschen hier. Nur half ihm das im Moment nicht weiter, im Gegenteil. Am Ende erschien es ihm klüger, keine weiteren Fragen zu stellen und auf Umwegen zum Hotel zurückzukehren. Obwohl ihm nicht aufgefallen war, dass ihm jemand folgte, konnte man nie vorsichtig genug sein.

Er ging die Treppe zu den Zimmern hinauf, blieb dann aber auf dem ersten Absatz stehen, nahm das kleine Foyer ins Visier und wartete. Fünf Minuten ließ er verstreichen, und als nach dieser Zeit noch immer niemand hereingekommen war und sich nach dem eben eingetroffenen Gentleman erkundigt hatte, setzte er seinen Weg fort – den schmalen Flur hinab zu ihrer Suite.

Als er eintrat, stand Miranda am Tisch zwischen den beiden großen Fenstern des Salons und war gerade damit beschäftigt, einige Päckchen auszupacken. Sie hielt inne und sah ihn fragend an. »Was haben Sie in Erfahrung bringen können?«

Er schloss die Tür hinter sich und schüttelte den Kopf. »Ich bin nicht weit gekommen und habe es mit den Fragen irgendwann sein lassen. Die beiden scheinen stadtbekannt zu sein, es hat mehr Aufmerksamkeit erregt, als mir lieb war.« Er streifte seinen Mantel ab und legte ihn über einen Stuhl.

»Aber wie wollen wir etwas herausfinden, wenn wir keine Fragen stellen können?«

»Glücklicherweise haben wir noch andere Möglichkeiten«, meinte er und trat zu ihr. »Die Philanthropische Gilde finanziert in Birmingham ein großes Projekt, durch das ich einige Kontakte habe, die hilfreich sein könnten. Der Vorteil ist, dass die Leute allesamt von hier sind und leichter an Informationen kommen als wir.«

Er blieb am Tisch stehen und betrachtete den Inhalt der in braunes Papier gewickelten Päckchen. Verbände, Salben, Mull, eine kleine Schere, Gipsschienen, Pillen und Pülverchen. Sie schien eine ganze Apotheke geplündert zu haben. »Woher haben Sie das?«

Im Grunde kannte Miranda ihn ja kaum, aber was sein ruhiger, beherrschter Ton zu bedeuten hatte, wusste sie wohl. Da sie sich indes nicht erklären konnte, weshalb er sich deswegen aufregte, ließ sie sich erst gar nicht davon beeindrucken. »Aus der Apotheke ein paar Straßen weiter. Sollte Rodericks Fuß gebrochen sein und er Schmerzen leiden, vielleicht gar fiebern, werde ich, wenn wir ihn befreit haben, alles Nötige beisammenhaben, um ihn angemessen versorgen zu können. Je eher er behandelt wird, desto besser, und da wir nicht wissen, ob sich so schnell ein Arzt finden lässt …«

»Sie waren allein draußen – ganz allein? Sie sind ohne Begleitung ein paar Straßen weit zu dieser Apotheke gelaufen und auch wieder zurück?«

Nun, sonst wäre ich wohl kaum wieder hier, dachte sie, verkniff es sich aber, es auszusprechen. »Ja«, erwiderte sie und schlug nun denselben beherrschten Ton an wie er eben. »Ich hatte mich an der Rezeption erkundigt …«

»Seit wann schickt es sich denn für eine anständige junge Dame, in einer großen fremden Stadt allein durch die Straßen zu spazieren?«

Nun doch leicht gereizt, sah sie ihn an und straffte die Schultern. »Es war mitten am Tag und der Weg nicht weit …«

»Es geht nicht darum, ob es weit war oder nicht.«

Roscoe sah ihre braunen Augen blitzen.

Der Schutzpanzer förmlicher Zurückhaltung, hinter dem sie sich verschanzte, bekam Risse und brach schließlich ganz. »Ach ja?«, begehrte sie auf. »Und worum geht es denn?«

Mit unergründlichem Blick schaute er sie an und stellte klar, was an sich offensichtlich war – oder es zumindest sein sollte. »Sie hätten auf mich warten sollen.«

Sie riss in gespieltem Entsetzen die Augen auf. »Hätte ich das? Nein, wie konnte ich bloß! Wenn Sie ernsthaft glauben, dass ich Sie um Erlaubnis frage, bevor ich das Haus verlasse, um ein paar Besorgungen, noch dazu für meinen Bruder, zu machen, täuschen Sie sich aber gewaltig. Oder denken Sie, ich bin zu schwach, um ein paar Päckchen zu tragen?« Sie deutete auf die auf dem Tisch ausgebreiteten Einkäufe. »Halt, nein, warten Sie – jetzt weiß ich, wo der Hase im Pfeffer liegt: Sie trauen mir nicht zu, dass ich in der Lage bin, das Richtige zu besorgen! Sie …«

»Unsinn, nichts von alledem«, fuhr er mit schneidender Stimme dazwischen; bei seinen Männern verfehlte dieser Ton nie seine Wirkung.

Sie jedoch beugte sich nur noch weiter vor und durchbohrte ihn förmlich mit ihrem Blick. »Ja, was denn dann?«

Ihr Starrsinn, ihre Anmaßung ließen ihm das Blut in den Ohren rauschen. Ohne den Blick von ihr zu nehmen und mindestens so aufgebracht wie sie, holte er tief Luft, versuchte mühsam, sich zu beherrschen, und stieß ein knappes »*Miss* Clifford!« hervor.

Wieder machte sie große Augen. »Oh. Was ist denn aus Miranda geworden?« Im Nu verfinsterte ihre Miene sich, und sie richtete einen anklagenden Finger auf ihn. »Mich bei meinem Vornamen zu nennen, wenn es Ihnen gerade passte, da kannten Sie keine derartigen Skrupel, wenn ich das mal so anmerken darf, aber mir jetzt mit Schicklichkeit kommen!«

Er biss die Zähne fest zusammen. »Gut, dann Miranda. Ich …«

»Nur dass Sie es wissen«, fiel sie ihm gleich wieder ins Wort, »ich bin kein kleines Kind, auf das man ständig ein Auge haben müsste. Ich bin neunundzwanzig und kann sehr gut selbst auf mich aufpassen. Ich führe seit Jahren einen Haushalt und sehe mich durchaus in der Lage, am helllichten Tag ein paar Straßen weit zu laufen – *ohne* mich zu verirren, mir unsittliche Angebote machen zu lassen … oder was immer Sie sich ausmalen.«

Genau das war das Problem. Sie war neunundzwanzig, sichtlich eine Dame, noch dazu eine, deren Gang und Statur an eine Göttin auf Erden gemahnte, die sich dabei ausgesprochen sittsam kleidete und doch oder gerade deswegen Männerblicke auf sich zog, aber keinerlei Ahnung von der fatalen Wirkung zu haben schien, die sie damit auf das andere Geschlecht hatte.

Gemach, ermahnte er sich. Beherrschung war das Gebot der Stunde. Beherrschung in jeder Hinsicht. Warum er die Zügel so hatte schießen, sein Temperament so mit sich hatte durchgehen lassen bei der Vorstellung, sie könne sich in Gefahr begeben und er nicht zur Stelle sein, um ihr beizustehen … »Dennoch«, sagte er, sein Ton kühl, klar und keine Widerrede duldend, »wäre es besser gewesen, Sie hätten gewartet, bis ich wieder zurück bin und …«

Sie warf die Hände in die Luft. »Wie hätte ich denn *wissen* sollen, wann Sie zurückkommen?« Mit berechnendem Blick sah sie ihn an. »Und was heißt, es wäre besser gewesen? Besser für wen?«

Jetzt war es genug, sein Zorn brach sich Bahn. »Für *mich*, wenn Sie es denn unbedingt wissen müssen!«

Sie hob die Brauen. »Und warum, wenn ich fragen darf?«

Unweigerlich machte er einen Schritt auf sie zu.

Sie wich nicht zurück, legte nur den Kopf in den Nacken, um seinem unerbittlichen Blick standzuhalten.

So standen sie einander gegenüber, von Angesicht zu Angesicht, unnachgiebig in ihrem Wesen, in ihrer Wut, ihrem Willen, während es in ihm tobte und er sie am liebsten in seine Arme gezogen und ihre Frage beantwortet hätte.

Ihr hitziges Temperament – und nicht nur das – brachte beider Blut in Wallung.

Nein, klug war das nicht. Es kostete ihn so viel Kraft, seine Impulse zu bezwingen und einen Schritt zurückzutreten, fort von dem Abgrund, an dem die beide standen, dass er innerlich erbebte vor Anstrengung.

Sie blinzelte, als würde sie erst jetzt gewahr, wie knapp sie der Gefahr entronnen war.

Mit einem tiefen Atemzug, dass ihre Brüste sich deutlich hoben und senkten, wich auch sie einen Schritt zurück.

Was es ihm einfacher machte, sich brüsk abzuwenden, seinen Mantel zu nehmen und zu seinem Zimmer zu gehen, vor dem noch sein Gepäck stand. Er bückte sich nach der Reisetasche und warf, die Hand schon am Türgriff, einen kurzen Blick über die Schulter: »Wann gibt es Abendessen?«

Mit regloser Miene sah sie ihn an. »Ich habe veranlasst, dass es uns um sieben unten im Speisezimmer serviert wird.«

»Dann treffen wir uns kurz vor sieben hier und gehen zusammen hinunter«, beschied er ihr – denn es war kein Angebot, sondern eine Anweisung – und verschwand in seinem Zimmer.

Miranda sah, wie die Tür sich lautlos, aber bestimmt hinter ihm schloss.

Eine volle Minute stand sie bestimmt noch da und starrte die geschlossene Tür an. Das Herz schlug ihr noch immer bis zum Hals, aber um ihren Mund war ein zu allem entschlossener Zug getreten, als sie sich wieder daranmachte, die Sachen aus der Apotheke zu sortieren.

Tags darauf stand sie morgens um neun in ihrem schwarzen Trauerkleid, aber ohne Hut und ohne Schleier neben Roscoe auf dem Vorplatz einer Kirche. Ein Schild wies das stattliche Gebäude als St. Philip's Church aus, dem das Waisenhaus St. Egbert angeschlossen war. »Ich nehme an, dass die Philanthropische Gilde das Waisenhaus und die Ausbildung der dort lebenden Jungen unterstützt«, sagte sie.

Roscoe, der bereits die Stufen zum Portal hinaufging, warf einen kurzen Blick zur Seite. »Es war eins unserer ersten Projekte.« *Sein* erstes Projekt, lange bevor die Gilde überhaupt gegründet worden war. »Wir unterstützen sie nicht nur. Ohne die Gilde gäbe es das Waisenhaus nicht.«

Er hielt ihr eine der schweren Türen auf und ließ ihr den Vortritt. Als sie im Vestibül stehen blieb, bedeutete er ihr, ihm zu folgen. »Vom Querhaus geht ein Durchgang ab.«

Ihm wäre es lieber gewesen, sie nicht dabeizuhaben, bestand doch die Gefahr, dass sie mehr erfahren konnte, als ihm lieb war, aber die Vorstellung, sie wieder den ganzen Tag allein und auf dumme Gedanken kommen zu lassen, hatte ihm noch weit weniger behagt und war darum rasch verworfen worden. Es ging nicht an, dass sie allein durch die Straßen streunte, es war einfach zu gefährlich.

Durch eine Seitentür gelangte man in einen Innenhof, dem

gegenüber das Hauptgebäude des Waisenhauses lag. Das Läuten der Schulglocke hallte von den steinernen Fassaden wider; Jungen im Alter von sechs bis vierzehn Jahren rannten über den Hof und verschwanden flink in den verschiedenen Nebengebäuden, um pünktlich zum Unterricht zu kommen.

Roscoe winkte Miranda, ihm zum Haupteingang zu folgen. »Reverend Nightingale leitet diese Einrichtung. Mit etwas Glück treffen wir ihn an und können ihm einen Moment seiner kostbaren Zeit stehlen.«

Als sie eintraten, eilte gerade Mrs. Swag, die Hausmutter, durch den Flur. Sein Anblick entlockte ihr ein warmherziges Lächeln, das die vielen feinen Falten ihres Gesichts sehen ließ. Sie machte einen Knicks vor dem hohen Besuch und ließ sie wissen, Father Nightingale würde sich ganz sicher freuen, sie zu sehen. Wie immer zu dieser Zeit sei der Reverend in seiner Schreibstube.

Roscoe ließ seinen Charme spielen. »Dann kenne ich den Weg.«

»Davon gehe ich aus, Sir.« Mrs. Swag strahlte ihn an. »Ich mache mich dann mal wieder an Arbeit.« Sie nickte ihnen beiden kurz zu und eilte weiter.

Roscoe merkte, wie Miranda ihn ansah, und nahm ihren Arm. Er ließ es wie eine galante Geste wirken, auch wenn es eher ein Ablenkungsmanöver war. Und es funktionierte: Anstandslos ließ sie sich von ihm den Korridor hinabführen, ohne auch nur eine weitere Frage zu stellen. Nachdem er geklopft und man sie hereingebeten hatte, bedeutete er ihr abermals voranzugehen.

Reverend Nightingale saß hinter seinem Schreibtisch, auf dem sich einige Papiere stapelten, und schaute flüchtig auf, als sie hereinkamen. Beim Anblick Mirandas weiteten sich seine Augen; er legte die Feder beiseite und erhob sich, dann entdeckte er auch Roscoe, und ein erfreutes Lächeln breitete sich auf seinem Gesicht aus. »Ah, mein Sohn – willkommen!

Herein, nur zu.« Dann richtete er sein Augenmerk wieder auf Miranda und ließ die blauen Augen blitzen. »Was verschafft uns denn das Vergnügen?«

Nachdem sie sich die Hand gegeben hatten, stellte Roscoe sie einander vor und fügte hinzu: »Miss Clifford und ich sind auf der Suche nach ihrem Bruder, Mr. Roderick Clifford, der ebenfalls Mitglied der Gilde und vor wenigen Tagen nach einem unserer Treffen von zwei Männern entführt worden ist.«

»Du liebe Güte!« Nightingale schaute betroffen von ihm zu Miranda und gab ihnen beiden ein Zeichen, vor seinem Schreibtisch Platz zu nehmen. »Aber bitte, setzen Sie sich doch. Lassen Sie mich wissen, was wir von St. Egbert tun können.«

Roscoe berichtete ihm von Kempsey und Dole, schilderte, wie er und Miranda den Ganoven bis Birmingham gefolgt waren, von wo die zwei stammten, weshalb sie leider Heimvorteil hatten und er sich schwertat, etwas über ihren weiteren Verbleib zu erfahren. »Ich gehe davon aus, dass einige Ihrer Jungs aus derselben Ecke kommen wie Kempsey und Dole. Normalerweise würde ich sie, zumal die jüngeren, aus einer solchen Geschichte heraushalten wollen, aber es wäre ein Leichtes für sie, sich unter ihren alten Freunden und Bekannten umzuhören und unauffällig in Erfahrung zu bringen, was man mir – oder einer anderen Autoritätsperson – nie und nimmer erzählen würde, nämlich ob Kempsey und Dole und der verletzte junge Gentleman, der sich in ihrer Obhut befindet, sich noch in der Stadt aufhalten oder ob sie bereits weitergefahren sind, und wenn ja, wohin.«

Nightingale hatte die Stirn in Falten gelegt und nickte bedächtig. »Ich verstehe, worauf Sie hinauswollen. Natürlich kann ich die Jungen nicht *zwingen*, Ihnen behilflich zu sein – was Sie ja auch gar nicht erwarten, das weiß ich wohl –, aber ich denke, wir sollten ihnen die Situation schildern und sie bitten, das ihnen Mögliche zu tun, so sie es denn möchten.«

Er wandte sich an Miranda. »Ich gehe richtig in der Annahme, dass es drängt, Mr. Clifford zu finden?«

Ihre Anspannung war so offensichtlich, dass sie kaum zu antworten brauchte; sie tat es dennoch. »Davon gehen wir aus, Sir. Je eher wir ihn finden, desto besser.«

»Wenn ein paar der Jungs sich bereitfänden, uns zu unterstützen«, sagte Roscoe, »wäre uns das eine große Hilfe. Und wenn es Ihnen recht ist, würde ich gern zuerst mit ihnen sprechen, um ihnen klarzumachen, wie wichtig es ist, nicht allzu beharrlich zu fragen, um keinen Argwohn zu wecken.« Er sah Nightingale an. »Ich wüsste ihren Einsatz zu schätzen und zweifle weder an ihrer Urteilskraft noch an ihren Fähigkeiten, aber auf falschen Ehrgeiz und Heldentaten sollten wir besser verzichten, wenn Sie wissen, was ich meine.«

»Gewiss. Ich weiß genau, was Sie meinen.« Nightingale legte die Fingerspitzen aneinander und versank in Gedanken.

Roscoe schaute kurz zu Miranda, die ebenso ernst und nachdenklich wirkte wie Nightingale. Einen Moment trafen sich ihre Blicke, dann meldete sich auch schon der Reverend zu Wort.

»Ich glaube«, sagte Nightingale, »ich wüsste da genau die Richtigen.« Er bat sie, ruhig sitzen zu bleiben, und begab sich zur Tür. »Ich will schnell einen der Tutoren bitten, die Jungs zu holen, und dann werden wir ja sehen, was die kleinen Racker davon halten.«

Eine Viertelstunde später hatten die Jungen sich im Pausenraum eingefunden, waren erst von Nightingale, dann von Roscoe von der Sachlage in Kenntnis gesetzt worden, und alle zwölf schienen geradezu begeistert zu sein, zu den Auserwählten zu gehören, die dem Patron des Waisenhauses – Miranda hatte genug gehört, um zu ahnen, dass St. Egbert vor allem Roscoes Projekt war und nicht so sehr das der Gilde – in so heikler Mission zur Seite stehen durften.

Roscoes kleine Ansprache beruhigte Miranda, die klare

Entschiedenheit seiner Worte, die Regeln, die er den Jungs einschärfte: nicht zu beharrlich sein, keinen Argwohn erwecken und, das vor allem, auf gar keinem Fall allein losziehen, sondern sich immer nur zu zweit auf den Weg machen.

Nachdem er ihnen noch einmal erklärt hatte, was genau sie für ihn herausfinden sollten und dass er wirklich nur das wissen wollte und nicht mehr, trat Nightingale vor und entließ die Jungen auf ihre Suche. »Und denkt dran«, erinnerte er sie, »spätestens um drei erwarten wir euch zurück, auch wenn ihr bis dahin noch nichts herausgefunden haben solltet.«

Roscoe bekräftigte die Worte des Reverends mit strengem Blick.

Die Jungen grinsten und nickten, und schon waren sie weg wie der Blitz.

»Na gut, lassen wir uns überraschen«, meinte Nightingale und wandte sich wieder seinen Gästen zu. »Wenn es Ihnen recht ist, würde ich uns jetzt Tee bringen lassen und Ihnen dabei über unsere jüngsten Erfolge berichten.«

Roscoe nickte. »Danke, sehr aufmerksam. Und da ich nun ohnehin hier bin, würde ich mich gerne auf den neuesten Stand bringen lassen.«

Auch Miranda nahm das Angebot dankend an, und sie gingen wieder hinüber ins Arbeitszimmer.

Der Tee wurde ihnen von der Haushälterin serviert, die einen recht forschen Eindruck machte, und nachdem dergestalt für das leibliche Wohl gesorgt war, begann Nightingale von seinen Schützlingen zu berichten, wie viele es derzeit waren, was sie in der letzten Zeit erreicht hatten und welche Pläne das Komitee des Waisenhauses für die nähere Zukunft hatte. Roscoe hörte aufmerksam zu, seine Fragen kundeten von Sachkenntnis und Interesse.

Miranda lehnte sich zurück, trank ihren Tee und hörte still zu. Sie beobachtete die beiden Männer und erfuhr dabei so einiges, was ihr positives Bild von Roscoe bestätigte. Die Sorge um Roderick beherrschte sie nach wie vor, aber ihre Neugier überwog dann doch und vermochte sie zumindest vorübergehend abzulenken, sodass sie die Rückkehr der ausgeschickten Jungen mit dem nötigen Anschein an Geduld und Contenance erwarten konnte.

Während er sich Nightingales Bericht anhörte, war Roscoe sich der Gegenwart seiner schweigenden Begleiterin in jedem Moment bewusst. Sie saß rechts von ihm, den Stuhl etwas vom Schreibtisch zurückgesetzt, sodass er sie nur aus den Augenwinkeln wahrnahm. Aber nicht einmal dessen hätte es bedurft. Vermutlich war sie mit Absicht etwas in den Hintergrund gerückt, weil sie ihn nicht ablenken wollte, während er sich mit Nightingale besprach. Eine stille Beobachterin, die sich nicht einmischte, der es am liebsten gewesen wäre, wenn er ihre Anwesenheit vergäße und nicht ihr zuliebe seine Worte mäßigte.

Doch genau das tat er – er hütete seine Zunge, hörte seine Worte mit ihren Ohren und hätte am liebsten auch den Reverend dazu ermahnt. Als er Nightingale kennengelernt hatte, war er noch keine zwanzig gewesen, ein Jungspund, den der Hafer stach, nichtsnutziger Spross alteingesessenen Adels, der sich oft mit seinen Freunden in Birmingham vergnügt und dabei gehörig über die Stränge geschlagen hatte. Nightingale, damals ebenfalls noch deutlich jünger, war eines Tages dazwischengegangen, um ein Handgemenge zwischen den Söhnen aus gutem Hause und einer Horde Einheimischer zu schlichten.

Am Ende musste Roscoe den seinerzeit noch sehr vergeistigten und hoffnungslos unterlegenen Reverend aus der Bedrängnis retten, in die er sich mit besten Absichten gebracht hatte.

Es war der Beginn einer recht ungewöhnlichen Bekanntschaft; durch Nightingale war er, der selbst in jungen Jahren, bevor er Roscoe wurde, über reichlich Vermögen verfügt hatte und kaum wusste, wohin mit allem Geld, das er an den Spieltischen gewann, zum ersten Mal mit der Idee in Berührung gekommen, mit seinem Reichtum Gutes zu tun.

Obwohl sie nie darüber gesprochen hatten und Nightingale seine Verwandlung in Roscoe nie infrage gestellt hatte, wusste er natürlich, wer Roscoe wirklich war. Welcher Familie er entstammte und wie sein richtiger Name lautete.

Roscoe sah indes keinen Grund, Miranda Clifford in dieses höchst skandalträchtige Geheimnis einzuweihen.

Glück für ihn, dass Nightingale nicht einen Augenblick vergaß, dass Roscoe jetzt genau der war, der er war – *Roscoe*. Als ihr Gespräch sich dem Ende näherte, atmete Roscoe vorsichtig auf und warf einen kurzen Blick zu Miranda. Sie hatte ihre Tasse mittlerweile wieder auf dem Tablett abgestellt, und er merkte, dass ihre abschließenden Worte ihr Interesse dann wohl nicht mehr hatten halten können und sie in Gedanken längst wieder bei ihrem Bruder war. Er spürte ihre Angst förmlich, wie eine stetig steigende Flutwelle, die über ihr zusammenzuschlagen drohte.

Er richtete den Blick wieder auf Nightingale. »Jetzt haben wir Sie fast den ganzen Vormittag in Anspruch genommen, wofür wir Ihnen zu größtem Dank verpflichtet sind, aber nun wollen wir Sie nicht länger von Ihren Verpflichtungen abhalten.« Er stand auf und meinte, halb an Miranda gewandt: »Vielleicht könnten wir uns ja ein wenig im Garten die Füße vertreten, bis die Jungen zurückkommen.«

»Aber ja, nur zu, nur zu!«, rief Nightingale und erhob sich, nachdem auch Miranda aufgestanden war. »Haus und Garten stehen Ihnen offen, wir haben hier keine Geheimnisse. Und wenn ich ehrlich bin, so soll es mir recht sein, wenn Ihr Besuch nicht unbemerkt bleibt – ganz gleich, welcher Anlass Sie nun hergeführt hat, werden sowohl die Jungen als auch die Lehrkräfte und Hausbediensteten auf diese Weise Ihres fortdauernden Engagements versichert. Und *das* ist eine große Hilfe.«

Während sie zur Tür gingen, fuhr Nightingale fort: »Es wäre

mir eine Ehre, wenn Sie heute Mittag im Refektorium meine Tischgäste wären – den Bengeln kann es nicht schaden, sich mal wieder in Manieren zu üben, und unsere eifrigen kleinen Ermittler, so könnte ich mir vorstellen, werden wohl kaum vor dem Nachmittag zurück sein.«

Sie nahmen die Einladung dankend an. Nachdem Nightingale die Tür seines Arbeitszimmers wieder geschlossen hatte, fragte Miranda:. »Wo wollen wir uns denn nun die Füße vertreten?«

Roscoe deutete den Korridor hinab und passte seine Schritte den ihren an. »Der Garten, auf der anderen Seite der Kirche, böte sich an. Eine sehr schöne Anlage, in der auch die Jungen ausgebildet werden, die Interesse an der Gärtnerei zeigen.«

»Wenn ich Reverend Nightingale richtig verstanden habe, so sollen die Jungen hier nicht nur Schuldbildung erhalten, sondern auch praktische Tätigkeiten erlernen.«

»Genauso ist es gedacht, ja.«

»Ein Gedanke, dem Sie – und die Gilde – sehr gewogen sind, nehme ich an.«

»Keines unserer Mitglieder sähe einen Sinn darin, den Jungs ausschließlich Lesen, Schreiben und Rechnen beizubringen. Keiner von ihnen dürfte Privatgelehrter werden, die meisten haben weder die Fähigkeiten noch die Neigung dazu, geschweige denn die Mittel. Wer sich auf der Schulbank hervortut, mag als Kommis oder in einer Druckerei Anstellung finden, vielleicht auch Prokurist werden, Verwalter, aber die meisten brauchen etwas anderes, eine ganz praktische Beschäftigung.«

Sie waren wieder an eine Tür gelangt. Roscoe hielt sie ihr auf, und sie traten auf einen schmalen Pfad hinaus, der eine leicht abschüssige Rasenfläche begrenzte. Hier und da standen große, alte Bäume, dazwischen waren Blumenbeete angelegt mit Stauden und einjährigen Pflanzen, die fast alle schon verblüht waren.

»Die älteren Jungen drücken nur morgens die Schulbank und werden nachmittags in dem von ihnen gewählten Beruf ausgebildet oder in einer anderen Tätigkeit unterwiesen. Den meisten bekommt das sehr gut. Die Lehrer berichten, dass sie ruhiger sind und im Unterricht besser aufpassen, wenn sie Aussicht darauf haben, nach der Mittagspause richtig anpacken zu können.«

Während sie gemächlich durch den Garten schlenderten, betrachtete Miranda den gepflegten Rasen, die ordentlich angelegten Beete. »Zielen alle Projekte der Gilde darauf ab, Jungen und Mädchen anzuleiten und auszubilden, ihnen einen Beruf zu vermitteln? Wenn ich mich recht entsinne, betreut Roderick das Projekt einer kleinen Gemeindeschule, und auch die Akademie von Mrs. Canterbury in Lincoln geht ja in eine ähnliche Richtung.«

Er überlegte einen Moment. »Das stimmt. Derzeit geht es bei unseren laufenden Projekten tatsächlich vor allem darum, benachteiligten Kindern eine Schulbildung angedeihen zu lassen und sie ein Handwerk oder Ähnliches zu lehren, damit sie später einen Beruf ausüben und ihren Lebensunterhalt verdienen können. Allerdings steckt kein Vorsatz dahinter. Es hat sich eher mit der Zeit so ergeben, da uns solche Projekte am ehesten geeignet zu sein schienen, unsere Mittel sinnvoll einzusetzen.«

»Nach allem, was ich an jenem Abend gehört habe, stecken Sie sehr viel Zeit und Aufwand in die einzelnen Projekte. Nicht nur zu Beginn, sondern auch im weiteren Verlauf. Als wäre es Ihnen ein Herzensanliegen, Ihre Vorhaben zum Erfolg zu führen.« Sie sah ihn an. »Geht die Gründung der Gilde auf Sie zurück?«

Er zögerte. »Das würde ich so nicht sagen. Ich hatte zuvor schon die ein oder andere Erfahrung in diesem Bereich, weshalb Ro Gerrard mich ansprach, als er sich entschied, einen Teil seines Vermögens wohltätigen Zwecken zukommen zu lassen. Wenn Ro sich erst einmal auf etwas eingeschossen hat, kann er sehr beharrlich sein. Im Grunde war die Gilde eher seine Idee als meine.«

»Aber Sie sind der Vorsitzende, wenn ich das richtig verstehe.« Sie musterte ihn aufmerksam. »Zumindest haben die anderen Sie so behandelt.«

»Die würden auch ohne mich zurechtkommen«, wehrte er ab. »Wenngleich ich auf manchen Feldern gewiss auf ... bessere Ressourcen zurückgreifen kann. Aber was heißt das schon?«

Sie nickte und beließ es dabei, denn sie merkte, wie widerwillig er über sich selbst Auskunft geben mochte. Vielleicht war es Bescheidenheit, vielleicht Diskretion. Wer konnte das schon wissen.

Sie spazierten durch den Garten, bis das Läuten der Glocke sie in den Speisesaal rief, wo sie an der langen Tafel der Lehrenden, der der Reverend vorsaß, zu Mittag erwartet wurden. Obwohl sie und Roscoe nicht beieinandersaßen, fand Miranda sich doch gut genug unterhalten, um die Angst um Roderick einigermaßen in Schach zu halten.

Natürlich kreisten ihre Gedanken immerzu um ihren Bruder, aber da sie, bis sie Näheres wussten, schlicht und ergreifend nichts für ihn tun konnte, versuchte sie, sich in Pragmatismus zu üben und stattdessen einfach mit dem Musik- und dem Kunstlehrer zu plaudern, was sehr anregend war und sie ein wenig von ihren Sorgen ablenkte.

Nach dem Essen wurde Roscoe vom Sportlehrer angesprochen, wechselte ein paar Worte mit dem Mann und schaute dann fragend zu Miranda.

Die kam in Begleitung der Schulkrankenschwester, der sie soeben vorgestellt worden war, zu ihm hinüber. »Ich hatte mir überlegt, dass ich mir noch kurz die Krankenstation ansehen könnte.«

Er lächelte die Schwester an. »Lassen Sie sich ruhig Zeit. Ich bin solange mit den Jungs auf dem Rasen. Wenn die anderen zurückkommen, hole ich Sie«, meinte er zu Miranda.

Ihre Wege trennten sich, und sie begleitete die Schwester, eine robuste Frau von unerschütterlichem Frohsinn, auf die erstaunlich gut ausgestattete Krankenstation, die im hinteren Teil eines Seitenflügels untergebracht war. Nach einem kurzen Rundgang, bei dem man ihr alles gezeigt hatte, erkundigte sich Miranda: »Haben Sie denn viele Wunden zu verarzten?«

Sie lachte. »Meist nur kleinere Wehwehchen: Platzwunden, aufgeschürfte Knie, ab und an ein blaues Auge. Aber was will man erwarten? Mit über fünfzig Jungs im Haus geht es bisweilen etwas rabiater zu, da müssen auch mal gebrochene Knochen geschient werden.«

»Natürlich, verstehe.« Miranda hielt einen Moment inne, ehe sie weitersprach. »Reverend Nightingale hatte ja bereits erwähnt, dass wir auf der Suche nach meinem Bruder sind. Wir haben erfahren, dass er sich den Fuß verletzt hat, vermutlich gebrochen.«

»Oje, oh weh.« Die Schwester verzog das Gesicht. »Das dürfte schmerzhaft sein. Wissen Sie, ob der Bruch schon eingerichtet und geschient wurde?«

Miranda versuchte jeden Gedanken daran zu verdrängen, wie schlimm es um den Fuß ihres Bruders tatsächlich bestellt sein, welchen Schmerz er leiden mochte. »Wir glauben, dass er noch nicht in ärztlicher Behandlung war. Ich dachte mir … könnten Sie mir vielleicht zeigen, was ich bestmöglich für ihn tun kann, bis wir ihn zu einem Arzt gebracht haben?«

Und so ließ sie sich die nächste Stunde in der Erstversorgung eines Patienten mit gebrochenem Fuß unterweisen.

Als Miranda später der Wegbeschreibung der Schwester folgend wieder nach unten ging und sich dann rechts hielt, wo sie durch ein Tor geradewegs hinaus zum Kricketrasen gelangte, hatte ihre Sorge um Roderick wieder die Oberhand gewonnen.

Sie folgte dem schmalen Pfad entlang des Spielfelds, auf dem einige Jungen sich spielbereit aufgestellt hatten, ihre Blicke allesamt gerichtet auf den Mann, der in der Mitte des Rasens stand – in der Hand einen Schläger, hinter sich eines der Törchen.

Zwar stand er mit dem Rücken zu ihr, aber es war Roscoe, gar keine Frage.

Er hatte seinen Rock abgelegt und stand in Hemdsärmeln da, ganz auf den Jungen konzentriert, der jetzt Anlauf nahm, um den Ball mit Karacho über den Platz zu werfen. Wie ein Geschoss kam er angeflogen, Roscoe richtete sich auf, hob den Schläger, dass jeder Muskel sich straffte an seinem Rücken, und schlug den Ball quer übers Grün. Drei der Jungs stürmten unter den Anfeuerungsrufen der anderen hinterher.

Roscoe lachte und sprintete in die Gegenrichtung, berührte kurz mit dem Schlagholz den Boden und rannte zurück.

Er hatte sie noch immer nicht bemerkt. Ehe er sich wieder zum Werfer umdrehte, huschte Miranda weiter, um sich im Schatten einer alten Eiche zu verbergen.

Ihre Neugier war indes geweckt, und so schaute sie die nächste halbe Stunde ihm und den Jungen zu, sah, wie gut er mit ihnen umzugehen verstand, und fragte sich, wo Londons Glücksspielkönig nicht nur das Kricketspiel erlernt hatte, sondern auch sein Geschick im Umgang mit Kindern. Alle schienen sie von ihm begeistert zu sein, vom Jüngsten auf dem Feld, der sieben sein mochte, bis hin zum Ältesten, den sie auf zwölf schätzte. Kein Wunder, dass der Sportlehrer, der das Geschehen vom Spielfeldrand verfolgte, ihn eingeladen hatte auf eine Runde mit seinen Schützlingen.

Wenn sie sich alles, was sie in London mit ihm erlebt hatte, in Erinnerung rief und es nun ergänzte durch das, was sich ihr hier darbot, so war Roscoe der geborene Anführer. Jemand, der wusste, wie er Menschen für sich einnehmen konnte, der souverän war im Umgang mit anderen, der zu begeistern und

Anweisungen zu geben wusste und dabei stets auf Loyalität zählen konnte.

Auch seine Leute in London schienen, obwohl sie deutlich älter waren, dasselbe in ihm zu sehen und sich mit leichter Hand von ihm führen zu lassen, genau wie diese Jungen.

Roscoe hätte nicht sagen können, wann genau er sich Mirandas Gegenwart und ihrer Blicke bewusst geworden war. Nachdem er ein paarmal verstohlen die Lage sondiert und sie dann schließlich entdeckt hatte, bei der alten Eiche, war eine seltsame Ruhe über ihn gekommen, die er sich selbst nicht recht erklären konnte. Als brauchte er die Gewissheit, dass sie *da* war.

Und das, obwohl ihm die Vorstellung im Grunde nicht behagte, was sie alles sehen, beobachten, an seinem Verhalten ablesen, was er selbst gar von sich preisgeben könnte. Trotzdem hatte Roscoe es nicht über sich gebracht, das Spiel mit den Jungen vorzeitig abzubrechen. Vielleicht traf es sich da nur gut, dass plötzlich ein Bursche aus dem Haus gestürmt kam, um ihn und Miranda in Nightingales Arbeitszimmer zu rufen.

Nachdem er sein Schlagholz übergeben und seinen Gegnern gratuliert hatte, nahm er seine Jacke und steuerte die Stelle an, wo Miranda im Schatten der alten Eiche stand. Er sah sie an, während er seine Manschetten zurechtzog. »Kommen Sie, unser kleiner Spähtrupp ist zurück, und es scheint Neuigkeiten zu geben.«

Sie fanden sich abermals im Pausenraum ein. Die eine Hälfte der Jungs hatte sich die Kempseys vorgenommen, die andere die Doles. Aus den eher wortkargen Kempseys war nicht mehr herauszukriegen, als dass »unser Jack, wo jetzt unten in London lebt«, kürzlich heimgekehrt, aber Birmingham schon wieder verlassen habe.

Einer der Jungs hatte jedoch einen Cousin, der in derselben dichtbevölkerten Gasse lebte wie die Doles, und von dem hatten er und sein Kompagnon erfahren, dass Herbert Dole ein paar Tage zuvor bei seiner Mutter aufgetaucht war. Er hatte eine Kutsche mit einem Hellen und einem Grauen gefahren und besagtem Cousin einen roten Heller auf die Hand versprochen, wenn er ein Auge auf die Pferde und den Wagen hätte, während er bei seiner Mutter reinschaute. Nach ein, zwei Stunden war dann Kempsey dazugestoßen, und Dole hatte den Cousin bezahlt, der sich allerdings nicht gleich damit aus dem Staub gemacht, sondern noch in der Nähe herumgelungert hatte, sodass ihm zu Ohren gekommen war, wie Kempsey und Dole sich darüber stritten, welches die beste Route nach Lichfield wäre, zu irgendeinem Cottage, das sie gleich mehrere Male erwähnten.

»Mein Cousin meinte, die würden mit einem Gentleman hinfahren.« Der Waisenjunge, ein Knirps von zehn Jahren, saß mit baumelnden Beinen auf einer der Bänke. Seine Augen leuchteten, und er freute sich sichtlich, weil er mit den besten Nachrichten zurückgekommen war. Und er wusste gar noch mehr! »Kempsey hat zu Dole gesagt, das Cottage gehört einem Cousin von ihm, ist aber gerade nicht bewohnt, weil sie den Cousin verknackt haben und er im Gefängnis sitzt. Kempsey meinte, das ist genau richtig für sie. Danach sind sie auf den Wagen gesprungen und weggefahren. Das war wohl gestern.«

Roscoe dankte den Jungen und sprach allen sein Lob aus; mit Nightingales Erlaubnis belohnte er jeden von ihnen mit einem Schilling für ihre Mühen. Der Junge mit der frohen Kunde bekam einen Schilling extra, den er an seinen hellhörigen Cousin weiterreichen sollte.

Nachdem die Jungs entlassen waren, schaute Roscoe zu Miranda und sah die Furcht in ihren Augen. Rasch dankte er Nightingale für seine Zeit und seine Geduld, dann machten sie sich zügig auf den Weg.

Doch auf dem Weg durch die Kirche blieb Miranda plötzlich stehen. Als er sich fragend nach ihr umwandte, war ihr Blick auf ihn gerichtet. »Wenn Sie nichts dagegen hätten, würde ich gern einen Moment …« Sie deutete auf die Bänke.

Er nickte stumm und folgte ihr, setzte sich zu ihr, wenn auch in diskretem Abstand.

Sie neigte den Kopf in stillem Gebet.

Roscoe schaute zum Altar – und sprach ebenfalls ein stummes Gebet. Denn besagter Cousin, der stundenlang so beflissen die Pferde gehalten hatte, würde wohl erwähnt haben, wenn sich in dieser Zeit irgendetwas in der Kutsche gerührt oder geregt hätte. Dass er es nicht getan hatte, verhieß nichts Gutes für seinen jungen Freund.

Ihren Bruder.

Roderick.

Kaum waren sie wieder im Hotel, begann Miranda unruhig auf und ab zu gehen.

Roscoe beobachtete sie. Die Haltung, die sie den ganzen Tag über gewahrt hatte, begann zu schwinden, der Schild, hinter dem sie ihre Gefühle recht erfolgreich zu verbergen wusste, zeigte Risse. Erst einen, dann immer mehr, bis ihre Unruhe sich im ganzen Raum ausbreitete wie anbrandende Wellen.

Nachdem er sich das eine Weile angeschaut hatte, zog er sich einen Sessel heran und setzte sich, überlegte, was er noch sagen, was tun konnte, um sie auf andere Gedanken zu bringen.

Sie warf ihm einen unruhigen Blick zu. »Heute können wir wohl nichts mehr unternehmen, oder?«

Er schüttelte den Kopf. »Lichfield ist zu weit entfernt. Vor Einbruch der Nacht würden wir es nicht mehr dorthin schaffen, was mir keine gute Zeit zu sein scheint, um Nachforschungen anzustellen. Wir fahren besser morgen in aller Frühe los und suchen uns auch beizeiten eine geeignete Unterkunft. Sollten wir nichts finden, wo wir unerkannt bleiben und sichergehen können, dass Kempsey und Dole nicht über unsere Anwesenheit in Kenntnis gesetzt werden, könnte es gar sein, dass wir für die Nacht besser nach Birmingham zurückkehren.«

Sie seufzte schwer. »Ich dachte mir schon, dass es keinen Sinn hat.« Damit nahm sie ihr ruheloses Umhergehen wieder auf.

Ihre Unruhe, diese rastlose Energie, die aus jedem ihrer Schritte sprach, dabei ihre zunehmende Anspannung und Gereiztheit – all das ging nicht spurlos an ihm vorüber. Als er es schließlich nicht länger aushielt, stand er auf. Fragend sah sie sich nach ihm um. »Ich würde vorschlagen, jetzt schon zu Abend zu essen«, sagte er entschieden. »Dann können wir zeitig zu Bett gehen und gleich bei Tagesanbruch losfahren.«

Sie nickte. »Das dürfte das Beste sein.«

»Bleiben Sie hier, ich kümmere mich schon darum.« An der Tür sah er sich noch einmal nach ihr um, doch sie schien es nicht zu bemerken und war schon wieder in ihre sorgenvolle Grübelei versunken.

Während sämtlicher vier Gänge des Abendessens wollte ihn ein Gefühl des Scheiterns nicht loslassen, das nicht nur völlig irrational war, sondern in höchstem Maße irritierend. Es ärgerte ihn, dass er nicht in der Lage war, sie zu beruhigen, ihr die Anspannung, die Angst zu nehmen. Dieses Gefühl folgte ihm schließlich auch mit nach oben, als sie sich wieder in ihre Suite begaben.

Er hatte gehofft, sie würde gleich zu Bett gehen, sich auf ihr Zimmer zurückziehen wollen, damit er sich in das seine begeben konnte und seine Ruhe hatte, aber nein. Sie nahm ihren kleinen Parcours zwischen den beiden Fenstern des Salons und dem Tisch, der mittig stand, wieder auf, und wenn sie so weitermachte, würde sie bald eine Spur in den Teppich gelaufen haben.

Hin und her ging es, hin und her.

Er war an der Tür stehen geblieben und beobachtete sie schweigend.

Als sie ihm den Rücken zukehrte, entfuhr ihr ein kurzer Laut der Verzweiflung; als sie kehrtmachte, hielt sie die Hand zur Faust geschlossen an die Lippen gepresst.

Genug.

Mit drei Schritten war er bei ihr, verstellte ihr den Weg. Einen Moment fürchtete er, sie würde ihn nicht bemerken und einfach über den Haufen rennen, doch in letzter Sekunde hielt sie inne und blieb so dicht vor ihm stehen, dass kaum eine Handbreit sie voneinander trennte.

Sie hob den Blick und sah ihn an. »Was?«

Er schaute ihr tief in die hellen braunen Augen, die nun dunkel schimmerten in banger, ungewisser Furcht. Nichts tun zu können und nichts Genaueres zu wissen gab unheilvollen Ahnungen Raum. »Was kann ich tun, um Sie auf andere Gedanken zu bringen?«

Sie blinzelte verwirrt, als verstünde sie seine Frage nicht, dann hellten ihre Augen und ihre ganze Miene sich plötzlich auf. »Das«, sagte sie und streckte die Hand nach ihm aus, wie ein Schiffbrüchiger sich nach dem rettenden Floß strecken mochte, umfing seinen Nacken, hob ihre Lippen an die seinen und küsste ihn.

Er erstarrte.

Ihre leichte Berührung geriet gleichfalls ins Stocken, als wäre sie ihrer Sache nun nicht mehr sicher.

Doch um ihn war es geschehen; sein Verlangen gewann die Oberhand. Er legte ihr die Hand an die Wange und erwiderte den Kuss.

Hielt sie sanft und setzte fort, was sie begonnen hatte.

Sie hatte ganz recht – es brachte sie auf andere Gedanken. Vermutlich war es das Einzige, was sie von ihren Sorgen, ihren Grübeleien abzulenken vermochte. Gefühle und Empfindungen zu wecken, die stärker waren als die Angst, und sei es nur für einige Minuten.

Einfach an etwas anderes denken.

An etwas Schönes.

Vergnügliches.

Und so gab er ihrem Wunsch nach und küsste sie erneut, und wie schon beim ersten Mal war er selbst erstaunt, wie leicht es ihm fiel, sich in diese Liebkosung fallen zu lassen, ihre Begierde zu nähren und die seine zu stillen, diesen Hunger, getrieben von ihrer schieren, spürbaren Not, die er anders nicht zu lindern wusste.

Ihre Lippen waren die helle Freude, weich und sinnlich, warm und lockend; er labte sich daran, spürte dem sanften Schwung der Oberlippe, der sich wölbenden Unterlippe nach, kostete und kostete.

Was sie ihm bot, er nahm es gern; er gab, was sie ihm gab – und mehr.

Mit schwindelnden Sinnen hielt Miranda sich an das einzig Fassbare, an diesen betörenden Wechsel, dieses Geben und Nehmen eines Kusses, einer Berührung, eines Versprechens, einer Verheißung, kurzum, sie hielt sich an ihn. Wozu sich etwas vormachen? Welchen Zweck hatte es noch, sich zu verstellen? Und so ließ sie es sein, folgte ihrem Gefühl. *Das* war es, was sie brauchte, wonach sie sich sehnte. Und sie wollte es in seiner ganzen Fülle erfahren.

Diese Seite des Lebens erkunden – diese Seite von *ihr*.

Bei keinem anderen, nur bei ihm, hatte sie es je gespürt, und zwar auf eine Weise gespürt, die keinen Zweifel daran ließ, dass es diese Seite ihrer selbst gab. Doch das allein genügte, um ihre Neugier zu wecken, wie es wohl wäre, mit einem Mann zusammen zu sein.

Mit seinem Kuss hatte er ihr jetzt einmal mehr die Türen zu völlig neuem Terrain eröffnet – und nur er hatte den Schlüssel dazu. Ohne ihn, da war sie sicher, wäre sie niemals dorthin gelangt und würde es auch niemals mehr. Bei keinem anderen Mann hatte sie dieses Prickeln und Erschauern gespürt, diese Sehnsucht, die alle Sinne erfasste, bei keinem hatte sie dieses Gefühl erlebt, des anderen immerzu gewahr zu sein.

Sein Kuss lockte und betörte. Er wusste, was er wollte, und sie wollte es auch. Mit einem leisen Erschauern gab sie seinem Drängen nach und öffnete sich ihm, erbebte vor Wonne, als seine Zunge über ihre Lippen strich, dann zu ihr fand, ihre Zunge berührte, liebkoste.

Er labte sich an ihr, es ließ sich nicht anders sagen. Ein sinnliches Vortasten und Kosten, als würde er einen edlen Tropfen trinken, den es in vollen Zügen zu genießen galt. Doch das war erst der Anfang.

Als hätte er plötzlich Geschmack gefunden und könnte kaum genug bekommen, vertiefte er den Kuss und fing sie mit allen Sinnen ein, zog sie immer weiter hinein in diesen Strudel ungeahnter Empfindungen.

Ein Kuss, der Leidenschaft und Verlangen weckte, eine animalische Lust, die sich kaum mehr leugnen ließ.

Ihre Sinne nahmen ihn nur noch als körperliches Wesen wahr, die dunkle, abgründige Wärme seines Leibes, seine Manneskraft, seine Härte. Sie scheute nicht zurück, erwiderte seinen Kuss, jede Liebkosung, spornte ihn gar noch an, selbst von einem wachsenden Begehren getrieben.

Und er vergalt es ihr mit Freuden.

Die Zeit schien stehen zu bleiben, doch der Kuss wollte nicht enden, erschien alles doch immer nur wie ein weiterer Anfang. Erst war er es, der drängte, beharrte, sie immer weitertrieb, dann sie. Irgendwann konnten sie beide nicht mehr voneinander lassen; ihr Atem, ihre Münder verschmolzen, und das hitzige Spiel ihrer Zungen verhieß noch so viel mehr.

Sie nahm kaum wahr, dass er den Arm um sie legte, sie an sich zog … doch dann, oh welche Wonne, welche Lust, als ihre Körper sich aneinanderschmiegten, sie seine Muskeln, seine

Wärme spüren konnte und eine wohlige Wärme sie bis in die Zehenspitzen durchströmte. Gleichzeitig wurde sie mit einem Mal ganz ruhig und still, wie sie sich so von ihm umfangen fand, geborgen in seinen Armen, an seiner starken Brust. Ein kurzes Innehalten, die Ruhe vor dem Sturm, denn im nächsten Moment schon regte sich das stille, wortlose Versprechen. Die Verheißung seiner Nähe, eine Begierde, die tief in ihr geschlummert haben musste all die Zeit, deren Ruf sie jedoch sofort verstand.

Unter ihrer Hand, die erst auf seiner Schulter, dann auf seinem Arm lag, spürte sie seine Muskeln, seine Anspannung, die mit jedem Augenblick wuchs, der verstrich. Obwohl sie keinerlei Erfahrung hatte, wusste sie es als Zeichen seines wachsenden Verlangens zu deuten. Einer Lust, die er kaum noch beherrschen konnte.

Sie ließ sich an ihn sinken, in seine Arme. Er zog sie an sich, bis ihre Brüste sich an seine Brust drängten, seine harte Männlichkeit an ihren Bauch.

Und plötzlich jubilierte es in ihr, regte sich etwas, das sie nicht einmal erahnt hatte.

Er begehrte, er *wollte* sie.

Und sie wollte ihn.

Sie wollte endlich erfahren, was sie mit ihren neunundzwanzig Jahren schon nicht mehr für möglich gehalten hatte, wovon sie gedacht hatte, dass es ihr auf immer versagt bliebe.

Keinem anderen Mann gegenüber hatte sie das je empfunden, und sie würde es auch keinem anderen gegenüber empfinden. Mit allen Sinnen zum Leben erweckt und sich ihrer Sache so sicher. Sie wollte ihn, verlangte nach ihm, wollte ihn spüren mit Haut und Haar.

Und wenn noch der Wunsch dazukam, ihre Sorge um Roderick wenigstens kurz zu vergessen, warum nicht? Dann gab es doch gleich zwei gute Gründe, einer dringlicher als der andere.

Jetzt oder nie.

Sie umfing mit den Händen sein Gesicht und küsste ihn erneut, legte all ihr neu entdecktes Verlangen in diese eine Liebkosung, diese Aufforderung, diese unverhohlene Einladung, sich zu nehmen, was sie beide wollten.

Und er verstand jedes unausgesprochene Wort. Sie merkte es daran, wie ihm das Blut in den Adern pulsierte, wie sein Körper sich anspannte. Er küsste sie, hart und fordernd, beantwortete ihre Einladung mit einem noch unverhohleneren Drängen. Unter seinem Ansturm schwanden ihr schier die Sinne, schwangen sich immer höher hinauf …

Bis er jäh zu Sinnen kam.

Schwer atmend beendete er den Kuss.

Das Herz schlug ihr bis zum Hals, sie war wie benommen, berauscht, und sah ihn nur an, wie vor den Kopf geschlagen. Warum hörte er auf? Er hielt sie noch immer in den Armen, fest an sich gezogen. Sein Gesicht lag im Schatten, und sie konnte seine Miene nicht deuten, aber er schien genau wie sie nach Atem, um Beherrschung zu ringen, das genaue Ebenbild ihrer eigenen, wild pulsierenden Erregung.

»Nein«, hörte sie ihn sagen, aber es war so leise, schien von so weit her zu kommen, dass sie nicht sicher war, ob er zu ihr oder mit sich selbst sprach. Dann nahm er Haltung an, auch sein Ton wurde fester, klarer. »Weiter können wir nicht gehen.«

Ihre Gedanken verloren sich im Nebel ihrer Lust, sie begriff nicht, was er meinte. »Warum nicht?«

Er ließ seinen Blick auf ihr ruhen, sah sie einen Moment schweigend an. »Weil ich die Situation nicht ausnutzen möchte, und genau darauf würde es hinauslaufen.«

Aber warum, wenn sie es wollte und er doch auch? Und an Letzterem konnte nun, da sie so eng an ihn geschmiegt stand, nun wahrlich kein Zweifel sein. An Ersterem ohnehin nicht, da brauchte sie sich gar nichts vorzumachen. Sie wollte jetzt nicht aufhören, sie wollte wissen, wie es war. »Ich wüsste nicht, warum …«

Er löste sich aus ihrer Umarmung, hielt sie noch einen Moment, bis sie ihr Gleichgewicht wiederfand, dann ließ er sie los und wandte sich ab. »Ganz einfach. Weil ich kein Schuft bin.«

Sie runzelte die Stirn. »Das hatte ich auch nie angenommen.«

»Welche Art von Mann wäre ich denn, wenn ich einen Freund in Not retten wollte und bei der Gelegenheit seine Schwester verführte?«

»Hierbei geht es nicht um Roderick«, stellte sie klar. »Hierbei geht es nur um *mich*.« Erst als sie es laut sagte, erkannte sie, wie wahr es war. Roderick zu retten war das eine, aber dieser Abend, sie beide …

Roscoe betrachtete sie, nahm ihre herausfordernde Haltung wahr, ihren zornigen Blick. Sie musste die Enttäuschung ebenso spüren wie er, das geschürte, unerfüllte Verlangen. Als er ihren ernsten, aufrichtigen Ton hörte, hätte er es sich fast anders überlegt, aber … Er senkte den Blick. »Das ändert nichts an der Situation, Miranda. Du bist, wer du bist, und ich bin der, der ich nun mal bin. Weshalb ich keinen Sinn darin sehe , das Ganze weiterzuführen.«

Dessen war er sich so sicher wie seines echten Namens.

Es würde zu nichts führen. Zumindest zu nichts, das sie beide langfristig wollten, das hätte ihr eigentlich klar sein müssen.

Für ihn war damit alles gesagt, weshalb er sich einfach umdrehte, um in sein Zimmer zu gehen, die Tür hinter sich zu schließen.

»Warte.« Jetzt klang sie mit einem Mal unsicher.

Mit einem stummen Seufzer drehte er sich wieder um und sah sie mit fragend gehobener Braue an.

Ohne mit der Wimper zu zucken, begegnete sie seinem

Blick. »Verstehe ich es richtig, dass du meine Einladung ausschlägst, obwohl du mich sehr wohl verstanden hast?«

Sie sahen einander schweigend an, wie in einem stummen Wettstreit. Dann gab er sich einen Ruck. »Meine Ablehnung richtet sich nicht gegen dich. Ich lehne es lediglich ab, mich wie ein Schuft zu verhalten und dich, diese Situation auszunutzen – ganz gleich, ob das nun dein Wunsch ist oder nicht.« Nicht zuletzt versagte er sich, einer Frau zu verfallen, zu der er sich von Beginn an hingezogen gefühlt hatte, die in seine Welt aber ebenso wenig passte wie er in die ihre, aber das behielt er für sich. Ein Grund musste reichen.

Wieder sah er einen schwachen Abglanz seiner eigenen Enttäuschung in ihrem Blick. Sie hob das Kinn und beschied ihm in knappem, unmissverständlichem Ton: »Das kam nicht aus der Laune des Augenblicks – es ist mir ernst damit. Ich weiß, was ich tue.«

»Ach ja?« Er nahm sie scharf ins Visier. »Dürfte ich dann erfahren, weshalb Sie das Bett mit mir zu teilen wünschen, *Miss* Clifford?«

Mirandas Augen blitzten. Was hätte sie darum gegeben, ihm eine schlagfertige Antwort liefern zu können. Aber ihr Kopf war mit einem Mal wie leergefegt, ihr wollte einfach nichts einfallen. *Weshalb?* Ja, was dachte er denn? Warum fragte er sie das? Was erwartete er von ihr als Antwort?

Mehr noch, welche Antworten würden ihm legitim erscheinen? Was wäre ihm ein hinreichender Grund, jetzt zu ihr zu kommen, statt in seinem Zimmer zu verschwinden?

Eine Minute verstrich gewiss, während sie krampfhaft überlegte. Vergeblich. Wenn er ihr ihre Unerfahrenheit auf diesem Gebiet hatte beweisen wollen, so war es ihm gelungen.

Das lastende Schweigen zog sich hin.

Seine Augen, seine Lippen wurden schmal. Er nickte. »Das dachte ich mir.« Seine Stimme war tonlos, wenn nicht kalt, sein Blick unergründlich, aber noch ehe sie sich fragen konnte, was das nun wieder bedeuten sollte, hatte er sich schon abgewandt. »Wenn Sie mich entschuldigen, ich würde dann schlafen gehen und rate Ihnen, dasselbe zu tun. Wir brechen morgen früh auf.«

Ihr Blick folgte ihm, seinem steifen Rücken, den gestrafften Schultern – ungerührt, eisern und beherrscht. Seine Entscheidung war gefallen, und von der würde er kein Stück abrücken, auch wenn sie nicht ganz verstand, warum.

In ihr brodelte es. Scham und Wut brachen sich Bahn, ließen ihre Wangen glühen. Zum ersten Mal hatte sie den Pfad der Tugend verlassen, und was hatte es ihr gebracht? Ihr ungestilltes Verlangen tat ein Übriges, sie wusste kaum, wohin mit sich, mit ihren Gefühlen, dem Aufruhr, der in ihr tobte. Dabei war sie sich ganz sicher gewesen, dass er sie ebenso sehr wollte wie sie ihn. Er verlangte noch immer nach ihr, dessen war sie gewiss.

Warum wies er sie ab, warum?

Die Hand schon an der Tür, sah er sich noch mal um, fing ihren Blick auf und bedachte sie mit einem müden, abgeklärten Hochziehen der Braue.

Das brachte das Fass zum Überlaufen. Sie warf die Hände in die Luft und stieß einen kleinen, wütenden Schrei aus, dann drehte sie sich um, marschierte zu ihrem Zimmer und warf die Tür hinter sich zu.

Als wieder Ruhe herrschte, stand Roscoe noch einen Moment da, betrachtete die Tür, die eben so nachdrücklich zugeschlagen worden war, dann ging auch er in sein Zimmer und schloss die seine umso leiser.

Er hatte richtig gehandelt.

Auch wenn es ihn mehr Mühe und Beherrschung gekostet hatte als erwartet, von ihr zu lassen und ihr unverhohlenes Angebot auszuschlagen. Ihm war keine andere Wahl geblieben, er hatte es tun müssen. Selbst wenn der Rückzug ihm schwergefallen und in ungeahnter Weise berührt hatte, war es besser so. Es war in ihrem eigenen Interesse, die Beziehung zu ihm nicht zu vertiefen.

Und in seinem natürlich auch.

Ihm war selbst nicht klar, woher diese Anziehungskraft zwischen ihnen rührte. Aber sie war da, unbestreitbar. Umso wichtiger, die Zügel nicht schießen zu lassen und sich in die Bredouille zu bringen.

Statt die Beleidigte zu spielen, sollte sie ihm dankbar sein. Irgendwann würde sie schon einsehen, dass es so für alle das Beste war. Spätestens wenn sie Roderick befreit hatten und wieder in London waren. Dann würde ihr aufgehen, wie töricht und vermessen die Vorstellung war, sie, eine anständige junge Dame, könne eine heimliche Liaison mit Londons Glücksspielkönig unterhalten.

Er trat ans Fenster und schaute zum Mond, der hell über den Dächern von Birmingham stand.

An Schlaf war noch nicht zu denken, nicht mit dieser unguten Mischung aus ungestilltem Verlangen, Enttäuschung und Verdruss, die in ihm schwelte. Er wusste nicht, warum er so heftig auf sie reagierte, warum seine Gefühle so vielschichtig und kompliziert, so viel weniger beherrschbar waren als sonst. Aber es war so, auch das ließ sich nicht abstreiten.

»Das dazu, früh schlafen zu gehen«, hörte er sich sagen, als er so dastand und hinausschaute in die Nacht.

7. Kapitel

Dass er keinen Schlaf fand, dürfte ihre Rettung gewesen sein.

Nachdem er Stunden später, noch immer in seinen Kleidern, wieder ans Fenster getreten war, rast- und ruhelos im nächtlichen Dunkel seines Zimmers, waren von unten Geräusche zu hören, rasche Schritte auf den Pflastersteinen, gefolgt von einem derben Fluch, was ihn veranlasste, aus dem Fenster und hinab auf die schmale Gasse zu blicken, die an der Rückseite des Hotels vorbeiführte.

Fünf kräftige Männer drängten sich dort im Schatten des Hauses und prüften jedes Fenster.

Nun selbst mit einem Fluch auf den Lippen, eilte er zur Tür, durchmaß den Salon und hielt sich erst gar nicht damit auf, an Mirandas Tür zu klopfen, sondern öffnete sie einfach und schaute hinein.

Sie lag auf dem Rücken, die Haare über das Kissen gebreitet, und schlief. Die Laken waren zerwühlt, als hätte auch sie lange keine Ruhe gefunden.

Auf leisen Sohlen trat er ans Bett, legte ihr fest die Hand über den Mund und schüttelte sie an der Schulter.

Ihre Augen flogen auf in jähem Schreck, doch dann erkannte sie ihn und blinzelte.

Er ließ sie los, bedeutete ihr, leise zu sein, und nahm dann die Hand von ihrem Mund. »Wir haben ungebetenen Besuch – entweder Kempseys Leute oder die von Dole.« Er sprach mit gesenkter Stimme, kaum mehr als ein Flüstern. »Sie sind unten in der Gasse hinter dem Haus. Noch konnten sie sich keinen Zugang verschaffen, aber das dürfte nur eine Frage der Zeit sein. Ziehen Sie sich an, wir müssen so schnell wie möglich von hier verschwinden.«

Sie hörte verschlafen zu, sah seine düstere Miene und riss erneut die Augen auf, als sie den Ernst der Lage erfasste … Mit einem Schlag war sie hellwach, setzte sich auf und schaute sich im Zimmer um, ehe ihr Blick wieder auf ihn fiel; sie trug ein Nachthemd aus weißem Flanell, aber wie er zuvor schon bemerkt hatte, verstärkten solch prüde Kleider nur ihre Reize, zumindest für ihn.

»Wir müssen packen und die Betten machen.« Sie warf die Decke zurück, schlüpfte auf der ihm abgewandten Seite aus dem Bett und griff nach ihrer Reisetasche.

Er fluchte leise. »Dazu bleibt keine Zeit …«

»Es ist das Einzige, für das uns Zeit bleibt!« Sie bedachte ihn mit einem Blick, der keine Widerrede duldete, und warf eilig Kämme, Bürsten und was sonst noch auf dem Ankleidetisch lag, in ihre Tasche, die sie auf dem Stuhl davor abgestellt hatte. Als sie aufschaute, sah sie ihn noch immer dastehen. »Worauf warten Sie? Los, beeilen Sie sich!«, scheuchte sie ihn fort. »Packen Sie Ihre Sachen, und zwar so, dass nichts zurückbleibt, was uns verraten könnte.«

Plötzlich begriff er, was sie vorhatte. Kein schlechter Plan, aber … Er sah sie zum Schrank gehen, ein Kleid vom Bügel streifen und es rasch zusammenfalten. Nein, kein Aber. Für lange Überlegungen blieb keine Zeit.

Und so machte er kehrt und eilte zurück in sein Zimmer, um keine drei Minuten später mit fertig gepackter Tasche wieder an ihrer Tür zu stehen.

Sie hatte sich in der Zwischenzeit ihr Kleid übers Nachthemd gezogen; ihr schwarzer Umhang lag über der gepackten Tasche bereit. Jetzt bloß noch schnell die Decke über die bereits aufgeschüttelten Kissen ziehen und einmal kräftig darüberstreichen, als wäre das Bett frisch gemacht – fertig. »Wissen Sie, wo sie jetzt sind?«

»Hinten sind sie nicht reingekommen, sie sind seitlich ums Haus herumgegangen.«

»Wenn mich nicht alles täuscht, gibt es eine Seitentür.«

»Ich meine mich auch zu erinnern. Das heißt, uns läuft die Zeit davon.«

Sie richtete sich auf und ließ ihren Blick prüfend durchs Zimmer schweifen, ob alles seine Ordnung hatte. »Nun gut, das sollte genügen.«

Für ihn hätte es nicht besser aussehen können.

Sie warf sich den Umhang über und schnappte sich ihre Tasche. »Solange sie das Bettzeug nicht anrühren und merken, dass es noch warm ist, werden sie keinen Verdacht schöpfen.«

»Kommen Sie.« Er nahm beide Taschen, ihre und seine, und ging voraus. Als sie zu ihm aufgeschlossen hatte, öffnete er vorsichtig die Tür zum Flur und lauschte.

Kein Laut störte die nächtliche Stille.

Er trat hinaus, wartete, bis sie zu ihm auf den Flur getreten war, schloss dann leise die Tür hinter ihnen und deutete zur Treppe. Wenn sie Glück hatten, kämen sie noch unbehelligt nach unten und konnten sich in einem der Aufenthaltsräume verstecken.

Sie schafften es gerade mal zur ersten Stufe.

»Welches Zimmer?«, drang ein raues Flüstern zu ihnen hinauf.

Lautlos wichen er und Miranda wieder zurück.

»Zweiter Stock, die Neun«, kam von unten die Antwort.

Roscoe schaute sich im trüben Zwielicht nach einem Notausgang, einer Hintertreppe um, die es zweifelsohne geben musste. Dort, am Ende der Galerie, entdeckte er eine Schwingtür. Er bedeutete Miranda, ihm zu folgen, griff dann nach ihrer Hand und zog sie mit sich, denn jetzt kam es auf jede Sekunde an.

Kurz bevor sie die Tür erreichten, waren von der anderen Seite Schritte zu hören, die polternd die Hintertreppe hinaufkamen.

Beider Blicke flogen zurück zur vorderen Treppe, von der sie eben gekommen waren, doch auch von dort waren jetzt Schritte zu hören, wenn auch leiser, verstohlener.

Sie saßen in der Falle.

Miranda zupfte ihn am Ärmel. Er sah sie an. Sie deutete mit einem Nicken die Galerie hinab, packte ihn dann beim Arm und zerrte ihn mit sich.

Er stolperte hinter ihr her, auch wenn er keinen blassen Schimmer hatte, was das geben sollte.

Gegenüber der Haupttreppe blieb sie stehen und drückte eine kleine Klinke herunter, die ihm nie im Leben aufgefallen wäre. Ohne einen Laut schwang eines der Holzpaneele zurück. Ein Wandschrank? Ein Geheimgang? Nachdem sie sich kurz umgeschaut hatte, gab sie ihm ein Zeichen, ihr zu folgen, und verschwand durch die Tür.

Ein Schrank, wie sich herausstellte, und ein recht beengter noch dazu. Wäscheregale säumten die Wände an drei Seiten, dazwischen passte gerade mal eine Person, so war es gedacht, aber ihnen blieb keine andere Wahl. Er stapelte ihre Taschen aufeinander, schob sie vor ihre Füße, quetschte sich hinterher, bis kein Blatt mehr passte zwischen sie, und zog die Tür hinter sich zu – gerade noch rechtzeitig, denn schon waren die verstohlenen Schritte auf dem oberen Treppenabsatz zu vernehmen.

Von der anderen Seite der Galerie war ein Knarren zu hören, dann flog die Tür zur Hintertreppe auf.

Das Wandpaneel schloss sich mit einem leisen Klicken. Roscoe versuchte sich damit zu beruhigen, dass das Geräusch ihnen im Schrank viel lauter erschien, als es draußen zu hören war, zumal die Männer selbst auch nicht gerade lautlos zu Werke gingen. Letztlich suchten sie ja nach *ihnen*, glaubten sie auf ihren Zimmern, warum sollten sie da in Schränke schauen? So blieb zu hoffen. Wenn man sie hier drinnen fand, sähe es nicht gut aus. Zwar trug er wie üblich seine Messer bei sich, kam auf so beengtem Raum aber nicht daran, weshalb sie ihm nichts nutzten. Er stand so eingezwängt, dass er kaum den Arm heben, geschweige denn zum Schlag ausholen konnte. Aus Platzmangel hatte er beide Arme um Miranda gelegt, zu beiden Seiten die hohen Regale, die Tür direkt in seinem Rücken. Nein, kein gutes Szenario.

Sie hielt seinen einen Arm so fest, dass ihre Finger sich schmerzlich hineingruben. Es war finster hier drin, sodass man die Hand vor Augen nicht sehen konnte. Dafür hörten sie jeden ihrer Atemzüge und waren einander so nah, dass sie jede noch so kleine Regung spüren konnten, jeden Atemhauch warm auf der Haut. Sie spürten den Körper des anderen, der sich dem Gegenüber aufdrängte, einprägte im Dunkeln, das alle verbliebenen Sinne schärfte.

Roscoe merkte, wie ihm der unverkennbare Duft eines bettwarmen Frauenkörpers zu Kopf stieg, seine Sinne kitzelte.

Ihr war keine Zeit geblieben, sich die Haare aufzustecken, in weichen Wellen fielen sie ihr über die Schultern, seinem Gesicht so nah, dass sich die ein oder andere Strähne in seinen rauen Bartstoppeln verfing, ihm beharrlich in der Nase kitzelte. Und dieser Duft, licht und warm. Wenn Sonnenschein auf dem Land einen eigenen, unverkennbaren Geruch hätte, dann den.

Er fügte sich ins Unvermeidliche, ließ sein Kinn auf ihrer seidigen Mähne ruhen und versuchte, ganz still zu halten, sich nicht zu regen, keinen Gedanken an ihre Brüste zu verschwenden, die sich weich und schwer an seine Brust pressten, ihre Schenkel, ihre Hüften, ihr ganzer Leib, der sich so dicht und warm an den seinen schmiegte, als wollten sie miteinander verschmelzen.

Eine Notlage, sagte er sich und versuchte, sich wieder auf die drohende Gefahr zu besinnen, die auf der anderen Seite der Schranktür lauerte.

Am Anfang stand sie reglos an ihn gedrängt, aber mit jedem

Verstreichen der Sekunden, der Minuten entspannte sie sich etwas mehr, begannen ihre Glieder sich nach und nach zu lockern, nachzugeben.

Miranda versuchte, sich auf ihren Atem zu konzentrieren, ihr laut pochendes Herz zu beruhigen, einen klaren Kopf zu behalten. Ihm so nah zu sein, von seinen Armen umfangen – wenn auch nicht ganz freiwillig –, war ein Ansturm auf sämtliche Sinne. Umso mehr, da die Situation doch, gelinde gesagt, recht heikel war. Beides ließ sich nur schwerlich ignorieren. Aber trotz seiner körperlichen Reaktion, die ihr aufgrund der Nähe kaum entgehen konnte, merkte sie, dass seine Aufmerksamkeit auf den Bereich außerhalb ihres kleinen Kokons gerichtet war, dass er angestrengt lauschte, was draußen vor sich ging.

Sie sollte es ihm nachtun, wenn man sie hier fand, musste sie vorbereitet sein. Obwohl auch sie sich den Reizen und Verlockungen der Situation nicht entziehen konnte, waren sie letztlich doch nur Verbündete, die Roderick retten wollten. Allein darum ging es. Unbemerkt zu bleiben und ihren Verfolgern zu entkommen hatte im Augenblick oberste Priorität.

Sie versuchte tief einzuatmen, hielt die Luft an und zwang sich, ihre Gedanken hinaus zu richten, auf die drohende Gefahr, fort von dem sinnlichen Ansturm, der sie in seinen Fängen hielt.

Contenance, ermahnte sie sich und spitzte die Ohren.

Zwei Männer waren schweren Schrittes an ihrem Versteck vorbeigetrampelt. Das mussten die beiden sein, die über die Hintertreppe gekommen waren und jetzt die Suite ansteuerten, wo sie vermutlich auf jene trafen, die sich über die Haupttreppe nach oben geschlichen hatten.

Die Minuten verstrichen; nichts war zu hören außer gedämpften Stimmen und Geräuschen aus Richtung der so hastig verlassenen Räumlichkeiten. Dann kamen die Schritte zurück, fanden sich an der Treppe ein, wo man sich kurz beriet.

»Verdammt, wo können sie sein?«

Die Worte wurden in heiserem Flüsterton hervorgestoßen, aber in der nächtlichen Stille drangen sie bis in ihr Versteck.

»Müssen sich aus dem Staub gemacht haben. Keine Klamotten mehr da, nix.«

»Ob die Lunte gerochen haben?«

Verächtliches Schnauben.

Wieder verging ein Moment, dann meinte einer: »Na, was auch immer. Auf jeden Fall sind sie weg. Lasst uns abhauen, bringt ja nichts, hier noch rumzuhängen.«

Schritte auf der Treppe.

»Moment, was ist mit Jack und Herb?«, gab einer zu bedenken.

»Denen sagen wir morgen Bescheid, dass die zwei sich nach ihnen erkundigt haben, aber das eilt nicht. Die beiden sind ja keine Bedrohung, mit der Herb nicht klarkommt.«

Leises Lachen, Treppenknarren, dann verhallten die Laute des Rückzugs langsam.

Miranda wartete noch eine Minute, dann drückte sie Roscoes Arm, eine stumme Frage.

Sein Kinn in ihrem Haar, schüttelte er kaum merklich den Kopf. »Noch nicht«, flüsterte er. »Wir wollen ganz sichergehen, dass die Luft rein ist.«

Trotz der sinnlichen Folter wollte er kein Risiko eingehen und wartete, bis nach seinem Dafürhalten eine volle Viertelstunde ins Land gegangen war; erst dann machte er die Schranktür einen Spalt weit auf und lauschte. Stille hatte sich wieder über das Hotel gesenkt, und nach der stockfinsteren Wäschekammer erschien ihm der Flur nun vergleichsweise hell.

Er öffnete die Tür ganz und sondierte die Lage, warf auch einen Blick zur Treppe. Nachdem er sich vergewissert hatte, dass sie wirklich weg waren, atmete er verhalten auf und trat beiseite, um Miranda herauszulassen. Dann ging er noch einmal hinein und holte ihre Taschen. Als er wieder draußen neben ihr stand, schloss sie leise die Tür.

Gemeinsam gingen sie zurück zu ihrer Suite.

Nachdem sich auch deren Tür hinter ihnen geschlossen hatte und sie in Sicherheit waren, zumindest vorerst, stellte er die Taschen ab und schaute Miranda an.

Sie war in der Mitte des Salons stehen geblieben und hatte sich halb zu ihm umgedreht. Der Mond schien zu den Fenstern herein, umriss scharf ihr Profil, ihre Züge jedoch lagen im Schatten.

Jetzt wäre wieder genügend Abstand zwischen ihnen, und doch …

Er vermisste sie schon jetzt; wollte sie wieder in den Armen halten, ihren Körper dicht an den seinen geschmiegt.

Ohne sich von der Stelle zu rühren, nickte er ihr zum Zeichen der Anerkennung zu. »Das war sehr geistesgegenwärtig von Ihnen.« Seine Stimme klang rauer, tiefer als sonst, noch immer berührt von der soeben ausgestandenen Tortur.

Sie zuckte mit den Schultern. »Wir können von Glück sagen, dass wir beide hineinpassten. Das war knapp.«

Ihr leises Timbre verriet ihm, dass nicht nur er sich von ihrer erzwungenen Umarmung hatte berühren lassen, er nicht das einzige Opfer ungestümer Empfindungen war.

Dennoch versagte er sich jede Nähe, beobachtete sie stattdessen aus der Distanz, sah sie zögern, schwanken, mit sich ringen. Er bemerkte genau den Moment, da sie einen Entschluss fasste. Sie hob den Kopf, straffte die Schultern und kam auf ihn zu, bis sie dicht vor ihm innehielt, und sah ihm in die Augen. Er erwiderte ihren Blick. »Wir sollten zusehen, dass wir noch etwas Schlaf bekommen«, sagte er ruhig.

Das sollten sie, gewiss.

Es wäre klug und vernünftig gewesen, aber Miranda stand der Sinn nicht nach Vernunft. Sie ließ den Blick auf seinem Gesicht ruhen, betrachtete die klaren Züge, das Kraftvolle,

Unerbittliche darin … Allerdings war ihr nicht entgangen, dass er diesmal nicht zurückwich, ihre Nähe nicht neuerlich zu meiden suchte.

Die langen Minuten im Wäscheschrank, während derer er sie gehalten hatte, hatten etwas in ihr bloßgelegt, ihr auch noch den letzten Rest Zurückhaltung genommen. Etwas fiel von ihr ab. Sie wollte sich nicht länger zügeln, sich in Grenzen fügen, die ihrem Wesen nicht entsprachen, wie sie jetzt wusste. Nur bei ihm war es so – bei ihm war alles anders.

Bei ihm würde sie sich trauen.

Und so machte sie auch noch den letzten Schritt auf ihn zu, hob die Hand und legte sie an seine Brust. Sie spürte die Wärme seines Körpers, spürte jede noch so kleine Regung und wusste, dass er, statt zurückzuweichen, sie am liebsten in seine Arme gezogen hätte, sich jedoch – *noch* – in stiller Beherrschung übte.

Abwartete.

Um zu sehen, was sie tun würde. Was sie wollte.

Ihn wollte sie. Seine Kraft, seine Leidenschaft, die sie umfingen wie warme Wellen.

So verharrte sie einen Moment, ihre Hand auf seiner Brust, ehe sie aufschaute, seinen Blick suchte und ihn auf sich gerichtet fand. »Sie hatten mich vorhin gefragt, warum ich das Bett mit Ihnen zu teilen wünsche. Eine Frage, mit der ich nicht gerechnet hatte und auf die ich keine Antwort wusste. Jetzt weiß ich es.«

Sie nahm den Blick nicht von ihm, doch er schwieg nur, wartete weiter ab. Eine unausgesprochene Herausforderung, die es ihr nicht gerade leichter machte. Auf einmal fiel ihr das Atmen schwer. »Ich möchte das Bett mit Ihnen teilen, weil ich Sie begehre. Ich will *dich* – den Mann, der du bist – zu meinem Geliebten.«

Durch die leichte Berührung ihrer Hand spürte sie, was ihre Worte in ihm auslösten, fühlte sie ganz unmittelbar seine

Reaktion. Und doch rührte er sich nicht, seine Miene unergründlich wie so oft. Es hätte sie verunsichern können – und vielleicht tat es das ja auch, ein wenig. Aber sie würde jetzt, da sie sich einmal entschieden hatte, sich so weit hinausgewagt hatte aus sicherem Terrain, keinen Rückzieher machen. »Es hat mich mein Lebtag noch nie auf diese Weise nach einem Mann verlangt. Mag sein, dass ich mich lächerlich mache damit, aber ich bin mir meiner Beweggründe und meiner Gefühle sicher. Ich weiß, was ich will und warum. Versuche nicht, mich vom Gegenteil zu überzeugen. Es kann keine Rede davon sein, dass du mich oder die Situation ausnützen würdest, eher ist das Gegenteil der Fall. Für mich bietet sich eine Gelegenheit, die ich mir nicht entgehen lassen will.«

Er sagte kein Wort, doch nun, da ihre Augen sich an die Dunkelheit gewöhnt hatten, sah sie, spürte sie, wie sein Widerstand allmählich schwand.

Sie schaute ihm tief in die Augen. »Ich bitte nur um diese eine Nacht – hier, nur wir beide, fern unserer vertrauten Umgebung, fern auch von allen, die uns kennen als die, die wir sonst sind und zu sein haben.«

Sie strich über seine Hemdbrust, griff nach seiner Hand und verschränkte ihre Finger mutig mit den seinen. »Nur darum bitte ich dich. Und so frage ich erneut, lade dich noch einmal ein.«

Einen Moment schlossen seine Finger sich fest um ihre, wie eine stumme Erwiderung.

Ihr Herz machte einen Sprung; sie tat einen Schritt zurück, hin zu ihrem Zimmer. »Komm mit mir«, lockte sie und hielt seinen Blick. »Nur wir beide, nur diese Nacht.« Noch ein Schritt, sie zog ihn mit sich.

Und er folgte ihr.

Schritt für Schritt, wie in Trance.

Roscoe war verloren im Glanz ihrer Augen, gebannt von den Verheißungen ihres Körpers. Ihm war wohl bewusst, welche Dummheit er beging; es hieße, das Schicksal herausfordern. Irgendwann, eher früher als später, würde für sie beide der Punkt kommen, wo sie es bereuten. Und doch konnte er sich ihrem Zauber nicht entziehen, den Bann des Augenblicks nicht brechen. Er schaffte es nicht, ihr diesen Wunsch zu versagen.

Denn woher die Kraft nehmen, wenn ihr Wunsch auch der seine war?

Sie mochte ihre Gründe haben; an seine eigenen mochte er lieber nicht denken.

Ein Lächeln spielte um ihre Lippen, als sie noch immer nicht auf Widerstand stieß. Sie drehte sich um, ging nun forsch voraus; er wäre ihr wohl auch gefolgt, hätte sie ihn nicht hinter sich hergezogen.

An der offenen Tür ihres Zimmers blieb sie stehen und warf einen Blick über die Schulter. Ihr Gesicht, ihr Haar schimmerten silbern im Mondschein – wie bei einem Geschöpf nicht von dieser Welt, dunkel und hell zugleich, geheimnisvoll. »Zeig mir, wie es geht«, flüsterte sie. »Ich möchte es wissen – alles.«

Dann zog sie ihn weiter, bis zum Fuß des Bettes, wo sie sich in seine Arme sinken ließ. Und er hielt sie, umarmte sie ganz fest. So hätte er sie die ganze Nacht halten können und so bald nicht mehr losgelassen. Wusste sie überhaupt, worauf sie sich einließ? Er war kein Heiliger, und ihre Worte, ihr zu allem entschlossenes Tun hatten ihn in einem Maße erregt, dass er schon jetzt kaum mehr an sich zu halten wusste.

Bevor er alle Beherrschung verlor, alle Zweifel, Fragen, Zurückhaltung fahren ließ, versuchte er, ihr einfach nur tief in die Augen zu schauen, der Versuchung ihrer Lippen, ihres Körpers zu widerstehen, und sei es nur für die Dauer einer einzigen Frage: »Bist du sicher?«, fragte er leise, seine Stimme so rau und tief, dass sie ihm selbst fremd war.

Ihr Blick war klar, ihre Miene unbefangen. »Ich bin neunundzwanzig. Dass ich noch unberührt bin, heißt nicht, dass ich jung und unbedarft wäre.« Sie sah ihn an, reckte das Kinn. »Ja, ich bin mir ganz sicher.«

Als er nicht sogleich reagierte, wurde ihr Blick fragend, suchend; schließlich, vielleicht aus Verlegenheit, hob sie die Hand, strich ihm das Haar aus der Stirn. Eine schlichte Geste, und doch …

Es kostete ihn alle Kraft, sich nicht anmerken zu lassen, welch heftige Gefühle diese so beiläufige, so sinnlich-vertraute Berührung in ihm ausgelöst hatte. Trotzdem – oder gerade deswegen – hakte er nach: »Bist du dir ganz sicher, dass dein Wunsch nicht nur eine Reaktion auf die überstandene Gefahr ist? Dass unser knappes Entkommen deine Gefühle derart aufgewühlt hat?«

Die Frage war durchaus berechtigt, und er wusste, wovon er sprach. Im Nachklang überstandener Gefahr konnte der Wunsch, das Leben zu feiern, schier übermächtig werden.

Miranda betrachtete ihn ruhig und meinte die eigentliche Frage herauszuhören, die seinen Worten zugrunde lag. Obwohl sie ihm längst darauf geantwortet hatte, schien er noch immer zu zweifeln. Es hätte sie ärgern können, doch seine Sorge rührte sie und gab ihr die nötige Geduld, es ihm noch einmal zu erklären. »Ich bat dich darum, ehe die Männer kamen. Die Umstände unserer Flucht mögen meine Gefühle verstärkt haben, aber sie waren nicht deren Ursache. Es war schon vorher mein Wunsch, der jetzt nur noch deutlicher hervortritt.«

Klar und deutlich, stark und unabänderlich.

Und so gab sie diesen Gefühlen nach. Sie umfing seinen Nacken, zog ihn zu sich herab, bis sein Gesicht dem ihren ganz nah war. »Und wenn ich dich anflehen muss, werde ich auch das tun.«

Er hatte die Hände unter ihren Umhang geschoben; bei ihren Worten packte er sie bei der Taille.

»Das wird nicht nötig sein.« Roscoe zögerte nur den Bruchteil einer Sekunde, dann zog er sie an sich. Ihr Flehen hätte ihm bloß den Rest gegeben, hätte ihn in den Abgrund gestoßen, an dessen Rand er sich zu seinem eigenen Erstaunen einigermaßen souverän hielt.

Aber dass es ihn so sehr nach ihr verlangte – so sehr, dass er alle Vorsicht in den Wind schlug –, erschütterte ihn. Es war verrückt, sich auf sie einzulassen. Leichtfertig und verrückt.

Doch es gab kein Zurück mehr. Seine Lippen suchten und fanden die ihren. Er küsste sie, fand seinen Kuss erwidert. Sie knüpften dort an, wo sie zuvor aufgehört hatten, zurück in die Arena erster wechselseitiger Freuden.

Schließlich ergriff er die Zügel, übernahm das Kommando und tat, worum sie ihn gebeten hatte.

Er zeigte ihr, wie es ging.

Wie viel Lust ein einziger Kuss bereiten konnte.

Wie sehr eine einzige Liebkosung zu erregen vermochte.

Es drängte ihn, ihr noch viel mehr, ihr *alles* zu zeigen, wie sie es in ihrer Unbedarftheit gewünscht hatte, sich mit ihr in die weiten Tiefen sinnlicher Lust zu stürzen, aber sie war jung und unerfahren, und so hielt er sich, hielt sie beide zurück und ließ es gemächlich angehen.

Ein Kuss sollte zunächst genügen, und so küsste er sie tief und innig, weckte dabei all ihre Sinne, hielt sie sicher in seiner Hand wie ein Puppenspieler die Fäden und eroberte fast beiläufig, Stück für Stück, Schritt für Schritt ihren Körper.

Jede satte Rundung, die Zwillingshügel ihrer Brüste, den anmutigen Bogen ihres Halses, alabastern und zart, den sanften Schwung zwischen Taille und Hüfte. Sie erbebte unter seinen Händen, noch ehe er ihr den Umhang von den Schultern gestreift hatte.

Er begann die Haken, Ösen und Schnüre ihres Kleides zu öffnen und fand sich ohne viele Worte ermutigt.

Unberührt mochte sie sein, aber sie wusste, was sie wollte. Kein Zaudern, kein Zögern; sie zeigte ihm ganz offen, was ihr gefiel, was sie sich wünschte, was sie von ihm wollte.

Sie verhehlte auch ihre Verwunderung nicht, ihr Staunen.

Letzteres nahm ihn gefangen wie eine Kugel feinsten Kristalls, die er sich schwor niemals zu zerbrechen und achtsam zu wahren. Leise Laute der Verwunderung und mehr noch jene des hellen Entzückens verzauberten ihn wie Sirenengesang. Er war hingerissen von ihr, absolut hingerissen.

Sie war nicht die Erste, der er die Unschuld nahm, aber er hatte noch keine erlebt, die sich so beherzt in das Abenteuer stürzte oder, auf ihre Weise, so fordernd gewesen wäre.

Er ertappte sich bei einem stillen Lächeln.

Wider Erwarten hatte er sich von ihr einfangen lassen; wenn er nicht aufpasste, würde er ihr verfallen.

Sie hatte ihn von Beginn an fasziniert, aber dass er dieser Faszination erliegen würde?

Sowie sie es geschafft hatte, dass er ihr auf ihr Zimmer folgte, ließ Miranda alle Bedenken und Hemmungen fallen; einmal nur wollte sie sich gestatten, ihren Empfindungen zu folgen, sich leiten zu lassen von ihren Gefühlen. Ohne Scham und ohne Reue wollte sie, dieses eine Mal nur, tun, wonach ihr zumute war.

Das jedoch aus tiefstem Herzen und mit aller Leidenschaft.

Welch eine Offenbarung, sich nicht mehr den Anschein damenhafter Empfindsamkeit geben zu müssen.

Sie wollte Erfahrungen sammeln, und er schien bereit zu sein, sie zu lehren, was sie sich bislang kaum hatte träumen lassen. Allein das war ihr Rechtfertigung genug, auf ihr Ansinnen zu pochen. Und so signalisierte sie ihm deutlich, als nur noch das dünne Hemdchen sie bedeckte, das sie unter ihrem Nachtgewand getragen hatte, er möge es ihr gleichtun. Erst recht, als er nach ihren Händen griff und sie davon abhalten wollte, ihm das Hemd aufzuknöpfen. »Aber wie soll ich denn …«, begehrte sie auf.

Doch wozu es bei Worten belassen, dachte sie und schmiegte sich an ihn wie eine Katze, hörte ihn scharf Luft holen und lenkte ihn so erfolgreich ab, dass sie doch noch zum Ziel gelangte.

Ein weiterer kleiner Sieg, der sie ermutigte, sie anspornte und befeuerte.

Was zu einer zärtlichen Rangelei führte, die damit endete, dass sie in einem heillosen Durcheinander aus Armen und Beinen und unter ersticktem Gelächter aufs Bett fielen.

Nachdem sie einen Moment so gelegen hatte, lang auf dem Rücken ausgestreckt, und versuchte, wieder zu Atem zu kommen, hob sie leicht den Kopf und sah an sich hinab, an ihren sich schwer hebenden und senkenden Brüsten, die vom dünnen Hemdchen kaum verhüllt wurden. Dann blickte sie ihm direkt in seine tiefblauen Augen. »Ist es immer so?«, fragte sie. »Soll es so sein? Mir war nicht klar …«

Ein Lächeln trat auf sein Gesicht. »Es ist immer wieder anders. Je nachdem, mit wem, wie die Umstände sind …« Auch er war offenbar ein wenig überrascht.

Er stützte sich neben ihr auf, umfasste mit einer Hand ihr Gesicht und schaute ihr tief in die Augen, bevor er sie küsste. Sie mit sich zog in einen Strudel glühender Leidenschaft, loderndes Verlangen entfachte, das sie beide verzehrte.

Sie war nicht schüchtern, kannte keine falsche Scham. Für eine Frau war sie recht groß und früher eher schlaksig gewesen, ein wenig ungelenk, doch mit den Jahren hatte ihr Körper sich entwickelt, weibliche Rundungen angenommen, eine fast schon üppige Pracht entfaltet. Zudem war sie neunundzwanzig und kein dummes Gänschen mehr. Sie wusste, was sie wollte, sie hatte sich entschieden. Nur als er ihr auch noch das dünne Hemd vom Leib streifte, wurde sie mit einem Mal unsicher. Aber auch das währte nur einen Augenblick. Kaum dass ihr der Atem stockte und ihr Blick verstohlen zu ihm huschte, ließ seine begehrliche Miene sie alle Scheu vergessen.

Seine Züge waren hart, fast starr, aber seine Augen glühten. Ein blauschwarzes Feuer, das ihren Körper liebkoste, ein Verlangen schürte, das zwischen ihnen bebte und pulsierte wie ein lebendiges Wesen. Als sie seine Berührung auf ihrer Haut spürte, senkten sich mit einem wonnigen Erschauern ihre Lider, überließ sie sich ganz seinen Händen.

Mit leisen Worten leitete er sie an, gab ihr Gewissheit, beruhigte und ermutigte sie. Seine Stimme war rau, bisweilen harsch, er selbst unendlich geduldig und ganz auf sie konzentriert. Jedem ihrer Bedürfnisse folgend, zeigte er ihr all das, was sie zu fühlen, zu erfahren, zu entdecken wünschte.

Ohne falsche Scham war auch er, wenn er ganz offen zeigte, was ihm gefiel, wie sehr ihr Körper ihn faszinierte, ihn beglückte. Er konnte sich kaum sattsehen an ihr und ließ dann auch sie ihre Neugier befriedigen, ihre Sinne erfüllen mit allem, was es zu sehen, zu spüren, zu riechen und zu schmecken gab. Seine breite Brust, die starken Schultern, den straffen Bauch.

Auf ihr Drängen entledigte er sich schließlich seiner Hose und ließ sie seine Blöße betrachten, sah sie in stiller Verwunderung die schwellenden Adern, den harten Schaft mit der breiten, gerundeten Spitze berühren, erst noch zaghaft, dann immer forscher.

Sein Atem ging schwer, als er es schließlich für genug befand, ihre Hände packte und sie ihr über dem Kopf festhielt, sich über sie beugte, um sie zu küssen und mit mühelosem, meisterlichem Geschick wieder die Zügel zu übernehmen.

Um sich ganz ihrer Lust zu widmen, ihre Wünsche zu erfüllen, ihr Verlangen zu befriedigen …

So umsichtig, so *liebevoll.*

Das Wort wollte ihr nicht mehr aus dem Sinn, als er, den Körper straff gespannt in eiserner Selbstbeherrschung, die sie allenfalls fühlen, erahnen konnte, ihren Schoß mit warmer Hand umfing und sie an ihrer zartesten Stelle berührte. Wie er sie liebkoste, bis sie zu vergehen meinte vor Lust und bereit war zu allem, für *ihn*, und sie seine Finger in sich spürte, als Vorgeschmack dessen, was kommen würde, hoffentlich bald.

Oh, welches Glück, welche Wonne!

Bis ihr Verlangen so übermächtig wurde, dass sie sich aufbäumte, mit einem Laut schierer Verzweiflung seine Schultern packte und die Finger so tief hineinbohrte, dass es schmerzte.

Dann endlich kam er über sie, schob sich zwischen ihre Schenkel und drängte seine Lenden an sie.

Ihn auf sich zu spüren war Schreck, Erschauern und reinste Sinnenlust zugleich. Wie stark er war, wie männlich und erregend. Seine erhitzte Haut an der ihren, drahtiges Haar, das Stellen ihres Körpers kitzelte, die kaum je berührt wurden.

Ihr Atem flog immer rascher, sie wand sich unter ihm, drängte und flehte, doch er ließ sich nicht zur Eile treiben, ließ sie nicht atemlos dem Ziel entgegenrennen, sondern hielt sie fest bei sich, bis sie innehielt, um zu sehen, zu spüren … zu *wissen*.

Schließlich, endlich, fand er zu ihr, mit langsamen Bewegungen drang er in sie ein, mit jedem Mal ein wenig tiefer, doch so behutsam, dass sie kaum spürte, wie er ihr die Unschuld nahm. Das Gefühl war so überwältigend, dass sie aufschrie und sich an ihn klammerte.

Fast wäre sie in Tränen ausgebrochen.

Nie hätte sie sich das vorstellen können, nie. Ihn in sich zu spüren, hart und schwer, fremd in seiner Männlichkeit, tief in sich diese pulsierende Wärme, es war unbeschreiblich. Sinnlicher, intensiver als alles, was sie kannte. Eine Verbundenheit, wie sie inniger nicht sein könnte.

Nie war ihr etwas wirklicher erschienen, nie hatte sie sich lebendiger gefühlt.

Atemlos vor Verlangen, ihre Sinne in rasendem Taumel und keines einzigen Gedankens mehr fähig, hielt sie ihn umschlungen, stimmte ein in seine Bewegungen, fand schnell den Rhythmus. Immer wieder, immer tiefer drang er in sie, erfüllte sie, und sie wusste jeden seiner Stöße so zu empfangen und zu erwidern, dass es eine Wonne war.

Sie spürte seine raue Wange an der ihren und hob ihm ihr Gesicht entgegen, ließ sich von ihm küssen, küsste ihn, heiß und verlangend, während es sie immer tiefer hinabzog in einem Strudel hungriger, verzehrender Leidenschaft.

Immer tiefer hinab, in ein Reich der Empfindungen, die sie bis ins Mark erschütterten, sie zu vernichten drohten und sie schließlich hinauftrugen, alle beide, bis sie auf dem Gipfel der Lust zu bersten meinte, von einer Ekstase erfasst, die sich bis auf den Grund ihrer Seele brannte.

Taumelnd, sich im freien Fall wähnend, hielt sie ihn so fest umklammert, als hinge ihr Leben an ihm.

Mit einem tiefen, lustvollen Stöhnen, jäh übermannt und ganz und gar außerstande, sich noch länger zu zügeln, geschweige denn, sich zurückzuziehen, wie es eigentlich seine Absicht gewesen war, stieß Roscoe ein letztes Mal in sie und noch einmal, und dann, als er heftig erbebend zum Höhepunkt fand, vom Rausch der Lust geblendet, geborgen in den weichen Fängen ihres Körpers, folgte er ihr nach und ließ sich fallen ins vertraute Nichts.

Ungezählte Herzschläge schwebten sie in zeitlosem Raum, sie beide, in bebender, glückseliger Ermattung, die erhitzten Glieder ineinander verschlungen, als könnte keiner sich lösen vom anderen.

Vertraut … ja. Doch noch während er sich von den Wellen des Nachglühens tragen ließ, ihr das Haar aus dem geröteten Gesicht strich, noch einen zärtlichen Kuss auf ihre sinnlich erblühten Lippen hauchte, meldete sich bereits ein kleiner Teil seines Verstandes zurück und sagte ihm, dass es diesmal anders war.

Dass es *mehr* war.

Dass er so etwas nie zuvor gespürt hatte.

8. Kapitel

Nach einem zeitigen Frühstück brachen sie auf und verließen Birmingham, wenn auch nicht auf direktem Weg nach Lichfield, sondern in zunächst östlicher Richtung, um etwaige Verfolger in die Irre zu führen. Ein Umweg von ein paar Meilen, der sie eine gute halbe Stunde kosten würde, aber das war es wert, wenn sich dadurch etwaige Begegnungen mit Kempseys oder Doles Sippschaft vermeiden ließen.

Hinter ihrem Witwenschleier hielt Miranda mit wachsamem Blick Ausschau nach möglichen Verfolgern und anderen Gefahren – wenn sie nicht gerade über die Geschehnisse der vergangenen Nacht nachsann.

Sehr ausführlich, bis ins kleinste Detail. Sie schwelgte in allem, woran sie sich noch erinnern konnte, und das war erstaunlich viel. Zumindest genug, um sie die Vorzüge ihres Schleiers schätzen zu lassen. Außer ihren rosig schimmernden Wangen verbarg er gleich noch das töricht verträumte, allzu verräterische Lächeln, das um ihre Lippen spielte, sowie sie mal einen Moment nicht aufpasste.

Trotz des kurzen Nachtschlafs hatte sie sich noch nie so wach und lebendig gefühlt. Sie hätte Bäume ausreißen können! Die Welt kam ihr wunderbar vor, voller Möglichkeiten. Bevor sie Roscoe begegnet und mit ihm zu diesem Abenteuer aufgebrochen war, hatte sie sich längst damit abgefunden, dass sie wohl sterben würde, ohne jemals erfahren zu haben … ohne auch nur die Hälfte dessen erfahren zu haben, was er ihr letzte Nacht gezeigt hatte.

Sie hatte schon immer ein, wenn auch rein theoretisches Interesse an der Frage gehabt, was Frauen so unwiderstehlich zu Männern hinzog – zumal zu Männern wie ihm. Nun, da sie selbst in die Fänge dieser Anziehungskraft geraten war und ihr schließlich nachgegeben hatte, begriff sie zwar noch immer nicht genau, *was* es letztlich war, aber sie konnte diesen Sog jetzt nachvollziehen, dem so schwerlich zu widerstehen war.

Als sie heute Morgen aufgewacht war, hatte Roscoe ihr Zimmer schon verlassen, aber neben sich hatte sie noch seine Wärme in den Laken gespürt; er musste die ganze Nacht bei ihr verbracht haben. Sie meinte sich, wenn auch vage und verschwommen zu erinnern, wie er noch den Arm um sie legte und sie an sich zog, während sie, an ihm geborgen, in einen tiefen, zufriedenen Schlummer fiel.

Sie stand auf, wusch sich, zog sich an und packte dann ihre Sachen noch einmal ordentlich und in Ruhe. Als sie aus ihrem Zimmer trat, kam er gerade aus seinem. Seine Manschetten richtend, bedachte er sie mit einem kurzen Hochziehen der Augenbrauen; sie schenkte ihm ein beiläufiges Lächeln, das ihrer heiteren, gelassenen Stimmung entsprach, und damit schien für sie beide alles gesagt zu sein.

Auch danach, als sie sich wieder ihrer Suche nach Roderick zuwandten, die nun wirklich keinen Aufschub mehr duldete, wollte sich keine Verlegenheit zwischen ihnen einstellen. Beim Frühstück hatten sie die Köpfe zusammengesteckt, eine Landkarte studiert und überlegt, wie sie am besten vorgehen wollten.

Kurz nach acht hatten sie Birmingham verlassen. Jetzt, zwei Stunden später, hielt sie die Karte vor sich auf dem Schoß und meinte mit Blick auf das Dorf, das vor ihnen auftauchte: »Das müsste Lichfield sein.«

Das Dorf bestand nur aus wenigen, weit verstreut liegenden Häusern, doch ließ sich unmöglich sagen, welches nun besagtes Cottage war, das die Entführer erwähnt hatten. Da es ihnen nicht mehr geraten zu sein schien, sich direkt nach Kempsey und Dole zu erkundigen, würden sie jedes Haus einzeln und nach Möglichkeit unbemerkt in Augenschein nehmen müssen. Vielen sah man schon von Weitem an, dass dort Familien lebten; andere mussten sie eine ganze Weile beobachten, ehe sich mal jemand zeigte. Und wenn sich rein gar nichts tat, schlichen sie sich heran, klopften und spähten dann zur Tür oder zum Fenster herein, um sich zu vergewissern, dass Roderick dort nicht gefangen gehalten wurde.

Es war schon spät am Nachmittag, als sie ihr Gespann am Rand eines ausgefahrenen Feldwegs stehen ließen und eine kleine Anhöhe erklommen, hinter der sich eine Weide auftat, von einem kleinen Waldstück gesäumt. Sie duckten sich und spähten durchs Gebüsch. Am Ende der Weide bewegte sich etwas, und wenn sie nicht alles täuschte, waren sie endlich fündig geworden.

»Das muss Dole sein.« Roscoe ließ den Mann nicht aus den Augen, der soeben aus der Hintertür des Cottages getreten war, das sich in eine kleine Senke schmiegte. Selbst aus der Entfernung waren sein bleiches Gesicht und das strähnige dunkle Haar zu erkennen, genau wie er ihnen beschrieben worden war. Ein hagerer, ausgezehrt wirkender Mann, der mit langsamen, bedächtigen Bewegungen ein paar Holzscheite von dem Stapel nahm, der an der Hauswand lehnte. Aber vermutlich durfte man ihn nicht unterschätzen.

Als er wieder in der Hütte verschwunden war, hockte Miranda sich neben Roscoe, der zwischen den Bäumen in Deckung gegangen war. »Sehen Sie sein Ohr?«, flüsterte sie aufgeregt. »Er hat so eine dicke Geschwulst am Ohr, genau wie Gallagher es gesagt hat.«

»Allerdings.« Roscoe sah sie an. »Damit dürfte eines klar sein: Wir haben sie gefunden.«

Sie erwiderte seinen Blick ruhig. »Und nun?«

Er schaute wieder zum Cottage. »Wir schauen erst mal, ob Kempsey nicht auch da drin ist.«

Zehn Minuten später tauchte ein großer, kräftig gebauter

Mann mit sich lichtendem braunem Haar und gerötetem Gesicht kurz an einem der Fenster auf.

»Also gut.« Roscoe wandte sich nach Miranda um. »Sie sind beide im Haus. Wahrscheinlich haben sie Roderick bei sich, nur dass er vermutlich nicht auf den Beinen ist, weshalb wir ihn von hier aus nicht sehen können. Gut möglich, dass sie ihn gefesselt haben, aber selbst wenn nicht, können wir von ihm kaum Hilfe erwarten.«

Sie nickte düster, ohne das Haus aus dem Blick zu lassen. »Wenn er denn bei Bewusstsein ist.«

Er ging nicht darauf ein, sondern dachte schon weiter: »Mit einem von ihnen könnte ich es aufnehmen.« Als sie ihn fragend ansah, schüttelte er den Kopf. »Nur so ein Gedanke. Ich weiß noch nicht, wie genau wir es machen. Aber wenn wir sie uns der Reihe nach vorknöpfen wollen – will sagen, den einen außer Gefecht setzen, ohne dass er den anderen warnen und der Roderick als Geisel nehmen kann –, müssen wir sie voneinander trennen.« Er schaute wieder hinüber zum Versteck. »Wir müssen einen von ihnen weit genug fortlocken, damit der andere nicht mitbekommt, was seinem Komplizen geschieht.«

Einen Moment schauten sie schweigend zum Haus.

»Ich hätte da eine bessere Idee«, meinte Miranda.

Sofort wollte er Nein sagen, aber nachdem sie sich die Nacht zuvor im Hotel so geistesgegenwärtig gezeigt und ihnen vermutlich die Haut gerettet hatte, beschloss er, sich ihren Plan zumindest einmal anzuhören. Denn obwohl sie das sichere und behütete Leben einer respektablen jungen Dame geführt hatte, verfügte sie über ein erstaunlich gutes Eingebungsvermögen und ein rasches Reaktionsvermögen – und fand bisweilen zu ziemlich guten Lösungen, wie er einräumen musste.

»Und die wäre?« Trotz aller guten Vorsätze klang seine Frage nicht gerade ermutigend.

Aus den Augenwinkeln sah er, wie sie kurz den Mund verzog, doch als sie antwortete, tat sie es ruhig, ohne sich ihren

Verdruss anmerken zu lassen. »Statt einen der beiden wegzulocken, damit Sie sich seiner annehmen – womit der zweite Mann mit Roderick zurückbliebe und somit noch immer eine Gefahr für uns und vor allem für ihn darstellte –, würde ich vorschlagen, dass *ich* einen der zwei aus dem Haus locke, ihn hinunter zur Straße rufe und lange genug aufhalte, damit Sie unbemerkt ins Haus gelangen und sich den anderen vorknöpfen können. Wenn mein Kandidat zurückkommt, wird er bereits von Ihnen erwartet.«

Ich habe es geahnt. Ich hätte überhaupt nicht fragen sollen.

Jetzt jedoch, da er sich ihren Vorschlag angehört hatte, kam er nicht umhin, ihr zuzugestehen, dass ihr Plan … Nun, zumindest fiel ihm nichts Besseres ein. Von der Gefahr, in die sie sich damit brachte, einmal ganz abgesehen, wollte ihm das nicht so recht gefallen. Er wusste selbst nicht genau, warum, konnte es nicht benennen.

Aber es war ein guter Plan, das musste er ihr lassen.

»Na schön«, gab er sich geschlagen, wenn auch widerwillig. »Aber wie wollen Sie den Mann hinauslocken und lange genug ablenken, ohne dass er Verdacht schöpft?«

Sie lächelte und legte ihm rasch dar, was sie vorhatte – womit auch die letzte Hoffnung hinfällig war, ihr Plan könne, da undurchdacht, nicht funktionieren. Sie hatte wirklich an *alles* gedacht.

»Hallo, ist jemand zu Hause?« Miranda machte ein paar zögerliche Schritte die Einfahrt hinauf, die vom Fuhrweg zur Weide führte, an deren Hang sich, etwas windschief, das Cottage schmiegte. Sie blieb stehen, als wüsste sie nicht recht weiter. In der einen Hand hielt sie mit festem Griff ihr Retikül, mit der anderen schirmte sie ihre Augen gegen die Sonne ab. Ihren Umhang hatte sie im Wagen gelassen, den Witwenschleier dafür wieder *en place*, sodass man sie sogleich als die Dame erkannte, die sie war. Das gehörte alles zu ihrem Plan.

Sie tat einen schweren Seufzer – demonstrativ zog sie die Schultern hoch und ließ sie in müder Resignation wieder sinken –, machte kehrt und schaute sich um, als würde sie etwas suchen. Schließlich fiel ihr Blick doch wieder zum Haus. Sie schien sich einen Ruck zu geben, raffte ihre Röcke und ging die Einfahrt hoch.

Ein gutes Stück die Straße hinunter waren sie an einem Herrenhaus vorbeigekommen, das hinter einer bewaldeten Anhöhe lag und vom Cottage aus nicht zu sehen war, obwohl nicht weit entfernt. Ihre Geschichte würde lauten, dass sie zu einem längeren Besuch im Herrenhaus weilte, vor einer guten Stunde zu einem Spaziergang aufgebrochen sei, sich dann aber, ihren Gedanken nachhängend, verlaufen habe. Für eine frisch verwitwete Dame ein völlig plausibles Szenario.

Nachdem sie zweimal laut gerufen hatte, hätte man im Cottage wohl auf sie aufmerksam geworden sein müssen. Da sich aber niemand zeigte, wollte sie näher herangehen und ihr Glück erneut versuchen …

Die Tür wurde geöffnet. Miranda blieb stehen und gab sich den Anschein freudiger Hoffnung. Gewiss würde man ihr helfen können!

Kempsey trat heraus. Breitbeinig baute er sich vor der Tür auf und schaute die Einfahrt hinunter.

»Hallo, Sie da am Haus!« Sie winkte, um ihn auf sich aufmerksam zu machen. »Ich habe mich verlaufen. Können Sie mir vielleicht weiterhelfen?«

Kempsey musterte sie einen Augenblick, wandte sich dann um, um etwas zu seinem Komplizen zu sagen, wartete auf die Antwort; ein Lächeln breitete sich auf seinem Gesicht aus.

Sie war zu weit entfernt, als dass sie etwas verstehen oder seine Miene genauer hätte deuten können, aber sie war sich ziemlich sicher, dass das Lächeln Kempseys Augen nicht erreichte. Es war das Lächeln eines räudigen Köters, der leichte Beute gesichtet hatte.

Kempsey sagte noch etwas, lachte rau, dann kam er die Einfahrt hinunter, ihr entgegen.

Sie rührte sich nicht vom Fleck, lächelte unverbindlich und verzog auch keine Miene, als sie Roscoe am Weidensaum entlang zum Cottage rennen und an der Rückseite des Hauses verschwinden sah; er hatte sich hinter einer Hecke auf die Lauer gelegt, sodass man ihn weder vom Cottage aus noch beim Verlassen des Hauses hatte sehen können.

Derweil stiefelte Kempsey, der wohl den leichten Fang, nicht aber den Köder witterte, mit schweren Schritten auf sie zu.

Erste Etappe geschafft. Mittlerweile dürfte Roscoe im Haus sein, was hieß, dass die zweite Etappe entweder gerade im Gange oder bereits abgeschlossen war. *Dann weiter zur dritten Etappe.*

Sie lächelte noch immer, das Lächeln einer wohlbehüteten jungen Dame, die in ihrer Unbedarftheit ganz selbstverständlich davon ausging, dass dieser Berserker, der gerade auf sie zuhielt, allein zu ihrer Hilfe geeilt kam.

Kempsey blieb vor ihr stehen, musterte erst sie, dann ihr Retikül, das ihr reichlich schwer von der Hand hing, nickte ihr kurz zu und versuchte sich an einem freundlichen Gesicht. »Was kann ich für Sie tun, Miss?«

Ein Hauch von Selbstironie schlich sich in ihr Lächeln. »Oh, es ist wirklich zu dumm. Ich bin derzeit im Herrenhaus zu Besuch, müssen Sie wissen, und zu einem kleinen Spaziergang aufgebrochen, aber …« Sie senkte den Blick und hob die behandschuhte Hand, als wollte sie sich eine Träne aus dem Auge wischen. »Ich hing so sehr meinen Gedanken nach, dass ich kaum merkte, wohin ich ging, und jetzt …« Sie sah sich hilflos um. »Ich habe mich verlaufen und weiß beim besten Willen nicht, wie ich nun zurückfinden soll.«

Ehe Kempsey etwas erwidern konnte, rang sie zitternd nach Atem, schlug sich die Hand an die Brust, schnappte nach Luft und ließ ein recht schwindsüchtiges Pfeifen hören.

Kempsey sprang ihr zur Seite, ganz der Retter in der Not.

»Ach du meine Güte.« Sie fächelte sich Luft zu und winkte ihn mit einem entschuldigenden Lächeln fort. »Danke, es geht schon wieder. Aber …« Sie schaute hoch zum Haus. »… könnte ich vielleicht ein Glas Wasser haben?«

Sie erinnerte sich an Gallaghers Warnung, dass Kempsey clever und gerissen sei, doch schien er nur das in ihr zu sehen, was er sehen wollte: eine junge Frau, sichtlich schwächer als er. Ein süßes Früchtchen, das nur darauf wartete, gepflückt zu werden.

»Aber natürlich.« Kempsey lächelte, schmieriger als zuvor und seines Siegs so gut wie sicher. »Kommen Sie ruhig mit hoch, da kriegen Sie was zu trinken und können sich einen Moment ausruhen.«

Wieder rückte er ihr so nah, dass sie dagegen ankämpfen musste, nicht zurückzuweichen. Der Kerl gefiel ihr nicht, er gefiel ihr ganz und gar nicht, und je eher sie ihn loswurde, desto besser. Ganz zu schweigen davon, was er und sein Komplize Roderick angetan hatten; hätte sie eine Waffe bei sich gehabt, hätte sie davon Gebrauch gemacht.

So jedoch schenkte sie ihm ein dankbares Lächeln und wappnete sich innerlich, ehe sie sich von ihm beim Arm nehmen und hinauf zum Haus führen ließ. Das kam nun davon, wenn man sich schwach gab!

Die Kunst der Schnappatmung hatte sie sich bei Gladys abgeschaut, die mit teils kuriosen Keuch- und Pfeiflauten aufzuwarten wusste. Kempsey hatte ihren rechten Arm genommen; links trug sie noch immer mit festem Griff ihr Retikül. Es mochte nicht als Waffe durchgehen, war aber aus recht robustem Stoff gewebt, und in weiser Voraussicht hatte sie es mit einer Handvoll Steinen gefüllt. Für den Notfall war es ihr hinreichend erschienen. Jetzt, da sie Kempsey aus nächster Nähe gesehen hatte, kamen ihre Vorkehrungen ihr lachhaft vor – um diesen massigen Schädel einzuschlagen, bräuchte es mehr als eine Handvoll Steine –, aber es beruhigte sie dennoch, es bei sich zu tragen und zumindest nicht ganz wehrlos zu sein.

Als sie sich dem Haus näherten, spitzte sie die Ohren, doch nichts war zu hören, kein Laut. Ab hier würde sie improvisieren und darauf vertrauen müssen, dass alles so weit nach Plan verlaufen war und Roscoe bereits auf der Lauer läge und …

»Hmm-mmmpff!«, kam von drinnen ein erstickter Laut, gefolgt vom Krachen eines Stuhls, der auf die Steinfliesen aufschlug.

Sofort ließ Kempsey sie los und sprang beiseite. Als er sie wieder ansah, waren seine Augen kalt, die Zähne zu einem Grinsen gefletscht. Ohne Vorwarnung stürzte er sich auf sie.

Sie holte mit ihrer Tasche aus und konnte ihn abwehren, lange genug, um die Flucht nach vorn zu ergreifen und hinauf zum Haus zu rennen, als wäre der Teufel hinter ihr her.

Die Tür flog auf.

Sie schaute sich nach Kempsey um, der, ihr dicht auf den Fersen, jäh stehen blieb.

Sie schaute wieder zum Haus und sah Roscoe mit einer Pistole in der Hand heraustreten.

Kempsey machte kehrt und sah zu, dass er wegkam.

Ohne Rücksicht auf Verluste.

Etwas außer Atem von ihrem kleinen Spurt blieb Miranda neben Roscoe stehen und sah Kempsey im Affenzahn den Hang hinunterrennen zur Straße. »Der macht sich aus dem Staub!«

Roscoe ließ ihn nur ungern davonkommen, wollte Miranda aber nicht mit Dole allein lassen, auch wenn der gefesselt und geknebelt und bis auf Weiteres außer Gefecht war. »Ja, aber wir können es nicht ändern.« Er steckte seine Pistole wieder ein. »Zunächst sollten wir uns um Roderick kümmern.«

Sie folgte ihm ins Haus, wartete, bis ihre Augen sich an das schummrige Halbdunkel gewöhnt hatten, dann schnappte sie erschrocken nach Luft und eilte durch das ärmliche Zimmer zu einem Strohsack, der ganz hinten an der Wand lag – darauf hingestreckt ihr Bruder. »Oh mein Gott – Roderick!« Sie ließ sich neben ihm auf die Knie fallen und legte die Hände um sein bleiches Gesicht. »Roderick, kannst du mich hören?«

Roscoe wartete einen Moment, doch auch die Stimme seiner Schwester konnte dem jungen Mann keine Reaktion entlocken – er selbst hatte es gerade schon vergeblich versucht. »Seien Sie vorsichtig«, warnte er Miranda, während er sich nach dem gleichfalls bewusstlosen Dole bückte und ihn mitsamt dem Stuhl, an den er ihn gefesselt hatte, aus dem Weg schaffte. »Wenn mich nicht alles täuscht, ist auch sein Schlüsselbein gebrochen.«

Wieder wartete er einen Moment, doch da sie nicht händeringend in Tränen ausbrach, sondern nur kurz schluckte und ganz pragmatisch die Decke zurückschlug, um Rodericks Verletzungen in Augenschein zu nehmen, fuhr er fort: »Den Prellungen nach zu urteilen, hat er sich bei seiner Entführung kräftig zur Wehr gesetzt. Sämtliche Verletzungen sind schon einige Tage alt. Sowohl sein Schlüsselbein als auch der Fuß sollten so bald wie möglich versorgt werden.« Am besten natürlich von einem Arzt, fügte er im Stillen hinzu und überlegte, wo sich hier einer auftreiben ließ, der sich auf derlei auch verstand.

Sie deckte ihren Bruder wieder zu und stand auf. »Dann gehe ich besser meine Verbandssachen holen. Bevor wir ihn transportieren, sollten wir ihm Bandagen anlegen, damit die Brüche zumindest etwas gestützt sind«, sagte sie und wandte sich zum Gehen.

Er wollte gerade erwidern, dass sie damit warten solle, bis er sie begleiten konnte, denn wer wusste schon, wo Kempsey steckte oder wozu er fähig war, als ein Geräusch von der Straße ihn aufhorchen und an eines der nach vorn gelegenen Fenster treten ließ.

Mit einem herzhaften Fluch auf den Lippen wich er zurück.

Sie schien sich nicht daran zu stören und spähte an ihm vorbei, um zu schauen, was solchen Unmut bei ihm geweckt hatte.

Die Männer, die im Hotel nach ihnen gesucht hatten, waren unten an der Straße aufgetaucht. Kempsey war ihnen quasi in die Arme gelaufen, und jetzt standen sie dort und legten sich offenbar einen Plan zurecht.

Miranda drehte sich um, schaute erst zu ihm, dann zu Roderick. »Und jetzt?«

Roscoe ging schon durchs Zimmer zum Krankenlager. »Zum Bandagieren bleibt uns keine Zeit. Wir verschwinden durch die Hintertür und laufen über die Weide zurück zum Wagen.«

Er riss die Decke fort, fasste seinen Freund beim unverletzten Arm, hob ihn hoch und warf ihn sich über die Schulter. »Vielleicht ganz gut, dass er nicht bei Bewusstsein ist.«

Als er sich umdrehte, stellte er fest, dass seine geistesgegenwärtige Partnerin die Zeit nicht ungenutzt hatte verstreichen lassen und die vordere Tür versperrte. »Gute Idee.«

Nachdem sie den Riegel vorgeschoben hatte, rannte sie zur Hintertür und hielt sie ihm auf, damit er ihren Bruder hinausmanövrieren konnte, dann folgte sie hinaus und schloss die Tür leise hinter sich.

Er begann die kleine Anhöhe zu erklimmen, durch das Wäldchen hoch zur Weide. Als Miranda ihn einholte, schaute er nur kurz zu ihr und deutete mit dem Kopf voraus. »Laufen Sie ruhig vor.« Unter Rodericks schwerer Last würde er sowieso langsamer sein.

Sie schüttelte den Kopf. »Nein, ich werde nicht von seiner Seite weichen. Und sparen Sie sich den Atem, das ist mein letztes Wort.«

Also hielt er den Mund und fluchte still.

Und natürlich sollte die Vorsehung ihr recht geben: Prompt verfingen sich ein paar Zweige in Rodericks Jacke, die sie mit flinker Hand wieder losmachte. Wäre sie nicht zur Stelle gewesen ...

Grimmig stapfte Roscoe weiter, bis sie auf den schmalen Weidepfad stießen, dem sie vom Wagen aus gefolgt waren und der sich in einer sanften Kurve über den Hang schlängelte.

Hinter ihnen erklangen wütende Stimmen. Ihre Verfolger mussten gemerkt haben, dass der Vogel ausgeflogen war, und schienen nun darüber zu debattieren, wohin sie geflüchtet sein könnten.

Im Schutz der Bäume blieb Roscoe stehen und legte sich Roderick bequemer auf der Schulter zurecht. »Hier können sie uns nicht sehen, aber sobald wir oben auf der Weide sind, haben sie freien Blick. Das letzte Stück den Hang hinunter müssen wir rennen.«

Sie schaute auf das ungeschützte Weideland vor ihnen, dann zwischen den Bäumen hindurch zurück zum Cottage und nickte.

Kaum waren sie auf freiem Feld, hörten sie auch schon das Gebrüll der Männer.

»Da sind sie, da oben!«, schrie einer, und die anderen stimmten ein.

Damit war die Jagd eröffnet.

Wie eine Horde kläffender Hunde hetzten sie ihnen hinterher. Roscoe versuchte den martialischen Lärm auszublenden, dieses laute Gejohle, Schlachtrufen gleich, das den Gegner in Angst und Schrecken versetzen sollte, und konzentrierte sich stattdessen auf jeden seiner Schritte. Jetzt zu stolpern wäre fatal gewesen. So schnell er es nur irgend wagte, rannte er den schmalen Pfad hinunter, Miranda ihm hinterher.

Was ihm gar nicht gefallen wollte; sie hatte vorauszulaufen, damit er sie ihm Blick behalten und sichergehen konnte, dass ihr nichts geschah.

Sowie sein Zweispänner in Sicht kam, rief er nach hinten: »Laufen Sie voraus und steigen ein, binden die Leinen los, aber die Bremse noch angezogen lassen.« Als sie ihn flugs überholte, fing er kurz ihren Blick auf. »Los, laufen Sie!«

In diese letzten Worte legte er alle Autorität, die er unter den gegebenen Umständen aufbringen konnte.

Aus ihrer Miene schloss er, dass ihr das nicht schmeckte – er dachte gar, sie wolle sich ihm widersetzen, ausgerechnet jetzt –, doch die Vernunft siegte, und sie nickte nur, rannte mit fliegenden Röcken davon.

Er versuchte, so rasch wie möglich zu folgen, aber Roderick hing ihm wie ein Mehlsack über der Schulter und schien mit jedem Schritt schwerer zu werden. Bis Roscoe unten angekommen war und von der Böschung mit einem großen Schritt auf den ausgefahrenen Feldweg sprang – Glück im Unglück, dass der Freund bewusstlos war und von alldem nichts mitbekam –, waren ihm die Verfolger schon so dicht auf den Fersen, dass er ihren heißen Atem im Nacken zu spüren meinte. Wie die Barbaren kamen sie den Hang hinuntergeprescht.

Bei seinem Gespann angekommen, ließ er Roderick von der Schulter gleiten und hievte ihn auf den Fahrersitz, schob ihn dicht an Miranda heran und nahm ihr die Leinen ab, damit sie ihren Bruder festhalten konnte, derweil er seine Pistole zückte, um den Kempseys und Doles einen kleinen Warnschuss vor die Füße zu feuern.

Der Knall und die Eruption von Gras und Erde unmittelbar vor ihnen warfen das Halunkenpack zurück, ließen sie mit den Armen rudern, straucheln und wie Kraut und Rüben übereinanderstürzen.

Roscoe war da schon längst in den Zweispänner gesprungen, Rodericks schlaffen Körper zwischen sich und Miranda gezwängt. Die Pistole ließ er vor sich auf den Boden fallen und löste die Bremse. »Gut festhalten!«

Seine Pferde waren nicht gerade als zahm bekannt, und mittlerweile war es schon einige Tage her, dass sie ordentlichen Auslauf hatten. Nachdem der Schuss sie bereits in Aufruhr versetzt hatte, preschten sie jetzt los, als gelte es ein Rennen zu gewinnen. Was so falsch ja nicht war.

Auf dem holprigen Feldweg wurde der Wagen zwar arg durchgeschüttelt, aber sein Kutschenbauer galt nicht umsonst als der Beste seiner Zunft in ganz England – der Zweispänner hielt sich wacker, und sie schossen davon wie der Blitz, ließen die zeternden und fluchenden Kempseys und Doles in einer riesigen Staubwolke hinter sich.

Erst als sie eine Straße in vergleichsweise passablem Zustand erreichten und Roscoe die Pferde – diese Höllenbestien – mit geübter Hand auf sicheren Grund lenkte, wagte Amanda, wieder Luft zu holen und ihr Herz, das ihr bis zum Hals schlug, langsam wieder an seinen angestammten Platz sacken zu lassen.

Nachdem sie sich halbwegs beruhigt hatte, schaute sie an Roderick – der dank ihres beherzten Zupackens noch immer zwischen ihnen saß und das Manöver heil überstanden zu haben schien – vorbei zu Roscoe. Aber was sollte sie sagen? Ein schlichtes *Danke* konnte ihre Gefühle nicht einmal annähernd ausdrücken.

Sie betrachtete sein Gesicht. Seine Miene wirkte eigentlich nicht anders als sonst. Mehr oder minder reglos, unergründlich.

Als hätte er ihren Blick gespürt, schaute er kurz zurück. »Alles in Ordnung?«

»Ja. Bei Ihnen auch?«

»Ich kann nicht klagen.« Er war einen prüfenden Blick auf Roderick, der schlaff zwischen ihnen hing und unverkennbar noch immer nicht bei Bewusstsein war. »Wir müssen ihn zu einem Arzt bringen.«

»Ja, aber wo?« Sie schaute sich um und versuchte sich zu orientieren, denn in dem Durcheinander ihres Aufbruchs hatte sie nicht darauf geachtet, in welche Richtung sie fuhren, und wusste beim besten Willen nicht, wo sie jetzt waren.

Die Landschaft war üppig und grün, saftige Weiden zogen sich über weites, hügeliges Land, das ab und an durchbrochen wurde von einer kleinen Ansammlung von Bäumen, aber weit und breit keine Anzeichen einer Stadt, und sei sie noch so klein. Miranda schätzte, dass sie gen Norden fuhren, sich also immer weiter von Birmingham entfernten, und wenn sie sich der Gegend recht entsann, kämen einen ganze Weile nur noch kleine Dörfer und Weiler. Dort einen erfahrenen Arzt zu finden, der Roderick behandeln konnte, dürfte schwierig werden. »Sie wissen, wo wir sind?«

»Ja«, erwiderte er und schwieg einen Moment. »Kempsey und Dole werden versuchen, uns zu folgen. Wir müssen davon ausgehen, dass sie alles daransetzen werden, uns und vor allem Roderick zu finden. Wir sollten ihn an einen Ort bringen, wo er sowohl die nötige Behandlung erhält als auch vor weiteren Übergriffen sicher ist.«

Und er wusste auch schon, wo sich ein solch sicherer Hafen fände. Die Entscheidung, sie und ihren Bruder dorthin zu bringen, war ihm erstaunlich leichtgefallen; er hätte gedacht, dass er sich schwerer tun würde damit, voller Zweifel und Bedenken wäre und lieber nach einer anderen Lösung gesucht hätte, als ... Stattdessen hatte er fast unbewusst den vertrauten Weg eingeschlagen. »Keine Sorge, ich weiß, wohin wir ihn bringen.«

Sie versuchte, Roderick, der etwas in sich zusammengesunken war, wieder aufrechter hinzusetzen, damit er mehr Halt hätte. »Und das wäre?«

Er antwortete erst, als sie, nachdem sie mit ihren Bemühungen zufrieden war, fragend zu ihm aufschaute.

»Ein guter, sicherer Ort.« Und vielleicht hat ja das letztlich den Ausschlag gegeben, dachte er. Es brauchte einen Ort, an dem er darauf vertrauen konnte, dass *sie* sicher war. Wo keine Gründe verlangt, keine Fragen gestellt wurden. Den Blick fest auf den Pferden und der Straße, sagte er, als wäre nichts dabei:

»Ich bringe Sie zum Haus von Verwandten. Es ist nicht weit von hier.«

Ich bringe Sie zum Haus von Verwandten.

Roscoes Worte gingen Miranda noch nach, als er die Kutsche auf den weiten, kreisförmig angelegten Vorplatz eines alten Landsitzes lenkte. Da sie das Anwesen über die hintere Zufahrt erreicht hatten, fand sie sich in ihrer Vermutung bestärkt, Roscoe könne ein unehelicher Adelsspross sein. Auch dass seine Verwandtschaft sich unter den Bediensteten fände, schloss sie nicht aus. Vielleicht war seine Mutter Haushälterin auf diesem Gut – oder aber sein Vater der Verwalter. Im Laufe der Fahrt, als die Gegend immer ländlicher wurde und sie die ersten Ausläufer und Nebengebäude des Anwesens passierten, hätte sie sich auch einen Kutscher oder Stallmeister in seiner Ahnenreihe vorstellen können. Nur dass er dann immer weitergefahren war, bis hoch zum Haus, womit sie wieder bei der Haushälterin wäre oder dem Butler. Doch als er nicht am Dienstboteneingang hielt – oder weiterfuhr bis zum vorderen Torhaus als letzte noch denkbare Möglichkeit –, sondern vor der Freitreppe des dreigeschossigen, palladianischen Baus hielt, war sie ehrlich verwirrt. Was hatte das zu bedeuten?

Als er das Gespann vor besagter Treppe zum Halten brachte, sah sie ihn denn auch recht verständnislos an.

Roscoe bemerkte ihren Blick, erwiderte ihn aber nicht, so wie er es überhaupt mied, sie anzusehen. Schon kamen zwei Stallknechte herbei, beide mit einem erfreuten, wenn nicht gar einem strahlenden Lächeln im Gesicht.

Er sprang vom Wagen, stützte Roderick mit einer Hand und hob rasch die andere, ehe die zwei ihn willkommen heißen konnten. »Jenks, sagen Sie Cater Bescheid, dass wir hier einen Verletzten haben. Er soll sofort nach Dr. Entwhistle schicken. Außerdem brauchen wir ein paar Männer, um Mr. Clifford ins Haus zu bringen.«

»Aye, Mylord.« Jenks salutierte und verschwand wie der Blitz die Treppe hinauf ins Haus.

Roscoe reichte dem jüngeren Stallburschen die Leinen. »Halten Sie sie gut fest, die zwei sind etwas unruhig.«

Dann wandte er sich wieder seinen Reisegefährten zu: Roderick, noch immer nicht bei Bewusstsein, und Miranda, der schier die Augen aus dem Kopf fielen.

Ihr Blick war ungläubig auf ihn gerichtet; er sah sie an. »Hier sind Sie beide sicher.«

»Wir beide?«, widerholte sie fragend. »Und was ist mit Ihnen?«

Bevor er darauf etwas entgegnen und die Situation zumindest in groben Zügen klären konnte, kamen sie schon in Scharen aus dem Haus geeilt – nicht nur Cater und Jenks und ein paar Diener, wie Roscoe gehofft hatte; sie bildeten nur die Vorhut. In ihrem Gefolge dann eine ganze Reihe Röcke, die sich raschelnd durch die Tür schoben und die Treppe hinabflogen.

»Julian, ich glaube es ja nicht!«

»Wie schön, dich wieder zu Haus zu haben!«

»Wir hatten gar nicht mit dir gerechnet!«

»Wie lange bleibst du?«

»Wen hast du denn mitgebracht?«

»Oje, ist der Gentleman schlimm verletzt?«

Seine Mutter, seine drei Schwestern, seine Schwägerin und sein Neffe, der sich klugerweise im Hintergrund hielt, scharten sich um den Wagen. Die Frauen zogen Roscoe an sich, drückten ihm Küsse auf die Wange, ehe sie eine nach der anderen Miranda erfreut anlächelten, um zuletzt besorgte Blicke auf Roderick zu werfen.

Zu spät fiel ihm ein, dass seine Mutter ihm geschrieben hatte, seine Schwestern wollten sich dieses Wochenende allesamt auf Ridgware einfinden, um die Vorbereitungen für Edwinas Hochzeit zu treffen. Als er sich mit einem fast schon Hilfe suchenden Blick an Henry wandte, der, ganz der junge

Galan, Miranda die Hand reichte, um ihr vom Wagen zu helfen, fing er den vergnügten Blick seines Neffen auf und hätte sich die Haare raufen können. Herrje, wenn er das gewusst …

Bis die durchaus verständliche Neugier seiner Familie – vor allem des weiblichen Teils – halbwegs befriedigt war und er alle mehr schlecht als recht einander vorgestellt hatte, brach schon die Dämmerung herein.

Glücklicherweise schloss Rodericks Zustand weitere Geselligkeit und Fragen aus. Zwei Diener hoben ihn vorsichtig aus dem Wagen und trugen ihn ins Haus. Cater und Mrs. Viner, die Wirtschafterin, hatten sich bereits beraten; auf Caters Anweisung hin brachten die Diener Roderick in eines der Zimmer im Westflügel hinauf.

Obwohl es sie etwas aus dem Konzept brachte, sich plötzlich inmitten dieser Familie zu finden – *seiner* Familie, einer Familie, von der sie nicht einmal geahnt hatte, dass er sie hatte –, machte Miranda einen tadellosen ersten Eindruck, wenngleich man den Frauen auch zugutehalten musste, dass sie sich sehr mitfühlend und verständnisvoll zeigten, als sie sich dann entschuldigte, um ihren Bruder auf sein Zimmer zu begleiten.

Auch wenn er sich wie ein Schuft fühlte, nutzte Roscoe den verletzten Freund als Entschuldigung, um sich ihr anzuschließen und seiner Familie fürs Erste zu entkommen. Da standen sie alle, unten in der Halle, schauten ihm und Miranda hinterher, wie sie die Treppe hinauf nach oben entschwanden, und wenn ihn nicht alles täuschte, war ihnen das helle Entzücken in die Gesichter geschrieben.

Wobei ihm nicht ganz klar war, woher diese Freude rührte. Galt sie seinem unerwarteten Besuch, der Aussicht auf Abwechslung und Geselligkeit oder der Neugier auf sein anderes Leben, in das sie sich durch Miranda und Roderick Einblick versprachen? Oder war es etwas ganz anderes? Wenn sie sich da mal nicht täuschten! Er verdrängte den Gedanken an das, was alle drei Gründe miteinander verband, wenn nicht gar bedingte, und folgte Miranda, die ihrerseits den Hausdienern mit Roderick folgte, zu einem geräumigen Zimmer, das Mrs. Viner gerade eben mit zwei Stubenmädchen hergerichtet hatte.

»Der arme Kerl«, bemerkte Mrs. Viner, die Miranda sogleich zur Seite sprang, um die Diener anzuleiten, wie sie ihre versehrte Last am besten auf dem großen Baldachinbett abzulegen hätten. Nachdem die Diener ihren Auftrag erledigt und sich entfernt hatten, sorgte die Wirtschafterin dafür, dass der Junge bequem genug lag und es auch wirklich gemütlich hatte. »Das Schlüsselbein, nein, der Arme. Und den Fuß noch dazu!« Sie schaute hinüber zu Miranda. »Dr. Entwhistle wird jeden Augenblick hier sein, er wohnt ganz in der Nähe. Während wir hier warten, könnte ich aber, wenn es Ihnen recht ist, schon mal meine Schere holen, um Ihren armen Bruder von seinen Kleidern zu befreien. Sie werden sehen, dann fühlt er sich gleich besser.«

Miranda schaute in die gütigen braunen Augen der Haushälterin und merkte, wie ernst es ihr damit war. »Danke, ja. Das wäre gewiss eine große Hilfe.«

Mrs. Viner, eine sehr mütterliche Person, strahlte. »Machen Sie sich keine Sorgen, Miss. Den kriegen wir schon wieder hin. Ich gehe dann mal schnell die Schere holen, und wenn Sie noch irgendetwas brauchen …« Sie zeigte zur Klingelschnur neben dem Kamin. »… dann läuten Sie einfach, und es kommt sofort jemand herauf.«

Sie scheuchte die Stubenmädchen aus dem Zimmer und folgte ihnen. Da die Diener bereits gegangen waren, fand Miranda sich jetzt allein mit Roscoe und einem noch immer bewusstlosen Roderick. Sie hätte ehrlich nicht sagen können, wer von den beiden ihr mehr Kopfzerbrechen bereitete.

Roscoe hatte sich im Hintergrund gehalten, während sie mit der Haushälterin ihren Bruder umsorgt hatte. »Nur falls es im allgemeinen Trubel untergegangen sein sollte: Das war Mrs. Viner, die gute Seele des Hauses«, bemerkte er und trat zu ihr ans Bett.

Sie wandte sich zu ihm um.

Er blieb vor ihr stehen und sah sie einen Moment an, dann plötzlich kam Leben in seine Miene, und er lächelte reumütig. »Ich muss mich entschuldigen. Dass meine Schwestern und auch mein Neffe hier sind, hatte ich vergessen. Normalerweise ist es hier ruhiger.«

Sie schaute wieder zum Bett, sah sich dann im Zimmer um, dachte an alles, was sie bislang gehört und gesehen hatte, und begriff auf einmal, was er damit gemeint hatte, als er sagte, hier seien sie sicher. »Das macht nichts«, versicherte sie ihm.

»Es kommt gewiss unerwartet, und die vielen Eindrücke sind sicher …« Er wartete, bis sie den Blick wieder auf ihn richtete. »Vertraust du mir?«

Jederzeit. Das Wort sprang sie förmlich an, und ja, es stimmte – sie vertraute ihm. Im Grunde hatte sie ihm von ihrer ersten Begegnung an vertraut, und im Laufe der letzten Tage hatte sie dieses Vertrauen gar nicht mehr hinterfragt, war einfach ihrem Bauchgefühl gefolgt, das ihr sagte, dass es nichts zu befürchten gab.

Auch zum Geliebten hatte sie ihn sich ohne jede Sorge genommen – weil sie ihm vorbehaltlos vertraute. War es ihr bislang nicht bewusst gewesen, so wusste sie es jetzt.

Ohne den Blick von ihm zu nehmen, nickte sie. »Ja, natürlich.«

»Gut.« Wieder war da ein leises Zucken um seine Mundwinkel, auch wenn es diesmal eher resigniert wirkte. »Ich werde versuchen, ihre Neugier in Grenzen zu halten.«

Er neigte höflich den Kopf und wollte sich umdrehen.

Sie hielt ihn zurück, und ihre Blicke trafen sich. »Wer bist du?«, fragte sie.

Eine ganze Weile sah er sie einfach nur an, dann meinte er: »Ich bin Roscoe. Niemand weiß besser als du, wer und was ich bin.«

Als sie nichts erwiderte, weder zustimmte noch weitere

Fragen stellte, nahm er ihre Hand von seinem Ärmel, drückte sie kurz, ehe er sie losließ und einen Schritt zurücktrat. Sie ließ ihn gehen.

Er indes zögerte, wandte sich im Gehen noch einmal um und sagte ruhig: »In meinem früheren Leben war ich Lord Julian Delbraith.«

Sie wusste nicht, was er jetzt in ihren Augen lesen mochte, wusste sie doch selbst kaum, was sie in diesem Moment empfand.

Wieder nickte er ihr kurz zu, dann verließ er das Zimmer und schloss die Tür, ohne sich noch einmal umzusehen, leise hinter sich.

Aufgewühlt und durcheinander blieb sie zurück. Ihre Gedanken überschlugen sich, aber sie bekam keinen einzigen zu fassen. Von all den Überraschungen, den Neuigkeiten und Offenbarungen der letzten halben Stunde, vieles davon nur angedeutet und nebulös, ließ sich eins zumindest als unverrückbare Tatsache festhalten: Londons Glücksspielkönig, der Mann, den sie sich zum Geliebten genommen hatte, war der legitime Nachkomme einer Herzogsfamilie.

Ein Klopfen an der Tür kündigte Mrs. Viner an. Die Haushälterin hielt zwei Scheren hoch und ein Männernachthemd. »Das habe ich gleich noch mitgebracht, auch wenn wir damit warten müssen, bis der Doktor ihn verarztet hat. Aber wir werden uns schon zu helfen wissen.« Mrs. Viner lächelte. »Sollen wir anfangen?«

Miranda schüttelte ihre anhaltende, wenn nicht gar stetig zunehmende Entgeisterung ab, zumindest für den Moment, und nickte. »Ja, machen wir uns ans Werk.«

Sich um Roderick kümmern – mehr konnte sie im Augenblick ohnehin nicht tun. Und damit kannte sie sich immerhin aus.

9. Kapitel

Dr. Entwhistle erwies sich als freundlicher und fähiger Vertreter seines Berufsstands. Miranda atmete erleichtert auf, als er ihr, nachdem er Rodericks Arm und die Schulter sowie seinen Fuß gerichtet und mit festen Verbänden versehen hatte, glaubhaft versicherte, er gehe davon aus, dass sein Patient bei guter Pflege und vorläufiger Schonung vollständig genesen werde.

»Ihr Bruder hat Glück gehabt – beides waren keine komplizierten Brüche. Dennoch wird es mehrere Monate brauchen, bis die Knochen vollständig geheilt und in gewohnter Weise belastbar sind.«

Sie strich ihrem Bruder das Haar aus der Stirn. »Und sein Fieber?«

»Nur ein Symptom, mit dem sein Körper auf die Belastung reagiert, und damit kein Grund zur Sorge. Jetzt, da die Brüche gerichtet sind und der Heilungsprozess beginnen kann, sollte das Fieber rasch sinken.« Entwhistle schenkte ihr ein aufmunterndes Lächeln. »Ein paar Tage kann es noch dauern, aber ich gehe davon aus, dass es ihm schon morgen deutlich besser geht. Ich werde dann am Nachmittag hereinschauen, um zu sehen, welche Fortschritte unser Patient macht. Viel früher wird er auch nicht aufwachen, denn ich habe ihm ein starkes Beruhigungsmittel gegeben, da Schlaf immer noch die beste Medizin ist, auch und gerade bei Knochenbrüchen. Wenn er zu sich kommt, wird er vermutlich etwas verwirrt sein; es wäre gut, wenn Sie dann bei ihm wären und ihn zur Ruhe anhalten. In den nächsten Tagen gilt es unnötige Bewegungen und jede Art der Aufregung zu vermeiden.«

Sie nickte und stellte dann die vielleicht drängendste Frage: »Wir leben in London. Wann wird er denn wieder reisen können?«

Entwhistle spitzte die Lippen, warf einen abwägenden Blick auf Roderick und meinte: »Morgen Nachmittag kann ich Ihnen da vermutlich schon mehr sagen, aber eine Strecke dieser Distanz dürfte ihm frühestens in zehn Tagen zuzumuten sein. Natürlich hängt das auch von der Beschaffenheit der Kutsche und der Straßen ab. Erschütterungen sollten nach Möglichkeit vermieden, auch sollte der Fuß nicht belastet werden. Dasselbe gilt natürlich für die Schulter.«

»Danke. Wir werden uns im Interesse meines Bruders ganz nach Ihrem Rat richten.«

Sie folgte dem Arzt bis zur Tür – wo Roscoe ihn sogleich in Empfang nahm; er musste auf dem Flur gewartet haben, um den Doktor wieder nach unten zu begleiten.

Nachdem die beiden gegangen waren, kehrte sie ans Krankenbett zurück und betrachtete Roderick. Er war noch immer schrecklich blass, sein braunes Haar strähnig und matt, und um den Mund hatte er zwei tiefe Falten, die noch nicht da gewesen waren, als sie ihn vor einer Woche das letzte Mal gesehen hatte. Doch ihn nun so friedlich schlafen zu sehen … Sie wurde von einer solchen Erleichterung erfasst, dass sie einen Moment die Augen schloss und merkte, wie die Anspannung der letzten Tage allmählich von ihr abfiel.

Als das Gefühl nachließ, öffnete sie die Augen wieder, schaute sich im Zimmer nach einer Sitzgelegenheit um und holte sich dann einen einfachen Stuhl mit hoher Lehne, der an der Wand stand, stellte ihn neben das Bett und setzte sich, nahm eine von Rodericks schlaffen Händen in ihre und machte sich auf eine lange Nacht des Wartens gefasst.

Sie entsann sich all der Male, die sie früher am Bett ihres kleinen Bruders gewacht hatte, als die Tür sich wieder öffnete und Roscoe hereinkam.

Ihre Blicke trafen sich. »Vielen Dank – für alles«, sagte sie, kaum dass er die Tür geschlossen hatte.

Er schüttelte abwehrend den Kopf. »Was hat Entwhistle gesagt?«, fragte er. »Ich wollte ihn gerade nicht noch mal alles herunterbeten lassen.«

Während sie die Einschätzung des Arztes wiedergab, stand Roscoe, die Hände in den Jackentaschen, mit der Schulter an einen der Bettpfosten gelehnt und betrachtete ihren Bruder. Sie betrachtete derweil ihn und senkte den Blick auch dann nicht, als sie zum vielleicht heikelsten Punkt kam. »Was letztlich heißt, dass wir die Gastfreundschaft deiner … deiner Schwägerin noch für mindestens zehn Tage beanspruchen müssen.«

Ihre Worte enthielten eine leise Frage, denn sie war sich der genauen Verwandtschaftsbeziehungen nicht ganz sicher, aber nachdem man ihr seine Mutter als Lucasta, Dowager Duchess of Ridgware, vorgestellt hatte, stand zu vermuten, dass Caroline die Frau seines älteren Bruders war; oder vielmehr gewesen war, denn der junge Schlaks, der sowohl zu Caroline als auch zu Lucasta und Roscoe eine unverkennbare Familienähnlichkeit aufwies, war ihr als Henry, Duke of Ridgware, vorgestellt worden, womit Caroline dann Witwe wäre und in Anbetracht des noch jugendlichen Alters ihres Sohnes wohl die derzeitige Herrin über das herzogliche Anwesen.

Nahm es da Wunder, dass ihr der Kopf schwirrte? Roscoe schien es nicht zu bemerken, er nickte nur. »Wir könnten die Zeit nutzen, um mehr über die Hintermänner von Kempsey und Dole herauszufinden. Es wäre gut, wenn wir darüber Bescheid wüssten, ehe Roderick nach London zurückkehrt.«

Gewiss, auch das stand noch an … Doch eins nach dem anderen: Sie hatte noch ein Anliegen auf dem Herzen, das ihr im Moment drängender schien. »Wir stehen alle zutiefst in deiner Schuld«, platzte es aus ihr heraus.

»Nein, davon kann keine Rede sein.« Er sah sie an. »Zumindest nicht finanziell.«

»Aber die Kosten für den Arzt …«

»Er ist unser Hausarzt, das wird einfach angeschrieben.«

Sie betrachtete ihn lange, ehe sie meinte: »Dir ist es vermutlich nicht recht, wenn Roderick und ich es zurückzahlen, oder?«

»Ganz recht, es ist mir nicht recht.« Nach einem Moment spielte ein Lächeln um seine Lippen. »Wozu bin ich denn Londons Glücksspielkönig und einer der vermögendsten Männer im Land? Und wie ich bereits erwähnte, ist Roderick für mich ein Freund und Verbündeter, und ich kümmere mich um meine Freunde und Verbündeten.« Er hielt kurz inne, ehe er hinzufügte: »Was nicht zuletzt dazu dient, meinen Ruf zu untermauern.«

Na gut, dachte sie und beschloss, die Frage auf später zu vertagen – oder es gleich ganz Roderick zu überlassen. Auf gar keinen Fall wollte sie, dass Roscoe für sämtliche Unkosten aufkam. Wenn sie ihn sich so ansah, wie er mit der ihm eigenen lässigen Anmut dort am Bettpfosten lehnte, musste sie wieder daran denken, wie sie einst geglaubt hatte, sein aristokratischer Habitus könne sich nur einer illegitimen Geburt verdanken. Eine Vorstellung, die ihr jetzt lächerlich erschien. Man brauchte nur die Augen aufzumachen und zu schauen, wie er sich hier, auf seinem ureigensten Terrain, dem Stammsitz seiner Familie, verhielt. Es konnte kein Zweifel daran sein, dass er hierhergehörte. Er war kein blasser Abklatsch, sondern echter Adel, durch und durch.

Wenngleich sich dann natürlich erst recht die Frage stellte, warum und wieso er der war, der er war. Warum er zwei Leben führte. So viele Fragen schwirrten ihr durch den Kopf. Und da er wenig gewillt zu sein schien, von sich aus Erklärungen zu geben, würde sie eben weiterbohren müssen. »Was ist mit den anderen Mitgliedern der Philanthropischen Gilde?« Sie machte eine vage Geste, die ihn und all das hier einschloss, das Haus, seine Familie. »Wissen die Bescheid?«

Er betrachtete sie einen Moment, ehe er meinte: »Sie wissen es nicht. Aber jene, die schon länger dabei sind, könnten wohl die ein oder andere Vermutung haben.« Er stieß sich vom Bettpfosten ab, nahm die Hände aus den Taschen und rückte seinen Rock zurecht. »Es trifft sich gut, dass sämtliche Mitglieder mindestens ein paar Jahre jünger sind als ich, weshalb unsere Wege sich zuvor nie gekreuzt haben.« Ihre Blicke trafen sich. »Lord Julian Delbraith ist vor zwölf Jahren verschwunden.«

Ehe sie etwas darauf hätte entgegnen oder es gar hätte begreifen können, klopfte es an der Tür.

Roscoe – oder wohl eher Julian, nun, da er hier war – wandte sich ab und ging zur Tür, öffnete sie und schaute hinaus; Miranda meinte eine oder auch mehrere Frauenstimmen zu hören, aber draußen auf dem Flur, und er selbst sprach zu leise, als dass sie etwas hätte verstehen können. Dann recht prononciert die Erwiderung einer Dame. Er indes schwieg, und sie meinte seine Resignation bis hierher zu spüren; schließlich trat er beiseite und öffnete die Tür ganz.

Die Dowager Duchess kam hereingerauscht, gefolgt von Caroline, der jungen Duchess.

Vorhin, als sie gerade angekommen und einander vorgestellt worden waren, hatte Miranda von allen nur einen flüchtigen Eindruck erhalten. Nun musste sie feststellen, dass seine Mutter, wenngleich nicht mehr die Jüngste, sowohl körperlich als auch geistig noch in bester Verfassung war, ja geradezu sprühte vor Vitalität. Die Dowager Duchess war modisch elegant gekleidet, hatte feine, noble Gesichtszüge und das graue Haar apart frisiert. Charakterstärke und ein eiserner Willen sprachen aus ihrem Gesicht und wurden von ihrer Haltung, ihrem ganzen Auftreten noch verstärkt. Miranda dachte bei sich, dass ihre tiefblauen Augen nicht das Einzige waren, was sie ihrem Sohn vererbt hatte. Die Duchess hingegen war jünger und weniger beeindruckend in ihrer Erscheinung; blond und alles in allem etwas blasser, schlicht und elegant gekleidet. Doch bei genauerem Hinsehen wirkte ihr Gesicht älter und abgeklärter, als es ihrem Alter entsprechen konnte, und ließ dabei durchaus innere Stärke erkennen.

Miranda stand auf und wollte zu einem Knicks ansetzen, doch die Dowager Duchess winkte ab.

»Das ist nicht nötig, meine Liebe, wir sind ja unter uns.« Sie warf einen Blick auf Roderick. »Wie geht es Ihrem Bruder? Was hat Entwhistle gesagt?«

Da Miranda fand, dass sie ein Recht darauf hatten, es zu erfahren, denn immerhin boten sie ihr und Roderick Zuflucht – und das, wie es aussah, nicht nur für eine Nacht –, schilderte sie ihnen, was der Arzt gesagt hatte. Sowohl die Dowager Duchess als auch die Duchess zeigten sich interessiert und stellten Fragen; aus ihren Anmerkungen schloss Miranda, dass beide zumindest flüchtige Kenntnisse in der Krankenpflege junger Gentlemen hatten. Während sie mit den beiden sprach, merkte sie, wie Roscoe zu zögern schien, ob er bleiben oder den Patienten weiblicher Obhut überlassen sollte; am Ende blieb er und schloss die Tür, auch wenn er sich etwas abseits hielt und dem Krankenbett fernblieb.

Nachdem sie ihren Bericht beendet hatte, atmete sie erst einmal tief durch, dann sah sie die beiden Damen an. »Ich kann Ihnen gar nicht genug danken, dass Sie uns erlauben hierzubleiben und uns noch dazu solche Hilfe zukommen lassen …«

»Ach du lieber Himmel, das versteht sich doch von selbst.« Die Dowager Duchess lächelte herzlich. »Sie ahnen gar nicht, wie sehr es uns freut, helfen zu können.«

Auch die Duchess schenkte ihr ein warmes, ermutigendes Lächeln. »Bitte glauben Sie uns, Miss Clifford, es ist uns eine Freude, Sie als unsere Gäste zu haben.« Sie warf einen Blick auf Roscoe. »Wir sind wirklich froh, dass Julian so vernünftig war, Sie hierherzubringen.«

Miranda, der dies doch ein wenig viel der Begeisterung zu sein schien, stutzte zwar, ließ sich ihre Verwunderung aber nicht anmerken. Sowohl die Dowager Duchess als auch die Duchess wirkten ehrlich erfreut, fast schon *erleichtert*, dass sie und Roderick so unerwartet aufgetaucht waren.

Aber warum?

Wieder klopfte es, und ihre Gedanken wurden unterbrochen.

»Ah, das wird die Schwester sein.« Die Dowager bedeutete Roscoe, die Tür zu öffnen. »Sei so gut und lass sie herein, ja?«

Roscoe gehorchte.

Die Duchess wandte sich an Miranda. »Wir nennen sie alle nur Schwester. Sie hat sehr viel Erfahrung in der Krankenpflege und wird sich ganz vorzüglich um Ihren Bruder kümmern. Bei ihr ist er in den allerbesten Händen, und Sie können ganz beruhigt sein, wenn Sie gleich nach unten zum Essen kommen. Bei all der Aufregung sind wir gar nicht dazu gekommen, uns umzukleiden, aber da wir ja unter uns sind – *en famille* sozusagen –, wollen wir heute Abend ruhig auf solche Förmlichkeiten verzichten.«

»Wohl wahr.« Die Dowager Duchess trat zu Miranda und legte ihr sacht die Hand auf den Arm. »Kommen Sie, meine Liebe. Mit dem Beruhigungsmittel, das Entwhistle ihm verabreicht hat, dürfte Ihr Bruder ohnehin nicht vor morgen aufwachen. Sie können es also ruhig der Schwester überlassen, bei ihm zu wachen, und stattdessen uns Gesellschaft leisten.«

Miranda ahnte, dass Widerrede zwecklos war. Sie sah der Dowager Duchess in die dunklen und erstaunlich wachen blauen Augen. Wie auch ihr Sohn war sie es offenbar gewohnt, ihren Willen zu bekommen.

Fragend schaute Miranda zu Roscoe. Er hielt die Hände hinter dem Rücken und den Blick gesenkt. Sofern ein Mann wie er sich überhaupt klein und unsichtbar machen konnte, kam er diesem Ziel jetzt doch erstaunlich nah. Als würde er am liebsten mit dem Hintergrund verschmelzen.

Ein Grund mehr, ihre Neugier zu wecken, und zwar so sehr, dass sie tatsächlich erwog, Roderick in der Obhut der Schwester zu belassen.

Zumal es unwahrscheinlich war, dass er in der Zwischenzeit aufwachte.

Sie sah erst die Dowager Duchess an, dann die Duchess. »Danke, es wäre mir eine Freude, mich Ihnen anzuschließen.« Sie drehte sich nach der Krankenschwester um, die derweil still ans Bett getreten war und darauf zu warten schien, dass man sie ihre Arbeit machen ließ. Eine robuste Frau in mittleren Jahren mit weiß gestärkter Schürze über dem grauen Kleid, grauem Haar, kräftigen, zupackenden Händen und einem resoluten Gesicht. Miranda fand sie fast ein wenig einschüchternd. Sie wandte sich wieder an die beiden Damen. »Ich will nur noch schnell der Schwester den Zustand meines Bruders schildern, und dann könnte vielleicht …« – *Julian? Roscoe?* – »… Ihr Sohn mich nach unten begleiten.«

»Vorzüglich, meine Liebe, ganz vorzüglich.« Die Duchess tätschelte ihr noch einmal wohlwollend den Arm, dann wandte sie sich zum Gehen. »Komm, Caroline – ich meine schon den Gong zu hören. Die anderen werden sich sicher fragen, wo wir abgeblieben sind.«

Mit der Weisung an Roscoe, Miss Clifford unverzüglich nach unten zu bringen, sowie sie hier fertig sei, verabschiedeten sich die Damen. Seine Erwiderung auf diese Order entging Miranda, da sie sich bereits mit der Krankenschwester unterhielt.

Die sich im Übrigen als genauso erfahren und solide erwies wie von der Duchess gepriesen; sie erkundigte sich erst ausführlich nach der Art der Verletzungen, ehe sie zusicherte, ausreichende Kenntnisse darüber zu haben, um Roderick angemessen versorgen zu können. »Wahrscheinlich wird er sich die nächsten Stunden sowieso nicht rühren, die Schlaftränke des Doktors haben's nämlich in sich, aber falls er doch aufwacht, lasse ich sofort nach Ihnen schicken«, versprach sie.

Miranda deutete dies so, dass die Schwester ihre Sorge zwar zu schätzen wusste, aber weder ihre Anwesenheit am Krankenbett noch ihren Rat für die Genesung des Patienten als notwendig erachtete. »Danke«, gab sie sich denn auch geschlagen. »Ich bin mir sicher, dass er bei Ihnen in guten Händen ist.«

Schweren Herzens ging sie zu Roscoe, der an der Tür auf sie wartete. Ihre Blicke trafen sich kurz, aber dann hielt er ihr einfach nur die Tür auf und trat schweigend hinter ihr hinaus auf den Flur.

Sie wartete, bis er die Tür wieder geschlossen hatte, und folgte ihm dann durch gefühlt endlose Gänge. »Mir wäre es auch recht gewesen, hätte man mir eine Kleinigkeit nach oben gebracht«, meinte sie schließlich. »Ich hatte gehofft, du würdest mich davor bewahren, aber vergebens. Warum hast du nichts gesagt?«

Wieder verstrich ein Moment, ehe er erwiderte: »Das hätte ich wohl, aber sie haben recht – du musst etwas Anständiges essen.« Im Halbdunkel der Galerie sah er sie an. »Es hilft Roderick nicht, wenn du dich auszehrst und vor Entkräftung kaum noch auf den Beinen halten kannst.«

Sie schnaubte, als wäre die Vorstellung völlig absurd, und schaute wieder geradeaus. Innen war das Haus längst nicht so prunkvoll überladen, wie von draußen erwartet; wenngleich sehr schön und elegant, bisweilen auch luxuriös eingerichtet, wirkte doch nichts zur Schau gestellt; man merkte dem Haus an, dass es von seinen Bewohnern geliebt und rege genutzt wurde.

»Außerdem«, fuhr Roscoe fort, »hast du gleich Gelegenheit, sie besser kennenzulernen – oder doch zumindest gut genug, um dich die nächsten Wochen hier wohlzufühlen.« Er deutete in die Richtung der großen Haupttreppe. »Genau wie auch sie Gelegenheit brauchen, dich kennenzulernen. Ich bin mir sicher, sie werden keine Mühen scheuen, dir in den kommenden Tagen beizustehen.«

Sie gingen zur Treppe und begaben sich nach unten. »Leben deine Schwestern auch hier?«

»Nur noch Edwina, die jüngste. Millicent, das ist die ältere, und Cassie, die mittlere, sind beide verheiratet und nur gerade zu Besuch. Wenn ich es recht verstanden habe, wollen sie Pläne für Edwinas Hochzeit schmieden. Sie ist mit einem der Frobishers verlobt.«

Wenngleich ihr die besseren Kreise des *ton* verschlossen blieben, hatte Miranda den Namen doch immerhin schon mal gehört. »Einer der Forschungsreisenden?«

Roscoe nickte, und ein Lächeln spielte um seine Mundwinkel, als sie unten in der Halle ankamen. »Ich könnte mir vorstellen, dass Edwina damit sehr gut gedient ist. Frobisher mag von seinem Glück noch nichts ahnen, aber ich würde darauf wetten, dass sie bereits plant, ihn auf seiner nächsten Expedition zu begleiten.«

Er führte sie nicht zum großen Speisesaal, in dem Empfänge und Soireen gehalten wurden, sondern zu einem etwas kleineren, privaten Esszimmer im hinteren Teil des Hauses, in dem nur ein Tisch für zwölf Personen Platz fand. Heute war für acht gedeckt.

Die Familie hatte sich am Ende des Raums vor den hohen Fenstern eingefunden; als sie und Roscoe eintraten, drehten sich alle nach ihnen um.

Die Duchess kam mit einem Lächeln auf sie zu. »Auch wenn Sie allen schon kurz begegnet sind, lassen Sie mich die Familie noch einmal in Ruhe vorstellen.« Sie begann mit Millicent und Cassandra – »Bitte nur Cassie« –, beides elegante und selbstsichere junge Frauen, und Edwina, eine lebhafte und ganz reizende junge Dame von zweiundzwanzig Jahren, die sich sichtlich auf ihre bevorstehende Hochzeit freute, aber wie auch ihre Schwestern darauf brannte, mehr über Miranda und Roderick zu erfahren. Jede der Schwestern erzählte ein wenig von sich – mit wem die beiden älteren verheiratet waren und wo sie jetzt lebten, wie viele Kinder sie jeweils hatten und dass sie ihre Gatten zusammen mit Frobisher, Edwinas Verlobtem, ein paar Tage zur Jagd nach Schottland geschickt hätten, damit sie ganz in Ruhe Edwinas Hochzeit vorbereiten konnten.

Nachdem sie Miranda den Schwestern wieder entlockt hatte, setzte die Duchess ihre kleine Runde fort: »Meine Schwiegermama bedarf, glaube ich, keiner weiteren Vorstellung mehr«, meinte sie und wandte sich dem jungen Schlaks zu, der gehorsam an ihrer Seite stand. Sie lächelte, und ihr Gesicht strahlte vor Mutterliebe. »Womit wir auch schon bei diesem jungen Mann wären ... mein Sohn Henry, Duke of Ridgware.«

Miranda tat lächelnd einen Knicks und war ganz hingerissen von dem Jungen, als er – gleichfalls mit einem Lächeln – ihre Hand nahm und sich in aller Form darüberbeugte. Sie hätte ihn auf vierzehn, fünfzehn geschätzt, hoch aufgeschossen und noch etwas ungelenk, aber dabei sehr charmant und sichtlich mit besten Manieren gesegnet.

»Es ist mir ein Vergnügen, Miss Clifford. Ich freue mich sehr, Sie und Ihren Bruder willkommen zu heißen und Sie in den kommenden Tagen näher kennenzulernen. Ich hoffe, sein Zustand ist nicht allzu ernst?«

»Kein Grund zur Sorge, so hat mir zumindest der Arzt versichert. Nur ein paar Knochenbrüche, die bald wieder heilen werden.« Sie wandte sich um, als Henry sie mit einer Geste, die jene lässige Eleganz seines Onkels nahezu perfekt nachahmte, an den Tisch bat; Roscoe zuvorkommend zog er ihr einen Stuhl heran.

Als sie sich setzte, grinste er schelmisch wie der Junge, der er im Grunde ja noch war. »Sie dürfen neben mir sitzen. Gäste beanspruche ich nämlich immer gleich für mich.«

Jetzt musste sie wirklich lachen; sie mochte Henry. Er hatte sie linker Hand vom Kopf der Tafel platziert. Nachdem er dann auch seine Großmutter zu ihrem Stuhl geführt hatte, Miranda genau gegenüber, nahm er selbst den Platz am Kopf der Tafel ein, wartete, bis alle sich gesetzt hatten, und wandte sich dann an den Butler, der still abwartend einen Schritt hinter ihm stand. »Dann mal los, Cater. Wir wären so weit.«

Wieder hätte sie fast aufgelacht – Henrys jugendliche Unbefangenheit war einfach ansteckend. Obwohl es noch viele ungeklärte Fragen zu Rodericks Entführung gab, vor allem natürlich, wer hinter dem Ganzen steckte und was das Motiv gewesen sein mochte, fühlte sie jetzt, da alle Anspannung sich langsam löste, wie ihre Erleichterung sich mit Neugier mischte und ein Gefühl der Ruhe und Geborgenheit sie umfing, durchaus berechtigt, sich einen Moment zu entspannen und mehr über den Mann zu erfahren, den der junge Duke ihr zur Seite gesetzt hatte: Neville Roscoe alias Lord Julian Delbraith. Oder andersherum? Wie auch immer, sie würde es schon herauskriegen.

Ihm gegenüber saß Millicent, neben der wiederum Cassie saß. An der Schmalseite des Tischs saß – ihrem Sohn gegenüber – die Duchess und rechter Hand von ihr Edwina, gegenüber von Cassie und zu Roscoes anderer Seite.

Als der erste Gang aufgetragen wurde – eine köstliche leichte Gurkensuppe mit Huhn –, erkundigte Millicent sich, wo in London Miranda und Roderick lebten.

Das folgende Gespräch war weniger ein Verhör denn ein reger Austausch. Auf alles, was sie über ihre Gäste in Erfahrung brachten, erzählten sie auch immer etwas von sich, kleine Anekdoten und Begebenheiten, mit denen sie Miranda einen Einblick in ihre Familie gaben. Und damit auch in den Mann, der, wenngleich nicht völlig verstummt, so doch auffallend zurückhaltend neben ihr saß.

Einmal ertappte sie ihn dabei, wie er seiner Mutter einen reichlich resignierten Blick zuwarf, den die Dowager Duchess mit einem belustigten Lächeln parierte.

Für Miranda bestand die größte Herausforderung darin, ihn im Gespräch stets als »Ihr Bruder«, »Ihr Sohn«, »Ihr Schwager« oder »Ihr Onkel« zu bezeichnen und ihn nicht versehentlich Roscoe zu nennen, denn weder seine Familie noch die Bediensteten nannten ihn so, sondern immer nur Julian, Lord Julian oder Seine Lordschaft, weshalb sie nicht hätte sagen können, ob sie von seinem Leben in London überhaupt wussten.

Was ihr auch seltsam erschien, war das unverhohlene und anscheinend ehrliche Interesse, das seine Familie an ihr und Roderick, an ihrer Familie und ihrem Leben in London zeigte. Man hätte meinen können, sie lebten einsam und abgeschieden und hätten seit Ewigkeiten keine Gäste mehr gehabt. Aber dem war nicht so, denn während des Gesprächs fielen immer wieder kurze Bemerkungen zu Einladungen und Geselligkeiten, Bällen und Soireen. Namen von Freunden und Bekannten wurden erwähnt, beiläufig zwar, doch so zahlreich, dass selbst Miranda den ein oder anderen zumindest dem Hörensagen nach kannte. Es konnte kein Zweifel daran sein, dass sämtliche Damen, die älteren wie die jungen, ein sehr reges geselliges Leben führten.

Warum dann also dieses auffallende Interesse an ihr und Roderick?

Weil sie Teil von Roscoes anderem Leben waren?

Sie wusste es nicht.

Aber zum Ende des Abends hin stellte sie fest, dass sie von den anderen bei Tisch ebenso fasziniert war, wie sie es anscheinend von ihr waren. Und der sich in stiller Zurückhaltung übende Mann linker Hand von ihr schien der Dreh- und Angelpunkt zu sein, um den all diese verschiedenen Interessen kreisten.

Als sie sich vom Tisch erhoben, nahm Henry ihn sogleich in Beschlag. »Komm, wir spielen noch eine Runde Billard«, sagte er zu Roscoe.

Der schickte kaum merklich einen fragenden Blick zu ihr.

Lächelnd winkte sie ihn fort. »Ich gehe wieder hinauf zu Roderick.«

Er zögerte einen Moment, den Blick jetzt hinter sie gerichtet, vermutlich auf seine Mutter, seine Schwester und die Schwägerin, dann verneigte er sich kurz und folgte Henry hinaus.

Miranda wollte sich gerade bei der Duchess bedanken und sich ebenfalls zurückziehen, als diese bereits zu ihr trat und sie beim Arm nahm.

»Bitte nennen Sie mich Caroline«, sagte sie mit einem strahlenden Lächeln. »Und bevor Sie nicht noch Tee mit uns getrunken haben, lassen wir Sie nicht nach oben. Wie sähe das denn aus? Nein, im Ernst, kommen Sie doch noch mit in den Salon, ich lasse uns gleich etwas bringen.«

Und so gab sie sich geschlagen und verließ Arm in Arm mit Caroline das Speisezimmer.

»Wir haben Ihre Sachen in das Zimmer neben dem Ihres Bruders bringen lassen«, sagte Caroline, »weil wir uns dachten, dass Sie sicher in seiner Nähe sein wollen.«

»Danke, das ist sehr aufmerksam«, sagte Miranda, und die Worte kamen wirklich von Herzen. »Es ist unglaublich, welche Güte Sie uns erweisen.«

»Pah!«, kam es von der Dowager Duchess, die direkt hinter ihnen ging. »Das versteht sich doch von selbst. Wir helfen gern, und glauben Sie bloß nicht, Sie seien uns dafür etwas schuldig, meine Liebe. Um ganz ehrlich zu sein, so haben Sie und Ihr Bruder uns allen lediglich die Gelegenheit gegeben, auf die wir seit Jahren warten.«

An der Tür zum Salon angelangt, wandte Miranda sich nach ihr um und machte keinen Hehl aus ihrer Verwunderung.

Die Dowager Duchess strahlte sie an, wie schon Caroline sie angestrahlt hatte, und tätschelte ihr den Arm. »Sie haben uns Gelegenheit gegeben, Julian zu helfen. Wenn auch auf indirektem Wege, weil unsere Hilfe ja Ihnen und Ihrem Bruder gilt, aber in all den Jahren bietet sich uns damit zum ersten Mal die Chance, uns zu revanchieren und zumindest ein bisschen wiedergutzumachen.«

Caroline hatte derweil den Butler gebeten, ihnen Tee zu bringen. Das Lächeln der Dowager Duchess wurde milde und sanft, als sie Miranda in den Salon geleitete, zu zwei Kanapees, die einander am Kamin gegenüberstanden, in dem ein behagliches Feuer brannte, das die Kälte des Herbstabends bannte. »Wenn ich es recht verstanden habe, befindet sich das Haus Ihres Bruders in der Nachbarschaft meines Sohnes?«

»Ja«, erwiderte Miranda und folgte der Einladung der Dowager Duchess, sich zu ihr zu setzen. »Es liegt gleich um die Ecke, nur ein paar Minuten zu Fuß.«

»Ah ja. Waren Sie denn schon mal im Haus meines Sohnes?«

»Zweimal sogar, aber natürlich nur in den Empfangsräumen.«

»Das trifft sich ja bestens«, rief die Dowager und strahlte einmal mehr übers ganze Gesicht.

Jetzt hatten sich auch Roscoes Schwestern eingefunden und nahmen alle drei das gegenüberliegende Sofa in Beschlag, während Caroline sich in einem Lehnsessel niederließ. Die Dowager Duchess schaute vielsagend in die Runde, ehe sie sich wieder Miranda zuwandte. »Wir wären Ihnen sehr verbunden, wenn Sie uns sein Haus beschreiben könnten – wir waren nämlich noch nie dort, müssen Sie wissen.«

Mit leiser Verwunderung schaute sie in die gespannten Gesichter, denn außer Neugier sah sie dort noch etwas anderes – eine Wissbegier, die weit über Neugier hinausging, als wäre es ihnen ein unerlässliches Bedürfnis, mehr über das Londoner Leben von … ihres Sohnes, Bruders und Schwagers zu erfahren. Miranda wusste zwar nicht, was genau hier vor sich ging, aber dieses Bedürfnis, das war ihr vertraut. Sie brauchte die Frauen bloß anzusehen und wusste sofort, wie sie selbst sich fühlen würde, wenn man sie jemals von Roderick trennen sollte, wie es diesen Frauen anscheinend mit ihrem Sohn, ihrem Bruder, ihrem Schwager widerfahren war.

Sie liebten ihn, so viel war offensichtlich. Es war die bedingungslose, vorbehaltlose Liebe einer Familie, die sie ihm entgegenbrachten. Sie wünschten sich so sehr, mehr über den verlorenen Sohn zu erfahren – und dieser Wunsch hatte rein gar nichts mit schlichter Neugier zu tun.

Wie hätte Miranda es ihnen abschlagen können? Noch dazu, wo sie so gütig zu ihr und Roderick waren.

Sie lehnte sich zurück, holte einmal tief Luft, dann nickte sie. »Also gut.« Und so erzählte sie ihnen, was sie nur konnte, sie erzählte ihnen alles, was sie wissen wollten, wissen *mussten*, so sie es denn selbst wusste.

Man hielt sich an ihren unausgesprochenen Handel; sobald sie fertig waren, entließen die Damen sie, damit sie zu Roderick zurückkehren konnte.

Er hatte sich nicht gerührt, lag ruhig atmend im Bett, schlummerte tief und fest.

»Ist das Beste, was er gerade tun kann«, meinte die Schwester und erhob sich aus dem Lehnstuhl am Bett ihres Patienten. »Sein Fieber lässt schon nach.«

Miranda seufzte vor Erleichterung. »Das ist wirklich eine gute Nachricht. Ich hatte befürchtet, dass es noch steigen würde.«

»Machen Sie sich mal keine Sorgen. Es ist genau, wie der Doktor gesagt hat – Ihr Bruder ist ein robuster und im Grunde kerngesunder junger Mann. Durch sein Leiden mag er ein paar Pfund verloren haben, aber die hat er schnell wieder drauf. Wenn er das hier durchgestanden hat, ist er wieder ganz der Alte.«

Miranda schenkte der patenten Frau ein Lächeln. »Vielen Dank.«

»Da gibt's nichts zu danken, Miss, das ist die reine Wahrheit. Ich würde Ihnen nichts vormachen, wenn es anders wäre. Und wenn Sie sich jetzt ein Weilchen zu ihm setzen möchten, würde ich kurz nach unten gehen und zu Abend essen.«

»Oh, aber natürlich, bitte tun Sie das.« Sie trat ans Bett, um bei ihrem Bruder Wache zu halten.

Die Schwester nickte ihr zu. »In einer halben Stunde bin ich zurück.«

Als die Tür sich hinter ihr schloss, senkte sich Stille über das Zimmer. Und während sie so bei Roderick saß, seine schlaffe Hand in ihrer hielt, kehrten ihre Gedanken zurück in den Salon, zurück zu den Gesprächen bei Tisch, Satzfetzen und Wortwechsel gingen ihr durch den Kopf, und sie versuchte, sich an alles zu erinnern, sich alles zu merken, was sie erfahren hatte. Und dachte an all das, was sie im Gegenzug von sich offenbart hatte.

Und von ihm.

Sie hatte sich notgedrungen auf einem schmalen Grat bewegt, glaubte aber, sich an gewisse Grenzen gehalten und nichts preisgegeben zu haben, was ihr nicht zustand. Ein leichtes Unbehagen hatte sich eingestellt, sobald sie das Gefühl bekommen hatte, zu tief in privates Terrain vorzudringen, aber es war nicht leicht gewesen, diese Grenze genau zu definieren, da sie nichts über seine Gründe, seine Motive wusste, nicht einmal genug wusste, um zu erraten, warum Lord Julian Delbraith, Nachfahre des Duke of Ridgware, vor über zehn Jahren zu Neville Roscoe geworden war, Londons berüchtigtem Glücksspielkönig.

Da sie mit allen Fragen der Respektabilität bestens vertraut war, erkannte sie natürlich die Gefahr, die seine unstandesgemäße Verwandlung für seine sich in besten Kreisen bewegende Familie darstellte. Aber was sie noch mehr hatte aufhorchen lassen, war jener ominöse Satz, den die Dowager Duchess fast beiläufig hatte fallen lassen.

»Aber in all den Jahren bietet sich uns damit zum ersten Mal die Chance, uns zu revanchieren und zumindest ein bisschen wiedergutzumachen.«

Was konnte das bedeuten?

Roscoe half ihr und Roderick seinen eigenen Bekundungen zum Trotz eher selbstlos, wie sie fand. Kaum hatte er gehört, dass sie Hilfe brauchten, war er ihnen zur Seite gesprungen. Seine Hilfe war großzügig und vorbehaltlos, und er erwartete nicht einmal, dass sie ihm etwas zurückzahlten.

Er hatte die Philanthropische Gilde gegründet, um den vom Leben weniger Begünstigten zu helfen. Und er tat es still und leise, fern der Öffentlichkeit und ohne dafür Anerkennung oder eine Gegenleistung zu erwarten.

Aber, so machte es den Eindruck, schon vor alldem musste er seiner Familie beigestanden, musste etwas für sie getan haben, wofür sie sich in seiner Schuld glaubten, auch wenn er keinerlei Widergutmachung in irgendeiner Form verlangte.

Anderen zu helfen schien ihm ein Bedürfnis zu sein, dem er sich so selbstlos hingab, dass jenen, denen geholfen wurde, kaum eine Chance blieb, sich zu revanchieren, wie die Dowager Duchess es ausgedrückt hatte.

Neville Roscoe oder Lord Julian Delbraith – oder wer immer er sein mochte – war ihr ein Rätsel.

Und ein sehr faszinierendes noch dazu.

Als er auf dem Weg zu Rodericks Zimmer auf der Galerie an der alten Standuhr vorbeikam, sah Roscoe, dass es fast schon Mitternacht war. Nachdem er sich nach der Billardpartie mit Henry von dem jungen Mann zur Nacht verabschiedet hatte, hatte auch er sich auf sein Zimmer zurückgezogen, wenngleich viel zu ruhelos, um Schlaf zu finden, weshalb es ihm ganz zupassgekommen war, als ein verschlafen blinzelnder Hausdiener an seine Tür geklopft und ihm Nachricht der Schwester gebracht hatte.

Er hatte viel darüber nachgedacht während der letzten Stunden, war selbst verwundert, warum er, nachdem er sich all die Jahre so vorgesehen hatte, nun auf einmal ohne große Bedenken Miranda und Roderick in sein Geheimnis einweihte, das, sollte es publik werden, seine Familie zerstören konnte, die er die letzten zwölf Jahre mit aller Macht zu schützen versucht hatte. Das eigentlich Verwunderliche war jedoch, dass er nichts bereute und es jederzeit wieder tun würde. Nicht nur, dass er keine Bedenken hatte, er sah auch keine Gefahr, dass es zum Äußersten kommen würde. Vertraute er den beiden so sehr? Das war die Frage, die ihn beschäftigte.

Vielleicht lag es in seiner Spielernatur. Fast sein ganzes Leben hatte er auf Risiko gespielt und Chancen abgewogen, in aller Regel erfolgreich. Sein Bauchgefühl sagte ihm, dass er sich auch in Miranda und Roderick nicht täuschte.

Beim Krankenzimmer angelangt, öffnete er leise die Tür. Die Schwester erhob sich von ihrem Stuhl und winkte ihn herein. Er ließ die Tür hinter sich offen und trat ans Bett, folgte dem Blick der Schwester, der indes nicht auf den Patienten gerichtet war, der noch immer tief und fest schlummerte, sondern auf die an der Bettkante zusammengesunkene Gestalt.

Miranda.

Auf einem einfachen Stuhl mit gerader Lehne sitzend, den sie sich ans Bett gezogen hatte, hing sie vornübergebeugt auf dem Bett, den Kopf auf die Arme gelegt und eine Hand fest um Rodericks geschlossen. Ihre Haare waren offen, hell schimmernde braune Locken, die ihr wie ein Schleier über Gesicht und Schultern fielen.

»Sie schläft schon seit über einer Stunde.« Die Schwester warf ihm einen scharfen Blick zu. »Völlig erschöpft, das arme Ding.«

Er war schon zwölf gewesen, als die gute Frau das erste Mal nach Ridgware kam, seinerzeit als Amme für Millicent und nachfolgend auch für die anderen beiden Mädchen. Auch wenn er dieser Fürsorge entgangen war, kannte sie ihn doch recht gut. Aus ihrer Missbilligung schloss er, dass sie erwartet hatte, er würde von sich aus nach Miranda sehen und nicht erst herbeigerufen werden musste.

»Wenn sie die ganze Nacht in dieser Haltung bleibt, wird es ihr morgen leidtun«, erklärte die Frau und deutete nach nebenan. »Ihr Zimmer ist gleich da drüben, das Bett ist gemacht und alles bereit.«

Ihr Vorschlag oder eher wohl ihre Order war unmissverständlich.

Eine kleine warnende Stimme meldete sich, doch er überhörte sie geflissentlich und beugte sich über Miranda, strich ihr vorsichtig das Haar aus dem Gesicht, um sich zu vergewissern, dass sie wirklich tief und fest schlief. Behutsam löste er ihre Finger von Rodericks Hand und hob sie hoch. Sie rührte sich noch immer nicht. Gut so, dachte er. Was sollte schon passieren?

Er wandte sich zur Tür, die die Schwester ihm bereits weit aufhielt. Dann wartete sie, bis er sich samt seiner schlafenden Last hindurchmanövriert hatte, und ging über den Flur voraus, um ihm die Tür des Nebenzimmers zu öffnen.

Roscoe trug Miranda hinein, ging mit ihr zum Bett, das, wie die Schwester es gesagt hatte, bezogen und bereit war, die Decke zurückgeschlagen, sodass er Miranda nur noch sacht hineinlegen musste.

Hinter sich hörte er, wie die Tür leise zugezogen wurde. Als er sich umdrehte, stellte er fest, dass die Schwester ohne ein Wort hinausgehuscht war, um, so stand zu vermuten, zu ihrem Patienten zurückzukehren.

Womit es wohl an ihm war, sich um Miranda zu kümmern – ganz auf sich allein gestellt.

Allein mit ihr.

Mit einem leisen Kopfschütteln – war es so offensichtlich, was zwischen ihnen vorgefallen war, dass sie Liebende waren, wenn auch nur für eine Nacht? – machte er sich daran, ihr die schmalen, bis zum Knöchel reichenden Stiefel aufzuschnüren. Es war kein Wunder, dass sie dermaßen erschöpft war; die vorige Nacht war schließlich recht kurz oder wohl eher lang gewesen. Erst die Aufregung des nächtlichen Besuchs der Kempseys und Doles, dann ihrer beider sinnliche Begegnung, völlig unerwartet und nicht minder erregend, gefolgt von einem zeitigen Aufbruch am Tag darauf und der Suche nach dem Cottage und Roderick, der wilden Flucht vor der Barbarenhorde und quer über Land. Und dann Ridgware.

Die Ankunft inmitten seiner Familie dürfte eine weitere Herausforderung für sie gewesen sein, aber sie hatte sich wacker geschlagen, ruhig und besonnen, wofür er zutiefst dankbar war. Sie hatte sich mit dem begnügt, was er ihr erzählt hatte, und nicht hinterfragt, was er besser für sich behalten hatte. Mit diesem Halbwissen gerüstet, hatte sie den Abend tadellos gemeistert.

Er stellte ihre Stiefelchen beiseite, zögerte, zog ihr dann auch die Strümpfe aus. Sie hatte zierliche, schmale Füße mit schön geschwungenem Spann. Einen Moment hielt er sie in den Händen, strich sacht über ihre Fußsohlen, als er ihr die Seidenstrümpfe abstreifte. Er legte auch die Strümpfe beiseite und betrachtete dann nachdenklich ihr eng geschnürtes Trauerkleid, eine Kreation, wie sie unbequemer kaum sein konnte. Gewiss, er hätte es dabei belassen können, vermutlich wäre es das Vernünftigste gewesen. Doch etwas hielt ihn zurück, ließ ihn sich nicht abwenden und zurück auf sein Zimmer gehen. Wie ein Zwang war es, und er gab ihm nach. Vorsichtig drehte er sie um und begann ihr Kleid aufzuschnüren.

Nachdem er sämtliche Haken und Ösen bewältigt, ihr das Kleid von den Schultern geschoben hatte und gerade die langen Ärmel herunterziehen wollte, begann sie sich zu regen. Er erstarrte, erwog einen Moment, ihr den Mund zuzuhalten, falls sie schrie, aber schon schlug sie die Augen auf, sah ihn, schien sofort zu wissen, wo sie war, wer er war, blinzelte einmal, war dann hellwach und schaute sich um.

»Oh«, sagte sie nur und versuchte sich aufzusetzen, aber er hielt sie fest. Leicht irritiert sah sie ihn an. »Roderick. Ich muss …«

»Er schläft wie ein Murmeltier. Die Schwester ist bei ihm.« Im fahlen Licht des Mondes, das zu den Fenstern zu beiden Seiten des Betts hereinfiel, betrachtete er ihr Gesicht, sah ihre Müdigkeit. »Dein Bruder tut das einzig Richtige und schläft sich gründlich aus. Und das solltest du auch.«

Ihr Gesicht nahm jenen widerspenstigen Ausdruck an, der ihm mittlerweile wohlvertraut war.

Also verlegte er sich auf die Taktik, die er gleich hätte anwenden sollen; vermutlich das Einzige, was sie überzeugte. »Wenn Roderick morgen aufwacht und dich braucht, wirst du ihm nicht von Nutzen sein, wenn du vor Erschöpfung zusammenbrichst.«

Sie wollte etwas erwidern, ihm aller Wahrscheinlichkeit nach entschieden widersprechen, doch vielleicht hatten seine Worte sie ja zur Einsicht gebracht. Ihre Stirn legte sich lediglich in besorgte Falten; sie seufzte tief, als gäbe sie sich geschlagen.

Er legte noch einmal nach, um seinen Sieg abzusichern, wie bescheiden er auch sein mochte. »Die Schwester versprach mir, dich zu holen, sobald Roderick aufwachen sollte. Sie ist erfahren und zuverlässig, es gibt also keinen Grund, dich nicht auszuschlafen und bis auf Weiteres alles in ihre Hände zu legen. Und bedenke, dass du sie morgen früh ablösen musst, damit auch sie ein wenig Schlaf finden kann.«

»Hm«, meinte Miranda nur, doch ihre Miene hellte sich etwas auf. Er begann wieder an ihren Ärmeln zu ziehen, und sie seufzte erneut, diesmal wohl vor Erleichterung, und ließ zu, dass er ihr das Kleid bis zur Taille herabstreifte.

Dann ließ sie sich wieder zurückfallen, schob beide Hände

unter den Stoff, der sich ihr um die Hüften bauschte, wand und schlängelte sich, bis er ihr das schwarze Ungetüm ganz ausziehen konnte. Ihr Blick war auf ihn gerichtet, und während er das Kleid ausschüttelte und es zu den Strümpfen auf den Stuhl warf, spürte er, wie sie ihn im fahlen Licht des Mondes betrachtete, seine Züge, seine Miene zu deuten versuchte.

»Wie spät ist es?«

Wie auf ein Stichwort begannen im Haus die Uhren zu schlagen; als auch die letzte verstummt war, sah sie ihn ungläubig an. »Schon Mitternacht?«

Er nickte. Besser, wenn er jetzt ging. Sie war in ihrem Bett, würde sicher gleich einschlafen. Er sollte ihr eine gute Nacht wünschen, sich umdrehen und verschwinden.

Ihr Blick fiel auf seine Kleider. »Du hast dich noch nicht umgezogen«, stellte sie fest. Fragend sah sie ihn an, ihre Miene gefärbt von Neugier, einem ehrlichen Interesse, als wollte sie es tatsächlich wissen. »Warum bist du noch wach?«

Weil ein kleiner, unbesonnener Teil von mir nach der letzten Nacht und den bedeutsamen Ereignissen dieses Tages nicht allein in meinem Bett schlafen möchte, fort von dir.

Er steckte die Hände in die Taschen und zuckte mit den Schultern. »Ich ... fand noch keine Ruhe. Wenn man bedenkt, was wir heute alles erlebt haben, ist das wohl nicht besonders überraschend.« Er nickte ihr kurz zu und wandte sich zum Gehen.

»Geh nicht.« Als er sich nach ihr umschaute, hielt sie die Hand nach ihm ausgestreckt. »Bitte. Bleib hier, bei mir.«

Innerlich hin- und hergerissen, blieb er, wo er war, rührte sich nicht vom Fleck. Jede Bewegung hätte falsch und damit fatal sein können.

Sie setzte sich auf, stützte sich mit der einen Hand ab, hielt die andere noch immer nach ihm ausgestreckt. »Mir geht es ganz genauso, aber ich wusste nicht, ob ... Aber jetzt, da du schon mal hier bist und ich wieder wach und …« Ihre Augen suchten die seinen, einladend hob sie die Hand, die Handfläche nach oben. »Warum bleibst du nicht bei mir?«

Ja, warum eigentlich nicht? Wie sie da in den Kissen lag, nur noch in ihrem dünnen Hemd, ihre sinnlichen Kurven schimmernd im silbrigen Mondschein, und ihn mit ihrer Frage lockte wie Sirenengesang, wusste er wirklich nicht, was dagegen sprach. Was sollte er ihr erwidern, wie ihre Bitte abschlagen, wenn er sich in diesem Moment doch nichts sehnlicher wünschte, als die Nacht mit ihr zu verbringen?

»Bist du dir sicher?«

Sie bedachte ihn mit einem spöttischen Blick. »Aber ja. Wie oft muss ich dich noch daran erinnern, dass ich neunundzwanzig bin und nicht zur Unbedachtheit neige. Ich weiß sehr wohl, was ich tue. Was ich will.«

Er zog eine Augenbraue hoch. »Und das hier …« Er deutete vage zwischen sie beide. »… ist das etwas nicht unbedacht, leichtsinnig?«

Einen Moment sah sie ihn nur schweigend an, dann schüttelte die den Kopf. »Nein, ist es nicht. Glaub mir, ich habe mir das gründlich überlegt.«

Mehr brauchte es nicht. Aller Widerstand war dahin, löste sich auf im Ausdruck ihrer Augen, in seinem eigenen leidenschaftlichen Verlangen.

Noch ehe er zu einer bewussten Entscheidung gelangt war, trugen seine Füße ihn schon zurück zu ihrem Bett, womit sich alle weitere Diskussion erübrigte.

Wozu fragen, wozu zweifeln, wenn sie doch beide wussten, was sie wollten?

Er entledigte sich seiner Jacke, warf sie beiseite. Sie zog ihre Beine unter sich und richtete sich mit einer geschmeidigen Bewegung auf, kniete vor ihm auf dem Bett. Während er seine Weste aufknöpfte und auszog, versuchte Miranda, dem kunstvollen Gebilde seiner Krawatte beizukommen. Nachdem die diamantbesetzte Nadel entfernt war, nahm er selbst sich der Sache an, entwand sich routiniert des Linnens, während sie schon begann, ihm das Hemd aufzuknöpfen.

Weiß flatternd flog auch die Krawatte beiseite; weiß flatternd wie seine Hemdschöße, die Miranda mit beiden Händen umfasste, sich vor ihm aufrichtete und seine Lippen mit den ihren suchte ... ihn küsste, endlich.

Welche Versuchung, ihren Kuss zu erwidern, die lockende Fülle anzunehmen, die sie ihm bot, sich in ihrem Kuss zu verlieren, ihre süßen Lippen wieder zu kosten.

Sie streifte ihm das Hemd von den Schultern, er löste sich kurz von ihr, öffnete die Manschettenknöpfe, damit ein weiteres Kleidungsstück hinab- und hinfortfliegen konnte, bis bald nichts mehr sie trennte. Hungrig suchte er erneut ihren Mund, und noch während sie einander immer leidenschaftlicher küssten, ließ er sich auf den Rand des Betts sinken, zog sie mit sich, tastete blind nach seinen Stiefeln.

Jeder seiner Bewegungen folgend, umfing sie sein Gesicht mit den Händen und küsste ihn wild und verlangend, ließ ihre Hände über seinen Hals gleiten, seine Brust, versengte ihm die Haut mit jeder Berührung.

Wenn er geglaubt hatte, sie würde ihm alles Weitere überlassen ... Aber hatte er das wirklich geglaubt? Im Grunde faszinierte es ihn, mit welcher Leidenschaft sie die Initiative ergriff, aber wie schon die Nacht zuvor bezweifelte er, dass sie, genauso wenig wie er, wusste oder auch nur ahnte, wohin das alles führen sollte. Keiner von ihnen hatte einen Plan, eine Absicht oder auch nur eine Idee, wie es weitergehen sollte. Was sie indes unbestritten hatten, waren Wünsche und Sehnsüchte, eine keimende, ganz auf den anderen gerichtete Leidenschaft, und obwohl er es gewohnt war, Takt und Tempo vorzugeben, schien sie trotz ihrer Unerfahrenheit keinen Grund zu sehen, sich zurückzunehmen, still abzuwarten, sondern machte sehr deutlich, was sie wünschte, was sie wollte. Vielleicht, dachte er, weil sie, wie sie nicht müde wird, mich zu erinnern, schon neunundzwanzig Jahre zählt.

Sie wollte Erfahrungen machen, wollte sehen, was es zu sehen gab, spüren, was sie nie zuvor gespürt hatte, wollte ihren Körper entdecken, erkunden, erleben – und den seinen, denn sie war wissbegierig und neugierig.

Und voller Leidenschaft.

Hatte sie geglaubt, jetzt alles zu kennen, alles zu wissen, hatte sie sich getäuscht. Miranda war von Neuem hingerissen. Was war bloß an ihm, an seinem Mund, seinen Lippen, seiner Zunge, seinen Händen und seinem Körper, das sie so unwiderstehlich anzog? Sie wusste es nicht. Sie wusste nur, dass das Bedürfnis nach ihm, nach seiner Berührung tief aus ihrem Innern kam, wie ein Zwang, ein Sog, dem sie sich nicht widersetzen konnte.

Und nach der letzten Nacht spürte sie es gar noch mehr, fühlte sich ermutigt, gleich die Zügel zu ergreifen. Denn jetzt, da sie einmal *dort* gewesen war, sich von ihm hatte leiten lassen und wusste, wohin die Reise ging, sah sie keinen Grund, nicht auch andere Weg zu erkunden, um zum eigentlichen Ziel zu gelangen.

Weshalb sie, als sie seinen zweiten Stiefel zu Boden fallen hörte, nicht lange fackelte und ihn bei den Schultern packte und zurückstieß aufs Bett. Er ließ es geschehen, lag lang hingestreckt, die Füße noch auf dem Boden, und schien abzuwarten, was sie vorhatte. Sie schwang ein Bein über ihn, spürte, wie ihr Hemd sich an den Schenkeln hochschob, spürte seinen Blick auf sich, kniete sich über ihn, hielt ihn unter sich gefangen wie einen Preis, den sie errungen hatte.

Lächelnd betrachtete sie seinen entblößten Oberkörper und gab ihrem Verlangen nach, ihn zu berühren, zu liebkosen, seine Haut zu spüren und zu schmecken. Sie hörte ihn scharf Luft holen, als sie mit der Zunge über eine seiner Brustwarzen strich. An der Innenseite ihrer Schenkel, mit denen sie ihn fest umklammert hielt, spürte sie jede Regung, konnte sie seine wachsende Anspannung spüren, jenen verräterisch verheißungsvollen Druck, der sich in ihm aufbaute, die heiße pure Lust.

Seine Hände lagen um ihre Taille, und er verstärkte seinen Griff, machte aber keine Anstalten, sie von ihrem Tun, ihrer spielerischen Erkundung, abzuhalten.

Sie war sich ihrer Macht bewusst, fühlte sich wie eine Göttin, die über ihr Geschöpf verfügen konnte, wie es ihr beliebte, die sein Verlangen zu wecken, seine Leidenschaft anzufachen wusste.

Welche Offenbarung, welche Wonne! Mit stetig wachsender Lust machte sie sich, neuerlich ermutigt, an ihr Werk.

Doch da lockerte er den Griff um ihre Taille, strich erst über ihre Hüften und schob seine Hände dann unter ihr Hemd, um ihre nackten Hinterbacken sanft zu liebkosen …

Die sengende Hitze erfasste nun auch sie, ging über von ihm auf sie wie zuvor von ihr auf ihn, eine Flut der Empfindungen, die über sie hinwegrollte, ein brennendes Verlangen, das sich ausbreitete unter ihrer Haut und ihr den Atem raubte. Jeder klare Gedanke hatte sich längst verflüchtigt, und nichts hätte sie weniger kümmern können.

Sie beugte sich vor und küsste ihn, nahm seinen Mund in Besitz wie zuvor er den ihren, lud dann ihn ein, den Kuss zu erwidern, an ihrem Spiel teilzuhaben. Was er tat, sein Hunger, sein Verlangen ließen sie erschauern.

Langsam, ganz langsam und mit meisterlichem Geschick ließ er seine Hände wieder hinaufwandern, streifte ihr dabei das Hemd vom Leib. Kurz unterbrach er den Kuss, und sie richtete sich schwer atmend auf, hob die Arme, damit er ihr das Hemdchen ausziehen konnte. Hinfort damit, keinen Faden trug sie mehr am Leib.

Sie wollte sich wieder über ihn beugen, seine Brust mit ihren Brüsten liebkosen, aber schon spürte sie seine Hände auf sich, spürte den sanften Druck seiner Finger, als seine Hände sich um ihre Brüste schlossen. Ihre Lider senkten sich flatternd, und sie ließ den Kopf zurückfallen, als ein Beben durch sie hindurchging.

So hielt er sie eine ganze Weile, sie wusste nicht, wie lange, streichelte und liebkoste sie, wie sie ihn gestreichelt und liebkost hatte, revanchierte sich für jede ihrer Berührungen, bis sie meinte, vor Lust zu vergehen.

Ihr Verlangen war wie eine Flamme, die sie beide verzehrte.

Eine urwüchsige Kraft, die sich nicht länger aufhalten ließ.

Sie hörte ihn schwer atmen, sah seine Brust sich heben und senken. »Knöpf meine Hose auf«, stieß er hervor.

Und sie tat es, ohne lange nachzudenken; wie hätte sie auch, da doch jeder Gedanke längst auf und davon war? Auf Knien rutschte sie zurück, nahm sich seine Hosenknöpfe vor und schob sie einen nach dem anderen durch die schmalen Schlitze, bis es geschafft war und sie seine Männlichkeit zu fassen bekam, schwer und erregt.

Himmlisches Glück, irdische Verheißung. Sie schloss die Hand um den harten Schaft, strich sacht mit den Fingern darüber, hörte ihn keuchen. Ehe sie die Liebkosung wiederholen konnte, griff er nach ihrer Hand und hielt sie fest, zögerte einen Moment, dann entzog er sich mit sanftem Nachdruck ihrem Griff.

Fasste sie stattdessen bei den Händen und zog sie zu sich.

Und sie ließ sich von ihm anleiten, folgte seiner kundigen Führung.

Er fand zu ihr, drang ein kleines Stück in sie ein, ließ ihre Hände los und packte ihre Hüften. Langsam ließ er sie herab, drückte sie immer weiter auf sich, bis sie ihn ganz in sich aufgenommen hatte, bis sie ihn mit einem wohligen Erschauern in der Wärme ihres Schoßes barg und sie seine Härte tief in sich spüren konnte.

Seine Lenden spannten sich unter ihr, stießen zu ihr hinauf.

Die Hände an ihren Hüften, zeigte er ihr, was sie zu tun, wie sich zu bewegen hatte.

Er brauchte es ihr nur einmal zu zeigen.

Sie fand sogleich in den neuen Tanz, wiegte sich mit ihm im Einklang, in hellem Entzücken und mit einer Inbrunst, die sie kaum zu zügeln wusste. Die Hände flach auf seiner Brust, ritt sie ihn, probierte und experimentierte, was sich gut anfühlte und was noch besser und …

Der Höhepunkt, als er dann kam, als er sie wie eine Springflut erfasste, war von so überwältigender Intensität, dass sie sich von allem, von der Welt, von sich entrückt wähnte und nur noch den Ursprung aller Lust spürte, diese köstliche, stetig wachsende Anspannung, gefolgt von vernichtender Erlösung, die schiere Kraft und Wonne, ihn in sich zu spüren, als sie in strahlender, gleißender Pracht verging.

Er wusste nicht, wann er dergleichen schon einmal gesehen hätte, nie war ihm ein so offenes, unverstelltes Zeugnis weiblicher Lust und Leidenschaft zuteilgeworden. Er war wie gebannt, fast hilflos, verloren. Verloren an sie … und wenn schon. Es machte ihm nichts.

Er biss die Zähne zusammen, bot auch noch den letzten Rest an Beherrschung auf, um dem Ansturm ihrer Ekstase standzuhalten und sich selbst dann nicht mitreißen zu lassen, als sie sich um ihn schloss, immer wieder, ihn so fest umfing, dass er … Nein, diesmal nicht. Noch nicht.

Als ihre Lust schließlich verebbte und sie sich ermattet auf ihn sinken ließ, packte er sie und drehte sich mit ihr herum und drang noch einmal tief in sie ein.

Dann verharrte er, bewegte sich langsam, kaum merklich, wartete, bis sie wieder zu Atem, zu Kräften gekommen war, schließlich die Augen aufschlug und ihn mit dem dunklen Glanz der Leidenschaft ansah. Ein sattes, zufriedenes Lächeln spielte um ihre Lippen, als sie ihm die Hand in den Nacken legte und ihn zu sich herabzog, bis ihr Mund den seinen fand.

Ihn schamlos antrieb zu vollenden, was er begonnen hatte.

Eine weitere Einladung brauchte er nicht. Er nahm ihren Mund in Besitz und ihren Körper, erfüllte sie und sich mit rasendem, wild pulsierendem Verlangen. Kein Grund, sich zurückzunehmen – nicht bei ihr, die keine solche Zurückhaltung kannte.

Was sie ihm gegeben hatte, gab er ihr zurück.

Was sie sich genommen hatte, nahm auch er sich, forderte es ein.

Das Blut pochte ihnen in den Adern, ihr Atem flog keuchend dahin, als sie, einander fest umschlungen und innig vereint, immer verzweifelter dem Gipfel der Leidenschaft entgegenstrebten.

In einem Taumel der Sinne, im Rausch ihres Verlangens, suchten sie diesen einen göttlichen Moment der Einheit zu fassen. Fanden ihn und griffen danach, klammerten sich daran, als wollten sie nie mehr davon lassen.

Hielten einander, während die Welt zerbarst.

Bis nichts mehr wirklich war, alle Empfindungen von ihnen abfielen und sie schwerelos zu fliegen meinten.

Bis die Ekstase sie zerriss, sie vergehen ließ und hinabschleuderte in bodenloses Nichts.

Und sie ließen sich fallen.

Ließen sich fallen in die Weiten seligen Vergessens, in die weichen Wellen langsamen Verglühens.

10. Kapitel

Am nächsten Morgen erwachte Miranda in einem herrlich zerwühlten Bett, den Nachhall der Lust noch wie ein fernes Echo in allen Gliedern.

Ein verträumtes Lächeln breitete sich auf ihrem Gesicht aus, das jedoch schnell wieder erlosch, als sie sich des Ernstes der Lage bewusst wurde. Sie warf die Bettdecke zurück, schlüpfte in ihren Morgenmantel und läutete nach warmem Wasser. Nachdem man es ihr gebracht hatte, wusch sie sich rasch, kleidete sich an und steckte sich die Haare auf, ging dann nach nebenan, um nach Roderick zu schauen.

»Hat sich die ganze Nacht nicht gerührt«, lautete die Antwort der Schwester, kaum dass Miranda gefragt hatte. »War aber wohl auch nicht zu erwarten, nicht vor heute Nachmittag, meinte der Doktor. Dafür ist sein Fieber fast ganz verschwunden.«

Miranda legte Roderick die Hand auf die Stirn, tastete dann nach seinem Puls, um sich selbst von der frohen Kunde zu überzeugen. »Das ist schon mal eine große Erleichterung.« Sie richtete sich wieder auf und betrachtete ihren Bruder. »Was meinen Sie, wollen wir ihm ein frisches Nachthemd anziehen?«

»Das machen wir, nachdem der Doktor ihn untersucht hat. Dann sehen wir ja auch, wie er sich fühlt.«

»Ja, natürlich.« Wenn Roderick erst wach wäre, ginge alles vieles leichter. Er könnte sich verständlich machen, ihnen sagen, wie er sich fühlte, und allein das … Allein dadurch würde es auch ihr besser gehen. Sie schaute sich um; der Stuhl, den sie sich gestern ans Bett gerückt hatte, stand wieder an der Wand. Gerade wollte sie ihn sich holen, als es an der Tür klopfte. Eine junge Dame kam herein, blond und blauäugig, ein Lächeln im liebreizenden Gesicht.

»Guten Morgen, Miss Sarah«, grüßte die Schwester sie und meinte zu Miranda: »Das ist Miss Sarah, die Cousine der Duchess.«

Sarah bedachte nun auch Miranda mit ihrem Lächeln. »Guten Morgen.« Sie machte einen Knicks. »Ich bin Sarah Morwell, Carolines Cousine. Es tut mir leid, dass ich Ihre Ankunft gestern verpasst habe, aber ich war zu Besuch bei Freunden in Derby.«

Miranda erwiderte das Lächeln und neigte höflich den Kopf.

Sarah schloss die Tür hinter sich und trat ans Fußende des Betts. »Caroline meinte, Ihr Bruder sei verletzt, und da ich mein Frühstück bereits beendet habe, bot ich an, bei ihm zu bleiben, damit Sie und die Schwester zum Frühstück hinuntergehen können.«

»Oh«, meinte Miranda und schaute zum Bett. »Ich wollte mir eigentlich etwas hinaufbringen lassen …«

»Das dachte die Dowager Duchess sich schon.« Sarah sah sie mit freundlichem Blick an. »Sie bat mich daher, Ihnen auszurichten, dass es sie sehr freuen würde, wenn Sie ihr und den anderen im Morgenzimmer Gesellschaft leisteten.«

Miranda meinte die Order förmlich herauszuhören. Unschlüssig schaute sie wieder zum Bett auf Rodericks reglose Gestalt.

»Der rührt sich so bald nicht«, versicherte die Schwester ihr. »Nicht vor heute Mittag, glauben Sie mir. Und auch wenn man es ihr nicht ansehen mag, ist Miss Sarah sehr patent. Sie hat daheim ein ganzes Rudel jüngerer Brüder und weiß sich schon zu helfen. Sie wird gut auf unseren Patienten aufpassen«, hier bedachte die Schwester die junge Frau mit strengem Blick, »und wenn irgendetwas ist, wird sie sofort nach uns läuten.«

Sarah grinste. »Natürlich werde ich, und vielen Dank auch für die warme Empfehlung, Schwester.«

Die schnaubte nur und winkte Miranda zu sich. »Los, kommen Sie jetzt. Die Dowager Duchess lässt man nicht warten.«

Da sie nicht wusste, wie sie sich der Order mit triftigem Grund widersetzen sollte, ließ sie sich also von der Schwester zum Morgenzimmer führen, einem lichtdurchfluteten Raum auf der Südseite des Anwesens. Aber auch wenn die Dowager Duchess tatsächlich erfreut zu sein schien, Miranda zu sehen, ihr sogleich den Platz ihr gegenüber, neben der Duchess, anbot und sich im Verlauf des Gesprächs erweisen sollte, dass sie Sarah hinaufgeschickt hatte, um Miranda von ihrer Pflicht am Krankenbett zu erlösen, begriff diese sehr schnell, dass es eigentlich Roscoe gewesen war, der seine Mutter auf die Idee gebracht hatte – um sicherzugehen, dass Miranda etwas Ordentliches in den Magen bekam.

Derweil er durch Abwesenheit glänzte.

Die Duchess deutete Mirandas suchenden Blick ganz richtig: »Julian und Henry haben schon zeitig gefrühstückt und sind ausgeritten.« Sie sah Miranda an. »Julian und ich teilen uns die Vormundschaft für Henry, weshalb es uns natürlich freut, wenn beide mal zugleich hier sind und Henry Gelegenheit hat, Zeit mit seinem Onkel zu verbringen.«

Ihre Erklärung ging ein wenig unter, da Roscoes drei Schwestern hereinkamen und sich unter allgemeinen Gutenmorgenwünschen an den Tisch setzten. Der Butler und ein Diener brachten frischen Toast und Tee, und schon bald aßen die Damen und plauderten munter.

Miranda hätte gedacht, dass sie abermals zu Roscoe beziehungsweise Julian befragt würde, aber heute interessierten die Damen sich nur für sie und Roderick, ihre Familie und ihren Londoner Haushalt. Sie gab auf solche Fragen immer Auskunft, wie ihre Tanten es ihr beigebracht hatten, umschiffte die Tatsache, dass das Familienvermögen direkt dem Handel entstammte. Seit sie sechs war, hatte man ihr eingebläut, dass sie Großvater Clifford und seine Fabriken niemandem gegenüber erwähnen durfte. Doch je mehr Zeit verstrich, umso schwerer fiel es ihr, ihr Bild des *ton* mit diesen freundlichen Menschen zu vereinbaren, mit denen sich so nett plaudern ließ und die sie, Enkelin besagten Großvaters, wie einen geschätzten Gast, ja fast schon wie eine Freundin der Familie behandelten. Sie, im Morgenzimmer eines herzoglichen Haushalts! Umso wichtiger vielleicht, den Makel zu verschweigen.

Wenngleich das Interesse der Damen an ihr und Roderick so ehrlich und aufrichtig wirkte, dass sie sich kaum vorstellen konnte, ihre Meinung über sie könne sich ändern, sollten sie es je erfahren. Doch Miranda wollte es nicht drauf ankommen lassen und dankte ihnen stattdessen noch einmal für ihre Hilfe und die freundliche Aufnahme, was sowohl die Duchess als auch die Dowager Duchess abtaten, als wäre gar nichts dabei, und ihr versicherten, die Freude sei ganz ihrerseits.

Miranda schüttelte den Kopf. »Ich muss gestehen, es noch immer nicht ganz zu begreifen. Roderick und ich sind wie aus dem Nichts hier aufgetaucht, und ganz gleich, was Sie behaupten, ist es doch sicher eine Zumutung für den ganzen Haushalt, so lange Ihre Gastfreundschaft zu beanspruchen, von der Sorge für meinen Bruder ganz zu schweigen.«

Die Dowager Duchess betrachtete sie einen Moment und schenkte ihr dann ein wohlwollendes Lächeln. »Gewiss, es bringt ein wenig Unruhe und Aufwand mit sich, aber wenn man bedenkt, welchen Nutzen wir daraus ziehen, ist es das allemal wert. Sie ahnen vermutlich nicht mal, wie dankbar wir Ihnen und Ihrem Bruder sind, denn wären Sie nicht gewesen, wäre Julian jetzt nicht hier, und wir erfreuen uns über die Maßen seiner Gesellschaft, in deren Genuss wir leider viel zu selten kommen. Und wie ich bereits gestern erwähnte, verschaffen Sie uns zugleich die Gelegenheit, uns, wenn auch in kleiner, bescheidener Weise, bei meinem Sohn erkenntlich zu zeigen – eine lange Geschichte, auf die ich nicht näher eingehen möchte.«

Ihre Augen blickten ernst und aufrichtig, als wollte sie Miranda versichern, dass es die Wahrheit war und nichts als die Wahrheit. »Und nicht zuletzt muss man auch sagen, dass uns zu dieser Jahreszeit Ihre und die Gesellschaft Ihres Bruders eine willkommene Abwechslung sind.«

»Hört, hört«, kam es von Millicent, Cassie und Edwina.

»Und deshalb, liebe Miranda«, schloss die Dowager Duchess, »werden Sie sich wohl einfach damit abfinden müssen, dass das, was Ihnen als Zumutung erscheinen mag, für uns ein wahrer Glücksfall ist.«

Nach dieser kleinen Ansprache war es kaum mehr möglich, ihren Gastgebern weiteren Dank aufzudrängen, aber ein Gefühl der Verunsicherung blieb. Einerseits, weil Roscoes Familie sich ihr gegenüber ganz anders zeigte, als sie es ihrem noblen Stand nach erwartet hätte, zum anderen, weil ihr nicht klar war, wie sie und Roderick sich in all das einfügten. Miranda fühlte sich fast wie eine Hochstaplerin, weil alle so nett zu ihr waren und sie als eine der ihren behandelten, obwohl sie doch gar nicht in diese Kreise gehörte. Es war eine Krux. Aber vielleicht machte sie sich auch nur zu viele Gedanken? Schließlich beschloss sie, die Dinge einfach auf sich zukommen zu lassen. Käme der Makel ihrer Herkunft zur Sprache und brachte sie in eine heikle Situation, konnte man immer noch weitersehen. Wenn sie noch länger über Zusammenhänge spekulierte, für die ihr das tiefere Verständnis des *ton* fehlte, würde sie sich bloß verrückt machen.

Edwina bot ihr an, sie zurück zu Rodericks Zimmer zu begleiten. Die jüngste von Roscoes Schwestern war eine liebreizende junge Dame, aber davon sollte man sich nicht täuschen lassen – wie auch ihre Schwestern und ihr Bruder hatte sie einen scharfen Verstand und wusste sich zu behaupten. Während sie mit einem leisen Lächeln Edwinas unablässigem Geplapper über ihre Hochzeit und ihren Überlegungen lauschte, welches Ziel ihr heute für die Hochzeitsreise geeignet zu sein schien, was sich morgen jedoch längst wieder überholt haben könnte, denn es gab ja *so* viele Möglichkeiten, musste Miranda an Roscoes leicht spöttische Bemerkung denken und fragte sich nun selbst, ob Mr. Frobisher, der Forschungsreisende, auch nur ahnte, welches Potenzial sich hinter der liebreizenden Fassade seiner Zukünftigen verbarg.

Bei Rodericks Zimmer angekommen, öffnete Miranda die Tür und ging ihnen voran.

Und oh, welches Glück, als sie Rodericks hellbraune Augen, wenn auch noch etwas matt und benommen auf sich gerichtet fand! Er hatte gerade einen Schluck Wasser getrunken aus dem Glas, das Sarah für ihn hielt. Als er sie sah oder zu sehen meinte, blinzelte er. »Miranda?«

»Gott sei Dank!«, rief sie und eilte zum Bett, um ihn ganz vorsichtig und behutsam zu umarmen. »Ich war nur kurz unten frühstücken. Bist du schon lange wach?«

»Nein.« Er tätschelte ihr verlegen den Arm. »Gerade eben die Augen aufgemacht.«

»Ich wollte gleich nach Ihnen läuten«, versicherte Sarah ihr rasch. »Aber er wollte erst etwas trinken.«

Miranda lächelte Sarah an. »Ja, natürlich.« Sie sah Roderick wieder an und strahlte vor Erleichterung. »Ich bin so froh, dass du wach bist.«

Er schnitt eine Grimasse und versuchte seinen linken Arm zu bewegen, der fest bandagiert in einer Schlinge steckte, zuckte zusammen und ließ es lieber bleiben. »Das freut mich für dich, Schwesterherz, aber wenn ich ehrlich bin, fühlt sich Wachsein nicht so gut an.« Sein Blick fiel ans Fußende des Betts, und seine Miene versteinerte. »Ah, jetzt erinnere ich mich wieder. Den Fuß haben sie mir auch gebrochen.«

»Der Arzt meinte, dass beides keine komplizierten Brüche sind. Sowohl das Schlüsselbein als auch der Fuß werden bald geheilt sein und sind dann wieder so gut wie neu.« Miranda zog sich ihren Stuhl ans Bett und setzte sich. »Er kommt heute Nachmittag, um dich zu untersuchen, und wird es dir bestätigen.«

Roderick schaute sich um. »Wo bin ich überhaupt?«

Edwina hatte sich etwas zurückgezogen und sah gerade aus dem Fenster. »Julian und Henry bringen ihre Pferde in den Stall.« Sie drehte ich um und strahlte Roderick an. »Julian möchte sicher sofort davon erfahren, dass Sie wach sind, Mr. Clifford.« Fragend wandte sie sich an Miranda. »Soll ich hinuntergehen und ihm Bescheid sagen?«

Miranda, die gar nicht mehr aufhören konnte zu lächeln, nickte. »Ja, bitte, tun Sie das.«

Roderick runzelte die Stirn. »Wer ist Julian?« Da Edwina schon zur Tür hinaus war, wandte er sich an Miranda. »Ich kenne keinen Julian.« Besorgnis schlich sich in seine Miene. »Oder?«

Sie nahm seine Hand. »Das ist eine lange Geschichte.«

Es war ihr gerade gelungen, Roderick begreiflich zu machen, dass Julian – wie er hier, in diesem Hause, hieß – derselbe war, den er in London als Roscoe kannte, als auch schon der Besagte selbst zur Tür hereinkam.

Wie er so forschen Schrittes durchs Zimmer marschierte, galt sein erster Blick ihr, ehe er den Blick auf Roderick heftete, der zwar noch ein wenig matt und benommen, aber doch bei klarem Verstand zu sein schien. Er betrachtete den Freund und lächelte. »Es freut mich, dich wach und munter zu sehen und bei guter geistiger Verfassung.«

Roderick hob eine Augenbraue. »Wach bin ich, aber über den Rest ließe sich streiten.«

Roscoe trat neben Miranda, legte eine Hand auf die Lehne ihres Stuhls und sah Roderick ernst an. »Ich weiß nicht, wie viel deine Schwester dir bereits erzählt hat, aber Folgendes ist passiert.« Kurz und bündig fasste er das Geschehen zusammen, was sie bislang darüber wussten, wer Roderick entführt und wann und wo es sich wie zugetragen hatte. Er schilderte alles in zeitlicher Abfolge, sodass ein Ereignis sich aus dem anderen ergab, um Rodericks Gedächtnis auf die Sprünge zu helfen, und Roderick nickte bedächtig, wann immer er sich an etwas erinnerte oder zu erinnern meinte.

Auf der anderen Seite des Betts hatte Sarah sich still im Sessel der Schwester niedergelassen. Ihr Blick ruhte auf Roderick; zweimal stand sie auf und bot ihm einen Schluck Wasser an, und beide Male wandte er sich ihr dankbar zu und trank.

Miranda kam zu dem Schluss, dass die Schwester mit ihrem Urteil über Sarah wohl recht gehabt hatte; hielte man die junge Frau für ein blondes, blauäugiges Gänschen, würde man ihr unrecht tun. In ihr schien weit mehr zu stecken, als der erste Eindruck vermuten ließ.

In der Gegenwart angelangt, wo sie Zuflucht auf Ridgware gefunden hätten, fragte Roscoe: »Hast du irgendeine Idee, irgendetwas aufgeschnappt, wer Kempsey und Dole beauftragt haben könnte?«

Roderick nickte. »Sie haben seinen Namen ein paarmal erwähnt, wenn sie dachten, ich wäre nicht bei Bewusstsein. Kirkwell. Das ist alles, was ich mit Sicherheit verstanden habe. Sein Vorname könnte John gewesen sein – John Kirkwell.« Er senkte den Blick auf die Bettdecke, schien aber in Gedanken ganz weit fort zu sein. Als er weitersprach, klang es, als müsste er ganz tief in fernen, verschwommenen Erinnerungen graben. »Sie – also Kempsey und Dole – meinten, sie hätten Kirkwell Bescheid gegeben, dass sie mich geschnappt hätten, und würden mich so lange am Leben lassen, bis sie den Rest des Geldes bekämen …«

Roderick starrte noch einen Moment ins Leere, dann schluckte er und sah Roscoe an. »Dieser Kirkwell … Er hat die beiden dafür bezahlt, mich zu töten.«

Roscoe nickte mit unergründlicher Miene. »Ohne einen Namen zu haben, sind wir bereits zu derselben Vermutung gelangt.« Er schaute kurz zu Miranda und wandte sich dann wieder an Roderick. »Weißt du, wer dieser Kirkwell ist?«

Roderick überlegte angestrengt, schüttelte dann den Kopf. Fragend sah er Miranda an. »Sagt mir nichts. Dir vielleicht?«

»Nein.« Sie schaute auf und begegnete dem Blick von Roscoes dunklen blauen Augen. »Ich höre den Namen jetzt zum ersten Mal.«

Mit noch immer grübelnder Miene ließ Roderick sich vorsichtig zurück in die Kissen sinken.

Roscoe fing Mirandas besorgten Blick auf und versuchte den jungen Freund zu beruhigen: »Mach dir nicht zu viele Gedanken. Es ist möglich, dass du noch nie etwas mit diesem Kirkwell zu tun hattest.« Er richtete sich auf. »Ruh dich einfach aus, und ich will sehen, was ich herausfinden kann. Der Name ist zumindest ein Anfang.«

Roderick lächelte erschöpft. »Danke.«

Roscoe nickte ihm und Miranda zu. »Ich schaue später noch mal vorbei.«

Sie sah ihm nach, und als sie sich wieder umdrehte, hatte Roderick die Augen geschlossen.

Sarah erhob sich, warf einen Blick auf den Patienten und sah Miranda fragend an.

Die schüttelte den Kopf – kein Grund, die Schwester zu rufen. Er würde nur schlafen wollen. Sarah ließ sich wieder in den Sessel fallen.

Miranda griff nach Rodericks Hand, hielt sie in ihrer, um bei ihm Wache zu halten, und stellte erstaunt fest, dass sie sich fast ein wenig über Sarahs Anwesenheit freute.

Sie saßen den ganzen Vormittag an Rodericks Bett. Er hatte in einen tieferen, natürlicheren Schlaf gefunden, und Miranda merkte, wie ihre Erleichterung sich in Zuversicht wandelte, als sie seinen ruhigen Atem hörte, langsam wieder Farbe in seine Wangen zurückkehren sah.

Ihr Bruder war außer Gefahr und würde mit der Zeit wieder ganz der Alte sein. Im Stillen sprach sie leisen Dank; den Rest der Zeit saß sie einfach nur bei ihm und wachte über seinen Schlaf, genoss die Ruhe und den Frieden, die auf einmal über sie gekommen waren.

Mit dem letzten Echo des Mittagsgongs kehrte die Schwester zurück, frisch ausgeruht und bereit, ihren Posten wieder zu beziehen und sie beide abzulösen, denn sowohl die Duchess als auch die Dowager Duchess hatten sie ausdrücklich angewiesen, Miranda und Sarah nach unten ins Speisezimmer zu bitten.

Keine der beiden brachte einen Einwand vor, der ohnehin wenig gefruchtet hätte. »Wenn er wach wird und nach Ihnen fragt, läute ich«, versicherte die Schwester Miranda, »aber ansonsten lasse ich ihn einfach schlafen, bis der Doktor kommt.«

Der Lunch wurde im selben Zimmer serviert, wo sie am Abend zuvor gespeist hatten. Da weder Roscoe noch Henry zugegen waren, rückten die Damen einfach alle zusammen und scherten sich nicht um die Sitzordnung.

»Sie sind gerade zu einem Ritt über das Anwesen aufgebrochen, um bei den Pächtern nach dem Rechten zu sehen.« Caroline lächelte mit leisem Spott und tauschte einen Blick mit der Dowager Duchess – mit Lucasta, wie Miranda sie doch bitte nennen solle. »Wer hätte das noch vor ein paar Jahren gedacht? Ich hätte mir nie träumen lassen, einmal dankbar dafür zu sein, dass Julian Henry in den Grundlagen der Gutsverwaltung unterweist.« Caroline fing Mirandas Blick auf. »Das mag für Sie seltsam klingen, aber niemand hätte ihm damals zugetraut, auch nur irgendetwas in den Griff zu bekommen, geschweige denn ein Anwesen dieser Größe zu führen.«

Miranda traute ihren Ohren kaum. »Nun, ich kenne ihn erst ein paar Wochen, aber nach allem, was ich in der Zeit gesehen und gehört habe, kommt mir das nicht nur seltsam vor, sondern nachgerade … unwahrscheinlich.« Da die anderen sie nur fragend ansahen, setzte sie zu einer Erklärung an. »Er hat einen erstklassigen Geschäftssinn, arbeitet sehr viel, mit den unterschiedlichsten Menschen und an zahlreichen Projekten zugleich.«

Alle hatten sie jetzt aufgehört zu essen und hätten wohl gern noch mehr erfahren, aber weiter wollte sie nicht gehen, hier war die Grenze dessen erreicht, was sie guten Gewissens preisgeben konnte. »Nicht, dass ich allzu viel über seine Geschäfte wüsste«, ruderte sie zurück, »aber das ist zumindest mein Eindruck.«

In das nachfolgende Schweigen, in dem sich jeder wieder seinem Teller widmete, fragte Lucasta: »Aus welcher Gegend genau kommen Sie und Ihr Bruder?«

»Unser Familiensitz ist Oakgrove Manor – das ist in Cheshire, nahe des Dorfes gleichen Namens.«

»Oakgrove.« Lucasta runzelte die Stirn. »Ich meine mich zu erinnern … Das ist nördlich von hier, oder? Gar nicht so weit.«

»Etwas südlich von Macclesfield, ja.«

»Ah ja, stimmt.« Lucastas Miene entspannte sich wieder. »Eine sehr schöne Gegend.«

Weitere Fragen folgten. Wie groß das Anwesen sei, wie viele Zimmer das Herrenhaus habe, wie es um die Stallungen und Gartenanlage bestellt sei. Es zeugte keineswegs von indiskreter Neugier – es waren die üblichen Fragen, die Damen einander stellten, um sich einen Eindruck vom gesellschaftlichen Rang ihres Gegenübers zu verschaffen. Während Miranda alles ohne größere Ausflüchte beantworten konnte, verstärkte sich dennoch ihr Unbehagen, denn sie hatte das Gefühl, die anderen ganz bewusst zu täuschen, indem sie sie über ihre wahren Verhältnisse im Unklaren ließ.

Dabei waren sie so gut zu ihr, hatten sie und Roderick mit offenen Armen aufgenommen, zeigten sich hilfsbereit und interessiert – und sie dankte ihnen ihre Gastfreundschaft mit

Lügen, und sei es auch nur eine Lüge in Form einer Unterlassung. Obwohl sich ihr die warnenden Stimmen ihrer Tanten für alle Zeit eingeprägt hatten, hätte sie nun doch am liebsten einfach die Wahrheit gesagt, ohne Rücksicht auf die von den Tanten beschworenen Verluste, um dieses kleine Täuschungsmanöver endlich zu beenden.

Roscoe, da war sie sich sicher, kannte ihren und Rodericks familiären Hintergrund; nur war er vermutlich kein Maßstab, hatte er doch die Grenzen der Respektabilität längst überschritten und sich dauerhaft auf der anderen Seite der Gesellschaft eingerichtet.

Seine Familie jedoch war alter Adel durch und durch. Trotz allem, was an dunklen Geheimnissen im Verborgenen schlummern mochte, würden sie immer der Hocharistokratie angehören, sie und Roderick jedoch nicht. Einfacher Landadel waren sie, mit dem Makel eines im Handel gemachten Vermögens zudem. Undenkbar für standesbewusste Mitglieder des *ton*. Und doch …

Genug, sagte sich Miranda. Sie legte ihre Serviette beiseite und schaute in die Runde. Die anderen waren in ein Gespräch über Brautmoden vertieft und merkten nichts, aber Lucasta nahm sehr wohl wahr, dass ihr Gast etwas auf dem Herzen und sich zu einem Entschluss durchgerungen hatte. Sie bedeutete ihren Töchtern, doch mal einen Moment still zu sein, und sah dann Miranda mit fragend gehobener Braue an. »Ja, meine Liebe?«

Miranda atmete tief durch. »Um weiteren Missverständnissen vorzubeugen, würde ich gern eines über mich und Roderick klarstellen. Obgleich unsere Mutter die Tochter von Sir Augustus Cuthbert war, war unser Vater der Sohn eines Fabrikanten – daher stammt auch das Vermögen unserer Familie, und deshalb …« Sie blickte auf ihren Teller, legte Messer und Gabel ordentlich nebeneinander und fuhr leiser, als hätte auf einmal aller Mut sie verlassen, fort: »Ich hätte vollstes Verständnis dafür, sollten Sie es vorziehen, wenn Roderick und ich künftig die Mahlzeiten oben auf seinem Zimmer einnähmen.«

Schweigen senkte sich über den Tisch; Miranda wagte kaum aufzuschauen, ihre Mienen zu sehen, eben noch so freundlich, jetzt aber, da ihnen bewusst wurde …

»Nun, meine Liebe, Sie mögen vollstes Verständnis dafür haben, aber mir, muss ich gestehen, entzieht es sich leider.«

Miranda schaute jäh auf und begegnete Lucastas Blick, denn sie war es, die das Wort ergriffen hatte.

Lucasta hob die Brauen und fuhr ungerührt fort: »Wissen Sie, meine Liebe, ohne jetzt ins Detail gehen zu wollen, denn es steht mir nicht an, davon zu erzählen, werden Sie in dieser Familie oder unter unseren Bekannten nicht eine einzige Person finden, die jemanden von oben herab behandeln würde, nur weil dessen Vermögen dem Handel entstammt – noch dazu, wenn es schon zwei Generationen her ist.« Als fände sie die Vorstellung geradezu lächerlich, schnaubte Lucasta und schüttelte den Kopf. »Ganz ehrlich, niemand aus unseren Kreisen würde sich zu solchem Unsinn versteigen.« Sie maß Miranda mit scharfem Blick. »Dass dieses Anwesen noch immer unser Eigen ist, verdankt sich nicht zuletzt unserem nüchternen Verhältnis zum Geld.«

»Das kannst du doch nicht vergleichen, Mama«, wandte Millicent ein. »Als ob du jemals Handel in irgendeiner Form betrieben hättest!«

Edwina nahm es mit mehr Gleichmut. »Ich könnte mir eher vorstellen, dass der *ton* sich mit Leuten wie den Frobishers schwertut. Der Stammbaum der Familie mag über Generationen zurückreichen, aber den überwiegenden Teil ihres heutigen Vermögens haben sie mit ihren Expeditionen gemacht – was nicht zuletzt auch Handel ist, auch wenn es romantischer und spannender klingt, als Fabrikant zu sein.«

»So ist es.« Caroline nickte Edwina beifällig zu. »Ich bin mir sicher, dass es in dieser Hinsicht Vorbehalte gibt und wohl auch die eine oder andere abfällige Bemerkung fallen wird. Aber wahre Noblesse ist, einfach souverän darüber hinwegzusehen.« Sie wandte sich an Miranda. »Wie Lucasta eben andeutete, hat unsere Familie alle Vorbehalte gegen ein ehrlich verdientes Vermögen schon vor geraumer Zeit abgelegt.« Ein Lächeln trat in ihre Augen, ihre Stimme wurde sanfter. »Ich glaube, ich spreche für uns alle, wenn ich sage, dass ich Ihre Offenheit zu schätzen weiß. Aber Ihre Sorge, dass dies unsere Meinung von Ihnen oder Ihrem Bruder beeinflussen könnte, ist völlig unbegründet.«

Miranda sah sie an und ... verstand die Welt kaum noch.

»Wenn man es recht bedenkt«, fügte Lucasta hinzu, »fällt mir kaum eine namhafte Familie des *ton* ein, die nicht irgendwann einmal in neues Geld eingeheiratet hätte, wenn auch in der Regel erst in der nächsten Generation, so wie Ihre Mutter es getan hat.« Sie sah Miranda an und gestattete sich ein leises, fast spöttisches Lächeln: »Ich müsste lügen, würde ich behaupten, dass wir nicht lieber altes Geld und einen langen Stammbaum anheiraten, aber wenn man mal in die Geschichte zurückblickt, war im Zweifelsfall nie die Abstammung der entscheidende Faktor, sondern immer Geld und Besitz. Und letztlich sollte man bedenken, dass die meisten von uns Ahnen haben, die einst mit Wilhelm dem Eroberer, auch William the Bastard, genannt, Fuß auf englischen Boden setzten.«

»Der nicht umsonst der Bastard genannt wurde«, warf Cassie ein.

»Und nur weil es früher so war, muss es nicht so bleiben«, meinte Millicent versöhnlich, »zumal man heutzutage doch weitaus mehr Verständnis für Liebesheiraten hat als einst und Liebe bekanntlich keine Standesgrenzen kennt. So gesehen unterscheiden Sie und Roderick sich gar nicht so sehr von uns: Wir alle waren von Geburt an vermögend und können uns glücklich schätzen deshalb. Unser Stammbaum mag älter und nobler und weit verzweigter sein als der Ihre, aber von Seiten

Ihrer Mutter ist der Ihre allemal alt und distinguiert genug, um auch in unseren Kreisen willkommen zu sein.«

»Absolut«, pflichtete Lucasta ihr bei und nickte. »Der *ton* ist nach wie vor der *ton* und wird es wohl auch immer bleiben, aber im Wandel der Zeiten und Umstände beginnen manche Grenzen, die uns früher in Stein gemeißelt zu sein schienen, doch ein wenig zu verschwimmen.« Sie schaute Miranda vielsagend an. »So braucht es beispielsweise sehr viel Geld, um ein Anwesen wie Ridgware zu unterhalten.«

Aus der Art, wie alle sie auf einmal anschauten – als wollten sie ihr irgendetwas zu verstehen geben –, schloss Miranda, dass Lucastas Worte wohl eine Botschaft enthielten, die über das eigentlich Gesagte hinausging.

Als wäre auch sie sich dessen bewusst, läutete Lucasta noch einmal nach Tee, der denn auch beeindruckend prompt aufgetragen wurde. Nachdem sie die Kanne weitergereicht hatte, lehnte Miranda sich, während die anderen sich wieder in Hochzeitsvorbereitungen vertieften, zurück und nippte still an ihrem Tee, nachsinnend über all das, was sie soeben erfahren hatte.

In nur wenigen Minuten waren die jahrelangen Warnungen ihrer Tanten hinfällig geworden, denn trotz deren düsterer Prophezeiungen glaubte Miranda Roscoes Familie, dass sie nicht geringer von ihr und Roderick dachten, nur weil ihr Vermögen sich ursprünglich dem Handel verdankte; sie hatte sie als so offen und ehrlich kennengelernt, dass sie keinen Grund sah, ihnen nicht zu glauben. Woraus folgte, dass ihre Tanten … sich getäuscht hatten, dass Tante Gladys sich noch immer täuschte. Es war nicht so, wie sie dachten. Oder vielleicht war es früher einmal so gewesen, doch seitdem hatte die Gesellschaft sich verändert, und dieser Wandel war an ihnen vorübergegangen.

Miranda atmete tief durch. Auf einmal war ihr, als wäre die Last ihres vermeintlichen Makels, an der sie ihr ganzes Leben getragen hatte, von ihr abgefallen. Sie fühlte sich leicht und befreit. Zumindest hier. Sie wusste nicht, ob diese Laissez-faire-Haltung des *ton* auch für den einfachen Landadel galt, jene Kreise also, in denen ihre Tante und Gentlemen wie Wraxby verkehrten. Aber sie würde es herausfinden, nun, mit neuem Wissen gerüstet und ganz ohne Scheuklappen.

All die Jahre hatte sie ganz selbstverständlich die Sicht ihrer Tanten übernommen und war davon ausgegangen, dass der prekäre gesellschaftliche Status von ihr und Roderick eine unabänderliche, nicht zu hinterfragende Tatsache war. Aber wenn dem überhaupt nicht so wäre …

Das änderte alles, zumindest für sie. Auch wenn sie jetzt noch nicht hätte sagen können, inwiefern genau und welche neuen, ungeahnten Möglichkeiten sich ihr damit auftaten, wusste sie doch, dass sich etwas ändern würde. Sie musste nicht so weiterleben wie bisher. Sie würde sich langsam herantasten, würde genau beobachten und abwarten und dann entscheiden, ihre Situation noch einmal neu einschätzen.

Aber bis dahin gab es noch genug anderes zu bedenken. Beispielsweise was Lucasta gerade gemeint haben könnte. Dass es ein kleines Vermögen brauchte, um ein Anwesen wie Ridgware zu unterhalten, lag auf der Hand. Und hatten sie nicht eigentlich darüber gesprochen, woher ein solches Vermögen stammte?

Ihre Gedanken begannen zu kreisen … und schon fing sie an, sämtliche Fragen, auf die sie noch keine Antwort hatte, miteinander zu verknüpfen. So wusste sie beispielsweise immer noch nicht, warum Lord Julian Delbraith zu Neville Roscoe geworden war.

Was sich indes nicht verändert haben dürfte, war die ablehnende Haltung des *ton* gegenüber einem Vermögen, das sich einem Glücksspielimperium verdankte, wie Roscoe es mit großem Erfolg betrieb. Wohl konnte ein Gentleman am Kartentisch ein Vermögen gewinnen, ohne dass darüber die

Nase gerümpft wurde, aber Besitzer dieser Etablissements zu sein, die in dem Ruf standen, den alten Adel seines Geldes zu berauben ... Derlei würde niemals gesellschaftsfähig sein. Geld aus dem Handel, vorzugsweise in einer der vorhergehenden Generationen erworben, mochte der *ton* akzeptieren, aber ein geschäftsmäßig angehäuftes Vermögen, das man, wenn auch völlig legal, den Spielern der besseren Gesellschaft aus der Tasche gezogen hatte? Undenkbar.

»Miranda?« Caroline beugte sich vor, um ihren Blick einzufangen. »Wie ich höre, unterstützt auch Ihr Bruder wohltätige Zwecke. Ich betreue ein solches Projekt, eine Schule hier vor Ort, und ich wollte Julian, während er hier ist, gerne mal dorthin mitnehmen. Möchten Sie uns vielleicht, so Sie das Interesse Ihres Bruders teilen, begleiten?«

Wenn es stimmte, was sie sagten ... dann hielt sie nichts mehr davon ab, sich aktiv für solche Vorhaben einzusetzen; zuvor hatte sie immer geglaubt, mit ihrem eher bescheidenen Hintergrund gar nicht als Schirmherrin oder Unterstützerin karitativer Projekte infrage zu kommen. Jetzt jedoch ... Sie nickte. »Danke, ich würde Sie sehr gern begleiten.« Nach kurzem Zögern fügte sie hinzu: »Bislang bin ich nicht auf diesem Gebiet tätig, aber ich möchte mich gern einmal in dieser Richtung engagieren.«

Wie versprochen kam Dr. Entwhistle am Nachmittag noch einmal vorbei, um nach Roderick zu schauen. Roscoe kehrte gerade mit Henry von ihrem Ausritt über das Anwesen zurück, als der Arzt nach erfolgter Visite in seinen Einspänner stieg. Sie tauschten einen kurzen Gruß, aber da Roscoe wusste, dass der gute Doktor noch andere Patienten zu versorgen hatte, hielt er ihn nicht länger auf. Zumal aus Entwhistles vergnügter Miene zu schließen war, dass mit Roderick alles zum Besten stand.

Nachdem er seinen Wallach – ein prächtiges Tier, auf das

seine Wahl meist fiel, wenn er auf Ridgware zu Besuch war – den Stallburschen überlassen hatte, ging Roscoe über den Rasen hinauf zum Haus. Henry eilte neben ihm her und redete dabei über Ackerbau und Viehzucht, sichtlich angeregt von der ausgiebigen Runde, die sie über das Gut gemacht hatten.

In der Halle trennten sich ihre Wege; Roscoe blieb einen Moment stehen, um ein paar Worte mit Cater zu wechseln, lief dann die Treppe hinauf und den Korridor des Westflügels hinab, um zu Rodericks Zimmer zu gelangen.

Er klopfte, wartete eine Anstandssekunde, dann öffnete er und trat ein.

Miranda saß auf ihrem gewohnten Stuhl, hatte ihn aber etwas vom Bett abgerückt. Sie lächelte über etwas, das Roderick gesagt hatte, der, von einigen Kissen gestützt, schon recht munter im Bett saß.

Als sie ihn sah, vertiefte sich ihr Lächeln. »Der Doktor war gerade hier. Er zeigt sich sehr zuversichtlich, dass Roderick wieder vollständig genesen wird.«

Roscoe nickte, schloss die Tür hinter sich und trat an das untere Ende des Betts. Rodericks Gesicht hatte wieder Farbe bekommen, auch wenn der angestrengte Zug um seinen Mund verriet, dass er längst noch nicht genesen war. Roscoe bedachte auch ihn mit einem kurzen Nicken. »Wie lautet die Prognose im Detail?«

Bruder und Schwester setzten ihn ins Bild.

»Solange ich mich vorsehe und die nächsten Tage vorwiegend Bettruhe halte, sollte ich in einer Woche bereits an Krücken herumhumpeln können, meinte Entwhistle. Und sobald ich das schaffe, dürfte auch die Reise nach London zu bewältigen sein.« Begeistert wirkte er von dieser Aussicht nicht, eher resigniert. »Ich kann nicht gerade behaupten, dass ich mich auf die nächsten Tage freue.«

»Trotzdem«, sagte Miranda und tätschelte Roderick sacht die Hand, »wirst du genau das tun, wozu der Arzt dir geraten hat, um so schnell wie möglich wieder auf den Beinen und wieder ganz das blühende Leben zu sein, wie Entwhistle es so schön ausgedrückt hat.«

Roderick schnaubte, schien sich aber in sein rekonvaleszentes Schicksal zu fügen. Auf Roscoe machte er einen etwas ermatteten Eindruck; die Untersuchung musste ihn angestrengt haben.

Erneut öffnete sich die Tür. Roscoe drehte sich um und sah Sarah hereinkommen. Ihr erster Blick galt Roderick, und sie lächelte, wandte sich dann aber an Roscoe. »Sie hatten nach mir geschickt?«

Er nickte. »Ich wollte Sie fragen, ob Sie Mr. Clifford Gesellschaft leisten könnten, derweil ich ein paar Dinge mit Miss Clifford zu besprechen hätte, der es ...« Er sah Miranda an. »... auch ganz guttäte, mal wieder ein wenig an die frische Luft zu kommen. Ein Gang durch den Garten böte sich an – so schlagen wir gleich zwei Fliegen mit einer Klappe.«

Miranda schaute ihm in die tiefblauen Augen. Da sie annahm, dass seine Aufforderung mit der Absicht erfolgte, außer Hörweite Rodericks mit ihr zu sprechen, meinte sie: »Danke, gern. Ein kleiner Spaziergang könnte mir gewiss nicht schaden.«

Mehr als das – sie hatte ihn den ganzen Tag noch nicht gesehen und war selbst erstaunt, wie sehr sie ihn vermisst hatte. Vermutlich lag es daran, dass sie die letzten Tage fast ständig mit ihm zusammen gewesen war.

Roderick lächelte und streckte Roscoe die gute Hand hin. »Danke. Ich kann dir gar nicht genug dafür danken, mich aus den Fängen von Kempsey und Dole befreit zu haben. Wenn ich daran denke, was geschehen wäre, wenn du mich nicht ...«

Roscoe griff nach Rodericks Hand. »Bedank dich bei deiner Schwester. Sie hat mich als Erste auf dein Verschwinden aufmerksam gemacht und sehr beharrlich darauf gedrängt, etwas zu unternehmen. Ohne ihre Hilfe hätte ich dich kaum der treusorgenden Obhut der beiden entreißen können. Glaub mir, allein hätte ich das nicht geschafft.«

Miranda war derweil aufgestanden und begegnete Roscoes Blick; ausnahmsweise war seine Miene einmal gar nicht schwer zu deuten. Ihr wurde warm bis in die Zehenspitzen.

Roderick strahlte, als auch er sich zu Miranda umsah. »Auf meine große Schwester ist eben Verlass«, meinte er stolz. »Ich habe längst aufgehört mitzuzählen, wie oft sie mich schon aus irgendwelchem Schlamassel geholt hat.«

Sie trat zu Roscoe ans Fußende des Betts und strich ihrem Bruder über den unversehrten Fuß. »Du sollst dich ausruhen und nicht solchen Unsinn erzählen.«

»Jawohl, Madam.« Roderick wandte den Kopf, um Sarah zuzulächeln, die ihren Platz auf der anderen Seite des Betts im Lehnsessel der Schwester eingenommen hatte, aber als Miranda sich an der Tür noch einmal nach ihm umdrehte, waren ihm schon wieder die Lider zugefallen.

Sie trat zu Roscoe in den Flur, wartete, bis er die Tür hinter ihnen geschlossen hatte, um dann mit ihm vor zur Galerie zu gehen. Doch statt den Weg zur Treppe einzuschlagen, winkte er sie weiter. »Wir können hier langgehen.«

Etwas weiter die Galerie hinab säumten Gemälde die Wände, die vermutlich … seine Vorfahren darstellten. Fast von selbst verlangsamte sie ihre Schritte, um die Bildnisse genauer anzusehen. »Generationen von Delbraiths hier auf Ridgware«, klärte er sie beiläufig auf.

»Das sehe ich.« Sie hatten bereits einige frühe Earls passiert – kleine Schildchen neben dem Bild wiesen den jeweils Porträtierten aus –, ehe seine Ahnen im siebzehnten Jahrhundert in den Rang eines Dukes aufgestiegen waren. Zum Ende hin wurde sie immer langsamer. Über und unter den herzöglichen Bildnissen hingen jeweils Porträts der Familienmitglieder. Schließlich gelangte sie zu Marcus, dem siebten Duke of

Ridgware. Das etwas kleinere Bildnis darunter zeigte Lucasta; und das nächste und letzte Porträt George, den achten Duke.

Sie blieb stehen. Roscoe schwieg einen Moment, dann sagte er: »Henrys Vater. Sein Tod kam für uns alle sehr überraschend.«

Henrys Vater, Julians älterer Bruder; Miranda fiel auf, dass seine Stimme bar jeden Gefühls war, als er von ihm sprach. »Und kein Bildnis von Henry?«, fragte sie.

»Es ist seit jeher üblich, sie anzufertigen, wenn der Porträtierte fünfundzwanzig ist.« Er zögerte, als wäge er seine Worte genau ab. »Henry war drei, als er den Titel erbte. Jetzt ist er fünfzehn, womit ihm also noch ein paar Jahre bleiben, ehe er diese Tortur über sich ergehen lassen muss.«

»Du hast es demnach als eine Tortur empfunden, so lange stillstehen zu müssen?« Das Porträt neben Lucasta zeigte nämlich einen eleganten jungen Gentleman, der ihr ziemlich bekannt vorkam; dunkelblaue Augen blickten einem aus dem Bild entgegen, und bereits mit fünfundzwanzig hatte er jene körperliche Präsenz gehabt, die ihn auch Jahre später noch umgab. Allerdings wirkte der Porträtierte sorgloser, unbeschwerter. Der junge Julian hatte ein unbekümmertes Lächeln und ein schelmisches Funkeln in den Augen.

»Stillzustehen war noch nie meine Stärke.«

Auch das sah sie – eine kaum zu bändigende Energie ging von der gemalten Gestalt aus, die sich im Laufe der Jahre noch verstärkt, deren Draufgängerisches sich in etwas Machtvolleres, Reiferes verwandelt hatte. Was, war schwer zu benennen, doch der Mann, wie er jetzt neben ihr stand, schien in so vielerlei Hinsicht mehr zu sein als sein jüngeres Selbst. Von den feinen, doch kaum zu übersehenden Veränderungen seiner Züge zu der Art, wie er sein Haar trug, Brust und Schultern breiter, stärker. Von der fast schon weibischen, fließenden Anmut des Porträtierten war nur noch die Anmut geblieben, doch alle weiche Trägheit war verschwunden.

Sie war sich nicht mal sicher, ob irgendjemand auf die Idee kommen würde, eine Verbindung zwischen dem Mann, wie er jetzt war und wie sie ihn kannte, und dem jungen Geck von einst zu sehen.

Ihr Blick fiel auf die Inschrift unten am Rahmen, die ihr eine der vielen Fragen beantwortete, die ihr durch den Kopf schwirrten. *Lord Julian Roscoe Neville Delbraith.* Daher stammte also der Name, den er sich in London zugelegt hatte, und es erklärte auch, warum er sich Roscoe nennen lassen wollte, bei seinem zweiten Vornamen, und nicht Neville, was, wie sie von einem der früheren Bildnisse wusste, der Familienname einer herzoglichen Ahnin gewesen war.

Erneut in die Betrachtung des Bildes versunken, seines Gesichts, das mit den Jahren markanter, männlicher, aber auch strenger geworden war, hätte sie ihn gern gefragt, *warum*. Warum er diesen jungen Mann samt seinem sorglosen, ausschweifenden Leben, vom Künstler sehr schön eingefangen in der sinnlichen, luxuriösen Kulisse, hinter sich gelassen, warum er sich von alldem, was einem vermögenden jungen Mann erstrebenswert erscheinen musste, abgewandt hatte, um die Seiten zu wechseln und Londons Glücksspielkönig zu werden.

Sie hätte es zu gern gewusst, konnte aber unmöglich danach fragen. Zu zudringlich wäre es gewesen, zu indiskret. Wenn er es sie wissen lassen wollte, würde er es ihr schon sagen, doch wenn er der Meinung war, dass sie nichts davon zu wissen brauchte, würde sie sich damit abfinden, es nie zu erfahren.

Roscoe wartete geduldig neben ihr, auch wenn es ihm schwerfiel. *Hör auf, ihn dir anzusehen, den Kerl gibt es nicht mehr. Er ist vor über zehn Jahren gestorben. Schau lieber mich an, ich bin hier, er nicht. Nicht mehr.* Die Worte brannten ihm auf der Zunge, doch er schluckte sie hinunter.

Schließlich sah sie ihn an. »Ich weiß nicht mehr, wie ich dich nennen soll – Lord Julian oder Roscoe?«

Die Antwort bedurfte kurzer Überlegung. »Den Lord lass weg«, meinte er schließlich, »der Rest ist an dir. Solange wir auf Ridgware sind, soll mir beides recht sein.«

Einen Moment erwiderte sie seinen Blick, dann wandte sie sich wieder dem Bild zu. Um gleich darauf wieder ihn anzuschauen, als suchte sie den Vergleich zwischen jetzt und einst. Mit seiner Geduld am Ende und nicht darauf bedacht, ihr dies zu verbergen, seinen Unmut, dass sie sein früheres Selbst so ausgiebig betrachtete, winkte er sie barsch weiter, die Galerie hinab. Ohne ein weiteres Wort folgte sie ihm.

Schweigend liefen sie nebeneinander her, die Treppe am Ende der Galerie hinunter, dann durch eine Flucht von Gängen bis zum Wintergarten und schließlich auf den weiten, nach Süden gelegenen Rasen. Erfreulich, dass sie, recht groß gewachsen, mit ihren langen Beinen forsch ausschritt, sodass er seine Schritte den ihren kaum anpassen musste und seine Geduld nicht neuerlich strapaziert fand. Im Gegenteil, während sie so durch das Grün schlenderten, spürte er, wie die friedliche Ruhe des Ortes sich langsam auf ihn übertrug, auch ihn ruhiger, friedfertiger werden ließ.

So war es immer gewesen, und so war es noch. Weshalb er auch nach all den Jahren nicht begreifen konnte, wie George das alles hatte aufs Spiel setzen können.

Die Gärten waren weitläufig, und wenngleich er ein Ziel vor Augen hatte, sah er doch keinen Grund zur Eile. Er genoss die Ruhe, den Frieden, Ridgware war wie Balsam für seine Seele; auch Miranda schien es zu spüren. Sie ging neben ihm her und sah sich um, und obwohl er sie nicht berührte, *spürte* er sie, erlebte er ihre bloße Gegenwart als wohltuend.

In einvernehmlichem Schweigen spazierten sie dahin, empfanden eine stille Zufriedenheit, eine neue Art des Zusammenseins.

Miranda genoss die Stille, den ungewohnten Blick aufs Haus, der sich ihr bot, und mehr noch auf den Garten. Der

Rasen war grün und gepflegt, die Kieswege frisch geharkt. Nah des Hauses waren Blumenbeete und Rabatten angelegt, Ziersträucher und gestutzte Buchsbaumhecken gepflanzt. Doch je weiter man sich vom Haus entfernte, desto natürlicher wurde die Anlage, geprägt von Buschwerk und hohen alten Bäumen, ein Park eher denn ein Garten, der schließlich in Wald überging. Doch wohin ihr Blick auch fiel, spürte man inmitten des üppigen Grüns die umsichtige ordnende Hand des Gärtners. *Es braucht sehr viel Geld, um ein Anwesen wie Ridgware zu unterhalten*, kamen Lucastas Worte ihr in den Sinn. Jetzt konnte sie sich mit eigenen Augen davon überzeugen. Es würde gar ein kleines Vermögen brauchen, um Haus und Garten in so tadellosem Zustand zu erhalten, vom Rest des Anwesens ganz zu schweigen. Und nach allem, was Miranda auf der Hinfahrt gesehen hatte, stand es darum nicht schlechter bestellt.

Ridgware war ein schönes Anwesen, es wurde gehegt und gepflegt.

Doch Geld allein war es nicht; was sie beeindruckte, war die Umsicht, die man in allem spürte, die aus dem prächtigen Herrenhaus ein geliebtes Zuhause machte, aus dem Gut eine lebendige Gemeinschaft. Von fern sah sie einen Gärtner, der Blätter zusammenrechte, dann eine Magd, die mit einem Weidenkorb im Wald verschwand, und all diese kleinen Einblicke bestätigten ihren ersten Eindruck. Ridgware war nicht einfach nur ein Landsitz, der zweimal im Jahr für die Herrschaften geöffnet wurde, sondern ein lebendiger Ort. Hier wurde tatsächlich gelebt und auch gearbeitet.

Und so teuer es sein mochte, ein solches Anwesen zu unterhalten, war es das allemal wert – zumindest für Roscoe und seine Familie samt allen Bediensteten. Zusammengehörigkeit, Dauer, Beständigkeit; den alten Adelsfamilien bedeutete das viel.

Sollte *das*, diese Unsummen, die benötigt wurden, um

Ridgware zu unterhalten, einst der Grund für des jungen Lord Julians Verwandlung in Roscoe gewesen sein?

»Hier entlang.« Er deutete auf einen Bogengang und ließ ihr den Vortritt. Über zwei Steinstufen gelangte man hinab in einen ummauerten Rosengarten.

»Oh!«, entfuhr es ihr in Anbetracht des unerwarteten Blumenmeers. Denn obwohl die Saison schon fast vorüber war, trugen viele der teils mannshohen Stauden und Ranken noch üppige Blüten. »Welch eine Pracht!«

»Jetzt ist es nur ein bescheidener Abglanz. Du müsstest es im Sommer sehen, wenn alles in voller Blüte steht.« Roscoe folgte ihr den Weg hinab, der durch den Rosengarten führte. »Dann ist der Duft so stark, so überwältigend, dass es einem den Atem raubt.«

Sie beugte sich über eine der rosa Blüten und schnupperte. »Hmm. Wirklich betörend.«

Er beobachtete sie und musste ihr recht geben.

Sie richtete sich wieder auf und sah ihn an. »Worüber wolltest du mit mir sprechen?«

Im ersten Moment begriff er nicht, was sie meinte, dann entsann er sich wieder des Vorwands, den er angeführt hatte, um sie aus dem Krankenzimmer zu lotsen. Er wies voraus, weiter den rosengesäumten Weg hinab, und schlenderte neben ihr her. »Ich habe beim hiesigen Friedensrichter eine Beschwerde gegen Kempsey und Dole eingereicht – eine reine Formalität, die sich später aber als nützlich erweisen könnte. Zudem habe ich Leute ausgeschickt, die Fährte der beiden aufzunehmen. Meine Vermutung ist, dass sie noch in Birmingham stecken, bei ihrer Sippschaft untergetaucht sind.« Die andere Möglichkeit war, dass Kempsey und Dole hinter *ihnen* her waren, wie ein Paar Bluthunde Rodericks Witterung aufgenommen hatten und ihnen längst auf den Fersen waren. Aber er sah keinen Grund, diese Möglichkeit zum jetzigen Zeitpunkt näher auszuführen und Miranda zu beunruhigen.

Sie nickte nachdenklich. »Dann gehen wir davon aus, dass Kempsey und Dole sich jetzt, da sie Roderick verloren haben, aus der Sache zurückziehen? Letztlich war ja dieser Kirkwell der Drahtzieher hinter der Entführung, er war es, der Roderick aus dem Weg schaffen wollte, auch wenn mir schleierhaft ist, warum.«

»Ich habe bereits meine Männer in London verständigt. Sie werden versuchen, etwas über Kirkwell in Erfahrung zu bringen. Allerdings sollten wir auch in Betracht ziehen, dass es vielleicht gar nicht sein richtiger Name ist.« Er warf ihr einen prüfenden Blick zu. »Dir sagt der Name noch immer nichts? Ein Freund von Roderick vielleicht, ein einstiger Verehrer von dir?«

»Nein, nichts dergleichen«, erwiderte sie. »Ich habe mir schon den Kopf zermartert, aber der Name sagt mir überhaupt nichts.«

»Umso wahrscheinlicher dann, dass es nicht sein richtiger ist. In der Regel werden junge Gentlemen nicht von Wildfremden entführt, zumal wenn ein so ausgeklügelter Plan dahintersteckt. Jemand trachtet Roderick nach dem Leben – und so unwahrscheinlich es zu sein scheint, muss irgendjemand einen triftigen Grund dafür haben.«

»Aber wie wollen wir Kirkwell finden, wie diesen Schurken enttarnen?«

»Sein Name mag falsch sein, aber der Mann leibt und lebt. Meine Männer durchkämmen noch mal die Gegend, wo man ihn nachweislich gesehen hat – die Spelunke, in der er sich mit Kempsey und Dole getroffen hat, die umliegenden Gassen. Er kann sich nicht in Luft aufgelöst haben. Irgendjemand muss ihn dort gesehen haben, könnte ihn im Zweifelsfall sogar wiedererkennen.« Er nickte ihr ermutigend zu. »Keine Sorge, wir finden ihn schon.« *Vorzugsweise bevor du mit Roderick nach London zurückkehrst.*

»Danke.« Miranda sah ihn an. »Für alles. Für deine Hilfe

bei der Suche nach Roderick und seiner Befreiung und jetzt bei der Suche nach Kirkwell. Ohne dich hätten Roderick und ich das niemals geschafft – würden es auch jetzt nicht schaffen.«

Einen Moment erwiderte er ihren Blick, dann sah er wieder nach vorn. »Es ist eine ganze Weile her, dass ich mich zuletzt in ein solches Abenteuer gestürzt habe.« Kurz trafen sich ihre Blicke, er lächelte flüchtig. »Ich muss gestehen, es war mir trotz allem ein Vergnügen.«

Sie wusste, was er meinte, auch wenn sie nicht sicher war, ob *Vergnügen* es traf, zumindest nicht, was Roderick anbelangte, aber sie hatte sich noch nie so frei, so lebendig gefühlt, das stimmte. Nicht nur wegen der Aufregung, die die Verfolgung der beiden Verbrecher bot, oder des fast noch größeren Kitzels, dem strengen Regime ihrer Tante entkommen zu sein, sondern einfach nur wegen des Zusammenseins mit ihm … Sie musste sich wirklich zwingen, es ihn zu fragen: »Wie lange wirst du denn noch auf Ridgware bleiben? Ich könnte mir vorstellen, dass deine Geschäfte dich bald wieder nach London rufen.« Schließlich konnten sie und Roderick kaum verlangen, dass er die ganze Zeit bei ihnen blieb, als ihr Beschützer, ihr Freund, ihr …

Aber sie schweifte ab.

»Unmittelbar steht nichts an, weswegen ich zurück nach London müsste.« Er ging ruhig neben ihr her, und als sie ihn verstohlen musterte, gab seine Miene wie immer wenig preis. »Ich war eine ganze Weile nicht mehr auf Ridgware zu Besuch, und es kommt nur noch selten vor, dass sämtliche meiner Schwestern und auch Henry zugleich hier sind. Ein paar Tage der Abwesenheit sollten sich nicht negativ auf meine Geschäfte auswirken. Die Leute, die für mich arbeiten, kommen solange auch ohne mich zurecht.«

»Verstehe.« Ihr Herz machte einen kleinen Sprung, den sie sich selbst nicht ganz erklären konnte. Das Glücksgefühl und die Erleichterung, die sie erfassten, als sie begriff, dass er noch ein paar Tage bei ihr sein würde, waren völlig unangebracht; ebenso wenig ließen sie sich jedoch leugnen. »Ich hatte gehofft, meiner Tante eine Nachricht zukommen lassen zu können. Jetzt, da ich Gewissheit habe, würde ich sie gern darüber informieren, dass Roderick wohlauf ist – oder es zumindest bald wieder sein wird.«

»Schreib ihr einfach eine Nachricht, und ich werde sie in die Stadt schicken lassen.« Roscoes Blick fiel auf ihr Trauerkleid mit dem hochgeschlossenen Ausschnitt, dem steifen, schweren Rock. »Da ihr aller Voraussicht nach noch ein paar Wochen hierbleiben werdet, könntest du sie auch bitten, dir ein paar Kleider einzupacken – ich würde meine Leute vorbeischicken, die das Gepäck abholen und hierherbringen lassen.«

Sie neigte den Kopf. »Danke.«

Mehr gab es eigentlich nicht zu besprechen, doch ebenso wenig wollte er das kleine Intermezzo jetzt schon beenden. Eine der einfachen Freuden des Lebens, an diesem schönen Herbsttag mit ihr durch den alten Rosengarten zu spazieren. »Außer Zeit mit meiner Familie zu verbringen, möchte ich meinen Aufenthalt auch dazu nutzen, mich wieder einmal ein wenig in der Gegend umzuschauen und mich über die Entwicklungen auf dem Laufenden zu halten.« Er fing ihren fragenden Blick auf. »Ridgware ist nicht einfach bloß ein ländliches Anwesen, sondern ein großes Unternehmen, das aus vielen kleinen Betrieben besteht, wenn man so will.« Und so kam er ins Reden, gab gar seine gewohnte Vorsicht auf, jedes seiner Worte auf die Goldwaage zu legen – einzig um sie zu unterhalten, um noch ein wenig Zeit mit ihr zu verbringen und sie von dem eigentlichen Grund abzulenken, der ihn auf Ridgware verweilen ließ.

Denn Roderick war noch längst nicht außer Gefahr. Kempsey und Dole mochten vergleichsweise kleine Lichter sein, doch sie blieben nach wie vor eine Bedrohung. Was ihm jedoch wirklich Kopfschmerzen bereitete, war dieser ominöse

John Kirkwell. Höchst unwahrscheinlich, dass jemand, der solchen Aufwand betrieben hatte, aufgeben würde, ehe sein Ziel erreicht war.

Bis man alle drei – Kempsey, Dole und Kirkwell – ausfindig und dingfest gemacht hatte, würde er hierbleiben, um ein Auge auf Miranda und ihren Bruder zu haben. Nicht, dass es ihm etwas ausgemacht hätte. In ihrer Nähe zu bleiben verlangte ihm nun wirklich kein großes Opfer ab. Im Gegenteil – was ihn augenblicklich am meisten auf Ridgware hielt, war, wenn er ganz ehrlich war, schlicht und ergreifend sie.

Bei Einbruch der Nacht fand Roderick sich schon so weit erholt, dass er sämtliche um sein Wohl besorgte Frauen von seinem Krankenbett verbannt hatte, sodass Miranda nun mit einmal zur Untätigkeit verdammt war und ruhelos vor den Fenstern ihres eigenen Zimmers auf und ab ging. Im Haus war Stille eingekehrt, die anderen hatten sich auch zurückgezogen und begaben sich vermutlich gerade zu Bett, doch sie war zu aufgewühlt, um auch nur still zu sitzen, geschweige denn an Schlaf zu denken.

Gemeinsam mit Roscoe hatte sie den Garten noch weiter erkundet und war erst ins Haus zurückgekehrt, als es Zeit gewesen war, sich zum Abendessen umzukleiden. Außer ihrem schwarzen Tageskleid hatte sie nur ein weiteres dabei, auch dieses schwarz und streng, aber immerhin etwas passender für den Abend. Auf ihrem Zimmer kleidete sie sich um, bürstete sich das Haar und steckte es neu auf, wobei sie diesmal auf ihren üblichen Knoten verzichtete und sich das Haar stattdessen flocht und zu einer Krone auf dem Kopf zusammenfasste.

Sehr zufrieden mit dem Ergebnis, fühlte sie sich hinreichend fashionabel, als sie hinunterging in den Salon und sich so selbstverständlich mit der Familie zusammenfand, als würden sie einander schon seit Jahren und nicht erst seit dem Abend zuvor kennen. Zum Dinner wechselten sie ins Speisezimmer, genossen das Essen in angenehmer Runde, um dann in den Salon umzuziehen, wo es noch den Tee einzunehmen galt, ehe sie und Sarah wieder nach oben gingen, um die Schwester abzulösen. Sie hatten zu beiden Seiten von Rodericks Bett gesessen und ihm die Zeit vertrieben, bis er sie dann schließlich hinausgeschickt hatte und sie mit einer Kerze auf ihr Zimmer gegangen war und die Tür hinter sich geschlossen hatte.

Und hier war sie nun und fand keine Ruhe.

Sie blieb am Fenster stehen, schaute hinaus in die Nacht, auf die im Mondschein schimmernde Rasenfläche, an deren Ende die Umgrenzung des Rosengartens verlief.

Keine zehn Minuten später lief sie, ihren schwarzen Umhang um die Schultern gelegt, den Weg zwischen den Rosenbeeten entlang. Es war ein schöner, sonniger Herbsttag gewesen, und zwischen den Mauern hielt sich noch ein wenig der Tageswärme und des betörenden Dufts später Rosenblüte.

Während der letzten Woche hatte sie sich in einem Zustand ständiger Anspannung und Ungewissheit befunden, jetzt war sie in Sicherheit und voller Zuversicht – Ridgware hatte sie und Roderick aufgenommen, hielt sie in seinen alten Mauern, seiner stillen Gelassenheit geborgen. Nahm es da Wunder, dass sie kaum wusste, wo ihr der Kopf stand? Sie würde Zeit brauchen, sich an all das zu gewöhnen.

»Aber«, sprach sie leise vor sich hin, »das ist ja längst nicht das Einzige, was sich geändert hat.«

Sie hatte sich verändert. Indem sie sich auf die Suche nach Roderick gemacht, Roscoe um seine Hilfe gebeten hatte, war sie herausgetreten aus ihrer kleinen, eng umschriebenen Welt des Anstands und der Respektabilität. Ihr war bewusst gewesen, was sie tat, und stünde sie noch einmal vor der Wahl, sie würde es wieder tun. Sie bereute ihre Entscheidung nicht, im Gegenteil, aber hatte sie wirklich gewusst, worauf sie sich einließ, welche Veränderungen es in ihr bewirken würde? Etwas hatte sich ganz grundlegend geändert, hatte ihre Welt auf den Kopf gestellt, und damit hatte sie weder gerechnet noch es vorhersehen können.

Und zu alledem hatte sie sich noch Roscoe zum Geliebten genommen.

Auch das bereute sie nicht, wenngleich es in nicht gerade geringem Maße ihre Unruhe verstärkte. Es war eine völlig neue Erfahrung für sie, doch wenn sie ehrlich war, hatte sie nicht die leiseste Vorstellung, wie es weitergehen sollte – damit, mit ihnen.

Miranda wusste gern, woran sie war. Ungewissheit konnte sie nur schlecht aushalten, sie entsprach nicht ihrem Wesen. Vielleicht fand sie sich ja deshalb so voller Unruhe, ausgerechnet jetzt, da sie doch eigentlich die Ruhe, den Frieden, die Sicherheit hätte genießen können …

Nach ein paar Schritten ging ihr auf, dass nicht die Ungewissheit es war, die sie so unruhig, so angespannt werden ließ.

Sie blieb stehen und drehte sich um, schaute den Weg zurück, den sie gekommen war.

Dort im Bogengang stand Roscoe, die Hände in den Taschen, lässig ans alte Mauerwerk gelehnt, und beobachtete sie. Selbst aus der Ferne konnte sie seinen Blick auf sich spüren, dunkel und warm, wie eine Berührung.

Ein Erwecken all ihrer Sinne.

Sie begegnete seinem Blick, wartete.

Mondschein fiel auf sein Gesicht, sie sah ein Lächeln um seine Lippen spielen, fein, fast resigniert, dann stieß er sich ab vom Bogengang, kam die Stufen hinab in den Garten, hielt stetig auf sie zu.

»Was machst du hier, um diese Zeit? Du solltest nicht allein draußen sein.« Dicht vor ihr blieb er stehen, blickte in ihre schimmernden Augen, sah das Lächeln darin.

»Aber ich bin ja nicht allein«, entgegnete sie, betrachtete sein Gesicht und deutete dann den Weg hinab, lud ihn ein, sich ihr anzuschließen auf ihrem nächtlichen Spaziergang. »Ich konnte nicht schlafen«, meinte sie, als er schweigend neben ihr ging.

Genau wie er. Zumal nachdem er sie im Mondschein zum Rosengarten hatte laufen sehen. »Es ist eine herrliche Nacht«, erwiderte er.

Seine Bemerkung gab den Ton vor für das sich entspinnende Gespräch, eine unverfängliche Plauderei. Beide wollten sie im Grunde nicht mehr, als sich die Zeit zu vertreiben, ein wenig Ruhe zu finden und vielleicht ja auch die Stimme des anderen zu hören. Ihre harmlosen, fast schon banalen Worte bargen keine Geheimnisse, verfolgten keine Absichten. Es schien, als wollten beide einfach nur in Gesellschaft des anderen sein.

Eine Vorstellung, die ihn belustigte; er war nun wahrlich kein Mann der höflichen Konversation, und es hätte ihn gewundert, wenn sie eine leidenschaftliche Verfechterin dieser nichtssagenden Kunst gewesen wäre, und doch … Hier schlenderten sie dahin, im Rosengarten, bei Mondschein, und taten genau das. Und zumindest in seinem Fall stellte sich ein unerwartetes Gefühl stiller Zufriedenheit ein.

Er genoss ihre Gesellschaft, er wollte mehr über sie erfahren. Sie zog ihn an, faszinierte und begeisterte ihn, berührte ihn auf eine Weise, die er nie zuvor erlebt hatte. Eine Verbindung, die tiefer ging und dabei reicher und anregender war, als er es je für möglich gehalten hätte. Nun, sagte er sich, vermutlich lag es in der menschlichen Natur, einander verstehen zu wollen … Fast hätte er gelacht über seinen kläglichen Versuch. Sein Interesse an ihr ging weit über derlei Neugier hinaus.

Er wollte sie erkunden, sie auskosten und sich zu eigen machen, doch, und das war das Verwirrende, es war nicht allein die körperliche Anziehung, die ihn so ausschließlich in ihren Bann zog.

Im Laufe der Jahre war er zu einem guten Menschenkenner geworden, und je besser er sie kennenlernte, desto mehr

Fragen warf sie auf. In ihrem Wesen war sie einzig, zumindest für ihn. Sie war nicht eine von vielen, war niemand, der sich fügte und folgte, wie so viele Frauen es taten, doch eine geborene Anführerin war sie auch nicht. Sie beschritt ihren eigenen Weg, ganz gleich, ob jemand sie begleitete, und das Spannende daran war, dass auch sie diese Seite ihrer selbst gerade erst zu entdecken schien.

Er verstand sich darauf, Menschen schnell zu durchschauen, sie auf den ersten Blick einzuschätzen, eine Gabe, die er schon immer gehabt hatte und die ihm als Roscoe, Londons Glücksspielkönig, unschätzbare Dienste erwiesen hatte. Er machte praktisch täglich davon Gebrauch, ohne noch groß darüber nachzudenken. So auch bei Miranda – doch bei ihr gestaltete sich alles etwas komplizierter. War sie ihm zunächst ein Rätsel gewesen, wenn auch ein sehr reizvolles, begann er nun Schicht für Schicht ihr Wesen freizulegen und in all seinen Widersprüchlichkeiten zu begreifen. Zeit ihres Lebens musste sie gegen ihre Natur angekämpft, ihr wahres Selbst unterdrückt und alles dem Wunsch untergeordnet haben, ihren Bruder zu schützen – ein Wunsch, der paradoxerweise durchaus ihrem Charakter entsprach. Niemand verstand dieses Dilemma besser als er. Welche Ironie oder wohl eher Fügung des Schicksals, dass es genau diese Hingabe und Aufopferungsbereitschaft waren, die sie zu sich selbst geführt hatten.

Und zu der Erkenntnis, dass Roderick erwachsen geworden war und ihres Schutzes nicht mehr bedurfte, dass er ihr entwachsen und unabhängig geworden war. Was für sie die Frage aufwarf, was sie künftig mit ihrem Leben machen wollte, welche Aufgabe sich stellen, welchen Sinn in allem finden.

Noch wusste sie die Antwort darauf nicht, und er hätte nicht sagen können, in welche Richtung sie sich entwickeln würde, aber ihr dabei zuzusehen, wie sie sich ihrer Vergangenheit entledigte, sie abstreifte wie eine zu eng gewordene Haut und mit regem, befreitem Blick nach einem neuen Weg für sich suchte, fesselte und faszinierte ihn. Und seltsamerweise berührte es ihn zutiefst.

Da er ihren Weg nicht vorhersagen konnte, konnte er ihrer nur in diesem Moment gewiss sein. Sie beide, in mondheller Nacht.

So spazierten sie weiter, plauderten leichthin und schienen beide Vergnügen an diesem zufälligen Zusammentreffen zu haben. Dass es so einfach sein konnte, war vielleicht das größte Wunder.

Schließlich meinte sie mit einem leisen Seufzer: »Langsam wäre ich bereit, wieder hineinzugehen.«

Gemeinsam kehrten sie zurück zum Haus, durchquerten die verwaist liegende Halle und stiegen die große Treppe hinauf.

Keine Sekunde verstrich, in der er sich nicht bewusst gewesen wäre, dass sie sich, seit er heute früh ihr Bett verlassen hatte, nicht mehr berührt hatten. Gerade so, als hätten sie es vermieden, dem anderen zu nah zu kommen. Keine flüchtige Berührung der Hände, auch keine galanten Gesten seinerseits. Vermutlich war es ihnen besser so erschienen, eine Notwendigkeit, um den Anforderungen des Tages zu genügen.

Doch nun hielten die Nacht und die Stille des Hauses sie umfangen, und mit jeder Stufe, die sie erklommen, wuchs die Anspannung zwischen ihnen.

Seine Empfindungen schnürten ihm die Brust zu; bei keiner anderen Frau wäre es ihm je so ergangen, keine hatte ihn je so aufgewühlt, so völlig durcheinandergebracht.

Ihre Liaison konnte, *sollte* nicht von Dauer sein, eine kurze Affäre und mehr nicht, so viel war beiden von Beginn an klar gewesen – »nur diese eine Nacht«, um es mit ihren Worten zu sagen. Mit ihm allein zu reisen hatte ihr eine Gelegenheit gegeben, die sie beherzt ergriffen und die er ihr willig zugestanden hatte.

Aber nach dieser ersten Nacht, der vermeintlich einen, hatte er sich wie verloren gefühlt auf weiter See. Wohin sollte die Reise gehen? Sollte es das schon gewesen sein? Er konnte nicht wissen, ob sie überhaupt wollte, dass aus ihrer Nacht der Leidenschaft eine Liaison wurde, auch wenn es sich so gefügt hatte, dass die Möglichkeit durchaus gegeben wäre. Wegen dieser Ungewissheit hatte er sich letzte Nacht auch zurückgezogen, war auf seinem Zimmer geblieben und hatte ein Buch gelesen, statt zu ihr zu gehen, in der Hoffnung, sie würde zu einer Entscheidung gelangen und ihn wissen lassen, was sie wollte.

Stattdessen hatte das Schicksal es so gefügt – und die patente Schwester schien dem ordentlich auf die Sprünge geholfen zu haben –, dass er sich unversehens in ihrem Zimmer fand und Miranda, bettwarm und schläfrig, ihn an sich gezogen hatte und die Dinge ihren Lauf nahmen, einmal mehr. Aber war es eine bewusste Entscheidung gewesen, oder war sie einfach der Macht des Augenblicks erlegen? Er wusste es nicht. Weshalb er jetzt auch kein bisschen klüger war als tags zuvor.

Und so stand er denn, als sie oben auf der Galerie angelangt waren, auch etwas unschlüssig da und wusste nicht recht, wie weiter. Wie konnte er wissen, was sie wirklich wollte, was ihnen beiden möglich war, was sie ihm zugestehen würde?

Dass er sie wollte, dessen war er sich gewiss. Er wollte die Nacht mit ihr verbringen – wie schon die zwei Nächte zuvor und noch so viele weitere Nächte, wie sie ihm nur gestatten würde. Er wollte sie in seinen Armen halten, sooft sie nur wollte.

Nur – wollte sie?

Er blieb stehen. Als sie es merkte, blieb auch sie stehen, drehte sich nach ihm um und hob mit fast leisem Spott die Brauen. »Mein Zimmer befindet sich im anderen Flügel.«

Dann jedoch weiteten sich ihre Augen, schimmerten im

Mondschein, der durch die hohe Glaskuppel fiel. »Oh …« Fragend sah sie ihn an, versuchte, seine Miene zu deuten, zu verstehen, was er ihr sagen wollte.

Wenn er das denn selbst wüsste! Schließlich fasste er sich ein Herz und holte so tief Luft, dass es beinahe schmerzte, spürte die Anspannung seinen Körper lähmen. »Wenn du es willst, so bitte mich in dein Bett.«

Sie betrachtete ihn schweigend und ließ so viel Zeit vergehen, bis der Moment sich wie hauchdünn gesponnenes Glas zwischen ihnen streckte, dann trat sie vor ihn, legte ihm die Hand an die Wange und hauchte ihm einen Kuss auf die Lippen.

Sie verschränkte ihre Finger mit seinen, wich zurück und sah ihn einen Moment an, ehe sie sich umwandte und ihn mit auf ihr Zimmer nahm.

Er schloss die Tür hinter sich und lehnte sich daran, zog Miranda an sich, und sie kam, legte ihm die Hände an die Brust und reckte sich, während er den Kopf senkte.

Ihre Lippen berührten sich, erst zart, dann verlangend, bis die Münder miteinander verschmolzen.

Zungen umspielten einander, Finger ließen los, um zu berühren, zu begreifen, den anderen zu packen und fester an sich zu ziehen. Sich aneinanderzuschmiegen, zu drängen, ganz innig und nah.

Und wie schon die beiden Male zuvor, da er mit ihr dort gewesen, der Sinnlichkeit anheimgefallen war, hatten sich alle Pläne, Absichten und Zweifel im Nu verflüchtigt, und jeder Kuss, jede Berührung und jede Liebkosung wurden zur alles andere ausblendenden Wirklichkeit.

Nichts war mehr von Belang außer der nächsten Offenbarung.

Nichts zählte als der nächste Moment gegenseitiger Erkundung, begehrenswerten und begehrlichen Erkennens.

Vertraut und doch anders, eine Erkenntnis, die mit jedem

erhitzten Atemzug, jeder Berührung ihrer Finger auf seiner Haut tiefer in ihn einsank.

Sie entledigten sich ihrer Kleider ohne Eile, ohne Hast, doch mit der Gewissheit eines gemeinsamen Ziels, das sie denn auch ungezählte Herzschläge später in einen Strudel der Lust und Leidenschaft sog und sie in den Tiefen ihres Betts zusammenfinden ließ. Das ihnen schier die Sinne schwinden ließ, als Feuer und Verlangen sie heiß durchströmten.

Seufzend vor Wonne hielt Miranda sich an ihn. Sie spürte ihn auf sich, in sich, spürte ihre Lider schwer werden und sich von Empfindungen erfüllt, die sie mit sich rissen, sie trugen, immer höher und höher hinauf.

Wie von Neuem staunend, überwältigt, beseelt.

Sie hatte geglaubt, Bescheid zu wissen, aber wieder überraschte er sie.

Sie überraschte sich selbst.

Dieses Gefühl gegenseitigen Einvernehmens, sich dem anderen vorbehaltlos hinzugeben in inniger Vertrautheit, war so stark, so überwältigend, dass es ihr den Atem raubte.

Wenn überhaupt, empfand sie alles noch stärker als die Male zuvor, jedes Gefühl hatte mit einem Mal mehr Kraft, mehr Gewicht.

Sie verstand kaum, *was* es war, spürte nur diese tiefe Gewissheit, dass es so war. Sie wusste es in dem Moment, als sie, keuchend und halb von Sinnen vor Lust, innig gehalten und erfüllt von ihm, sich verzehrend nach ihm, beide Hände nach ihm ausstreckte und sein Gesicht umfing, ihre Lippen auf die seinen presste, als wollte sie einen Schwur besiegeln. Sie wusste, dass sich das niemals in Worte fassen ließe – dass es einzig war.

Doch er schien jedes Wort zu verstehen, ging ein auf ihren Wunsch, nahm sie, ihren Mund, ihr ganzes Sein in Besitz und stürzte sich mit ihr in flammende Pracht und Herrlichkeit, und als sie in seinen Armen verging, trank er die Schreie der Lust von ihren Lippen und schickte sie immer noch höher und höher hinauf.

Bis er mit einem Stöhnen in ihr erstarrte und sie spürte, wie er sich in ihr ergoss, ein warmer Strom der Ekstase, der sie trug auf schillernden Wogen.

Schwer ließ er sich auf sie sinken, in ihre Arme, feuchte, erhitzte Haut an feuchter, erhitzter Haut, beide in seliger, sinnlicher Ermattung. Erfasst von einem so innigen Glück, einem Gefühl tiefer Befriedigung, das sich ebenso wenig in Worte fassen ließ, wie es sich hätte leugnen lassen.

11. Kapitel

Als Miranda am Tag darauf das Morgenzimmer betrat, fand sie die Familie bereits beim Frühstück und in ein reges Gespräch vertieft.

Roscoe – oder vielmehr Julian – schüttelte den Kopf und wandte sich dabei Millicent und Cassie zu, die ihm beide gegenübersaßen. »Ihr könnt euren Männern nicht einfach sagen, sie sollten gefälligst nicht nach Hause kommen.«

»Wo denkst du hin?«, erwiderte Millicent und verdrehte betont die Augen. »Nichts dergleichen haben wir vor.«

»Natürlich nicht«, pflichtete Cassie ihr bei. »Sie können von ihrer Jagdpartie heimkehren, wann immer es ihnen beliebt – nur dass sie zu Hause eine Nachricht vorfinden werden, dass ihre besseren Hälften beschlossen haben, ein paar Tage länger auf Ridgware zu bleiben als geplant.«

Noch ehe er aufgeschaut hatte, war er sich Mirandas Anwesenheit bewusst gewesen; als sie jetzt an den Tisch trat, stand Roscoe auf und bot ihr den Platz zwischen sich und Henry an.

Sie setzte sich mit einem leise gemurmelten Dank. Kurz trafen sich ihre Blicke, dann setzte auch er sich wieder und richtete das Wort neuerlich an seine widerspenstigen Schwestern. »Meinetwegen. Das müsst ihr selbst wissen. Aber ich werde kaum Zeit haben, euch Gesellschaft zu leisten. Henry und ich haben uns viel vorgenommen, und sobald meine Leute aus London eintreffen, werde ich voll und ganz beschäftigt sein.«

Seine Ankündigung vermochte weder Millicents noch Cassies Begeisterung merklich zu trüben. »Dessen sind wir uns bewusst«, versicherte Millicent ihm. »Aber beim Abendessen wirst du zugegen sein und ab und an wohl auch zum

Frühstück oder zum Lunch. Es reicht ja schon, wenn wir uns dann sehen.«

Er musterte die beiden, dann rang er sich zu einem Seufzer durch und griff nach seinem Besteck. »Mir behagt einfach die Vorstellung nicht, eure familiären Verhältnisse durcheinanderzubringen. Ist es das wirklich wert, nur um ein paar Stunden länger in meiner Gesellschaft zu verbringen?«

»Aber ja, liebster Julian«, erwiderte Millicent. »Außerdem unterschätzt du unsere Männer ebenso wie unsere Bediensteten. Ich bezweifle, dass es zu größeren Unruhen am heimischen Herd kommt. Auch will mir scheinen, dass wir größeren Wert darauf legen, Zeit mit dir zu verbringen, als es andersherum der Fall ist.«

Er schüttelte nur den Kopf, denn ganz ehrlich – was sollte er darauf erwidern?

Miranda entging nicht, wie am anderen Ende des Tisches Lucasta, Caroline und Edwina diese Diskussion mit allseits wohlwollendem Lächeln verfolgten. Sie warf einen Blick zur Seite auf Henry, der ebenfalls stillvergnügt grinste.

»Und nicht zuletzt«, fügte Cassie hinzu und strahlte sie an, als sie Mirandas Blick auffing, »werden ein paar zusätzliche Tage uns Gelegenheit geben, Miranda besser kennenzulernen.«

Roscoe maß seine Schwestern mit scharfem Blick, während diese ganz unverfänglich mit ihrem Gast über das herrliche Wetter plauderten. Aber was sollte er tun? Weder konnte er die beiden nach Hause beordern noch sie von Miranda fernhalten. Ein Dilemma, das ihm mehr zu schaffen machte, als seine unbeteiligte Miene erkennen ließ, mit der er sich schließlich weiter seinem Frühstück widmete.

Am frühen Nachmittag sah Miranda schließlich ein, dass Rodericks fortschreitende Genesung nicht mehr nach ihrer ständigen Anwesenheit am Krankenbett verlangte. Die Schwester sorgte bestens für das leibliche Wohl des Patienten, sie brachte ihm Wasser und auch die Mahlzeiten aus der Küche herauf, sorgte vor allem dafür, dass er auch ordentlich aß, um wieder zu Kräften zu kommen, und was die Zerstreuung anging, so war Sarah viel besser geeignet als Miranda, ihn bei Laune zu halten.

Da es Sarah nichts auszumachen schien, stundenlang an seinem Bett zu sitzen und ihm vorzulesen oder mit ihm zu plaudern, und er in ihrer Gesellschaft zudem viel lebhafter und fröhlicher gestimmt zu sein schien, fühlte Miranda sich zunehmend überflüssig.

Nachdem sie sich schweren Herzens damit abgefunden hatte, erhob sie sich und beschloss, ihren Posten aufzugeben. Roderick und Sarah unterbrachen ihr Gespräch und schauten fragend zu ihr auf. »Ich werde ein wenig im Garten spazieren gehen«, meinte sie lächelnd und schob ihren Stuhl beiseite.

Beide erwiderten ihr Lächeln ganz unbefangen. »Falls Sie noch nicht dort waren«, schlug Sarah vor, »sollten Sie sich auch den Brunnengarten am Ende des Westflügels ansehen. Es ist wunderschön dort.«

»Danke, das werde ich.« Miranda wandte sich zum Gehen, als es an der Tür klopfte und Roscoe hereinkam.

Sein Blick streifte sie, richtete sich dann aber auf Roderick. »Und, wie geht es unserem Patienten heute?«

Obgleich noch immer etwas blass und von leichtem, doch stetem Schmerz gezeichnet, grinste Roderick. »Ich kann nicht klagen. Die Schwester versucht, mich gründlich aufzupäppeln, und Sarah und Miranda mühen sich redlich, mich bei Laune zu halten.«

»Mit scheint, du bist in besten Händen«, sagte Roscoe und schaute wieder zu Miranda. »Ich wollte eigentlich fragen, ob du Lust auf einen Spaziergang hast.«

»Das trifft sich gut, ich wollte gerade aufbrechen. Sarah meinte, der Brunnengarten sei einen Besuch wert.«

Er nickte und richtete das Wort noch einmal an Roderick. »Ich gehe zwar nicht davon aus, heute noch etwas aus London oder auch Birmingham zu erfahren, aber falls doch, gebe ich dir sofort Bescheid.«

»Danke.«

Roscoe verabschiedete sich und folgte Miranda hinaus. Die Tür hinter sich schließend, sah er sie an. »Der Brunnengarten wäre eine Möglichkeit, so du ihn dir wirklich ansehen willst.«

»Das würde ich sehr gern.« Als sie den Korridor hinabgingen, meinte sie indes: »Ich dachte, du hättest so vieles mit Henry zu erledigen.«

»Ich bin tatsächlich zu beschäftigt, um meine Schwestern zu unterhalten. Du hingegen«, er sah sie einen Moment an und suchte ihren Blick, »fällst in eine andere Kategorie.«

Und in welche? Die Frage brannte ihr auf der Zunge, aber sie verkniff sie sich. Sah er es nun, da sie eine Liaison miteinander hatten – denn sie nahm an, dass es so war –, als notwendig an, auch Zeit außerhalb des Schlafgemachs mit ihr zu verbringen? Bislang völlig unerfahren auf diesem Gebiet, kannte sie auch die üblichen Gepflogenheiten nicht. Aber ihr sollte es recht sein; sie hatte überhaupt nichts dagegen, den ganzen Nachmittag an seiner Seite zu verbringen.

Sie verließen das Haus auf demselben Weg wie am Tag zuvor und schlenderten durch den milden Herbstsonnenschein, der das alte Gemäuer noch immer wärmte. Über einen weitläufigen Freisitz gelangte man bis ans Ende des Westflügels, wo einige flache Stufen seitlich hinabführten in einen gepflegten Hofgarten im italienischen Stil, in dessen Mitte ein Brunnen aus weißem Marmor stand, geziert von einem Amor, der leise plätschernd Wasser in das weite Becken goss.

Noch auf den Stufen blieb sie stehen, um den Blick über den Garten zu genießen, der zu beiden Seiten von doppelreihig stehenden Zypressen begrenzt war, die den Blick auf die weite Landschaft öffneten, die sich am Ende der kleinen Anlage auftat. Zwischen den Zypressen fanden weiße Kieswege und geometrisch angelegte Beete, die von gestutzten Zierhecken gesäumt waren, zu einer perfekten Ordnung zusammen. Während anderswo schon das Laub von den Bäumen fiel, hatte dieser Garten sich seine Palette satter Grüntöne bewahrt, ein tiefes, dunkles Grün, dessen Wirkung durch den hellen Kies und den weißen Marmor des Brunnens und der Stufen noch verstärkt wurde. Ein Garten, den Miranda sich auch gut im Winter vorstellen konnte, wenn ein weißer Teppich sich über das Grün legte und nur noch die Formen des Broderieparterre unter dem Schnee zu erkennen wären. »Sarah hatte recht«, stellte sie fest und stieg langsam die Stufen hinunter. »Ein wunderbarer Ort, um sich ein wenig zu ergehen.«

Roscoe schloss sich ihr an. »Der vierte Duke hatte den Garten seinerzeit für seine Gemahlin anlegen lassen, der ihr täglicher Spaziergang anscheinend sehr wichtig war und die sich auch von schlechtem Wetter nicht von ihrer Ertüchtigung abbringen ließ.«

»Im Winter schneit es hier vermutlich genauso viel wie bei uns auf Oakgrove.«

»Vermutlich, ja.« Ein Lächeln huschte über sein Gesicht. »Als Kind bin ich im Winter jedenfalls oft Schlitten gefahren.« Er zeigte in den Park jenseits des Gartens, wo das Gelände an einer Stelle recht stark abfiel. »Der beste Rodelhang im Umkreis von fünf Meilen.« Er sah sie an. »Seid ihr auch Schlitten gefahren, du und Roderick?«

Den Blick in die Ferne gerichtet, auf den Rodelhang seiner Kindheit, schüttelte sie den Kopf. »Nein, so gern wir es auch getan hätten.«

»Und warum?«

Sie zögerte und meinte, noch immer in die Landschaft vor sich versunken: »Meine Tanten hielten einen solchen Zeitvertreib für unserer nicht würdig.«

Er ließ einen Moment verstreichen, dann griff er nach ihrer

Hand, verschränkte die Finger kurz mit den ihren, trat dann näher zu ihr und legte den Arm um sie. »Erzähl mir von deinen Tanten. Die ältere ist bereits verstorben, und die jüngere lebt bei dir und Roderick – korrekt?«

»Ja«, antwortete sie und fand sich dann zu ihrem und Rodericks früheren Leben auf Oakgrove befragt, denn das war es – eine Befragung, mochte sie auch noch so behutsam vonstattengehen. Erst dachte sie, Roscoe wolle sie einfach ein wenig zerstreuen, ein paar schöne Erinnerungen an diese Zeit zutage fördern oder aber mehr über Rodericks Charakter erfahren, nun, da ihr Bruder Mitglied der Philanthropischen Gilde war. Aber je mehr er fragte und je länger sie redete, desto klarer wurde, dass er sich hauptsächlich für sie interessierte und mehr über *ihr* Leben, *ihre* Vergangenheit erfahren wollte.

Wer hätte gedacht, dass ein Mann sich so lebhaft für die Kindheit der Dame interessieren konnte, mit der er eine Liaison unterhielt? Aber je länger sie umherspazierten und sich unterhielten, wobei sich oft ein Satz aus dem vorherigen ergab, aber allem der Wunsch zugrunde lag, mehr über den anderen zu erfahren, desto weniger Zweifel konnte daran sein, wem sein wahres Augenmerk galt.

Damit das Ganze nicht zu einseitig wurde, gab sie viele seiner Fragen an ihn zurück, und so verstrich über eine Stunde, in der sie sich angeregt austauschten, doch als sie schließlich zum Haus zurückkehrten, hatte sie seltsamerweise noch immer das Gefühl, gerade mal ein wenig an der Oberfläche gekratzt zu haben. Seine jungen Jahre schienen jedoch von den üblichen Vergnügungen des Sohns aus adeligem Hause geprägt gewesen zu sein, so viel zumindest ließ er durchblicken. Aber hatte sie etwas anderes erwartet?

Schritte auf dem Kies ließen sie aufblicken. Dort, wo der Weg durch den Ziergarten am Brunnen vorbei und zwischen Rasenflächen und Wald entlangführte, tauchten jetzt seine

Schwestern auf, alle drei. Als sie Roscoe und Miranda sahen, winkten sie ihnen zu.

Roscoe hob kurz die Hand, Miranda ebenso. Sie nahm an, er würde auf die drei warten wollen, doch er ging einfach weiter. Sie warf ihm einen kurzen Blick zu, schaute dann zu seinen Schwestern, doch die drei setzten ebenso ihren eingeschlagenen Weg fort, waren offenbar in ein Gespräch vertieft und schienen keinen Wunsch zu verspüren, sich ihrem Bruder und ihr anzuschließen.

Leicht belustigt sah sie ihn an. »Dass deine Schwestern sich das entgehen lassen.«

Kurz trafen sich ihre Blicke, ehe er wieder nach vorn schaute, die Andeutung eines Lächelns auf den Lippen. »Ich nehme an, sie haben erkannt, dass es nicht in ihrem Interesse wäre, meine Aufmerksamkeit jetzt für sich zu beanspruchen.«

Am folgenden Nachmittag saß Roscoe in einem Gartenstuhl unter einer der alten Eichen, die den nach Süden gelegenen Rasen begrenzten, und nahm den Tee mit den Damen seiner Familie, mit Henry und Miranda ein.

Roderick und Sarah waren im Haus geblieben. Bis zum Sessel an seinem Bett hatte Roderick es zwar schon geschafft, aber angesichts von Entwhistles Warnung, dass es die Heilung nur unnötig hinauszögern könne, sollte er zu früh wieder zu laufen versuchen, war man übereingekommen, das Schicksal nicht herauszufordern. Eine Vorsichtsmaßnahme, die selbst Roderick, zumal in Anbetracht der Treppen, schließlich einsah.

Weshalb die kleine Zusammenkunft unter den herbstlich belaubten Bäumen auch überwiegend in weiblicher Hand war, sah man einmal von Roscoe und Henry ab, die sich jedoch in bescheidener Zurückhaltung übten.

Miranda, die neben ihm saß, suchte sich gerade ein winziges Gurkensandwich von dem Teller aus, den Caroline herumreichte. Da er nie verstanden hatte, warum Damen diesen faden, hauchdünnen Sandwiches den Vorzug vor handfesterer Kost gaben, schüttelte er nur den Kopf, als die Reihe an ihm war.

Henry indes, der zu seiner anderen Seite saß, nahm sich gleich drei der delikaten Häppchen, stapelte sie aufeinander und biss vergnügt hinein. Seine Mutter bedachte ihn mit einem resignierten Blick, den er mit einem schelmischen Grinsen erwiderte.

Nachdem Miranda ihr Sandwich in kleinen, zierlichen Bissen verzehrt hatte, wie es sich gehörte, wandte sie sich an die Damen. »Ich weiß ja mittlerweile, dass Caroline sich für eine Schule einsetzt und Cassie im Komitee eines Waisenhauses ist, aber ich wüsste gern, ob Sie alle in ähnlicher Weise tätig sind?«

Reihum wurde genickt.

»Es schien uns das Mindeste zu sein, was wir tun konnten«, meinte Lucasta. »Da wir uns dank Julian in die Lage versetzt sahen zu helfen, haben wir es natürlich getan. Wenngleich ich, zumindest für meinen Teil, sagen muss, dass ich diese Arbeit nicht mehr missen wollte. Es kann sehr erfüllend sein, sich für gute Zwecke einzusetzen.« Ein belustigtes, leicht spöttisches Lächeln spielte um ihre Mundwinkel. »Im *ton* mag es so manchen geben, den es ein bisschen verwundert, dass ich Freude daran habe, mich um alte, im Krieg versehrte Männer zu kümmern. Für manche mag es eine bloße Pflichtübung sein, aber mir gibt es immer auch das Gefühl, etwas erreicht und der Allgemeinheit etwas zurückgegeben zu haben.«

»Genau darum geht es«, pflichtete Millicent ihr bei. »Zu Beginn mag uns wirklich das alte Diktum des *Adel verpflichtet* in diese Richtung gedrängt haben, aber sehr bald habe ich festgestellt, und ich kann damit auch bloß für mich sprechen, dass man immer auch sich selbst etwas Gutes damit tut. Das Gefühl, etwas Nützliches zu tun und tatsächlich etwas zu bewirken, hat mein Interesse auch nach all den Jahren nicht erlahmen lassen.«

Roscoe lehnte sich zurück und hörte zu, wie Miranda Fragen stellte und die anderen, einschließlich Henry, von ihren Erfahrungen berichteten und welche Vorteile sie darin sahen, sich für die verschiedensten gemeinnützigen Projekte zu engagieren. Die Ansichten seiner Familie waren ihm vertraut, auch wenn es ein paar Jahre gebraucht hatte, bis er verstand, was sie tatsächlich antrieb, sich in einem Maße für wohltätige Zwecke einzusetzen, das das in ihren Kreisen Übliche weit überstieg. Denn meist hielt der Adel lediglich seine Hand über die erwählten Projekte, gab Geld und seinen guten Namen.

Seine Mutter, seine Schwestern, seine Schwägerin und sein Neffe jedoch gaben Geld, ihren guten Namen, hielten ihre schützende Hand über das jeweilige Projekt, doch darüber hinaus engagierten sie sich für die Anliegen, die ihnen besonders am Herzen lagen, und zwar in einer Weise, die gar noch über das hinausging, was er mit der Philanthropischen Gilde praktizierte.

Erst im Laufe der Jahre hatte er begriffen, dass sie all das – zumindest am Anfang – getan hatten und noch immer taten, um sich bei ihm erkenntlich zu zeigen. Um zurückzuzahlen, was sich nie zurückzahlen ließe. Da sie ihm anders nicht danken konnten, waren sie seinem Interesse an wohltätigen Projekten gefolgt und hatten beschlossen, fortan all ihre Zeit und Energie in diese Arbeit zu stecken, um – still und leise, ohne viel Aufhebens – Erfolge zu erzielen, die selbst ihn erstaunten. Sie taten es für sich, für die gute Sache, gewiss, doch im Grunde geschah alles immer auch für ihn, in seinem Namen.

Nicht, dass sie ihm das jemals gesagt hätten, zumindest nicht direkt, aber nachdem sie ihm immer mit strahlenden Augen von ihren Erfolgen berichtet hatten, wann immer sie ihn sahen, in jedem ihrer Briefe ausführlich über alles Geleistete Bericht erstatteten, hatte er dann irgendwann eins und eins zusammengezählt. Schließlich hatte er seine Mutter darauf angesprochen, wenn auch durch die Blume; sie hatte ihn bloß angesehen und ihn gefragt, warum er nicht schon früher darauf gekommen sei.

Womit das geklärt gewesen zu sein schien. Mit der Zeit hatte er dann aber eingesehen, dass, welche Gründe sie zu Beginn auch gehabt haben mochten, jede von ihnen einen tieferen Sinn in den betreuten Projekten fand, eine Aufgabe, die ihnen, wie Lucasta es ausgedrückt hatte, das Gefühl gab, etwas zu erreichen – mithin etwas, das ihnen sonst kaum möglich gewesen wäre.

Weshalb er auch, als er nun so saß und zuhörte, wie sie ihre verschiedenen Tätigkeiten beschrieben und Mirandas Fragen sämtlich geduldig beantworteten, mit einem Mal verstand, warum *sie* solches Interesse bekundete, was genau ihr an einer solchen Aufgabe reizvoll erschien.

Aus seinen eingeholten Erkundigungen zu Rodericks familiären Verhältnissen wusste er, dass sie recht vermögend war. Da sie zudem nie geheiratet hatte und bereits neunundzwanzig war, nahm er an, dass sie über ihr Geld selbst verfügen konnte. Bislang hatte sie ihre Aufgabe darin gefunden, Roderick zu beschützen und für ihn zu sorgen, es hatte ihrem Leben Sinn und Zweck gegeben. Doch damit war es jetzt offenbar vorbei. Und mehr noch als bei den Frauen seiner Familie hatte er bei Miranda den Eindruck, dass sie eine Aufgabe brauchte, etwas, auf das sie hinarbeiten konnte, das ihrem Leben eine Richtung verlieh.

Schweigend trank er seinen Tee, gab gelegentliche an ihn gerichtete Fragen gleich weiter an die anderen, damit Miranda ihre Aufmerksamkeit auf sie richtete statt auf ihn; ihm war es lieber so, wollte er den Austausch mit ihr unter den versammelten Argusaugen seiner Familie doch gern auf das gesellschaftlich Notwendige beschränken. Dass seine Mutter und Schwestern, ja selbst Caroline, sein Interesse an Miranda so schnell bemerkt hatten, war gelinde gesagt etwas beunruhigend. Gerade so, als sähen sie mehr als er, hätten ein tieferes

Verständnis dessen, was ihn zu ihr hinzog. Derlei Spekulationen musste er nicht noch neue Nahrung geben.

Zumal aus besagtem Interesse ohnehin nicht mehr werden konnte. Sie wussten genauso gut wie er – und genauso gut, so nahm er an, wie Miranda es wusste –, dass nie mehr als eine kurzlebige Liaison zwischen ihnen sein konnte.

Auch wenn seine Familie vermutlich nicht ahnte, wie sehr Miranda auf Anstand und Respektabilität bedacht war, konnten sie sich doch vermutlich denken, dass er unter den gegebenen Umständen niemals würde heiraten können. Mit seiner Entscheidung, Roscoe zu werden, war ihm dieser Weg ein für alle Mal verschlossen.

Keine auch nur halbwegs anständige junge Dame würde sich dazu herablassen, seine Frau zu werden. Das erwartete er auch gar nicht, er hatte ja gewusst, worauf er sich einließ. Ja, er käme nicht einmal auf den Gedanken, eine Dame aus gutem Hause mit einem solchen Ansinnen in Bedrängnis zu bringen, das, ungeachtet ihres gesellschaftlichen Ranges und seiner Herkunft, doch stets zur sozialen Ächtung führen würde.

Indem er Roscoe geworden war, hatten sich einerseits neue Möglichkeiten eröffnet, andere Türen hatten sich für immer hinter ihm geschlossen. So würde er nie eine Dame aus seinen Kreisen heiraten können, niemals eine eigene Familie haben – ein Opfer, dessen er sich bewusst gewesen war, und er hatte seine Entscheidung nie bereut. Eine eigene Familie schien ihm zu verschmerzen zu sein, wenn dafür seine Schwestern diesen Weg gehen konnten, Henrys Zukunft gesichert war und Caroline und Lucasta ein würdiges, ihnen gebührendes Leben führen konnten, hier auf Ridgware, im Kreise der Familie.

Er vermisste nichts, während er zumeist schweigend das angeregte Gespräch verfolgte. Wenn er die Begeisterung in Edwinas Stimme hörte, als sie von ihren Plänen erzählte, den philanthropischen Gedanken mit auf ihre Reisen mit Frobisher zu nehmen, ihn hinauszutragen in die große weite Welt und auch dort Gutes zu tun – wusste der gute Mann wirklich, worauf er sich einließ? –, dann fühlte Roscoe sich von einer tiefen Zufriedenheit erfüllt, verspürte eine stille Genugtuung, dass alles sich zum Guten gefügt hatte, was in nicht geringem Maße auch sein Verdienst, seine Errungenschaft war.

Selten hatte er solchen Frieden empfunden, sich so eins gefühlt mit der Welt. Die Lider wurden ihm angenehm schwer, und er schloss die Augen, ließ Mirandas Interesse auf sich wirken, mit dem sie sich danach erkundigte, was es brauchte, um eine Stiftung ins Leben zu rufen, wie das Ganze praktisch vonstattengehe und so weiter und so fort; er ließ all das auf sich wirken, in sich wirken – und spürte auf einmal diesen kleinen hellen Funken der Freude in sich.

Wie mühelos sie es immer wieder schaffte, ihn in seinen Bann zu ziehen, nicht nur seine Sinne, sondern auch seinen Geist. Ihn in einer Weise anzusprechen, die tiefer ging als alles, was er je gekannt, gefühlt und empfunden hatte. Und wie er da so saß, die Augen noch immer geschlossen, seltsam entspannt im Kreise seiner Lieben, hier, im herbstlichen Garten von Ridgware, begannen seine Gedanken um dieses Unbekannte, Tiefergehende zu kreisen; er ahnte bereits, was es war, und genau deshalb wollte er diese Regung nicht näher befragen, geschweige denn ihr einen Namen geben.

Zu seiner Verteidigung musste man sagen, dass Miranda es auch meisterlich verstand, all die richtigen Töne und Saiten anzuschlagen, um an seine Gefühle zu rühren und sie zum Klingen zu bringen.

Ein Gedanke, der ihm auch dann wieder kam, als er in den späten Abendstunden des folgenden Tages wieder einmal mit ihr im Rosengarten spazieren ging. Tagsüber war er mit Henry über das Anwesen geritten, sie hatte den Tag mit seinen Schwestern verbracht, und nun erzählten sie einander, was sich bei ihnen jeweils zugetragen hatte.

Dass es jemals zwischen ihm und einer Dame zu einem solch einfachen, unverfänglichen Austausch kommen könnte, dass derlei überhaupt möglich war und noch dazu beiden selbstverständlich erschien, ließ in ihm eine Freude aufsteigen, die er sich selbst kaum eingestehen mochte. Als sie eine Weile schweigend nebeneinandergingen, sann er noch immer darüber, kostete dieses Gefühl aus, das ihrer zufälligen Begegnung eine ganz neue Bedeutung gab. Es war kein unbehagliches Schweigen zwischen ihnen, keines, das von Desinteresse oder Langeweile zeugte, sondern das einvernehmliche Schweigen freundschaftlicher Vertrautheit, wo es nicht ständiger Worte brauchte, um einander zu verstehen.

Er fühlte sich wohl mit ihr und sie mit ihm. Beide genossen sie den Frieden und die Stille des Gartens, in dem nur ihrer beider Schritte und das leise Rascheln ihrer Röcke zu hören waren.

Wie er so neben ihr einherschlenderte und seinen Gefühlen nachspürte – jene Saiten, die sie so mühelos, so meisterlich anzuschlagen wusste –, musste er sich förmlich dazu anhalten, nicht zu vergessen, dass es nicht von Dauer sein würde, nicht sein konnte. Dass es selbst für ihn, gerade für ihn, unmöglich war, diese kostbare, einzigartige Verbindung zu bewahren.

Sosehr er es sich auch wünschen mochte.

Wie sehr er es sich wünschte, darüber mochte er lieber nicht nachdenken. Auch nicht darüber, was genau diese Verbindung denn nun so einzig und kostbar machte, dieses schwer zu fassende und noch schwerer zu benennende Gefühl. Wozu auch? Sowie sie nach London zurückkehrten, wäre es damit aus. Ihre Welten berührten sich nicht, sie würden keinen Umgang mehr miteinander haben. Ihre Zeit auf Ridgware würde eine bloße Erinnerung sein, ein unerwartetes Geschenk, das ihnen gegeben wurde, kostbare Augenblicke in einer Welt, die der ihren entrückt war, ihren Ansprüchen enthoben.

Er sah zu ihr hinüber, betrachtete ihr im Dunkeln liegendes

Gesicht, das im Mondschein schimmernde Haar. Selbst jetzt, da ihm mit leiser Wehmut bewusst war, dass alles, was jetzt zwischen ihnen war und noch sein würde, nachher, in den kommenden Tagen, nicht von Dauer wäre, konnte er doch nicht davon lassen – von ihr und diesem Geschenk des Augenblicks.

Es war, *konnte*, nur ein Intermezzo sein, aber er wollte keinen Tag davon missen, keine Sekunde am liebsten, auch wenn er sich der Gefahren bewusst war.

Als spürte sie seinen Blick auf sich, sah auch sie ihn nun an. Ihre Blicke trafen sich, ein Lächeln spielte um ihre Lippen, ehe sie wieder nach vorn schaute und meinte: »Mir kommt es vor, als wäre ich plötzlich auf ein Geheimnis gestoßen, als hätte ich einen Weg gefunden, von dem ich nicht einmal wusste, dass ich nach ihm suche.« Sie hielt einen Moment inne, sah kurz zu ihm hinüber. »Deine Mutter, deine Schwestern, deine Schwägerin sind so wunderbare Frauen. Sie könnten ein müßiges Leben führen, ohne je auch nur einen Finger zu rühren, geschweige denn etwas für andere zu tun. Aber so zu leben ließe sich nicht vereinbaren mit dem Bild, das sie von sich, von der Welt haben. Sie übernehmen Verantwortung für die Menschen in ihrer Umgebung und werden so Teil eines größeren Ganzen, statt nur unbeteiligte Beobachter zu sein.«

Sie holte kurz Luft. »Und nur Beobachter zu sein und sich von der Welt fernzuhalten kann zu einem sehr einsamen, unerfüllten Leben führen. Ich weiß, wovon ich spreche, denn so habe ich den Großteil meines Lebens zugebracht – zurückgezogen, zurückgehalten von dem, was ich für meine … meinen Makel hielt, meine Einschränkungen. Mittlerweile bin ich mir nicht mehr sicher, ob es diese Beschränkungen überhaupt je gab. Ob sie mir nicht nur auferlegt wurden und ich sie dann unabänderlich als solche gesehen habe.«

»Wenn du mit Makel und Beschränkungen meinst, dass der Ursprung eures Vermögens dich in gewissen Kreisen nicht gesellschaftsfähig machen würde, so kann ich dir als jemand, der beide Seiten der Gesellschaft zur Genüge kennt, versichern, dass solche Befürchtungen in der Tat unbegründet sind.« Um ihr die Sorge zu nehmen, die sie anscheinend zeit ihres Lebens mit sich herumgetragen hatte, beschloss er gar, noch deutlicher zu werden. »Wärst *du* Fabrikantentochter und ohne Zugang zur besseren Gesellschaft aufgewachsen, würden die Dinge anders liegen. Aber dem ist nicht so. Deine Ahnenreihe mag sich nicht vergleichen lassen mit der meiner Schwestern, aber mütterlicherseits gehört deine Familie seit Generationen dem Landadel an, und du bist standesgemäß aufgewachsen. Nicht nur nach meinem Dafürhalten haftet weder dir noch Roderick irgendein Makel an.«

Beim Teich am Ende des Rosengartens blieben sie stehen. Sie sah ihn an, doch im vom Wasser reflektierten Spiel von Licht und Schatten konnte er ihre Miene nicht deuten, spürte nur ihren suchenden Blick auf sich, ehe sie zu Boden schaute. »Danke.« Nachdem sie einen Moment aufs Wasser geschaut hatte, meinte sie: »Ich kann dir kaum sagen, wie dankbar ich für all die neuen Einsichten bin, die ich durch deine Familie gewonnen habe. Allein dadurch, dass ich Zeit mit ihnen verbringen und mich mit ihnen unterhalten konnte. Fast kommt es mir vor, als wollte mich das Schicksal dafür belohnen, dass ich meinem Gefühl gefolgt bin und getan habe, was ich für richtig hielt, dass ich mit dir gefahren bin, um Roderick zu retten, auch auf die Gefahr hin, dass es mein gesellschaftlicher Ruin sein könnte. Meine Zeit auf Ridgware, mit deiner Familie, hat mir so viel mehr gegeben, als ich je aufs Spiel gesetzt habe. Deine Familie hat mir Möglichkeiten aufgezeigt, von denen ich nicht einmal ahnte, sie hat mich aus dem rigiden Korsett befreit, in das ich mich habe stecken lassen.« Sie hob den Blick und sah ihn an. »Deshalb noch einmal meinen verbindlichsten Dank, dass du mich und Roderick hierher, nach Ridgware, mitgenommen hast. Ich weiß das Vertrauen zu schätzen, das du uns entgegenbringst, indem du uns diese Seite deines Lebens offenbarst, uns daran teilhaben lässt. Sei versichert, dass weder ich noch Roderick dir je Anlass geben werden, es zu bereuen.«

Er erwiderte ihren Blick und nickte zum Zeichen, dass er ihr Versprechen annahm, auch wenn es das gar nicht brauchte, denn er vertraute ihr ohnehin. Und mittlerweile kannte er sie gut genug, um davon überzeugt zu sein, dass sein Geheimnis und das seiner Familie bei ihr und Roderick gut aufgehoben war.

Nach einem Moment des Schweigens meinte er mit Blick auf den kleinen Teich: »Als wir Kinder waren, war das hier unser Wunschbrunnen. Wir sind nachts hergekommen, haben in die dunklen Tiefen geschaut und uns etwas gewünscht. Und wenn man nur ganz fest daran glaubte, ging es sogar in Erfüllung – zumindest manchmal.«

Und kaum hatte er es gesagt, kam ihm auch schon in den Sinn, was er, wie er jetzt hier stand, sich wünschen würde, wenn er denn könnte. Es war nicht das, was er erwartet, was er sich sonst insgeheim immer gewünscht hatte. Die Erkenntnis erschütterte ihn – so sehr, dass er den Wunsch sofort wieder zu vergessen versuchte, ehe er noch tiefer in sein Bewusstsein drang und sich nie mehr von dort verbannen ließe. Denn es brachte ja nichts. Es wäre Wahnsinn.

Er holte tief Luft, versuchte wieder in die Gegenwart zurückzufinden, er hier im Rosengarten bei Nacht, mit ihr, ein Teich nur, kein Wunschbrunnen. Froh um die Dunkelheit, hinter der sich verbergen ließ, wie aufgewühlt er war, lachte er kurz auf, als wäre alles bloß Kinderei. »Und, was würdest du dir wünschen?«, fragte er dennoch.

Auch sie hatte ins dunkle Wasser geblickt; im ersten Moment reagierte sie nicht, und er hoffte schon, sie hätte, ganz in ihre Gedanken versunken, seine Frage überhört, doch dann schaute sie auf und sah ihn an. »Das kann ich dir nicht sagen, denn Wünsche, die man weitererzählt, gehen nicht in Erfüllung.«

Die Nacht hatte sich längst über sie gesenkt, hielt sie beide umfangen wie ein dunkler Kokon; vielleicht lag es daran, dass alles, was zwischen ihnen war, auf einmal wirklicher zu sein schien, in greifbare Nähen gerückt, noch begehrenswerter als zuvor.

»Wir sollten zurück ins Haus gehen.« *Auf dein Zimmer, in dein Bett.* Er ließ die Worte ungesagt, doch sie hingen zwischen ihnen, so deutlich, dass kein Zweifel daran sein konnte.

Durch das Dunkel begegnete sie seinem Blick, griff dann nach seiner Hand und verschränkte seine Finger mit den ihren. Mit einem Lächeln, so unergründlich wie die Nacht, wandte sie sich zum Haus. »Ja, das sollten wir.«

Am nächsten Morgen versuchte Miranda sich einzureden, dass sie völlig zufrieden war, dass sie überhaupt nicht mehr erwartete von ihrer Beziehung und ihr nächtlicher Gedanke – der Wunsch, der ihr ganz plötzlich in den Sinn gekommen war – nichts weiter war als genau das: ein nächtlicher, mondtrunkener Gedanke, der bei Tage betrachtet keinen Bestand mehr hatte. Am besten, sie schlug sich das gleich wieder aus dem Kopf.

Sie hatte sich von der Vertrautheit des Moments hinreißen lassen, der plötzlichen, unerwarteten Nähe. Dazu der Mond, der Rosengarten – war es denn ein Wunder? Nein, es ist nicht weiter ernst zu nehmen, sagte sie sich.

Um sie her herrschte derweil helle Aufregung im Morgenzimmer, da Millicent und Cassie heute dann doch – endlich – abreisen wollten. Die Zuneigung zwischen allen Mitgliedern von Roscoes – Julians – Familie war so groß, so spürbar der Zusammenhalt, dass sie nicht umhinkam, sich zu fragen, welchen Grund es dafür geben mochte, was wohl vorgefallen war, das sie so eng zusammengeschweißt hatte. Und hing es am Ende mit der mysteriösen Verwandlung Julians in Roscoe zusammen?

Wenn sie ihn und seine Schwestern beobachtete, wie sie sich jetzt, nachdem alle ihr Frühstück beendet und mit Millicent und Cassie in die Halle gegangen waren, voneinander verabschiedeten, kamen ihr erneut Fragen, was ihn wohl getrieben hatte zu diesem radikalen Bruch mit allem, was er einst gewesen war, mit allem, was er qua Geburt hätte haben können. Sie hielt sich mit Sarah etwas im Hintergrund, war jedoch gleichermaßen gerührt und konnte kaum aufhören zu lächeln, so schön und bewegend war es, mit anzusehen, wie Millicent und Cassie sich reihum von allen verabschiedeten, wie sie sich herzten und umarmten.

Wie fremd das alles war und wie vertraut. Er hatte ihr gesagt, er sei Roscoe, und genau der war er für sie und würde es wohl auch immer bleiben. Sie konnte ihn nicht bei einem anderen Namen nennen, nicht einmal so von ihm denken; ganz sicher hatte er nichts mit dem jungen Müßiggänger gemein, den das Bildnis Lord Julian Delbraiths zeigte.

Auch wenn die Mitglieder des *ton* entsetzt und aufgebracht gewesen wären, wüssten sie von seiner Verwandlung, wüssten, was aus Lord Julian geworden oder wer Roscoe einst gewesen war, fragte sie sich doch, ob seine Entscheidung nicht auch ihr Gutes hatte, ob sie ihn nicht erst zu dem gemacht hatte, der er heute war. Vielleicht hatte es dieser Prüfung bedurft, um ihn zu einem so vielschichtigen und faszinierenden Menschen heranreifen zu lassen.

Zu einem so starken Charakter, wenngleich, betrachtete man Lucasta, er diese Stärke vielleicht schon immer besessen hatte, verborgen hinter der Fassade des eleganten Lebemanns, und es nur der Herausforderung und Erfahrung bedurft hatte, um sein Wesen freizulegen und zu etwas Härterem, Stärkerem zu schmieden.

Zumindest in ihren Augen schien ihr der Mann, der er jetzt

war, unvergleichlich attraktiver zu sein als der Jüngling von einst – oder als der, der er wohl geworden wäre, hätte das Schicksal nicht andere Pläne gehabt. Weshalb es vielleicht nur verständlich war, dass sie sich vorige Nacht gewünscht hatte, er möge weiter Teil ihres Lebens sein, es möge einen Weg geben, ihre Liaison beizubehalten, aus der illegitimen Verbindung eines Tages gar eine legitime machen. Ein Traum, gewiss.

Betrachtete sie die Sache realistischer, stellte sich eher die Frage, wie lange ihre Affäre, ihre Liaison, wie auch immer man es nennen wollte, überhaupt noch dauern würde. Ein paar Wochen? Oder länger?

Jahre?

Denn Jahre würde es brauchen, um alles über ihn zu erfahren, um ihn in all seinen Facetten zu entdecken. Wie lange ihr noch mit ihm blieb, wusste sie nicht, aber sie war entschlossen, die Zeit bestmöglich zu nutzen.

Millicent schaute sich um, dann entdeckte sie Miranda und kam mit raschelnden Röcken herbeigeeilt. »Miranda.« Millicent umfasste ihre Hände und lächelte von Herzen. »Meine Liebe, wenn Sie das nächste Mal in Northamptonshire sind, müssen Sie unbedingt, und ich betone *unbedingt*, bei uns vorbeischauen.«

»Und …« Cassie schubste Millicent zur Seite, um sich gleichfalls von Miranda zu verabschieden, »… für Hampshire gilt natürlich dasselbe. Was auch immer die Zukunft bringt, es wäre schade, wenn wir uns aus den Augen verlören.«

»Wir dürften immer reichlich Gesprächsstoff finden«, versicherte Millicent ihr. »Es wäre uns ein Vergnügen, Ihnen unsere jeweiligen Projekte vorzustellen. Wenn Sie und Roderick – oder nur Sie allein – einfach mal ein paar Tage London entkommen wollen, schreiben Sie uns. Wir würden uns sehr freuen.«

»Und *wir* schreiben sowieso – darauf können Sie sich verlassen.« Cassie grinste. »Keine Sorge, wir haben Ihre Anschrift.«

»Das muss reichen, die Damen«, rief Lucasta von der Tür. »Die Kutschen stehen bereit, und die Pferde scharren schon mit den Hufen – ihr habt eine lange Fahrt vor euch, da solltet ihr die Geduld der Kutscher nicht bereits jetzt auf die Probe stellen.«

»Ja, Mama!«, riefen Millicent und Cassie im Chor.

Unter Lächeln und Gelächter und weiteren Gefühlsausbrüchen rauschten die beiden schließlich zur Tür hinaus.

Miranda trat ebenfalls dazu und blieb bei den anderen oben an der Treppe stehen, um den Kutschen hinterherzuwinken.

Lucasta und Caroline taten schwere Seufzer und wandten sich dann beide mit einem versonnenen Lächeln zum Haus. Miranda wollte beiseitetreten, um sie vorbeizulassen, aber Caroline legte ihr einfach den Arm um die Taille und zog sie mit sich.

Miranda gab sich geschlagen und schloss sich der Duchess und der Dowager Duchess an, gefolgt von Edwina und Sarah. Roscoe und Henry trödelten noch auf der Treppe herum, sie hörte sie darüber beratschlagen, ob sie jetzt gleich zu den Ställen gehen oder erst nach den Hunden schauen sollten.

Neben ihr bemerkte Caroline: »Ohne die beiden dürfte es ruhiger werden.«

»Das denke ich auch.« Mit einem liebevollen Lächeln drehte Lucasta sich nach Edwina um. »Jetzt kann sich vielleicht auch unsere Jüngste zu ihrer eigenen Hochzeit Gehör verschaffen.«

Edwina lachte. »Lass sie ruhig reden, Mama. Am Ende mache ich sowieso nur das, was ich möchte.«

»Ich weiß, Liebes.« Lucasta ging ihnen voran ins Morgenzimmer. »Will sagen, *ich* weiß es, aber vielleicht wäre es an der Zeit, auch deine älteren Schwestern in dieses Geheimnis einzuweihen.«

Zwei Stunden später folgten Miranda, Roscoe und Henry Caroline in das Schulgebäude, das sich am Dorfrand von Mill

Green befand, einem kleinen Weiler nur ein paar Meilen von Ridgware entfernt.

Im Vorraum blieb Caroline stehen und spähte durch das kleine Türfenster in den Klassenraum. »Ursprünglich war es das Gemeindehaus«, sagte sie, mit gesenkter Stimme an Miranda gewandt. »Wir, das Schulkomitee, haben das Gebäude übernommen und instand setzen lassen, und dann konnten wir Mr. McAllister und Miss Trimble als Lehrkräfte gewinnen, was wirklich ein Glücksfall ist, weil beide in der Nähe leben. Miss Trimble hat früher an einer Mädchenschule in Bath unterrichtet, und Mr. McAllister war der Hauslehrer von Lord Tewkesburys Söhnen.«

Sie richtete sich wieder auf, öffnete die Tür und ging ihnen voran, gefolgt von Miranda; Roscoe und Henry bildeten das Schlusslicht.

Mr. McAllister und Miss Tremble zeigten sich hell erfreut über den hohen Besuch. Ihre Klassen, die nach Alter getrennt und zu beiden Seiten einer beweglichen Stellwand saßen, welche die Halle mittig teilte, waren so wohlerzogen, dass beide Lehrer ihre Aufmerksamkeit ruhig unbesorgt der Schirmherrin der Schule zuwenden konnten und Carolines Fragen, wie sie mit dem vereinbarten Lehrplan vorankämen, ebenso ausführlich beantworteten, wie sie auf die Verbesserungsvorschläge zur räumlichen Ausstattung eingingen und welche Vorhaben man für das kommende Jahr in Betracht ziehen wolle.

Miranda hörte aufmerksam zu und sah sich derweil ein wenig um. Es war beeindruckend, wie viele Kinder diese kleine Dorfschule besuchten – fünfzehn waren es in der höheren Klassenstufe, die gerade eifrig am Rechnen war, und zwölf bei den Jüngeren, die ihre Nasen in zerlesenen Fibeln stecken hatten. Als sie gekommen waren, hatte Miss Trimble ihnen vorgelesen und die Kinder dann gebeten, still für sich weiterzulesen, während sie sich mit dem Besuch unterhielt.

Bei einem Jungen von vielleicht sieben Jahren mit flachsblondem, strubbeligem Haar, der ganz außen auf einer der Bänke saß, fiel Miranda auf, dass er zwar in sein aufgeschlagenes Buch schaute, den Finger auf eine Zeile gelegt hatte, aber anscheinend nicht weiterkam. Sein kleines Gesicht schaute ziemlich grimmig drein.

Sie entschuldigte sich mit einem kurzen Blick von den anderen, ging zum Platz des Jungen und beugte sich zu ihm herab, damit sie ungefähr auf einer Höhe waren.

Er schaute auf und musterte sie argwöhnisch.

Sie lächelte ihn an und deutete auf die abgegriffene Fibel. »Ist der Text zu schwer?«

Der Junge sah sie ernst an, dann flüsterte er zurück: »Eigentlich nicht, aber … dieses eine Wort hier, Miss.« Er zeigte darauf.

Sie legte den Kopf schräg, um es lesen zu können. »*Wiese*. Das Wort lautet Wiese.«

Der Kleine runzelte die Stirn. »Aber weil da ein *e* drin ist … Ich dachte, das schreibt man nur mit *i*.«

»Nein, i *und* e, weil es nämlich ein ganz langes *i* ist.«

Der Junge nickte bedächtig, und seine Miene hellte sich auf, da rief auch schon das nächste Kind, ein Mädchen mit dunklen Zöpfen: »Miss, können Sie mir bei dem hier helfen?«

Und so ging Miranda langsam durch die Klasse, half mal bei diesem Wort und mal bei jenem, lächelte, mal über die Bemerkungen der Kinder, meist einfach nur so, ein stilles, zufriedenes Lächeln.

Obwohl er McAllisters und Miss Trimbles Berichten durchaus Gehör schenkte, ertappte Roscoe sich immer wieder dabei, wie er abschweifte, wie, wenn schon nicht sein Blick, so doch seine Aufmerksamkeit, ständig zu Miranda huschte und verfolgte, wie sie mit den Kindern umging, was sie zu ihnen sagte und was sie ihr erwiderten.

Allem Anschein nach hatte sie, was die Überwindung gesellschaftlicher Unterschiede anging, keine Berührungsängste und ein ziemliches Talent. Vielleicht ja gerade wegen ihres vermeintlichen Makels und weil sie nie den Dünkel des Hochadels entwickelt hatte, jener oberen Zehntausend, die man gemeinhin den *ton* nannte. Sosehr er und seine Familie sich auch dem Wohl der Allgemeinheit verschreiben mochten, fiel es ihnen doch nie leicht, selbst ihm nicht, Zugang zu jenen Menschen zu bekommen, denen ihre Hilfe galt. Stets war da, zumindest am Anfang, eine Distanz zu spüren, die es mühsam zu überwinden galt. Nicht so bei ihr. Sie hatte die Herzen der Kinder im Nu erobert und fühlte sich sichtlich wohl unter ihnen.

Er fragte sich, ob ihr bewusst war, wie unschätzbar eine solche Gabe war.

Hätte es noch eines Belegs bedurft, dass sie es denn auch ernst meinte mit ihrem Interesse an wohltätiger Arbeit, so räumte ihre Geduld mit den Kindern jeden Zweifel aus. Sie hatte entschieden, dass dieser Weg zu ihr passte, und würde so viel wie möglich lernen wollen … Ehe sie sich daranmachte, ein eigenes Projekt ins Leben zu rufen?

Das wäre tatsächlich etwas, wobei er ihr zur Seite stehen könnte. Zugleich böte es ihm einen Vorwand, sie auch nach ihrer Rückkehr nach London zu sehen, mit ihr in Verbindung zu bleiben.

Und da es ihr ernst zu sein schien mit dieser Arbeit, könnte die Verbindung Jahre währen.

Er wusste nicht mehr, wann genau er sich der Philanthropie in jenem Maße verschrieben hatte, dass sie Teil seines Lebens geworden war. Aber er kannte sich gut genug, um sich ehrlich einzugestehen, dass sie immer auch ein grundlegendes Bedürfnis seiner selbst befriedigt hatte. Es war nicht schiere Selbstlosigkeit, die ihn trieb. Und derselbe Impuls, der ihn Gutes tun ließ, hatte ihn auch Roscoe werden lassen – oder wohl eher umgekehrt. Denn nachdem er einmal diesen

Rausch der Euphorie erlebt hatte, der daraus erwuchs, anderen zu helfen und etwas zu bewirken, hatte er nicht mehr davon lassen können. Fast war eine Sucht daraus geworden, so wie das Spiel für seinen Bruder und andere Delbraiths vor ihm. Mit dem Unterschied, dass niemand – und er schon gar nicht – einen Grund sah, diese Form der Sucht zu unterbinden, brachte sie doch sehr viel Positives.

Wenn er Miranda jetzt so beobachtete, wie sie sich mit einem zufriedenen Lächeln wieder aufrichtete, nachdem sie den kleinen Rangen reihum beim Lesen auf die Sprünge geholfen hatte, kam ihm die Vermutung, dass sie beide denselben Antrieb verspürten. Ihr sich so rasch entwickelndes Interesse an dieser Arbeit überraschte ihn nicht. Was ihn anging, so würde seine Familie ihn auch künftig brauchen; Roderick hingegen war erwachsen, er brauchte keine große Schwester mehr, die ihn bemutterte, weshalb *sie* umso dringender etwas brauchte, um diese Lücke zu füllen, die Leere, die sich jäh in ihrem Leben auftat. Ein Bedürfnis, das ihm wohlvertraut war, das er nicht nur verstehen, sondern aus tiefstem Herzen nachempfinden konnte.

Als sie sich schließlich von den Schülern trennte und wieder zu ihnen zurückkam, ging er ihr entgegen.

Miranda merkte sofort, wie die Aufmerksamkeit der Kinder sich von ihren Büchern auf Roscoe richtete; bislang hatten sie ihn nicht sehen können, da die den Raum teilende Stellwand ihn ihren Blicken verborgen hatte. Jetzt jedoch starrten sie ihn alle an, Jungen wie Mädchen gleichermaßen. Mit Augen, so groß wie Untertassen, und so unverhohlen, wie es sich wirklich nur Kinder und Narren leisten konnten.

Belustigt schaute sie ihn an – nur um ihn auf einmal selbst so zu sehen, wie er auf diese Kinder wirken musste. Eine große, fast überlebensgroße Gestalt, stark und anmutig zugleich, wie ein wildes Tier oder ein Gott, jedenfalls ein Wesen nicht von dieser Welt oder zumindest nicht der dörflichen

Welt von Mill Green. Seine Züge, so nobel und markant wie die eines Prinzen, eines Kriegers, eines Helden; ein Mann, seiner selbst so sicher, dass ihn stets ein Hauch Überheblichkeit und aristokratischen Dünkels umgab, den er wohl nie ganz würde ablegen können.

Kurzum, er verkörperte alles, was die Jungen einmal werden und die Mädchen haben wollten.

Was keineswegs schlecht sein musste. Träume zu haben und hoch hinauszuwollen konnte nie schaden. Auch wenn, so realistisch musste man sein, für die meisten dieser Kinder eher unwahrscheinlich war, dass ihre Ambitionen sich erfüllen würden.

Vor ihr blieb er stehen. »Hast du alles gesehen, was du sehen wolltest?«

Mehr als nur das. Miranda lächelte. »Ja«, erwiderte sie, »das habe ich.«

Er reichte ihr seinen Arm, und sie ließ sich von ihm zurück zu Caroline begleiten, die bereits mit Mr. McAllister und Miss Trimble auf sie wartete.

Nachdem sie sich von den Lehrern verabschiedet hatte, die beide hochgestimmt und sehr ermutigt wirkten von dem Besuch, traten sie wieder hinaus und wurden von frühherbstlichem Sonnenschein empfangen.

Miranda ließ sich von Roscoe in den offenen Einspänner helfen, Henry half Caroline auf den Platz daneben.

Caroline griff nach den Leinen und wandte sich an Miranda: »Und, was sagen Sie?«

Sie wartete, bis Caroline das Gespann gewendet hatte und das Pferd gemächlich die Straße hinuntertrabte, die sie gekommen waren. Roscoe und Henry folgten auf ihren Jagdpferden. »Ich finde«, begann Miranda, »dass Sie allen Grund haben, stolz auf Ihre Erfolge zu sein. Es ist ein wunderbares Projekt. Und verstehe ich es richtig, dass auch Henry daran beteiligt ist?«

»Oh ja, und es macht ihm große Freude. Ich habe von Anfang an darauf bestanden, dass er sich mit der Materie bestmöglich vertraut macht, damit er, sobald er volljährig ist, seine Aufgaben im Komitee wahrnehmen kann.« Caroline musste sich einen Moment aufs Fahren konzentrieren und meinte dann: »Die Schule liegt mir sehr am Herzen, sie soll in den nächsten Jahren noch erweitert werden, und wenn ich einmal zu alt bin, mich um alles zu kümmern, wäre es schön, wenn Henry dann meine Pflichten übernimmt – eine Vorstellung, mit der er sich glücklicherweise anfreunden kann.«

Da kaum anzunehmen war, dass die beiden Männer sie über das Rattern der Räder und das Klappern der Hufe hören konnten, meinte Miranda: »Nach allem, was ich bislang so gehört und gesehen habe, hatte Henry in dieser Hinsicht auch einen ausgezeichneten Mentor.«

»In der Tat.« Caroline lächelte auf eine Weise, die Miranda schwer zu deuten fand, die das Gesicht der Duchess aber gleich um Jahre jünger wirken ließ. »Damals, als mein Ehemann gestorben ist, hätte ich mir nie träumen lassen, dass ich es je sagen würde, aber Julian war unsere Rettung. Ein wahrer Fels in der Brandung – und das sage ich nicht nur so. Stark und unerschütterlich wie Granit. Was durchaus auch Nachteile mit sich bringt, wer würde das leugnen, er kann schrecklich stur sein, aber *er* war es, der hier alles zusammengehalten, den Karren aus dem Dreck gezogen und uns durch … durch eine schwere Zeit gebracht hat.«

Miranda hielt sich zurück, in der Hoffnung, wenn sie jetzt nichts sagte, würde sie mehr über diese schwere Zeit erfahren, würde endlich wissen, was Julian, jetzt Roscoe, Großes geleistet hatte, um »hier alles zusammenzuhalten«, wie Caroline es ausdrückte.

Caroline warf ihr einen kurzen Blick zu, dann schaute sie mit der Andeutung eines spöttischen Lächelns wieder geradeaus. »Es gab eine Zeit, da habe ich Julian verachtet, ich habe ihn verachtet für alles, was er vermeintlich war, vom Scheitel bis zu den Sohlen seiner feinen Schuhe. Ich muss gestehen, ich habe mich in ihm getäuscht – und nicht nur in ihm. Leider musste es erst zur Katastrophe kommen, um mich das erkennen zu lassen. Um ihn als den zu sehen, der er ist.«

Räderrattern und Hufschlag füllten das nachfolgende Schweigen mit ihrem monotonen, besänftigenden Klang.

Mehr sagte Caroline nicht, aber das war auch nicht nötig; Miranda kam es auch so sehr bekannt vor. Durch eine Katastrophe, was immer es gewesen sein mochte, hatte der junge Lord Julian sich Caroline als der Retter in der Not offenbart, der er nun mal war. Und jetzt, durch Rodericks Entführung und Rettung, hatte auch Miranda Gelegenheit bekommen, hinter die Fassade zu blicken, hinter der Roscoe, früher Julian, sein wahres Wesen verbarg.

Welch guter Mensch er war, ein edler Ritter durch und durch, doch wie die besten seines Schlags sah auch er keinen Grund, mit seinen guten Taten hausieren zu gehen. Er half nicht, um dadurch öffentlichen Beifall und gesellschaftliche Anerkennung zu bekommen. Er tat es, weil es seiner Natur entsprach, weil es ihm ein tiefes inneres Bedürfnis war, Gutes zu tun. Weder Glanz und Eitelkeit des jungen Müßiggängers Lord Julian Delbraith noch die leicht zwielichtige Reputation Neville Roscoes, des Londoner Glücksspielkönigs, konnten darüber hinwegtäuschen.

Als Caroline den Wagen durch den Torborgen lenkte, der die Auffahrt zu Ridgware begrenzte, konnte Miranda ihren Sternen, dem Schicksal oder welchem Gott auch immer gar nicht genug dafür danken, dass ihr Weg sich mit dem des so wunderbaren, faszinierenden Menschen gekreuzt hatte.

12. Kapitel

Nach dem Mittagessen brachen Roscoe und Henry erneut auf, um sich um die Belange des Anwesens zu kümmern. Miranda, die kurz bei Roderick vorbeigeschaut hatte, war von der Schwester zugesichert worden, dass man alles im Griff habe und ihre Anwesenheit nicht vonnöten sei, weshalb sie es Sarah überlassen hatte, Roderick aus den neuesten Nachrichtenblättern vorzulesen, und sich zu Lucasta und Caroline in den Salon gesellt hatte. Edwina hatte sich zurückgezogen, um ein paar Briefe zu schreiben.

Der hauptsächlich von der Familie genutzte Raum war behaglicher als die nach vorn gelegenen Empfangsräume; von hier hatte man einen weiten Blick auf den Park, den angrenzenden Wald und die sich am Horizont abzeichnenden Anhöhen. Beide Damen hatten es sich mit ihren Stickrahmen im Schoß gemütlich gemacht, und Miranda setzte sich zu Lucasta und erbot sich, Ordnung in das Knäuel aus bunten Fäden zu bringen, das Lucasta gerade zu entwirren versuchte.

»Nur zu gern, meine Liebe, vielen Dank.« Lucasta reichte ihr den ganzen Wust mit sichtlicher Erleichterung. »Meine Augen sind leider nicht mehr das, was sie einmal waren.«

Miranda lächelte verständnisvoll und machte sich an die Arbeit.

Und so saßen sie in einvernehmlichem Schweigen da, eine jede auf ihre Weise beschäftigt. Miranda war sich der ruhigen, friedlichen Atmosphäre bewusst und genoss sie sehr; so etwas kannte sie nicht, dieses ganz selbstverständliche Beisammensein, das zu nichts weiter verpflichtete. Im Beisein ihrer Tanten war es nie so gewesen – die beiden waren immer so schrecklich angespannt, reserviert, stets in Sorge, sich selbst einen Patzer zu leisten, oder aber darauf aus, ihn mit Argusaugen bei anderen zu entdecken.

Hier herrschten Ruhe, Frieden, Eintracht – welch eine Wohltat. Niemand schien es darauf abgesehen zu haben, den anderen zu kritisieren. Vielleicht lag der Unterschied ja darin, dass Ridgware ein richtiges Zuhause war, bewohnt von einer richtigen Familie, und nicht wie bei Roderick und ihr, wo man bloß umständehalber mit den Tanten unter einem Dach gelebt hatte und die gegenseitige Zuneigung durchaus größer hätte sein können.

Diese Geborgenheit und Akzeptanz gaben ihr schließlich den Mut, eine Sorge anzusprechen, die langsam, aber stetig in ihr gewachsen war. Sie reichte Lucasta die sorgsam entwirrten Fäden, lehnte sich zurück und betrachtete die beiden Frauen, die noch immer in ihre jeweiligen Arbeiten vertieft waren. »Roderick und ich sind jetzt schon fünf Tage hier«, begann sie und fing Carolines Blick auf. »Und wir werden wohl auch noch fünf weitere Tage bleiben müssen. Sie waren alle unglaublich gütig, haben mich in Ihren Kreis aufgenommen, als gehörte ich zur Familie, und Sarah ist wirklich eine große Hilfe für Roderick. Ich kann gar nicht sagen, wie dankbar ich Ihnen allen bin – für alles. Jedoch fürchte ich, dass wir Ihnen zunehmend zur Last fallen. Sollte das der Fall sein, sagen Sie es bitte. Ich möchte Ihnen Ihre Freundlichkeit nicht damit danken, indem wir uns über Gebühr aufdrängen.«

Caroline musterte sie einen Moment, dann lächelte sie milde. »Ich könnte mich jetzt ganz als die Duchess geben, die ich nun mal bin, und Sie daran erinnern, dass Sie sich in einem herrschaftlichen Haushalt befinden, der allerbestens darauf eingerichtet ist, mit zwei unerwarteten Gästen zurechtzukommen – das wäre nichts als die Wahrheit, glauben Sie mir. Aber wenn wir schon bei der Wahrheit sind, lassen Sie mich bei Sarah anfangen: Ich kann Ihnen gar nicht sagen, wie froh ich bin, dass sie sich hier nützlich machen kann und sogar Freude daran zu haben scheint. Es tut ihr sehr gut, sich mal um jemand anderen zu kümmern, als stets zu erwarten, dass alles sich um sie dreht. Sie braucht eine Aufgabe, und Ihren Bruder als Patienten hierzuhaben, verletzt und bedürftig wie er ist, kam genau zur rechten Zeit, wenn Sie mir diese Sicht der Dinge entschuldigen. Aber genug davon, kommen wir zu uns.«

Sie hob vielsagend die Brauen. »Wenn Sie glauben, Miranda, Sie würden uns unsere kostbare Zeit stehlen oder uns zur Last fallen, wenn Sie denken, dass es uns Mühe machen würde, Sie zu unterhalten, dann seien Sie versichert, dass ich selten einen so angenehmen Gast hatte, der so wenige Ansprüche stellt und so leicht zu unterhalten ist. Allerdings müssen Sie uns auch zugestehen«, hier schloss sie Lucasta mit ein, »dass wir alles nur Erdenkliche tun, um Ihren Aufenthalt auf Ridgware so angenehm wie möglich zu gestalten, garantiert Ihre Anwesenheit uns doch, dass auch Julian noch eine Weile bleibt.«

Lucasta nickte. »Wir bekommen ihn sonst viel zu selten zu sehen, weshalb wir natürlich all jenen ganz besonders dankbar sind, die uns seine Gesellschaft bescheren. Dass er hier mit Ihnen und Roderick aufgetaucht ist, war ein Geschenk für uns alle. Aber nicht nur, dass Sie ihn uns frei Haus geliefert haben, ohne dass es dazu gleich einer mittleren Katastrophe auf dem Anwesen bedurfte, die ihn dann natürlich fast ausschließlich beschäftigt hätte, sodass wir ihn ohnehin kaum zu Gesicht bekommen hätten, nein, meine Liebe, Sie haben auch dafür gesorgt, dass er *bleibt*. Fünf Tage ist er schon hier, wann hatten wir das zuletzt? Und er scheint gar nicht mehr wegzuwollen, was für uns, vor allem natürlich auch für Henry und Edwina, etwas ganz Besonderes ist.« Lucasta schaute auf und sah sie an. »Und darum, meine liebe Miranda, können wir Ihnen aufrichtig versichern, dass Sie und Ihr Bruder uns kein bisschen zur Last fallen, selbst wenn Sie zehn Tage oder länger bleiben.«

Miranda schaute Lucasta in die Augen, die wie die ihres Sohnes von einem so tiefen Blau waren, dass man nur schwer darin lesen konnte. »Da ich weiß, dass er in London ein viel beschäftigter Mann ist, bin ich davon ausgegangen, dass er wegen Henry bleibt und auch, um auf dem Anwesen nach dem Rechten zu schauen.«

Caroline schüttelte den Kopf. »Er nutzt die Gelegenheit, um *auch* Zeit mit Henry und auf dem Anwesen zu verbringen, aber das liegt allein daran, dass er zu sehr Gentleman ist, um Sie ständig in Beschlag zu nehmen.«

Lucasta lachte kurz auf. »Weniger Gentleman als kluger Taktiker. Würde er jede freie Minute mit Ihnen verbringen, würden Sie ihn bald leid sein. Nein, nein, er stellt das schon sehr schlau an.«

Miranda traute ihren Ohren kaum. Lucasta und Caroline konzentrierten sich wieder auf ihre Nadelarbeiten, und abermals senkte sich friedliche Stille über den Raum. Gerade so, als wären die letzten Sätze nie gefallen. Hatte sie sich das am Ende nur eingebildet? Miranda begann sich zu fragen, wie viel die beiden wussten. Ahnten sie, dass zwischen ihr und Roscoe ... Vielleicht, ja. Miranda lehnte sich in ihre Ecke des Sofas zurück und versuchte, sich in die Lage ihrer Gastgeberinnen zu versetzen, die Ereignisse der letzten Tage mit ihren Augen zu sehen. Beide Frauen schienen davon überzeugt zu sein, dass Julian alias Roscoe Mirandas wegen auf Ridgware blieb. Oder wie Lucasta eben meinte, dass er jede freie Minute mit ihr verbringen würde, wäre solches Verhalten denn akzeptabel – nicht im Sinne von respektabel, sondern ihr, Miranda, genehm.

Ihr schwirrte der Kopf. Es fiel ihr schwer zu glauben, dass sein Verlangen nach ihr und der Wunsch nach ihrer Gesellschaft genügten, um ihn, ausgerechnet ihn, von seinen Geschäften in London fernzuhalten. Auch wenn es ihr manchmal so vorkam, wollte sie doch nicht von sich auf ihn schließen; bei ihr war es wirklich so, dass ihre Faszination für ihn, für ihre Liaison, sie noch immer mehr als hinreichend zu fesseln wusste.

Aber sie hatte angenommen, das läge allein daran, dass all das neu für sie war, und dass er, der auf diesem Gebiet weitaus mehr Erfahrung hatte, nichts Vergleichbares empfinden würde, nicht dieselbe Faszination verspürte.

Wenn Lucasta und Caroline recht hatten, lag sie damit falsch.

Aber ... was konnte das heißen? Was hatte das alles zu bedeuten?

Was dachte *er* wohl, was es bedeutete? Zu welchem Schluss würde er gelangen?

Oh, wie sehr sie wünschte, mehr über Männer zu wissen, vor allem darüber, wie sie es mit solchen Affären und Liaisons hielten. So jedoch hatte sie nicht die blasseste Ahnung, was er darüber, über sie beide, dachte oder zu tun beabsichtigte. Wirklich, sie wusste es nicht.

Womit ihr eigentlich nur eine Wahl blieb.

Am späten Nachmittag klopfte Roscoe an Rodericks Tür, und Miranda bat ihn herein; ihre Stimme klang seltsam angespannt. Er trat ein, erfasste die Situation sofort und eilte, die Tür hinter sich offen lassend, den beiden Frauen zu Hilfe, befreite Sarah von der ungelenken Last und schlang die Arme um Rodericks Mitte, um auch Miranda aus der misslichen Lage zu befreien, die ihren Bruder noch immer von der anderen Seite zu halten versuchte.

»Danke«, stieß Roderick hervor. »Entwhistle schlug vor, ruhig schon mal ein paar Schritte zu gehen – dass ich völlig aus dem Gleichgewicht sein könnte, hat er leider nicht erwähnt.«

»Das findet sich schon wieder. Nur am Anfang wirst du etwas unsicher auf den Beinen sein.« Roscoe schaute über Roderick hinweg zu Miranda; Rodericks unversehrten Arm um ihre Schulter gelegt, rang sie noch immer ein wenig nach

Atem vor Anstrengung und Schreck. »Danke«, kam es denn auch von ihr.

Roscoe bedachte sie mit säuerlichem Blick. »Danke mir lieber, indem du mich das allein machen lässt.«

Sie zögerte kurz, dann schlüpfte sie unter Rodericks Arm hervor. Roscoe hielt Roderick derweil aufrecht und wechselte dann auf ihre Seite. Dass Roderick etwas aus dem Gleichgewicht war, war kein Wunder. Zwar war es der rechte Fuß, der ihm gebrochen worden war, aber dafür das linke Schlüsselbein, weshalb auch sein linker Arm in einer Schlinge steckte. Die lange Bettruhe dürfte ein Übriges getan haben. Für seinen kleinen Ausgang trug er einen warmen Morgenmantel, sein verletzter Fuß steckte in einer Art Pantoffel aus Lederstreifen und Bandagen.

Roscoe war einen halben Kopf größer als Roderick, immerhin. Sowie er Roderick fest im Griff und der sich wieder gefangen hatte, deutete er zur Tür. »Der Flur dürfte zum Üben gut geeignet sein, die Galerie mit ihrer langen Balustrade gar noch besser. Aber dahin müssen wir es erst mal schaffen.«

Roderick nickte tapfer, und sie setzten sich langsam in Bewegung.

Aus dem Augenwinkel nahm Roscoe wahr, wie Sarah alles mit bangem Blick verfolgte und wohl am liebsten wieder eingesprungen wäre. »Sarah«, sagte er, »Sie könnten solange zu Mrs. Viner gehen und sie bitten, die Krücken herauszusuchen, die George benutzt hat, als er sich damals das Bein gebrochen hatte. Die müssen noch irgendwo sein, sie wird schon wissen, wo.«

Sarah nickte und huschte an ihnen vorbei. »Ich werde sie holen.«

Seit er von Caroline erfahren hatte, warum Sarah derzeit auf Ridgware weilte statt bei ihren Eltern in London, sah er die die junge Frau auf einmal mit ganz anderen Augen und wusste ihre ungebrochene Hilfsbereitschaft umso mehr zu schätzen.

Schritt für Schritt näherten sie sich der Tür. Noch war Roderick ziemlich unsicher auf den Beinen und stützte sich schwer auf Roscoe, aber einmal draußen auf dem schnurgeraden Korridor, gewann er ständig an Sicherheit und hätte ein fast schon flottes Tempo vorgelegt, wenn Roscoe ihn nicht zurückgehalten hätte.

»Nicht vergessen, du musst auch noch den Rückweg hinter dich bringen«, warnte er seinen jungen Freund. »Sowie deine Kraft nachlässt, drehst du besser um.«

Roderick nickte. »Bis zur Galerie schaffe ich es. Dann sehen wir weiter.«

Miranda folgte mit etwas Abstand, und Roscoe brachte Roderick bis zur Galerie und ließ ihn sich dann an der um das Treppenhaus verlaufenden Balustrade festhalten. Roderick stützte sich darauf, ruhte einen Moment aus und humpelt dann Schritt für Schritt weiter. Noch ging es langsam und beschwerlich vonstatten, aber es war immerhin ein Anfang.

Roscoe nahm Mirandas Hand und zog sich mit ihr an eines der Fenster zurück, um dem Rekonvaleszenten nicht in die Quere zu kommen.

Ohne ihren Bruder aus den Augen zu lassen, ließ Miranda sich auf den Fenstersitz sinken und atmete erst mal auf. Sie spürte Roscoes Blick auf sich. »Ich hätte nicht gedacht, dass er so schwer ist«, meinte sie. Bislang hatte sie sich keine Vorstellung davon gemacht, welchen Kraftakt er vollbrachte, als er Roderick aus dem Cottage gerettet, ihn im Laufschritt den bewaldeten Hang hinauf und über die Weide getragen und dann hoch auf die Kutschbank gehievt hatte. Jetzt wusste sie es umso mehr zu würdigen.

»Er ist eben nicht mehr dein *kleiner* Bruder«, meinte Roscoe trocken.

»Das stimmt«, räumte sie ein. Er war ihr entwachsen, und das in vielerlei Hinsicht.

Nachdem er Roderick einen Moment zugesehen hatte,

setzte er sich zu ihr. »Achte auf seine Lippen. Wenn er sie immer stärker zusammenpresst, wird es für ihn Zeit umzukehren.«

»Danke. Mir scheint, ich kann es dieser Tage gar nicht oft genug sagen.«

Er griff wieder nach ihrer Hand und verschränkte seine Finger mit ihren. »Woran ich nichts auszusetzen habe.«

Nur mit Mühe gelang es ihr, nicht zu erröten, als sie daran dachte, wie überschwänglich sie ihm letzte Nacht gedankt hatte.

Bislang war er jede Nacht zu ihr gekommen, und jedes Mal hatte sie ihn mit offenen Armen und freudiger Erwartung empfangen. Jede Nacht hatte er ihre Erwartungen zudem mehr als erfüllt. Er war unablässig in seiner Aufmerksamkeit ihr gegenüber und hatte sie in diesen dunklen Nachtstunden so viel gelehrt, dass es eine Offenbarung war, für sie beide; er hatte sie ihre eigenen Eindrücke, Reaktionen und Empfindungen ebenso entdecken lassen wie die seinen.

Er war ein großzügiger Liebhaber, aufmerksam und geduldig, oft geradezu beängstigend in seinem Gespür für ihre Bedürfnisse, doch unter all der geschmeidigen Raffinesse brodelte ein starkes, ungezähmtes Verlangen, und wenn es sich zeigte, wenn es, mal früher, mal später, die Oberhand gewann, was zwangsläufig immer der Fall war … dann ließ jede Berührung von ihm sie vor Wonne erschauern, erbeben in innigem Verlangen, und sie konnte sich ihrer beider Leidenschaft mit allen Sinnen hingeben.

Und hier saß sie nun, schaute Roderick zu, wie er seine ersten, mühsamen Schritte hin zur Genesung machte, ließ Roscoe ihre Hand halten, ohne alle Scheu, spürte ihn sacht mit dem Daumen über ihren Handrücken streichen, und das allein, diese zarte Berührung, ließ solche Wärme in ihr aufsteigen … Dieses leise Prickeln auf der Haut, diese innige Freude, die seine Nähe weckte …

Sie sah Roderick am Ende der Galerie kehrtmachen und langsam zurückkommen. Schritte auf der Treppe ließen sie sich umschauen, und da kam schon Sarah und hielt triumphierend das Paar Krücken in die Höhe.

Roderick blieb stehen, ein Lächeln auf den Lippen.

Sarah strahlte ihn an und brachte ihm die beiden Stützen.

Mit einem leisen Seufzer ließ Roscoe Mirandas Hand los und ging zu Roderick, um ihn in deren korrekten Gebrauch zu unterweisen.

Viel der Anleitung brauchte es indes nicht, denn Roderick stellte sich sehr geschickt an und gelangte ohne Zwischenfälle zurück auf sein Zimmer.

Miranda blieb an der Tür stehen und schaute zu, wie Roscoe sich bereithielt, ihren Bruder aufzufangen, sollte er neuerlich straucheln, aber auch das Hinsetzen in den Sessel ging ohne Drama vonstatten. Sarah nahm die beiden Stützen wieder entgegen, und Roderick schaute mit einem Lächeln in die Runde, das Miranda mehr beruhigte als alle Worte.

Sie erwiderte sein Lächeln und wandte sich, als auch Roscoe sich mit ein paar kurzen Worten verabschiedete, zum Gehen. Als er zu ihr hinaus auf den Flur trat und die Tür hinter sich schloss, sah er sie an.

Las es ihr von den Augen ab und lächelte. »Du brauchst es nicht zu sagen.«

Sie, noch immer lächelnd und jetzt noch mehr, trat zu ihm, streckte sich und streifte seine Lippen mit ihren. »Dann sage ich es eben ohne Worte«, flüsterte sie, und dann küsste sie ihn.

Ganz zärtlich nur, so war es ihre Absicht gewesen, ein leichter, leiser Kuss – doch schon hatte er sie um die Taille gefasst und zog sie an sich, beugte sich über sie und trank den Dank von ihren Lippen, aus ihrem Mund. Holte sich seine Belohnung und ließ all ihre Sinne schwindeln.

Ein Flattern, ein Säuseln, dann loderndes Verlangen.

Eine köstliche Ewigkeit verging, bis sie sich voneinander

lösten. In seinen dunklen Augen sah sie dasselbe Kalkül, das auch ihr durch den Kopf ging, aber dann lachte er leise, bedauernd. »Gleich wird der Gong zum Abendessen geschlagen.«

Sie seufzte und wich zurück; nur widerstrebend nahm er die Hände von ihrer Taille. »Wenn das so ist, wirst du dich gedulden müssen, um deine Belohnung auszukosten«, sagte sie, schnurrte sie, und war selbst erstaunt, wie leicht ihr die Worte in diesem sinnlichen, verführerischen Ton über die Lippen gingen. Schon halb im Gehen, hielt sie seinen Blick. »Nachher, zum Nachtisch.«

Roscoe schaute ihr hinterher, sah sie sich aufreizend in den Hüften wiegen ... Ein anerkennendes, erwartungsfrohes Lächeln stahl sich auf sein Gesicht, und er musste sich förmlich zwingen, sich umzudrehen und in entgegengesetzter Richtung zu entfernen.

Am Tag darauf nutzte Miranda nach dem Frühstück die Gelegenheit, während Caroline sich mit Mrs. Viner besprach und Lucasta und Edwina sehr rege diskutierten, welche Familienmitglieder man zu Edwinas Hochzeit einladen sollte und welche nicht, um einen Spaziergang durch die Gärten zu machen und sich selbst Gedanken über etwas, dem sie sonst nur wenig Aufmerksamkeit widmete: Sie wollte über sich und ihr Leben nachdenken. Was war ihr wichtig, worauf käme es ihr in Zukunft an? Und wie sollte diese Zukunft überhaupt aussehen?

Ihr Leben veränderte sich, und das in vielerlei Hinsicht. Und bei all den Möglichkeiten, die sich plötzlich auftaten, stellte sich die Frage, wofür sie sich entscheiden, welchen Weg sie einschlagen sollte. Die Zeit der Entscheidung rückte stetig näher, aber wie sollte sie die richtige Wahl treffen, wenn ihr ganz grundlegende Informationen fehlten?

Sie nahm den Weg, der in weitem Bogen einmal um die gen Süden liegende Rasenfläche führte, freute sich der Herbstsonne und des bunten Laubs, das die Gärtner teils schon zusammengerecht hatten zu kleinen Laubhaufen, die den Kiesweg säumten. Während sie so dahinschlenderte, versuchte sie, Ordnung in ihre Gedanken zu bringen. Es blieben noch so viele Fragen, auf die sie keine Antwort hatte, und jeden Tag, jede Nacht gesellten sich neue dazu.

Gestern zum Beispiel. Als Roscoe kurz vor Mitternacht auf ihr Zimmer gekommen war, hatte sie, um ihm für alles zu danken, was er je für sie getan hatte, nach ihren ganz eigenen Regeln spielen wollen. Sie äußerste das Ansinnen, dass er ihr die Führung überlasse, und weil sie so sehr darauf insistierte, hatte er ihr schließlich ihren Willen gelassen, hatte sie ihn erkunden und entdecken, sie seine geheimsten Wünsche herausfinden lassen; sie hatte gesucht und gefunden, hatte ihm jeden Wunsch erfüllt, jedes sinnliche Begehren, hatte ihm Lust und Wonne beschert, und doch … und doch kam es ihr vor, nachdem alles seinen überwältigenden Höhepunkt gefunden hatte, nachdem er ihr das Heft aus der Hand und wieder einmal die Führung übernommen hatte, dass er seine größte Erfüllung niemals in dem finden könnte, was sie für ihn tat, sondern stets in ihrer Hingabe, in der Lust, die er ihr verschaffte.

Ihre Leidenschaft war seine Passion, er genoss es, wenn sie unter ihm dahinschmolz, wenn sie verging vor Wonne; er wollte sie mit sich nehmen, wenn es sie gemeinsam immer höher hinauf und hinauf trug und wenn sie sich danach wohlig ermattet und glühend vor Glück in den Armen lagen.

Dieses Glück, diese Freude, das Entzücken – und das größte Geschenk, so schien es, konnte sie ihm machen, indem sie ihm zeigte, wie sehr sie diese Erfahrungen, diese Empfindungen in allem miteinander teilten.

Genau das hatten sie getan, und die Vertrautheit des Moments, als er sie an sich zog, ihren Kopf an seine Brust gebettet, mit warmen Lippen einen Kuss auf ihre Handfläche drückte und sich ihre Hand dann aufs Herz legte, war so ergreifend, dass es ihr den Atem raubte.

Nie hatte sie sich ihm so nah gefühlt, so verbunden.

So innig und intensiv, dass es sie in tiefster Seele berührte.

Was uns beide verbindet, so dachte sie in diesem Moment, ist etwas ganz Besonderes. Es war einzig und einmalig. Ohne je einen anderen gekannt zu haben, ohne einen Liebhaber, eine Liaison oder Affäre gehabt zu haben, die ihr einen Vergleich geboten hätten, wusste sie, dass es unvergleichlich war. Was nicht heißen musste, dass es ihm, erfahren wie er war, genauso erging, und doch ... Vielleicht hatten Lucasta und Caroline ja doch recht. Vielleicht hatte die gemeinsam mit ihr verbrachte Zeit einen doch nicht ganz geringen Anteil daran, dass er noch immer auf Ridgware war. Vielleicht war sie es, die ihn hier hielt, war es das, was sie teilten, dieses Einzige, Besondere.

Aber wenn dem so war, was sollte dann später werden? Wenn das hier vorbei war?

Als sie ihn sich zum Geliebten genommen hatte, war er ihr Mittel zum Zweck gewesen. Eine Gelegenheit, etwas zu lernen, Erfahrungen zu machen, die sie zumindest einmal in ihrem Leben gemacht haben wollte. Wie hätte sie ahnen sollen ...

Aus dem ersten Mal waren unversehens viele weitere Male geworden; ihre Liaison, ihre Affäre, was auch immer es war, hatte sich ganz selbstverständlich entwickelt, gerade so, als sähen sie beide darin eine natürliche Fortsetzung dessen, was sie begonnen hatten. Es bedurfte keiner Überredung, weder bei ihr noch bei ihm. Beiden schien diese Entwicklung sehr zupass zu kommen.

Aber wie lange noch? Wie weit konnten sie gehen?

Oder wie sollte es enden? Was käme danach?

Sie blieb stehen, beunruhigt von der Heftigkeit ihrer Reaktion, die diese Fragen in ihr weckten – der Vorstellung, dass er einmal nicht mehr in ihrem Leben sein könnte, und das womöglich schon bald.

Wenn sie tief in sich hineinhorchte, ganz ehrlich mit sich

war, musste sie sich eingestehen, ein Ende ihrer Liaison gar nicht zu wollen. Lieber würde sie es darauf ankommen lassen, abwarten, wohin es sie beide noch führen würde. Ihr wurde bewusst, wie weit sie schon gegangen war – zu weit –, wie wenig sie von ihm lassen wollte, von ihnen beiden, wie sehr er sie faszinierte, wie sehr sie ihn vermissen würde. Ein Ende ihrer Verbindung würde sie treffen, schmerzlich.

Doch wenn sie erst wieder in London wären, jeder in sein altes Leben zurückkehrte, würde es wohl so kommen. Denn wie könnten sie ihre Liaison dort aufrechterhalten, wie sollte ihre Beziehung, so einzigartig und besonders sie ihr erschien, dort weiter gedeihen? Als Lord Julian Delbraith war er, wenn nicht unerreichbar, so doch ein ziemlich gewagter Griff für Miranda Clifford; als Neville Roscoe hingegen war sie für ihn tabu.

Die einzige Möglichkeit wäre, ihre Beziehung im Verborgenen fortzusetzen, eine heimliche Liaison, ein wohlgehütetes Geheimnis.

Vermutlich wäre das besser als nichts. Es käme ihnen beiden entgegen.

Würde ihnen erlauben …

»Miranda!«

Sie schrak kurz zusammen und fand sich jäh in der Gegenwart wieder; als sie sich umdrehte, sah sie Henry über den Rasen auf sich zukommen.

»Sie gehen doch nicht etwa ganz allein spazieren?«, fragte er und strahlte sie an. »Was soll man dazu sagen – ich fürchte, es wirft kein gutes Licht auf uns, oder?«

Sie lächelte, wie sie so oft über ihn lächeln musste. »Ihre Mutter, Großmutter und auch Ihre Tante waren anderweitig beschäftigt, weshalb ich mir ein wenig allein die Zeit vertreibe.« Sie ging weiter. »Wo ist denn Ihr Onkel?«

Henry schloss sich ihr an. »Wir waren gerade von unserem Ausritt über das Gut zurückgekehrt, als auch schon die

Anwälte der Familie uns erwarteten – mit denen muss er sich jetzt herumplagen. Nachdem man zu dem Schluss gekommen ist, mich mit den rechtlichen Fragen noch nicht zu behelligen, bin ich entschuldigt.« Er schaute sich um und sah dann sie an. »Hatten Sie ein bestimmtes Ziel, etwas, das Sie sich noch ansehen möchten? Sie wirkten gerade etwas verloren, als wüssten Sie nicht genau, welchen Weg Sie nehmen sollten.«

Welch treffende Beobachtung, aber … Sie schüttelte den Kopf. »Ich war bloß in Gedanken.«

»Oh«, meinte er verlegen. »Möchten Sie lieber allein sein?«

»Nein, nein«, versicherte sie ihm. Es brachte ohnehin nichts, über Fragen nachzugrübeln, auf die sich keine Antwort finden ließe. Sie schenkte ihrem jungen Begleiter ein ermutigendes Lächeln. »Wirklich, ich freue mich über Ihre Gesellschaft.«

»Dann bin ich beruhigt.« Er schaute sich abermals um. »Der Rosengarten wäre dort drüben – haben Sie den schon gesehen?«

Einige Male sogar schon, meist bei Mondschein. »Ja, aber …« Den Rosengarten würde sie auf immer mit Roscoe in Verbindung bringen, jedes Mal, wenn sie dort war, seine Anwesenheit spüren, was sie jetzt bloß ablenken würde. »Ich hatte überlegt, bis zu dem kleinen Wald zu gehen. Dort war ich bislang noch nicht.«

»Dann wird es Zeit.« Mit einer anmutigen Geste, die er sich von seinem Onkel abgeschaut haben musste, wies er voraus. »Wir gehen am besten hier entlang.«

Sie lief weiter, er mit sorgfältig gesetzten Schritten neben ihr her. »Wie kommen Sie denn mit Ihrem Onkel zurecht – oder er mit Ihnen?«, erkundigte sie sich. »Meines Wissens ist er auch Ihr Vormund, oder? Sehen Sie einander oft?«

Henry wackelte unschlüssig mit dem Kopf. »Ja und nein. Wenn es keine Probleme gibt, sehe ich ihn bloß, wenn er im Sommer und über Weihnachten auf Ridgware zu Besuch ist. Und solange ich im Internat war, ist er mir natürlich durch die

Lappen gegangen, wenn er doch mal zwischendrin vorbeigeschaut hat.«

»Wenn es keine Probleme gibt … Und wenn doch? Schicken Sie ihm dann eine Nachricht, damit er herkommt, oder fahren Sie zu ihm?« Sie konnte sich die Antwort schon denken und war doch überrascht.

»Sowohl als auch. Manchmal nahm er sich ein Zimmer in der Nähe der Schule und ließ dann nach mir schicken – was unserem Rektor nie in den Kram gepasst hat, aber bei unserer Familie, was sollten sie schon dagegen machen? Wenn er nicht aus London fortkonnte, ließ er mich zu sich kommen.«

»Zu sich nach Hause, in die Chichester Street?«, fragte sie ungläubig.

»Ja.« Henry schaute sie an. »Sie kennen es?«

»Wir wohnen ganz in der Nähe.«

»Ah ja. Dann wissen Sie …«

»Roderick und ich kannten Ihren Onkel bislang nur als Roscoe.«

Henry nickte verständig. »Ich muss immer aufpassen, dass ich mich mit den Namen nicht vertue … oh, und sagen Sie bitte bloß nicht meiner Mutter oder Großmama, dass ich manchmal dort bin. Und schon gar nicht meinen Tanten – gütiger Himmel, nicht auszudenken!«

Als sie ihn fragend ansah, verzog Henry das Gesicht. »Er erlaubt es nicht, dass sie ihn dort besuchen, und ich glaube – oder nein, ich bin mir ziemlich sicher –, er hat sie auch nie davon in Kenntnis gesetzt, dass er bei mir gelegentlich eine Ausnahme macht.«

Jetzt verstand sie. »Ich werde schweigen wie ein Grab.«

»Gut. Ich möchte nämlich nicht, dass sie ihn jetzt allesamt belagern, ihn doch bitte, bitte auch mal besuchen zu dürfen.« Henry schüttelte sich. »Sie können ziemlich dramatisch werden, müssen Sie wissen, und wenn er hart bleibt, gibt es nur Ärger bei allen Beteiligten.«

»Sie sind sicher, dass er hart bleiben würde?«

»Absolut«, sagte Henry im Brustton der Überzeugung. »Wenn er einmal entschieden hat, was für unser aller Wohl das Beste ist, könnte höchstens ein drohender Weltuntergang ihn davon abbringen.«

Sie wollte gar nicht daran zweifeln, dass Henry mit seiner Einschätzung recht hatte; gleichwohl war es ihr schon einige Male gelungen, ihn zum Einlenken zu bewegen – worauf sie insgeheim sehr stolz war. »Und was haben Sie demnächst vor?«, fragte sie den jungen Mann weiter. »Wenn ich es recht verstehe, haben Sie die Schule beendet?«

»Ja, das stimmt. Nächstes Jahr werde ich zum Studium nach Oxford gehen, so wie schon alle Männer der Familie vor mir.«

Sie hörte mit halbem Ohr zu, stellte hin und wieder eine Frage, wenn er zu verstummen drohte. Henry erinnerte sie an Roderick, als er in dem Alter gewesen war; auch wenn ihr Rang sie unterschied, überwogen doch bei Weitem die Gemeinsamkeiten. Als sie ihre kleine Runde durch den Park beendet hatten und zurück zum Haus gingen, war sie zwar für den Moment trefflich abgelenkt und zerstreut worden, doch warfen Henrys Worte erneut jene Frage auf, die ihr einst so dringlich erschienen war und die unter der Flut der jüngsten Entdeckungen und Offenbarungen etwas in Vergessenheit geraten war.

Warum war Lord Julian Delbraith zu Neville Roscoe geworden? Warum hatte er sich der einen Identität entledigt und eine neue angenommen? Eine, die über sehr viel Macht und Einfluss verfügte – wenn auch auf ganz andere Art, als sie dem jungen Lord Julian zugefallen wäre.

Bis sie und Henry wieder beim Haus anlangten, war sie sich zunehmend sicher, dass der eigentliche Grund hinter Julians Verwandlung in Roscoe der Wunsch war, seine Familie zu beschützen. Wie und warum – sie wusste es nicht. Aber wenn sie wollte, dass ihre Liaison eine Zukunft hatte, sollte sie besser Licht in dieses Dunkel bringen.

»Julian, mein Lieber …« Lucasta suchte seinen Blick, als sie sich vom Mittagstisch erhoben. »… wenn es dir nichts ausmacht, würde ich dich gern einen Moment sprechen.«

»Ja, natürlich.« Er rückte Mirandas Stuhl zurück und erwiderte ihr Lächeln, als sie aufstand und sich Edwina und Caroline anschloss, die, längst wieder in irgendwelche Hochzeitsvorbereitungen vertieft, das Speisezimmer verließen. Dann wandte er sich seiner Mutter zu, die bereits zu ihm getreten war. »Wo?«

Sie hakte sich bei ihm unter und tätschelte ihm zerstreut die Hand. »Lass uns in den Garten gehen. Noch ist es schön, aber wer weiß, wie lange sich das hält. Wir sollten das Wetter nutzen, solange Petrus es so gut mit uns meint.«

Er gab keine Antwort, sondern führte Lucasta schweigend durch den hinteren Teil des Hauses, hinaus auf den Freisitz. Als sie die Treppe zum Rasen hinuntergingen, drangen die Stimmen der drei jungen Damen aus dem Morgenzimmer zu ihnen – ein angenehmer Klang, wie Musik in seinen Ohren, der immer leiser wurde, je weiter sie sich vom Haus entfernten, bis er schließlich ganz verstummte. Er wartete, bis Lucasta zur Sprache brachte, worüber sie mit ihm reden wollte; vermutlich würde sie damit warten, bis sie ganz sicher außer Hör- und Sichtweite waren. Wenn sie ein solches Gespräch unter vier Augen wünschte, musste es entweder sehr ernst sein oder sehr heikel. Oder beides. Auch wenn er nicht gewusst hätte, was es heutzutage noch zwischen ihnen zu besprechen gäbe, das solcher Diskretion bedurfte.

Sie wartete tatsächlich, bis sie fast schon den Wald erreicht hatten, ehe sie anfing: »Niemand weiß besser als ich, warum du Roscoe geworden bist, warum du Julian ins Ungewisse hast verschwinden lassen.«

Er versuchte, sich seine Anspannung nicht anmerken zu lassen; *das* war nicht die Richtung, die er für das Gespräch vorhergesehen hatte. Unverbindlich neigte er den Kopf. »Das ist wohl wahr.«

Sie sah ihn an und versuchte, aus seiner Miene schlau zu werden, aber selbst sie hatte sich damit immer schwergetan. »Nun frage ich mich allerdings, ob du dir, da es unseren Finanzen und dem Anwesen außerordentlich gut geht, nicht vorstellen könntest, diesen Schritt rückgängig zu machen und wieder Julian zu werden.«

»Das ist mir ehrlich gesagt noch nie in den Sinn gekommen.«

»Es muss ja auch nicht heute oder morgen sein. Ich wollte nur wissen, ob dir je der Gedanke gekommen ist, dass es nun wieder möglich wäre. Zumindest schätze ich die Lage so ein, aber du kannst das natürlich viel besser beurteilen als ich. Nur stehen wir meines Wissens ganz ausgezeichnet da und wären auch in Zukunft nicht länger auf dein Alter Ego angewiesen, um uns recht komfortabel über Wasser zu halten.« Ihr Blick ruhte noch immer fragend auf ihm. »Ist diese Einschätzung korrekt, oder täusche ich mich?«

»Nein, nein, das ist völlig korrekt.« Nach kurzem Zögern räumte er noch ein: »Sollte Roscoe seine Geschäfte morgen einstellen, hätte das keinerlei finanzielle Auswirkungen auf euch.«

Auf ihn hätte es allerdings Auswirkungen, wenn auch nicht finanzieller Art. Ridgware war seit Jahren solide saniert und trug sich mittlerweile selbst, sodass die Gewinne aus seinem Glücksspielimperium gleich wieder ins Londoner Geschäft investiert wurden oder aber der Philanthropischen Gilde zugutekamen.

Sie gingen langsam weiter; nach ein paar Schritten spürte er neuerlich den Blick seiner Mutter auf sich.

»Gut, dann lass mich ganz offen sprechen. Der Grund, weshalb ich frage, ist der: Als Roscoe war es dir nicht möglich, weder Millicent noch Cassie zum Traualtar zu führen, und Edwina ist nun die letzte deiner Schwestern, die heiratet. Ich weiß, wie viel es dir – und ihr, uns allen – bedeuten würde, wenn du bei ihrer Hochzeit zugegen sein und die dir gebührende Rolle einnehmen könntest.«

Verdammt. Seine Mutter kannte ihn einfach zu gut. Beinahe hätte er sich von seinen Gefühlen überwältigen lassen, denn sie hatte seinen wunden Punkt getroffen, mitten ins Herz, aber ... Nein, so leicht würde sie ihm nicht beikommen. So wie sie ihn durchschaute, durchschaute auch er sie und versagte sich jede sentimentale Anwandlung, ließ sich nicht blenden von seiner ersten Reaktion. Denn seine werte Mama war eine geschickte Taktikerin, wäre wohl auch eine gute Spielerin gewesen, und so begann er ihren vorgeblichen Grund zu hinterfragen und nach dem eigentlichen Motiv zu suchen, das sie dazu brachte, ihn mit so scharfer Munition anzugehen.

Und gelangte nach kurzer Überlegung zu der Einsicht, dass sie dergleichen nur tun würde, wenn sie noch etwas anderes im Auge hatte, etwas, das größer war, bedeutsamer ... bedeutsamer für ihn und für sie alle.

Als er nicht sogleich etwas erwiderte, ließ sie den Blick durch den Park schweifen, als interessierte das Gespräch sie eher beiläufig, eine unverbindliche kleine Plauderei, und fuhr schließlich fort: »Angenommen, Roscoe sollte eines Tages von der Bildfläche verschwinden – er könnte alles verkaufen und beispielsweise nach Amerika gehen – und ein paar Wochen später würde Lord Julian Delbraith zurückkehren von wo immer es ihn zwölf Jahre zuvor aus einer Laune heraus verschlagen hat. Ein reuiger Sünder, versteht sich, weil er uns ja so lange kein Lebenszeichen geschickt hatte, aber charmant wie eh und je, weshalb natürlich alles vergeben und vergessen wäre ... Du verstehst, worauf ich hinauswill? Das wäre nur ein mögliches Szenario.« Sie gab ihm einen kleinen Klaps auf den Arm, um ihren Worten Nachdruck zu verleihen. »Natürlich wärst du, wo immer du auch gesteckt haben magst, dort zu einem beträchtlichen Vermögen gekommen, was dich nun zu einer ausgesprochen guten Partie macht.«

Aha. Darum ging es ihr also – genau wie er sich gedacht hatte.

Wusste sie Bescheid? So scharfsichtig, wie seine Mutter – mit der betrüblichen Ausnahme im Falle Georges – schon immer gewesen war, musste er sich fragen, ob sie seinen größten, geheimsten Wunsch erahnt hatte. Seinen Herzenswunsch seit jeher, den er sich als Roscoe versagt, den er vor zwölf Jahren geopfert hatte, um seiner Familie zu helfen. Der ihm, als er nachts mit Miranda am alten Wunschbrunnen gestanden hatte, jäh wieder in den Sinn gekommen war, so deutlich und dringlich, als wäre kein Jahrzehnt vergangen seitdem.

»Ich habe ehrlich gesagt noch nie darüber nachgedacht, diesen Schritt zu gehen«, sagte er erneut und hörte, wie scharf seine Worte klangen, versuchte aber nicht, sie abzumildern, »weshalb ich dir auch keine Antwort darauf geben kann, ob ich es tun werde oder nicht.« Er schaute ihr in die Augen, die den seinen so ähnlich waren. »Das lässt sich nicht so einfach entscheiden. Es gälte, vieles abzuwägen, auf beiden Seiten.«

Sie erwiderte seinen Blick, schien darin nach einer Antwort zu suchen, die hinausging über seine kühlen, knappen Worte, dann nickte sie und schaute wieder nach vorn. »Das kann ich mir vorstellen. Vermutlich mache ich mir gar keine Vorstellung davon, welchen Aufwand es bedeuten würde, wie kompliziert alles wäre. Du hast das alles schon einmal durchgemacht, du weißt es natürlich. Aber ich möchte dich trotzdem sehr bitten, und sei es auch nur mir zuliebe, zumindest die Möglichkeit in Betracht zu ziehen.«

Er ließ einen Moment verstreichen, dann nickte er unverbindlich. »Das werde ich.«

Wie sollte er auch nicht, jetzt, da sie ihm die Idee erst einmal in den Kopf gesetzt hatte?

Jetzt, da sich auf einmal eine Möglichkeit auftat, jenen Traum wahr zu machen, den er längst aufgegeben hatte? Den er nicht einmal mehr zu träumen gewagt hatte?

Lucasta indes, kluge Taktikerin, die sie war, gab ihm nur einen weiteren kleinen Klaps auf den Arm und verlor kein weiteres Wort mehr darüber.

Ließ ihn mit einem Wust an Fragen zurück, von denen er nie gedacht hätte, dass sie sich ihm noch einmal stellen würden, geschweige denn, dass er Antworten darauf würde finden müssen.

Sie wollte keinen Gedanken mehr daran verschwenden, was die Zukunft bringen würde. Als Roscoe spät am Abend die Tür zu ihrem Zimmer öffnete, rief Miranda, die wartend an einem der großen Fenster stand, sich den Entschluss in Erinnerung, fortan einfach jede Minute zu genießen, die ihnen blieb.

Was ihrer Rückkehr nach London folgen würde, war mehr als ungewiss, aber bis dahin … Sie hörte ihn die Tür hinter sich schließen und drehte sich um, sah ihn im Wechselspiel der Dunkelheit und des fahlen Mondes zu ihr kommen.

Zu ihr.

Und dann war er bei ihr, zog sie an sich, und sie sank dahin, schlang ihm die Arme um den Hals und ließ sich von ihm küssen, ganz zärtlich und leicht, wie ein warmer Hauch.

Und flüchtig – denn schon beendete er den Kuss und sah sie an. Sie konnte seine Miene nicht deuten, mal wieder, im Dunkel des Zimmers auch nicht in seinen Augen lesen, doch seine Stimmung schien längst nicht so leicht und unbeschwert zu sein, wie sein Kuss es gewesen war; ihr Gefühl sagte ihr, dass etwas ihn bedrückte, dass es Grund zur Sorge gab. »Hast du etwas über Kirkwell erfahren?«, erkundigte sie sich.

Die Frage schien ihn zu überraschen.

Er brauchte einen Moment, um umzudenken, seine Gedanken aus der Richtung zu lösen, in die seine Mutter sie gelenkt hatte. »Nein«, meinte er und fügte schließlich noch hinzu: »Nicht über Kirkwell.« Rodericks Entführung bot doch vergleichsweise sicheres Terrain.

Mirandas Augen weiteten sich. »Über Kempsey und Dole?«

Er nickte. »Ich hatte dir ja gesagt, dass ich Leute hätte, die sich in Birmingham umhören. Da die Familien der beiden in höchster Alarmbereitschaft sein dürften, mussten meine Männer sehr behutsam vorgehen, und bislang hat man weder Kempsey noch Dole in der Stadt gesichtet. Und in dem Cottage sind sie auch nicht mehr, es steht wieder leer.«

Sie betrachtete ihn nachdenklich. »Du scheinst aber nicht davon auszugehen, dass sie einfach nach London zurückgekehrt sind.«

»Sie wurden in der Nähe verschiedener Gasthäuser gesehen, Häuser, in denen auch ein junger Gentleman auf der Reise nach London absteigen würde, weshalb wir davon ausgehen, dass sie weiter auf der Suche nach Roderick sind. Aber da sie dort nicht fündig wurden, nehme ich an, dass sie nicht unverrichteter Dinge nach London zurückkehren, sondern weiter in der näheren Umgebung Ausschau halten werden.« Um nach ihnen beiden zu suchen, ihrem Bruder und auch ihr, wenn er sich nicht täuschte. »Aber mach dir keine Sorgen«, versuchte er sie zu beruhigen, trat einen Schritt zurück, um seine Jacke auszuziehen und sie über einen Stuhl zu werfen. »Hier sind wir sicher. Auf dem Anwesen sind überall Leute postiert, die Bescheid wissen – sollten Kempsey und Dole sich hierher verirren, werde ich umgehend darüber informiert. Wir sind bereit. Und frag bitte nicht ‚Bereit wozu?'. Das wird sich zeigen, wenn es so weit ist. Falls es überhaupt so weit kommen wird.«

Nun trat auch sie vom Fenster zurück. »Und was ist mit Kirkwell? Wann, glaubst du, wirst du etwas aus London hören?«

»Binnen der nächsten Tage. Mudd und Rawlins haben alles Nötige veranlasst, sie werden herkommen und mir persönlich Bericht erstatten, sowie sie etwas erfahren haben.« Er hatte zwischenzeitlich seine Manschetten aufgeknöpft, zog sich seine Weste aus und warf sie gleichfalls über den Stuhl.

Als er die Arme nach ihr ausstreckte, musste sie sich nicht lang bitten lassen – sie legte ihm die Hände auf die Brust, strich ihm über die Schultern. Er beugte den Kopf, sie hob ihm das Gesicht entgegen, umfing mit einer Hand seinen Nacken in einer Liebkosung, bot ihm ihren Mund, und er nahm sich, was sie ihm offerierte. Ihre Lippen auf den seinen, beider Zungen erst zaghaft, dann fordernd, ein Tanz in perfekter Harmonie, der vertraute Auftakt zu leidenschaftlicheren Umarmungen.

Mit den Händen spürte er den sinnlichen Formen ihres Körpers nach, dem üppigen Rund ihrer Brüste, der sich verjüngenden Taille, den weit schwingenden Hüften. Er prägte sie sich ein, wie auch sie sich ihn einprägte, schürte die Glut zwischen ihnen. Mit geübten Fingern knüpfte er die Schnüre ihres Kleides auf; sie zog ihm die Diamantnadel aus dem Krawattenknoten und wand ihm das ellenlange Linnen vom Hals, auch sie mittlerweile recht routiniert.

Ihre Lippen trennten sich kaum je voneinander, ein Kosten und Liebkosen, bis der Hunger übermächtig wurde und er ihren Mund mit neuer Dringlichkeit in Besitz nahm, sie vereinnahmte und verzehrte und sie ihn. Ein Verschmelzen, das ihn ihr wachsendes Verlangen schmecken ließ, ihren warmen, raschen Atem, ihre Erregung, die sie, unverhohlen und unschuldig zugleich, nicht zu verbergen suchte.

Wie immer war er hingerissen von ihr und ließ sich einfangen von ihrer unverstellten Sinnlichkeit, der Leidenschaft, mit der sie sich ihm, ihren Empfindungen und allem, was zwischen ihnen war, überließ. Wenn er mit ihr zusammen war, schien es nur noch ein einziges Trachten und Wollen zu geben. All sein Denken, seine Sinne waren darauf gerichtet, sie zu haben, sie zu der Seinen zu machen. Sie zu lieben.

Diesmal jedoch stemmte er sich gegen die Flut, die ihn zu verschlingen drohte, widerstand dem lockenden Sirenengesang, so gut er konnte. Denn etwas war heute anders. Gleich bei der ersten Berührung waren ihm wieder jene Fragen gekommen, die sich mit solcher Beharrlichkeit in seinem Bewusstsein eingenistet hatten, vielleicht von Beginn an da gewesen waren und ihm auch jetzt keine Ruhe ließen. *Was ist das mit ihr? War es das, was er glaubte, dass es sei? Oder könnte es werden, was er hoffte, dass es einmal werden würde?*

Und die wichtigste Frage von allen: *War sie der Weg zu seinem Traum?*

Dieser Traum.

Oder war es eine Liaison wie jede andere, wenn auch intensiver, berührender als alles, was er je erlebt hatte? War es am Ende einfach nur das? Eine kurze Affäre zwischen zwei Menschen, die sich aus unerklärlichen Gründen mehr zueinander hingezogen fühlten als gemeinhin üblich? Mehr als üblich, aber eben doch nichts Besonderes, nicht einzig und einmalig, wie er bisweilen dachte. Wäre auch das alsbald vorbei wie jede andere Liebschaft davor und danach?

Derlei Fragen gingen ihm durch den Kopf, während er sie küsste, sie mit so inniger Verzweiflung küsste, als wollte er jeden Zweifel auslöschen, jeden Gedanken, der sich zwischen sie schob, und sie erwiderte sein Drängen mit einer solchen Inbrunst, einem so drängenden Verlangen, dass die Glut zwischen ihnen entfachte und aufflammte, hell und heiß.

Ein Glühen unter ihrer Haut, das ihnen in alle Glieder jagte. Eine alles verzehrende Hitze, die noch mehr Hunger, mehr Begehren mit sich brachte.

So viele Fragen, und die Antworten darauf … zumindest manche Antworten … waren hier … bei ihr, in allem, was zwischen ihnen war.

Aber was war es?

Sie standen eng aneinandergeschmiegt, drängten sich noch fester aneinander, verschlangen einander im Dunkeln mit gierigen Mündern, fiebrigen Händen, die all jene Stellen suchten, die so sehr nach Liebkosung, nach Berührung verlangten. All das, was köstliche Freuden verhieß, ihnen beiden immer neue Lust bereitete.

Ein gegenseitiges Geben und Nehmen, aber auch eine Inbesitznahme, die keineswegs nur von ihm ausging, denn sie wusste, was sie wollte, heute vielleicht mehr denn je.

Aber auch er verlangte nach mehr, brauchte mehr als ihre Hingabe, seine Inbesitznahme. Ihn verlangte nach einer Offenbarung.

Wie er daran gelangen sollte? Er wusste es nicht. Fast hilflos stand er im Mahlstrom ihrer beider Wünsche und Bedürfnisse, fühlte sich ihnen auf einmal ausgeliefert, ein unablässiges Ziehen und Zerren ihrer beider Begehrlichkeiten, das ihn zu überwältigen drohte. Verlockungen und Verirrungen allerorten, zwischen denen irgendwo der Weg der Erkenntnis sein musste, wenn er ihn denn fände.

Bei ihrem ersten Beisammensein, in jenem Hotelzimmer, nach nur knapp überstandener Gefahr, hatte ihr Wunsch, am eigenen Leib Leidenschaft zu erfahren – ein Wunsch, den sie nach eigenem Bekunden schon zuvor gehabt hatte, der durch die Bedrohung und das knappe Entrinnen indes verstärkt worden war –, seiner eigenen Reaktion auf die Gefahr entsprochen; ihre ganz unterschiedlichen Bedürfnisse hatten sich trefflich ergänzt und sie in einen Taumel der Leidenschaft und des Vergessens gerissen.

Beim zweiten Mal, hier, in diesem Bett, hatte sie die Arme nach ihm ausgestreckt, hatte ihn wieder bei sich haben wollen, und er war wider besseres Wissen nicht angekommen gegen den Wunsch, das Bedürfnis, wieder mit ihr zusammen zu sein, sie zu trösten, ihre Unruhe zu lindern und die seine gleich mit und vielleicht auch gemeinsam den Triumph auszukosten, die Erleichterung, Roderick gefunden und ihn, zumindest vorerst, in Sicherheit gebracht zu haben.

Beim dritten Mal … hatte er darauf gedrängt, dass sie deutlich sagte, was sie wollte. Was sie denn auch getan hatte. Und seitdem gaben sie ihrer Leidenschaft und ihrem Verlangen mit einer Selbstverständlichkeit nach, wie sie unkomplizierter nicht hätte sein können. Sie hatten zu einer Beziehung gefunden, die für sie beide bereichernd war, sie immer wieder aufs Neue erregte und beglückte, sie beide mit einer ungeahnten, nie gekannten Freude erfüllte.

Bis jetzt, denn heute …

Heute wollte er aufs Ganze gehen. Wollte wissen, woran er war. Er brachte alle Beherrschung auf, seinem Verlangen nicht sogleich nachzugeben, seine Sinne beisammenzuhalten und abzuwarten, was sich ihm zeigte, wenn sie beisammen waren, was er entdecken würde, das ihm bislang verborgen geblieben war … Was hinter ihrer Leidenschaft lag, dieser zündende Funken zwischen ihnen, der alles so einzig und besonders machte; warum ihr Beisammensein ihn derart überwältigte, ihn so tief berührte; warum sie nicht voneinander lassen konnten, was ihr Verlangen so zwingend, die gegenseitige Erfüllung schier unverzichtbar machte.

Als auch das letzte Band aufgeschnürt war, streifte er ihr das Kleid von den Schultern, strich ihr über den Hals, die Schultern, die Brüste … konnte nicht widerstehen und liebkoste mit den Lippen ihre Haut. Sie erschauerte und schob sein Hemd auseinander, legte ihm die Hände auf die Brust, besitzergreifend und begehrlich.

Rasch schob er ihr das Kleid über die Hüften, zog, da seine Hände anderweitig beschäftigt waren, das feine Satinband ihrer Chemise mit den Zähnen auf und folgte mit heißem Mund dem langsamen Hinabgleiten hauchdünner, fein raschelnder Seide. Hörte sie über sich scharf Luft holen, ein so aufreizender Laut, der ihm stille Freude und Ermutigung zugleich war. Sie grub ihm ihre Finger ins Haar, hielt ihn dort, ganz fest, als er ihre Brüste liebkoste, eine Spur aus heißen Küssen auf ihre Haut legte, dann schließlich die Lippen um eine der zarten Knospen schloss, mit der Zunge darüberstrich, sich labend, leckend, bis sie hart wurde, eine kleine, pralle Knospe, die er in seinen Mund sog und daran saugte.

Sie ließ den Kopf zurückfallen und klammerte sich keuchend an ihn.

Er kostete den Moment aus, solange er nur konnte, gab alles dafür, ihr jenen Laut der Hingabe zu entlocken, ein tiefes, leises Stöhnen, Musik in seinen Ohren. Sie war mit allen Sinnen lebendig, so weich und gefügig in seinen Händen und dabei fordernd und verlangend, eine ebenbürtige Partnerin in ihrer beider Spiel.

Doch er wollte mehr, wollte sie nicht nur bis auf die Haut entblößen, sondern vordringen zu ihrem Herzen und, wenn er es vermochte, zum Grund ihrer Seele. Wollte wissen, was diese unbändige Leidenschaft in seinen Armen weckte. Wollte dabei auch tiefer in sich dringen und dort dieselbe Frage beantwortet finden.

Er ahnte die Antwort, aber er wollte Gewissheit.

Und bis dahin …

Ihr Kleid und die dünne Chemise fielen zu Boden, sie streifte ihm das Hemd von den Schultern. Er gab ihrem Drängen nach und löste sich lange genug von ihr, um seine Arme aus den Ärmeln zu befreien und das Hemd beiseitezuwerfen.

Sie griff derweil nach seinem Hosenbund, öffnete geschickt einen Knopf nach dem anderen und schob ihre Hand hinein, umfing und liebkoste seine schon fast schmerzhaft erregte Männlichkeit.

Er biss die Zähne zusammen und holte scharf Luft, doch es war zu spät.

Bei aller guten Absicht und Entschlossenheit fand er seine Sinne entfesselt, seinen Verstand auf dem Rückzug, begraben unter einer Flutwelle ungezähmter, ungezügelter Empfindungen, während zwischen ihnen die Flammen der Leidenschaft immer höher loderten und noch den letzten klaren Gedanken mit heißer Glut hinwegfegten.

Sie stieg aus ihrem Kleid, entledigte sich auch ihrer Schuhe, und ohne dass es ihrer Bitte bedurft hätte, sich kaum mehr bewusst, was er tat, tat er es ihr nach – entledigte sich seiner Schuhe, stieg aus seiner Hose, und sie begegneten einander, nackt und bloß.

Beide spürten sie aufs Neue das köstliche Wunder der ersten Begegnung, wenn nackte Haut auf nackte Haut traf und alle Fasern so gespannt waren, dass schon die leiseste Berührung ein Flimmern durch einen jagte, das einen am ganzen Körper erglühen ließ.

Miranda stockte der Atem; ihr Kopf in den Wolken, ihre Sinne ein einziger Taumel, war sie vollkommen erstaunt – sie konnte nicht anders. Wie konnte es sein, dass es noch immer, immer wieder, so neu und aufregend war? Dieser Moment, wenn sie ihm ganz nah war und nichts anderes auf der Welt mehr zu existieren schien.

Sie schlang die Arme um ihn, drängte sich küssend an ihn und ließ die zehrenden Flammen sie verschlingen.

Nie hatte sie sich den Mann ihrer Träume ausgemalt, aber jetzt war er bei ihr, war Fleisch und Blut geworden, so viel war gewiss. Es konnte keinen anderen geben. Mit allen Sinnen spürte sie ihn, die starke, breite Brust, das dunkle Haar, das sich rau an ihrer Haut und den zarten Brustspitzen rieb, dass es die reinste Wonne war. Seine Schenkel, kräftig und muskulös, die schmalen Hüften, der straffe Bauch – dieses Gefühl, von ihm umfangen und ergänzt zu sein, Mann und Frau, so verschieden und doch eins. Er so hart und sie so weich, strenge Linien und anmutige Rundungen. Seine Kraft und seine Stärke, das Dunkle, Unergründliche, seine markante Männlichkeit.

Er war alles, wovon sie geträumt hätte, hätte sie denn mehr gewusst. Über Männer, über sich.

Doch jetzt gehörte er ihr, heute, in dieser Nacht. Sie hieß ihn willkommen im Mondschein, sie lud ihn ein in ihr Bett, würde ihn in ihre Arme schließen und in sich aufnehmen.

Und plötzlich, ganz plötzlich, war keine Zeit mehr, selbst drei Schritte schienen zu viel zu sein. Es überkam sie so jäh, und sie spürten es beide.

Er hob sie hoch, und sie hielt sich an ihm fest, schlang die Beine um ihn – Bewegungen wie ein Tanz –, spürte ihn an ihrem Schoß und ließ sich langsam auf ihn sinken, während er seine Hüften nach oben stieß.

Langsam schob er sich in sie, immer tiefer, immer höher; langsam nahm sie ihn in sich auf, umfing ihn weich und warm.

Als er sie ganz ausfüllte, konnte sie sich nur noch mit einem lustvollen Erbeben an ihn klammern, völlig überwältigt, ihn so zu spüren, ihre Sinne viel klarer als sonst.

Dann packte er sie bei den Hüften und hob sie erneut hoch, immer höher, bis sie ihn fast verloren hätte, aber nur fast, denn schon kehrte er die Bewegung um und ließ sie wieder auf sich sinken, sodass sie von den köstlichsten Empfindungen übermannt wurde.

Mit einem Laut der Verzückung, halb Keuchen, halb Seufzen, ließ sie den Kopf zurückfallen und sah ihn unter schweren Lidern hervor an, seine Augen dunkel glänzend und seiner Sache so gewiss, als er sie im mondhellen Dunkel ansah. Ein kurzer Blick nur, mehr brauchte sie nicht, wollte sich nur vergewissern, dass Leidenschaft und Verlangen ihn ebenso heiß verzehrten wie sie … das genügte ihr, um ihn für einen Kuss an sich zu ziehen, und er nahm sich, was sie ihm gab.

Und gab ihr noch mehr.

Hob sie erneut an, ließ sie auf sich sinken.

Und wieder und wieder, erst langsam, dann immer schneller; eine Inbesitznahme, die im Tanz ihrer Zungen, in ihren verschmelzenden Mündern ein Echo fand, ein berauschender Takt, zu dem er sie immer weiter, tiefer in gleißendes, blendendes Licht führte, eine Ewigkeit hielt er sie so hin, bis alle Spannung sich jäh in ihr löste, die Wirklichkeit brach und in Funken barst.

Schauer der Verzückung jagten ihr durch den Körper, ließen jede Faser flimmernd erglühen, schwere, golden schimmernde Glückseligkeit ihr durch die Adern strömen.

Sie löste ihre Lippen von seinen, rang überwältigt nach Atem; spürte ihn, so entrückt und der Welt enthoben sie auch war, noch immer in sich, hart und schwer.

Er trug sie die paar Schritte zum Bett, und sie hielt sich an ihm fest, während er die Decke zurückschlug, sich dann aufs Bett kniete und sie langsam herabließ. Ihr folgte mit einer flüssigen, anmutigen Bewegung, ohne die Verbindung zwischen ihnen zu lösen, und mit einem einzigen Stoß noch tiefer in sie eindrang, bis er ganz in ihr geborgen war.

Und dann ritt er sie in den siebten Himmel, in das alles verzehrende Herz ihrer Leidenschaft.

Binnen Sekunden war sie einmal mehr bei ihm, hob sich ihm entgegen, stimmte ein in seinen wild vorpreschenden Takt, und so trieben sie einander durch die wechselvollen Landschaften ihrer Lust, ihres Verlangens, ihres peinigenden Begehrens, alles in benommenem Nebel verschwommen, wirklich nur durch die Laute ihrer Lust, ihres keuchenden Atems, durch das hungrige, fiebrige Tasten ihrer Hände, die sich an Schultern, Hüften, Schenkel klammerten.

Ihre Herzen schlugen donnernd, als sie auf den Rand des Abgrunds zuhielten, und dann, Sekunden später, flogen sie, innig verbunden, im Herzen vereint, in Weiten hell funkelnder Ekstase.

Ließen sich tragen von der köstlichen, alles andere auslöschenden Freude völliger Erfüllung.

Dann fielen sie, sanken trudelnd hinab.

Ein Gefühl tiefer Befriedigung fing sie auf, wiegte sie auf sanften goldenen Wogen.

Bis auch das verebbte und nur sie beide blieben, das Blut noch immer pulsierend, die Herzen frohlockend; sie beide angespült an diese friedlichen, paradiesischen Gestade, wo sie einander in glücklicher Erschöpfung in den Armen lagen.

Wie viel Zeit verstrichen war, bis er wieder halbwegs bei Sinnen war, er wusste es nicht. Doch als er wieder eines Gedankens fähig war, seine Gefühle von seinem Verlangen trennen und alles in eine vernünftige Ordnung hätte bringen können, ließ er sich einfach weiter treiben – in ihrer Umarmung, von ihr umfangen, um dieses vollkommene Glück noch einen Moment länger auszukosten …

Womit, so vermutete er, seine Frage beantwortet war.

Wollte er das – wollte er mehr davon?

Ja.

Würde er daran festhalten, wenn er denn könnte?

Ja.

Wie lange, wenn die Wahl an ihm wäre?

Für immer.

Die Worte hallten in ihm wider, Worte voller Kraft und Gewissheit, denn er war sich sicher.

Ganz sicher.

Behutsam lösten sie sich voneinander, und er griff nach der Decke, um sie über sie beide zu ziehen, über ihre erhitzten Körper. Dann schmiegte er sich an sie und zog sie in seine Arme.

Sie seufzte wohlig, ein Laut so reich erfüllter Sinnlichkeit, dass es ihm bis ins Mark ging und ihm tiefen Frieden schenkte. Als er die Arme um sie schloss und sich langsam dem Schlaf überließ, musste er sich eingestehen, dass ihm tatsächlich eine Offenbarung zuteilgeworden war.

Er wusste jetzt, woran er war.

Was er mit diesem Wissen anfangen würde, stand jedoch auf einem ganz anderen Blatt.

13. Kapitel

Als Miranda am nächsten Morgen aus Rodericks Zimmer kam, traf sie im Flur auf Roscoe.

Sobald sie die Tür hinter sich geschlossen hatte, stieß er sich von der Wand ab und kam zu ihr. »Edwina, Henry und ich wollten einen kleinen Ausritt über Land machen, und ich dachte mir … Ich weiß nicht, wie fest du im Sattel sitzt, aber vielleicht möchtest du ja mitkommen?«

Sie strahlte ihn an. »Oh ja, sehr gern! Dann trifft es sich ja gut, dass das Mädchen daran gedacht hat, meinen Reitdress einzupacken.« Am Tag zuvor waren nämlich die beiden Koffer mit ihren und Rodericks aus London georderten Kleidern gekommen.

Er trat zurück, um sie vorbeizulassen, und folgte ihr dann nach nebenan zu ihrem Zimmer. »Ich helfe dir.«

Im Nu hatte er ihr das Kleid aufgeschnürt und sah zu, wie sie in die weiße Spitzenbluse schlüpfte, die unter das braunsamtene Reitjackett gehörte. Der dazugehörige Rock war aus robustem Drillich, doch die warmen, erdigen Farben standen ihr gut zu Gesicht.

Als sie, nachdem sie in ihrem Koffer noch nach den Handschuhen gesucht hatte, sich wieder aufrichtete und umdrehte, fand sie seinen Blick wie gebannt auf ihre Hüften geheftet. Sie wartete, bis er sie ansah, und hob nur vielsagend die Braue.

Er erwiderte ihren Blick einen Moment, dann trat er zur Seite und hielt ihr die Tür auf. Als sie an ihm vorbei hinausging, folgte ihr sein leise gemurmeltes »Später«.

Mit einem Lächeln eilte sie ihm voran den Flur hinunter.

Edwina und Henry saßen schon im Sattel und warteten

im Hof auf sie. Der schwarze Wallach, den sie Roscoe des Öfteren hatte reiten sehen, schnaubte und stampfte mit den Hufen, neben ihm wartete geduldig eine Fuchsstute. Miranda ging auf die Stute zu, streichelte ihr die Stirn und fragte den Jungen, der sie am Zügel hielt, mit einem Lächeln: »Wie heißt sie?«

»Pippin, Madam.«

»Danke.« Miranda schaute dem Pferd in die dunklen Augen. »Gut, Pippin, dann wollen wir mal, ehe dieser ungestüme Kerl neben dir noch durchgeht.«

Als sie sich umdrehte, stand Roscoe schon bereit, um ihr in den Sattel zu helfen. Sonst hatte sie immer einen Aufsitzblock genommen, sich noch nie von einem Mann aufs Pferd heben lassen. Eine weitere neue Erfahrung, die sie ihm verdankte; sie trat zu ihm, spürte seine Hände um ihre Taille, wurde dann hoch in die Luft gehoben ... und sanft auf dem Sattel abgesetzt.

Kein Vergleich zum Aufsitzblock. Fast war ihr ein wenig schwindlig, aber sie nahm sich zusammen und brachte, wenn auch etwas errötend und außer Atem, ein »Danke« hervor und beschäftigte sich dann recht angelegentlich damit, ihre Füße in die Steigbügel zu stellen und ihre Röcke zu richten; als ihre Erregung nachließ und sie wieder klar denken konnte, griff sie nach den Zügeln.

Roscoe hatte sich derweil auf den Rücken seines rastlosen Wallachs geschwungen – kurz maß er mit prüfendem Blick ihre Haltung, ihren Sitz im Sattel, ihre Hände an den Zügeln, und nachdem alles zu seiner Zufriedenheit erschien, deutete er an den Stallungen vorbei zum Tor und ritt ihnen voran.

Der Ausritt bescherte ihr eine Stunde reinsten Vergnügens und absoluter Freiheit. Mit donnernden Hufen galoppierten sie über die Weiden, trabten schmale Reitwege hinab, durchquerten Berg und Tal mit keinem anderen Ziel, als ihren Spaß daran zu haben. Ab und an ließen sie ihre Pferde im Schritt gehen, um sich in Ruhe die Landschaft anzusehen oder ein paar Worte miteinander zu wechseln. Miranda fühlte sich so glücklich und befreit, dass sie kaum noch aufhören konnte zu lächeln. Nie war ihr das Leben so wunderbar erschienen.

Bei einer dieser Pausen, als sie auf einer Anhöhe Halt machten und die Aussicht genossen, deutete Henry an Roscoes Seite auf ein kleines Gehöft unten im Tal. »Croft hat gefragt, ob er diese Wiese noch seinem Ackerland zuschlagen könnte. Er würde sie dann umpflügen und beizeiten aussäen wollen.«

Roscoe überlegte einen Moment. »Da seines das einzige Gehöft weit und breit ist und niemand sonst dieses Tal bestellt …« Er sah Henry an. »… warum nicht?«

Henry nickte. »Dachte ich mir auch. Croft ist noch jung, seine Frau hat gerade ihr erstes Kind bekommen, und bislang ist er ein vorbildlicher Pächter – er hat den Hof von seinem Onkel übernommen, als der Alte gestorben ist.«

»Nur zu. Gute Pächter sollte man ermutigen.« Roscoe fasste die Zügel wieder kürzer. »Warum kümmerst du dich nicht darum – triffst alle nötigen Entscheidungen, leitest das Ganze in die Wege, die Ergänzung des Pachtvertrags und so weiter. Meinen Segen hast du.«

»Ist das dein Ernst?«

»Aber ja. Alt genug bist du, und ich traue es dir zu. Ich werde mal mit Draper sprechen. Jetzt, da du mit der Schule fertig bist, solltest du ruhig anfangen, auf dem Anwesen die Zügel in die Hand zu nehmen. Bis du volljährig bist, musst du rechtlich zwar noch immer nach meiner Weisung handeln, aber nichts spricht dagegen, dich mit den Vorgängen vertraut zu machen und schon mal praktische Erfahrungen zu sammeln.«

Henry strahlte über das ganze Gesicht und hätte wohl am liebsten gleich angefangen.

Während sie gemächlich weitertrabten, hatte Miranda, die mit Edwina etwas hinter den beiden Männern ritt, reichlich

Gelegenheit, sich Gedanken darüber zu machen, welche Verantwortung Roscoe auf sich genommen hatte mit der Vormundschaft für seinen Neffen. Gedeih und Verderb des Anwesens ruhten auf seinen Schultern, alle, die auf Ridgware lebten, nicht nur im Herrenhaus, sondern auch die unzähligen Kleinpächter in den Tälern, waren davon abhängig, dass er seine Arbeit mit Augenmaß machte, dass er anständige und gute Entscheidungen traf.

Zur selben Zeit, da er sich einen Namen als Londons Glücksspielkönig gemacht und sein Imperium aufgebaut hatte, hatte er auch diese Bürde schultern, dieser Verantwortung gerecht werden müssen, und das, nach allem, was sie bislang gehört und gesehen hatte, mit großem Erfolg. Er tat, was getan werden musste, einfach so, ohne großes Aufhebens darum zu machen.

So wie er es auch als Roscoe hielt, wie er durch die Philanthropische Gilde Gutes tat. Es schien charakteristisch für ihn zu sein, dieses stille, selbstlose Geben.

Von Roscoes Vorschlag ermutigt, wich Henry ihm nun nicht mehr von der Seite, hielt seinen Wallach neben seinem, um noch eine ganze Reihe weiterer Fragen zu besprechen, die ihn schon eine ganze Weile beschäftigt haben mussten. Das Einzige, was Roscoe daran erstaunte, war, dass ihm nicht früher aufgefallen war, wie ausführlich Henry sich bereits mit sämtlichen Abläufen des Anwesens befasst hatte. Insgeheim fiel ihm ein Stein vom Herzen; seinen Fragen nach zu schließen, war Henry mehr als bereit, Verantwortung zu übernehmen und, wenn auch zunächst in bescheidenem Umfang, sein Erbe anzutreten.

George, dachte Roscoe bei sich, ist Ridgware nie auf diese Weise verbunden gewesen.

Während er sich einerseits freute, dass Henry auf einem so guten Weg war und auch künftig alles auf Ridgware seinen geregelten Gang gehen würde, merkte er anderseits, wie leise

Wehmut ihn befiel, da seine Zeit auf Ridgware damit ihr Ende fände. Nicht gleich heute oder morgen, aber im Laufe der kommenden zehn Jahre würde er Henry immer mehr Aufgaben übertragen, Rechte und Pflichten an ihn abtreten, bis sein Neffe dann mit fünfundzwanzig ganz das Zepter übernehmen würde. Roscoe mochte sich vielleicht im Hintergrund bereithalten, ihm im Einzelfall mit Rat und Tat zur Seite stehen, aber die Entscheidungen würde dann Henry treffen; die Verantwortung läge nicht mehr bei ihm, Roscoe.

Eine schwere Bürde, die ihm genommen war, könnte man meinen. Aber er war nicht mehr der leichtlebige Lord Julian Delbraith, er war gewachsen an den Aufgaben, die sich ihm im Laufe der Jahre gestellt hatten. Als der, der er jetzt war, würde er etwas brauchen, das ihm Ridgware ersetzte.

Gewiss, er hatte sein Glücksspielimperium, aber das war reines Geschäft.

Er würde etwas brauchen, das ihn auch persönlich vor Herausforderungen stellte, ihm auch im Privaten Verantwortung abverlangte.

Als sie wieder in den Hof ritten, schaute er zu Miranda, sah ihre leuchtenden Augen, ihre geröteten Wangen, die feinen Haarsträhnen, die der Wind gelöst hatte. Und wieder einmal spürte er – mit noch größerer Gewissheit als zuvor –, dass sein Leben sich veränderte, dass etwas im Wandel war.

Die Stallburschen eilten herbei, um sich um die Pferde zu kümmern. Cribbs, der alte Stallmeister, griff sich die Zügel des schwarzen Wallachs. »Ihre Männer aus London sind gekommen, Mylord. Haben mich gebeten, Ihnen gleich Bescheid zu sagen.«

»Danke.« Er schwang sich aus dem Sattel und ging hinüber zur geduldig wartenden Fuchsstute – wirklich eine Seele von einem Tier, die gute Pippin –, hob Miranda herunter, hielt sie noch einen Moment länger als nötig und hätte sich verlieren können in ihren Augen. Er musste sich zwingen, nüchtern und sachlich zu bleiben. »Wenn wir Glück haben, bringen sie uns Nachrichten über Kirkwell.«

In der Halle blieb Miranda stehen und besah sich ihren Rock. »Ich werde mich erst umziehen.«

Roscoe nickte. »Wir sind in der Bibliothek, komm einfach dazu, wenn du fertig bist.«

Sie eilte die Treppe hinauf und rang mit sich, ob sie Roderick Bescheid geben sollte, entschied sich aber dagegen, da Dr. Entwhistle geraten hatte, mit dem Treppensteigen noch mindestens einen weiteren Tag zu warten. »Wir erzählen es ihm später sowieso«, sagte sie laut zu sich selbst und legte die letzte Strecke zu ihrem Zimmer im Laufschritt zurück.

Kaum hatte sie die Tür hinter sich geschlossen, flogen schon Jacke und Stiefel beiseite, und der Rest folgte ebenso rasch.

Fünf Minuten später betrat sie ein wenig außer Atem, aber sonst gefasst, in einem bernsteinfarbenen Tageskleid mit feiner Stickerei an Saum und Kragen die Bibliothek; sogar ihre Frisur hatte sie wieder in Ordnung gebracht.

Die vier anwesenden Herren, die nicht um den Schreibtisch versammelt, sondern auf den einander gegenüberstehenden Sofas beim Kamin saßen, erhoben sich. Beim Näherkommen erkannte sie Jordan Draper, Mudd und Rawlins; sie nickte ihnen höflich zu, und die drei verneigten sich kurz.

Roscoe bedeutete ihr, sich zu ihm zu setzen. »Wir haben gerade noch anderes besprochen, aber jetzt, da du hier bist …« Sie setzte sich, und auch die Männer nahmen ihre Plätze wieder ein. Roscoe wandte sich an Mudd und Rawlins. »Was haben wir Neues über Kempsey, Dole und Kirkwell herausgefunden?«

Rawlins machte eine grimmige Miene. »Kirkwell scheint allen ein Rätsel zu sein. Wir haben noch mal die ganze Gegend abgeklappert und im Hood and Gable rumgefragt, wo er sich mit Kempsey und Dole getroffen hat, bislang auch der einzige

Ort, an dem er tatsächlich mal gesehen worden ist. Wir dachten, er würde noch mal dort auftauchen, auf eine Nachricht warten, aber Fehlanzeige. Uns konnte da auch keiner mehr über den Burschen erzählen.«

»Tatsache ist«, warf Mudd ein, »dass ihn, seit er Kempsey und Dole angeheuert hat, niemand mehr in der Gegend gesehen hat. Vorher übrigens auch nicht. Selbst sein Name sagt keinem was, womit wir davon ausgehen können, dass er weder aus der Ecke kommt noch Stammgast ist.«

Roscoes Lippen wurden schmal. »Alles scheint darauf hinzudeuten, dass Kirkwell nicht sein richtiger Name ist.«

Die anderen Männer nickten.

Mudd räusperte sich. »Was Kempsey und Dole angeht, so sind sie noch immer nicht in London aufgetaucht, weshalb wir unterwegs in Birmingham Halt gemacht haben. Aber auch dort, seit sie mit Mr. Clifford die Stadt verlassen haben, keine Spur mehr von den beiden. Ein paar aus der Sippschaft waren anscheinend dabei, als Mr. Clifford befreit wurde, kamen dann aber allein zurück und scheinen Kempsey und Dole sich selbst überlassen zu haben. So wird zumindest behauptet.«

»Können wir dann davon ausgehen, dass die beiden noch immer allein unterwegs sind?«

»Sieht so aus, als würden sie meistens allein arbeiten«, meinte Rawlins. »Ihre Familien decken sie und schlagen Alarm, wenn Gefahr im Verzug ist, scheinen sich aber sonst aus ihren Geschäften rauszuhalten – zumindest bei Aufträgen dieses Kalibers.«

»Gut.« Nachdem er kurz nachgedacht hatte, wandte Roscoe sich wieder an Mudd und Rawlins. »Gibst es sonst noch etwas, das ich wissen müsste?«

»Mrs. Selwidge lässt ausrichten, dass Lord Treloar sich sehr zur Erleichterung aller nach besagtem Vorfall nicht mehr hat blicken lassen«, erstattete Rawlins Bericht. »Sonst stand nichts weiter an, seit Sie aus London weg sind.«

»Zu Lord Treloar würde ich gern noch ergänzen«, schaltete sich Jordan ein, »dass ich auch in den anderen Casinos nachgefragt habe. Bei zwei Clubs in Mayfair hat er versucht, sich mit einer Gruppe von Freunden Zutritt zu verschaffen, wurde aber abgewiesen. Seitdem hat er sich tatsächlich in keinem deiner Häuser mehr sehen lassen.«

»Wir können nur hoffen, dass er seine Lektion gelernt hat«, meinte Roscoe. Mit einem Blick zu Mudd und Rawlins fuhr er fort: »Solange wir hier sind, könntet ihr Mr. Clifford ein wenig unter die Arme greifen, sollte er Hilfe benötigen. Ansonsten haltet Augen und Ohren offen und seid auf alles gefasst. Ihr kennt euch hier aus, kennt das Haus und die Leute, wisst um die Schwachstellen.«

Mudd und Rawlins nickten verständig; auf Miranda wirkten sie etwas zu erpicht darauf, sich »auf alles gefasst« zu machen.

Als hätte auch er es gemerkt, fügte Roscoe hinzu: »Aber ganz gemach. Schaut euch einfach um, sprecht mit Cater, macht euch wieder mit den Räumlichkeiten vertraut, vor allem mit der Lage von Mr. Cliffords Zimmer. Alles Weitere klären wir später.«

Mudd und Rawlins standen auf, um sich ans Werk zu machen.

In Anbetracht der Tatsache, dass Kempsey und Dole irgendwo dort draußen herumstreunten und nach Roderick suchten, war Miranda froh, Mudd und Rawlins in der Nähe zu wissen – beides große, kräftige Burschen, die sich auf ihre Arbeit verstanden. Sie stand ebenfalls auf. »Ich werde Sie zum Zimmer meines Bruders führen«, sagte sie und fing Roscoes Blick auf, als auch er und Jordan sich höflich erhoben. »Bei der Gelegenheit kann ich Roderick gleich auf den neuesten Stand bringen und ihm sagen, dass er Mudd und Rawlins jederzeit um Hilfe bitten kann. Es dürfte eine große Erleichterung für ihn sein, zumal wenn er morgen nach unten kommen will.«

Roscoe nickte. »Tu das.«

Ihr entging nicht der kurze Blick, den er mit Mudd und Rawlins wechselte, als sie sich schon zum Gehen wandte, ein Blick, der alles Mögliche hätte bedeuten können, wie sie mit wachsendem Unbehagen dachte, als die beiden ihr aus der Bibliothek und nach oben folgten.

»Glaubst du wirklich, dass Kempsey und Dole Roderick – und mich – hier finden könnten?«

Nachdem er Mirandas Kleid aufgeschnürt hatte, trat Roscoe zurück. »Ich weiß es nicht. Genauso wenig wie ich weiß, was sie jetzt vorhaben.« Er zog seine Krawattennadel heraus und begann die Krawatte zu lösen. »Da sie noch nicht wieder in London aufgetaucht sind, dürften sie entweder weiter auf der Suche nach Roderick sein, oder sie sind untergetaucht, da sie Kirkwells Zorn fürchten. Das dürfte von Kirkwell abhängen und den Abmachungen, die sie mit ihm getroffen haben.«

Allerdings war er sich bei dem Ruf, der Kempsey und Dole vorauseilte, ziemlich sicher, für welche der beiden Möglichkeiten sie sich entschieden hatten – weshalb Mudd und Rawlins auch gerade noch einmal auf sein Geheiß das Gelände abgingen, insbesondere den Wald hinter dem Haus.

»Es ist seltsam …« Miranda schüttelte ihr Kleid aus und hängte es auf einen Bügel. »Mittlerweile kommt mir das Ganze vor wie ein schlechter Traum, der langsam verblasst.«

»Ich weiß, aber diesem Frieden sollte man nicht trauen«, erwiderte er und begann, nachdem er Jacke und Weste abgelegt hatte, seine Manschettenknöpfe zu öffnen. Das Abendessen war längst vorüber, und im Haus war die übliche nächtliche Ruhe eingekehrt. Wenngleich Ruhe relativ war, herrschte in einem so großen, alten Haus doch nie völlige Stille, dazu kamen das Rufen der Käuzchen im Wald, Füchse, die auf Beutefang gingen, ab und an ein fernes Jaulen oder Bellen. Wirklich still war es auf dem Land nie.

Gleichwohl legte eine Ruhe, ein Frieden, sich über ihn; und einen gar noch tieferen Frieden empfand er – auch wenn er es nicht recht verstand, es gar widersinnig fand –, weil er hier war, mit ihr in diesem Zimmer, sich mit ihr auszog und bereit machte fürs Bett, als … als lebten sie längst zusammen.

Eine so vertraute Häuslichkeit hatte er sich mit früheren Gespielinnen nie gestattet. Aber jetzt fand er wahre Freude an diesen Momenten. Auch schien es ihm kein Zeichen der Gewöhnung oder der Gleichgültigkeit zu sein. Die Leidenschaft war noch immer da, aber als ein Versprechen, etwas, das für den Augenblick zurückgehalten wurde, was diese Zurückhaltung nur umso verheißungsvoller machte.

Ein sinnliches Lächeln spielte um seine Lippen. Das machte diesen Augenblick so besonders, bei aller Alltäglichkeit so erregend – das Wissen um das, was kommen würde.

»Edwina hat mir erzählt, dass du meist nur ein paar Tage im Jahr zu Besuch kommst. Ist es denn nicht mühselig, sich von London aus um das Anwesen zu kümmern, Entscheidungen in Henrys Namen zu treffen und ihre Angemessenheit aus der Ferne zu beurteilen?«

Er schaute kurz zu ihr hinüber – schaute noch einmal und schluckte, sah sie sich ihre Chemise über den Kopf ziehen, das feine Seidenhemdchen nachlässig auf den Ankleidestuhl fallen lassen, ein weiß schimmernder Hauch, dann die Bettdecke zurückschlagen und, anmutig und nackt, hell schimmernd im Mondschein auch sie, darunter schlüpfen.

Erst als sie ihm einen fragenden Blick zuwarf, merkte er, dass er den Atem angehalten hatte, dass sein Kopf wie leergefegt war. Was hatte sie ihn gefragt?

Während er sein Hemd auszog, bei den Knöpfen ein wenig Zeit schindete, fiel es ihm wieder ein. »Ich bin auf Ridgware aufgewachsen, bin als Junge oft ganze Tage über das Anwesen gestromert.« Er streifte sich die Schuhe von den Füßen und knöpfte seine Hose auf. »Man erzog mich nicht als künftigen

Erben wie George, aber in vielerlei Hinsicht kannte ich mich mit dem Leben auf den Höfen, den Bedürfnissen der Pächter vermutlich besser aus als er.« Er legte Hose und Stümpfe ab. »Und nach Georges Tod hatte ich das Glück, ausgezeichnete und tatkräftige Unterstützung zu haben – der alte Draper, Jordans Vater, ist nach wie vor Prokurist des Anwesens und kümmert sich um alles Geschäftliche. Er war und ist ein Geschenk des Himmels.«

Nackt und bloß wie er war, ging er endlich, doch ohne alle Eile zum Bett.

Sie sah ihn an, musterte ihn von oben bis unten und lächelte leise, als sie fragte, leicht zerstreut, als wäre sie in Gedanken längst anderswo: »Und deshalb hast du Jordan eingestellt – als Anerkennung der unersetzlichen Dienste seines Vaters?«

»Falsch. Ich habe Jordan eingestellt, weil er gar noch besser und unersetzlicher ist als sein Vater.« Er hob die Decke an, betrachtete einen Moment ihr Gesicht, ihre nackten Schultern und Arme, die seidige Fülle ihres Haars.

Miranda schaute zu ihm auf, diesem Bild von einem Mann, nackt in mondheller Nacht, verschlang ihn erst mit den Augen, ließ dann ihr Lächeln für sich sprechen und breitete die Arme weit aus.

Er kam ins Bett, in ihre Arme, und küsste ihr das Lächeln von den Lippen.

Jetzt, in perfektem Einklang, ließen sie ihrer Leidenschaft freien Lauf, ließen sich hinreißen von ihren Empfindungen und genossen jeden Moment.

Ihr Zusammensein war seit jeher ohne falsche Scham, ein offener, ehrlicher Austausch zwischen ihnen, in der ersten Nacht noch zaghaft und seitdem mit allen Sinnen immer wieder von Neuem erstrebt, ein Geben und Nehmen ohne jeden Vorbehalt.

Beider Lust aneinander fand Ausdruck in ihrem wonnigen Seufzen, als er ihre Brüste umfing, in seinem rauen Atem, als sie ihm über die Schultern strich und dann immer weiter hinab.

Einvernehmliche Lust im zitternden Erbeben, ihrem tiefen Aufatmen, als er in sie eindrang und sie einander so nahe wie möglich waren.

Ohne langen Vorlauf preschten sie los, der Erfüllung entgegen, durch Feuer, Pracht und Herrlichkeit, bis ihre Ekstase sie erschütterte, sie übermannte, gleißendes Licht sie blendete und Körper und Geist reinste Empfindung waren, während ihre Seelen sich befreit hinaufschwangen, immer höher hinauf.

Später, viel später, als sie sich den sanften Wellen des Danach überließen, wurde Miranda mit einer nie gekannten Deutlichkeit bewusst, wie glücklich sie in diesen Momenten war. Sie musste sich eingestehen, dass es nichts Schöneres gab, als so in seinen Armen zu sein, mit ihm verbunden, und dann dieses unbändige Entzücken zu erleben. Ein Glück, das nachhallte und sie erfüllte, wie nichts sie je zuvor erfüllt hatte, eine tiefe Zufriedenheit, die ihr blieb.

In diesen Momenten zählte nichts anderes – nur sie beide und dieses Wunder, das sie immer wieder aufs Neue zu erschaffen vermochten. Während dieser sich wie eine Ewigkeit anfühlenden Minuten höchster Ekstase, wenn erhitzte Haut sich an erhitzter Haut rieb und die Stille der Nacht durchbrochen wurde von den Lauten ihrer Lust, dann hatte sie das Gefühl, dass sie ihn und er sie auf eine Weise kannte, die tiefer ging, mächtiger, allumfassender war, als die bloß biblische Bedeutung des Wortes es verhieß.

Sie mochte noch immer nicht wissen, was vorgefallen war, damals, als aus Julian Roscoe geworden war, aber sie kannte den Mann, in dessen Armen sie lag, dessen Herz sie kräftig und stetig schlagen hörte, sie kannte ihn besser, als sie mit Worten hätte ausdrücken können, und sie vertraute ihm. Sie vertraute darauf, dass er es ihr schon sagen würde, wenn sie es denn wissen musste.

Bald schon könnte es mit alldem vorbei sein, vorbei mit ihnen, ein flüchtiges Glück nur von ein paar Tagen, Wochen – aber wie lange ihnen auch blieb, sie würde jeden Moment auskosten, würde ihn mit Leib und Seele umfangen und willkommen heißen.

Und ihrer beider Wirklichkeit in ihrem Herzen bewahren.

14. Kapitel

Am folgenden Abend kam Roderick endlich herunter, um sich ihnen bei Tisch anzuschließen. Lucasta und Caroline machten großes Aufhebens um ihn, Edwina und Henry konnten ihre Neugier kaum bändigen und wollten *alles* wissen, was ihm widerfahren war, sodass es Sarah, Roscoe und Miranda überlassen blieb, mit Nachsicht und Wohlwollen zu verfolgen, wie Roderick sich mühte, ins gesellschaftliche Leben zurückzufinden, beste Manieren an den Tag zu legen und die jeweils korrekte Anrede für eine Dowager Duchess, eine Duchess, einen Duke und die Tochter des vorherigen Dukes und Nichte des jetzigen zu finden. Es war wirklich nicht so einfach.

Es brauchte die ersten beiden Gänge, bis Roderick schließlich merkte, dass niemand solche Förmlichkeit erwartete, auch von ihm nicht; danach entspannte er sich, und das Gespräch floss gleich viel leichter dahin.

Nach dem Essen schlug Roscoe vor, dass die drei Männer, statt sich den Damen im Salon anzuschließen, sich ins Billardzimmer zurückziehen sollten. Während Henry den Vorschlag begeistert aufnahm und auch Roderick dafür dankbar zu sein schien, waren weder Miranda noch Sarah allzu erpicht darauf, Roderick für längere Zeit aus den Augen zu lassen. Schlussendlich gelangte man zu einem Kompromiss, und die drei jüngeren der Damen folgten den Herren den langen Korridor hinab zum Billardzimmer, das am Ende des Westflügels lag.

Roscoes Blick fiel sogleich auf die Fenster, durch die man einen ungehinderten Blick hinaus in die Nacht hatte und nun, da der Raum hell erleuchtet war, einen noch besseren hinein, dann auf Roderick, der seinen linken Arm noch immer in der

Schlinge trug, aber da er Rechtshänder war, nicht allzu sehr gehandicapt sein sollte. Wenngleich ihm die Treppe doch einige Probleme bereitet und er sich schwer auf Rawlins gestützt hatte, kam er mittlerweile mit einer einzigen Krücke recht gut zurecht. Roscoe sah ihn fragend an. »Was meinst du? Traust du dir eine Partie zu?«

Roderick überlegte einen Moment, zuckte dann ungelenk mit der Schulter. »Ich weiß nicht – lassen wir es einfach drauf ankommen.«

Am Anfang saß Miranda noch, flankiert von Sarah und Edwina, auf der Bank und sah zu; während sie das Spiel verfolgten, unterhielten sie sich über verschiedene Ausführungen der zur Hochzeit zu verschickenden Einladungen und ob man eine Goldprägung wählen oder besser darauf verzichten solle. Als sich nach der ersten Runde herausstellte, dass Roderick, wenn er sich an den Tisch lehnte, prima zurechtkam, schlug Henry vor, dass die Frauen mitspielen und man Paare bilden solle.

Die drei Damen tauschten fragende Blicke und erhoben sich dann einvernehmlich, um die Herausforderung anzunehmen. Edwina spielte mit Henry, Sarah mit Roderick, womit für Miranda nur noch Roscoe blieb.

Das nachfolgende Spiel schien weniger darauf ausgelegt zu sein zu gewinnen, dafür wurde mehr gelacht und gescherzt als zuvor. Eine sehr vergnügliche Stunde brachten sie so zu, an deren Ende sie erst merkten, dass niemand daran gedacht hatte, die Punkte mitzuzählen, was aufs Neue für ausgelassene Heiterkeit sorgte.

Während sie sich alle zum Sieger erklärten, begannen im Haus die Uhren zu schlagen.

»Schon elf«, meinte Miranda und schaute zu Roderick, Sarah ebenso. »Dr. Entwhistle wäre gewiss der Ansicht, dass du schon längst im Bett liegen solltest.«

Roderick grinste. »Das denke ich auch. Aber keine Sorge, ich bin schon unterwegs.« Er schnappte sich seine Krücke. »Mudd und Rawlins müssten mir allerdings wieder ein wenig unter die Arme greifen, fürchte ich. Vielleicht …« Er zögerte. »Vielleicht wäre es besser, wenn die Damen schon vorausgingen.«

Roscoe betätigte den Klingelzug und fing Mirandas Blick auf. »Gute Idee, geht ihr ruhig schon mal nach oben. Henry und ich haben hier alles im Griff.«

Da ihr bewusst war, dass es Roderick – zumal jetzt, nach dem langen Abend – reichlich schwerfallen dürfte, die Treppe zu erklimmen, und er nicht wollte, dass Sarah ihm dabei zusah, dass sie sich allerdings auch erst dann zurückziehen würde, wenn Miranda selbst es tat, gab sie sich einverstanden. »Ganz wie du meinst.« Sie wandte sich zum Gehen und winkte Sarah mit sich; Edwina wartete bereits an der Tür. »Lassen wir sie ruhig machen.« Mit einem kurzen Blick zurück auf die Männer hob sie die Hand zum Abschied. »Gute Nacht.«

Nachdem alle eingestimmt und man sich reihum Gute Nacht gewünscht hatte, verließen die Damen den Raum. Als sie mit Edwina und Sarah nach oben ging, fragte Miranda sich, wie lange Roderick wohl brauchen würde, bis er es auf sein Zimmer und ins Bett geschafft hätte. Und wie lange es dauern würde, ehe Roscoe in das ihre käme.

Roscoe stand derweil in der Waffenkammer, lud mit routinierter Hand eine Pistole und warf einen fragenden Blick zu Mudd und Rawlins. »Ihr seid sicher, dass die zwei euch nicht gesehen haben?«

Rawlins nickte. »Absolut sicher. Die haben sich in ihre Höhle zurückgezogen und warten erst mal ab.« Er deutete auf Roderick und grinste. »Träumen wahrscheinlich süß von ihrer Beute. Ich würde meine Hand dafür ins Feuer legen, dass sie angebissen haben, nachdem sie vorhin ja beste Sicht auf ihn hatten, wie er da so behände um den Billardtisch geflitzt ist.«

Mudd und Rawlins hatten die Fährte der beiden Ganoven früh am Tag aufgenommen, als Kempsey und Dole sich durch

Wald und Flur auf die Ländereien von Ridgware durchgeschlagen hatten. Trotz ihres stattlichen Körperbaus verstanden Roscoes Leibwächter sich vorzüglich darauf, unbemerkt durch die Gassen und Hinterhöfe Londons zu schleichen oder aber auf leisen Sohlen durchs Gelände zu pirschen, wo sie sich dank zahlreicher Aufenthalte auf Ridgware ebenfalls bestens auskannten. Sie waren den beiden in den westlich ans Herrenhaus grenzenden Wald gefolgt und hatten Roscoe Bericht erstattet, der nur auf diesen Moment gewartet hatte. Nun war es an der Zeit, den Plan in die Tat umzusetzen.

»So«, meinte Roscoe und reichte Henry die durchgeladene Pistole. »Deine einzige Aufgabe wird sein, gut auf deine Mutter, deine Großmutter und auf Edwina achtzugeben. Alles andere überlass uns. Ich glaube zwar nicht, dass du das Schießeisen brauchen wirst …«, er warf einen scharfen Blick auf seinen Neffen, der die Pistole fachmännisch in Augenschein nahm, »aber für den Fall der Fälle bist du gewappnet. Das Wichtigste ist, dass die drei brav auf ihren Zimmern bleiben. Sollten Kempsey und Dole ins Haus gelangen, wollen wir nicht, dass sie einer der Frauen in die Arme laufen und sie als Geisel nehmen. Verstanden?«

Henry nickte in grimmiger Entschlossenheit. »Sowie sie im Bett sind, werde ich auf dem Flur vor ihren Zimmern Wache halten.«

»Das will ich meinen.« Roscoe wandte sich Mudd und Rawlins zu, die ihre Pistolen mit geübter Hand selbst luden. »Ihr wisst, was zu tun ist, und bleibt vorerst auf eurem Posten.«

Mudd nickte. »Und sobald sie uns passiert haben, kesseln wir sie ein. Cater hat dafür gesorgt, dass die Diener sämtliche Seiteneingänge bewachen, und die Stallburschen werden uns ebenfalls Deckung geben.«

Roscoe lächelte schmal. »Hervorragend. Sowie Kempsey und Dole sich aus ihrem Versteck im Wald wagen, sind sie geliefert – so oder so.«

Roderick steckte die Pistole ein, die Roscoe ihm gegeben hatte, und griff nach seiner Krücke. »Dann will ich mich mal an den Aufstieg machen, damit sie mich oben am Fenster sehen können.«

Roscoe wandte sich zum Gehen. »Geh am besten hinaus auf den Balkon, als wolltest du vor dem Zubettgehen noch frische Luft schnappen. Da sehen sie dich garantiert.« Er öffnete die Tür und ließ die anderen vorausgehen, ehe er selbst hinaustrat und die Waffenkammer wieder hinter sich verschloss.

Henry drehte sich nach ihm um. »Du hast dir keine Pistole mitgenommen?«

»Nein. Ich halte es da mit Kempsey und Dole und gebe Messern den Vorzug.«

Mudd brummelte Unverständliches, Rawlins schnaubte.

Roscoe zeigte sich unbeeindruckt, winkte Henry weiter und folgte seinen Männern auf ihre nächtliche Mission.

Ein lautes Krachen ließ Miranda aus dem Schlaf schrecken.

Sie sprang aus dem Bett und merkte erst jetzt, dass sie allein darin gelegen hatte; von Roscoe keine Spur.

Du liebe Güte, welch ein Lärm! Fast klang es, als fände eine Schlägerei statt, und zwar … nebenan, in Rodericks Zimmer.

Flugs zog sie ihr Nachthemd an, schlüpfte rasch in den Morgenmantel, schnappte sich den Schürhaken vom Kamin und hastete zur Tür, öffnete sie ohne zu zögern und rannte den Flur hinunter.

Die Tür zu Rodericks Zimmer stand offen. Miranda stürmte hinein, das Schüreisen zum Schlag erhoben – und prallte um ein Haar mit einer leichenblassen Sarah zusammen.

»Oh«, entfuhr es der jungen Frau bei ihrem Anblick, dann deutete sie zum Bett. »Er ist fort!«

Miranda ließ den Schürhaken sinken und schaute zum Bett, das noch makellos und unberührt war – ihr Bruder war nicht nur fort, er war überhaupt nicht zu Bett gegangen. Was, zum …

Ein dumpfer Schlag und derbes Fluchen drangen zu ihnen; Miranda und Sarah sahen einander an. »Im nächsten Zimmer.« Miranda machte sofort kehrt, aber Sarah war schneller und huschte an ihr vorbei zur Tür hinaus.

Nun selbst mit einem beherzten Fluch auf den Lippen, eilte sie der jungen Frau hinterher. Sarah hatte sich bloß einen gehäkelten Schal über ihr Nachthemd geworfen, das hinter ihr flatterte wie eine weiße Fahne im Wind oder sie wie ein Gespenst wirken ließ, als sie den Flur hinablief, dem immer lauter werdenden Getöse entgegen, die Tür des Nachbarzimmers aufriss und geradewegs hineinrannte.

»Aaah!«

Der kurze Aufschrei ließ Miranda noch vor der Schwelle innehalten. Verborgen im Dunkel des Flurs, spähte sie vorsichtig hinein.

Drinnen schien die Hölle ausgebrochen zu sein. Dennoch erfasste sie die Situation mit einem Blick: Vorne links war Roscoe, der mit Kempsey rang, auf Leben und Tod, wie es den Eindruck machte, denn beide Männer schwangen sehr bedrohlich aussehende Messer. Roderick saß weiter hinten auf dem Bett und hielt mit vorgehaltener Pistole einen erbosten Dole in Schach; seine Krücke hatte er ungelenk unter den bandagierten Arm geklemmt.

Zur rechten Seite ging das Zimmer auf einen kleinen Balkon hinaus, dessen Türen weit offen standen; so waren Kempsey und Dole vermutlich hineingelangt. Während Miranda geschlafen hatte, mussten dichte Wolken aufgezogen sein, sodass der Mond nicht wie in den Nächten zuvor hell zu den hohen Fenstern hineinschien, sondern die ganze Szene in albtraumhafter Dunkelheit lag, die Gestalten wie Schemen eines Pandämoniums.

Und mitten hinein hatte Sarah sich gestürzt – ganz die junge Naive.

Kempsey erkannte seine Chance, packte sie und nutzte sie

als Schild. Während Miranda das Geschehen noch zu begreifen versuchte – es ging alles so schnell –, hatte Kempsey einer vor Angst mit den Augen rollenden Sarah schon das Messer an den Hals gesetzt und brüllte Roscoe an: »Bleib mir vom Leib! Sonst passiert der Kleinen was.«

Roscoe trat fluchend den Rückzug an.

Kempsey sondierte die Lage, Sarah noch immer fest im Griff. Sein Blick fiel aufs Bett. »Runter mit der Pistole!«, herrschte er Roderick an.

Roderick tat wie ihm geheißen.

Dumm nur, dass Kempsey mit dem Rücken zur Tür stand.

Miranda holte mit dem Schüreisen aus und stürmte auf ihn zu.

Aber Kempsey – mit dem siebten Sinn des Ganoven – spürte den Angriff kommen; er wirbelte herum und stieß ihr Sarah in den Weg.

Miranda schrie kurz auf, riss den Schürhaken noch höher, fort von Sarah. Die indes prallte, von Kempsey gestoßen, mit voller Wucht gegen sie, und zusammen gingen sie in einem heillosen Gewirr aus strampelnden Armen und Beinen, aus flatternden Schals und Nachtgewändern zu Boden.

Flüche, sowohl recht derbe als auch wohlartikulierte, drangen an ihr Ohr, dann plötzlich beugte Kempsey sich über sie. Mit seiner riesigen Pranke wollte er sie packen …

Roscoe stürzte sich auf ihn, schubste den Mann fort von Miranda und Sarah. Mit einem leisen, triumphierenden Lächeln baute er sich zwischen Kempsey und den gestrauchelten Frauen auf.

Kempsey gab einen Urschrei von sich, preschte wie ein Berserker auf ihn los – und schon ging es munter weiter.

Aus dem Augenwinkel nahm Roscoe wahr, wie Miranda und Sarah sich in der Ecke des Zimmers in Sicherheit brachten, wo er sich vorhin versteckt und den Ganoven aufgelauert hatte. Gut, dann konnte er sich jetzt voll und ganz seinem unerfreulichen Gegenüber widmen. Das Ziel war, den Kerl bewusstlos zu schlagen, ihn aber am Leben zu lassen.

Kempsey hingegen trachtete ihm nach selbigem.

Ihre Messer klirrten, sie schlugen Haken und Finten, hieben blindlings aufeinander ein. Bei Tages- oder gar Zwielicht wäre es wohl ein Kampf auf Leben und Tod gewesen; jetzt, in der unerwartet finsteren Nacht, war es, selbst nachdem seine Augen sich an das Dunkel gewöhnt hatten, blanker Wahnsinn.

Zumal da Kempsey gut war, sehr gut sogar, das musste Roscoe ihm lassen. Allerdings nicht so gut wie er. Sein Dilemma war indes, dass er den Mann ja nicht töten wollte, und so hielt er ihn hin, wartete auf seine Gelegenheit, selbst auf die Gefahr hin, sich dabei den einen oder anderen Kratzer einzufangen.

Miranda schlug das Herz bis zum Hals, wie sie den Kampf der beiden so verfolgte, doch jäh fand sie sich abgelenkt, denn nun kam auch in Dole wieder Leben. Langsam, lautlos und kaum merklich pirschte er sich heran – jedoch nicht an Roderick, sondern um das Bett herum zu den auf Leben und Tod kämpfenden Kontrahenten.

»Halt, hier geblieben!«, befahl Roderick ihm.

Dole jedoch schien den Versehrten nicht für voll zu nehmen; ohne ihn aus den Augen zu lassen, stahl er sich davon.

Roderick schoss, ein ohrenbetäubender Knall erfüllte den Raum.

Dole stutzte und hielt sich den Arm, dann fluchte er, nahm Roderick ins Visier und schmiss sich mit einem gellenden Schrei auf ihn.

»Nein!«, rief Sarah und rappelte sich auf, um Roderick zu Hilfe zu eilen.

Roderick derweil versuchte, Dole mit seiner Krücke abzuwehren, hatte er sein Pulver doch verschossen.

Nun stemmte auch Miranda sich vom Boden hoch, schaute

sich nach der zweiten Krücke um und warf sie Sarah zu. »Hier!«

Sarah fing sie erstaunlich geschickt auf, hielt sie mit beiden Händen und sprang zu Roderick aufs Bett, wo sie mit aller Kraft auf Doles Schädel einprügelte.

Miranda hielt sich derweil, den Schürhaken fest in der Hand, im Schatten der Wand, wobei sie Kempsey und Roscoe nicht aus den Augen ließ und auf ihre Gelegenheit wartete.

Roscoe versuchte, Kempsey anzulocken, um ihn aus nächster Nähe zu erledigen, aber der war auf der Hut vor der tödlichen Klinge in Roscoes Hand und ließ sich nicht einfangen. Lauernd umkreisten sie einander, bis Kempsey jäh zum Angriff überging und ihn mit der schieren Masse seines bulligen Körpers zu überwältigen suchte.

Miranda sah ihre Stunde gekommen. Sie holte mit dem Schürhaken aus, und zwar just in dem Moment, da Kempsey, von Roscoe abgewehrt, wieder zurückwich. Mit einem dumpfen Laut traf das Eisen seitlich auf Kempseys Schädel, ohne ihn jedoch zu Fall zu bringen. Sehr fatal, denn sogleich fuhr er herum und hielt auf sie zu wie ein gereizter Bulle.

Nun sah auch Roscoe rot, ließ sein Messer fallen, packte Kempseys Rechte und hieb ihm die Faust ans Kinn.

Kempsey blinzelte, schüttelte benommen den Kopf, hielt sich aber auf den Beinen, zäh wie er war.

Roscoe schlug erneut zu. Und dann, endlich, verdrehte Kempsey die Augen, er taumelte und ging zu Boden.

Sehr zufrieden mit seiner Arbeit schaute Roscoe kurz zu Miranda hinüber, die ihn jedoch kaum wahrnahm und, den Schürhaken noch immer fest in beiden Händen, Kempsey nicht aus den Augen ließ, als traute sie dem Frieden noch nicht und wollte bereit sein, sollte er sich wieder rühren.

Gerade zur rechten Zeit stürmten nun zwei weitere Gestalten über den Balkon ins Zimmer; sie hielten den Bruchteil einer Sekunde inne, um die Lage zu sondieren, und knöpften sich dann Dole vor, der noch immer den wütenden Krückenschlägen auszuweichen versuchte. Im Nu hatten Roscoes Leibwächter ihn überwältigt.

Roscoe schaute zum Bett, auf dem Sarah sich weiter mit erhobenem Krückstock zur Verteidigung bereithielt. Mit einem leisen Kopfschütteln bückte er sich, um Kempsey den Gürtel aus der Hose zu ziehen und ihm die Hände auf dem Rücken zu fesseln, derweil Rawlins unter dem wachsamen Auge von Mudd Dole denselben Dienst zuteilwerden ließ.

»Warum, zum Henker, kommt ihr erst jetzt?«, herrschte er die beiden an.

Beide schwiegen sie einen Moment, bis schließlich Mudd das Wort ergriff. »Sie erinnern sich an das Spalier, an dem wir hochklettern sollten?«

»Was ist damit?«

»Es ist zusammengekracht. War wahrscheinlich schon morsch, und dass diese beiden sich dran hochgehangelt haben, dürfte ihm den Rest gegeben haben. Das ganze Ding ist uns auf den Kopf gefallen, kaum dass wir einen Fuß darauf gesetzt hatten. Also haben wir Seile und Enterhaken geholt.«

Roscoe richtete sich wieder auf und seufzte. »Tja, da kann man noch so genau planen … Aber immerhin haben wir sie, und soweit ich das sehe, ist niemand sonst zu Schaden gekommen, oder?«

Sarah hatte sich neben Roderick aufs Bett fallen und den Kopf auf die Knie sinken lassen. Roderick hielt seinen Arm um sie gelegt und erkundigte sich in sanfter Sorge nach ihrem Befinden. Sie schaute kurz auf, totenbleich, schüttelte aber nur den Kopf. Roderick meinte: »Mein Arm tut weh, aber sonst habe ich nichts abbekommen. Und du?«

Roscoe besah sich seinen linken Ärmel. »Meinem Rock wurde übel mitgespielt, aber sonst – nein, vielleicht ein, zwei Kratzer, nicht weiter der Rede wert.« Sein Blick richtete sich auf Miranda.

Sie sah ihn an und schüttelte den Kopf. »Genau wie bei Sarah. Ein paar blaue Flecken, als wir stürzten, sonst nichts.« Selbst durch das Dunkel sah sie, wie seine Miene sich verfinsterte, und meinte: »Auch ein, zwei Kratzer sollten versorgt werden. Ich kann es mir mal ansehen …«

Er schaute auf den bewusstlos zwischen ihnen liegenden Schurken. »Später.«

Später, wenn er seine Gefühle – diesen rasenden Zorn, als er Kempsey sich auf sie stürzen sah – wieder halbwegs unter Kontrolle hatte.

»Sehen wir erst mal zu, dass wir die beiden hier angemessen unterbringen.« Er ging zur Tür und rief hinaus: »Cater?«

»Hier, Mylord.« Von ihrem Plan unterrichtet, hatte der Butler sich die ganze Nacht bereitgehalten und war nun, längst angelockt von dem Lärm, flugs zur Stelle.

»Gab es bei Seiner Gnaden irgendwelche Schwierigkeiten?«, erkundigte sich Roscoe.

»Nicht als solche, Mylord. Die Räumlichkeiten der Dowager Duchess und der Duchess liegen zu weit entfernt, als dass man den Aufruhr mitbekommen hätte. Nur Lady Edwina hat sich kurz sehen lassen, aber Seine Gnaden konnte sie davon überzeugen, dass Sie die Sache vollauf in der Hand hätten und es nicht zu schätzen wüssten, sollte sie sich einmischen. Worauf sie sich dankenswerterweise wieder zurückgezogen hat.«

»Ausgezeichnet. Bitte sagen Sie Seiner Gnaden, dass alles gut überstanden ist und er sich nun zu Bett begeben kann.«

»Sehr wohl, Mylord. Wünschen Sie die Missetäter in den Keller zu sperren?«

»Nein.« Roscoe wandte sich nach Rawlins um, der Dole gerade unsanft zur Tür hinausführte, sah Mudd sich nach Kempsey bücken und sich den noch immer Bewusstlosen über die Schulter werfen. »Im Geräteschuppen hinter den Stallungen ist schon alles vorbereitet – dort sollen sie erst mal ein wenig schmoren.«

»Sehr wohl, Mylord. Dann will ich Seiner Gnaden nun Ihre Nachricht überbringen.« Cater verbeugte und entfernte sich.

Roscoe hielt Rawlins und Dole die Tür auf, damit sie mit ihrer sperrigen Fracht hindurchkamen, und blickte dabei zu Roderick und Sarah, die beide mittlerweile wieder auf den Beinen waren, auch wenn nicht ganz klar war, wer sich mehr auf wen stützte. Auch Miranda betrachtete das Paar und machte, wenngleich sie kurz zögerte, doch keine Anstalten, ihrem Bruder zu Hilfe zu eilen.

Roscoe griff nach ihrer Hand und zog sie mit sich, dirigierte sie vor sich her zur Tür hinaus.

Seufzend ließ sie es geschehen. Den Schürhaken in der einen Hand, die andere um die seine geschlossen, ging sie neben ihm den Flur hinab, vorbei an der geöffneten Tür von Rodericks Zimmer, dann weiter zu der ihren.

Hinter sich hörten sie Sarah und Roderick in Rodericks Zimmer verschwinden. Die Tür blieb offen, aber Roscoe hatte jetzt anderes im Sinn, als Roderick ins Bett zu helfen. Sarah, da war er sich sicher, würde das schon bewerkstelligen.

Seine Anspannung hatte etwas nachgelassen, war aber noch immer zu spüren, leise schwelend unter der Oberfläche. So bald würde sich das wohl auch nicht legen, nicht, solange er noch deutlich vor sich sah, wie Miranda mit erhobenem Schüreisen ins Zimmer gerannt war, ein Bild, das sich ihm vermutlich für alle Zeit eingeprägt hatte, zusammen mit der kalten, vernichtenden Furcht, die ihm mit ungeahnter Schärfe in alle Glieder gefahren war, ihn förmlich durchbohrt hatte.

Die Lippen zu einer schmalen Linie zusammengepresst, ließ er die Tür zu ihrem Zimmer aufschwingen und folgte ihr hinein, schlug sie hinter sich zu und zog Miranda so abrupt zurück, dass sie mit einem leisen Aufschrei mit dem Rücken gegen die Tür stieß. Er trat vor sie, hielt sie, ließ ihr keinen Ausweg.

Der Schürhaken glitt ihr aus der Hand und fiel scheppernd zu Boden.

Sie legte ihm die Hände an die Brust, sah ihn mit großen Augen an, doch nach dem ersten Schreck überwog in ihrer Miene ruhige Zuversicht, eine klare Gewissheit.

Eine ganze Weile hielt er sie so, hielt wortlos ihren Blick und ließ die Anspannung zwischen ihnen immer weiter anwachsen, bis er schließlich sagte, ruhig und deutlich, doch unmissverständlich: »Tu das nie wieder, hörst du? Misch dich nie wieder in eine solche Auseinandersetzung ein.«

Ihre Brauen hoben sich kaum merklich, sie wich seinem Blick nicht aus. »Begib du dich nie wieder in eine solche Auseinandersetzung, dann werde auch ich es nicht tun.«

Seine Augen wurden schmal, doch an ihrem Entschluss war nicht zu rütteln; mehr noch, nun schob sie gar stur das Kinn vor, bekam dieses Funkeln in den Augen. »Närrisches Weib«, meinte er und senkte den Blick auf ihre Lippen.

»Anmaßender Kerl«, erwiderte sie.

Eine Sekunde verstrich.

Ein Herzschlag und noch einer.

Dann bewegten beide sich zugleich; sie reckte sich empor, er senkte den Kopf, und ihre Lippen trafen sich in einem Kuss, der ihm mit seinem Verlangen, seiner Gier, seiner Leidenschaft den Atem raubte.

Lust loderte auf, keine züngelnden Flammen, sondern ein Inferno.

Seine Hände waren überall, tasteten, umfingen, liebkosten.

Er zog den Gürtel ihres Morgenrocks auf, sie warf sich an seine Brust.

Seine Finger ertasteten Knöpfe, bekamen sie kaum auf in seiner fiebrigen Hast. Er hörte etwas reißen; ihr schien es nichts auszumachen. Sie schlängelte sich aus ihrem Nachthemd, schlang ihm die Arme um den Hals und küsste ihn hingebungsvoll.

Mit der Inbrunst eines Derwischs machte sie sich über seinen Rock her, das Hemd, die Hose. Eine Spur abgeworfener

Kleidungsstücke hinter sich lassend, taumelten sie zu ihrem Bett, sanken endlich ins weiche Plumeau, die nackten Körper aneinandergeschmiegt, verschmelzend. Sie bäumte sich auf, bis ihre Brüste an seine Brust drängten, verschränkte lüstern die Beine mit seinen.

Mit einem Kuss, der sie einmal mehr ins Reich von Leidenschaft und Verlangen katapultierte, nahm er ihren Mund in Besitz.

Sie strich ihm über den Rücken, umfing seinen Nacken, sein Gesäß, trieb ihn mit jeder Berührung, jeder Liebkosung weiter.

Er zog sie an sich und fand mit einer einzigen Bewegung zu ihr; innig vereint, ließen sie los und gaben sich der Hitze ihres Begehrens anheim.

Ihre Körper in immer schnellerem Takt verschmelzend, ließen sie sich hinreißen, mitreißen, ihre Lust die Oberhand gewinnen.

Um ihren Sieg zu feiern.

Einander die Angst auszutreiben.

Sich dem wilden Triumph über beides hinzugeben.

Das Ende, als es denn kam – als es sich über sie erhob und über ihnen zusammenschlug –, war überwältigend. Es erschütterte Roscoe bis ins Mark, rührte an den Grund seiner Seele.

Zu spüren, wie fest sie sich an ihm hielt.

Und wie zwingend, verzweifelt und unerbittlich er sich an sie hielt.

»Einem Gentleman nach dem Leben zu trachten, noch dazu in einem herzoglichen Haushalt, dürfte einen mit einiger Gewissheit an den Galgen bringen.« Roscoe stellte sich einen Stuhl mit der Lehne zu Kempsey und Dole, die, noch immer die Hände auf dem Rücken gefesselt, in dem kleinen Schuppen hinter den Ställen auf zwei Melkschemeln hockten; er setzte sich rittlings darauf, stützte die Arme vor sich auf die Lehne und besah sich seine beiden Gefangenen mit einer Miene allenfalls milden Interesses.

Mudd hatte sich hinter Kempsey positioniert, Rawlins hinter Dole, sicher war sicher. Roderick stand auf seine Krücke gestützt, den anderen Arm noch immer in der Schlinge. Auch er betrachtete die Männer, die ihm dieses Leid zugefügt hatten, mit leidlicher Gelassenheit.

Flankiert wurde er zur einen Seite von Miranda, die, die Arme vor der Brust verschränkt und ein Funkeln in den Augen, offenbar weit weniger gelassen war, und Sarah, die ihre Hand in Rodericks Armbeuge gelegt hatte.

Roscoe war mit dieser Inszenierung sehr zufrieden. Auch auf Kempsey und Dole schien sie ihre Wirkung nicht zu verfehlen. Vor allem Kempsey warf den dreien, die anklagend hinter Roscoe standen, immer wieder ahnungsvolle Blicke zu, ehe er sein Augenmerk schließlich ganz auf Roscoe richtete.

Dabei sagte Kempsey kein Wort, harrte schweigend der Dinge. Dole hielt den Blick gesenkt, stierte vor sich auf den strohbedeckten Boden.

Mit einem stillen Lächeln deutete Roscoe mit dem Kinn auf Kempsey. »Ein Vergehen, auf das der Tod durch den Strang steht, eine kapitale Strafe, die ich indes in Deportation umwandeln lassen könnte, solltet ihr beide mir sämtliche meiner Fragen zufriedenstellend beantworten.«

Kempsey und Dole wechselten einen kurzen Blick, ehe Kempsey, merklich Wortführer und Kopf des Duos, sich wieder an ihn wandte. »Was wollen Sie denn wissen?«

»Alles, und zwar wirklich bis aufs letzte Detail, was ihr mir über diesen Kirkwell erzählen könnt.«

Wieder ein verstohlener Blick zwischen den Ganoven, dann meinte Kempsey: »Angenommen, wir sagen Ihnen alles, was wir wissen – haben wir dann Ihr Ehrenwort, dass wir deportiert und nicht gehenkt werden?«

Roscoe nickte feierlich.

»Und wie können wir wissen, ob Sie Ihr Wort halten?«

»Das können die Herren selbstverständlich nicht. Aber ich habe keinen Grund, mich nicht an unsere Abmachung zu halten. Lässt man euer unbestreitbares Talent einmal außer Acht, seid ihr doch nichts weiter als die Handlanger des Mannes, der euch angeheuert hat. Mein Interesse an euch hält sich allenfalls in Grenzen; ich will den Kerl, der euch den Auftrag gegeben hat, mehr nicht.«

Kempsey und Dole schienen schweigend Zwiesprache zu halten, dann heftete Kempsey wieder den Blick auf ihn. »Einverstanden. Aber viel wissen wir nicht.«

Roscoe hätte darauf gewettet, dass sie mehr wussten, als sie ahnten. »Beschreibt mir Kirkwell.«

Die Beschreibung, die Kempsey, ergänzt um ein, zwei Einwürfe von Dole, abgab, stimmte mit Gallaghers Beschreibung des Mannes überein.

»Nachdem Sie mich entführt hatten, haben Sie ihm eine Nachricht zukommen lassen«, warf Roderick ein. »Wie und wo fand das statt?«

»Übers Hood and Gable – da, wo er uns auch angeheuert hat«, erwiderte Kempsey. »Cleverer Kerl. Wir hatten keine andere Möglichkeit, mit ihm Kontakt aufzunehmen, aber er wollte sich am nächsten Tag noch einmal dort mit uns treffen, um sich bestätigen zu lassen, dass alles nach Plan gelaufen war. Erst danach wollte er uns den Rest des vereinbarten Lohns zahlen.«

Roscoe ließ einen Moment verstreichen, dann fragte er scheinbar beiläufig: »Kirkwell hat euch beide also dafür bezahlt, Mr. Clifford zu töten – habt ihr eine Idee, warum er den Gentleman aus dem Weg schaffen lassen wollte?«

Beide Männer schüttelten den Kopf. »Wir stellen keine Fragen«, brüstete sich Kempsey. »Ist schlecht fürs Geschäft und gefährlich für uns.«

»Allerdings. Geschah es auf Kirkwells ausdrücklichen

Wunsch, Mr. Clifford aus London wegzubringen, ehe ihr seinem Leben ein Ende machen wolltet?«

»Nee, das haben wir gemacht, um auf Nummer sicher zu gehen.« Kempsey deutete mit dem Kinn auf Roderick. »Kirkwell hat uns gesagt, wo er wohnt. Er wollte, dass wir ihn da an Ort und Stelle umlegen und ihn dann so liegen lassen, damit er auch ja gefunden wird.«

»Das hat er ausdrücklich so gesagt – ihn so liegen lassen, damit man den Toten auch findet?«, fragte Roscoe nach.

Beide Männer nickten. »War Teil der Abmachung«, sagte Dole.

Roscoe ließ sich weiter nicht anmerken, für wie wichtig er diese Information erachtete. »Warum habt ihr euch dann nicht an Kirkwells Anweisungen gehalten und Mr. Clifford tot in der Chichester Street zurückgelassen? Das wäre doch viel einfacher gewesen.«

»Weil wir uns ziemlich sicher waren, dass Kirkwell nicht den Zaster hatte, um uns den Rest von unserem Lohn zu zahlen«, entgegnete Kempsey nüchtern. »Oder dass er uns anschmieren würde, einfach abhauen, ehe wir Bares gesehen hätten. Wäre ja möglich gewesen, dass er uns vom Park aus beobachtete, wie wir den Kerl abmurksen, und dann nichts wie weg. Oder dass er am Tag darauf bei der Schenke rumlungerte, um zu schauen, ob wir auftauchen würden. Wenn ja, war davon auszugehen, dass wir Nägel mit Köpfen gemacht hätten, und dann wieder – nix wie weg, und wir hätten sehen können, wo wir bleiben. Wir hatten ja keinen Schimmer, wer der Kerl war, wo wir ihn finden könnten. Der war nicht von hier, keiner hatte den vorher je gesehen.«

Da wussten sie tatsächlich mehr, als sie ahnten. »Warum«, fragte Roscoe, »habt ihr angenommen, dass Kirkwell das Geld nicht hat?«

Kempsey runzelte die Stirn. »Nur so'n Gefühl. Vielleicht weil sein Rock so schäbig war, die Manschetten ganz abgewetzt. Aber ihm schien es nichts auszumachen, er hat sich nichts anmerken lassen und sich aufgeführt, als wäre es ein feiner Zwirn, frisch aus der Bond Street, wenn Sie wissen, was ich meine.«

»War'n feiner Pinkel.« Dole schielte zu Roscoe hinüber. »Nicht ganz so fein wie Sie, Mylord, aber trotzdem merkt unsereins das sofort.« Seine dunklen Augen huschten zu Roderick. »Eher so wie er, wenn ich's mir recht bedenke.«

Kempsey, nun gleichfalls mit Blick auf Roderick, als sähe er ihn das erste Mal, nickte. »Ganz genau. Wir dachten, Kirkwell wäre verarmter Landadel. So einer schien er zu sein.«

»Gut.« Roscoe versuchte, ihre Aufmerksamkeit wieder auf sich zu lenken. Ganoven mochten die beiden sein, hatten mit diesem Lebenswandel aber immerhin schon ein anständiges Alter erreicht, weshalb man ihrem Gespür wohl trauen konnte. Auch mit dem Standesunterschied zwischen ihm und Roderick hatten sie goldrichtig gelegen, wofür er ihnen widerwillig Respekt zollen musste. »Und wie wolltet ihr dann sichergehen, den Rest eures Lohns zu erhalten?«

Kempsey setzte sich vorsichtig auf dem Schemel zurecht. »Wir dachten uns, wenn Kirkwell nicht zahlt, hätten wir Clifford immer noch als Geisel und könnten seine Familie erpressen und so an das Geld kommen. Also haben wir ihn entführt, ihn aus der Stadt gebracht und meinem Onkel Bescheid gegeben, damit er am nächsten Tag ins Hood and Gables geht und Kirkwell sagt, dass wir Clifford hätten, ihn umlegen und seine Leiche in Pimlico deponieren würden, sowie Kirkwell den restlichen Zaster rausgerückt hat.«

Roscoe nickte verständig. »Ein sehr vernünftiger Plan. Und was ist dann passiert?«

»Kann man's wissen? Hätte Kirkwell seinen Teil gezahlt, hätte mein Onkel meinen Bruder in Birmingham verständigt, und der wäre dann raus zum Cottage gefahren, um uns Bescheid zu geben. Aber dann sind Sie uns in die Quere gekommen, haben uns Clifford abgeknöpft, und wir sind dann tagelang wie die Idioten hinterher, und folglich haben wir keinen Schimmer, ob sich noch wer gemeldet hat.«

»Andererseits«, wandte Dole ein, »hätte Kirkwell pünktlich gezahlt, wie sich das unter anständigen Menschen gehört, hätten wir, schon einen Tag ehe Sie beim Cottage aufgetaucht sind, Bescheid bekommen und wären mit der Leiche längst auf dem Rückweg nach London gewesen.«

Kempsey ließ den Kopf hängen und nickte. »Aye. Wie gesagt, wir können nicht wissen, ob noch eine Nachricht kam, aber ich würde drauf wetten, dass Kirkwell nicht gezahlt hat.«

»Hätte dein Onkel Kirkwell denn verraten, wohin ihr seine kostbare Fracht gebracht habt?«

»Nee, wir sind doch nicht blöd. Er hat dem Kerl nicht mal gesagt, dass wir aus London weg sind. Das war bloß eine Vorsichtsmaßnahme, weil wir uns schon dachten, dass wir am Ende Cliffords Familie erpressen müssten.«

Sie müssen sich also ziemlich sicher gewesen sein, dass Kirkwell das Geld nicht würde aufbringen können, dachte Roscoe bei sich. »Und wo finde ich deinen Onkel?«

Bei Kempsey regte sich Argwohn.

Roscoe seufzte. »Dein Onkel interessiert mich nicht – ich will nur wissen, was er mir zu erzählen hat. Ob Kirkwell eure Nachricht erhalten hat, und wenn ja, wie er reagiert hat. Vielleicht ist dein Onkel ihm gar zu seiner Unterkunft gefolgt, wer weiß?«

Kempsey senkte den Kopf und schwieg.

Roscoe sah sich das einen Moment an, dann meinte er ruhig: »Wir haben abgemacht, dass ihr beide auf sämtliche meiner Fragen antworten würdet.«

Kempsey presste die Lippen zusammen, brachte dann aber doch ein widerwillig gemurmeltes »Goodman's Yard, nicht weit vom Tower« heraus.

»Und sein Name?«

Kempsey nannte ihn.

Mehr würde bei den beiden nicht zu holen sein. Roscoe erhob sich. »Die Konstabler werden im Laufe des Tages vorbeikommen und euch abholen. Wenn ihr ihnen oder uns noch mehr Scherereien macht, ist unsere Abmachung hinfällig und der Galgen euer.«

Er nahm seinen Stuhl und drehte sich um, bedeutete Roderick, Sarah und Miranda, ihm vorauszugehen, und folgte als Letzter.

Zehn Minuten später hatten sie sich in der Bibliothek eingefunden und warteten darauf, dass Henry, der am großen herzoglichen Schreibtisch saß, das Ersuchen an Lord Bramwell, den örtlichen Friedensrichter, aufsetzte.

Roscoe besprach sich derweil mit Mudd und Rawlins. »Ihr macht euch sofort auf den Weg nach London. Findet heraus, was aus Kempseys Onkel geworden ist, fragt ihn nach allem, was er weiß.«

Mudd und Rawlins nickten.

»Und wann kommen Sie zurück, Sir?«, erkundigte Rawlins sich.

»Wir machen uns morgen auf den Weg«, sagte Roscoe. »Jordan ist heute noch zu Besuch bei seiner Familie und wird morgen von Derby aus ebenfalls nach London aufbrechen.«

»Gut, dann geben wir Rundle Bescheid«, meinte Mudd, salutierte und verließ den Raum mit Rawlins.

Roderick suchte Roscoes Blick. »Geht es zurück in die Stadt?«

Roscoe nickte. »Entwhistle meinte, du wärst jetzt stabil genug für die Reise.« Er trat zu dem Kanapee, auf dem Miranda saß, Roderick und Sarah gegenüber, setzte sich zu ihr und wandte sich wieder an Roderick. »So, mein Freund, jetzt überleg mal. Kirkwell heuert Kempsey und Dole an, um dich umzubringen und deinen Leichnam gut sichtbar in unmittelbarer Nähe deines Hauses liegen zu lassen. Er wünscht nicht nur deinen Tod, sondern auch, dass du möglichst sofort für tot erklärt wirst, zahlt den beiden für ihre unschätzbaren Dienste aber bloß die Hälfte des vereinbarten Honorars. Alles, was sie erzählt haben und was wir wissen, deutet darauf hin, dass Kirkwell das Geld schlichtweg nicht hat – ich traue Kempseys und Doles Einschätzung in dieser Hinsicht, die beiden haben einen guten Blick für so etwas. Nehmen wir also weiter an, dass Kirkwell sich noch in London aufhält und knapp bei Kasse ist. Es bleibt die Frage, was sein Motiv gewesen sein kann, den Mord an dir in Auftrag zu geben.«

Roderick runzelte die Stirn.

»Geld«, sagte Roscoe geduldig. »Sein Motiv dürfte an erster Stelle Geld gewesen sein. Umso mehr, da er so erpicht darauf war, dass man deinen Leichnam schnell findet. Um von deinem Tod zu profitieren, stellt er also sicher, dass dein Vermögen zeitnah an deine Erben übergeht, was wiederum erst möglich ist, wenn man deinen Leichnam findet und du offiziell für tot erklärt wirst.«

»Aber …« Roderick warf einen irritierten Blick auf Miranda.

»Ich bin seine Erbin«, warf Miranda ein und sah Roscoe kühl an. »Ich dachte, das hätten wir geklärt.«

»Ich weiß«, versuchte er sie zu beschwichtigen. »Aber ich glaube, wir übersehen etwas Wichtiges. Gleichwohl …« Er erwiderte ihren Blick. »… werden wir das Geheimnis hier nicht mehr lüften. Die Antwort auf die Frage, wer Kirkwell in Wahrheit ist und warum er von Rodericks Tod zu profitieren hofft, dürften wir in London bekommen.«

Sie hielt seinen Blick einen Moment, dann nickte sie. »Du hast recht«, meinte sie und blickte zu Roderick. »Dann fahren wir morgen also zurück.«

Um Kirkwell ausfindig und dingfest zu machen, damit ihr nicht mehr gar so kleiner Bruder endlich wieder sicher war.

15. Kapitel

Etwas später am Vormittag trat Miranda, nachdem sie sich mit der Schwester besprochen hatte, wie man Roderick die Reise nach London so angenehm wie möglich gestalten könnte, hinaus auf die Terrasse und nahm die kühle, klare Landluft noch einmal tief in sich auf.

»Wollen Sie einen kleinen Vorrat für die Rückkehr nach London sammeln?«

Sie drehte sich um, sah Lucasta durch die Gartentür treten und lächelte. »Ja, vermutlich. Die Luft hier auf dem Land ist einfach besser. Lieblicher und reiner, aromatischer.«

»Absolut. Dieser Dunst in der Stadt hinterlässt bei mir immer einen etwas schalen Nachgeschmack.« Lucasta lud Miranda ein, ihr die Stufen hinunter in den Garten zu folgen. »Kommen Sie, gehen wir ein wenig spazieren. Eine halbe Stunde bleibt uns noch, ehe es zum Lunch läutet, und wenn ich es recht verstehe, werden wir Ihre Gesellschaft ab morgen entbehren müssen.«

»Nun, da Roderick hinreichend genesen ist, wird es Zeit, dass wir zurückkehren, ja.« Am Fuß der Treppe angelangt, schlenderten sie den Weg hinauf, der in weitem Schwung den Park umgrenzte. »Ich möchte mich noch einmal für Ihre Gastfreundschaft bedanken. Hier Zuflucht zu finden war wirklich ein Geschenk des Himmels. Ohne Ihre und Carolines Unterstützung und die des ganzen Haushalts wäre Roderick nicht so schnell gesund geworden.«

»Was das angeht, meine Liebe, war es uns das reinste Vergnügen.« Lucasta lächelte sie an. »Aber wenn Sie sich gern revanchieren würden, können Sie mir einen Gefallen tun. Leben

Sie und Ihre Tante – und Roderick natürlich – das ganze Jahr über in der Stadt?«

»Derzeit ja. Wir hatten vor, so lange zu bleiben, bis Roderick heiratet. Wenn er erst einen eigenen Hausstand gründet, würden meine Tante und ich … nun, vermutlich würden wir uns dann wieder auf Oakgrove niederlassen.«

»Hat Ihr Bruder denn schon eine bestimmte junge Dame im Auge?«

»Nein, bislang nicht.« Sarah mochte in Rodericks Augen wohl mehr als eine bloße Bekanntschaft sein, aber Miranda hätte beim besten Willen nicht sagen können, wie es mit den beiden weitergehen sollte, wenn sie erst wieder in London waren.

»Und was ist mit Ihnen?« Lucasta warf ihr einen gespannten Blick zu. »Und sagen Sie jetzt bitte nicht, Sie wären schon neunundzwanzig und damit längst passé. Ich habe Augen im Kopf, wissen Sie, und für einen etwas reiferen Gentleman würden Sie eine ganz wunderbare Ehefrau abgeben.«

Miranda war versucht auszuweichen, aber … »Ich hatte wohl Verehrer – genau genommen steht ein Kandidat gerade noch in Aussicht –, aber wir sind uns beide nicht sicher, ob es überhaupt einen Sinn hätte, wenn er mir einen Antrag machte.« Sie dachte dabei natürlich an Wraxby, aber noch während sie es sagte, merkte sie, dass es ebenso gut auf einen anderen hätte zutreffen können, namentlich auf Lucastas Sohn.

»Oh, was Sie nicht sagen.« Lucasta schwieg einen Moment und meinte dann in ehrlicher Verwunderung: »Wie seltsam. Ich hätte gedacht, dass Sie in Ihrer Situation, die, wenn ich es recht verstanden habe, doch recht komfortabel ist, sich, so Sie denn heiraten wollten, nur von Ihren Gefühlen, Ihrer Leidenschaft leiten ließen … Aber nein, verzeihen Sie, das geht mich natürlich nichts an.« Lucasta legte ihr leicht die Hand auf den Arm, eine beschwichtigende Geste, die Miranda schon oft an ihr beobachtet hatte. »Manchmal geht meine Neugier mit mir durch – ein Privileg, das Damen meines Alters ja vermeintlich zukommt.«

Miranda nahm es gelassen und lächelte zurück. Mit etwas Neugier kam sie schon zurecht; das strenge Regiment ihrer Tante war dagegen ein ganz anderes Kaliber.

»Wissen Sie, meine Liebe, ich will nicht aufdringlich sein, aber ich habe ein solches Gespräch auch mit jeder meiner Töchter geführt, weshalb ich hoffe, dass Sie mir verzeihen, wenn ich Ihnen denselben Rat geben möchte.« Ohne auf ihre Zustimmung zu warten, fuhr Lucasta fort: »Will man als Dame dauerhaftes Glück im Leben finden, sollte man zuerst einmal wissen, was man möchte, sich über seine Bedürfnisse im Klaren sein – was braucht es zu diesem Glück, was könnte einen zufriedenstellen –, um dann mit wachem Blick durchs Leben zu gehen und sich all das zu nehmen, was man sich wünscht.« Lucasta nickte nachdrücklich. »Die Vorstellung, dass man nur damenhaft warten müsse, weil alles sich schon ergeben und zum Guten fügen würde, ist meiner Erfahrung nach völliger Unsinn. Sie sollten Ihrem Glück schon ein wenig auf die Sprünge helfen. Und dazu müssen Sie wissen, was Sie wollen, und dieses Ziel dann auch konsequent verfolgen, denn nur durch unser eigenes Handeln finden wir wahres Glück und dauerhafte Zufriedenheit.«

Sie liefen ein paar Schritte, ehe Miranda nachdenklich meinte: »Meine Gedanken gingen in eine ähnliche Richtung, aber dazu braucht es … Mut. Und Entschlossenheit.«

»Aber ja, die braucht es. Nur kommen Sie anders auf keinen grünen Zweig.« Lucasta nahm ihre Hand von Mirandas Arm. »Wie der Zufall es will, sprach ich mit Julian über etwas ganz Ähnliches. Sie kannten ihn bislang nur als sein Alter Ego, haben ihn nun aber auch hier erlebt, auf Ridgware, wo er mein Sohn ist – Henrys Onkel, Edwinas Bruder, Carolines Schwager. Es steht mir nicht zu, Ihnen zu erzählen, warum er einst diesen Wandel vollzogen hat, aber wie ich kürzlich zu ihm meinte, stehen die Dinge mittlerweile so erfreulich, dass er ihn nach all diesen Jahren durchaus rückgängig machen und wieder Lord Julian Delbraith werden könnte.«

Miranda runzelte die Stirn. »Und das geht so einfach?«

Lucasta nickte entschieden. »Ich denke schon. Und könnte man ihn davon überzeugen, diesen Weg zu beschreiten – oh, welchen Unterschied es für seine Zukunft machen würde, für sein ganzes Leben!«

Warum erzählte Lucasta ihr das? Der Neugier mochte sie sich ja bezichtigen, aber zur Geschwätzigkeit neigte die Dowager Duchess nicht, weshalb es einen bestimmten Grund …

Die Antwort war offensichtlich. Wenn aus Roscoe wieder Lord Julian Delbraith würde … Miranda schaute verstohlen zu der älteren Frau. Versuchte seine Mutter sie zu verkuppeln? Oder hatte Lucasta etwas anderes im Sinn – hoffte sie vielleicht darauf, dass Miranda ihren Sohn dazu überreden könnte?

»Mama.«

Wenn man vom Teufel sprach; sie wirbelten beide wie ertappt herum, denn niemand anderer als besagter Sohn kam über den Rasen auf sie zu.

Miranda sah, wie ein reines, unschuldiges Lächeln sich auf Lucastas Gesicht ausbreitete.

»Mein Lieber, wie trefflich! Wir sprachen gerade von deiner Rückkehr nach London. Du wirst für den armen Roderick doch gewiss die große Reisekutsche nehmen, nicht wahr?«

»Ja, natürlich.« Roscoes, *Julians*, Blick wanderte von seiner Mutter zu Miranda und wieder zurück. »Genau deshalb bin ich gekommen – um dich zu fragen, ob es nicht deine eigenen Pläne durchkreuzt. Sowie wir in der Stadt sind, schicke ich den Wagen zurück, aber für Roderick wäre es wirklich hilfreich, seinen Fuß hochlegen zu können.«

»Natürlich, mein Lieber, mach nur.« Die Dowager tätschelte ihm kurz den Arm. »Und meine Pläne durchkreuzt du damit nicht; ich werde die nächste Zeit hier sein, bis Weihnachten auf jeden Fall, du kannst dem Kutscher in London also ruhig eine kleine Pause gönnen, ehe du ihn zurückschickst. Es eilt überhaupt nicht.«

»Danke.«

Von Haus her erklang der tiefe Gong, der zum Lunch rief.

Roscoe bot der Dowager Duchess seinen Arm.

»Danke, mein Lieber.« Lucasta legte ihre Hand in seine Armbeuge, und so schlenderten sie, Roscoe von seiner Mutter und Miranda flankiert, zurück zum Haus.

Während des Mittagessens wurde Miranda deutlich, dass ihre Rückkehr nach London noch einen weiteren Pferdefuß hatte.

Roderick und Sarah wollten sich nicht voneinander trennen.

Bedachte man, mit welcher Beherztheit Sarah Roderick zu Hilfe geeilt war und wie bereitwillig Roderick ihre Hilfe angenommen hatte, fragte Miranda sich insgeheim, wie weit es zwischen den beiden schon gekommen, wie weit ihre Zuneigung zueinander gediehen war.

Jetzt jedenfalls schienen beide gleichermaßen niedergeschlagen zu sein ob der Aussicht, die Nähe des anderen missen zu müssen, sich nicht mehr der Gesellschaft des anderen erfreuen zu dürfen. Nicht, dass sie den Reiseplänen widersprochen oder gar geschmollt hätten, weit gefehlt – weder Roderick noch Sarah ließen ein Wort darüber verlauten, aber allen bei Tisch war offensichtlich, wie sehr die bevorstehende Trennung beiden aufs Gemüt schlug.

Sarah stocherte nur in ihrem Essen herum.

Roderick sah blass und mitgenommen aus wie am ersten Tag.

Beide mühten sich redlich, höflich zu antworten, wenn das Wort an sie gerichtet wurde, aber wenn sie miteinander sprachen, blühten beide kurz auf, die Vertrautheit zwischen ihnen war so deutlich zu spüren, und wie sie einander ansahen …

Nun, Miranda hatte den Eindruck, dass sie entschlossen waren, das Unabwendbare tapfer durchzustehen.

Und es rührte sie sehr. Auch wenn es an sich nicht in ihrem Interesse sein konnte, würde eine feste Bindung zwischen Roderick und Sarah doch das endgültige Ende der wichtigen Rolle einläuten, die sie im Leben ihres Bruders gespielt hatte, ertappte sie sich schon dabei, nach Wegen zu suchen, wie man ihnen eine Fortsetzung ihrer Romanze ermöglichen konnte.

Dabei war sie gar nicht romantisch veranlagt – seit ihrem fatalen Verlöbnis hatte sie von derlei Anwandlungen für alle Zeit genug –, aber sie wünschte sich, dass Roderick glücklich war, und wenn die Gelegenheit sich in Gestalt Sarahs nun mal so offensichtlich bot …

Auch Roscoe, der neben Miranda saß, entging nicht, was sich zwischen Roderick und Sarah abspielte. Lucasta, Caroline, Edwina und Henry hielten derweil das Gespräch am Laufen, bezogen ihn und Miranda immer wieder mit launigen Bemerkungen mit ein, aber nichts konnte über das leise Herzensdrama hinwegtäuschen, das sich auf der anderen Seite des Tischs abspielte.

Ein Aufruhr der Gefühle, den er ausnahmsweise mal nachempfinden konnte. Ihm erginge es ganz ähnlich, müsste er sich von Miranda trennen.

Was bald genug der Fall sein würde.

Im Gegensatz zu ihnen hatten Roderick und Sarah gar beste Aussichten – sollten sie ihre Freundschaft vertiefen wollen, so stand es ihnen frei, genau das zu tun. Niemand würde ihnen Steine in den Weg legen. Sie mussten nur entscheiden, was sie wollten, mussten sich einig werden und ihr Glück dann wahrmachen.

Du liebe Güte, wie einfach es sein konnte!

Er schaute verstohlen zu Miranda, die ebenfalls recht schweigsam an seiner Seite saß. Wenn ihrer beider Weg sich doch auch bloß auf eine so einfache Gleichung herunterbrechen ließe! Nur leider stellte sich bei ihnen alles etwas komplizierter dar. Er wusste nicht, wie sich dafür eine Lösung finden lassen sollte.

Gewiss, auch bei Roderick und Sarah galt es eine heikle Reputation zu bedenken, in diesem Falle die Sarahs, aber deren Familie hatte sich hinter sie gestellt und sie zu schützen versucht, weshalb dem Ruch eines Skandals nie die gesellschaftliche Ächtung gefolgt war. Bei ihm lagen die Dinge ganz anders.

Seine Abkehr von der guten Gesellschaft, sein Abstieg in die vermeintliche Anstandslosigkeit waren unwiderruflich. Nicht rückgängig, geschweige denn vergessen zu machen.

Am späten Nachmittag, als alles schon gepackt und für die morgige Abreise bereit war, ging Miranda hinauf zum Rosengarten, um sich noch ein letztes Mal an diesem wunderbaren, von so vielen Erinnerungen erfüllten Ort zu ergehen und einen ruhigen Moment zum Nachdenken zu haben. Um über all das nachzusinnen, was sie auf Ridgware erfahren hatte.

Während sie den Weg zwischen den nun fast verblühten Rosen entlangging, den Blick gesenkt und ganz auf sich konzentriert, ließ sie ihren Gedanken freien Lauf. Vor allem Lucastas weise, absichtsvolle Worte kamen ihr immer wieder in den Sinn. Ihre Ermahnung, dass man sein Glück nur finden könne, wenn man sich darüber im Klaren sei, was man sich wünschte im Leben, worauf es einem ankam, hatte in ihr einen tiefen Widerhall gefunden, so schrecklich wahr geklungen.

Es war allein an ihr, über ihr weiteres Leben zu entscheiden. Sie hatte genügend Geld, sie hatte Zeit, sie hatte Möglichkeiten, von denen sie bislang kaum geahnt hatte. Nachdem ihre Gastgeberinnen das Missverständnis hinsichtlich ihres gesellschaftlichen Status aufgeklärt hatten, war eine Last von ihr gefallen, die sie zeit ihres Lebens von so vielem abgehalten hatte. Und jetzt … Fast kam es ihr so vor, als stünde ihr die Welt offen!

Eines zumindest war sicher: Mit ihrer Rolle als Rodericks Beschützerin war es vorbei. Ob er sich nun Sarah oder eine andere zur Frau nahm – er führte schon jetzt sein eigenes Leben, ging eigene Wege. In dieser Hinsicht hatte er sie überholt, ihr kleiner Bruder – vermutlich, weil er ein Mann und das nun mal der Lauf der Welt war; aber in gewisser Weise hatte sie es sich auch selbst zuzuschreiben, weil sie sich so ausschließlich auf ihn, auf sein Wohl konzentriert und darüber ganz ihre eigenen Wünsche und Bedürfnisse vernachlässigt hatte. Solange Roderick sie brauchte, hatte sie nicht über ihr eigenes Leben nachdenken, hatte keine Entscheidungen treffen müssen, wie er sie nun ganz selbstverständlich für das seine traf. Bisweilen hatte sie wohl damit geliebäugelt, dieses oder jenes zu tun, hatte ihrem Leben, ihrer Zukunft aber nie dieselbe Bedeutung beigemessen, nie dieselbe Aufmerksamkeit zuteilwerden lassen wie Rodericks.

Jetzt war sie neunundzwanzig, ungebunden und finanziell unabhängig. Im Grunde stand es ihr frei, zu tun, was immer sie wollte. Ihr weiteres Leben lag vor ihr wie ein weißes Blatt Papier, und glaubte man Lucasta, so war es an ihr, es mit ihren Wünschen auszufüllen und darüber zu bestimmen, wie ihr Leben aussehen sollte.

Bei dem kleinen Teich – dem Wunschbrunnen, wie sie mit einem kleinen, wehmütigen Lächeln dachte – blieb sie stehen. Sie schaute auf die stille Wasseroberfläche. Und, wie stellte sie sich ihr Leben vor? Wie sollte es einmal werden?

Sie musste weit zurückdenken, um wieder zu den Träumen, ihren gleichermaßen unschuldigen wie unerfüllten Hoffnungen von einst zu gelangen.

Hätte sie wirklich frei entscheiden können, wäre sie von keinen vorgegebenen Zwängen eingeschränkt gewesen, dann stünde – allen Zweifeln und Ungewissheiten zum Trotz – der Wunsch, zu heiraten und eine eigene Familie zu haben, noch immer ganz oben. Aber beides schien ihr die Krönung von allem zu sein, das eine große Ziel, dem doch viele kleinere vorangingen oder gar vorangehen mussten. Denn ohne Heirat keine Familie, und wollte sie heiraten, brauchte sie erst einmal einen annehmbaren Verehrer, möglichst einen, wollte sie ihre Träume denn wirklich wahrmachen, den sie ebenso sehr liebte wie er sie.

Liebe, ja.

Sie stand am Rand des Brunnens und vertiefte sich in den Anblick des Wassers, versank förmlich darin, während ihr all die üblichen, kleinlichen Gründe in den Sinn kamen – viele davon in der nörgelnden Stimme ihrer Tante –, die es bei ihrer Herkunft angeblich unmöglich machten, sich auf derlei zu versteigen. Eine vermessene Hoffnung, die sich nie erfüllen würde, zumal Liebe eine närrische Vorstellung sei und alles unnötig verkompliziere. Liebe, das war etwas für die Leichtfertigen, die Leichtsinnigen, für wankelmütige Dummchen und gefallene Mädchen – oh ja, das vor allem. Miranda hörte sich die alte Leier noch einmal an, dann verbannte sie all die leidigen Zurechtweisungen aus ihren Gedanken und rief sich stattdessen Lucastas Worte ins Bewusstsein.

Es war an *ihr*, zu entscheiden, über ihr Leben zu bestimmen und ihre Wünsche wahrzumachen, sich das Leben so weit wie möglich nach ihren eigenen Vorstellungen zu gestalten und auch dafür zu kämpfen, wenn es sein musste. Sie konnte heiraten oder nicht. Sie konnte sich für die Liebe entscheiden oder nicht. Es stand ihr frei, zu wählen, was sie wollte.

Sie musste es nur tun.

Und dazu musste sie wissen, was sie wollte.

Sie atmete einmal tief durch, dann ließ sie ihrer Fantasie freien Lauf … überlegte, was sie sich wünschte, fühlte nach, was ihr Herz begehrte.

Sie blinzelte und versuchte sich ganz auf das Wasser zu ihren Füßen zu konzentrieren. Roscoes Wunschbrunnen. Zwar war nicht Nacht, und doch … Vielleicht sollte sie die Augen schließen. Doch erneut sah sie vor sich, was ihr leichtfertiges Herz ihr eingab, und sie wünschte sich …

»Miranda?«

Schnell machte sie die Augen wieder auf und drehte sich nach Caroline um, die auf sie zukam.

Die Duchess lächelte. »Wie gut, dass ich Sie hier treffe. Ich hatte gehofft, Sie vor Ihrer Abreise noch einmal sprechen zu können.«

»Ich auch«, hörte Miranda sich erwidern und dachte, wie schwer Gewohnheiten sich doch ablegen ließen, allen Vorsätzen zum Trotz. Sie konnte sich schon denken, worüber Caroline noch mit ihr sprechen wollte. »Ich wüsste gerne, was Sie von Sarah und Roderick halten«, kam sie ihr zuvor, »ob es nach Ihrem Ermessen wohl ratsam wäre, die Bekanntschaft der beiden zu fördern.«

Caroline trat zu ihr an den Brunnen und schien einen Moment verwirrt zu sein.

Miranda gab sich einen Ruck und beschloss, ganz direkt zu werden. »Mit anderen Worten glauben Sie, die Sie Sarahs Familie ja kennen, dass ein eventueller Antrag Rodericks in näherer oder fernerer Zukunft von ihnen gutgeheißen würde?«

»Um ganz offen zu sprechen«, entgegnete Caroline, »so bin ich mir ziemlich sicher, dass sie eine solche Verbindung begrüßen würden, ja, Ihren Bruder gar mit offenen Armen willkommen heißen würden. Wie es aussieht, haben wir beide denselben Eindruck gehabt«, fügte sie lächelnd hinzu. »Mir scheint, die beiden passen ganz wunderbar zueinander.«

Caroline zog ihren Schal fester um sich und wurde wieder ernst. »Eines möchte ich jedoch klarstellen – und zwar bezüglich Sarahs.« Sie schaute sich um und deutete dann voraus. »Kommen Sie, lassen Sie uns ein paar Schritte gehen.« Sie schlugen den schmalen Weg ein, der im Schatten der Mauern um den Garten herumführte, und ließen den Wunschbrunnen hinter sich. »Der Grund, warum Sarah für einige Zeit hier ist, bei mir auf dem Land und weit weg von London und seinen Zerstreuungen, ist der, dass sie die letzten beiden Jahre – praktisch seit ihrem Debüt – etwas … nun, sagen wir über die Stränge geschlagen hat. Sie ist so oft haarscharf an einem Skandal vorbeigeschrammt, dass ihrer armen Mutter wortwörtlich graue Haare gewachsen sind. Dieses Jahr wäre Sarahs zweite Saison gewesen, und ihre Eltern wussten weder ein noch aus – ihre Tochter benahm sich flott und frivol, fast schon ein wenig liederlich, wenn Sie mir die Bemerkung entschuldigen. Nicht, dass es tatsächlich zur Katastrophe gekommen wäre – und ich spreche hier natürlich vom gesellschaftlichen Ruin, von Verhaltensweisen, die der *ton* einer unverheirateten jungen Dame gemeinhin nicht verzeiht, denn im Grunde ihres Herzens ist Sarah ein ganz wunderbarer Mensch. Ich glaube, gerade das hat es uns allen so schwer gemacht, mit dieser Veränderung zurechtzukommen und die entsprechenden Maßnahmen zu ergreifen. Fast hatte es den Anschein, als glaubte sie in ihrer Naivität, nun, da sie debütiert hatte, sich so gebärden zu müssen, statt einfach weiter das junge, liebenswürdige Mädchen zu sein, das sie bis dahin gewesen war. Ich glaube, ihr fehlte einfach etwas der Halt, und so hat sie sich hinreißen lassen von allem, was sich ihr bot, und ist dann unweigerlich in den rasantesten Kreisen gelandet.«

Caroline seufzte. »Für ihre Mutter war das eine wirklich schwere Zeit, wie Sie sich denken können, aber wie gesagt, im Grunde hat Sarah ein Herz aus Gold, und seit sie hier auf Ridgware ist, ist sie auch schon viel ruhiger und ausgeglichener geworden, wenngleich ich gestehen muss, sie nach ihren jüngsten Eskapaden mit gewissen Vorbehalten aufgenommen zu haben. Aber die Sorge war völlig unbegründet. Und seit Roderick eingetroffen ist, hat sie sich wie von selbst wieder in die liebenswerte, herzensgute junge Dame verwandelt, als die wir sie seit jeher kannten.« Caroline atmete tief durch. »Mag sein, dass es seinem Einfluss zu verdanken ist. Mir kommt es vor, als gäbe er ihr den Halt, den sie braucht, sodass sie ihre falsche Fassade fallen lassen und einfach wieder ganz sie selbst sein kann.«

Miranda nickte. »Ich war mir ihrer am Anfang auch nicht so sicher, aber mittlerweile meine ich sie gut genug zu kennen, um mir vorstellen zu können, dass sie gut für ihn sein könnte – so wie er sichtlich gut für sie ist. Ihm hingegen sind solche Zweifel offenbar völlig fremd, und er wird die Bekanntschaft mit ihr ganz sicher aufrechterhalten, wenn nicht gar vertiefen wollen. Ich möchte mich nicht für die Dauer und Tiefe seiner Gefühle verbürgen, aber ich kann Ihnen versichern, ihn noch nie ein solches Interesse an einer jungen Dame bekundet gesehen zu haben.«

Caroline nickte. »Dann sind wir uns einig – die Verbindung sollte gebilligt und allseits vorangebracht werden. Ich werde Sarahs Eltern und auch ihren älteren Schwestern schreiben.« Mit einem Lächeln sah sie Miranda an. »Wir sollten uns auch schon überlegen, was wir für die beiden tun können.«

»Ich könnte mir vorstellen, dass es Roderick, wenn er erst mal wieder in London ist, rasch langweilig werden wird. Die nächsten Wochen wird er sich ja noch schonen und die meiste Zeit die Füße hochlegen müssen. Wenn auch Sarah dann wieder in London ist, könnte sie ihn ja besuchen und ihm so den Tag vertreiben, wie sie es auch hier getan hat. In der Claverton Street ist sie jederzeit willkommen.«

»Ich werde es ihren Eltern vorschlagen. Zu dieser Zeit des Jahres ist es in London ohnehin ruhiger, weshalb ich nicht wüsste, was dagegen spräche, wenn sie jetzt auch zurückkehrte.«

Miranda senkte den Blick. »Ich weiß, dass Sie mich in dieser Hinsicht schon einmal beruhigt haben, aber ich muss es dennoch fragen – und die Antwort wissen, ehe ich alles weiter seinen Gang gehen lasse.« Sie schaute auf und suchte Carolines Blick. »Sind Sie sicher, dass Sarahs Familie Rodericks Herkunft auch für gut befinden wird?«

Caroline lächelte kurz, doch bestimmt. »Ich kann Ihnen versichern, dass die Familie eher Sorge haben wird, es könne genau umgekehrt sein – dass nämlich Rodericks Familie in Sarahs jüngsten Eskapaden Anzeichen für einen leichtfertigen Charakter sieht, den man wenig gewillt ist hinzunehmen.«

Miranda erwiderte das Lächeln sichtlich erleichtert. »Da im Wesentlichen *ich* Rodericks Familie bin, können Sie ihnen ausrichten, dass in der Hinsicht absolut kein Grund zur Sorge besteht.«

In einvernehmlichem Schweigen und merklich zufrieden, auch dieses Problem so einfach aus der Welt geschafft zu wissen, gingen sie weiter, bis Caroline schließlich meinte, und es schien ihr nicht leichtzufallen, darauf zu sprechen zu kommen: »Aber eigentlich hatte ich mit Ihnen gar nicht über Sarah und Roderick reden wollen, sondern über etwas anderes. Über *jemand* anderen, um genau zu sein.«

»Oh …«

Caroline sah sie scharf von der Seite an, suchte ihren Blick. »Julian hat Ihnen nicht erzählt, warum er Roscoe geworden ist, oder?«

Miranda schüttelte den Kopf und merkte, wie Neugier und … noch etwas anderes sich in ihr regten.

»So wie ich ihn kenne, wird er das auch nicht.« Caroline schaute wieder voraus auf den Weg. »Weil es uns alle betrifft – Lucasta, seine Schwestern, mich und Henry, eigentlich jeden, der auf Ridgware lebt –, betrachtet er es weniger als seine eigene, denn unser aller Geschichte. Ein Geheimnis, das zu offenbaren ihm nicht zusteht.« Caroline blickte hinauf zum Haus, das über den Rand der Gartenmauer zu sehen war. »Nur leider übersieht er dabei, dass wir alle zutiefst in seiner Schuld stehen und uns liebend gern bei ihm revanchieren würden, wenn wir es denn könnten. Was geschehen ist, was er für uns getan hat, lässt sich durch nichts wiedergutmachen, aber vielleicht …« Caroline blieb einen Moment stehen, um durchzuatmen, und ging dann, ohne Miranda anzusehen, weiter. »Es fällt mir nicht leicht, wie Sie merken, aber ich habe mich entschieden, es Ihnen zu erzählen. Weil ich weiß, dass er es nicht tun wird, ich aber der Meinung bin, dass Sie es wissen sollten.«

Miranda zögerte einen Moment, dann meinte sie ruhig: »Ich wüsste es sehr gern.«

Caroline nickte. »Es begann, als die beiden – damit meine ich George, meinen verstorbenen Mann, und Julian, seinen drei Jahre jüngerer Bruder – noch Kinder waren, spitzte sich im Laufe der Zeit immer weiter zu, bis es dann vor zwölf Jahren zur Katastrophe kam.«

Miranda hörte schweigend zu, während Caroline ihr vom Fluch der Delbraiths erzählte, ihr erklärte, wie unterschiedlich George und Julian mit dieser Bürde umgegangen waren. Wie ihr Mann, der letzte Duke, ohne Wissen seiner Familie das Anwesen in den Ruin, seine Familie in die Armut getrieben hatte, um sich dann feige aus dem Leben zu stehlen und es seinem jüngeren Bruder zu überlassen, die Scherben aufzulesen und zu versuchen zu retten, was noch zu retten war.

»Um es kurz zu machen: Julian hat sein Leben geopfert – das komfortable Leben, das er als vermögender Gentleman, als Nachfahre alten Adels, hätte führen können –, um uns allen auch weiterhin das Leben zu ermöglichen, das uns vermeintlich zustand.« Caroline hielt abermals inne und fügte noch leiser hinzu: »Nie, wirklich nie hätte ich von einem Mann, noch dazu von jenem Taugenichts, für den ich ihn damals hielt, eine solche Selbstaufopferung erwartet. Aber er hat das Opfer erbracht, für uns. Er hat uns gerettet.«

Caroline sah sie an. »Ich weiß, dass Lucasta hofft, er könne jetzt, da die Schlacht geschlagen ist, alles wieder rückgängig machen und zurückkehren als ihr Sohn, als Julian, und wenngleich ich es ihr ebenso wünsche wie seinen Schwestern, wie Henry und auch ihm selbst, werde ich doch nie wieder den Fehler begehen, zu glauben, ich wüsste, was in ihm vorgeht.

Wie auch immer er sich entscheidet, es wird schon richtig sein, denn so ist er. Er weiß, was er tut. Ich würde es mir niemals anmaßen, ihn in die eine oder die andere Richtung drängen zu wollen.«

Sie setzten ihren Weg fort. Miranda schwirrte der Kopf, während sie das Gehörte zu begreifen versuchte. Zwar hatte sie sich längst gedacht, dass hinter Julians Verwandlung ein größeres finanzielles Fiasko stecken musste, aber eine so heikle, verheerende familiäre Situation, wie Caroline sie ihr geschildert hatte, wäre ihr nie in den Sinn gekommen – die langen Jahre der Lügen, des Betrugs, dazu die Ohnmacht aller Beteiligten. Aber sie konnte nachvollziehen, was ihn dazu veranlasst hatte. Er hatte es getan, um seine Familie vor dem Ruin zu retten ... Wer könnte das besser verstehen als sie?

Schließlich rief sie sich noch einmal Carolines abschließende Worte in Erinnerung. Sie waren fast schon wieder am Eingang zum Rosengarten angelangt, als sie leicht irritiert fragte: »Wenn Sie ihn weder in die eine noch die andere Richtung drängen wollen, warum ...«

»Warum ich Ihnen dann unser Familiengeheimnis erzähle?« Caroline lächelte fein. »Weil ich Augen im Kopf habe, Miranda. Und weil ich mich, wie ich bereits erwähnte, bei Julian erkenntlich zeigen möchte – für alles, was er für uns getan hat. Und weil ich dazu jede Möglichkeit ergreifen werde, die sich bietet.« Sie blieb stehen und sah Miranda an, die nun gleichfalls stehen blieb. »Niemand hätte es mehr verdient, glücklich zu sein, als Julian. Wenn es auf dieser Welt auch nur ein wenig gerecht zugeht, dann sollte ihm von uns allen das größte Glück, die tiefste Zufriedenheit beschert sein.« Caroline ließ ihren Blick auf Miranda ruhen. »Sollte es jemals eine Zeit geben, eine Gelegenheit oder Sie sich in der Lage sehen, ihm dieses Glück zu schenken, dann tun Sie es bitte, denn ich, seine ganze Familie und alle hier auf Ridgware wären Ihnen auf immer dankbar dafür.«

Miranda brauchte nur in Carolines Augen zu schauen, um zu wissen, was sie meinte, aber … Sie suchte nach Worten. »Es ist nicht … es ist kompliziert. Mit uns.«

Caroline verzog keine Miene. »Das denke ich mir – er ist ein komplizierter Mann.«

Eine Minute verstrich, ehe Miranda sich wieder gefasst hatte. »Wenn, *falls*, sich eine Gelegenheit ergibt … ja, dann will ich es versuchen. Aber ehrlich gesagt weiß ich auch nicht, was in ihm vorgeht.«

»Das weiß niemand. Und mehr erwarte ich auch gar nicht von Ihnen – nur dass Sie es versuchen.« Mit sanftem Nachdruck legte Caroline ihr die Hand auf den Arm. »Danke.« Damit wandte sie sich um und meinte, als wäre nichts gewesen: »Kommen Sie, wir sollten ins Haus zurückkehren, ehe Lucasta sich noch fragt, wo wir abgeblieben sind.«

Während sie raschen Schrittes neben Caroline herging, musste Miranda unweigerlich daran denken, dass sie eigentlich in den Rosengarten gekommen war, um Klarheit zu gewinnen. Doch nun, da sie den Garten verließ, bald auch Ridgware verlassen würde, hatte es den Anschein, als wäre alles noch ungleich komplizierter geworden.

Wenn auch ein handfester Skandal, hatte die Geschichte, warum Lord Julian Delbraith zu Neville Roscoe, Londons Glücksspielkönig, geworden war, sie doch nicht weiter verwundert. Eher hatte es ihr bestätigt, was sie bereits von ihm wusste, was sich ihr in so vielerlei Hinsicht gezeigt hatte, sodass die Wahrheit über Roscoes Vergangenheit sein jetziges Leben nur zu einem schlüssigen Ganzen gefügt und ergänzt hatte. Jetzt verstand sie so vieles, was sie früher nur hatte erahnen können.

Während sie in ihrem Zimmer am Fenster stand und hinaus in die Dunkelheit blickte, die sich über den Rasen, den Wald legte, wenn dichte Wolken vor den abnehmenden Mond zogen und wieder weitereilten, erkannte sie sein Wesen mit nie gekannter Klarheit und empfand doch keine große Überraschung.

Eine komplizierte, komplexe Persönlichkeit mochte er sein, aber in mancher Hinsicht doch so vorhersehbar.

Carolines Enthüllungen hatten ihr nur noch verdeutlicht, wie ähnlich sie waren in dem, was sie antrieb, was vielleicht auch die gegenseitige Anziehungskraft erklärte, die sie von Anfang an gespürt hatte – zumindest auf einer Ebene. Beide hatten sie in ihrem Leben ihre Familie, die Menschen, die ihnen anvertraut waren, die ihres Schutzes bedurften, immer an erste Stelle gesetzt. Beide waren sie auf ihre Weise gut damit gefahren und hatten ihr jeweiliges Ziel erreicht. Doch nun mussten sie feststellen, dass ihre Familien ihrer Fürsorge nicht mehr in demselben Maße bedurften wie einst. Ihre Leben waren im Umbruch, ihre Rollen veränderten sich.

Eine Erkenntnis, zu der sie erst hier gelangt war und zu der sie – wie auch zu vielen anderen Erfahrungen – in London nie gelangt wäre. Eine Erkenntnis, die sie ihrem Aufenthalt auf Ridgware verdankte, und dafür würde sie immer dankbar sein. Zu wissen, dass auch er sich in ähnlichen Umbrüchen fand, einen neuen Weg in eine erfüllende Zukunft suchte, war tröstlich und beruhigend.

Bei der Suche nach Roderick hatten sie einander so gut ergänzt, hatten wie eingespielte Partner zusammengearbeitet. Vielleicht könnten sie das ja auch tun, um sich über ihr Leben – seines, ihres – Klarheit zu verschaffen … Ja, im Grunde müssten sie es gar, wollten sie herausfinden, ob ihre Zukunft eine gemeinsame wäre oder nicht. Und wenn ja, wie dieses Gemeinsame aussehen könnte.

Könnte er wieder Lord Julian werden und käme somit für sie als Ehemann infrage, wie Roscoe es nie sein könnte? Und wenn ja, würde er sie dann heiraten? Oder vielmehr: Würde er dann *sie* heiraten? Denn im Grunde waren es, wie sie sich eingestehen musste, als sie sich vom Fenster abwandte, zwei verschiedene Fragen, auch wenn die eine die andere voraussetzte.

Er klopfte nicht an, sondern öffnete einfach die Tür; allerdings hatte sie, wie ihr auf einmal bewusst wurde, seine Schritte im Moment zuvor schon auf dem Flur vernommen, sich vermutlich deshalb vom Fenster abgewandt, in seiner Erwartung. Sie sah ihn eintreten und die Tür hinter sich schließen. Kurz blieb er stehen, ließ seinen Blick auf ihr ruhen, ehe er langsam näher kam.

Roscoe hatte nur einen einzigen Gedanken – er wollte aus dieser Nacht, die vielleicht ihre letzte war, alles herausholen. Morgen würden sie nach London aufbrechen, in ihr normales Leben zurückkehren, und damit wäre dieses Intermezzo, diese geschenkte Zeit an einem geschützten Ort, vorbei. Er ließ den Blick über sie gleiten, über die üppigen Kurven von Brust und Hüften, die schlanken Schenkel, verführerisch gehüllt in die bernsteinfarbene Seide ihres Kleides.

Als er dann vor ihr stand, ließ er sie gar nicht erst zu Wort kommen, umfing gleich ihr Gesicht, hielt sie einen Moment und sah ihr tief in die Augen, ehe er sich über sie beugte und sie küsste.

Ein langer, unbeschreiblich schöner Kuss, innig und süß, der sich immer weiterspann, immer länger währte, ohne dass sie willentlich etwas dazu taten; sie überließ sich ihm, umfing seinen Nacken, zog ihn näher an sich, lockte ihn. Für ihn war sie das reinste Lebenselixier; er konnte nicht genug bekommen von ihr, aber … Wollte er sich wirklich von einem bloßen Kuss hinreißen lassen? Er nahm sich zurück, auch wenn es schwerfiel, bemühte sich zumindest um ein wenig *Savoir-faire*, um sich als der aufmerksame, raffinierte Liebhaber zu zeigen, der er bei jeder anderen Frau gewesen wäre.

Bei ihr war er ein anderer, nicht der, als den er sich kannte. Kaum dass ihre Lippen sich widerstrebend voneinander lösten, wusste er es. Er wusste es einfach. Er hob den Kopf und sah sie an, fuhr, als müsste er die eine Berührung sogleich durch eine andere ersetzen, um keines Reizes zu entbehren, mit den Fingern in ihr Haar, hinein in diese golden schimmernde Mähne, die sie heute zu einem lockeren Chignon aufgesteckt trug.

Sie strich ihm über die Schultern, tastete nach seiner Krawatte und zog die Nadel heraus, schob die Hände unter seinen Rock – wartete, eingespielt wie sie waren.

Er nahm die seinen gerade lange genug aus ihrem Haar, um sich des Rocks zu entledigen und ihn auf den Stuhl zu werfen, dann machte er sich weiter daran, die seidige Pracht ihrer Locken zu lösen.

Während sie ihm seine Weste aufknöpfte, betrachtete sie im Halbdunkel sein Gesicht.

Er wollte nicht, dass sie sich so ausschließlich auf ihn konzentrierte, zu viel nachdachte. »Ich sah dich heute Nachmittag mit Caroline spazieren gehen.«

Sie schob seine Weste auseinander, strich über den feinen Batist seines Hemds. »Wir sprachen darüber, dass Sarah Roderick auch in London besuchen könnte, wenn sie wieder dort ist.«

»Eine sehr gute Idee.« Endlich hatte er alle Nadeln aus ihrem Haar entfernt, das sich ihr in langen, weichen Wellen über die Schultern, den Rücken ergoss. Rasch streifte er seine Weste ab, öffnete auch die Hemdmanschetten und fasste hinter sie, um die Schnüre ihres Kleides aufzuziehen. »Besser, als die beiden Trübsal blasen zu lassen. Am Ende kämen sie in ihrer Verzweiflung noch auf dumme Ideen und treffen sich heimlich.«

Sie zupfte an seinem Krawattentuch, um das kunstvolle Gebinde zu lösen, dann hielt sie einen Moment inne und sah ihn unter gesenkten Lidern hervor an: »Das ist unsere letzte Nacht, die wir hier verbringen.«

Sie sagte es, aber genau daran wollte er jetzt nicht denken, geschweige denn darüber sprechen – über sie beide und was werden sollte. »Ja«, erwiderte er knapp, streichelte ihre Wange, umfing zärtlich ihren Nacken und hauchte an ihren Lippen: »Dann lass uns diese Nacht unvergesslich machen.«

Er küsste sie, und diesmal hörte er nicht auf, denn solange sie einander küssten, konnte kein Wort fallen über das nahende Ende ihrer Liaison, und solange es nicht ausgesprochen war, schien alles weit weg zu sein, fern und nicht wahr. Darüber konnten sie sich morgen Gedanken machen; die heutige Nacht – und mit etwas Glück auch noch die morgige – war ihnen noch vergönnt. Ein letztes, ein vorletztes Mal, dass er sie in seinen Armen halten würde.

Sowie sie seinen Kuss erwiderte, zog er sie an sich, strich sacht über ihren Hals und spürte sie erschauern.

Er tastete sich weiter, ließ die Finger über die Mulde am Hals und ihr Schlüsselbein wandern, bloß der Hauch einer Berührung, ein Tänzeln und Trippeln und Prickeln auf zarter Haut, und genoss es, wie sie auf jede seiner Berührungen ansprach. Heute Nacht wollte er sich Zeit lassen, als hätten sie alle Zeit der Welt, und jeden Moment mit ihr auskosten. Jedes wonnige Erschauern, jeden Seufzer, jeden Augenblick freudvoller Erwartung, jeden Tropfen der Lust. Den irrlichternden Herzschlag ihrer Leidenschaft hören, den heißen Atem der Begierde, das sich stetig steigernde Verlangen und dann … dann die Erfüllung, erlösend und ekstatisch.

Überwältigend.

Ohne den Kuss zu unterbrechen, streifte er ihr das Kleid von den Schultern, ließ dabei keine Gelegenheit aus, sich mit den Händen jede Rundung, jeden warmen Flecken Haut einzuprägen. Ihre Schultern, die Arme, die zarte Haut, das lockende Rund ihrer Brüste, von denen er kaum lassen wollte, sie sacht, fast ehrfürchtig umfing, bis er ihr das Kleid über die Hüften zog und es leise raschelnd zu Boden fiel.

Durch die hauchdünne Chemise tastete er sich wieder hinauf, strich über den sanften Schwung ihrer Taille, ließ seine

Hand dort ruhen, umfing mit der anderen ihre Brust. Spürte sie warm und schwer, als wäre sie einzig dafür gemacht, sich in seine Hand zu schmiegen. Er strich über die zarte Knospe, spürte sie schwellen, klein und fest werden, kniff sacht hinein und dann noch einmal, fester … spürte in seinem Kuss ihren leise stockenden Atem, spürte, wie sie sich fest an ihn drängte.

Sie legte ihm die Hände an die Brust und spürte die starken Muskeln unter dem Stoff seines Hemdes, zog es ihm aus der Hose und tastete nach seiner Haut, endlich, strich ihm über den Bauch, die Brust, den Rücken. Gierig, verlangend.

Nun war er es, dem ein wohliges Erschauern durch alle Glieder ging ob der schamlosen Inbesitznahme durch ihre Berührung. Genau das, was er wollte, wonach er sich verzehrte, was ihn zutiefst berührte und beglückte.

Er. Sie. Sie beide, zusammen.

Ihr Kuss wurde wilder, verlangender, ein hungriges Verschmelzen ihrer Münder, eine Begierde, die sich langsam, aber stetig steigerte bis zum Rausch. Es bedurfte keiner Zurückhaltung mehr zwischen ihnen, keines Zügelns ihres Verlangens, bis sie es nicht aneinander gestillt hatten. Wie bei keiner anderen Frau zuvor war ihre Lust auch die seine, war ihm die hellste, reinste Freude.

Und diese Nacht würde ihnen gehören, nur ihnen, die ganze Nacht.

Sie bewegten sich in perfekter Harmonie, ganz natürlich und zutiefst vertraut. Kleider rauschten zu Boden und flogen beiseite; Hände tasteten und liebkosten, ein stetes Geben und Nehmen, keine noch so kleine Geste, die keine Erwiderung fand.

Sie begehrten einander mit einem Selbstverständnis, das überwältigend war in seiner unverstellten Offenheit. Dieses ehrliche, nackte Wollen ohne falsche Scham, das wieder Besitz von ihnen ergriff.

War er ein Mann mit Erfahrung, so hatte sie doch rasch gelernt – hatte gelernt, auf ihn einzugehen, auf jede Berührung anzusprechen und sie zu erwidern, die ungezählten kleinen Zärtlichkeiten auszukosten, bei der eines zum anderen fand, sie immer weiterführte auf dem Weg des Verlangens, dem Weg zum Paradies.

Diesmal überließ Miranda sich seiner Führung, sie überließ sich ihm vorbehaltlos, ohne auch nur einen Gedanken an das Wohin zu verschwenden. Sie ließen sich Zeit; nichts hetzte sie, nichts eilte. Selbst als sie nackt voreinander standen, in fahles Dunkel gehüllt, doch dem anderen gleißend hell in alle Sinne gebrannt, ließen sie einander Zeit, den Moment zu genießen. Einander zu berühren, zu liebkosen, in stiller, staunender Ehrfurcht. Die schiere Freude am Entzücken des anderen, die Lust an der gegenseitigen Erkundung.

Als es schier übermächtig wurde, als sie sich schließlich mit einem keuchenden Erbeben von seinem Kuss löste, ließ sie den Kopf zurückfallen und schloss die Augen, sich ganz seiner Berührung hingebend, dem Gefühl seiner Hände auf ihren Schultern, ihren Brüsten, ein leichtes Umfangen ihrer Taille, eine sachte Berührung ihres Bauchs, seine Hände, die sich warm, verlangend um ihre Hüften schlossen, dann weiterwanderten, kurz ihr Gesäß packten, ihre nackten Schenkel streichelten.

Er beugte sich über sie, bis seine Lippen wieder die ihren fanden, und tastete sich dann ganz sacht und leise an der Innenseite ihrer Schenkel wieder hinauf. Langsam, ganz langsam, doch seiner Sache gewiss, bis eine Hand an ihrer Hüfte ruhte, die andere an ihrem Schoß.

Und dann ein fester Griff um ihre Hüfte, mit dem er sie hielt, ein langsames Vortasten der anderen Hand; Finger, die sich vorschoben, die lockten, kreisten und liebkosten, lernten und erkundeten, sich ihr mit jeder Berührung einprägten, so vertraut und doch immer anders, immer neu.

Sein Mund warm und begierig auf dem ihren, während er seine Finger an ihr, in ihr, spielen ließ, sämtliche Sinne weckte und ihr Verlangen schürte. Sie nahm seine Wärme, seine Lust in sich auf und gab ihm die ihre zurück, diese immer drängendere, sengende Leidenschaft, das fordernde, hell entfachte Verlangen. Er nahm sich alles, was sie zu geben hatte, und vergalt es ihr gleichermaßen, aber sie wollte mehr.

Sie spürte seine Anspannung, das Spiel harter Muskeln, strich über seine Schultern, seinen Rücken, fasste mit einer Hand zwischen sie und schloss ihre Finger um seine Männlichkeit. Kurz hielt sie inne, spürte ihn warm und schwer in ihrer Hand, dann ließ auch sie ihre Finger spielen.

Vorbei war es mit seiner Konzentration, beinahe auch mit seiner Beherrschung. Sie fuhr mit den Fingern hinauf, strich kurz über den schwellenden Kopf, bis er schwer nach Atem rang, aber er ließ sie gewähren, hielt mannhaft an sich. Um sich abzulenken von den Empfindungen, die sie ihm bescherte, nahm auch er das Spiel zwischen ihren Schenkeln wieder auf, versuchte sich zu besinnen auf ihren Kuss, auf die immer tiefere, innige Vereinigung ihrer Münder, den Tanz ihrer Zungen, die das immer drängendere Vorstoßen seiner Finger nachahmten, anderes vorausnahmen.

Überließ sich ganz ihrer Freude, ihm Lust zu bereiten.

Und sie verstand sich so gut auf das Spiel, das sie miteinander spielten, dass schnell ein sinnlicher Schlagabtausch daraus wurde, bei dem sie ihm seine zunehmend intimen Vorstöße mit gleichermaßen aufreizenden Liebkosungen vergalt. Auch wenn sie wusste, dass es nun nicht mehr lange währen würde, denn immer heißer pulsierte die Lust, immer verlangender waren das Geben und das Nehmen.

Erhitzte Haut, erhitzte Körper – der Duft ihrer Erregung, der ihren und der seinen, umfing sie, drang ein in all ihre Sinne und erregte sie noch mehr.

Ein beiderseitiges Erglühen, ihr Atem, harsch und rau, immer rascher dahinfliegend.

Mehr würde, *konnte* sie nicht ertragen; sie brannte vor Verlangen nach ihm. Die Augen noch immer geschlossen, riss sie sich los von dem Kuss, stieß ein keuchendes *»Jetzt«* hervor, gefolgt von einem sinnlich lockenden *»Wie?«*.

Er lachte leise, ein rauer, kehliger Laut, dann bückte er sich und hob sie hoch, trug sie zum Bett.

Nachdem er die Decken zurückgeschlagen hatte, ließ er sie wieder herab, ihr hell schimmernder Leib auf den reinen weißen Laken, wie eine Göttin der Nacht. Er verschlang sie mit seinen Blicken, und sie schaute zu ihm auf in lustvoller Erwartung, spürte seinen dunklen Blick vom Scheitel bis zur Sohle gleiten und dann wieder hinauf. Dann das kurze, helle Aufblitzen seiner Zähne im fahlen Dunkel, das Lächeln der Begierde. Er kniete sich vor sie aufs Plumeau, fasste sie bei den Waden und schob ihre Beine auseinander, senkte sich über sie und berührte sie mit dem Mund, wo er zuvor seine Finger hatte spielen lassen.

Sie bäumte sich auf, hätte fast geschrien vor Lust bei diesem Ansturm der Empfindungen, den die Berührung seiner Lippen, sein warmer Atem, die raue Liebkosung seiner Zunge ihr bereiteten.

Sie gab sich ihm hin, vorbehaltlos.

Und er fegte sie hinfort, fort aus dieser Welt und in eine andere, eine Welt reinster, köstlichster Empfindungen. Eine Welt, in der die Feuer der Leidenschaft loderten und das Verlangen sie mit glühenden Peitschenhieben vorantrieb, immer weiter voran.

Hinein in einen Sog unbändiger Lust, der immer stärker und mächtiger wurde, ein Schwellen und Ansteigen, ein Abheben und dann … ein wonniges Nachgeben, als zöge es sie immer weiter hinab und hinauf zugleich.

Ein Taumel, ein Wirbel.

Sie sah Sterne flimmern, meinte zu verglühen, wie von der Sonne versengt, doch noch während sie auf dem Höhepunkt ihrer Ekstase ausharrte, auf den schwindelnden, vernichtenden

Sturz wartete in die Leere, das Nichts, spürte sie, wie er sich an ihr rührte, und zwang sich, die Augen zu öffnen. Sie sah ihn über sich kommen, sich zwischen ihre Schenkel schieben, und so verharrte auch er einen Moment, wartete, bis ihre Blicke sich trafen, ehe er in sie eindrang, sie mit einer einzigen, sicheren Bewegung vereinte.

Er schloss die Augen, stöhnte leise.

Sie nahm ihn in sich auf, hielt ihn in sich, fest und warm umfangen.

Schlang auch die Arme um ihn, die Beine, schmiegte sich an ihn.

Er holte tief Luft und zog sich wieder zurück, drang dann erneut in sie. Langsam, ganz langsam versenkte er sich in ihr, schlug einen Takt an, gleichermaßen gemächlich und hochkonzentriert, die Augen noch immer geschlossen, lustvolle Anspannung und quälende Beherrschung in jedem seiner Züge, während er sich in ihr bewegte.

Ihr dieselbe Lust bereitete wie sich selbst.

Auch sie ließ die Lider wieder sinken, spürte ein sinnliches, beseeltes Lächeln auf den Lippen, als sie in seinen Rhythmus fand, ihn bei jedem Eindringen in sich aufnahm, ihre Hüften wiegte an den seinen, während sie einander so begegneten und stetig weiter voranpreschten.

Und weiter, immer weiter.

Roscoe war fest entschlossen, sie so lange wie möglich hinzuhalten, einen Moment an den anderen zu reihen, doch immer nur fast, nie ganz, um die Lust bis ins Unermessliche zu steigern, um auch noch den letzten Rest Leidenschaft auszureizen – der ihren und der seinen.

Um es zu genießen wie nie zuvor, mit keiner anderen Frau.

Nur mit ihr.

Warum dem so war, er wusste es nicht; er hörte seinen eigenen Atem, schwer und angestrengt von der Kraft, die es ihn kostete, sich zurückzuhalten, jeden Moment so lange wie möglich auszudehnen, eine Art der sinnlichen Hingabe, die ihm alles abverlangte und für die er alles gab. Er wusste nicht, warum es so war. Er wusste nur, *dass* es so war, unwiderruflich, unabänderlich so.

Mit ihr.

Ihren warmen, lebendigen Leib unter dem seinen zu spüren, ihre erhitzte Haut, geschmeidige Anmut und großzügig, gebend in allem; die sengende Hitze ihres Schoßes eine sinnliche Offenbarung, der leichte Takt, in dem sie ihn umfing und hielt und wieder freigab, eine intime Umarmung, die er bis auf den Grund seiner Seele fühlte.

Dass sie in allem bei ihm war, sich ebenso sehr an dem Akt erfreute wie er, auch das war eine Gewissheit, die er immer in sich tragen würde, die sich jetzt mit jedem Moment in seine Haut brannte, ihm in jede Faser seines Körpers, ja bis in die Knochen drang. Keine einseitige Hingabe, keine Unterwerfung, sondern eine Begegnung Ebenbürtiger, in ihrer Zweisamkeit vereint.

In einem Wechselspiel der Lust, das ihn in tiefster Seele berührte.

Das sie einander zeigte, wie sie waren, wenn auch der letzte Schleier gefallen war.

Und sie ließ sich mit einer so vorbehaltlosen Ehrlichkeit darauf ein, dass er es ihr nur gleichtun konnte, das war das Mindeste, was er ihr geben konnte, und so trennte sie nichts mehr voreinander – kein Schutz, kein Schild, kein noch so feiner Schleier aus Lug und Trug und eitler Fassade, hinter dem er seine Gefühle hätte verbergen können. Gefühle, die so stark waren, dass er sie gar nicht benennen, geschweige denn sie sich eingestehen wollte, aus Furcht, sie könnten immer noch weiter um sich greifen, ihn ganz für sich beanspruchen. Doch als er das nächste Mal in sie eindrang und spürte, wie sie sich unter ihm aufbäumte, an ihn drängte, um ihn ganz in sich aufzunehmen, schlugen diese Gefühle mit aller Macht über ihm zusammen und nahmen jeden Gedanken mit sich.

Miranda hörte seinen Atem stocken. Unter schweren Lidern schaute sie zu ihm auf und sah seine Muskeln sich spannen, ein krampfartiges Erbeben in dem fast vergeblichen Versuch, den Moment der Erlösung hinauszuzögern, um das Entzücken, das sie einander bereiteten, so lange wie möglich auszudehnen. Sie hielt sich an seinen Rhythmus, trieb ihn voran mit jeder Berührung, jeder Bewegung, drängend und sich verzehrend nach mehr und doch bereit, bei ihm zu bleiben, den köstlich quälenden Takt beizubehalten, den er vorgab, jeder Moment eine gefühlte Ewigkeit, in der sie den wütenden Flammen ihres Verlangens trotzen musste, denn es schien gerade so, als peitschte seine Zurückhaltung es nur noch mehr auf, entfesselte ein rasendes Inferno, bis sie es nicht mehr aushielt und zu vergehen meinte und atemlos, keuchend, die Hand nach ihm ausstreckte, sie an seine Wange legte.

Er drehte den Kopf zur Seite und drückte blind einen Kuss darauf, warmer Atem auf ihrer Haut.

Eine Liebkosung, so innig und verheißungsvoll, dass ihr Herz einen Sprung machte.

Dass ein Schauer ihr durch alle Glieder rieselte, sie traf bis ins Mark.

Doch ehe sie ihren Empfindungen noch nachspüren, sie gar ergründen konnte, holte er schon tief Luft, als wollte er Anlauf nehmen, und beschleunigte jäh das Tempo, jagte sie beide mit ihrem Verlangen, ihrer Leidenschaft immer höher hinauf auf den immer schmaler sich windenden Weg zur Erfüllung.

Und stürzte sie mitten hinein ins Feuer verzehrender Lust, wo die Flammen gierig an ihr leckten, ihr die Haut versengten, alles Bewusstsein und jeden Gedanken auslöschten, bis nur noch reine Empfindung blieb. Ein Empfinden, so zwingend und animalisch, so überwältigend, dass ihr nichts blieb, als sich ihm mit Haut und Haar hinzugeben, dem Drängen ihres Körpers, dem Eindringen des seinen, der schieren Kraft, die sie mit jedem Mal erschütterte, bis er sich über sie beugte, sein Mund warm auf dem ihren, sie in Besitz nahm und mitten hinein führte in helles, gleißendes Licht, eine Sonne, die sie gierig verschlang.

Eine Explosion aller Sinne.

Ihr Schrei, aufgefangen von seinem Kuss, ihr ganzes Sein, ihre Wirklichkeit, ihre Welt in einer Abermillion funkelnder Scherben zersprungen, ein Kaleidoskop unendlich geschärfter Wahrnehmung, das ihr Blut sieden ließ, sie inwendig verzehrte, bis ... bis nichts blieb als schimmernde, funkelnde Ekstase und jenes tiefe Glücksgefühl, das jenseits davon wartete.

Ein Gefühl, als es sie schließlich erfüllte, sie in seinen weichen Wogen barg, das nicht allein ihres war und auch nicht allein seines, sondern ihrer beider Gefühl ...

Atemlos folgte er ihr mit einem heftigen Erbeben hinauf ins Licht, ins Glück, und sie hielten einander ... ganz fest.

Umfangen von einer so mächtigen Freude, vereint an Leib und Seele, vereint im *Gefühl*, ließen sie sich fallen und sanken langsam zurück in die Welt, in die Wirklichkeit.

In zerwühlte Laken, einander in die Arme und in jene seligen Wonnen des Danach, das dem Himmel auf Erden glich.

Er würde nicht darüber nachdenken.

Später, viel später, als er wieder so weit bei Sinnen und Kräften war, dass er sich von Miranda lösen und die Bettdecke über sie beide ziehen konnte, sich an sie schmiegte, die, den Kopf an seiner Schulter, längst in tiefem, befriedigtem Schlummer lag, ließ auch er sich zurücksinken und schloss die Augen.

Leider konnte er sich gegen den Ansturm seiner Gedanken nicht ebenso leicht verschließen, jenen endlosen, fruchtlosen Spekulationen, die seine Mutter mit ihrem vermutlich nur gut gemeinten Vorschlag geweckt und genährt hatte.

Er brauchte es sich nicht noch einmal vor Augen zu führen;

er hatte die Idee schon zigfach durchdacht, hatte mögliche Szenarien durchgespielt und jedes Mal sogleich den Haken gesehen, den das Ganze hatte. Seine Mutter stellte sich das so einfach vor. Aber das war es nicht. Und selbst wenn er wieder Julian werden könnte – wozu? Es würde ihm nichts bringen. Zumindest nicht das, was er wollte.

Wovon er jetzt endgültig wusste, *dass* er es wollte – mehr als alles andere. Das Eine, Einzige, an dem seine Zukunft hinge, hätte er denn die Wahl. Doch ganz gleich, was er letztlich tat – ob er wieder Julian wurde, ob er Roscoe blieb –, nichts davon würde ihm jenen Schatz bescheren, der sich ihm während der letzten Tage offenbart hatte.

Ganz gleich, was er auch tat, er konnte die Zeit nicht zurückdrehen, konnte die letzten zwölf Jahre nicht ungeschehen und vergessen machen. Die Jahre, die er als Roscoe gelebt hatte, und das nicht schlecht. Die Jahre, in denen er sich allein kraft seiner angeborenen Fähigkeiten und Talente ein neues Selbst, ein neues Leben aufgebaut hatte und mit viel Verstand, Bauchgefühl und Ausdauer zu Londons Glücksspielkönig geworden war.

Er hatte es getan, um seine Familie zu retten – ein ehrenwertes Ansinnen, doch an Roscoes Reputation würde das nichts ändern. Es würde ihm nicht die nötige Respektabilität verschaffen. Es löschte nicht aus, was geschehen war, und würde den Mann, der zwölf Jahre lang Roscoe gewesen war, nicht zu einer wundersam reformierten, passenden Partie für eine anständige Dame machen, erst recht nicht für eine, der besagter Anstand über alles zu gehen schien und die, wenn schon nicht ihr Glück, so doch ihre Zukunft davon abhängig machte, dass sie sich strikt im Rahmen tadelloser, eng gesteckter Respektabilität bewegte.

Wenngleich – und wohl niemand wusste das besser als er – Respektabilität ein dehnbarer Begriff war, je nach eingenommener Perspektive durchaus wandelbar, was die letzten Wochen ja bestens bezeugt hatten und was kein Widerspruch an sich war. Er brauchte gar nicht zu fragen, er wusste auch so, dass es aus Mirandas Sicht problemlos miteinander vereinbar war, ihn sich zum Geliebten zu nehmen, fern von zu Hause, fern aller, die sie kannten, einer kurzen Liaison mit ihm zu frönen und es in London gleichermaßen undenkbar zu finden, mit ihm Umgang zu pflegen.

Geschweige denn ihn zu heiraten.

Dazu kam, dass er gerade ihre Offenheit und Unvoreingenommenheit zu schätzen gelernt hatte. Sollte er insgeheim noch immer gehofft haben, dass sie ihre Beziehung wie auch immer aufrechterhalten könnten, sich dieses Frische, Unverdorbene bewahren, so sagte sein doch überwiegend zynischer Verstand ihm, dass die Hoffnung vergebens war.

Wenn er zu sehr versuchte, an dem festzuhalten, was sie hatten, würde er es nur zerstören und auch noch die schönen Erinnerungen zunichtemachen.

Heute Nacht war ihr letztes Beisammensein auf Ridgware und morgen, wenn sie Glück hatten und unterwegs ein passendes Quartier fänden, die wirklich letzte Nacht ihrer Liaison.

Am Nachmittag des nachfolgenden Tages würden sie London erreichen; er würde zurückkehren in sein Haus an der Chichester Street, in sein Leben als Roscoe, sie in die Claverton Street, und es war nicht ausgeschlossen, dass sie einander nie wiedersehen würden.

Die Vorstellung erfüllte ihn mit einem bleiernen Gefühl des Verlusts und des Verlassenseins, allerdings war er zu sehr Realist, um sich Fantastereien hinzugeben. Für sie beide, für die Verbindung, die zwischen ihnen so stetig, so wundersam gewachsen war, gab es in ihrer beider Wirklichkeit einfach keinen Raum. Man musste den Tatsachen ins Auge sehen. Nicht mal mehr zwei Tage, dann wäre es vorbei.

16. Kapitel

Am späten Vormittag des folgenden Tages saß Miranda dann neben Roscoe im Zweispänner und war fest entschlossen, jeden Moment auszukosten, der ihr blieb mit ihm.

Es war ein bewölkter Tag, die Luft herbstlich kühl. Auch mit dem Sommer schien es nun endgültig vorbei zu sein. Aber immerhin regnete es nicht, und der Wind ging nur leicht, sodass es alles in allem ein recht angenehmer Tag zum Reisen war.

Sie hatten Ridgware kurz nach dem Frühstück verlassen; Lucasta, Caroline, Henry, Edwina und Sarah hatten auf der Treppe vor dem Haus gestanden und den abfahrenden Kutschen hinterhergewunken. Roderick, das geschiente Bein bequem hochgebettet in der komfortablen Reisekutsche und sichtlich mitgenommen vom Trubel des Aufbruchs, vor allem aber wohl dem Abschied von Sarah, hatte sich in die Polster sinken lassen und seine Schwester mit unergründlichem Blick angesehen. »Du solltest mit Roscoe fahren. Ich werde dir keine gute Gesellschaft sein.«

Sie hatte ihn sich einen Moment schweigend betrachtet und dann zugestimmt. Auch Roscoe hatte keine Fragen gestellt, als er ihr in den Zweispänner geholfen hatte. Überhaupt war er recht wortkarg. Erst nachdem sie sich schließlich auf den Weg gemacht und die hintere Zufahrt das Anwesen allmählich hinter sich gelassen hatten, sie und Roscoe recht zügig voraus, gefolgt von der etwas behäbigeren Kutsche, hatte er ganz nüchtern und sachlich angemerkt: »Kempsey und Dole sitzen zwar hinter Schloss und Riegel, aber wir sollten trotzdem ein wenig auf der Hut sein. Wir werden unterwegs Lichfield passieren, und auch Birmingham ist nicht weit. Es ist zwar wenig wahrscheinlich, aber auch nicht völlig auszuschließen, dass die Familien der beiden auf Rache sinnen.«

Sie hatte verständig genickt und nach Verdächtigem Ausschau gehalten, aber weder Verfolger noch andere Gefahren sollten ihn begegnen. Nachdem sie Lichfield ohne Zwischenfälle passiert hatten, waren sie einen großen Bogen um Birmingham gefahren, hatten dann die Route durch Coventry genommen und sich auf der Banbury Road Richtung Oxford gehalten. Wenngleich die Strecke über Banbury etwas länger war, waren sie sich einig gewesen, dass es sicherer sei, als den direkten Weg via Leamington Spa zu nehmen, ein beim hiesigen Landadel beliebter Kurort, an dem die Gefahr schlicht zu groß gewesen wäre, auf bekannte Gesichter zu treffen, seien es Nachbarn der Delbraiths von Ridgware oder solche, die Roderick und Miranda von Oakgrove kannten.

Hätten sie nicht auf Roderick Rücksicht nehmen müssen, wären sie vielleicht einen noch größeren Umweg gefahren, aber da jede weitere Reisestunde ihn nur unnötig anstrengen würde, hatten sie sich für die Route über Oxford entschieden. »Zumal die Straße von Oxford nach London in wirklich vorzüglichem Zustand ist«, hatte Roscoe argumentiert, womit die Sache beschlossen gewesen war.

Coventry lag nun schon eine Weile hinter ihnen, und sie kamen sehr gut voran, das gleichförmige Rumpeln der Kutsche hinter ihnen wie eine beruhigende Nachhut. Da die Gefahr eines Hinterhalts oder anderer unerfreulicher Zwischenfälle nun zunehmend geringer wurde und Roscoe sehr damit beschäftigt war, die beiden temperamentvollen Rappen im Zaum zu halten, damit sie nicht gar zu weit vorauspreschten und die Kutsche samt Roderick hinter sich ließen, nutzte Miranda die Gelegenheit, sich entspannt zurückzulehnen, den Blick auf die Straße gerichtet, denn sicher war sicher, und sich zu überlegen, wie sie und Roscoe denn nun zueinander standen. Was werden sollte – heute, morgen und den Tag darauf. Weiter wollte sie gar nicht denken, das reichte erst mal.

Ihr gegenüber hatte er nichts verlauten lassen, und sie war auch nicht der Meinung, dass es ihr zustand, jene Hoffnungen und Andeutungen zur Sprache zu bringen, die seine Mutter hatte fallen lassen. Dank Lucasta und Caroline wusste sie nun hinreichend über seine Vergangenheit Bescheid, um sein gegenwärtiges Leben zu verstehen. Allerdings schien weder seine Mutter noch seine Schwägerin sonderlich genaue Vorstellungen davon zu haben, wer und was Roscoe war – und was ihn von Julian unterschied. Roscoe war nicht einfach ein älterer, gereifterer Julian, Roscoe war … eben Roscoe.

Für Miranda war das völlig einleuchtend, sie kannte nur Roscoe – er war der Mann, der sie von Beginn an fasziniert hatte, der Mann, der ihr so einzig und teuer geworden war, der Mann, den sie sich zum Geliebten genommen hatte und der ihr mittlerweile so viel bedeutete, dass sie kaum daran denken wollte, ihn bald missen zu müssen. Es war nicht Julian, der neben ihr saß, sondern Roscoe, und diese Unterscheidung bekam mit jeder Meile, die sie sich London näherten, mehr Gewicht.

Lucastas und Carolines Einsichten bezogen sich auf Julian, sie jedoch hatte es mit Roscoe zu tun. Und sosehr sie auch all seine Taten und Worte noch einmal im Geiste durchgegangen war, sie gedreht und gewendet hatte – auch alles, was sie in ihren leidenschaftlichen Begegnungen der vergangenen elf Nächte zu spüren gemeint hatte, in der stetig gewachsenen Nähe und Vertrautheit zwischen ihnen –, so hätte sie doch noch immer nicht sagen können, was in ihm vorging oder welche Absichten er hegte im Hinblick auf sie, auf ihre Liaison, ihre Affäre.

Angefangen hatte sie das alles ja nur, weil sie neugierig gewesen war und wissen wollte, was ihr all die Jahre zuvor und vermutlich auch danach entgangen war und entgehen würde – weil sie ihr Leben nicht als alte Jungfer beschließen wollte, ohne je am eigenen Leib erfahren zu haben, was es hieß, mit einem Mann zusammen zu sein. Und er war nun mal der Einzige, bei dem sie sich ein solches Zusammensein je hatte vorstellen können. Dazu die günstige Gelegenheit – du liebe Güte, wie hätte sie es denn *nicht* tun können? So weit ihre Gedanken beim ersten Mal und auch den Malen danach. Er war ihr ein guter Lehrer gewesen, kundig und geduldig, mit einer Hingabe gesegnet, die sie wirklich nicht erwartet hätte. Und sie hatte viel von ihm gelernt; genau genommen hatten ein paar Nächte genügt, sie alles zu lehren, worauf sie anfangs aus gewesen war.

Aber dann …

Es war längst nicht genug gewesen und würde vielleicht niemals genug sein. Sie wollte mehr, mehr von ihm. Sie wünschte sich Zeit, alle Zeit der Welt, mit ihm. Sie und er, nur sie beide. Denn zusammen waren sie … mehr.

So viel mehr.

Die Liaison jetzt zu beenden erschien ihr geradezu fatal. Jetzt, da sie zu wissen meinte … Ja, was? Sie wollte diesem Gefühl in Ruhe nachspüren, wollte zusammen mit ihm herausfinden, was es war, welche Möglichkeiten sich auftaten, für sie beide, gemeinsam … Das Glück schien so nah zu sein – wenn sie denn danach greifen wollten.

Und genau das war die Krux. Sie mussten es beide wollen, mussten beide diesen Wunsch verspüren, den einen, entscheidenden Schritt zu tun; sie konnte ihm die Entscheidung nicht abnehmen oder ihn in eine bestimmte Richtung drängen. Wenn er es nicht von sich aus wollte – sie, ihrer beider Zusammensein –, wenn er es nicht ebenso sehr wollte wie sie, hätte es dann einen Sinn?

Während die Hufe der Pferde kräftig auf die Straße trommelten und die Kutschenräder gleichförmig dahinrollten, sann sie eine halbe Ewigkeit über dieses Dilemma nach und bedachte die Möglichkeiten, die ihr blieben, um sich dann schließlich widerwillig einzugestehen, dass ihr, wenn von ihm kein Zeichen kam, dass er ihre Liaison in einem dauerhafteren Rahmen fortzuführen wünschte, nichts anderes blieb, als es so hinzunehmen und abzuwarten, wie die Dinge sich weiter entwickelten, wohin ihr Weg sie führen würde. Mehr konnte sie nicht tun. Sie konnte ihm zeigen, was sie sich wünschte, aber sie würde ihm nicht die Richtung vorgeben.

Die Einsicht, dass sie wenig Einfluss auf seine Entscheidung nehmen konnte, obwohl diese Entscheidung sie in höchstem Maße selbst betraf, fiel ihr nicht leicht.

»Was gäbe ich darum, jetzt deine Gedanken lesen zu können.«

Sie hörte ihn die Worte sagen und merkte da erst, dass sie vor lauter Grübelei schon eine steile Falte zwischen den Brauen hatte; sie versuchte, ihre Miene zu entspannen, und sah ihn an. Kurz hatte er auch zu ihr hinübergeschaut, blickte jetzt aber wieder auf die Pferde. Sie musterte ihn einen Moment, ihren Geliebten, betrachtete sein Profil, dann sah auch sie wieder nach vorn. »Nicht weiter der Rede wert. Ich war einfach nur in Gedanken.«

Er beließ es dabei, deutete die Straße hinab auf ein paar verstreute Dachgiebel, die sich am Horizont zeigten. »Das ist Southam. Ich würde vorschlagen, dass wir dort zu Mittag halten.« Er bedachte sie mit einem kurzen Blick. »Roderick könnte eine Pause sicher gut vertragen, und bis Banbury ist es noch ein wenig hin.«

Sie nickte. »Eine kleine Rast dürfte uns allen guttun.«

Sie fanden ein Gasthaus am Ufer eines Flusslaufs. Vom Speisezimmer blickte man über eine grüne Uferböschung direkt aufs Wasser; die Sonne, so schwach sie auch schien, brach sich in der leicht bewegten Oberfläche und warf so hell schimmerndes Licht in den Raum, dass es die Illusion eines heiteren Sommertags schuf.

Nachdem Roscoe die Lokalität für gut befunden hatte, überließ er es Miranda, nun wieder in das Witwenhabit der

Hinfahrt gehüllt, sich um die Auswahl von Speis und Trank zu kümmern, und kehrte zurück zur Kutsche, um Roderick herauszuhelfen.

Roderick nahm die Hilfe dankbar an, schwang beherzt den verletzten Fuß auf den Boden und humpelte dann auf seine Krücke gestützt über den Hof. Mittlerweile stellte er sich sehr geschickt dabei an, hielt ohne Mühe sein Gleichgewicht und schien, so vermutete Roscoe, wohl auch nicht mehr gar zu große Schmerzen zu haben.

»Ich bin tatsächlich eingenickt«, meinte Roderick, als Roscoe ihm die Tür zum Speisezimmer aufhielt. »Das hat gutgetan. Ich fühle mich längst nicht mehr so erschöpft.«

»Das sind ja hervorragende Nachrichten.« Miranda zog ihm einen Stuhl heran. »Ich hoffe, du hast auch ordentlich Appetit – das Essen hier scheint ganz vorzüglich zu sein.«

Und es war tatsächlich ganz ausgezeichnet. Sie verbrachten anderthalb Stunden bei Tisch, aßen, tranken, plauderten über dies und das. Sowie sich die Gelegenheit ergab, brachte Roscoe das Gespräch auf die Zeit, die beide Geschwister auf Oakgrove verbracht hatten. Und von da war es bloß noch ein kleiner Schritt, Erfahrungen und Erlebnisse auszutauschen, Vorlieben und Abneigungen. So erfuhr er beispielsweise, dass beide, weder Miranda noch Roderick, noch nie am Meer gewesen waren, es aber gern einmal sehen würden, dass sie noch nie Fuß auf ein Boot oder ein Schiff gesetzt hatten.

Als die Wirtsfrau, nachdem der Hauptgang abgetragen war, fragte, ob sie noch Käse und Obst wünschten, schaute Miranda kurz zu ihm, und Roscoe nickte. »Aber ja, wir haben Zeit. Kein Grund zur Eile.«

Miranda lächelte und nahm ihre Beschreibung der Gärten von Oakgrove wieder auf, schilderte ihm, welche Bäume, Pflanzen und Blumen ihr die liebsten waren. Als Nächstes wollte er wissen, ob sie auch ein Faible für Blütendüfte hätte. Und wenn ja, welchen sie am liebsten mochte.

Er wusste selbst nicht, woher dieser plötzliche Wunsch rührte, alles über sie erfahren zu wollen. Aber es interessierte ihn wirklich – alles, bis ins kleinste Detail. Nichts war ihm zu langweilig oder zu banal, denn alles war … *sie*. Vielleicht lag es daran, dass ihnen die Zeit davonlief, dass es bald schon vorbei wäre mit diesen Momenten zwanglosen Beisammenseins.

Als sie dann aufbrachen, musste Roderick sich ein Gähnen verkneifen und bedeutete Miranda, dass sie ruhig wieder im Zweispänner fahren sollte. »Ich werde ohnehin gleich ein Nickerchen halten, du kannst also ebenso gut bei Roscoe mitfahren.«

Diesmal zögerte sie nicht lange, und so fuhren sie weiter wie zuvor, doch frisch ausgeruht und zufrieden, froh um jeden Moment, der ihnen zusammen blieb. Da er dem Kutscher Bescheid gegeben hatte, in welchem Hotel sie in Oxford absteigen wollten, hätte Roscoe sein Gespann nicht mehr zu zügeln brauchen, hielt die beiden Rappen aber dennoch im Zaum, um nicht unnötig die Zeit zu verkürzen, die er an ihrer Seite verbringen konnte.

»Reitest du auch in der Stadt?«, fragte er.

Sie seufzte. »Leider nein. Als wir noch auf dem Land lebten, bin ich fast jeden Tag ausgeritten, aber in der Stadt … Tante Gladys konnte sich nie damit anfreunden. Zu groß die Gefahr eines Unfalls.«

»Hast du eine Lieblingspferderasse? Gehst du auch zu Pferde zur Jagd?«

So führte eine Frage zur nächsten, zwischendurch warf auch sie die eine oder andere ein, sodass die Unterhaltung angenehm dahinfloss. Und doch war zu spüren, dass in allem leise Wehmut mitschwang, denn beiden war bewusst, dass der Zauber von Ridgware vorüber war und es, ganz gleich, was sie sich wünschen mochten, mit ihrem formlosen Umgang bald ein Ende hätte.

Als die Turmspitzen von Oxford vor ihnen auftauchten,

kam ihm auf einmal der Gedanke, einfach weiterzufahren – irgendwohin – und ihre alten Leben hinter sich zu lassen und neu anzufangen, nur sie beide. Eine schöne, wenn auch törichte Vorstellung, die er gleich im nächsten Moment wieder verwarf.

Er war nun einmal, wer er war, und sie war die, die sie war; ein reiner Ortswechsel würde daran nichts ändern.

Er hatte sich dafür entschieden, im besten Haus am Platz zu logieren. Es gab in Oxford größere und bekanntere Hotels, die auch beim *ton* sehr beliebt waren, aber auch aus diesem Grund gab er diesem kleineren und dafür exklusiveren Etablissement den Vorzug, das von einer Familie geführt wurde, der aus verschiedenen Gründen sehr am Wohlergehen Roscoes und der Seinen gelegen war.

»Hier sind wir sicher.« Er warf seine Handschuhe auf ein kleines Beistelltischchen im Salon ihrer gut ausgestatteten Suite von schlichter Eleganz und betrachtete Roderick. Der junge Mann saß auf dem Sofa und massierte sich die Wade oberhalb seines verletzten Fußes.

Als Roderick seinen Blick spürte, schaute er auf und verzog das Gesicht. »Alles nur ein bisschen steif, geht gleich wieder.«

Miranda kam aus dem angrenzenden Schlafzimmer, das sie sich als das ihre ausgesucht hatte. »Was geht gleich wieder?«

»Meine Muskeln sind ein bisschen verkrampft«, erwiderte Roderick und deutete auf sein Bein. »Alles gut, kein Grund zur Aufregung.«

Roscoe merkte, dass sie dennoch kurz davor war, in ihre alte Sorge zu verfallen, schließlich aber nur tief durchatmete und nickte. »Gut, wenn du das sagst.«

Er lächelte still; sie versuchte loszulassen, auch wenn es ihr schwerfiel. »Ich habe das Zimmer gleich nebenan. Aber ich gehe nicht davon aus, dass wir hier mit ungebetenem nächtlichen Besuch rechnen müssen.«

»Das Personal war wirklich aufmerksam und zuvorkommend – nicht so wie in dem Hotel in Birmingham.«

»In der Tat.« Roscoe beließ es dabei und richtete sein Augenmerk wieder auf Roderick. »Ich würde vorschlagen, dass wir uns das Abendessen hier servieren lassen und früh zu Bett gehen. Wenn wir morgen zeitig aufbrechen, sollten wir dich am späten Nachmittag wohlbehalten in der Claverton Street abliefern können.«

Roderick nickte. »Klingt nach einem guten Plan.«

Miranda schien nicht ganz so begeistert zu sein, trat aber dennoch an den Klingelzug und läutete. »Willst du die Bestellung aufgeben, oder soll ich es tun?«, fragte sie Roscoe.

»Mach du ruhig – ich will solange nachsehen, ob sie mein Gepäck nach oben gebracht haben.«

Der Rest des Abends gestaltete sich ebenfalls sehr angenehm. Bald nach dem Essen, das im Übrigen ganz vorzüglich war, wurde Roderick müde und entschuldigte sich, wünschte eine gute Nacht und humpelte, nachdem er ihnen versichert hatte, dass er allein zurechtkomme, schwerfälliger als sonst in sein Zimmer und schloss die Tür hinter sich.

Miranda schaute ihm besorgt nach, wandte sich dann an Roscoe und hob fragend die Brauen.

Er überlegte einen Moment und meinte schließlich: »Auch leichte Schmerzen können sehr erschöpfend sein. Vermutlich schlägt ihm eher die ständige Mühsal aufs Gemüt, als dass es etwas Ernstes wäre.«

Sie nickte, wenn auch nicht recht überzeugt, gab sich damit aber zufrieden.

Roscoe griff nach einer Zeitung und las die Lokalnachrichten; Miranda begann in einem Journal für Damen zu blättern.

Ein Mädchen brachte den Tee herauf und entfernte sich wieder; Miranda goss ihnen ein, doch weder ihm noch ihr schien jetzt sonderlich der Sinn nach Konversation zu stehen. Ihm genügte es, einfach nur in ihrer Gesellschaft zu sein, sie hin und wieder anzusehen, vielleicht einen kurzen Blick zu tauschen, ein Lächeln. Er sah auch keinen Grund, den Anbruch ihrer vermutlich letzten gemeinsamen Nacht allzu früh einzuläuten, hatten sie doch Zeit bis zum Morgen, wenn sie denn wollten. Schlafen konnte er in den nachfolgenden Nächten genug; heute wollte er jeden einzelnen Moment bis zum Äußersten auskosten, und sei es nur, hier mit ihr zu sitzen und den Abend ausklingen zu lassen. In der Gewissheit, sich noch nicht trennen zu müssen, noch diese eine Nacht zu haben.

Schließlich stellte Miranda ihre Tasse ab und legte das Journal beiseite. Sie setzte sich auf, sah ihn abwartend an.

Er hatte schon eine ganze Weile nur still dagesessen und sie beobachtet.

Ihre Blicke trafen sich; sie stand auf.

Auch er erhob sich.

Schweigend streckte sie die Hand nach ihm aus.

Er schloss seine Finger warm um die ihren und ließ sich in ihr Zimmer führen.

Als er die Tür hinter sich schloss, zog er sie an sich. Einen Moment sahen sie sich nur an, dann hob er sich ihre Hand an die Lippen und hauchte einen Kuss darauf.

Sie schenkte ihm ein unschuldig kokettes Lächeln und schmiegte sich in seine Arme, ihre Lippen fanden einander, Verlangen durchströmte sie. So einfach war es, so wenig brauchte es.

Mit ihr bedurfte es keiner langen Überredung. Ein Blick, ein Kuss, eine Berührung, und schon war beider Leidenschaft entfacht, schon spürten sie die Glut, die Hitze, die an ihnen züngelte und sich ausbreitete in ihnen, ein Funkenschlag, nicht zu bändigen, kaum zu stillen.

Für ihn war das Ziel dieser Nacht klar. Heute wollte er sich Erinnerungen schaffen, einen ganzen Fundus sinnlicher Erinnerungen, die sich auf immer einprägen sollten. Es galt jeden Moment in seiner ganzen Köstlichkeit wahrzunehmen, die angespannte, freudvolle Erwartung, jedes wonnige Erschauern von ihr, von ihm.

Wahrnehmen, sich erinnern, mit allen Sinnen. Leises Seidenrascheln, wenn ihre Kleider zu Boden glitten. Zarte Alabasterhaut, die hell im fahlen Mondschein schimmerte.

Ihre Körper erbebend vor Begehren, brennend vor Verlangen, aber beide ließen sich Zeit, zögerten jeden Moment hinaus, nicht nur, um einander, um ihre Lust zu genießen, sondern weil es noch einmal zu erkunden galt, sich alles einzuprägen, auf immer, jeden Funken des Entzückens, jede kleine Eigenheit. Um jeder ihrer Empfindungen nachzuhorchen, jedem Seufzen, jedem Atemzug. Den anderen zu spüren, an Leib und Seele.

Die quälende Lust der sich stetig steigernden Anspannung, die lockende Erlösung wie eine ferne Verheißung.

Jeden Moment wollte er wahrnehmen, sich bewahren – jede Berührung ihrer Lippen, sinnlich und geschwollen von seinen Küssen, jede zärtliche Liebkosung, jede lockende Geste, mal zaghaft, mal fordernd, jedes Keuchen, jedes harsche Ausatmen.

Jede Berührung, jeden Atemzug, jede noch so kleine Nuance ihres Beisammenseins.

Alles sog er in sich auf und war sicher, dass sie es ebenso machte. Denn es würde das letzte Mal sein für sie beide, das Ende – kein »für immer«, nur noch diese eine Nacht. Mehr konnte es für sie nicht geben. Vor ihnen lagen die letzten Stunden ihres unverhofften Glücks. Ein letztes Mal sich noch tragen, sich überwältigen lassen von dem Gefühl, eins mit ihr zu sein, in völliger Harmonie mit ihr zu verschmelzen, nichts mehr zu denken und nichts mehr zu spüren als dieses Geben und Nehmen, diese Einheit beseelter, alles erfüllender Freude.

Miranda hielt die Augen geschlossen, ganz hingegeben dem Taumel ihrer Gefühle und Empfindungen; sie hielt sich an ihm fest, in vollkommenem Einklang, suchend und erkennend, einmal mehr, dass es immer so sein könnte – dass das, diese Pracht und Herrlichkeit, ihnen für immer bestimmt sein könnte.

Es war so viel mehr als eine flüchtige Affäre. Was zwischen ihnen war, diese tiefe Verbindung, diese Vertrautheit, konnte nicht einfach aufhören und vergehen – es sei denn, sie wollten es so, machten zunichte, was war und was sein könnte. Wenn sie dieses Einzige, dieses Besondere, am Leben hielten, wenn sie es nährten mit allem, was sie hatten, was sie waren, würde es ewig währen.

Obgleich der Ansturm ihrer Leidenschaft und ihres Verlangens überwältigend war, versuchte sie doch herauszufinden, welches Gefühl ihren Empfindungen zugrunde lag. Was war es, was es so einzig, so bewegend machte?

Auch für ihn, das spürte sie, spürte es mit jeder Faser ihres Seins. Aber was war es, was ihn bewegte?

Sie schlug die Augen auf, versuchte es mit dem letzten Funken Klarheit, der ihr geblieben war, zu begreifen, doch alles, was sie sah, was sie in ihrem schwebenden Zustand zu erkennen vermochte, war sein völliges Aufgehen in ihrem Beisammensein, seine unerschütterliche Hingabe an jeden einzelnen Augenblick.

Es war, als hätten sie neues Terrain erschlossen, als hätten sie eine höhere Einheit von Körper und Geist erlangt, wo jeder Wunsch und jedes Verlangen, jede Berührung und Absicht, jeder Sinn und alles Sein zu einem Ganzen verschmolzen, das in seiner Macht und Fülle größer, überwältigender und schöner war als alles zuvor.

Von einem Verlangen getrieben, das so zwingend, so übermächtig war, dass sie es selbst kaum verstand, dem verzweifelten Wunsch, zu erfahren, was ihnen möglich war, was sein könnte, versuchte sie, an diesem Wunderlichen, Vagen festzuhalten, ganz fest, und tiefer zu dringen, um es zu erkunden, nicht nur mit den Sinnen, sondern mit der ganzen Kraft ihrer Seele.

Und er war bei ihr, tat es ihr gleich. Er beugte sich über sie, und ihre Lippen fanden einander, ein inniges, atemloses Verschmelzen.

Zusammen ließen sie sich höher tragen, immer noch höher, eine verzweifelte Jagd, in der ihre Körper nur noch dem Suchen ihrer Seelen dienten.

Er konnte sich ihr nicht mehr versagen, zu weit waren sie schon gekommen.

Diesmal war alles anders.

Er hatte sein Handeln immer von seinen Gefühlen zu trennen gewusst, selbst mit ihr; bei seinen früheren Geliebten war es ihm nie schwergefallen, emotionale Distanz zu wahren, hatten diese Beziehungen ihn doch nie im Innersten berührt.

Nicht so bei ihr.

Und doch hatte er versucht, sich eine letzte Bastion emotionalen Rückzugs zu bewahren, ihr nie alles zu geben – sei es aus alter Gewohnheit oder aus dem Wunsch, sich zu schützen. Aber mit jedem Tag, jeder Nacht ihres Zusammenseins hatte er diesen Schutzwall langsam schwinden gespürt.

Heute nun, in dieser ihrer letzten Nacht, gab es keinen Grund mehr, dagegen anzukämpfen. Diese Nacht war alles, was sie noch hatten, dahinter lag nichts mehr; für sie beide würden diese Stunden ihr Einziges, ihr Ende sein.

Miranda meinte jeden Augenblick zu spüren, sie spürte die Anspannung, die ihre und die seine, barg ihn tiefer, fester in sich, ihre Schenkel um seine Hüften geschlungen, die Arme zurückgeworfen, die Hände verschränkt mit den seinen, die ersten Vorboten der Ekstase in jedem Aufbäumen, jedem Erbeben, während sie zusammen der Erfüllung entgegenstrebten.

Sie war bei ihm, ihr Kuss voller Leidenschaft, sie zu schmecken ein Lebenselixier, das ihn berauschte, ihn lockte mit der Verheißung eines erfüllenden Miteinanders, das ihn wandeln würde an Leib und Seele.

Er ließ los, gab alle Zurückhaltung auf und ließ den unbändigen, unergründlichen Gefühlen freien Lauf, die von dem Moment an, da er sie das allererste Mal gesehen hatte, von ihm Besitz ergriffen hatten und langsam, aber stetig immer stärker geworden waren. Und nun ließ er es heraus, schickte alles hinaus zu ihr, was in seinem Innersten gewachsen war, um mit seinen Gefühlen, seinem ganzen Sein an sie zu rühren, an die Fülle und Gnade, die sie ihm schenkte.

Er wollte sie, schlicht und ergreifend, und er machte aus seinem Verlangen keinen Hehl, ließ sich mitreißen vom Mahlstrom seiner Gefühle, einer Gewalt von solcher Wucht, die wie eine Flut über sie kam, sich mit ihrer viel offener gezeigten Leidenschaft vereinen sollte zu etwas, das größer war, das mehr war.

Etwas Wildes und Ungezähmtes, Fülle und Herrlichkeit.

Er gab sich dem hin, war reines Gefühl, reine Empfindung und spürte, dass sie es ihm gleichtat.

Was folgte, war jenseits seiner Erfahrung, es entzog sich seinem Verständnis, schier unerträglich in seiner Gewalt.

Eine gewaltige Flutwelle katapultierte sie hinauf zum Gipfel, ihre Empfindungen so überwältigend, so schillernd und mächtig, zigfach potenziert von allen Gefühlen, die sich in ihnen mit einem Mal Bahn brachen – in ihm, in ihr, in ihnen beiden – und aus der Erfüllung ihres Verlangens mehr machten als bloße Ekstase, eine Urgewalt, die sie verglühen, vergehen ließ, die sie packte und umherwarf, bis nichts mehr war wie zuvor.

Einen endlosen Moment schienen sie körperlos im Raum zu schweben, getragen von einem tiefen Sehnen.

Und dann das letzte, höchste Glück, heller und strahlender als je zuvor, das sie erfüllte, ihnen neue Gestalt verlieh.

Wie neu erschaffene Wesen, zu reiner Ganzheit gebracht im Feuer ihrer Leidenschaft.

Gemeinsam ließen sie sich hinabsinken in die ruhigen, tröstenden Wogen, beflügelt von den goldenen Wellen des Danach.

Fest umschlungen, vereint, neuen Atem schöpfend und zarte Küsse tauschend, Berührungen, die von dem Staunen, dem Wunder zeugten, das sie erlebt hatten.

Einfach nur sein.

Er versuchte, diesen kostbaren Moment so lange wie möglich festzuhalten, wollte ihn am liebsten gar nie vergehen lassen.

Und in diesem Augenblick sah er es so überdeutlich vor sich, dass er meinte, daran rühren zu können. Mit bestechender Klarheit stand die Erkenntnis vor ihm, welches Gefühl sich seiner bemächtigt hatte.

So stark und wahrhaftig.

Und dabei gänzlich unerwartet.

Er hätte nie gedacht, dass es ihm passieren würde. Hätte nie gedacht, dass die Liebe ihn finden, er ihrer überhaupt fähig wäre.

Ihm war bis zuletzt nicht bewusst gewesen, dass es nicht allein an ihm war, darüber zu befinden, dass es kein Gefühl war, das in seiner Macht stand, sich nach Belieben erzeugen oder abwehren ließ. Die Macht, dieses Gefühl zu wecken, lag allein beim anderen – bei ihr.

Jetzt wusste er es.

Ermattet ins Plumeau gesunken, sie an ihn geschmiegt, ihr Kopf an seiner Schulter, ihre Beine verschlungen mit den seinen, den Arm um sie gelegt, schloss er die Augen.

Nun endlich verstand er – jetzt, da sie sich trennen würden.

Als Miranda am Morgen erwachte, war sie allein; sie streckte die Hand aus und fand das Bett kühl und verlassen. Draußen vor dem Fenster hing ein bleierner Himmel, leiser Nieselregen fiel.

Sie wandte den Kopf und versuchte, die Zeit auf der Kaminuhr zu erkennen. »Verflixt!«, entfuhr es ihr. Im Nu hatte sie die Decken zurückgeworfen und war aufgesprungen, wusch sich in Windeseile und zog sich an.

Wieder in ihre Witwentracht gekleidet, packte sie schnell die wenigen Dinge zusammen, die sie gestern Abend ausgepackt hatte, und begab sich dann mit ihrem Gepäck, ihrem Umhang und Schleier nach nebenan in den Salon.

Roderick tat sich dort gerade an einem erfreulich reichhaltigen Frühstück gütlich und winkte ihr mit der Gabel in der Hand zu. »Guten Morgen, Schlafmütze. Ich hatte kurz überlegt, ob ich kommen und dich wecken muss.«

Sie hatte geschlafen wie ein Stein, tief und traumlos. »Ich muss müder gewesen sein als gedacht.« Befriedigter auch als je zuvor, fügte sie im Stillen hinzu.

Der Tisch war für drei gedeckt. Sie setzte sich und warf einen kurzen Blick auf das schon benutzte Gedeck neben sich. »Wo ist Roscoe?«

»Schaut nach den Pferden. Wenn wir fertig sind, sollen wir läuten. Die Diener kümmern sich um unser Gepäck.« Roderick blickte auf seinen hochgelegten Fuß. »Und sie sagen Roscoe Bescheid, damit er kommt und mir herunterhilft.«

Miranda verzog mitfühlend das Gesicht. »Zu Hause richten wir dir eins der unteren Zimmer her, damit du dich nicht mit den Treppen plagen musst.«

Er schüttelte den Kopf. »Nein, nein – ich soll ja üben. Das Treppensteigen bereitet mir eigentlich auch keine Schmerzen, es ist nur schrecklich mühselig. Mein Fuß wird aber schon jeden Tag besser, keine Sorge. Er tut kaum noch weh.«

Sie betrachtete ihn schweigend, wollte aber nicht widersprechen. Er würde schon wissen, was gut für ihn war.

Nachdem sie ihr Frühstück beendet hatten, brachen sie auf. Miranda ging voraus und überließ es Roscoe, mit Roderick die Stufen zu bewältigen. Den dunklen Schleier vors Gesicht gezogen, beaufsichtigte sie den Diener, der ihr Gepäck auf die Kutsche verlud, und dann kam auch schon ihr Bruder auf den Hof gehumpelt, wieder nur auf eine Krücke gestützt und durchaus behände, Roscoe an seiner Seite.

Roscoe sah sie an, ihre Blicke trafen sich; ernst war er, und dass er nicht lächelte, überraschte sie etwas, und wieder einmal wurde sie nicht so recht schlau aus seiner Miene.

Er deutete zur Kutsche. »Am besten, du steigst zuerst ein.«

Um Roderick zu helfen, nachdem er es in den Wagen geschafft hat.

Aber sie hörte noch mehr heraus. Einen Moment rang sie mit sich, dann nickte sie und wandte sich zur Kutsche. Mit zwei Schritten war Roscoe bei ihr, öffnete ihr den Schlag, wartete, dass der Diener den Tritt herabließ, und reichte ihr dann seine Hand.

Sie schloss ihre Finger um die seinen, spürte seine sich fest um die ihren schließen und merkte, dass die Verbindung noch immer da war, genauso stark wie zuvor. Beruhigt und in dem Wissen, dass alles gut war oder doch gut sein würde, kletterte sie hinein und rutschte ganz nach außen durch, damit Roderick gleich bei der Tür sitzen konnte.

Roscoe trat zurück, um kurz darauf Roderick hineinzuhelfen. Miranda beugte sich vor, nahm ihm die Krücke ab und stützte ihn, während er sich vorsichtig auf den Sitz schräg gegenüber sinken ließ.

Ihr Bruder atmete tief aus und schenkte ihr ein mattes Lächeln. »Geschafft.«

Sie lächelte ermutigend und richtete sich dann wieder auf ihrem Platz ein, während Roscoe den Schlag hinter ihnen schloss.

Sie sah ihn fortgehen, hörte ihn dem Kutscher Anweisungen geben. Eine halbe Minute später war schon das leichte Räderrollen des Zweispänners zu vernehmen, als Roscoe sein Gespann wendete und hinaus auf die Straße lenkte.

Langsamer, behäbiger setzte sich auch die Reisekutsche in Bewegung und folgte ihm.

So kam es, dass sie reichlich Zeit zum Grübeln fand, während Roderick längst wieder eingenickt war.

Meile um Meile, Stunde um Stunde konnte sie so in aller Ruhe nachdenken, konnte abwägen, zweifeln, sich den Kopf zerbrechen und versuchen, Ordnung in ihre Gedanken zu bringen. Sich über ihre Wünsche und Bedürfnisse, ihre Absichten Klarheit verschaffen. Hoffen und bangen, bisweilen verzweifeln.

Möglichkeiten gab es mehr als zuvor, das war das Gute. Sie kam nicht umhin, ihre jetzige Situation unweigerlich mit den eher bescheidenen Erwartungen zu vergleichen, die sie noch auf der Hinfahrt gehabt hatte.

Roderick zu retten hatte oberste Priorität gehabt; nun jedoch, da ihr Bruder in Sicherheit war, nach allem, was auf dieser Reise geschehen war, was sie gelernt und erfahren hatte …

Zunächst einmal musste sie sich eingestehen, dass ihre Zeit als Beschützerin ihres Bruders vorbei war. Er war nun endgültig erwachsen geworden, stand auf eigenen Beinen und brauchte sie nicht mehr. Jede Einmischung ihrerseits würde ihn der Möglichkeit berauben, eigene Entscheidungen zu treffen, sein eigenes Leben zu führen. Das konnte weder in seinem noch in ihrem Sinne sein.

Sie hatte immer gewusst, dass dieser Punkt irgendwann einmal käme, der Moment, da ihre Rolle als große Schwester erfüllt wäre und sie sich ihrer eigenen Zukunft zuwenden könnte. Ehe sie aus London aufgebrochen war, war sie davon ausgegangen, dass für sie nur zwei Wege in besagte Zukunft führten: Entweder sie würde unverheiratet bleiben und als alte Jungfer enden – oder aber sie nähme sich einen soliden, anständigen Herrn wie Wraxby zum Mann. Einen Mann, der in ihr, Miranda Clifford, eine hinreichend passende Partie sah, um der Rolle als seiner Ehefrau gerecht zu werden, eine Rolle wohlgemerkt, die eher von ihm als von ihr bestimmt würde.

Dank dieser Reise jedoch waren ihr die Augen geöffnet worden, hatte ihr Blick sich geweitet. Auf einmal taten sich noch ganz andere Wege auf, allesamt interessanter und bereichernder, als sie es sich je erhofft hatte. So viel schien auf einmal in den Bereich des Möglichen, des Machbaren gerückt zu sein – sie musste sich bloß entscheiden, welchen dieser Wege sie beschreiten wollte.

Sie könnte sich wohltätiger Arbeit verschreiben, könnte sich in einer Weise engagieren, von der sie bislang meinte, sie sei ihr verwehrt. Sie könnte reisen, sie könnte die Welt und andere Kulturen entdecken, wenn ihr der Sinn danach stünde. Sie könnte alte Geschichte studieren, könnte sich eine ganze Bibliothek anlegen, sie könnte …

Wenn sie denn wollte.

Aber was wollte sie am allermeisten?

Eine weitere Lektion, die sie auf Ridgware gelernt hatte, lautete, auch wenn niemand es so explizit gesagt hatte, nicht einmal Lucasta, dass sie den Weg ihrer Leidenschaft einschlagen sollte. Und es musste etwas Wahres daran sein, hatte sie sich doch mit eigenen Augen davon überzeugen können, wie sehr Caroline sich für ihr Schulprojekt begeisterte und wie diese Begeisterung sie aufleben ließ; hatte die Leidenschaft gespürt, die in Lucasta für ihre Familie, auch den verlorenen Sohn, den vor allem, brannte. Und selbst Edwina tat einzig, was ihr Herz begehrte, wenn wohl auch an der Seite ihres Mannes.

Wenn sie nun ganz tief in sich hineinhorchte, überlegte, was ihre größte Leidenschaft war, welcher Weg würde dann ihrer sein? Was sprach sie am meisten an?

Während die Kutsche stetig voranrollte, Meile um Meile draußen die Landschaft vorbeizog, versuchte sie Klarheit über diese heikle Frage zu gewinnen, musste sich aber letztlich eingestehen, dass sie die Antwort erst würde wissen können, wenn geklärt war, was zwischen ihr und Roscoe möglich wäre. Ob überhaupt etwas möglich war.

Die letzte Nacht hatte bereits viele Zweifel ausgeräumt und ihr sämtliche Fragen beantwortet, die sie in dieser Hinsicht hatte – bis auf eine, aus der sich dann wiederum weitere ergaben. Die Verbindung zwischen ihnen war so stark, dass es über bloße Leidenschaft hinausgehen musste. Was sie einte, ging tiefer und war so anregend, dass die beiderseitige Faszination gewiss auf Jahre, wenn nicht gar für immer währen konnte. Aber sie war sich noch immer nicht darüber im Klaren, welches Gefühl es war, das sie mit solcher Macht aneinanderband. Sie spürte es in sich, spürte seine Kraft und hatte es ganz deutlich auch bei ihm gespürt. Es musste für sie beide dieselbe Empfindung, dasselbe Gefühl, sein, denn anders ließ es sich nicht erklären; andererseits war er ihr erster und einziger Liebhaber, und vielleicht war sie einfach nicht erfahren genug, um dieses Eine, Einzige, dieses Besondere zwischen ihnen klar benennen zu können.

Zunächst einmal musste sie Folgendes herausfinden: Wie sollte es weitergehen? Was würde nach ihrer Rückkehr nach London sein? Gäbe es einen gemeinsamen Weg für sie oder nicht?

Ihr war sehr daran gelegen, die Beziehung fortzuführen, schon allein, um zu sehen, was sich daraus ergeben würde. Was sie beide gemeinsam noch erwartete. Wie genau sich dieses Zusammensein gestalten sollte, davon hatte sie allenfalls eine vage Vorstellung, aber er, erfahren, wie er war, würde schon wissen, wie derlei zu handhaben war.

Nach der letzten Nacht hatte sie keinen Zweifel mehr, dass er sich der Bande, die zwischen ihnen war, ebenso wenig entziehen konnte wie sie. Leider hatten sie seitdem keine Gelegenheit mehr gehabt, unter vier Augen miteinander zu sprechen. Beim Lunch, den sie in einem kleinen Landgasthof eingenommen hatten, war Roderick die ganze Zeit zugegen gewesen, und Roscoe war – sie sann einen Moment über das passende Wort nach – wenn auch vielleicht nicht distanziert, so doch reichlich reserviert gewesen.

Sorgsam darauf bedacht, seine Gefühle hinter einer undurchdringlichen Miene zu verbergen.

Wenn sie nun so darüber nachdachte, fiel ihr auf, dass seine Miene auf Ridgware mit der Zeit immer zugänglicher geworden war, jetzt jedoch, je näher sie London kamen, kehrten immer stärker die alte Härte und Unergründlichkeit zurück. Vielleicht war es die Macht der Gewohnheit, Teil seiner Person als Roscoe. Ein Schutz vor der Welt, vor sich selbst. Es wäre interessant zu erfahren, ob er diese Maske wieder ablegen würde, wenn er nur mit ihr zusammen wäre, ob er sich ihr dann wieder so zeigen würde, wie er im Innersten war.

Mit einem versonnenen Lächeln auf den Lippen versuchte sie sich allerlei Szenarien vorzustellen, als die Kutsche plötzlich langsamer wurde und behäbig ruckelnd in den Hof einer weiteren Landgaststätte bog. Warum hielten sie denn schon wieder?

Von draußen drangen Rufe und Anweisungen zu ihr, wenn auch gedämpft durch die geschlossenen Fenster und Türen der Kutsche. Roderick, der ihr auf dem Sitz gegenübersaß, die Arme verschränkt, den Kopf auf die Brust gesunken, schlief trotz alledem weiter. Aus den Bewegungen, die bis in die Kutsche zu spüren waren, schloss sie, dass die Pferde gewechselt wurden. Sie beugte sich vor, um aus dem Fenster zu schauen, doch war wenig zu sehen außer Stallungen und umhereilenden Knechten. Dann trat Roscoe in ihr Blickfeld.

Er sah sie am Fenster, warf einen Blick auf Roderick und bedeutete ihr dann, das Fenster herunterzulassen. Sie löste den Riegel und schob die Scheibe vorsichtig herunter; Roderick rührte sich noch immer nicht.

Roscoe nickte ihr knapp und recht geschäftsmäßig zu. »Wir sind jetzt in Uxbridge, unser letzter Halt, ehe wir London erreichen.« Er schaute vor zu den Pferden, dann wieder zu ihr. »Ich habe den Kutscher angewiesen, euch direkt nach Hause zu bringen. Er wird euch in der Claverton Street absetzen und dann in die Chichester Street fahren, um Pferde und Wagen bei mir unterzustellen.« Er wirkte vollkommen ungerührt, sein Blick war unergründlich. Kurz nahm er Roderick ins Visier, der noch immer tief und fest schlummerte, ehe er wieder sie ansah. »Sag Roderick, dass ich mich bei ihm melde, wenn ich etwas Neues über Kirkwell erfahre. Bis dahin dürfte er zu Hause am besten aufgehoben sein.«

»Danke«, sagte sie leicht ungläubig, denn sie verstand die Welt nicht mehr. Sollte das etwa ihr Abschied sein? Sie holte tief Luft. »Ich möchte dir für deine Hilfe danken. Ohne dich ...«

»Keine Ursache.«

Ehe sie etwas erwidern konnte, nickte er ihr abermals zu und trat zurück.

Die Kutsche ruckelte kurz, als die neuen Pferde angespannt wurden. Sie hielt sich am Fensterbrett fest, und als sie wieder zu Roscoe schaute, hatte der sich schon abgewandt und ging davon.

Sie blickte ihm nach, völlig entgeistert, dann kam mit einem Mal Leben in Roderick, und sie drehte sich zu ihm um.

Aus verschlafenen Augen blinzelte er sie an, dann gähnte er. »Wo sind wir?«

»Wir haben kurz Halt in Uxbridge gemacht, um die Pferde zu wechseln, und fahren gleich weiter. Nicht mehr lange, dann sind wir in London.«

Er machte die Augen wieder zu. »Gut.«

Als Miranda wieder hinausschaute, war von Roscoe nichts mehr zu sehen. Leicht verstimmt schob sie das Fenster wieder hoch. Mit einem so unvermittelten Abschied hatte sie nicht gerechnet. Andererseits, was hätte er auch sagen sollen im Beisein ihres Bruders, der zwar geschlafen hatte wie ein Murmeltier, aber dennoch. Wenn sie erst wieder in London wären, würde sich gewiss eine Gelegenheit finden, mit Roscoe unter vier Augen zu sprechen.

Als die Kutsche anfuhr, ließ Miranda sich wieder in die Polster sinken, um wieder ihren müßigen Gedanken nachzuhängen.

Roscoe hatte sich derweil unter das Vordach des Gasthofs zurückgezogen und sah die Kutsche davonfahren. Während der Fahrt von Oxford hatte er fast ununterbrochen überlegt, was er in just diesem Moment sagen sollte, was wohl die passenden Worte wären. Darüber nachzudenken und sich für etwas zu entscheiden war das eine; es dann auch zu sagen etwas anderes. Er hatte es kurz und schmerzlos machen wollen, eine klare, unmissverständliche Trennung, wie sie in Anbetracht ihrer Lebensumstände unvermeidlich war. Stattdessen hatte er nicht einmal ein schlichtes »Lebewohl« zustande gebracht. Allein bei der Vorstellung, das Wort laut auszusprechen, schnürte es ihm den Hals zu.

Diese letzte Nacht mit ihr zu verbringen war ein Fehler gewesen. Wenn er das gewusst, wenn er geahnt hätte … Er hätte sich einfach mit den Erinnerungen zufriedengeben sollen, die er bereits gehabt hatte, und wäre von der jähen Erkenntnis verschont geblieben, was er hätte haben können, wäre er nicht Roscoe geworden. Dieser Einsicht, was er wirklich wollte, wonach er sich sehnte, was er sich aus tiefstem Herzen wünschte.

Was er für den Rest seiner Tage nicht mehr missen wollte.

Keine Ursache.

Stattdessen würden diese Worte ihn bis ans Ende seiner Tage verfolgen, so wahr sie auch sein mochten. Keine Ursache, sich länger aufzuhalten. Keine Ursache, sich bei ihm zu bedanken. Und mehr Worte brauchte man darüber auch nicht zu verlieren, denn nichts, was auch immer er oder sie sagte, würde etwas an der Situation ändern.

Zum ersten Mal in seinem Leben bereute er die einst getroffenen Entscheidungen, bedeuteten sie doch, dass er sich von ihr würde trennen müssen, dass ihre gemeinsame Zeit ein für alle Mal vorbei war.

Er musste sie gehen lassen …

Mit grimmiger Miene streifte er sich seine Handschuhe über. Er indes konnte nicht so einfach von dannen ziehen, er hatte noch etwas zu erledigen, auch für sie; schließlich galt es noch, den Kerl zu finden, der ihrem Bruder nach dem Leben trachtete. Kirkwell war noch irgendwo da draußen, und solange der Mann noch eine Bedrohung für Roderick – vielleicht auch für sie – darstellte, würde er weiter ein Auge auf die beiden haben.

Er hatte bereits Anweisung gegeben, das Haus an der Claverton Street rund um die Uhr bewachen zu lassen. Da Kirkwell knapp bei Kasse zu sein schien, war nicht auszuschließen, dass er es jetzt selbst auf Roderick absehen könnte. Ein gewagter Versuch, bei dem er geradewegs in Roscoes Fänge ginge. Aber ob nun auf diesem oder anderem Wege, er würde den Kerl schon aufspüren, da war er ganz zuversichtlich. Und bis dahin würde er sich von Miranda fernhalten.

Er trat wieder hinaus auf den Hof und nahm mit einem knappen Nicken die Leinen von dem Stallknecht entgegen, der sein Gespann bereitgemacht hatte, stieg auf den Sitz und ließ die frisch angespannten Grauen zügig lostraben.

Sowohl für ihn als auch für sie dürfte es das Beste sein, jeden Kontakt zwischen ihnen auf das absolut Notwendige zu beschränken.

17. Kapitel

»Es will mir einfach nicht in den Kopf.« Gladys biss krachend in ihren reichlich mit Marmelade bestrichenen Toast und nahm über die ganze Länge des Tischs erst Miranda, dann Roderick ins Visier. »Das Anwesen des Duke of Ridgware. Und die Familie hat euch quasi als Gäste des Hauses aufgenommen?«

»Hm«, machte Miranda und schaute nicht von ihren Listen auf.

Roderick gab sich tief in die Zeitung versunken.

Sie waren tags zuvor um vier Uhr nachmittags in der Claverton Street eingetroffen und hatten den gesamten Abend damit verbracht, die unzähligen Fragen ihrer Tante zu beantworten und Gladys in aller Ausführlichkeit zu berichten, was sich auf Ridgware zugetragen hatte, sodass Miranda erst jetzt dazu kam, sich wieder ihren häuslichen Pflichten zu widmen.

Während der beiden Wochen ihrer Abwesenheit hatte Gladys sich nur um das Allernötigste gekümmert, weshalb Miranda sich nun mit der Buchhaltung, den Löhnen und all den größeren und kleineren Entscheidungen befassen durfte, die sich in dieser Zeit angesammelt hatten und die in den Augen ihrer Tante vielleicht nicht allzu dringlich erschienen waren, ohne deren ordentliche Erledigung ein Haushalt aber nun mal nicht funktionierte. Sie wollte heute versuchen, so viel wie möglich abzuarbeiten, damit sie danach den Kopf frei hatte, sich wieder über ihre persönlichen Belange Gedanken zu machen, die sie, sehr zu ihrer Überraschung, die halbe Nacht kein Auge hatten zutun lassen.

»Etwas seltsam erscheint es mir ja doch«, fuhr Gladys nun fort. »Man sollte doch meinen, dass so noble Damen wie die

Dowager Duchess und die Duchess mehr auf Distanz bedacht sind und nicht unter ihrem Stand verkehren.«

Miranda stellte sich Lucasta und Caroline vor, wie sie »unter ihrem Stand verkehrten«, und warf Roderick einen verstohlenen Blick zu, doch der hatte sich in seinen Zeitungen vergraben und stellte sich blind und taub, sodass auch sie sich wieder den Listen zuwandte, die schier endlos vor ihr ausgebreitet lagen.

»Trotz ihres noblen Ranges sind auch sie nur Menschen«, meinte sie nur. »Ihre Sorgen und Nöte unterscheiden sich nicht sonderlich von denen anderer Damen.«

Gladys runzelte die Stirn, schnaubte ungläubig und verfiel dann in segensreiches Schweigen. Wenngleich sie alles, was sie ihr erzählt hatten, zu glauben schien, kam sie doch kaum über ihre Verwunderung hinweg, wie es sein konnte, dass die Geschwister, einfach so auf Ridgware logiert und fast familiären Umgang mit der Herzogsfamilie gepflegt hatten.

Miranda hatte ihr erklärt, dass besagter Freund von Roderick, der ihr geholfen hatte, ihren Bruder aus den Fängen der Entführer zu befreien, sehr gute Beziehungen zu den Delbraiths unterhalte, was besagten Freund in den Augen von Gladys sogleich über jeden Tadel erhaben gemacht hatte. Als ihre Tante dann schließlich gefragt hatte – zögerlich zwar, denn eigentlich wollte sie die Antwort lieber nicht wissen, konnte sich die Frage aber dennoch nicht versagen –, ob sie es, da sie wider besseres Wissen mit einem Gentleman gereist war, der kein Verwandter war, wenigstens geschafft hatte, einen Skandal abzuwenden, hatte Miranda nur auf das schwarze Kleid gedeutet, das sie noch immer trug, und fast triumphierend ihren Hut mit dem dunklen Schleier geschwenkt. Niemand, versicherte sie ihrer Tante glaubhaft, wirklich niemand habe sie erkannt, und da sie sich ausgegeben hatte als junge Witwe, die von einem Freund der Familie zu selbiger auf ihren Landsitz begleitet wurde, hatte auch niemand daran Anstoß genommen, dass sie gemeinsam reisten. Ein Skandal war zu keiner Zeit zu fürchten gewesen, nicht einmal der Hauch eines Skandals.

Den Blick auf ihre Listen geheftet, sann sie über eine weitere Erkenntnis dieser Reise nach: Solange niemand davon erfuhr, würde es auch zu keinem Skandal kommen. Im Grunde konnte man tun und lassen, was man wollte, wenn man nur diskret war.

Sie legte den Stift beiseite, griff nach ihrer Teetasse und trank in kleinen Schlucken, während sie noch einmal überflog, was sie heute alles würde erledigen müssen. Im Grunde war es ganz gut, von solchen Alltäglichkeiten abgelenkt zu sein. Wenigstens musste sie dann nicht immerzu an Roscoe denken und daran, was zwischen ihnen war und was sein könnte, denn jetzt stand erst mal die morgendliche Besprechung mit Mrs. Flannery an, und danach würde sie mit Hughes reden müssen.

Roderick legte die Zeitung beiseite. Sie schaute zu ihm hinüber und sah ihn das Gesicht verziehen, als er seinen Fuß vom Stuhl hob.

Er fing ihren Blick auf und rang sich ein Lächeln ab. »Auf eine kleine Runde im Garten verzichte ich besser mal.« In seiner Stimme mischten sich Enttäuschung und Verachtung für die eigene Schwäche. Er griff nach der Krücke, die an seinem Stuhl lehnte, und stand mühsam auf. »Ich setze mich in den Salon, wenn jemand fragt.«

»Ja, natürlich. Ruh dich aus.« Miranda schaute ihm hinterher, wie er hinaushumpelte. Er hatte gestern als auch heute darauf bestanden, ohne fremde Hilfe die Treppe hinauf- und hinunterzugehen, aber es schien ihn ziemliche Kraft gekostet zu haben. Sowie er außer Hörweite war, sagte sie leise: »Hughes?«

Der Butler, der sich bei der Anrichte bereithielt, straffte die Schultern. »Ja, Miss?«

»Vielleicht könnten Sie, wenn Mr. Roderick sich im Salon eingerichtet hat, nach ihm schauen, ob er irgendetwas benötigt oder dergleichen.«

»Sehr wohl, Miss.«

Und sie wollte die Zeit nutzen, die ihr nachher noch blieb, um einen Brief an Caroline zu schreiben und einen weiteren an die Anschrift, die Caroline ihr gegeben hatte. Rodericks Wohlergehen mochte nicht länger ihre vordringliche Aufgabe sein, aber ihn während seiner Rekonvaleszenz bei Laune zu halten war dennoch einer der Punkte auf ihrer Liste.

Nach so vielen Tagen endlich wieder von der verwirrenden Gegenwart Miss Miranda Cliffords befreit, konnte Roscoe sich den ganzen Vormittag ausschließlich dem Geschäft widmen und sich bezüglich all seiner Unternehmungen auf den neuesten Stand bringen lassen. Nach einer mehrstündigen Besprechung mit Jordan Draper, in der sie die drängendsten finanziellen Fragen geklärt hatten, richtete er sich häuslich am Schreibtisch seines Arbeitszimmers ein und nahm sich die Wochenberichte sämtlicher dreiundvierzig Spielhöllen und Casinos vor, die er in London betrieb.

Kaum hatte er angefangen, schaute Rundle herein. »Wünschen Sie im Speisezimmer zu essen, Sir?«

Roscoe hob kurz den Blick und schüttelte den Kopf. »Nein, alles geht wieder seinen gewohnten Gang. Bringen Sie mir einfach etwas herauf.«

Obgleich er sich schon wieder dem Bericht zugewandt hatte, den er gerade durchsah, merkte er doch, wie Rundle zögerte, vielleicht gar erwog, beharrlich zu werden, ehe er sich eines Besseren besann und mit einer Verbeugung entfernte.

Roscoe dachte durchaus gern an die gemeinsamen Mittagsessen mit Miranda unten im Speisezimmer zurück, aber zuvor hatte er auch immer an seinem Schreibtisch gegessen und dabei weitergearbeitet, und so wollte er es auch jetzt wieder halten. Jetzt, da sie aus seinem Leben verschwunden war, sprach schließlich nichts dagegen, zu alten Gewohnheiten zurückzukehren.

Ihre Gegenwart hatte zwar für einigen Aufruhr in seinem Leben gesorgt, war aber nur vorübergehender Natur gewesen. Ein leichtes Kräuseln an der Wasseroberfläche sozusagen, auch wenn diese Wasser weit tiefer reichten als geahnt.

Belustigt über seine poetischen Anwandlungen, richtete er seine Aufmerksamkeit wieder auf den Bericht vor sich; solche Wochenberichte hatten sich als bewährte Methode erwiesen, über alle Vorkommnisse und Entwicklungen in seinem mittlerweile doch recht umfangreichen Imperium auf dem Laufenden zu bleiben.

Früher hatte er, flankiert von Mudd und Rawlins, jeden Club und jedes Casino einmal wöchentlich aufgesucht, um dort selbst nach dem Rechten zu schauen, aber das war noch zu einer Zeit gewesen, als es seiner persönlichen Präsenz als einer ständigen Drohung bedurfte, um die teils recht windigen Gestalten in der Spur zu halten, die damals in seinen Etablissements arbeiteten. Im Laufe der Jahre hatte er gelernt, sich Respekt zu verschaffen, und auch sich selbst strikte Regeln auferlegt, die im Grunde ganz einfach waren: Wer seine Häuser frequentierte oder für ihn arbeitete, musste sich, ganz gleich, was er tat, immer im Rahmen des Gesetzes bewegen. Bislang war er sehr gut damit gefahren.

Anwälte und Richter zeigten sich bisweilen beeindruckt, mit welchem Geschick die Halb- und Unterwelt es verstand, die Grenzen des Erlaubten auszuloten. Aber wer in den Armenvierteln der Stadt aufwuchs, musste sich zu helfen wissen; vielen war es in Fleisch und Blut übergegangen, sich mit unzähligen kleineren oder auch größeren Tricks über Wasser zu halten. Doch von den rein rechtlichen Komplikationen abgesehen, hatte es sich auch so bewährt, eine strikte Linie zu vertreten und diese konsequent einzuhalten. Es bildete rechtlich als auch moralisch die Geschäftsgrundlage, mit der er sich von seinen Konkurrenten im Glücksspielgewerbe unterschied.

Ein Unterschied, der ihm auf lange Sicht sehr zum Vorteil gereicht hatte.

Die zweite Lektion, die er im Laufe seiner Londoner Jahre, wenn nicht erlernt, so doch vertieft hatte, war Menschenkenntnis. Als erfolgreicher, unverbesserlicher Spieler hatte er schon immer ein Gespür dafür gehabt, wem zu trauen war und wem nicht, wer ehrlich war und wer log. Diese angeborene Fähigkeit hatte er sich zunutze gemacht, um seine Leute mit der Zeit gründlich auszusieben: die Vertrauenswürdigen zu fördern, sich von den zwielichtigen Gestalten zu trennen.

Bei einem Geschäftsimperium seiner Größe war es nicht leicht, doch unerlässlich, den Überblick zu behalten. Und die Mühe lohnte sich – er konnte auf seine Leute zählen. Heutzutage musste er sich nur noch selten persönlich vor Ort blicken lassen; dass er sich ins Tagesgeschäft einmischen oder gar grob durchgreifen musste, blieb die Ausnahme.

Nachdem er sich an dem von Rundle gebrachten Brot, Aufschnitt und Käse gestärkt und ein kleines Bier getrunken und den letzten Lagebericht aus den Casinos beiseitegelegt hatte, um sich die etwas exklusiveren Clubs vorzunehmen, klopfte sein Butler abermals an die Tür.

Als er Teller und Glas geleert fand, kam Rundle sofort herbei, um beides wieder mitzunehmen. »Mrs. Keller und Mr. Masters sind soeben eingetroffen, Sir. Wenn Sie einen Moment erübrigen könnten, würden die beiden gern mit Ihnen über einen Ihrer Stammgäste sprechen.«

Keller und Masters führten zusammen eines seiner ruhigeren, exklusiveren Häuser, das seit Jahren hervorragend lief und eine eher gediegene Klientel bediente, zumeist ältere Gentlemen des *ton*, konservativ bis in die Knochen. Probleme gab es dort nur selten. Roscoe nickte. »Schicken Sie die beiden hoch.«

Er warf einen kurzen Blick auf den Bericht, den er eben zur Hand genommen hatte, der jedoch nicht von besagtem Club handelte, weshalb er ihn wieder beiseitelegte und nach dem letzten Rapport von Keller und Masters suchte. Nachdem er das Geschriebene überflogen hatte, war er auch nicht schlauer, denn von sich abzeichnenden Schwierigkeiten war keine Rede. Nun gut. Er legte die Unterlagen zuoberst auf den Stapel, lehnte sich zurück und wartete.

Als Mrs. Keller, eine stattliche Blondine, und Masters, der ihr Bruder war, eintraten, bedeutete Roscoe ihnen, auf den Stühlen vor seinem Schreibtisch Platz zu nehmen. »Wo drückt denn der Schuh?«

Masters verzog kurz das Gesicht, als er sich setzte, wirkte ansonsten aber ganz entspannt und umgänglich.

Joyce Keller, die sich sehr aufrecht hielt, lächelte matt. »Lord Cathcart.«

Roscoe brauchte einen Moment, ehe er besagten Herrn einordnen konnte. Den Blick auf Keller und Masters gerichtet, nickte er bedächtig. »Verstehe. Zäher Knochen alter Schule. Meint, die Welt drehe sich einzig um ihn und alle müssten ihm zu Willen sein. Etwas aufbrausend, wenn er sich brüskiert fühlt.«

Keller und Masters waren selbst die illegitimen Sprösslinge einer solchen Spezies, in ihrem Fall ein Earl. Wie die meisten, mit denen er als Roscoe zu tun hatte, nahmen sie an, dass sein Hintergrund dem ihren ähnelte, dass er der Bastard eines Adeligen sei. Ein Irrglaube, in dem er sie gern beließ.

Roscoe schaute von Joyce zu ihrem Bruder. Die beiden arbeiteten schon seit über fünf Jahren für ihn; sie verstanden sich aufs Geschäft, und sie kannten ihn, wussten, woran sie bei ihm waren. »Was ist passiert?«

Joyce seufzte. »Lisette, die junge Flämin, die Sie uns geschickt haben – sie ist wirklich Gold wert beim Pikett, genau wie Sie gesagt haben.«

»Und wie Sie auch ganz recht vermuteten«, warf Masters ein, »sind die meisten unserer alten Herren ganz versessen darauf, mit ihr zu spielen. Selbst dann, wenn sie verlieren.« Er ließ ein kurzes, schnaubendes Lachen hören. »Ganz ehrlich, sie ist so gut, dass wirklich niemand sich daran stört, gegen sie zu verlieren. Sie kann den alten Herrn noch viel beibringen.«

»Allerdings. Sie war ein voller Erfolg und hat uns Umsätze ohne Ende beschert, bis dann Cathcart auf sie aufmerksam wurde.« Joyce lächelte gequält.

»Lassen Sie mich raten«, meinte Roscoe. »Cathcart wähnt sich einen Meister im Pikett, aber die schöne Lisette zieht ihn jedes Mal über den Tisch?«

Masters nickte. »Könnte man so sagen. Und als wäre das nicht schlimm genug, hat dieser Volltrottel – also Cathcart, entschuldigen Sie – unbedingt tausend per Punkt setzen wollen. Lisette hat natürlich erst die Erlaubnis eingeholt, ehe sie um solche Summen spielt, und ich Idiot habe sie ihr gegeben, keine Ahnung, wo ich in Gedanken war – wobei, eigentlich ganz klar, ich habe eben nur daran gedacht, wie viel sie aus Cathcart rausholen würde. Und das hat sie dann auch, sie hat den Alten nach Strich und Faden ausgenommen.«

»Und dann?«

»Cathcart hat anstandslos gezahlt, wie es sich gehört, aber er hat gebebt vor Zorn«, sagte Masters.

»Nicht nur gebebt«, meinte Joyce. »Der war völlig außer sich, weil sie ihn bloßgestellt hatte.«

»Ich sollte vielleicht hinzufügen, dass sich das ausgerechnet am Donnerstagabend zugetragen hatte, wo wir immer am besten besucht sind.« Masters straffte die Schultern. »Cathcart wollte das größtmögliche Publikum für seinen Triumph, wollte seinen Peers zeigen, dass er es spielend mit dieser dahergelaufenen Person aufnehmen kann, an der sie allesamt gescheitert waren.«

»Und stattdessen …« Joyce hob hilflos die Hände. »Da auch Cathcart den Ehrenkodex kennt, der in all Ihren Häusern gilt, kann er nun nicht mal behaupten, dass die Kleine betrogen hätte.«

»Zumal auch niemand vor ihm sich zu dieser Behauptung verstiegen hätte«, ergänzte Masters. »Alle wissen, dass bei uns ehrlich gespielt wird, alle kennen Ihre Regeln.«

Joyce seufzte. »Sie haben uns gewarnt, dass es sich in manchen Fällen durchaus auszahlen könnte, *nicht* zu gewinnen, und das scheint mir so einer gewesen zu sein. Aber was sollen wir tun? Es ist passiert, und wir können es nicht mehr ungeschehen machen. Leider gehört Cathcart zu der nachtragenden Sorte.« Sie schwieg einen Moment und sah Roscoe ernst an. »Er hat Lisette aufgelauert, als sie den Club verlassen hat, hat seinen Stock gegen sie erhoben und würde wohl zugeschlagen haben, hätten wir ihr in weiser Voraussicht nicht Hugo, einen unserer besten Männer, mit auf den Weg gegeben. Er hat Cathcarts Stock abgefangen, ehe er sie treffen konnte.«

Roscoe verzog keine Miene. »Es besteht aber kein Zweifel daran, dass Cathcart zuschlagen wollte?«

Joyce schüttelte den Kopf. »Nein, nicht der geringste. Und das ist noch nicht alles. Am nächsten Tag kam er wieder, hat Lisette mit einem kleinen Vermögen zu bestechen versucht, damit sie noch einmal gegen ihn spielt – diesmal mit dem fünffachen Einsatz – und ihn gewinnen lässt.«

Roscoe ließ seinen Blick einen Moment auf Joyce ruhen. »Bitte sagen Sie mir, dass sie sich darauf nicht eingelassen hat.«

Joyce deutete ein Lächeln an. »Hat sie nicht.«

Er entspannte sich. »Sehr gut. Wo ist dann das Problem?«

»Das Problem ist, dass Cathcart jetzt Zeter und Mordio schreit, dass er in unserem Haus verloren hat, man ihm aber die Chance verwehre, seine Verluste zurückzugewinnen.« Joyce erwiderte seinen Blick ruhig. »Wir hätten gerne Ihren Rat.«

»Und Ihre Hilfe.« Masters sah ihn ernst an. »Wenn Sie denn gewillt sind, Ihren Einfluss geltend zu machen.«

Roscoe lehnte sich zurück und bedachte seine Optionen; mit Cathcart musste man anders umgehen als mit einem Heißspund wie Lord Treloar. Schließlich richtete er den Blick wieder auf Joyce, dann auf Masters. »Also gut. Lisette hat Cathcart in seinem Stolz verletzt, ganz offensichtlich ein sehr wunder Punkt bei ihm. Jetzt kehren wir den Spieß einfach um, machen uns seinen Stolz zunutze, um ihn zum Schweigen zu bringen und seine Niederlage einstecken zu lassen, wie es sich für einen Ehrenmann gehört.«

Er richtete sich auf, griff nach einem frischen Blatt Papier und zur Feder. »Ich werde Lord Cathcarts Herausforderung annehmen und ihm die Möglichkeit geben, alles zurückzugewinnen, was er verloren hat. Vorausgesetzt, er spielt gegen mich. Immerhin stehe ich ja für das fragliche Haus, das für diese für ihn offenbar so schmerzlichen Verluste verantwortlich ist.« Während er sprach, setzte er bereits das Schreiben auf. »Ich werde ihm anbieten, zwischen fünf- und zehntausend per Punkt zu setzen, ganz wie er wünscht. Sollte er die Herausforderung annehmen, wird die Partie natürlich regulär in die Bücher eingetragen. Das Spiel wird zu den üblichen Zeiten im Club stattfinden, und es steht ihm frei, zwei Spielbeobachter seiner Wahl mitzubringen, um sicherzugehen, dass alles seine Ordnung hat. Mein Angebot bleibt für ... sagen wir ... einen Monat bestehen.« Er las sich das Geschriebene noch einmal durch, unterschrieb schwungvoll und fügte mit einem maliziösen Lächeln noch einen Nachsatz hinzu. »Für den Fall, dass dieser Brief verloren gehen sollte, werde ich eine notariell beglaubigte Abschrift für Sie im Club hinterlegen lassen und eine weitere bei meinen Unterlagen verwahren.«

Masters lachte, Joyce grinste. Beide wussten, dass Cathcart es nicht wagen würde, die Herausforderung anzunehmen. Niemand, der seine sieben Sinne noch beisammen hatte, glaubte ernsthaft, gegen Roscoe gewinnen zu können.

Roscoe löschte das Schreiben ab und reichte es Masters. »Wenn Sie nachher gehen, bringen Sie es kurz bei Jordan vorbei – er kümmert sich um die Abschriften und wird das Original an Cathcart zustellen lassen.« Dann bedeutete er seinen

Besuchern, noch einen Moment sitzen zu bleiben. »Und da Sie beide schon mal hier sind …« Er nahm sich den jüngsten Bericht vom Stapel. »… wer hat denn dieses viele Geld beim Würfelspiel verlieren müssen?«

Eine halbe Stunde später machten die Geschwister sich wieder auf den Weg, und er sah sich noch die restlichen Berichte durch, wobei er sich alles anstrich, was ihm auffiel und einer Nachfrage wert zu sein schien, wie beispielsweise die unerwartet hohen Einnahmen am Hasardtisch des Keller Club. Er hatte es sich schon vor Jahren angewöhnt, ein Auge auf die vom Pech Gebeutelten zu haben und notfalls einzugreifen, ehe sie sich zu hoch verschuldeten. Manchmal genügte schon ein ruhiges Wort zur rechten Zeit, um alles in einem verträglichen Rahmen zu halten.

Er war gerade mit den Lageberichten durch, als Jordan mit einem weiteren Stapel Dokumenten hereinkam und Roscoe daran erinnerte, dass er zur Hauptversammlung von Argyle Investments erwartet wurde, einer gemeinnützigen Stiftung, an der er nicht unbeträchtliche Anteile hielt.

Bis er zurückkehrte, war es später Nachmittag. Er reichte Rundle Hut und Mantel und ging weiter in die Bibliothek, wo er sich einen Brandy eingoss und es sich in seinem Lieblingssessel bequem machte. Er trank einen Schluck, schwenkte die bernsteinfarbene Flüssigkeit leicht im Glas und gestattete sich endlich doch, über die Frage nachzudenken, die er den ganzen Tag schon im Hinterkopf gehabt hatte. Jene Frage, die der Vorschlag seiner Mutter aufgeworfen hatte.

Er hatte ihre Idee mit der Begründung abgetan, dass es nicht machbar sei und ihn ohnehin nicht das erlangen lasse, wonach er sich am meisten sehnte, was er sich wünschte aus tiefstem Herzen, doch nachdem der Gedanke einmal geboren war, hatte er sich recht hartnäckig in seinem Kopf eingenistet und lockte mit einem ständigen *Warum eigentlich nicht?*.

Hätte er Gründe aufzählen müssen, die allesamt dagegen sprachen, genügte eigentlich schon dieser Tag. Alles, was er heute zu erledigen gehabt hatte, machte deutlich, dass er nicht einfach wieder Lord Julian Delbraith werden konnte, denn Lord Julian zu werden hieße, Neville Roscoe aufzugeben, für immer.

Aber zu viele Menschen, viel zu viele, hingen von Roscoe ab, auch wenn es ihnen selbst vielleicht nicht bewusst war. Die konnte er nicht einfach im Stich lassen.

Es waren keineswegs bloß die Leute, die für ihn arbeiteten, die sich über Jahre bewährt hatten, wenngleich sie allein schon Grund genug gewesen wären. Tatsache war, dass niemand in seine Fußstapfen treten könnte, keiner seiner einstigen Konkurrenten Clubs und Casinos nach seinen Prinzipien betreiben würde, wozu die Einhaltung von Regeln und Gesetzen zählte und der Schutz der Angestellten, insbesondere der Frauen, vor Übergriffen und Einschüchterung seitens der teils doch recht anstrengenden Klientel. Zudem zahlte er seinen Leuten faire Löhne, auch das keine Selbstverständlichkeit.

Würde Neville Roscoe verschwinden, würde wohl so manch einer erleichtert aufatmen und sofort wieder zu den Gesetzen des Dschungels zurückkehren. Bliebe er, war sichergestellt, dass seine Häuser einen Maßstab setzten, der auch anderswo eingehalten wurde, wollte man im Wettbewerb bestehen. Wenn er sich aus der Gleichung strich … nun, es bedurfte keiner großen Eitelkeit oder Selbstüberschätzung, um das Offenkundige zu erkennen.

Und auch wenn die Finanzen seiner Familie nun gesichert waren und sein eigenes Vermögen immens war, so überstiegen die Beträge, die er derzeit über die Philanthropische Gilde und andere Stiftungen wohltätigen Zwecken zukommen ließ, bei Weitem das, was er an jährlichen Einkünften aus seinem Privatvermögen aufbringen könnte.

Er hatte einst für sich entschieden, dass er den zahllosen

Mitgliedern des *ton*, die nichts Besseres mit ihrem Vermögen anzufangen wussten, als um exorbitant hohe Summen zu spielen, im Grunde einen Gefallen tat, wenn er ihr Geld jenen zukommen ließ, die es wirklich brauchten. Gut möglich, dass seine Schuldgefühle ihn etwas in diese Richtung gedrängt hatten, nachdem er sich jahrelang die Spielsucht anderer zunutze gemacht hatte, um seine Familie vor dem Ruin zu retten. Aber damit konnte er, nachdem er sich damit abgefunden hatte, gut leben; es machte seinem Gewissen nicht zu schaffen.

Er hob das Glas an die Lippen, nahm noch einen Schluck, spürte, wie der Brandy ihn wärmte, und lauschte seinem Entschluss nach, spürte ihn in sich nachklingen, fest und unwiderruflich.

Mit einem entschiedenen Zug um den Mund stellte er das Glas ab und lehnte sich zurück. »Tut mir leid, Mama, aber Lord Julian Roscoe Neville Delbraith kehrt nicht wieder zurück. Lord Julian ist vor zwölf Jahren gestorben.«

»Guten Abend, Rundle.« Miranda stand – es war schon recht spät – bei Roscoe vor der Tür. »Ist er zu Hause?«

»Das ist er, Miss.« Der Butler trat beiseite, um sie hereinzulassen.

In der Halle blieb sie stehen, zog sich die Handschuhe aus und ließ sich von Rundle den Umhang abnehmen. Darunter trug sie ein Kleid aus bernsteinfarbener Seide und einen dazu passenden Seidenschal in etwas dunklerem Ton um die Schultern drapiert. »Ist er in der Bibliothek?«

»Ja, Miss. Wenn Sie mir bitte folgen würden.«

Sie nickte höflich und folgte Rundle, als wäre gar nichts dabei, einen Gentleman um zehn Uhr abends bei ihm zu Hause aufzusuchen. Sie musste mit Roscoe sprechen, um über seine Gefühle Klarheit zu bekommen und zu wissen, wie es weitergehen sollte mit ihnen und ihrer Liaison. Sie hoffte ja sehr, *dass* es damit weiterginge, aber sie wusste es eben nicht, und diese Ungewissheit setzte ihr doch ziemlich zu.

Da er sie ja wohl kaum in der Claverton Street aufsuchen konnte, kam sie eben zu ihm.

Gestern war keine Zeit mehr dazu geblieben, der Abend ausgefüllt mit den endlosen Fragen der Tante und all der Geschäftigkeit, sich wieder daheim einzurichten. Nach zwei Tagen des Reisens war sie zudem recht müde gewesen, hatte aber dennoch nicht gut schlafen können, war ruhelos und in unguter Weise gereizt gewesen. Ein paarmal war sie mitten in der Nacht aufgewacht, hatte sich mit allen Sinnen nach seiner Wärme gesehnt, das Bett neben sich aber kalt und leer gefunden.

Obgleich sie nicht annahm, dass eine Liaison von gerade einmal zwei Wochen derartige Obsessionen zu wecken vermochte, vermisste sie ihn doch sehr. Sie vermisste ihn auf so schmerzliche Weise, dass es mit dem bloßen Verstand kaum zu begreifen war.

Am Ende des langen Korridors angelangt, öffnete Rundle die Tür zur Bibliothek und kündigte sie an: »Miss Clifford, Sir.« Mit einer leichten Verneigung hielt er ihr die Tür auf.

Kaum dass sie eintrat, kam ihr der Gedanke, dass Rundle seinen Herrn erst hätte fragen sollen, ob er sie denn zu empfangen wünsche. Derlei zu unterlassen sah ihm nicht ähnlich. Sei's drum, sie freute sie über die Gelegenheit, Roscoe unvorbereitet anzutreffen und zu sehen, wie er reagierte; mit einem Lächeln auf den Lippen ging sie weiter.

Er saß im selben Sessel wie an dem Abend, da sie gekommen war, um ihn bei der Suche nach Roderick um Hilfe zu bitten. Auch jetzt las er ein Buch, das nun jedoch aufgeschlagen und vergessen in seinen Händen lag.

Verlangen schien in seinen dunklen Augen auf, als er sie kommen sah; sie spürte seinen Blick auf sich wie eine warme Berührung, dann riss er sich zusammen, richtete den Blick aufwärts, auf ihr Gesicht, wie es sich gehörte. Er klappte das Buch zu und erhob sich. »Miss Clifford.« Seine Miene nun wieder unergründlich, sah er an ihr vorbei zu Rundle. »Das wäre dann alles, Rundle.«

»Sehr wohl. Sir.«

Sie hörte, wie der Butler sich zurückzog und die Tür leise hinter sich schloss.

Roscoe heftete den Blick wieder auf sie, schweifte suchend über ihr Gesicht, ehe ihre Blicke sich trafen. Er zögerte einen Moment, dann fragte er recht kühl: »Was gibt es?«

»Ich wollte nur wissen, ob du etwas über Kirkwell erfahren hast.« Sie trat näher, sah ihn lächelnd, fast belustigt an und blieb erst stehen, als sie einander fast berührten. »Und deswegen.« Sie legte ihm die Hände an die Brust, reckte sich und drückte ihre Lippen auf die seinen.

Einen Moment hielt er sich zurück – ein Moment nicht des Zögerns, eher des Kalküls, wie ihr es vorkam –, dann erwiderte er den Kuss, zog sie in seine Arme und schürte die vertraute Glut.

Minuten verstrichen, eine halbe Ewigkeit des leisen, innigen Glücks, in der sie Lust und Freude teilten, die Wärme, die Leidenschaft spürten, die zwischen ihnen war. Er ließ sie gewähren, ließ ihren Liebkosungen freien Lauf, ehe er sich zurücknahm, sie beide zur Vernunft zwang.

Leichter gesagt als getan. Als er den Kopf hob und sie ansah, hielt er sie noch immer in seinen Armen, und sie schmiegte sich an ihn, warm und weich, ihre Augen groß und schimmernd, alle Sinne jäh zum Leben erwacht und beide sich der Anziehungskraft zwischen ihnen bewusst, diesem unbändigen Verlangen, das sie wieder in seinen Fängen hielt, das sie miteinander verband mit einer Macht, die sich nicht so leicht brechen ließe.

Er schaute ihr in die Augen, strich ihr zärtlich eine widerspenstige Haarsträhne aus dem Gesicht. »Warum bist du gekommen?«

»Aber das sagte ich doch. Um dich nach Kirkwell zu fragen …« Mit der Fingerspitze fuhr sie ihm sacht über die Unterlippe, spürte ihren sanften Schwung nach. »Und deswegen.«

Er ging kurz darauf ein, knabberte zart an ihrer Fingerspitze und gab sie wieder frei. »Also gut«, begann er. »Was Kirkwell angeht, gibt es allerdings wenig Neues. Mudd und Rawlins haben mit Kempseys Onkel gesprochen, der sich tatsächlich wie vereinbart im Hood and Gable eingefunden hatte, um sich am Tag nach der Entführung mit Kirkwell zu treffen. Der allerdings ist nie aufgetaucht. Meine Männer haben sich noch mal umgehört, haben die ganze Gegend abgeklopft, ob jemand ihn in der Nähe der Schenke gesehen hätte oder etwas über ihn wüsste, aber nichts. Der Mann ist der große Unbekannte.«

Sie betrachtete ihn nachdenklich. »Und wie wollen wir ihn dann aufspüren?«

»Wir haben immerhin eine Beschreibung von ihm. Alle, die ihn jemals zu Gesicht bekommen haben, erinnern sich an eine Narbe auf der Wange, vermutlich von einem Säbelhieb. Es könnte eine Kriegsverletzung sein, weshalb man, so sein Name denn wirklich Kirkwell ist, über die Armee Erkundigungen nach ihm einholen könnte.«

»Und das geht einfach so?«

»Es gibt verschiedene Leute, die mir noch einen Gefallen schulden, deshalb – ja.«

»Wie lange wird das dauern?«

»Ein paar Tage auf jeden Fall. Aber solange Roderick zu Hause bleibt, sollte ihm nichts passieren. Und mit seinem verletzten Fuß …«

»Kommt er ohnehin nicht weit«, schloss sie. »Fast können wir froh sein, dass er zu Hause festsitzt, auch wenn er das natürlich ganz anders empfindet.«

Sie sah ihn an, er sah sie an – hielt ihren Blick, wartete.

Aber das konnte sie auch.

Nach einer Weile spielte ein leises Lächeln um seine Mundwinkel, und er senkte den Blick auf ihre Lippen. »Und was das angeht …« Er nahm ihre Liebkosung von eben auf, strich liebevoll mit dem Daumen über den sanften Schwung ihrer Unterlippe, so zart und verheißungsvoll, dass wonniges Erschauern ihr den Rücken hinabjagte. Ihm entging es natürlich nicht; sie spürte, wie seine Anspannung wuchs, sah sein Lächeln breiter werden, räuberisch. Sein Atem beschleunigte sich, doch er gab den Arglosen. »Was ist damit?«

Sie wartete, bis er aufschaute und ihre Blicke sich begegneten. »Ich will wissen, wie es weitergehen soll mit uns. Was du möchtest und was wir haben könnten, sollten wir beide es wünschen.« Insgeheim staunte sie über sich selbst. Nicht nur, dass sie den Mut gefunden hatte, ihn aufzusuchen, nein, sie sprach gar aus, was sie wollte, und versuchte es wahrzumachen, so weit es ihr möglich war. Denn wenn sie eines von den Frauen seiner Familie gelernt hatte, dann das: Auch sie konnte nach den Sternen greifen und ihre Träume verwirklichen. Nur weil ihre Mutter und ihre Schwester schlecht damit gefahren waren, musste es ihr nicht ähnlich tragisch ergehen.

»Ah«, meinte er, den Blick unverwandt auf sie gerichtet, doch zu deuten vermochte sie ihn nicht.

Allerdings meinte sie, eine Regung im Blau seiner Augen zu sehen, Gefühle, die ihr vertraut waren, aber sicher konnte sie nicht sein. »Ich weiß nicht, welche Möglichkeiten wir haben, aber gewiss kannst du mich diesbezüglich aufklären.«

Er zögerte und hielt sie in seinen Armen, schaute ihr in die Augen, auch wenn es ihm ebenso schwerzufallen schien, ihre Gedanken zu lesen, wie sie die seinen. »Ich nehme an, du möchtest die Liaison fortführen«, meinte er schließlich. »Hier, in der Stadt.«

»Ja.« Sie nickte. »Könnten wir das?«

Nein, können wir nicht. Roscoe wusste, dass es nur eine richtige Antwort darauf gab, aber er brachte das Wort nicht über die Lippen. Der Grund, warum er sich nie eine Geliebte genommen hatte, traf auf sie noch mehr zu als auf alle anderen, die es hätten werden können. Er holte tief Luft, merkte, wie es ihm den Hals zuschnürte. »Miranda …«

Sie legte ihm den Finger an die Lippen, damit er still war. »Wir sind hier, zur richtigen Zeit, aber …« Sie warf einen Blick auf die Bücherwände, die Sessel vor dem Kamin. »… definitiv nicht am richtigen Ort.«

Er rang sich zu einem Entschluss durch. »Miran…«

»Die Details können wir später besprechen.« Sie zog ihn an sich und hob ihm ihr Gesicht entgegen. »Für den Augenblick reicht es völlig, wenn du mich küsst.«

Und schon schmiegte ihr Mund sich wieder warm auf den seinen, er spürte, wie ihre Lippen sich öffneten, lockend, verlangend und absolut unwiderstehlich. Ehe er wusste, was er tat, ohne zu einer Entscheidung gelangt zu sein, schloss er sie in seine Arme und beugte sich über sie, um ihr ihren Wunsch zu erfüllen. Er küsste sie, als gäbe es kein Morgen.

Er verzehrte sich nach ihr, und sie würde seinen Hunger stillen. Er nahm sich, was sie ihm anbot, und das war reichlich. Sie fasste in sein Haar, umfing seinen Hinterkopf, hielt ihn an sich, in ihrem Kuss, den sie mit solcher Inbrunst erwiderte, dass ihm schier schwindelte.

Sie gab ihm alles zurück, was er ihr gab.

Zehnfach. Hundertfach.

Mit mühelos vertrauter Leichtigkeit verfielen sie in den alten Tanz, folgten dem Ruf ihres Verlangens.

Er wusste, dass jetzt der Moment gekommen war, um aufzuhören und ihr zu sagen, dass es nicht sein konnte, nicht sein durfte, niemals; dass sie ihre Liaison nicht würden fortsetzen können, nicht hier in London, undenkbar. Allerdings war er davon ausgegangen, dass sie von sich aus Abstand wahren würde, wohl wissend, dass er in London Roscoe war und somit als Mann für sie tabu, selbst für Vergnügungen dieser

Art … Aber nein, hier war sie, und von Distanz konnte keine Rede sein.

Indem sie heute Abend zu ihm gekommen war, seine Bibliothek so forsch und ihrer Sache sicher betreten und ihren Wunsch, die Beziehung zu ihm fortzusetzen, mehr als deutlich gemacht hatte, hatte sie ihn etwas aus dem Konzept gebracht. Ziemlich durcheinander sogar, wenn er ehrlich war. Sie hatte die Debatte neu eröffnet, die er längst als beendet betrachtet hatte; sie warf jene Fragen auf, die er am liebsten vergessen wollte, ließ ihn Möglichkeiten in Betracht ziehen … Doch wozu die alten Wunden wieder aufreißen? Denn jetzt, da er sich in ihrem Kuss verlor, sie warm und lebendig an sich geschmiegt spürte, ließ sich nicht leugnen, dass alles beim Alten war. In zweierlei Hinsicht – doch an ihren Lebensumständen konnten sie nichts ändern. Mit anderen Worten, nein, es konnte nicht sein, ganz gleich, was sie fühlen und füreinander empfinden mochten. Sie sah die Dinge einfach nur nicht so klar wie er, um das zu begreifen.

Er würde es ihr erklären. Doch noch während er versuchte, genügend Kraft und Selbstbeherrschung aufzubringen, sich von ihrem Kuss zu lösen und die richtigen Worte zu finden, drängte sie sich verlangend an ihn und hauchte sinnlich und leise an seinen Lippen: »Bring mich nach oben, in dein Bett.«

Worte, die seinen Entschluss flugs zunichtemachten, jeden sich sammelnden Gedanken in alle Winde verstreute und nur den einen ließ – sie, nackt auf seinen seidenen Laken, lustvoll erschauernd und in seliger Ermattung.

Er blieb ihr die Antwort schuldig, denn er traute seiner Stimme nicht. Wortlos trat er zurück, ließ stattdessen seine Augen sprechen und nahm ihre Hand. Gemeinsam traten sie zur Tür. An den Weg den dunklen Flur hinab, die Treppen hinauf konnte er sich kaum erinnern; oben auf der Galerie blieb sie stehen, nicht wissend, wohin, und so ging er voraus, hielt ihre Hand fest in der seinen und führte sie zu seinem Zimmer.

Kaum zur Tür hinein, zog er sie in seine Arme und trat die Tür hinter sich zu. Beugte sich über sie und küsste sie, steuerte geradewegs mit ihr auf sein Bett zu.

Die letzte Nacht, nur heute noch. Ein letztes Mal und dann nie wieder.

Sein Verstand war längst nicht mehr in der Lage, Worte, geschweige denn Sätze zu bilden, aber das war es wohl, was ihm durch den Kopf ging, zumindest dem Sinn nach, und vielleicht war es ja diese Einsicht, die jeder seiner Berührungen eine solche Dringlichkeit verlieh, sein Verlangen schärfte wie ein heiß geschmiedetes Schwert.

Ein Verlangen, so glühend wie das ihre. Am Fuß des Bettes angelangt, riss er sich von ihren Lippen los, hauchte ihr heiße Küsse auf den Hals und spürte sie erschauern. Zarte Haut, nirgends war sie empfindsamer. Er spürte dem anmutigen Schwung ihres Halses nach, küsste sacht die kleine Mulde am Übergang zur Schulter, und während er sie mit seinen Lippen liebkoste, schob er ihr die Hände ins Haar, ließ Haarnadeln leise zu Boden prasseln wie einen feinen Regenschauer, ehe auch ihr Haar sich in langen, seidenen Wellen löste und ihr den Rücken hinabfiel in seidener Pracht. Dann legte er die Hände an ihren Körper, spürte ihren Rundungen nach, machte sie sich einmal mehr zu eigen, um in der sinnlichen Fülle zu schwelgen, die sie für ihn darstellte.

Sie hielt mit einer Hand seinen Nacken umfangen, mit der anderen seine Schulter und klammerte sich an ihn, fest, ganz fest. Die Lider gesenkt, die Lippen leicht geöffnet, ließ sie den Kopf zurücksinken, und er beugte sich über sie, streifte mit den Lippen ihr Dekolleté, den lockenden Ansatz ihrer Brüste, die Haut so zart und weiß. Dann richtete er sich wieder auf und bedeckte ihren Mund mit seinem, während seine Finger nach den Schnüren ihres Kleides tasteten und sie ebenso geschickt wie geschwind lösten.

Sie schien keine Eile zu haben, ließ ihn ihr das Kleid langsam abstreifen, sich am festen Rund ihrer Brüste erfreuen, sie mit seinen Händen umfangen und liebkosen und ihre Lust schmecken in ihrem Kuss. Dass sie noch ihre Chemise trug, diese letzte, hauchfeine Hürde zwischen seinen Händen und ihrer Haut, machte es noch deliziöser, leises Seidenrascheln auf ihrer Haut, ein sanftes Reiben, Gleiten, kühl und heiß zugleich.

Er zog ihr das Kleid bis zur Taille hinab, schob es ihr über die Hüften, und von dort rauschte es ganz von selbst und mit einem fast erleichterten Seufzer zu Boden.

Sich von seinem Kuss lösend, trat sie aus dem weich fallenden Kleid heraus und trat es mit dem Fuß beiseite; nur noch angetan mit ihrem durchscheinenden Hemdchen, Seidenstrümpfen, die oberhalb des Knies gehalten wurden, und ihren hochhackigen Abendschuhen, stand sie vor ihm; ihre Blicke trafen sich, und sie trat vor ihn, hob lächelnd die Hände an seine Krawatte.

Nun bin ich an der Reihe. Sie brauchte es gar nicht zu sagen, er verstand auch so. Nichts sprach dagegen, jeden Moment so lange wie möglich auszudehnen, ihn in all seiner Herrlichkeit auszukosten. Nur diese eine Nacht noch, ermahnte er sich, aber die Nacht war lang. Kein Grund, sich zu eilen, das Unvermeidliche nicht so lange wie möglich hinauszuzögern, diese verzweifelte Jagd nach Erfüllung, die kommen würde, früher oder später. Kein Grund also, warum sie sich nicht alle Zeit nehmen sollten, die ihnen noch blieb zusammen.

Weshalb er versuchte, ihre Liebkosungen ganz leicht und sacht zu halten, um aus jedem Moment, jeder Berührung, alles herauszuholen. Was ihr keineswegs entging – sie warf ihm einen fragenden Blick zu, stimmte dann aber ein in seinen gemächlichen Takt, glich ihren sinnlichen Herzschlag dem seinen an, und es wunderte ihn nicht. Gemeinsam tasteten sie sich vor, in einem Tanz, der so langsam wie erregend war.

Wer hätte gedacht, dass so wenig so viel sein konnte? Er hätte nicht erwartet, wie berauschend es sein konnte, wie überwältigend.

Ihre früheren, vor allem die letzten Begegnungen hatten ihm die Augen geöffnet, sodass er das Wunder ihres Beisammenseins in all seiner Tiefe erkennen konnte und dafür empfänglich war. Alles zu erspüren, alles in sich aufzunehmen. Und sich aufs Neue in den Fängen solch einfacher, schierer Freude zu finden.

Sich dessen bewusst zu werden, was zwischen ihnen war. Ergreifend und erschütternd zugleich, so wirklich wie unmöglich.

Sie hielt nichts zurück. Knopf um Knopf, Stück für Stück fielen seine Kleider beiseite, und jede Empfindung stand ihr ins Gesicht geschrieben, drückte sich aus in jeder noch so kleinen Berührung; sie zeigte ihm ihr Innerstes, machte keinen Hehl aus ihren Gefühlen.

Er rechnete ihr diese Offenheit hoch an und konnte nicht anders, als es ihr nachzutun. War es nicht das, was er – mit ihr – zu schätzen gelernt hatte? Alle Masken fallen zu lassen und sich zu zeigen, wie man war, um in Liebe und glühender Leidenschaft zueinander zu finden.

Sämtlicher Kleider ledig, kniete er sich vor sie, zog ihr die Schuhe aus, löste den Strumpfhalter, streifte ihr erst den einen, dann den anderen Seidenstrumpf ab, richtete sich wieder auf und zog ihr langsam das Hemd über die Hüften, die Arme, den Kopf, um sie nackt und bloß zu sehen, schimmernde Kurven und lockende Schatten.

Kaum hatte er das dünne Seidenhemd zu Boden fallen lassen, tat sie auch schon den einen entscheidenden Schritt und schmiegte sich an ihn, ihr Leib an dem seinen, Haut auf Haut.

Ein Erglühen, das sie beide spürten bis ins Mark.

Vergessen waren alle Taktik und Raffinesse; er überließ sich seinen Gefühlen, ließ sich leiten von seiner Lust, seinem Verlangen. Ihre Lippen verschmolzen miteinander, Leidenschaft loderte.

Ein Feuer, das sich langsam ausbreitete, mit züngelnden Flammen an ihnen zehrte, und sie versuchten, es niederzuhalten, die Glut zu schüren in stetigem Takt, so gemach, dass sie jeden Moment innig auskosten und genießen konnten.

Hin und wieder ein leises Erschauern unter der Berührung des anderen, bei jeder Liebkosung, mit der er sie bedachte und sie ihn, in gleichem Maße. Das Spiel der Finger, das langsame Vortasten, drängende Verführen. Ihre Münder trennten sich, warmer Atem auf der Haut; ein sachtes Streifen der Lippen; Zungen, die spielten, leckten, rau und lasziv.

Er huldigte ihren Brüsten und dann weiter, immer weiter.

Sie strich flüchtig über seine harte Männlichkeit, dann breitete sie die Hände über seine Brust, seine Schultern, packte seinen Rücken, sein Gesäß, als könnte sie nicht genug bekommen von ihm und wollte ihn sich einverleiben mit allem, was er war.

Beider Anspannung wuchs, ein heißes Pulsieren in allen Gliedern, und doch hielten sie einander hin, versuchten, diese wertvollen Momente zu bewahren, silbern schimmernd und köstlich wie Balsam, den sie voneinander tranken, ein Elixier höherer Wahrheit, das sie einander offenbarten.

Bis das Verlangen übermächtig wurde und seinen Tribut forderte. Er hob sie hoch, sie schlang ihm die Beine um die Hüften und ließ sich auf ihn sinken, spürte ihn in sich eindringen. Ein wonniger Seufzer entrang sich ihr, und sie küsste ihn.

Ein Kuss, so glühend und leidenschaftlich, dass kein Warten mehr möglich war.

Sie löste sich von ihm und flüsterte rau an seinen Lippen: »Dein Bett.«

Er hielt sie fest an sich und kniete sich vor ins weiche

Plumeau, ließ sie herab, bis sie auf die nachtblaue Seide sank und er mit ihr.

Arme und Beine um ihn geschlungen, zog sie ihn an sich.

Hielt ihn in inniger Umarmung, während er alle Zurückhaltung aufgab und sich nur noch von seinen Gefühlen für sie leiten ließ, seinem brennenden Verlangen.

Um jenen letzten aller Tänze anzustimmen, der sie immer tiefer trug ins Feuer verzehrender Leidenschaft.

Und sie war bei ihm in jedem Moment, klammerte sich keuchend an ihn in diesem rasenden Ritt, diesem Taumel der Lust, der sie immer höher hinaufpeitschte.

Hinauf zum Gipfel, wo eine Ekstase auf sie wartete, die heller strahlte als alles zuvor.

Wo ihre Herzen aufeinandertrafen, zersprangen und sich neu vereinten, verwandelten und eins wurden, während sie fielen in gleißender Pracht.

Bis jene tiefe Freude sie auffing, sie hielt und trug, sie barg in einem Gefühl der Ruhe und des Friedens, das so umfassend und überwältigend war wie ein warmes Strömen, das sie in seine Fluten mit hinabzog.

Nichtsdestotrotz musste es damit ein Ende haben.

Ungezählte Minuten später vermochte er sich wieder zu regen, seinen Verstand aus der tröstlichen, schläfrigen Umarmung der Erfüllung zu lösen und der Welt gewahr zu werden. Er lag völlig ermattet auf dem Bauch, sie neben ihm, die Augen geschlossen, so hingegossen und selig erlöst wie im Bild seiner Fantasie. Ihr Haar in schimmernden Wogen über seine Kissen gebreitet, die zarte Haut gerötet vom Liebesspiel.

Er stützte sich seitlich auf den Ellbogen und sog ihren Anblick in sich auf, prägte ihn sich auf immer ein, um bis ans Ende seiner Tage davon zu zehren, wenn es sein musste. Dann drehte er sich behutsam um, um sie nicht aus ihrem Schlummer zu wecken, setzte sich auf und lehnte sich, an ein paar Kissen gestützt, ans Kopfende des Bettes. Einen Arm hinter den Kopf gelegt, begann er nach den passenden Worten zu suchen, den einzig richtigen und notwendigen Worten, die es gleich zu sagen galt.

Schließlich begann auch sie sich zu rühren. Er betrachtete ihr Gesicht und sah ihre Lider leise flattern, machte sich bereit. Denn wann, wenn nicht jetzt, sollte er dieses Gespräch führen, an dem es keinen Weg vorbei gab, auch wenn ihm so gar nicht der Sinn danach stand?

Als sie die Augen aufschlug, wartete er, bis ihr noch immer verklärter Blick den seinen fand. »Wir können uns künftig nicht mehr treffen«, kam er gleich zur Sache. »Zumindest nicht so – oder nein, eigentlich gar nicht.«

Sie blinzelte, drehte sich dann unter der Decke, die er über sie beide gezogen hatte, auf den Bauch, stützte sich auf die Ellbogen und sah ihn an. »Warum?« Ihre Stimme war noch immer sinnlich und schwer. »Ich …« Eine Haarsträhne fiel ihr ins Gesicht; sie hob die Hand, um sie zurückzustreichen, hielt dann inne. Selbst im schwachen Schein der Nacht sah er sie erröten. »Oh.« Sie senkte so jäh den Blick, dass ihr Haar sich wie ein Vorhang vor ihrem Gesicht ausbreitete.

Roscoe atmete tief durch. »Nein, das ist es nicht.« Er wartete, bis sie ihn ansah; schließlich streckte er die Hand nach ihr aus und fasste sie sanft beim Kinn, strich ihr die Haare aus dem Gesicht. Dann endlich schaute sie ihn an. »Du bist die Erste, die Einzige, die ich je hierhergebracht habe, in dieses Zimmer, in mein Bett.«

Sie neigte den Kopf zur Seite, ihr Blick fragend. »Aber … warum dann? Wenn du meiner nicht überdrüssig bist …« Sie hob etwas hilflos die Schultern. »… warum dann etwas beenden, an dem wir doch beide Freude haben?«

»Weil ich nicht die Sorte Mann bin, mit der du dich sehen lassen, geschweige denn einlassen solltest – irgendwann wird jemand etwas mitbekommen, es wird Gerede geben. Das Risiko ist zu groß.«

Miranda sah ihn schweigend an. »Meinst du nicht, dass ich das entscheiden sollte?«

Er erwiderte ihren Blick einen Moment, dann trat dieser harte Zug um seinen Mund, den sie so gut kannte, und er warf die Decke zurück, stand auf und griff nach seiner Hose, schlüpfte hinein und ging zum Ankleidetisch, auf dem eine Karaffe und Gläser standen.

Er goss sich etwas ein – Brandy, so nahm sie an – und sah sich, ehe er den Stopfen wieder auf die Karaffe setzte, fragend zu ihr um. Sie schüttelte den Kopf. Er nahm sein Glas, trank einen Schluck und kam dann zurück zum Bett.

Auf ihrer Seite blieb er stehen, nahm noch einen Schluck und sah sie mit ernstem, wenn nicht gar düsterem Blick an. Auch seine Stimme war ernster als sonst, tief und eindringlich, als er schließlich meinte: »Ich bin Neville Roscoe, Londons Glücksspielkönig. Als solcher ist es mir unmöglich, mit einer jungen Dame Umgang zu pflegen – außer heimlich, im Verborgenen. Von den Gefahren eines Skandals oder einer möglichen Erpressung einmal ganz abgesehen, würde eine solch verbotene Liaison dich auch nicht zufriedenstellen. Ich mag reich sein, sehr reich, aber kein Geld der Welt vermag mir jene Respektabilität zu verschaffen, die der Mann an deiner Seite haben sollte. Ich wünschte, es wäre anders, aber ich kann nicht ändern, wer und was ich bin. Alle guten Werke der Welt würden daran nichts ändern.« Er ließ seinen Blick auf ihr ruhen, nahm noch einen Schluck, ehe er etwas sanfter fortfuhr: »Hat meine Mutter dir gegenüber erwähnt, dass sie sich wünscht, ich würde wieder Julian werden?«

Sie wog ihre Worte sorgfältig ab. »Caroline hat mir von den Geschehnissen erzählt, die einst dazu führten, dass du Roscoe wurdest. Lucasta meinte nur, dass sie glaube, jetzt, da alle Nöte ausgestanden seien, dass du vielleicht die Möglichkeit sähest, diesen Schritt rückgängig zu machen.«

Unweigerlich verzog er die Lippen und hob erneut das

Glas, um sich dahinter zu verstecken. Ein Moment verstrich, ehe er, ohne den Blick von ihr zu nehmen, meinte: »Ich habe es erwogen, ja. Deinetwegen habe ich darüber nachgedacht.«

Als er nicht weitersprach, fuhr ein leises Frösteln über ihre Haut, drang ihr bis ins Herz. »Aber ...?«, fragte sie mit tonloser Stimme.

Er sah sie eine Weile nur an, dann wandte er sich um, holte sich einen Stuhl, der hinten an der Wand stand, stellte ihn so, dass er zum Bett zeigte, und setzte sich. Er beugte sich vor, stützte die Arme auf seine Knie, das Glas in den Händen, und suchte, das Gesicht nun auf einer Höhe fast mit dem ihren, ihren Blick. »Ich kann es nicht.«

Es fühlte sich seltsam an, ein derart mit Gefühlen befrachtetes Thema so nüchtern und sachlich anzusprechen, aber ... Sie versuchte, einen ebenso ruhigen, gefassten Ton anzuschlagen wie er, denn sie musste es wissen. »Du kannst nicht – oder du willst nicht?«

Er dachte einen Moment nach, ließ den Brandy im Glas kreisen. »Sowohl als auch«, meinte er schließlich. »Ich kann nicht, weil der halbe *ton* mich mittlerweile als Roscoe kennt und ich damit aufs Spiel setzen würde, was ich im Laufe der letzten zwölf Jahre für meine Familie erreicht habe. Und selbst wenn dem nicht so wäre, *wollte* ich nicht, weil ...« Er sammelte sich einen Moment, ehe er Miranda wieder ansah. »Als Roscoe, Londons Glücksspielkönig, beschäftige ich über tausend Menschen, gebe ihnen Lohn und Brot. Die meisten meiner Angestellten haben Familie. Zwar würden viele von ihnen, da sie fleißig und begabt und erstklassig beleumundet sind, sicher bald einen neuen Erwerb finden. Aber ...« Wieder schwieg er, blickte auf den Rest Brandy in seinem Glas. »Einst wurde ich Roscoe, um sechs Menschen zu beschützen: meine Mutter, meine Schwestern, Henry und Caroline. Sie sind meine Familie und hatten niemanden sonst. Mittlerweile bedürfen sie meines Schutzes nicht mehr, aber ...« Er hob den Blick und sah sie an. »Roscoes Familie beläuft sich auf die Tausende, und sollte *er* verschwinden, sein Unternehmen in andere Hände geben, wäre die Sicherheit dieser Menschen nicht mehr gewährleistet. Zumindest nicht auf die Art und Weise, wie sie unter meinem – unter Roscoes – Schutz gewährleistet ist.«

»Ich trage Verantwortung für diese Menschen«, fuhr er fort, »eine Verantwortung, die ich einst übernahm, weil sie mir die Mittel an die Hand gab, meine Familie zu retten. Ich kann und ich werde mich nun, da die Delbraiths ihre Krise überwunden haben, nicht einfach abwenden, nur weil es mir gelegen käme, in den Schoß des *ton* zurückzukehren.«

Weil es ihm gelegen käme. Meinte er vielleicht …

»Ich werde sie nicht im Stich lassen«, bekräftigte er, »selbst wenn es bedeuten würde, dass wir unsere Liaison fortführen könnten.« Sein Blick war unerbittlich. »Aber glaub mir, du hast Besseres verdient als eine Liebschaft mit einem nichtsnutzigen Adelsspross – und mehr würde Lord Julian Delbraith niemals sein.«

Aber was, wenn es mehr als eine Liebschaft wäre? Sie wagte es nicht zu fragen. Eine eisige Hand schloss sich um ihr Herz. Die Erkenntnis, was seine Worte bedeuteten, war niederschmetternd. Um nicht die Fassung zu verlieren, versuchte sie sich auf jenen Teil der Geschichte zu konzentrieren, der ihr nach wie vor nicht klar war. »Ich könnte deine Entscheidung wohl besser nachvollziehen, wenn ich wüsste, was es überhaupt nötig machte, *dass* du Roscoe wurdest – warum es dieses Bruchs in deinem Leben bedurfte, um deine Familie zu retten.«

Wieder verdüsterte sich sein Blick. »Ich dachte, dass müsste sich dir, die du so sehr auf Anstand und Respektabilität bedacht bist, eigentlich von selbst erschließen.«

»Nun, meine Vorstellung von Respektabilität bezieht sich auf den niederen Landadel«, erwiderte sie spitz. »Aber wie ich jüngst erfahren durfte, gelten beim Hochadel andere Regeln –

dort sind die Grenzen fließender, die Spielräume dessen viel größer, was sich noch schickt und was nicht. Du wolltest deine Familie durch Gewinne beim Glücksspiel von ihren Schulden befreien. Na und, mag man fragen – welcher Lord hat sein Glück noch nicht beim Spiel versucht? Und damit bisweilen sein ganzes Vermögen aufs Spiel gesetzt, so wie dein Bruder. Kein Mensch stört sich daran, so ist zumindest mein Eindruck. Warum hattest du es also nötig, deine wahre Identität zu verschleiern?«

»Weil es so einfach nicht ist.« Ein spöttisches Lächeln spielte um seine Lippen. »Der *ton* hat schon immer mit zweierlei Maß gemessen. Glücksspiel ist nicht gleich Glücksspiel, und der Grund, warum ich es tun musste … Es ist nicht ganz einfach zu erklären, glaub mir. Die Moral des *ton* ist sehr vielgestaltig, und fast ebenso viele Gründe gab es für meine Entscheidung. Zunächst einmal brauchte es solche Unsummen, um die Schulden zu begleichen und das Vermögen der Familie wieder aufzubauen, dass es mit ein wenig Glück am Kartentisch nicht getan war. Hätte ich zudem dauernd gespielt und solche Summen abgesahnt, wäre über kurz oder lang auch noch dem Letzten aufgegangen, dass die Delbraiths am Hungertuch nagten, und eben das galt es ja zu vermeiden. Dann wäre nämlich dem finanziellen der gesellschaftliche Ruin gefolgt, hätte man jenen sechs Menschen die kalte Schulter gezeigt, die ich beschützen wollte. Auch dürfte man im *ton* einhellig die Nase darüber gerümpft haben, wenn ich, wenn auch völlig legal, andere Familien um ihr Geld gebracht hätte, um die meine zu retten. Und letztlich wäre mir das auch gar nicht möglich gewesen, denn wenn ich ständig solche unglaublichen Gewinne eingeheimst hätte, hätte sich binnen Wochen niemand mehr gefunden, der noch gegen mich gespielt hätte. Vermutlich hätte man mir sogar den Zutritt zu den Spielhöllen und Casinos verwehrt, weil sie gefürchtet hätten, ich würde ihnen das Geschäft verderben. Zu Recht.« In seinem Blick schien ein zynisches Funkeln auf.

»Das Dilemma bestand somit darin, dass Lord Julian Delbraith zwar die Fähigkeiten hatte, die es brauchte, sie als Lord Julian Delbraith aber nicht einsetzen konnte.«

»Aber *warum* konntest du als Roscoe tun, was du als Lord Julian nicht gekonnt hättest? Warum musstest du Roscoe werden?«, beharrte sie, klammerte sich daran, alles zu erfahren, was damals geschehen war, ihre Neugier wie ein Schild, hinter dem sie ihre Gedanken, ihre Gefühl verbergen und im Zaum halten konnte.

Er sah sie nur an und schwieg, eisern.

Aber sie hielt seinem Blick stand, seinem Schweigen, sie würde sich nicht unterkriegen lassen. Nach einer Weile des stummen Zweikampfs meinte sie ruhig: »Du hast mich eben wissen lassen, dass unsere Beziehung zu Ende ist, dass wir einander nie wiedersehen werden, ich nie mehr Zeit mit dir verbringen darf. Dann tu mir zum Abschied wenigstens noch den einen Gefallen, und sag es mir.« *Vertrau mir, selbst wenn es das Einzige ist, was ich von dir noch erwarten kann.*

Er hüllte sich noch einen Moment in Schweigen und trank den Rest Brandy in einem Zug aus, ehe er sich räusperte und wieder zu sprechen begann. »Es hätte lange gedauert, um sämtliche Spieler und Casinobetreiber in London Lord Julian vergessen zu lassen, aber meine Familie brauchte Geld. Viel Geld, und zwar schnell. Ich bin auf den Kontinent gereist, habe alle Städte abgegrast, in denen vermögende junge Männer ihr Glück aufs Spiel setzten. Und ich habe gewonnen, so gut wie immer. Und weil ich so viel und so oft gewann, konnte ich nie lange an einem Ort bleiben. Es war, als wäre ich auf der Flucht, nie länger als eine Woche blieb ich irgendwo, manchmal nur zwei Nächte, wenn mir ein besonders spektakulärer Coup gelungen war.« Kurz trafen sich ihre Blicke. »Mir war praktisch von Kindesbeinen an klar, spätestens aber seit meiner Schulzeit, dass es sich für jemanden mit meiner speziellen Begabung nicht auszahlt, zu viel oder zu häufig zu gewinnen. Bis ich alt genug war, mich in der Stadt zu vergnügen, hatte ich gelernt zu verlieren, und ich tat es auch, vorsätzlich, um meine tatsächliche Ausbeute zu verschleiern. An manchen Abenden verließ ich den Club zehntausende Pfund reicher, und niemand, der zuvor gegen mich gespielt hatte, wäre auf den Gedanken gekommen, dass ich Pechvogel mehr als ein, höchstens zwei Mal gewonnen haben könnte, und wenn, dann eher bescheidene Summen.« Ein spöttischer Zug legte sich um seinen Mund. »Ich war sehr geschickt darin.« Seufzend senkte er den Blick und drehte das leere Glas in den Händen. »Aber das war nicht das, was meiner Familie geholfen hätte, weshalb ich auf dem Kontinent so viel einstrich, wie ich nur konnte. Mit einer kleinen Clique Gleichgesinnter, die sich im Laufe der Zeit gefunden hatte, lebte ich zwei Jahre so, und das sehr einträglich.«

»Dann«, fuhr er fort, »kehrten wir nach England zurück, denn auch der Kontinent ist irgendwann verbrannt. Ich hatte mich in der Zwischenzeit sehr verändert, sodass niemand in den Casinos, den Spielhöllen und Clubs mich mehr erkannte – genau das, worauf ich gehofft hatte. Trotzdem hielt ich mich zunächst von jenen Etablissements fern, in denen der *ton* verkehrte. Auf meinen Reisen hatte ich viel dazugelernt und kam bald zu dem Schluss, dass die sicherste und zugleich diskreteste Methode, um an viel Geld zu gelangen, schlichtweg darin bestand, das Casino zu besitzen. Also kaufte ich einen der Clubs. Mit dem Pall Mall fing alles an.« Seine Miene wurde hart. »Danach gab es kein Zurück mehr.«

Sie runzelte die Stirn. »Caroline meinte, dass die Spielsucht euch im Blut liege. Und doch habe ich dich nie spielen sehen.«

Da konnte er nur mit den Schultern zucken. »Was soll ich sagen? Ich besitze dreiundvierzig Häuser in der Glücksspielbranche. Da muss ich mich nicht noch selbst an den Tisch setzen und mir die Nacht um die Ohren schlagen. Ich spiele mittlerweile auf einer anderen Eben, wenn man so will.« Er hielt einen Moment inne. »Es ist auch nicht unbedingt das Spiel als solches, von dem wir Delbraiths abhängig werden, eher ist es das Gefühl des Erfolgs. Dieser Rausch des Gewinnens, ganz gleich wobei.«

Ein weiteres Teil des Puzzles fügte sich für sie zusammen. »Deshalb ermutigst du Henry, Verantwortung auf Ridgware zu übernehmen und sich in so vielem auszuprobieren«, überlegte sie laut. »Du willst ihm Erfolgserlebnisse bescheren, seine Energie in produktive Bahnen lenken, damit nicht auch er dem Spiel verfällt.«

Er sah sie an, als überraschte es ihn, dass ihr das aufgefallen war. Dann nickte er. »Das Leben ist voller Herausforderungen, denen wir uns stellen und aus denen wir unsere Erfolgserlebnisse, diesen Rausch des Gewinnens, ziehen können – auch abseits des Spieltischs. Man muss sie nur finden und die entsprechende Verantwortung übernehmen.«

Und er hatte seine Herausforderung darin gefunden, Roscoe zu werden.

Herausforderung und Verantwortung zugleich.

Nun endlich verstand sie, warum er nicht einfach wieder Lord Julian werden konnte. Zumindest verstand sie es besser als zuvor. Und mit dem Verstehen kam auch das Verständnis für seine Entscheidung. Er war Roscoe, und es gab unzählige Gründe, warum er das auch bleiben musste. Und bleiben wollte.

Wer war sie, ihm das zum Vorwurf zu machen?

Schweigen folgte seinen Worten, ihre Blicke trafen sich im Dunkel des Zimmers. »Danke, dass du es mir erzählt hast«, meinte sie schließlich.

Und damit schien alles gesagt zu sein. Jetzt galt es für sie bloß noch, mit Würde Abschied zu nehmen und zuzusehen, dass sie nach Hause und auf ihr Zimmer kam, ohne vorher in Tränen auszubrechen oder auch nur einen weiteren Gedanken daran zu verschwenden, dass sie ihn vermutlich nie wiedersehen würde. Sie setzte sich auf und schlug die Bettdecke zurück. »Dann gehe ich jetzt besser.«

Sie zogen sich schweigend an und gingen nach unten, er holte ihren Umhang, und dann verließen sie das Haus durch den Hintereingang und nahmen den Weg durch den Garten und die schmale Gasse. Die Nacht war kalt; der abnehmende Mond war hinter Wolken verborgen, sodass ihr Weg in tiefer Dunkelheit lag. Sie liefen nebeneinander her, ohne sich zu berühren, ohne ein Wort zu wechseln, was ihr reichlich Zeit ließ, über all das nachzudenken, worüber sie gar nicht mehr nachdenken wollte – zumindest nicht jetzt. Später könnte sie in aller Ruhe und Ausführlichkeit darüber grübeln, was gerade geschehen war und was es eigentlich bedeutete – für sie, für ihr Leben. Bis dahin galt es, die Fassung zu wahren.

Von dem Moment an, da er ihr gesagt hatte, dass es mit ihrer Liaison vorbei sei, hatte sie versucht, ihre Gefühle zu verbergen und sich kühl und gelassen zu geben, sich genau so zu verhalten, wie es in ihrer Vorstellung eine weltgewandte Dame des *ton* in einer solchen Situation gehalten hätte.

Aber in ihr tobte es – so sehr, dass sie kaum wagte, genauer in sich zu schauen, aus Furcht, was sie dort finden würde. Auch das würde warten müssen. Sie würde ja Zeit haben, viel Zeit, sich mit alldem auseinanderzusetzen.

Es war zum Glück nicht weit zum Garten des Hauses an der Claverton Street. Er streckte die Hand nach dem Griff aus, öffnete das Tor jedoch noch nicht. Stattdessen sah er sie an. Herrje, was wollte er denn? Sie straffte die Schultern und zwang sich, seinen Blick zu erwidern, ohne sich etwas von dem Aufruhr ihrer Gefühle anmerken zu lassen. Affären waren nun einmal kurzlebige, kurzweilige Geschichten. Und mehr war es mit ihnen wohl nicht gewesen. Irgendwann war es eben zu Ende. Damit musste sie sich abfinden.

In der Gasse war es zu dunkel, als dass sie sein Gesicht hätte sehen, seine Miene hätte erkennen können. Seine Augen schimmerten dunkel und unergründlich. »Wenn ich etwas Neues über Kirkwell erfahre, gebe ich euch Bescheid.« Er zögerte, um dann recht halbherzig hinzufügen: »Solltest du meiner Hilfe noch einmal bedürfen, kannst du dich jederzeit an mich wenden.«

Sie quittierte es mit einem höflichen Nicken.

Er zögerte noch immer, dann drückte er die Klinke herunter und ließ das Tor weit aufschwingen. »Leb wohl, Miranda.«

Nun war sie es, die zögerte, erfasst von dem überwältigenden Wunsch, alle Selbstbeherrschung fahren zu lassen und sich einfach nur in seine Arme zu werfen und von ihm zu verlangen …

Sie holte tief Luft und trat erhobenen Hauptes durch das Tor. »Gute Nacht, Roscoe.«

Kaum dass sie die schmale Tür hinter sich geschlossen hatte, lehnte sie sich daran und wartete mit angehaltenem Atem. Wartete, ohne sich auch nur einen einzigen Gedanken zu gestatten, bis sie ihn schließlich auf der anderen Seite zurücktreten und die Gasse hinuntergehen hörte.

Sowie seine Schritte verklungen waren, ließ sie den Kopf zurückfallen, schloss die Augen und atmete hörbar auf.

Auch ihre Gedanken gab sie jetzt frei und hielt ihre Gefühle nicht länger zurück, ließ sie toben und wüten und sich selbst bemitleiden. Sie hätte schreien können, was sie natürlich nicht tat; ein fester Hieb mit der Faust gegen das vermaledeite Gartentor musste genügen. Wäre sie damals Roderick nicht gefolgt … *Au.* Ein dumpfer Schlag, der schmerzte, doch sie merkte es kaum.

In ihr war so viel Schmerz, ein seltsam nebulöses Gefühl allumfassender Verletztheit, das alles andere abtötete.

Und sie konnte nicht mal ihm die Schuld geben, war ihre Liaison doch ganz allein von ihr ausgegangen. Sie hatte den ersten Schritt getan, und eigentlich hätte es bloß eine Nacht sein sollen – mehr hatte sie ja gar nicht gewollt – oder vielleicht zwei und dann noch ein paar mehr, da es sich auf Ridgware ja geradezu anbot und sie doch beide ihre Freude daran hatten, und ja, warum denn auch nicht!

Jetzt konnte sie es ja ruhig zugeben, denn ja, natürlich hatte Lucastas Vorschlag, dass er vielleicht wieder als Lord Julian leben könne, Hoffnungen in ihr geweckt, hatte sie die Möglichkeiten, die sich für sie beide ergaben, in Gedanken durchgespielt. Aber es war ein Weg, den er nicht beschreiten konnte und auch nicht beschreiten wollte, und nach allem, was sie jetzt über sein Leben als Roscoe erfahren hatte … Gut, sie verstand es, zumindest zum Teil.

Sie hatte ihn also um eine weitere Nacht gebeten, die er ihr auch gewährt hatte. Sie waren ein weiteres, ein letztes Mal beisammen gewesen, hatten sich in Lust und Leidenschaft einander hingegeben, so weit, so gut, aber vermutlich hatte er recht, einen klaren Schlussstrich zu ziehen, denn sollte es ewig so weitergehen? Er hatte so entschieden, so überzeugend gewirkt, dass sie ihm nichts hatte entgegensetzen können. Sie mochte ihn als einen Ehrenmann kennen, einen Menschen, wie er gütiger und respektabler kaum sein konnte – allein seine Weigerung, jene im Stich zu lassen, die auf ihn angewiesen waren, bestätigte das nur –, aber die Londoner Gesellschaft dürfte diese Ansicht nicht teilen und würde ihn nach anderen Maßstäben messen, und letztlich war es nun mal so, dass sie sich den gesellschaftlichen Erwartungen fügen musste, wollte sie nicht ein Dasein außerhalb ebendieser Gesellschaft fristen. Wollte sie das? Sie wusste es nicht. Sie wusste gar nichts mehr.

Die Kälte drang durch ihren Umhang und ließ sie frösteln. Sie raffte ihre Kleider enger um sich und eilte hinauf zum Haus.

Warum nahm sie das alles so sehr mit? Es stand ihr überhaupt nicht zu, solche Gefühle zu haben.

Nachdenklich stieg sie die Stufen zur Terrasse hoch und betrat das Haus durch die Fenstertür des Morgenzimmers.

Sie wusste wirklich nicht mehr, was sie denken sollte. Schlimmer noch – sie wusste nicht mal mehr, was sie fühlte, was sie empfand. Oder warum. War es möglich, dass sie ihn liebte? Tat es deshalb so weh, rührte daher dieser tiefe, vernichtende Schmerz?

Doch was half ihr die Erkenntnis – jetzt? Was immer da zwischen ihnen entstanden sein mochte, zarte Bande, die stetig gewachsen waren, diese innige Vertrautheit, die unglaubliche Leidenschaft wie eine Krönung ihrer … ihrer … Sei's drum. Es war vorbei. Es konnte nicht sein. Nie wieder. Niemals.

18. Kapitel

Zwei Tage später saß Miranda vormittags im Morgenzimmer, flickte den Saum eines ihrer Kleider und versuchte, ihre Aufmerksamkeit ganz auf diese einfache Tätigkeit zu richten, um an nichts anderes denken zu müssen.

Der Tag zuvor war in einem Nebel aus Zweifeln, Gefühlen der Ohnmacht, Selbstvorwürfen und elender Hoffnungslosigkeit verschwunden; als sie dann heute früh aufgewacht war, hatte sie den Entschluss gefasst, ihre Liaison mit Roscoe hinter sich zu lassen und nur noch nach vorn zu blicken.

Ihr Leben zu führen, wie sie es wollte – wie sie es *konnte* –, und sich zu überlegen, was genau sie mit ihrer Zukunft anfangen wollte. Alles hing davon ab, sich darüber Klarheit zu verschaffen und die richtigen Entscheidungen zu treffen. Dank ihrer Zeit auf Ridgware wusste sie nun um ihre Möglichkeiten und was sie zu tun hatte; jetzt musste sie es nur noch angehen.

Der Haushalt indes war ihr nicht abgenommen worden mit all seinen kleinen Pflichten. Auch wenn zu vermuten stand, dass Roderick in vielleicht gar nicht so ferner Zeit heiraten und seiner jungen Ehefrau dann all jene Aufgaben und Entscheidungen zufielen, die Miranda derzeit noch versah, so tat sie doch gut daran, die Zügel bis dahin nicht schleifen zu lassen, angefangen bei allem, was während ihrer gerade einmal zweiwöchigen Abwesenheit liegen geblieben war, und das war erstaunlich viel.

Dazu kam noch die Sorge um Roderick, der seine lang während Rekonvaleszenz genauso schwer zu erdulden fand, wie sie es vorhergesehen hatte. Nein, ihr Bruder war kein guter Patient, das musste man wirklich sagen. Sie hatte ihn verdrießlicher Stimmung in einem Sessel im Salon zurückgelassen, hatte ihn reichlich mit Lektüre und den neuesten Gazetten versorgt und Gladys aufgetragen, ihm Gesellschaft zu leisten und ein Auge auf ihn zu haben. Wenngleich er sich nicht beschwerte und nur selten klagte, sprachen der mürrische Zug um seinen Mund und der düstere, trostlose Blick Bände. Sie hoffte wirklich, dass ihre Bitte, die sie Sarahs Familie hatte zukommen lassen, eine positive Antwort zeitigte, und das möglichst bald. Sie wusste nicht, was sie gegen die trübe Gemütslage ihres Bruders sonst unternehmen sollte.

Gerade hatte sie den Faden verknotet und wollte nach der Schere greifen, als der Türklopfer in so rigide getakteter Weise angeschlagen wurde, dass eigentlich kein Zweifel daran sein konnte, wer seinen Besuch ankündigte. Sie hörte Hughes gemessenen Schrittes die Halle durchqueren, faltete rasch das ausgebesserte Kleid zusammen, stellte den Nähkorb beiseite und stand auf.

Sich den Rock glatt streichend, warf sie einen Blick in den Spiegel neben der Tür und steckte ein paar lose Haarsträhnen fest, dann atmete sie tief durch, setzte ein angemessen freudiges Lächeln auf und machte sich bereit, sämtliche Möglichkeiten und Aussichten zu ergründen, die ihr Mr. Wraxby für ihr zukünftiges Leben bieten mochte.

Als sie den Salon betrat, beugte er sich gerade über die Hand der Tante; ihr Kommen quittierte er mit einem vergleichsweise kühlen Lächeln.

Miranda beschloss, sich nicht gleich entmutigen zu lassen. »Sir, welch eine Freude, Sie wiederzusehen.« Sie reichte ihm die Hand und beobachtete ganz genau, wie er sich darüberbeugte. Herrje, er war wirklich ein ziemlicher Stoffel! So steif und … freudlos. Sie zog ihre Hand zurück und deutete zum Sofa. Wenn sie sich recht entsann, war er die letzten Wochen auf dem Land gewesen. »Sind Sie gerade erst nach London zurückgekehrt?«

»Nein, schon vor zwei Tagen.« Wraxby wartete, bis sie sich gesetzt hatte, dann warf er seine Rockschöße zurück und setzte sich in seiner pedantischen Art ans andere Ende des Sofas. »Meine Geschäfte beanspruchen mich die meiste Zeit, aber da ich gerade ein paar Stunden entbehren konnte, dachte ich, ich schaue rasch bei Ihnen vorbei und erkundige mich nach Ihrem werten Befinden.« Sein Blick fiel auf Rodericks Fuß. »Du liebe Güte, wie ist das denn passiert, Mr. Clifford?«

Roderick lächelte schmal. »Dumme Sache. Ich bin die Treppe runtergefallen.«

Haben wir etwa einen über den Durst getrunken, junger Mann? Miranda hörte förmlich, was Wraxby dachte.

Ein kurzer Blick zu Gladys bestätigte ihr, dass auch ihre Tante Wraxbys verhaltene Reaktion bemerkt hatte und sich nun beeilte, diese haltlose Vermutung zu entkräften: »Wie oft habe ich ihm schon gesagt, dass es sich nicht ziemt, wenn ein Gentleman die Treppen so hoppladihopp hinauf- und hinunterrennt, immer drei Stufen auf einmal, als wäre er noch ein kleiner Bengel. Aber was will man machen, nicht wahr?« Gladys hob in hilfloser Geste die Hände.

Wraxby nickte bedächtig. »Ein Übermaß an Temperament und Energie. Mit meinen Söhnen habe ich dasselbe Problem.«

Miranda warf Roderick einen warnenden Blick zu. Wraxbys Söhne waren noch Kinder, allein der Vergleich war ein Affront, setzte er Roderick doch auf die Stufe eines Halbstarken zurück. Sich wieder an Wraxby wendend, meinte sie: »Wie war das Wetter in Suffolk, Sir?«

Die nachfolgenden Minuten ergingen sie, Wraxby und Gladys sich in einer bemühten Konversation über die für die Jahreszeit doch noch erstaunlich milden Temperaturen. Roderick trug außer ein, zwei spitzen, mit etwas Wohlwollen noch trefflich zu nennenden Bemerkungen wenig bei, doch entging Miranda nicht, wie sich als Zeichen seiner Missstimmung die Falten um seinen Mund immer mehr vertieften.

Weshalb sie auch, als Wraxby fragte, ob sie ihn auf einen kleinen Gang ums Karree begleiten wolle, sofort mit einem Lächeln zustimmte, um ihn schnellstmöglich aus dem Haus und dem Dunstkreis ihres verdrießlichen Bruders zu bekommen.

Während sie sich von ihm in den Mantel helfen ließ, fiel ihr sein vor Wochen gemachtes Angebot wieder ein. Vermutlich würde er genau darüber mit ihr sprechen wollen. Weder war sie diesbezüglich zu einer Entscheidung gelangt, noch hatte sie sich in den letzten Wochen darüber Gedanken gemacht, ob es sich mit ihren Wünschen und Bedürfnissen vereinbaren ließe, seine Ehefrau zu werden.

Jetzt, da die Ungewissheit wegen Roscoe ebenso hinter ihr lag wie alle damit einhergehende Zerstreuung, würde sie wieder nüchternen, klaren Blickes nach vorn schauen und sämtliche Möglichkeiten abwägen, die das Leben ihr bot – und wenn es Wraxby war.

Der Weg zum Park führte an der weißen Villa an der Chichester Street vorbei, doch Miranda würdigte sie keines Blickes und versuchte auch keinen Gedanken an ihre Bewohner, insbesondere den einen, zu verschwenden.

»Miss Clifford, ich wüsste gern, ob Sie über jenes Anliegen nachgedacht haben, welches ich bei unserer letzten Begegnung zur Sprache brachte«, kam Wraxby denn auch gleich zur Sache.

Womit er selbstredend seinen im Grunde noch immer ausstehenden Antrag meinte, dem sie allem Anschein nach zustimmen sollte, ehe er ihn ihr überhaupt gemacht hatte. Neben ihm einherschlendernd, die Hand artig in seine Armbeuge gelegt, neigte sie den Kopf, als gälte es noch vieles zu bedenken. »Allerdings, Sir, das habe ich. Nur fand ich mich, wie Sie sich gewiss denken können, nach Rodericks Unfall mit anderem befasst.«

»Gewiss.«

»Umso mehr freut es mich, dass wir noch einmal Gelegenheit finden, das ein oder andere zu klären. Wenn ich Sie recht verstanden habe …« Sie ging noch einmal ausführlich auf die von Wraxby genannten Gründe seines Antrags ein und versuchte ihm weitere Informationen über sich und sein Leben zu entlocken. Er bestätigte ihr, dass die Notwendigkeit, sich neuerlich zu verheiraten, rein praktischen Erwägungen folge und weniger von dem Wunsch getragen sei, in seiner Gemahlin eine ebenbürtige Partnerin zu finden – geschweige denn eine Geliebte.

Schon recht ernüchtert meinte sie zum Schluss: »Sir, gestatten Sie mir die Frage – was lässt Sie glauben, dass wir zueinander passen könnten?«

Mittlerweile waren sie am Fluss angelangt und spazierten den baumbestandenen Uferweg entlang. Wraxby indes schien blind für seine Umgebung zu sein; er runzelte die Stirn, als verstünde er die Frage nicht. Dann begann er, den Blick stur geradeaus und bar allen Gefühls, noch einmal jene prosaische Einschätzung ihres Charakters herunterzubeten, die er schon bei ihrer letzten Begegnung vorgebracht hatte. Dass sie ihm eine letzte Chance hatte geben wollen, von den etwas gefühlvolleren Aspekten ihrer möglichen Verbindung zu sprechen, schien er nicht zu begreifen.

Überhaupt schien Wraxbys Repertoire Gefühle nicht zu beinhalten – zumindest keine der zärtlichen und empfindsamen Art. Oder wenn, dann nicht für sie. Niederschmetternder hätte ein Antrag wohl kaum sein können. Aber immerhin war er ehrlich, das musste sie ihm zugutehalten.

Sie quittierte seine Antwort mit einem unverbindlichen Nicken. »Eine allerletzte Frage hätte ich dann doch noch: Wie halten Sie es mit der Philanthropie, Sir? Unterstützen Sie irgendwelche gemeinnützigen Projekte, seien es Schulen oder Waisenhäuser – oder könnten Sie sich vorstellen, sich in diesem Bereich zu engagieren?«

Wraxby antwortete nicht sogleich. Sie waren längst auf dem Rückweg und fast wieder beim Haus in der Claverton Street angelangt, als er entgegnete: »Nun, ich habe von solchen Initiativen gehört. Allerdings sehe ich persönlich keinen Grund, viel Geld und Mühe auf etwas zu verwenden, das meiner Ansicht nach Aufgabe der zuständigen Behörden sein sollte. Sollten diese Einrichtungen tatsächlich der Förderung und zusätzlicher Mittel bedürfen, werden sie schon zur Verfügung gestellt. Ich spreche mich eher dafür aus, dass jeder vor seiner eigenen Türe kehren und im Kleinen Gutes tun sollte, sprich in der Familie.« Er warf ihr einen argwöhnenden Blick zu. »Ich will nicht hoffen, Miss Clifford, dass Sie sich von dieser neumodischen Unsitte haben anstecken lassen. Gewiss würde Ihre Tante Ihnen solche Flausen schnell ausgetrieben haben.«

Miranda lächelte schmal. »Gewiss. Mich interessierte nur, wie Sie dazu stehen, und ich danke Ihnen für Ihre Offenheit.«

Vor dem Haus blieb Wraxby stehen, als hätte er nicht vor, noch einmal mit hineinzukommen. Sie nahm die Hand von seinem Arm und wandte sich ihm zu.

Wraxby sah sie unverwandt an. »Wenn Sie mir gestatten, Miss Clifford, so wüsste ich nun doch gern, ob Sie zu einer Entscheidung gefunden haben und einem Antrag von mir mit Wohlwollen begegnen würden.«

»Ich weiß Ihre Geduld zu schätzen, Sir.« Sie hielt einen Moment inne, dann straffte sie die Schultern und tat, was getan werden musste. »Wenngleich ich mir meiner Entscheidung so gut wie sicher bin, möchte ich Sie doch noch um einige Tage Aufschub bitten, während derer ich meinen Entschluss in Ruhe bedenken kann.«

Wraxby neigte artig den Kopf, doch aus seiner selbstgefälligen Miene schloss sie, dass er davon ausging, sie würde sich zu seinen Gunsten entscheiden. »In dem Fall, liebe Miss Clifford, würde ich, wenn es Ihnen recht ist, erneut in zwei Tagen vorsprechen. Bis dahin bin ich ohnehin in meine Geschäfte eingebunden, aber am Nachmittag fände sich Zeit für einen Besuch. Dann verbleiben wir so.«

Mit einem höflichen Lächeln reichte sie ihm die Hand und sah ihm nach, wie er zu seinem Reitpferd ging. Er gab dem Jungen, der solange auf das Tier aufgepasst hatte, eine Münze, dann schwang er sich in den Sattel, hob zum Abschied noch einmal kurz die Hand und ritt die Straße hinunter.

Während sie ihm so hinterherschaute, den Blick auf seinen steifen, unbeugsamen Rücken gerichtet, versuchte sie ihn sich als ihren Ehemann vorzustellen – und scheiterte kläglich. Dennoch, ermahnte sie sich, galt es alle Optionen zu bedenken.

Schließlich wandte sie sich um und ging langsam zum Haus hinauf. Würde ein Leben als besseres Kindermädchen – ohne jede Aussicht, ihr Leben mit wohltätiger Arbeit zu bereichern – ihren Ansprüchen genügen? Würde es sie glücklich machen?

Die Antwort war offensichtlich, aber in Anbetracht dessen, dass sie einen neuen Weg für sich finden musste, wollte sie nichts vorschnell verwerfen. Es wäre nur vernünftig, noch einmal eine Nacht darüber zu schlafen, ehe sie Wraxby einen Korb gab.

»Fleet Street und Strand melden keine Probleme. In Covent Garden die üblichen Verdächtigen, aber nichts, was Kane oder Higgens nicht im Griff hätten.«

Roscoe, der in seinem Arbeitszimmer am Schreibtisch saß, bedeutete Rawlins fortzufahren. Seine beiden Leibwächter hatten Jordan auf dessen wöchentliche Runde durch einige der Clubs begleitet. Während Jordan die Einnahmen zählte und sich den sonstigen Finanzen widmete, hörten Mudd und Rawlins sich ein bisschen beim Personal um. Wenngleich diese Gespräche eher beiläufig geführt wurden, gaben sie doch einen guten Eindruck von der vorherrschenden Stimmung, sodass Ärgernisse oft schon im Vorfeld ausgeräumt werden konnten.

»Holborn haben wir uns auch vorgenommen. Mein Gefühl sagt mir, dass da irgendwas nicht stimmt, aber Genaueres habe ich nicht erfahren.« Rawlins warf einen Blick zur Tür. »Vielleicht sollten Sie noch mal Mudd fragen, wenn er wieder zurück ist.«

Mudd war von Rundle hinausgerufen worden, da einer der aufgestellten Wachposten etwas zu melden hatte. Da seit Rodericks Entführung etliche solcher Posten Dienst taten, wusste Roscoe nicht, um wen genau es ging. Er versuchte, seine Ungeduld zu zügeln, und widmete sich wieder dem Tagesgeschäft: »Habt ihr auch in Bermondsey vorbeigeschaut?«

»Diesmal nicht, nein. Jordan meinte, die sind erst nächste Woche an der Reihe. Ist das der Laden mit dem neuen Betreiber?«

»Ja, genau – Titchester.« Roscoe überlegte kurz. »Ich würde vorschlagen, wir schicken jemanden vorbei, den Titchester nicht kennt. Nur um sicherzugehen, dass dort alles weiter seinen geregelten Gang geht.«

»Dann schicke ich Stackpole los. Er hat die Runde schon eine ganze Weile nicht mehr gemacht.«

Roscoe nickte und schrieb sich einen kurzen Vermerk.

Die Tür ging auf, und Mudd kam herein. Obwohl ein Schrank von einem Mann, bewegte er sich nahezu lautlos.

Roscoe lehnte sich zurück und sah ihn fragend an.

Mudd blieb hinter dem Stuhl stehen, auf dem er vorhin gesessen hatte, und erstattete Bericht. »Das war Coogan, der auf Cliffords Haus angesetzt ist. Er lässt melden, dass vor einer guten Stunde ein Gentleman – hochgewachsen, gut gekleidet, mittleres Alter, das Haar leicht ergraut – auf einem Braunen vorgeritten sei, das Haus betrat und ungefähr zehn Minuten später in Begleitung von Miss Clifford wieder herauskam. Sie sind Richtung Park gegangen, wo Coogan an Wilkins übergeben hat. Wilkins ist den beiden zum Fluss gefolgt und wieder zurück in die Claverton Street. Nach seinen Angaben sollen

Miss Clifford und der Gentleman sich die ganze Zeit unterhalten haben, aber es schien kein sehr erfreuliches Gespräch gewesen zu sein, eher so, als hätten sie etwas Ernstes zu klären. Gelächelt habe Miss Clifford nur ein einziges Mal, und zwar, als sie den Herrn vor ihrem Haus verabschiedete. Danach wirkte sie sehr in Gedanken versunken und ist wieder im Haus verschwunden.«

Roscoe nickte und bedeutete Mudd, dass er sich setzen solle. »Gut, danke. Jetzt noch mal wegen Holborn«, meinte er und sah Mudd an, »Rawlins meinte, irgendetwas sei da faul, er konnte aber nichts in Erfahrung bringen. Ist Ihnen vielleicht etwas aufgefallen?«

Mudd stutzte und wechselte einen kurzen Blick mit Rawlins.

Rawlins räusperte sich. »Sie wollen nicht, dass wir herausfinden, wer dieser Besucher in der Claverton Street war?«

Roscoe sah seine beiden besten Männer an, als hätte er mehr von ihnen erwartet. »Haben Coogan oder Wilkins durchblicken lassen, ob Miss Clifford von diesem Herrn Gefahr drohte oder dass sie Angst vor ihm hatte?«

Mudd zögerte, dann schüttelte er den Kopf. »Nein. Wilkins meinte, die beiden sind einfach nur spazieren gegangen und haben geredet.«

»Na also. Dann müssen wir auch nicht eingreifen, oder?«

Das nachfolgende Schweigen machte deutlich, dass seine Leibwächter nicht seiner Meinung waren, sich aber niemals anmaßen würden, das auch zu sagen.

Roscoe nahm Mudd ins Visier. »Holborn?«

Mudd gab sich geschlagen. »Direkt erfahren habe ich auch nichts, aber …«

Nachdem Mudd und Rawlins gegangen waren, rang Roscoe einen Moment mit sich, dann griff er seufzend zu Feder und Papier.

Fünf Minuten später läutete er nach Rundle. Als sein Butler erschien, reichte er ihm das zusammengefaltete Schreiben. »Lassen Sie das bitte umgehend Mr. Clifford zustellen. Und sagen Sie dem Diener, er soll auf Antwort warten.«

Rundle verbeugte sich. »Jawohl, Sir.«

Eine Stunde später schaute Roscoe in Jordans Büro vorbei; die Tür stand wie üblich offen. Er lehnte sich an den Türrahmen und betrachtete den jungen Mann, den Lord Julian Delbraith vor über dreizehn Jahren gebeten hatte, sich um seine Geschäfte zu kümmern. Das Jungenhafte hatte Jordan sich bis heute bewahrt: drei Bleistifte hinters Ohr geklemmt, saß er da, hatte seinen Rock abgelegt und arbeitete in Hemdsärmeln, die Finger fleckig von Tinte und vom ständigen Geldzählen.

Beides, das flinke Kratzen der Schreibfeder auf Papier und das Klimpern der Münzen, waren vertraute Geräusche im Büro seines besten Freundes und Finanzverwalters. Durch seine Tätigkeit für ihn war Jordan selbst zu einem vermögenden Mann geworden, aber er drehte noch immer jeden Penny dreimal um, der alte Pfennigfuchser.

Roscoe musste sich ein Lächeln verkneifen, stieß sich von der Tür ab und trat ein. Außer seinem Händchen für Geld hatte Jordan noch ein weiteres, sehr nützliches Talent.

Als er schließlich merkte, dass er nicht mehr allein war, schaute er auf und grinste. »Bedank dich bei dem guten Wetter – die Leute sind länger in der Stadt geblieben als sonst, und glaub mir, zu unserem Nachteil war das nicht.«

»Hervorragend.« Roscoe klopfte mit den Fingern auf den Schreibtisch. »Ich hätte einen Auftrag für dich. So wie ich dich kenne, wird es nicht lange dauern.«

Jordan ließ fragend die Brauen in die Höhe schnellen.

»Ein gewisser Wraxby aus Hill's End in Suffolk – ich will alles über diesen Herrn wissen.«

Jordan zog einen der Bleistifte hinter seinem Ohr hervor und notierte es sich. »Bis wann?«

»So schnell es geht.«

Jordan nickte und stand sofort auf, nahm sich seine Jacke vom Stuhl und warf sie sich über, den Blick auf der Uhr, die über seinem Schreibtisch hing. »Mal sehen, was ich bis heute Abend herausgefunden habe.«

Roscoe wartete auf dem Flur, während Jordan das Büro abschloss, eine gepanzerte Tresortür, die jedoch auf den ersten Blick nicht als solche zu erkennen war. Die beiden nickten einander kurz zu, dann eilte Jordan auch schon los.

Roscoe folgte etwas gemächlicheren Schrittes und wagte kaum, darüber nachzudenken, warum er das gerade getan hatte.

Er konnte seinen Männern schlecht vorwerfen, dass sie ihre Arbeit machten; er hatte sie zur Observation abgestellt, und genau das taten sie.

Am folgenden Nachmittag, nachdem Mudd ihn mit ausdruckloser Miene davon in Kenntnis gesetzt hatte, dass derselbe Herr wie tags zuvor sich in der Claverton Street eingefunden und Miss Clifford zu einer Kutschfahrt abgeholt habe, sowie dem Wissen, das sich aus dem Bericht speiste, den Jordan ihm bereits am Morgen geliefert hatte, war es nun Roscoe persönlich, der sich in der Gasse hinter dem Cliffordschen Garten herumtrieb, um die Lage zu sondieren.

Seine Männer hatte er solange von ihrem Posten abgezogen und in die Chichester Street geschickt, wo sie eine Pause machen sollten. Es hatte ja keinen Sinn, hier doppelt und dreifach die Stellung zu halten, und vermutlich war es auch besser, wenn sie nicht mitbekamen, wie Miranda Clifford reagierte. Er wusste nämlich nicht, wie sie die Neuigkeiten aufnehmen würde, die er über ihren feinen Herrn in Erfahrung gebracht hatte.

An die Gassenmauer gelehnt, schaute er vor zur Straße, wo ein schlichter Einspänner stand; das Pferd stand schläfrig dösend da und wurde von einem rotznäsigen Bengel gehalten, der sich wohl etwas dazuverdienen wollte. Wraxby und Miranda waren vor einer knappen halben Stunde zurückgekommen; wenn Wraxby und Mirandas Tante sich an die gesellschaftlichen Gepflogenheiten hielten, müsste er eigentlich jeden Moment wieder aufbrechen.

Alles in allem war er nicht sonderlich erfreut, sich in dieser Lage zu befinden, aber die Vorstellung, *nicht* hier zu sein – nicht sicherzustellen, dass Miranda die Wahrheit erfuhr, ehe sie eine unwiderrufliche Entscheidung traf –, war schlichtweg noch unerfreulicher, um nicht zu sagen undenkbar. Von Wraxby mochte keine direkte Bedrohung ausgehen, aber für eine nicht mehr gar so junge Dame in vermeintlich prekärer Lage war das längst nicht die einzige Gefahr.

Die Sonne stand schon tief am Himmel, als er endlich Stimmen vor dem Haus vernahm. Er richtete sich auf und zog sich so weit wie möglich in den Schatten der Cliffordschen Gartenmauer zurück.

Die kühle Luft trug ihre Stimmen zu ihm herüber, als sie unten auf dem Trottoir stehen blieben – Miranda und ihr Verehrer. Roscoe lauschte und musste sich eingestehen, dass er ehrlich erleichtert war, als er in dem höflichen Wortwechsel der beiden nicht auch nur den Hauch zarterer Gefühle entdeckte. Falls Wraxby ihr einen Antrag gemacht hatte, dürfte sie ihn zumindest noch nicht angenommen haben.

Roscoe wartete, bis der Wagen sich in Bewegung setzte, dann ging er vor zur Straße und spähte um die Ecke.

Miranda hatte sich gerade umgewandt, um wieder hineinzugehen, und bemerkte ihn sofort. Hinter ihr fuhr Wraxby die Claverton Street hinauf. Sie blieb kurz stehen, schüttelte kaum merklich den Kopf und stieg forsch die Treppe hinauf zum Haus. Im nächsten Moment hörte er die Tür ins Schloss fallen.

Und nun?

Er wich wieder in die Gasse zurück und erwog, abzuwarten, bis Wraxby außer Sichtweite war, und dann wie ein ganz normaler Besucher vorstellig zu werden …

Doch da ging schon, ein Stück die Gasse hinab, das Tor zum Garten auf. Miranda trat hinaus, sah ihn an und wartete.

Er stieß sich von der Mauer ab und eilte zur ihr.

»Hast du etwas über Kirkwell erfahren?«

Einen knappen Schritt vor ihr blieb er stehen. »Nein.«

Sie runzelte die Stirn. »Was willst du dann hier?«

»Auf dich aufpassen.« Vielleicht hätte er es nicht sagen sollen, denn die Falten auf ihrer Stirn wurden nur tiefer. Er schaute sich um, bedeutete ihr dann, wieder in den Garten zu gehen. »Nicht hier – wir sollten keine unnötigen Risiken eingehen.«

Nun schaute auch sie sich um, zuckte mit den Schultern und hielt auf eine Baumgruppe zu, in deren Schutz sie stehen blieb. Er folgte ihr.

Sie betrachtete ihn nachdenklich. »Deine Männer halten doch Ausschau nach Kirkwell und seinen Handlangern. Du brauchst nicht auf mich *aufzupassen*, wie du es nennst.«

»Doch«, beschied er ihr, »wenn auch in anderer Hinsicht. Es hat nämlich den Anschein, als könntest du einen kalten Fisch, der einzig auf seinen Vorteil bedacht ist, nicht von einer guten Partie unterscheiden.«

Im ersten Moment fühlte sie sich wie ertappt, dann sah sie ihn herausfordernd an. »Du wirst dich vielleicht entsinnen, dass unsere Liaison vorbei ist – es gibt keinen Grund, keinerlei Rechtfertigung, warum du dich als mein Beschützer aufspielen solltest.«

»Und du entsinnst dich vielleicht, dass dein Bruder mir ein geschätzter Freund und Mitstreiter ist und das auch künftig bleiben wird, weshalb mir durchaus am Wohl seiner Familie gelegen sein darf. Wenn ich merke, dass einem Mitglied seiner Familie Gefahr droht, werde ich ihn selbstverständlich warnen, dazu sind Freunde schließlich da. Bitte bedenke, dass wer immer ihm nach dem Leben und nach seinem Vermögen trachtet, dieses Ziel am einfachsten über dich erreichen könnte. Weshalb ich mir dachte, spreche ich doch gleich mit dir.«

Eine ganze Weile sah sie ihn einfach nur an, die Augen schmal, ihre Lippen eine grimmige Linie, ehe sie seltsam ruhig erwiderte: »Ich nehme an, du sprichst von Wraxby.«

Er nickte.

Ohne den Blick von ihm zu wenden, atmete sie tief durch und fragte das Unvermeidliche: »Was hast du herausgefunden?«

»Wraxbys Verfehlungen sind keine des Vorsatzes, sondern der Unterlassung. Seine drei Söhne liebt er so abgöttisch wie blind – in seinen Augen sind sie ohne Fehl und Tadel. Die Nachbarn sind sich hingegen einig, dass die Rangen seine Frau in ihr frühes Grab gebracht haben. Eine zweite Ehe will er vor allem deshalb eingehen, um seinen kleinen Augensternen eine neue Mutter zu geben. Satansbraten nennen wiederum die Nachbarn sie, und das war nur eine der netteren Bezeichnungen. Niemand, der mit den Jungs zu tun hatte, findet ein gutes Wort für sie – außer Wraxby. Der sehr ehrgeizig ist, sowohl was den finanziellen als auch den gesellschaftlichen Aufstieg angeht, dabei aber bis auf die Knochen konservativ. Er vertritt die Ansicht, dass seine Ehefrau ihm in allem den Rücken freihalten und ihre eigenen Interessen seinen Ambitionen unterordnen sollte. Dazu gehören auch das tadellose Führen des Haushalts und die Ausrichtung von Empfängen, die seinen Stern nur heller strahlen lassen sollen. Ihre eigenen Wünsche und Bedürfnisse zählen nicht, die seiner Söhne dafür umso mehr. Da er den Bengeln nichts abschlagen kann und auch niemandem gestattet, sie in die Schranken zu weisen, hat sich noch kein Hauslehrer länger als einen Monat bei ihnen gehalten. Auch die restlichen Bediensteten wechseln häufig und müssen mittlerweile in London angeworben werden, weil niemand aus der Gegend mehr in diesem Haushalt arbeiten will.« Er hielt inne und sah sie an; ihre Augen waren mit jedem seiner Sätze größer geworden. »Für jede Frau dürfte eine solche Konstellation zum Verhängnis werden, aber für dich … Kurzum, du müsstest schon von Sinnen sein, solltest du Wraxbys Antrag annehmen.«

Miranda lag es auf der Zunge, ihm sehr gehörig zu erwidern, dass sie seiner Hilfe nicht bedürfe, besten Dank, sie wisse auch so, was sie zu tun oder zu lassen habe. Sie hatte keine Ahnung, wie lange sie so stand, die Lippen fest zusammengepresst, und gegen ihre ungehaltenen Worte, gegen ihre Wut ankämpfte. Schließlich nickte sie und gab sich abgeklärt. »Das deckt sich mit meinen eigenen Beobachtungen.«

Zudem fügten diese Beobachtungen sich nun in einen Zusammenhang, einen familiären Hintergrund, der sie den Mann besser verstehen ließ. Wraxby war kein schlechter Mensch, er passte bloß nicht zu ihr. Was er ihr anbot, diese Vernunftehe ohne den Hauch von Zuneigung, mochte mancher Dame ihres Alters wenn schon kein Geschenk des Himmels, so doch ein respektabler Ausweg sein; für sie war es schlichtweg nicht das Richtige.

Wäre sie nicht so ärgerlich und gereizt gewesen, hätte sie vermutlich Dankbarkeit und Genugtuung empfunden, Wraxby so kurz und treffend auf den Punkt gebracht zu finden. So jedoch … Ihre Gereiztheit richtete sich durchaus auch gegen sich selbst, denn es war einfach zum Verrücktwerden – anscheinend reichte es schon, zwei Schritte von ihm entfernt zu stehen, um sich mit allen Sinnen daran zu erinnern, wie es sich anfühlte, in seinen Armen zu sein, sich an ihn zu schmiegen, seine Nähe zu spüren. Und sich danach zu sehnen, das alles noch einmal zu spüren, immer wieder, bis ihr dann einfiel, dass es dank seiner Entscheidung, die Liaison zu beenden, dazu nicht mehr kommen würde. Nie wieder.

Sie reckte das Kinn und tat betont herablassend: »Ich brauche dich nicht, um auf Wraxbys Mängel aufmerksam zu werden – ich hatte sie längst erkannt. Für wie dumm hältst du mich?« Nicht, dass sie darauf eine Antwort erwartete. Dumm war hingegen, dass sie sich, wenn sie Wraxby einen Korb gab, endlos das Gejammer ihrer Tante würde anhören müssen über die entgangene, ach so gute Partie, während sie ganz anderem hinterhertrauerte und noch immer mit ihrer Enttäuschung rang, ihren zwiespältigen Gefühlen, die von dem Ende ihrer Liaison rührten – ihrer unlauteren Liaison mit eben jenem Mann, der jetzt glaubte, sie über Wraxby belehren zu müssen! Diese Impertinenz, diese Anmaßung! Sie hob das Kinn noch ein wenig höher und erklärte ihm kühl: »In Zukunft wäre es mir lieber, du würdest dich nicht in mein Leben einmischen. Ich bin bestens in der Lage, allein über meine Verehrer zu befinden.«

Etwas schien im dunklen Blau seiner Augen auf. »Wirklich? In dem Fall wäre es sicher hilfreich, zu wissen, dass Gentlemen es für gewöhnlich nicht schätzen, hingehalten zu werden. Wenn du Wraxby eine Abfuhr erteilen willst, dann tu es – aber geh nicht allein mit ihm spazieren oder lass dich von ihm ausfahren. Und hör auf, ihn anzulächeln.« Letzteres hätte er gern zurückgenommen, aber dann setzte er noch eins drauf: »*Ihm* dürfte das nämlich gar nicht lieb sein, um es mit deinen Worten zu sagen.«

Und mir *auch nicht.*

Sie blinzelte ungläubig. Was er sagte, war das eine und ließ sich durchaus infrage stellen, aber die Bedeutung, die in seinen Worten mitschwang – das, was er eigentlich sagen wollte –, nun, es konnte kaum falsch gedeutet werden. Aber warum? Jetzt verstand sie überhaupt nichts mehr.

Sein Blick ruhte auf ihr, als versuchte er in ihren Augen, ihrem Gesicht zu lesen; seine Miene hingegen war einmal mehr verschlossen und unergründlich. Was wollte er eigentlich von ihr? »Sei's drum«, stieß er schließlich hervor und drehte sich um. Im Gehen wandte er sich noch einmal um, bedachte sie mit einem finsteren Blick. »Sieh zu, dass du Wraxby loswirst – er ist nichts für dich.«

Ehe sie etwas erwidern konnte, war er verschwunden.

Sie atmete tief durch und ballte die Hände zu Fäusten. Wieder hätte sie schreien können; schließlich drehte sie sich wutschnaubend um und marschierte zurück zum Haus.

Was, zum Teufel, bildete er sich ein? Schob seine Freundschaft mit Roderick vor, um ihr hinterherzuspionieren und sich ein Urteil über ihr Verhalten anzumaßen! Sagte ihr, wie sie ihr Leben zu führen hatte und was sie tun und lassen sollte!

Er war es, der die Verbindung gelöst hatte – er, der verdammte Kerl!

Und dann dieser Unsinn, dass Rodericks Entführer es auf das Vermögen ihres Bruders abgesehen hatte und daran gelangen wollte, indem er sie heiratete … »So ein Quatsch!« Dazu musste der Kerl sich ihr ja erst mal zeigen. »Als ob mir das nicht auffallen würde.«

Noch immer leise vor sich hin brummelnd und schimpfend, befeuert von einem ganzen Wust widersprüchlicher Gefühle, betrat sie das Morgenzimmer. Sie durchquerte die Halle und war schon auf halbem Wege die Treppe hinauf, als sie innehielt und ein ganz anderes Szenario ihr vor Augen stand. »*Er* hat die Verbindung gelöst«, murmelte sie noch einmal, wenngleich nicht mehr ganz so erbost.

Denn, bedachte sie seinen noblen Charakter und die Tatsache, dass sie einander wirklich sehr nahegestanden hatten, sich vielleicht noch immer verbunden fühlten, mochte man ihm sein Verhalten eventuell doch wohlwollend als den Wunsch auslegen, sie zu beschützen.

Sie merkte kaum, wie die Minuten verstrichen, während sie so auf dem Treppenabsatz stand, ganz in Gedanken versunken, und sich fragte … Nein. Sie schüttelte den Kopf und versuchte, sich von den Erinnerungen freizumachen, den Hoffnungen, die sich nun nie erfüllen würden, dann atmete sie tief durch, um sich selbst Mut zu machen, und ging weiter nach oben.

Der nächste Tag brachte frohe Kunde und Erleichterung in Gestalt von Sarah, die in Begleitung ihrer ältesten Schwester Lady Mickleham eintraf, einer hochgewachsenen und etwas korpulenten Dame, die dabei doch elegant und fashionabel und durchaus apart anzusehen war; zudem war sie deutlich älter als Sarah.

Gladys fand sich – wie zu erwarten – von einer solchen Erscheinung sogleich eingeschüchtert und verfiel in hektische Betriebsamkeit, aber Miranda verdankte dem Umgang mit der Dowager Duchess und der Duchess eine neue Gelassenheit mit den höheren Kreisen und begrüßte Ihre Ladyschaft mit freundlicher Selbstverständlichkeit, schenkte Sarah ein herzliches Lächeln und schloss sie in die Arme, ehe sie beide Damen in den Salon führte, wo Roderick sich inzwischen gar schon aus dem Sessel gemüht hatte, um sich halbwegs galant verbeugen zu können.

Sie setzten sich, und Lady Mickleham nahm das Angebot zum Tee gerne an. Während Miranda ihnen einschenkte, die Tassen verteilte und den Teller köstlicher kleiner Kuchen herumreichte, die die Köchin in Windeseile aus dem Ofen gezaubert hatte, stellte sie erfreut fest, dass Sarah und Roderick bereits beisammensaßen und sich über die langen, langen Tage austauschten, die sie voneinander getrennt hatten verbringen müssen.

Sarah hatte sich einen Stuhl an den Sessel gerückt, in dem Roderick sein Krankenlager aufgeschlagen hatte, den bandagierten Fuß vor sich auf einen Hocker gelegt, die Krücke an die Lehne gelehnt. Den anderen Sessel – es gab derer nur zwei – beanspruchte Gladys für sich, sodass Miranda und Ihre Ladyschaft sich das Sofa ihr gegenüber teilten, ein im Grunde perfektes Arrangement, konnten die Damen sich so doch ungezwungen unterhalten, während Sarah und Roderick ganz für sich anderes besprachen.

In Anbetracht von Rodericks Lächeln und seiner mit einem Mal hellwachen, interessierten Miene wandte Miranda sich an Lady Mickleham. »Darf ich hoffen, dass Sie Sarah für den Tag entbehren und Sie uns überlassen können? Wir würden sie mit der Kutsche nach Hause schicken, wann immer es Ihnen recht ist.«

Auch Lady Mickleham betrachtete das junge Paar mit wohlwollendem Blick. Ohne die beiden aus den Augen zu lassen, nickte sie; dann schließlich sah sie Miranda an. »Ich bin Ihnen sehr verbunden für die Einladung. Caroline schrieb mir und schilderte den Vorfall, der Ihren Bruder so schwer verletzt nach Ridgware geführt hatte. Vermutlich war das keine leichte Zeit für Sie. Dennoch waren wir, und ich spreche im Namen der ganzen Familie, sehr froh zu erfahren, dass Sarah sich so nützlich machen konnte. Und da es ganz danach aussieht, als würde sie noch bleiben wollen, wüsste ich nicht, was dagegen spräche. Wenn Sie sie gegen fünf zurückschicken könnten?«

Nachdem das zur beiderseitigen Zufriedenheit geklärt war, der Tee getrunken und die Kuchen verzehrt waren, erhob Lady Mickleham sich eine Viertelstunde später, verabschiedete sich von Roderick und einer noch immer ganz aufgeregten Gladys, ehe Miranda sie hinausbegleitete.

Sie gingen schweigend die Stufen hinab zur Straße, als Lady Mickleham sich jäh nach Miranda umwandte.

Auch Miranda blieb stehen und sah Ihre Ladyschaft ermutigend an, schien sie doch etwas auf dem Herzen zu haben.

»Verzeihen Sie mir, wenn ich ganz offen sprechen, Miss Clifford, aber nach allem, was ich in dieser kurzen Zeit gesehen habe, scheint mir Carolines Vermutung, dass Sarah und Ihr Bruder zarte Bande geknüpft haben, mehr als begründet zu sein. Weshalb ich die Frage besser jetzt gleich stelle, ob Sie und Ihre Tante ein Problem darin sähen, sollte die Beziehung der beiden weiter gedeihen.«

Miranda wünschte, dass Gladys hier gewesen wäre und die Frage Ihrer Ladyschaft mit eigenen Ohren hätte hören können. Vielleicht würde sie dann glauben, dass es – entgegen ihrer Annahme – Sarahs vornehme, hochwohlgeborene Familie war, die Sorge hatte, die Cliffords könnten gegen eine mögliche Verbindung Vorbehalte haben. So jedoch … Sie ließ sich nichts dergleichen anmerken, hob nur leicht die Brauen. »Da wir ganz offen sprechen, lassen Sie es mich ebenso halten: Sollten Roderick und Sarah den Wunsch haben zu heiraten, wären meine Tante und ich sehr glücklich, Sarah als Rodericks Braut willkommen zu heißen.«

Lady Mickleham zögerte. »Ich gehe vermutlich recht in der Annahme, dass Caroline Ihnen gegenüber die … Schwierigkeiten erwähnt hat, in die Sarah sich während der letzten Saison gebracht hat?«

»Gewiss, das erwähnte sie, aber in der Zeit, die ich Sarah nun kenne, vermochte ich nichts Leichtfertiges oder Unbeständiges in ihrem Wesen zu erkennen.« Miranda hielt einen Moment inne. »Sie und Roderick schienen fast auf Anhieb eine Verbindung zueinander zu haben, und Sarah hat sich sehr liebevoll um ihn gekümmert und ist ihm kaum von der Seite gewichen. Als Roderick einmal tätlich angegriffen wurde – keine Sorge, hierbei handelte es sich um eine inszenierte Falle, was zu dem Zeitpunkt aber weder Sarah noch ich wussten –, ist sie ihm ohne zu zögern zu Hilfe geeilt.« Sie sah Ihre Ladyschaft mit festem Blick an. »Glauben Sie mir, ich war dabei, und es hat mich sehr beeindruckt.«

Lady Mickleham nickte. »Aus Sicht unserer Familie ist Sarahs Begegnung mit Ihrem Bruder wahrlich ein Segen und eine unendliche Erleichterung. Sie hatte uns im letzten Jahr wirklich Sorgen gemacht. Dass ihr Interesse an Ihrem Bruder auf Gegenseitigkeit beruht, ist natürlich noch erfreulicher und gibt Anlass zur Hoffnung. Als Caroline mir davon schrieb, war ich erst skeptisch, aber so, wie ich Sarah seit ihrer Rückkehr erlebt habe und auch jetzt gerade …« Sie deutete mit dem Kopf zum Haus. »… macht es den Eindruck, als wäre meine kleine Schwester endlich erwachsen geworden.«

Miranda lächelte und ging mit Lady Mickleham noch bis zum Tor.

»Das Problem«, fuhr Lady Mickleham fort, »war meiner Ansicht nach immer, dass es ihr an Rückgrat fehlte. Sie war immer so leicht zu beeinflussen, hatte nie ein festes Ziel im Auge, etwas, worauf sie ihre ganze Kraft richten konnte – da kommt man wohl unweigerlich auf dumme Gedanken.« Ihre Ladyschaft schickte ihren Worten ein Lächeln hinterher. »Ich bin bekannt für meine offenen Worte, Miss Clifford, und meiner Erfahrung nach macht es das Leben um so vieles leichter. Als Frau sollte man einen starken Willen haben und sich auch nicht scheuen, ihn durchzusetzen, will man sein Glück machen.«

Miranda öffnete das Gatter, neigte höflich den Kopf und folgte Ihrer Ladyschaft hinaus.

Nachdem Lady Mickleham in ihre Kutsche gestiegen war und sich abermals vergewissert hatte, dass Sarah um fünf zurück zum Haus Ihrer Ladyschaft am Berkeley Square gebracht würde, winkte Miranda zum Abschied und schickte sich an, wieder hineinzugehen. Als sie das Tor hinter sich schloss und langsam hinauf zum Haus ging, wollten die Worte Ihrer Ladyschaft ihr nicht aus dem Sinn.

Als Frau sollte man einen starken Willen haben und sich auch nicht scheuen, ihn durchzusetzen, will man sein Glück machen.

So, wie Miranda die Dinge mittlerweile sah, hätte man ihr keinen besseren Rat geben können.

Wraxby hatte angekündigt, an diesem Nachmittag noch einmal vorbeizukommen, und sie hatte ihm mehr oder minder versprochen, ihm bis dahin eine Antwort geben zu können. Oder zumindest ihre Bereitschaft durchblicken zu lassen, seinen Antrag anzunehmen, so er ihn denn endlich machte.

Den Kopf schüttelnd über so viel Umstandskrämerei, saß sie im Morgenzimmer, erledigte die letzten Stopf- und Ausbesserungsarbeiten und übte dabei im Geiste passende, möglichst diplomatische Formulierungen ein, in die sie ihre Zurückweisung kleiden konnte. Es hatte sie überrascht, als er am Tag zuvor ganz unangemeldet gekommen war, um sie für eine Ausfahrt in den Park abzuholen – und mehr noch, dass er sich für dieses Ansinnen eigens einen Einspänner ausgeliehen hatte. Zog sie alles in Betracht, was sie über ihn wusste oder zu wissen meinte, und nahm noch Roscoes Erkenntnisse dazu, so bestärkte Wraxbys unerwartete Aufmerksamkeit sie in der Vermutung, dass ihm all seiner elenden Zauderei zum Trotz doch daran gelegen war, dass sie seinen Antrag annähme.

Nachdem seine wunderliche Brautwerbung sich so viele Wochen hingezogen hatte, war seine jäh entflammte Aufmerksamkeit indes bloß ein Grund mehr, ihn zurückzuweisen; sein Gebaren hatte etwas so Unaufrichtiges, Berechnendes – beides Eigenschaften, für die sie sich noch nie hatte erwärmen können.

Sie wollte gerade zum letzten Wäschestück greifen, das ausgebessert werden musste – eines von Rodericks Hemden, bei dem eine Naht gerissen war –, als recht herrisch an die Haustür geklopft wurde.

Eindeutig nicht Wraxbys übliches *Tock-Tock*, aber vielleicht war er ja aufgeregt. Oder sonnte sich bereits in Siegesgewissheit. Mit einem leisen Seufzer stellte die den Nähkorb beiseite, strich sich über den Rock, richtete kurz ihre Frisur und ging dann hinaus, um sowohl Wraxby als auch Gladys eine schmerzliche Niederlage beizubringen.

Hughes hatte bereits aufgemacht und den Besucher in den Salon geführt; ihre Wege kreuzten sich, als er sich wieder in den hinteren Teil des Hauses begeben wollte. Hughes strahlte sie für seine Verhältnisse geradezu an. »Ah – da sind Sie, Miss. Ein Herr wünschte Sie und Mr. Roderick zu sprechen. Er befindet sich gerade mit Mr. Roderick im Salon.«

»Danke, Hughes.« Wraxby natürlich, der zunächst Rodericks Zustimmung einholen wollte, ehe er um ihre Hand anhielt. Sie setzte eine gefasste Miene auf, wappnete sich für alles, was da kommen mochte, öffnete die Tür zum Salon und trat ein.

Doch der Herr, der sich so galant über Gladys' Hand beugte, war nicht Wraxby.

Er richtete sich auf und drehte sich zu ihr um. Sein Lächeln vertiefte sich, als er sie ansah.

Sie blinzelte ungläubig, blinzelte noch mal und meinte dann: *»Lucius?«*

Dieses breite Grinsen, das über sein ganzes Gesicht ging, daran erinnerte sie sich doch! Er ließ Gladys' Hand los und kam mit einem leisen Lachen auf sie zu. »Da staunst du, was? Ich war gespannt, ob du dich noch an mich erinnern würdest, Cousinchen.«

Noch immer in ungläubiger Verwunderung, erwiderte sie sein Lächeln und streckte die Hände nach ihm aus. »Aber natürlich erinnere ich mich!«

Er nahm ihre Hände, drückte sie kurz und hob sich die eine an die Lippen, um einen ebenso flüchtigen wie charmanten Kuss darauf zu hauchen.

Als traute sie ihren Augen kaum, ließ Miranda den Blick über ihn schweifen, die vertrauten Züge, das kurze dunkle Haar, schaute dann über seine Schulter zu Roderick, der in seinem Sessel so vergnügt wirkte wie lange nicht, und auch Sarah, die neben ihm stand, lächelte und schien erfreut über den Besuch zu sein. Miranda atmete tief durch und sah wieder ihren Cousin an. »Aber … Wir dachten, du seist tot. Uns wurde gesagt, du seiest vor Jahren bei Waterloo gefallen.«

Sein Gesicht verzog sich in reuiger Zerknirschung. »Ich weiß.« Er ließ sie los und griff an ihr vorbei nach der Tür, um sie zu schließen. Dann deutete er zum Sofa. »Komm her, und setz dich, damit ich euch meine betrübliche Geschichte erzählen kann.«

Noch immer ganz benommen, als wäre das alles bloß ein Traum, setzte sie sich und wandte sich dann wieder Lucius zu, der ihr gegenüber am anderen Ende des Sofas Platz nahm.

»Wie ihr seht«, begann er, »waren die Berichte über meinen Tod falsch. Während der Schlacht wurde meinem Bataillon heftig zugesetzt, und ich bekam einen mörderischen Schlag auf den Kopf. Danach erinnere ich mich an nichts mehr. Ich kam erst Tage später wieder zu Bewusstsein. Ein altes Bauernpaar kümmerte sich um mich. Eins meiner Beine war gebrochen, auch ein Arm, und ich hatte ein schlimmes Fieber. Es vergingen Wochen, bis ich überhaupt wieder einen klaren Gedanken fassen konnte – nur um dann festzustellen, dass ich mich an nichts mehr erinnern konnte, auch nicht daran, wer ich war.«

»Oh«, entfuhr es Sarah. »Davon habe ich schon gehört – Soldaten, die jede Erinnerung verloren haben und nicht einmal mehr ihren Namen wissen.«

Lucius nickte bedächtig. »Allerdings, es passiert öfter, als man denkt. Den jämmerlichen Überresten meiner Uniform nach zu urteilen, musste ich Engländer sein, aber außer diesen Fetzen konnte mich nichts mehr ausweisen, und die Truppen waren längst abgezogen. Ich wusste weder ein noch aus, wusste weder, aus welchem Teil Englands ich stammte, noch, wie ich überhaupt zurückgelangen sollte, wenn meine Verletzungen so weit verheilt wären, dass ich würde reisen können.«

Er hielt einen Moment inne. »Als ich mich schließlich so weit genesen fand, dass eine Rückkehr nach England möglich erschien, brach der Winter herein. Es war ein sehr langer und harter Winter – anders als bei uns in England –, und ich fühlte mich den alten Bauersleuten, die mich so selbstlos bei sich aufgenommen und über Monate gesund gepflegt hatten, verpflichtet, und so blieb ich und half ihnen über den schweren Winter, und dann im Frühjahr half ich, die Felder zu bestellen, dann bei der Ernte, und so ging die Zeit dahin …« Wieder hielt er inne, sah erst Miranda, dann Roderick mit einem bitteren Lächeln an. »Es war, als hielte mich etwas zurück. Jedes Mal, wenn ich aufbrechen und mich irgendwie nach England durchschlagen wollte, verließ mich wieder der Mut, denn ich wusste ja nicht, wohin oder wie ich je herausfinden sollte, wer ich war, ob ich noch Familie hatte. Und je mehr Zeit verstrich, desto sinnloser kam es mir vor, überhaupt noch an eine Rückkehr zu denken.«

»Dann bist du also in Frankreich geblieben?«, fragte Miranda.

Lucius nickte. »Ich half auf dem Hof, und manchmal unterrichtete ich auch in der Schule ein paar Dörfer weiter, um mir etwas dazuzuverdienen. Wahrscheinlich hätte das ewig so weitergehen können, wenn ich nicht eines Tages erneut einen Schlag auf den Kopf bekommen hätte. Nicht ganz so schlimm wie das erste Mal, aber doch hinreichend, um mein verschüttetes Gedächtnis wieder zum Vorschein zu bringen.«

»Und dann fiel dir wieder ein, wer du warst?« Roderick starrte seinen Cousin fasziniert an.

Lucius breitete die Arme aus. »Es war unglaublich«, schwärmte er. »Plötzlich fügte es sich wie von selbst zusammen – ich konnte mich an alles erinnern! Nur an die Schlacht selbst habe ich bis heute so gut wie keine Erinnerung. Aber bis zum Morgen des besagten Tages sah ich alles klar und deutlich vor mir.« Er ließ die Arme wieder sinken, sah Gladys an und lächelte. »Vor allem erinnerte ich mich wieder an meinen Namen, das war vielleicht das Wichtigste. Wieder zu wissen, wer ich bin.« Sein Blick fiel auf Miranda. »Ich erinnerte mich an meine Familie und wusste, dass es Zeit war heimzukehren.« Er hob die Schultern, was ihn plötzlich sehr jungenhaft wirken ließ. »Und hier bin ich.«

»Warst du schon in Macclesfield?«, fragte sie.

»Nein, noch nicht. Ich bin erst vor ein paar Tagen in London angekommen. Ihr seid die ersten meiner Verwandten, bei denen ich vorbeischaue.« Lucius wandte sich an Roderick. »Ich habe den Anwalt des alten Herrn im Grey's Inn aufgesucht. Er lebt zum Glück noch und konnte mich auf den neuesten Stand bringen und auch eure Anschrift mitteilen. Er meinte, dass es ein zu großer Schreck sein könne, wenn ich daheim plötzlich vor der Tür stünde, nachdem man mich seit Jahren für tot hielt. Er schlug vor, meiner Familie zu schreiben, und ich stimmte zu. Wahrscheinlich ist es besser so. Sowie er von ihnen gehört hat, werde ich weiter gen Norden reisen. Und nachdem er mir sagte, dass ihr in der Stadt seid …« Er schaute Roderick und Miranda an, vor allem aber sie. »… und ich mir ziemlich sicher war, dass du nicht vergessen haben würdest, wer dich immer an den Zöpfen gezogen hat, dachte ich, versuche ich einfach mein Glück.« Seine Augen funkelten, und sein Lächeln breitete sich übers ganze Gesicht aus. »Und ich muss sagen, es fühlt sich verdammt gut an, wieder hier zu sein, wenn die Damen mir den Ausdruck entschuldigen.«

»Das ist ja eine ungeheuerliche Geschichte«, rief Gladys. »Du lieber Himmel, da dürfte gleich eine ganze Schar Schutzengel über dich gewacht haben, auf diesem Schlachtfeld. Dass du nach so vielen Jahren jetzt gesund und munter heimgekehrt bist, sollten wir feiern – wie wäre es, wenn du zum Abendessen bleibst?«

»Oh ja, hervorragend!« Miranda strahlte und erhob sich. »Ich sage der Köchin Bescheid. Du bleibst doch, oder?«

Lucius erwiderte ihr Lächeln. »Danke. Es wäre mir ein Vergnügen.«

Miranda läutete und sprach mit Hughes, ehe sie sich wieder

setzte und weiter der lebhaften Unterhaltung folgte. Welch eine wunderbare Abwechslung, dachte sie, von dem eigentlichen Wunder ganz zu schweigen, und lauschte, wie Lucius ihnen von seinem Leben auf dem Bauernhof erzählte; danach berichtete Roderick ihm, was es Neues in der Familie gab. Obwohl sie einander Cousin und Cousine nannten, war die Verwandtschaft doch eher eine ferne: Lucius war der Sohn eines der Söhne des Bruders ihres Großvaters väterlicherseits, ein Cousin wievielten Grades auch immer also. Aber als Kinder hatten sie einander oft gesehen – oder immerhin oft genug, Miranda auch nach all den Jahren sicher sein zu lassen, dass wirklich er es war, der hier so wundersam aufgetaucht war. Die Form seines Gesichts war unverkennbar, auch wenn seine Züge mit den Jahren schärfer geworden waren; auch die Farbe seiner Augen und dieses vergnügte Funkeln – das meinte sie jetzt wie damals vor sich zu sehen.

Roderick erzählte gerade von den sich lichtenden Reihen der älteren Generation, und Lucius sah mit einem Mal sehr ernst und betroffen drein. Erst da fiel Miranda die Narbe auf seiner linken Wange auf, denn wenn er lächelte, verschwand sie inmitten der Lachfalten seines Gesichts.

Als spürte er ihren Blick, wandte Lucius sich zu ihr um, grinste sie an und versuchte, die plötzlich gedrückte Stimmung aufzulockern. »Weißt du noch, wie wir alle zusammen mal zu dem Haus mit dem großen Teich marschiert sind?«

Sie musste lachen. »Und du hast mich ins Wasser geschubst!«

Er nickte, doch merkte sie, wie sein Blick auf einmal wieder ernst wurde, als ihm einfiel, dass er auch ihre Schwester Rosalind hineingestoßen hatte – Rosalind, die längst nicht mehr lebte. Ihre Blicke trafen sich, und er schlug den seinen kurz nieder, ehe er den Faden wieder aufnahm, indem er recht nonchalant, wie sie fand, eine lustige Anekdote von Roderick als Säugling erzählte.

Der Klopfer an der Haustür wurde mit einem präzisen *Tock-Tock* angeschlagen. Im angeregten Stimmengewirr ging das Geräusch fast unter, aber Miranda hörte es dennoch und fluchte im Stillen. Wraxby hatte sie völlig vergessen. »Entschuldigt mich bitte.« Sie stand auf und ging hinaus, um ihn zu begrüßen.

Hughes indes hatte die Tür zum Salon bereits geöffnet. »Mr. Wraxby, Miss.«

Wraxby kam hereinspaziert, sichtlich etwas irritiert von der munteren kleinen Schar.

Miranda seufzte lautlos. »Danke, Hughes. Sir.« Sie wandte sich an Wraxby und reichte ihm die Hand.

Wraxby beugte sich darüber. »Sehr erfreut, Miss Clifford. Ich hoffe, ich störe nicht.«

Sie lächelte höflich. Da er seinen Besuch angekündigt hatte, war es tatsächlich recht unhöflich, zur selben Stunde anderen Besuch zu empfangen. »Ein lange verschollener Cousin, der völlig unerwartet auftauchte«, meinte sie entschuldigend, konnte aber der Versuchung nicht widerstehen, ihn ein wenig zu piesacken und noch länger auf die Folter zu spannen. »Es ist eine ganz unglaubliche Geschichte, Sir. Kommen Sie, das müssen Sie mit eigenen Ohren hören.« Und zu Hughes, der noch immer wartend an der Tür stand: »Wenn Sie uns jetzt bitte den Tee bringen würden, Hughes.«

»Sehr wohl, Miss.« Der Butler verneigte und entfernte sich.

Derweil führte sie Wraxby zu dem kleinen Grüppchen am Kamin. Lucius erhob sich höflich, doch noch während sie alle miteinander bekannt machte, meinte sie deutlich Wraxbys Argwohn zu spüren, gerade so, als hätte er eine spontane Abneigung gegen ihren Cousin gefasst.

Sie gaben sich die Hand, Lucius freundlich und gewandt, Wraxby mit seiner stoffeligen Steifheit.

»Waterloo ist acht Jahre her«, bemerkte Wraxby übergangslos. »Das scheint mir eine recht lange Zeit zu sein, um sich an nichts zu erinnern.«

Lucius parierte den Affront mit einem charmanten Lächeln. »Wem sagen Sie das? Ich kann Ihnen versichern, es war beileibe kein Vergnügen, nicht mal mehr den eigenen Namen zu wissen.«

Sie setzten sich wieder, und Wraxby rückte seinen Stuhl so dicht an Miranda heran, dass sie sich fast ein wenig erdrückt fühlte, und begann sofort ein kaum verhohlenes Verhör. »In welcher Brigade waren Sie, Sir?«

Lucius gab freundlich lächelnd Auskunft, sowohl auf diese als auch alle folgenden Fragen Wraxbys.

In Miranda begann sich leiser Zorn zu regen, und den spitzen Bemerkungen nach zu urteilen, mit denen ihr Bruder Lucius zur Seite sprang, schien Roderick seinen Unmut noch schwerer im Zaum halten zu können. Sie warf ihm einen warnenden Blick zu und atmete erleichtert auf, als Hughes mit dem Tee kam und alle mit Speis und Trank abgelenkt waren.

Sie trank ihren Tee recht zügig, wartete, bis auch Wraxby seine Tasse abgestellt hatte, und berührte ihn leicht am Arm. »Würden Sie mich wohl ein wenig in den Garten begleiten, Sir?«

Wraxby stutzte – fast erweckte es den Eindruck, als hätte er vergessen, was ihn hergeführt hatte. Dann jedoch war er ganz beflissene Aufmerksamkeit, erhob sich mit einem verständigen Nicken und wandte sich an den kleinen Kreis. »Wenn Sie uns bitte entschuldigen würden.«

Das zu sagen wäre zwar an ihr gewesen, aber sie sah ihm den Schnitzer nach, da es ohnehin nicht mehr darauf ankam, warf ein Lächeln in die Runde und sah zu, dass sie ihn, die Hand auf seinem Arm, hinausdirigierte. Sie wählte den Weg durch die Vordertür und das kleine Grün, das sich seitlich der Einfahrt erstreckte, um nur ja keine Vertraulichkeit aufkommen zu lassen.

»Mr. Wraxby, ich habe lange und gründlich über alles nachgedacht, worüber wir gesprochen haben.« Sie richtete sich zu ihrer vollen Größe auf und hielt die Hände vor sich verschränkt. »Ich habe abgewogen, was dafür und was dagegen spricht, und bin dabei zu dem Schluss gelangt, dass ich Ihren Antrag nicht annehmen kann.«

Wraxby sah sie an, als traute er seinen Ohren kaum. Tatsächlich schien er betroffen zu sein, ja geradezu erschüttert – eine Empfindung, die sie ihm nicht zugetraut hätte. »Aber, ich verstehe nicht … Sie sind neunundzwanzig und nicht verheiratet.«

»Das stimmt. Nur kann ich frei über mein Leben verfügen und mich für einen Weg meiner Wahl entscheiden.« *Und der ist nicht an Ihrer Seite*. Da für sie damit alles gesagt war, behielt sie diesen Nachsatz für sich und sah Wraxby abwartend an.

In seinen Augen schienen in rascher Folge mehr Gefühlsregungen auf, als sie ihm jemals zugestanden hätte. Ungläubiger Verwunderung folgten Hilflosigkeit und Betroffenheit, ehe er ihr die eher unschöne Seite seines Wesens zeigte, die sie, nach allem, was sie über seine Söhne gehört hatte, gar nicht mehr wunderte. »Verstehe.« Er wandte sich zum Haus. »Kaum taucht ihr fescher Vetter auf, da denken Sie …«

»Mr. Wraxby!«, schnitt sie ihm das Wort mit solcher Schärfe ab, dass sich kaum sagen ließ, wen es mehr erstaunte – sie oder ihn. Immerhin gab er sofort Ruhe. Mit wachsendem Unwillen sah sie ihn an. »Mein Cousin stand vor zwei Stunden wie aus heiterem Himmel vor unserer Tür, wir dachten jahrelang, er wäre tot. Er hat nichts, aber wirklich gar nichts mit meiner Entscheidung zu tun. Was Ihren Antrag, Ihr Angebot, oder wie immer Sie es nennen wollen, angeht, so stand mein Entschluss im Großen und Ganzen seit Tagen fest. Als Zeichen meines guten Willens habe ich Ihnen einen Aufschub gewährt und bin noch einmal in mich gegangen, aber ich konnte wirklich nichts finden, was mich hätte umstimmen können. Um es kurz zu machen, Sir – was Sie mir anbieten, entspricht nicht meinen Vorstellungen. Wir scheinen Unterschiedliches vom Leben zu erwarten und passen in keinerlei Hinsicht zueinander, was ein, wie ich finde, gravierendes Hindernis für eine Ehe darstellt, und das, Sir, hat nun wahrlich nichts mit der überraschenden Rückkehr meines Cousins zu tun.«

Nun hatte sie sich doch in Rage geredet; Wraxby war derweil bleich geworden, seine Lippen eine schmale Linie. Nachdem er sich halbwegs wieder gefasst hatte, nickte er knapp. »Verzeihen Sie, Miss Clifford. Sie haben natürlich völlig recht. Wenn, was wir besprochen haben, nicht Ihren Vorstellungen entspricht, möchte ich selbstredend nicht weiter insistieren.«

Sie hätte damit gerechnet, dass er nach einer angedeuteten Verbeugung auf dem Absatz kehrtmachen würde, es kaum erwarten konnte fortzukommen, doch er zögerte, als wollte er unbedingt noch etwas loswerden.

»Nichtsdestotrotz möchte ich Sie zur Vorsicht ermahnen, ehe wir auseinandergehen.« Wieder wanderte sein Blick kurz zum Haus. »Im Hinblick auf Ihren Cousin. Und glauben Sie mir, es hat rein gar nichts mit Ihrer Entscheidung zu tun. Mir kamen vorhin lediglich ein paar Zweifel, die ich Ihnen nicht vorenthalten möchte. Seit Waterloo sind acht Jahre vergangen, und obgleich Ihr Cousin sein Gedächtnis nach so langer Zeit so wundersam zurückerlangt hat, mutet es mir suspekt an, dass sein erster Besuch nicht seiner unmittelbaren Familie, sondern Ihnen und Ihrem Bruder gilt, die, so ich es recht verstanden habe, doch eher entfernt mit ihm verwandt sind. Alles, was ich damit sagen will, Miss Clifford, ist: Sehen Sie sich ein bisschen vor. Ich habe in meinem Leben schon mit einigen zwielichtigen Gestalten zu tun gehabt, weshalb ich mir ein wenig auf meine Menschenkenntnis einbilde, aber da Sie Ihrem Cousin recht zugetan zu sein scheinen, möchte ich es dabei belassen.«

Und damit war wirklich alles gesagt; er machte noch ein

letztes Mal seine steife, pedantische Verbeugung, drehte sich auf dem Absatz um und verließ zügigen Schrittes das Grundstück.

Miranda blieb, wo sie war, und schaute ihm hinterher. Wartete, bis das Tor sich hinter ihm geschlossen hatte.

Dachte über das nach, was er da gerade gesagt hatte.

Jetzt, da sie sich nicht mehr direkt in der charmanten Gegenwart ihres Cousins befand – und ja, er war wirklich ausgesprochen charmant, auch das hatte er sich von früher bewahrt –, konnte sie seine so unerwartete Rückkehr, seine Auferstehung von den Toten sozusagen, ja, die ganze wunderliche Geschichte, die er ihnen erzählt hatte, mit etwas mehr Distanz betrachten. Und ganz nüchtern bedacht …

Wraxby mochte seine Fehler haben, aber dumm war er nicht.

Aber *dass* der Mann, der jetzt gerade im Salon saß und so nett mit Roderick und Gladys plauderte, sie mit kleinen Anekdoten aus der gemeinsamen Vergangenheit erheiterte, der tot geglaubte Lucius Clifford war, daran konnte kein Zweifel sein. Sie erkannte ihn wieder, und sie war sich sicher, ganz sicher, dass er es war. Zudem hatte er ihnen eine plausible Erklärung für seine lange Abwesenheit und die plötzliche Heimkehr geliefert. Gewiss, es war eine ungeheuerliche Geschichte, wie die Tante ganz recht bemerkt hatte, fast mochte man an ein Wunder glauben, aber alles hielt sich im Bereich des Möglichen. Was er ihnen erzählt hatte, war durchweg glaubhaft und schlüssig.

Nachdenklich ging sie zurück zum Haus. Eigentlich waren sie und Lucius sich als Kinder gar nicht so nah gewesen, wie sie sich im ersten Moment des Widersehens zu erinnern meinte. Wenn sie sich recht entsann, waren sie und Rosalind immer ein wenig auf der Hut gewesen vor dem Cousin, hatte er doch meist nichts Gutes im Schilde geführt. Aber du liebe Güte, sie waren noch Kinder gewesen, und hatten die meisten Jungs es nicht faustdick hinter den Ohren? Das verwuchs sich in aller Regel, wenn sie erst älter, reifer wurden.

Vielleicht steckte ja noch mehr hinter Lucius' Geschichte als das, was er ihnen erzählt hatte. Etwas, das weniger wundersam und erbaulich war. Aber bis er ihr tatsächlich Anlass gab, an ihm zu zweifeln, wollte sie ihn als ihren Cousin mit offenen Armen willkommen heißen. Und seine Heimkehr – wie der verlorene Sohn –, das war doch wirklich ein Grund zum Feiern!

Da merkte sie, wie auch ihr Lächeln zurückkehrte, und sie lief rasch die Treppe hinauf und ins Haus.

19. Kapitel

Im Laufe der nächsten drei Tage fragte Miranda sich indes immer wieder, ob Lucius, als sie nach Wraxbys Abschied in den Salon zurückgekehrt war, ihren Zwiespalt nicht bemerkt hatte.

Am darauffolgenden Tag war er kurz nach Mittag mit drei Blumensträußen gekommen – einen für sie, einen für Gladys und einen für Sarah, die wieder den Tag in der Claverton Street verbrachte. Mit seinem üblichen Charme hatte er die Blumen als Dankeschön verstanden wissen wollen für die freundliche Aufnahme und das Abendessen tags zuvor. Eine halbe Stunde hatte er vorwiegend mit Roderick und Sarah geplaudert, gescherzt und gelacht, während Miranda und Gladys sich diesmal zurückhielten, die Ausgelassenheit der drei aber durchaus mit Wohlwollen betrachteten. Nach der üblichen Zeit hatte er sich, wie es sich gehörte, verabschiedet.

Miranda hatte ihn noch hinausbegleitet zur Straße, wo sein Pferd wartete, ein sehr schmucker brauner Wallach. Nachdem sie ihm zum Abschied gewunken und noch einen Moment hinterhergeschaut hatte, fiel ihr ein Mann auf, der am Zaun eines der gegenüberliegenden Häuser lehnte und sich, sowie ihr Blick ihn traf, in recht auffälliger Weise unauffällig gab. Sie hätte schwören können, dass der Kerl sie beobachtete oder vielmehr beobachtet hatte. Bestimmt einer von Roscoes Leuten. Mit einem leisen Kopfschütteln drehte sie sich um und ging zurück ins Haus.

Gestern dann war es trüb und regnerisch gewesen, doch der Tag war gerettet gewesen, als Lucius am Vormittag mit einem Backgammonbrett unter dem Arm vorbeikam. Roderick hatte erwähnt, dass er eine Schwäche für das Spiel habe, Lucius hatte ihn herausgefordert, und so verbrachten die zwei den Rest des Morgens und den halben Nachmittag in freundschaftlichem Zweikampf; Sarah und Miranda leisteten ihnen im Salon Gesellschaft, und die Zeit verging wie im Flug.

Doch als Miranda Lucius dann hinausbegleitet hatte, war ihr ein Straßenkehrer aufgefallen, der in dunklem Regencape auf seinen Besen gestützt stand und auffälliges Interesse an einer Stelle der Straße bekundete, die noch keinen Straßenkehrer je interessiert hatte.

Heute war der Tag klar und kalt heraufgezogen, die Sonne schon zu schwach, um den von erstem Nachtfrost gefrorenen Boden zu wärmen, da aber kaum Wind ging, wie gemacht, um noch einmal das schöne Wetter zu genießen, ehe dann der Winter hereinbrach.

Sarah war wie schon die beiden Tage zuvor gleich nach dem Frühstück gekommen, und Miranda und sie hatten sich kaum begrüßt und überlegt, ob sie das gute Wetter nicht nutzen sollten, damit Roderick mal wieder an die frische Luft kam, als auch schon Lucius mit einem Gespann vorfuhr und verkündete, dass er Miranda, Roderick und Sarah auf eine kleine Kutschpartie hinaus nach Richmond mitnehmen wolle.

Natürlich hatten sie das Angebot begeistert angenommen. Mithilfe des Cousins hatte Roderick es leicht in den offenen Wagen geschafft, und nachdem sie der Tante Bescheid gegeben und ihre Sachen geholt hatten, war es auch schon losgegangen! Miranda und Sarah, in warme Schals und Pelissen gehüllt, saßen in Fahrtrichtung, die beiden Männer in ihren schweren Mänteln ihnen gegenüber, mit dem Rücken zum Kutscher, Rodericks Krückstock lag derweil auf dem Boden. Die Fahrt war sehr angenehm gewesen, die Luft klar und wohltuend, und nach dem gestrigen Regen erschien die Welt wie in neuem Glanz. Sie hatten den Park bald erreicht und waren eine Stunde die Wege unter den mächtigen alten Bäumen umherspaziert, wobei sie immer wieder kurze Pausen einlegten, um das Wild zu beobachten und Roderick ein wenig ausruhen zu lassen. Da Sarah sich an Rodericks Seite hielt, hatte Miranda sich bei Lucius untergehakt. Und obwohl er witzig und charmant war, nutzte er die Situation doch zu keiner Zeit aus. Sie hatte, wenn sie ehrlich war, ein wenig Sorge gehabt, wie er sich ihr gegenüber wohl verhalten würde. Andererseits wusste er ja, was mit Rosalind geschehen war, und konnte sich vermutlich denken, dass Miranda sehr auf Anstand bedacht war und kleine Schäkereien eher nicht zu schätzen wusste. Tatsächlich betrug er sich tadellos und trat ihr in keinem Augenblick zu nahe, weder mit Worten noch mit Gesten.

Zudem zeigte er sich schier endlos geduldig und verständnisvoll, obwohl sie wegen Roderick und Sarah nun wahrlich nicht sonderlich flott vorankamen.

Alles in allem schlug Roderick sich aber sehr wacker und meinte irgendwann gar, dass sie so etwas öfter machen sollten, da sein Bein sich durch die Übung schon viel stärker und belastbarer anfühle. Als sie sich zu einem späten Mittagessen im Star and Garter einfanden, waren sie sämtlich bester Stimmung gewesen und waren schließlich, nachdem sie sich noch einmal kurz die Füße vertreten hatten, nach Hause gefahren.

Wie sie nun allesamt zum Haus hinaufgingen, Roderick und Sarah voraus, sie und Lucius gemessenen Abstands hinterher, kamen ihr auf einmal selbst Zweifel an den Zweifeln, die sie an ihrem wunderbaren Cousin hatte. Tat sie ihm nicht unrecht, wenn sie ihm mit wenn auch verhaltenem Argwohn begegnete? Sie war sich nicht mal mehr sicher, ob ihr Misstrauen schon vor ihrem letzten Gespräch mit Wraxby bestanden oder ob er es erst geweckt hatte. Überhaupt war Misstrauen zu viel gesagt … Treffender wäre gewesen, dass sie ihm nicht gänzlich traute, was aber vor allem auf frühere Erfahrungen zurückging, ein fernes Echo der Vergangenheit, das sie eine gewisse Vorsicht dem ungebärdigen Cousin gegenüber gelehrt hatte. Aber war es wirklich nur das, oder hatte Wraxby, der zurückgewiesene und gekränkte Verehrer, ihr da einen Floh ins Ohr gesetzt?

Sicher konnte sie sich nicht sein, aber als sie nun neben Lucius die Treppe hinaufging, merkte sie, dass sie ihn noch immer heimlich beobachtete, als lauerte sie nur darauf, etwas zu entdecken, das ihr vorher nicht aufgefallen war und das ihr helfen würde, zu einem abschließenden Urteil über ihn zu finden.

Nichtsdestotrotz gehörte er zur Familie; auch wenn eine gewisse Unsicherheit blieb, konnte sie sich nicht vorstellen, dass er eine Bedrohung darstellte, weder für sie noch für ihren Bruder oder ihre Tante.

Gladys erwartete sie schon und war ganz gespannt, von ihren Erlebnissen zu hören. Miranda fiel wieder einmal auf, welches Wohlwollen die Tante ihrem Cousin entgegenbrachte. Obwohl Lucius ein Clifford war und damit nicht ganz Gladys' Ansprüchen genügte, hatte sein angeborener Charme seine Wirkung nicht auf sie verfehlt. So war es schon immer gewesen; Lucius wickelte sie alle um den kleinen Finger, ob jung oder alt. Weshalb es sie auch nicht wunderte, als die Tante ihn, da er sich doch so redlich verdient darum gemacht hatte, sie alle, vor allem Roderick, bei Laune zu halten, einlud, zum Abendessen zu bleiben. Lucius schaute fragend zu Miranda, und sie konnte nicht anders. Auch sie lächelte und schloss sich der Einladung an, worauf er dankend und ohne viele Umstände annahm.

Es war bereits abgemacht, dass auch Sarah in der Claverton Street dinieren würde, weshalb sie also fünf bei Tisch waren, und die Stimmung war sehr angenehm und gelöst, fast schon familiär. Nachdem Lucius – damals wie heute – so viel Zeit mit ihnen verbracht hatte, fanden sich reichlich Gesprächsthemen, und dass er ja quasi zur Familie gehörte, half auch über die vermeintlichen Standesunterschiede hinweg.

Später, nachdem auch der Tee gereicht worden war und es

Zeit wurde, dass Roderick Sarah nach Hause begleitete, stand auch Lucius auf, um sich zu verabschieden. Er beugte sich über Gladys' Hand und sagte mit leiser Stimme etwas, das sie aufglucksen ließ wie ein junges Mädchen. Sie gab ihm einen Klaps auf den Arm und scheuchte ihn fort. Miranda, die darauf wartete, ihn hinauszubegleiten, verfolgte die kleine Szene aufmerksam; solch beiläufige Schäkereien waren ihm immer leichtgefallen.

Er kam zu ihr, und sie legte ihm die Hand auf den Arm, um Roderick und Sarah nach draußen zu folgen. Die Nacht brach nun immer früher herein, und abseits des Weges verlor der Garten sich in tiefer Dunkelheit. An der Straße warteten die beiden Kutschen – Rodericks und die des Cousins. Zufrieden stellte Miranda fest, dass ihr Bruder immer besser allein zurechtkam, auch wenn er sich oft noch etwas ungelenk anstellte, weshalb auch alle dankbar waren, als Lucius ihm beherzt unter die Arme griff, um ihm in den Wagen zu helfen.

Sowie das geschafft war, verabschiedeten Miranda und Sarah sich mit leichten Berührungen der Wangen, dann schickte Sarah ein bezauberndes Lächeln zu Lucius, der ihr mit einem nicht minder bezaubernden Lächeln und einer galanten Verbeugung zu Roderick in den Wagen half. Als er den Schlag geschlossen hatte, stellte Lucius sich neben Miranda, die den zweien noch hinterherwinkte, wartete einen Moment und wandte sich ihr dann zu.

Sie lächelte und reichte ihm beide Hände. »Danke für diesen herrlichen Tag.«

»Das Vergnügen war ganz meinerseits, Cousinchen.« Lucius hob sich ihre Hand an die Lippen, eine sachte Berührung, ein leiser Druck seiner Finger, ehe er sie wieder losließ. Er ging zu seinem eigenen Gespann, drehte sich nach zwei Schritten aber noch einmal um, als wäre ihm gerade etwas eingefallen. »Bislang habe ich noch keine Nachricht vom Anwalt der Familie, weshalb ich vermutlich noch ein, zwei Tage in der Stadt sein werde. Würde ich eure Gastfreundschaft zu sehr strapazieren, wenn ich morgen Nachmittag noch mal vorbeischaute?«

»Aber nein, natürlich nicht. Du bist ein wahres Geschenk des Himmels, wie du Roderick die Zeit vertreibst und ihn bei Laune hältst. Wenn unsere Gesellschaft dir ebensolche Freude bereitet wie uns die deine, bist du jederzeit willkommen.«

Er grinste, winkte zum Abschied und sprang in seinen Wagen, dessen Verdeck nun geschlossen war. Sie konnte nur sein Profil sehen, während er kurz mit dem Kutscher sprach, dann setzte sich das Gespann auch schon mit einem Ruck in Bewegung und fuhr davon.

Sie blieb noch einen Moment auf dem Trottoir stehen und blickte ihm hinterher; erst als sie ihn außer Sichtweite wähnte, schaute sie sich auch anderweitig um. Unauffällig, versteht sich, aber dennoch. Sie zog ihren Schal fester um sich, spähte kurz zum Nachthimmel und dann die Straße hinauf und hinab, ob sich wieder einer von Roscoes Leuten vor dem Haus postiert hatte, aber alles war still, niemand zu sehen.

Nachdem sie sich noch einmal umgeschaut hatte, wandte sie sich wieder zum Haus. »Das wurde auch Zeit«, murmelte sie, »dass er seine Wachhunde endlich zurückpfeift.«

Sie trat durch das Tor, schloss das Gatter hinter sich, drehte sich um und wollte weiter zum Haus gehen, als sie gegen eine Wand prallte.

Nein, keine Wand. Stark und undurchdringlich, aber warm, vertraut.

Das Herz schlug ihr bis zum Hals, wenn auch nicht aus Furcht. Er stand reglos, rührte sich nicht, und auch sie hielt atemlos inne. Sie war nicht schnell genug gelaufen, um ins Straucheln zu geraten, sodass er keinen Grund hatte, die Hände nach ihr auszustrecken und sie zu halten. Und doch spürte sie seine Anspannung, den Wunsch, sie zu berühren, die Arme um sie zu legen … aber nein, er hielt sich zurück.

Wie gern wäre sie so geblieben, wenn schon nicht von ihm gehalten, so doch an seine breite, starke Brust geschmiegt, wo sie seine Wärme ach so verräterisch in sich strömen spürte, seinen feinen Geruch nach Seife, Leder und Mann mit all ihren dürstenden Sinnen aufsaugen wollte.

Leider konnte sie nicht einfach so bleiben, es war ein Unding, die Liaison war beendet, die Situation in höchstem Grade unschicklich.

Sie versuchte tief durchzuatmen, auch wenn es ihr schwerfiel, ihr Atem schnell und flach, hielt noch einen Moment inne und versuchte, sich diesen Moment zu bewahren, ehe sie sich von ihm löste. Langsam hob sie den Blick und fand den seinen auf sich gerichtet. Er trug die übliche ausdruckslose Miene zur Schau, doch darunter spürte sie nur mit Mühe im Zaum gehaltenen Verdruss. Gegen sie, gegen …? Sie hielt seinen Blick, gab sich blasiert und hob fragend die Brauen, denn wenn sich hier einer erklären musste, dann ja wohl er.

»Was ist aus Wraxby geworden?«

Sie zog die Brauen noch höher und tat, als müsste sie einen Moment überlegen. »Oh, Wraxby … Ich wüsste zwar nicht, was es dich angeht, aber ich habe ihm den Laufpass gegeben. Schon vor ein paar Tagen.«

Er presste die Lippen zu einer schmalen Linie zusammen und musste sich offenbar eine scharfe Erwiderung verkneifen – ein nobler Versuch, der indes zum Scheitern verurteilt war. »Auch wenn ich dir zu dieser Entscheidung nur gratulieren kann, frage ich mich doch, wer, zum Teufel, sein Nachfolger ist.«

Sie runzelte die Stirn. »Sein Nachfolger? Es gibt keinen Nachfolger.«

Schweigend sah er sie an, die Lippen noch schmaler, die Miene angespannt; seine Augen wirkten dunkel und drohend in der Nacht.

»Ah.« Plötzlich ging ihr ein Licht auf. »Wenn du den Herrn

meinst, der eben gegangen ist, das ist Lucius Clifford, ein entfernter Cousin, wundersam von den Toten auferstanden. Aber er ist nicht an Wraxbys Stelle getreten.«

Im ersten Moment war er offenbar perplex, dann meinte er nur: »Das scheint er aber anders zu sehen.«

So ein Unsinn, dachte sie, hatte aber wahrlich keine Lust, sich mit ihm zu streiten, geschweige denn, sich zu rechtfertigen für etwas, das nicht war und, so es sie anging, auch nie sein würde. »Nichts läge uns ferner«, versicherte sie ihm.

Sein Blick ruhte suchend auf ihr. Da sie auf dem Weg standen und nicht im Schatten der Bäume, warf der Mond ein zwar schwaches, aber doch ausreichendes Licht, um das Gesicht des anderen zu erkennen. Sie hatte den Eindruck, dass es ihm – ihm, der ihre Liaison beendet hatte wohlgemerkt – auf der Zunge lag zu widersprechen, und das vermutlich sehr entschieden, aber dann nickte er nur knapp und meinte: »Gut zu wissen.«

Warum? Seine Worte, seine Nähe stürzten sie in Verwirrung, und weil sie der Meinung war, dass sich ein solches Gespräch mit ihrem einstigen Geliebten nicht geziemte – der wohlgemerkt ihre Beziehung *beendet* hatte und ihr doch dauernd nachstellte –, ließ sie ihn einfach stehen und ging weiter zum Haus. So langsam wurde es ihr wirklich zu dumm.

Natürlich heftete er sich prompt an ihre Fersen. »Was meintest du mit ‚wundersam von den Toten auferstanden'?«

Natürlich könnte sie ihm erwidern, dass ihn das überhaupt nichts angehe, jetzt nicht mehr, aber ihr Gefühl sagte ihr, dass er nicht eher Ruhe geben würde, bis er erfahren hatte, was er wissen wollte. Nicht zu vergessen den Dienst, den er Roderick und ihr erwiesen hatte und noch immer erwies. Das Haus stand unter Beobachtung, Kirkwell war noch auf freiem Fuß – wer konnte ihm seinen Argwohn verdenken? Sie wurde langsamer, da der Weg zum Haus nicht weit war und sie nicht wollte, dass man sie drinnen hörte. »Es hieß, Lucius sei in der

Schlacht von Waterloo gefallen; wir und seine ganze Familie dachten, dass er tot wäre. Wie sich nun herausstellte, stimmte das nicht – er war nur sehr schwer verwundet, unter anderem hatte er einen Schlag auf den Kopf erlitten, der ihm das Gedächtnis nahm. Er wusste weder, wer er war, noch, was mit ihm geschehen ist. So blieb er lange Jahre auf dem Kontinent, bis kürzlich eine weitere Verwundung seine Erinnerungen zurückbrachte und er nach England zurückkehrte.«

Am Fuß der Treppe hielt sie inne und wandte sich nach ihm um.

Er blieb in schicklicher Distanz stehen und betrachtete sie nachdenklich. Wieder meinte sie zu spüren, wie er mit sich rang; wieder hielt er sich zurück und fragte nur: »Bist du sicher, dass er dein Cousin ist?«

Sie nickte. »Ganz sicher. Wir haben uns als Kinder recht häufig gesehen, und auch wenn er natürlich älter geworden ist und sein Äußeres sich verändert hat, hatte ich ihn doch schon erkannt, noch ehe er seinen Namen nannte. Zudem kennt er sämtliche Familiengeschichten, er erinnert sich, was wir damals gespielt haben, wir drei – ich, er und Rosalind. Erinnert sich auch an Roderick, als er noch ein Baby war. Niemand sonst könnte all diese Dinge, diese zahllosen Kleinigkeiten, wissen. Er ist es, zweifellos.«

Wieder wünschte sie, seine Gedanken lesen zu können, zu wissen, was in ihm vorging, als er sie nun einfach nur ansah, aber seine Miene war noch unergründlicher als sonst, und im Schatten des Hauses war es zu dunkel, als dass sie in seinen Augen hätte lesen können.

Schließlich erkundigte er sich, fast beiläufig, als wäre die Frage reine Routine: »Er hat nicht zufällig eine Narbe im Gesicht – einen Schmiss auf der Wange?«

Jetzt war sie es, die zögerte, denn wenn sie sich noch einmal die Beschreibung Kirkwells in Erinnerung rief, musste sie einräumen, dass sie durchaus auf Lucius gepasst hätte. Kurz erwog sie, auszuweichen und Unwissenheit vorzuschützen, aber ihr war klar, dass es nichts brachte, die Wahrheit vor Roscoe verbergen zu wollen. Er würde es ohnehin herausfinden. Und was hatte es schon zu sagen? »Das hat er tatsächlich, aber es fällt kaum auf. Und wie du selbst meintest, tragen viele Männer, die aus dem Krieg heimgekehrt sind, Narben. Sei es im Gesicht oder anderswo. Das muss überhaupt nichts bedeuten.«

Er lächelte trocken. »Mag sein. Mag aber auch nicht sein.« Seinem Blick nach zu urteilen, schien er in Gedanken weit weg zu sein, ehe er seine Aufmerksamkeit wieder auf sie richtete. »Trotzdem wäre es mir lieber, wenn ihr – du und Roderick – ihm nicht blind vertrauen würdet. Am besten wäre, ihr würdet euch von ihm fernhalten, bis ich Gelegenheit hatte, seine Angaben zu überprüfen.«

Ungläubig sah sie ihn an. »Nein.« Sie wünschte, es hätte entschiedener geklungen, aber es verschlug ihr fast die Sprache.

Er nickte und wandte sich zum Gehen. »Gut.«

Jäh wurde sie aus ihrer Erstarrung gerissen. »Nein! Ich meine, *nein*, ich werde mir nicht vorschreiben lassen, ob ich mit meinem Cousin Umgang haben darf oder nicht.«

Er blieb stehen, verharrte einen Moment reglos, dann drehte er sich langsam um und kam zurück. »Ich hätte dich für klüger gehalten.«

Schweigen senkte sich zwischen sie, doch es hätte beredter nicht sein können.

Sie versuchte tief durchzuatmen. Vor Jahren schon hatte sie ihr hitziges Temperament zu zähmen gelernt. Ganz gleich, wie sehr Gladys oder einst auch die noch gestrengere Tante Corrine ihr zusetzten, Miranda hatte sich nicht aus der Ruhe bringen lassen. Egal, welche Hindernisse ihr das Schicksal in den Weg legte, es war ihr fast immer gelungen, ihren Unmut zu bändigen. Er jedoch hatte wirklich ein Händchen dafür, die schwelende Glut anzufachen, darin herumzustochern, bis ihre Wut hochkochte und sie rotsehen ließ.

Aus schmalen Augen sah sie ihn an. Ihre Stimme bebte vor unterdrücktem Zorn. »Wie kannst du es wagen … Mit welchem Recht maßt du dir an, mir zu sagen, was ich und Roderick zu tun und zu lassen haben? Du warst und bist Roderick ein treuer Freund und hast geholfen, ihn zu finden und in Sicherheit zu bringen, wofür wir dir immer dankbar sein werden, aber da hört dein Einfluss auch auf. Wenngleich ich – und ich denke, ich kann auch für Roderick sprechen – die Anstrengungen sehr zu schätzen weiß, die du und deine Männer unternehmt, um Kirkwell ausfindig zu machen, gibt dir das noch lange nicht das Recht, dich in unser Leben einzumischen und uns vorzuschreiben, mit wem wir verkehren dürfen und mit wem nicht.«

Er bedachte sie mit einem Blick äußerster Gereiztheit. »Mir scheint, dein Cousin hat dich schon ganz schön um den kleinen Finger gewickelt.«

»Wie bitte?« Ihre Wut brach sich Bahn – und auf einmal begriff sie, worum es wirklich ging. Mal wieder. Sie trat vor ihn und setzte ihm den Finger an die Brust. »Es war *deine* Entscheidung, dich zurückzuziehen und nicht mehr zu sein als ein Freund der Familie, ein Bekannter – was auch immer. Das gestattet dir keinesfalls, dich in mein Leben einzumischen oder gar Andeutungen über die Menschen zu machen, mit denen ich *aus freien Stücken* Umgang pflege. *Du* hast unsere Liaison beendet, du wolltest es so – und doch muss ich mich ständig gegen dich erwehren!«

Ihre Augen blitzten, als sie ihn ansah; ihr war, als sprühte die Wut in heißen Funken aus ihr heraus. Unverwandt sah sie ihn an und hieb ihm den Finger an die Brust. »Hör auf, dich wie ein eifersüchtiger Idiot aufzuführen! Du hast *kein* Recht dazu.« Obwohl sie ihre Stimme gedämpft hatte, denn das ging nur sie beide etwas an, traf jedes ihrer Worte ihn mit messerscharfer Präzision. »Du hattest deine Chance, aber du hast sie nicht gewollt. Ich kann durchaus verstehen, warum du so entschieden hast, aber es war immer noch *deine* Entscheidung. Nur kommt es mir so vor, dass ich mich mit den Folgen deiner Entscheidung weitaus besser abfinden kann als du.«

Sie wich etwas zurück, nahm aber nicht den Blick von ihm. »Wraxby und, wenn man deiner Einschätzung glauben will, Lucius sind wenigstens daran interessiert, eine Beziehung mit mir zu unterhalten. Ich möchte zwar weder den einen noch den anderen, aber zumindest zeigen sie *Interesse!*«

Damit machte sie auf dem Absatz kehrt, stürmte die Treppe hinauf und verschwand im Haus.

Im oberen Korridor traf sie auf Gladys.

Ihre Tante maß sie mit argwöhnischem Blick. »Mir war, als hätte ich Stimmen gehört. Mit wem hast du da gerade gestritten?«

Miranda verlangsamte weder ihre Schritte, noch würdigte sie ihre Tante auch nur eines Blickes. »Mit jemandem, der es besser hätte wissen sollen.«

Roscoe betrat sein Haus mit einer Wut, wie er sie wohl noch nie empfunden hatte. Er zog seinen Mantel aus und warf ihn Rundle zu, kaum dass der Butler aus dem hinteren Teil des Hauses in die Halle geeilt kam. »Sagen Sie Jordan, ich will ihn sprechen – jetzt sofort. In meinem Arbeitszimmer. Und Mudd und Rawlins können Sie mir auch hochschicken.«

Ohne Rundles Antwort abzuwarten, stürmte er, drei Stufen auf einmal nehmend, die Treppe hinauf.

Durch die Fenster seines Arbeitszimmers schien schwaches Mondlicht herein. Vorhänge gab es hier keine, nichts sollte vom nüchternen Geschäft ablenken. Er zündete eine Lampe an und begann dann unruhig auf und ab zu gehen – eine Unsitte, in die er nur selten verfiel. Hin und her marschierte er, immer vor seinem Schreibtisch entlang, als könnte er so die heftige Reaktion abmildern, die ihre Worte geweckt hatten.

Seine *Entscheidung*?

Er schnaubte höhnisch. Als ob er eine Wahl gehabt hätte! Und glaubte sie wirklich, er hätte kein *Interesse*?

Er fluchte leise vor sich hin – er konnte in aller Herren Sprachen fluchen, was sich nun endlich mal auszahlte; Sprachen, die *sie* kaum verstehen dürfte, genauso wenig wie sie ihn verstand!

Sei's drum. Was kümmerte es ihn. Sollte sie doch denken, was sie wollte. Wer sich wie er ein für alle Mal von der Gesellschaft losgesagt hatte und keinen Pfifferling darauf gab, was andere von ihm dachten, würde sich einen Teufel um die Ansichten einer Miss Miranda Clifford scheren.

Nicht, dass sie es ihm danken würde – weit gefehlt, das hatte sie ihm gerade sehr deutlich mitgeteilt. Aber wunderte ihn das?

Es sollte ihm egal sein, was sie dachte, was sie fühlte. Er würde dafür sorgen, dass den Menschen, die ihm nahestanden, nichts zustieß. Das hatte er schon immer getan, und er würde es auch weiterhin so halten. So war sein Naturell. Da konnte sie sich seinetwegen auf den Kopf stellen. Weder ihretwegen noch seiner Mutter zuliebe würde er seine Überzeugungen verraten.

So war Roscoe, und er würde nie ein anderer sein. Kam man ihm zu nah – wurde seine Geliebte, *nahm* ihn sich zum Geliebten –, musste man auch mit den Konsequenzen leben. »Sie wird sich damit abfinden müssen.«

Seine Wut begann allmählich abzuklingen, als es forsch an der Tür klopfte und Mudd und Rawlins hereinmarschierten.

»Sie wollten uns sprechen?«

»Geht zu Gallagher und vereinbart ein Treffen mit ihm. Jetzt gleich, so bald wie möglich.«

Beide starrten ihn eine Sekunde entgeistert an, dann nickten sie und zogen wieder los.

Kaum waren die beiden weg, kam Jordan in fliegendem Wechsel hereingeeilt. Ein Blick auf Roscoe genügte ihm, um die Tür hinter sich zu schließen. »Was ist passiert?«

Roscoe blieb stehen, atmete tief durch und sammelte sich einen Moment. »Ich möchte, dass du mir alles über einen gewissen Lucius Clifford heranschaffst, was du nur in die Finger kriegen kannst – und zwar wirklich *alles*. Er ist ein entfernter Verwandter von Roderick, eine Art Cousin, aber über zig Ecken. Ich schätze ihn auf dasselbe Alter wie Miss Clifford, sie kennen sich wohl seit Kindertagen.«

Jordan hatte sein Notizbuch gezückt und schrieb eifrig mit. »Was wissen wir noch?«

»Lucius Clifford war in der Armee – als was genau, weiß ich nicht. Sie meinte, er sei in Waterloo dabei gewesen, ich würde auf Infanterie tippen, Kavallerie kommt mir zu hochgegriffen vor. Man teilte seiner Familie mit, dass er in der Schlacht gefallen sei, aber vor ein paar Tagen tauchte er quicklebendig wieder in London auf mit einer haarsträubenden Geschichte, wie er durch eine Kriegsverletzung sein Gedächtnis verloren und es erst kürzlich wiedergewonnen habe.«

»Seit wann ist er wieder in England?«

»Das weiß ich nicht. So wie ich es verstanden habe, erst seit Kurzem. Bei den Cliffords ist er laut unseren Leuten zum ersten Mal vor vier Tagen aufgetaucht. Glaubt man seiner Geschichte, hat er die Zeit nach Waterloo auf dem Kontinent verbracht.«

Jordan las sich noch einmal seine Notizen durch. »Warum glauben die Cliffords, dass es sich tatsächlich um den verschollenen Cousin handelt?«

»Sie behaupten, sie hätten ihn sofort wiedererkannt – zumindest Miss Clifford. Sie ist sich ihrer Sache sehr sicher. Auch kennt er wohl etliche alte Familiengeschichten und erinnert sich an Dinge, die sie früher zusammen erlebt haben und die sonst angeblich niemand wissen kann.«

Jordan hielt kurz im Schreiben inne. »Aber …?«

»Mein Gefühl sagt mir, dass da etwas nicht stimmt. Dass es kein bloßer Zufall sein kann, dass er ausgerechnet jetzt auftaucht. Mag sein, dass Clifford ein ganz einfacher, unbescholtener Bürger ist, aber wir sollten ihm trotzdem auf den Zahn fühlen – zumal er, wie der Zufall es will, eine Narbe im Gesicht hat, genau wie unser großer Unbekannter.«

Jordans Hand verharrte reglos, und er schaute auf; jeder Zweifel war aus seinem Gesicht verschwunden. »Wir halten fest: eine Narbe wie Kirkwell, entfernter Cousin, jahrelang tot geglaubt. Und jetzt, ausgerechnet jetzt, taucht er wieder auf. Alles klar. Ich glaube, ich weiß, worauf du hinauswillst.«

Roscoe nickte grimmig. »Das will ich meinen.«

Ein kurzes Klopfen an der Tür, und Mudd kam herein. »Ich habe mich mal kurz mit einem von Gallaghers Leuten unten auf dem Platz unterhalten. Er meinte, Gallagher ist jetzt zu Hause, aber wenn Sie sich lieber an einem neutralen Ort treffen wollen, geht es wohl erst wieder in den nächsten Tagen. Sind Sie dagegen bereit, sich in die Höhle des Löwen zu begeben, würde der Alte Sie umgehend empfangen.«

Roscoe schnaubte verächtlich. Er hatte es sich zur Regel gemacht, sich mit jedweden zwielichtigen Gestalten niemals auf deren eigenem Terrain zu treffen. Und er war gut damit gefahren. Vom persönlichen Risiko abgesehen, war es ein kleines, aber feines Zeichen der Distinktion, das den Bossen der Unterwelt zu verstehen gab, dass er wohl manchmal ihres Rats und ihrer Hilfe bedurfte, aber nicht zu ihrer Welt gehörte und ihr auch niemals angehören würde. Diesmal jedoch lagen die Dinge anders. Er brauchte die Informationen, und zwar möglichst sofort. Warum diese Eile, das konnte er sich selbst nicht erklären, er folgte einfach seiner inneren Stimme, und die drängte darauf, keine Zeit zu verlieren. Von all seinen Kontakten in die Unterwelt hatte Gallagher den entscheidenden Vorteil, dass er ihm nicht viel erklären musste. Gallagher und er, sie wussten genau, wo sie standen. Also entweder …

Er nickte. »Einverstanden.« Zeit für die berühmte Ausnahme von der Regel. Leider würde Gallagher auf diese Weise sofort wissen, wie sehr ihm an dieser Information gelegen war, doch das ließ sich nicht ändern. Zudem hatte der Alte seine zweifelhafte Macht nicht erlangt, indem er sein Glück unnötig auf die Probe stellte und den Bogen überspannte; er war zu klug, um es sich mit seinen Gegnern zu verscherzen. Genau darauf setzte Roscoe. »Wir fahren zu Gallagher. Lasst den Wagen anspannen und holt euch noch Gallaghers Mann dazu – der soll unsere Vorhut sein.« Er gestattete sich ein diabolisches Lächeln.

Mudd lachte düster und eilte wieder davon.

Jordan überflog noch einmal seine Notizen. Als Roscoe zur Tür ging, schaute er auf. »Kannst du mir sonst noch etwas über ihn sagen?«

»Mehr fällt mir im Moment nicht ein.«

Jordan runzelte die Stirn. »Warum Gallagher? Und wozu die Eile?«

»Weil ich will, dass Gallagher oder besser gesagt seine Leute die gesamte Stadt nach Lucius Clifford und nach Kirkwell absuchen, und je eher sie damit anfangen, desto besser.«

Jordan nickte bedächtig. »Verstehe.« Er klappte sein Notizbuch zu. »Dann will ich mich auch mal an die Arbeit machen und dir so bald wie mögliche meine Ergebnisse präsentieren.«

Mit einem knappen Nicken verließ Roscoe das Zimmer und eilte nach unten.

Seine Unterredung mit Gallagher verlief wie erwartet, auch wenn der Alte sich, nachdem er Londons Glücksspielkönig prüfend gemustert hatte, noch verhaltener zeigte als sonst.

Roscoe schilderte ihm knapp und präzise, was er wollte, und fragte Gallagher, was er im Gegenzug verlange. Gallagher sah ihn eine ganze Weile schweigend an, dann räusperte er sich und strich sich nachdenklich übers Kinn. »Nun ja … sagen wir so: Weil Sie meinen Neffen unter Ihre Fittiche genommen haben, was ich Ihnen hoch anrechne, können wir das ruhig später klären. Verbleiben wir einfach so, dass Sie mir noch einen Gefallen schulden. Bestimmt findet sich mal Gelegenheit, sich zu revanchieren.«

Roscoe überlegte, ob er sich darauf einlassen sollte. »Einverstanden, aber nur unter der Voraussetzung, dass es bei diesem einen Gefallen bleibt und ich mich dazu nicht außerhalb des Gesetzes bewegen muss.«

Gallagher zog eine Flunsch, aber seine Augen lachten. »Sie sind mir vielleicht ein kleiner Hosenscheißer, Mann! Aber bitte, sollen Sie haben. Ich schicke dann also meine Jungs los, damit sie sich nach diesem Lucius Clifford umhören – und auch nach Kirkwell.«

Roscoe nickte. »Halten Sie vor allem Ausschau nach möglichen Verbindungen zwischen Clifford und Kirkwell. Alles kann dabei von Interesse sein, mag es auch noch so unbedeutend sein. Wenn ihre Wege sich im Laufe der letzten Jahre gekreuzt haben, will ich auf jeden Fall davon wissen.«

»Wenn sie sich hier in London begegnet sind, kriegen meine Jungs das raus«, zeigte Gallagher sich zuversichtlich.

»Sehr gut.« Roscoe stand auf. »Eines noch – die Zeit drängt, weshalb ich Sie noch einmal bitten möchte, mich über alles umgehend in Kenntnis zu setzen, und mag es in Ihren Augen auch noch so geringfügig erscheinen.«

»Aber klar, das lässt sich machen.« Gallagher grinste. »Ich hoffe, die Kleine ist den Aufwand wert.«

Roscoe erwiderte schweigend Gallaghers Blick, dem das Grinsen schnell verging.

Er wartete, bis das Lächeln ganz erloschen war, dann neigte er höflich den Kopf und zog sich, flankiert von Mudd und Rawlins, aus Gallaghers Privatissimum zurück, das, tief im Labyrinth der Londoner Slums versteckt, das sehr rege schlagende Herz der Unterwelt war.

Miranda lag in ihrem Bett, das Plumeau bis zum Kinn hochgezogen, und sah dem Spiel von Mondlicht und Schatten an der Zimmerdecke zu. Sie hätte nicht sagen können, wie lange sie schon so lag.

Irgendwann war ihr Zorn so weit verraucht, dass sie sich nüchternen Verstandes entsonnen hatte, warum sie sich einst beigebracht hatte, ihr hitziges Temperament zu zügeln. Weil nämlich nichts Gutes dabei herauskam, wenn man seiner Wut freien Lauf ließ, darum.

Aber zumindest zeigen sie Interesse!

Ihre Worte klangen ihr noch immer in den Ohren, hallten ihr durch den Kopf wie stupider Glockenschlag, der niemals enden wollte, und bei jeder Wiederholung wäre sie am liebsten im Erdboden versunken vor Schmach. Wie entwürdigend und verräterisch! Gerade so, als hätte sie sämtliche Hüllen fallen gelassen und wäre, bloß noch nacktes Gefühl, vor ihm herumgetanzt.

Ihre letzte Hoffnung blieb, dass er es gar nicht bemerkt hatte oder sich, so wütend wie auch er gewesen war, nicht mehr daran erinnerte oder es einfach nicht begriff, was sie dazu gebracht, sie förmlich dazu getrieben hatte, mit diesen Worten herauszuplatzen.

Das wollte sie wirklich hoffen. Aber sie ahnte, dass dem nicht so war. Dass er sehr wohl gemerkt und begriffen hatte, wie es gemeint gewesen war.

»Oje.« Hätte sie sich noch tiefer in den Kissen verkriechen können, hätte sie es getan. Eine halbe Ewigkeit gingen ihr diese Worte wieder und wieder durch den Kopf, bis ihr schon ganz schwindelig wurde.

Irgendwann hörte es dann auf, und sie richtete ihre Aufmerksamkeit auf *ihn*, auf das, was ihn eigentlich zu ihr geführt hatte und weshalb er sie so sehr hatte provozieren müssen. Was in ihn gefahren war, sich auf diese absurde Idee einzuschießen, sie und Lucius könnten mehr sein als Cousin und Cousine.

Sie schnaubte. Wie er sich in ihre Angelegenheit einmischte, war genauso unangemessen wie ihr Eindringen in sein Haus an jenem ersten Abend, da sie Roderick heimlich gefolgt war, um ihn vor einer vermeintlichen Orgie zu retten, die sich dann als Treffen der Philanthropischen Gilde entpuppt hatte. Sah sie da etwa Parallelen?

Ihre Gedanken kamen jäh zu einem Halt. Dann wechselten sie die Richtung, boten ihr plötzlich eine neue Perspektive, von der sie beide Vorfälle noch einmal genauer betrachtete, sie miteinander verglich. Im Grunde lief es auf dasselbe hinaus, sei es, dass sie sich ins Haus an der Chichester Street geschlichen hatte, um ihren Bruder vor *ihm* zu retten, oder dass *er* im Garten an der Claverton Street lauerte, um sie vor Lucius zu retten.

Sie war einzig ihrem Bedürfnis gefolgt, Roderick zu beschützen – einen Menschen, den sie mehr liebte als sich selbst. Dieses Bedürfnis war so stark und übermächtig gewesen, dass es sie jedes rechte Maß hatte verlieren lassen und ihre Urteilskraft so sehr getrübt hatte, dass es ihr gar nicht unrecht vorgekommen war, sich heimlich in Roscoes Haus zu schleichen.

Was hatte ihn also an den Punkt gebracht, dass er sich unklugerweise in ihr Leben glaubte einmischen zu müssen?

Der Wunsch, sie zu beschützen, natürlich. Aber was steckte hinter diesem Wunsch, was machte ihn so stark und übermächtig, dass auch er jedes rechte Maß verloren hatte?

Es war verlockend, den logischen Schluss zu ziehen, aber wenn sie bedachte, welch ein komplexer, komplizierter Mensch er war, mochte es ebenso unklug sein, in Gedanken allzu weit vorauszueilen.

Die Minuten verstrichen, eine Uhr schlug die Stunde, im Haus war längst Stille eingekehrt. Irgendwann überkam sie doch die Müdigkeit; sie gähnte, drehte sich auf die Seite und schloss die Augen.

Nachdem sie denselben Fehler gemacht und er ihr so großmütig vergeben hatte, sollte sie es in seinem Falle vielleicht genauso halten. Aber es ließ sich nicht abstreiten: Die Vorstellung, dass einem Mann wie ihm, Londons berühmt-berüchtigtem Glücksspielkönig, so sehr an ihrem Wohl gelegen war, dass er alles Maß vergaß …

Mit einem leisen Lächeln auf den Lippen schlief sie ein.

20. Kapitel

Am nächsten Morgen verschaffte Roscoe die bloße Nennung seines Namens zu unfashionabel früher Stunde Einlass in Rafe Carstairs Haus an der Wigmore Street. Eine Minute später wurde er in Carstairs' Arbeitszimmer geführt.

Als die Tür sich hinter ihm schloss, stellte Roscoe, wenngleich nicht sonderlich überrascht, fest, dass nicht nur Rafe, sondern auch dessen Frau Loretta ihn erwarteten.

»Mr. Roscoe, welch eine Freude, Sie bei uns begrüßen zu dürfen.« Loretta Carstairs kam lächelnd auf ihn zu und reichte ihm die Hand. Während er sich galant darüberbeugte, fuhr sie auch schon fort: »Ich wollte Ihnen schon lange persönlich dafür danken, dass Sie sich der Sache mit Manning angenommen haben, diesem Scheusal, und auch dafür, dass Sie meine Tante Esme und Argyle Investments so unermüdlich unterstützen.«

»Was Letzteres anbelangt«, erwiderte er mit einem Lächeln, »so war es eine ausgesprochen lehrreiche Erfahrung, von der ich sehr profitiert habe. Ihre Tante ist eine wirklich beeindruckende Frau.«

Loretta freute sich sichtlich darüber. »Wem sagen Sie das? Ich wäre ja zu gern mal Mäuschen bei den Sitzungen des Komitees.«

Er musste lachen. »Langweilig wird es auf jeden Fall nie, so viel kann ich Ihnen verraten.«

Ihr Mann kam dazu; als sie sich die Hand gaben, musterte Rafe ihn prüfend. »Was führt Sie her zu so früher Stunde? Können wir etwas für Sie tun?«

Roscoe erwiderte seinen Blick ernst. »Wie der Zufall es will – ja.«

Rafe nickte. »Was immer Sie wollen, Roscoe. Wir stehen tief in Ihrer Schuld.«

»Könnten Sie für mich Einsicht ins Armeeregister nehmen, wenn ich Auskünfte über eine ganz bestimmte Person haben möchte?«

Rafe zögerte nur den Bruchteil einer Sekunde. »Das müsste sich machen lassen. Um wen geht es denn?«

Roscoe legte ihm kurz Lucius Cliffords Geschichte dar.

Rafe zeigte sich zuversichtlich. »Das dürfte kein Problem sein.«

»Es gäbe da noch einen zweiten Mann – John Kirkwell. Ich vermute, dass es zwischen den beiden irgendeine Verbindung gibt.«

»Dann schaue ich auch gleich nach Kirkwell, wenn ich schon mal dabei bin.« Rafe sah Roscoe aufmerksam an. »Gehe ich recht in der Annahme, dass es eilt?«

Roscoe dachte einen Moment nach, doch schließlich räumte er ein: »Ich kann es nicht mit Sicherheit sagen, aber sollte mein Verdacht sich bestätigen, dann drängt die Zeit, ja.«

Jetzt war auch Rafes morgendliche Gelassenheit dahin; er nahm Haltung an und nickte geschäftsmäßig. »Wird dann gleich heute erledigt. Leider kann ich nicht abschätzen, wie lange das ganze Prozedere braucht, aber ich werde mich darum kümmern, dass alles so schnell wie möglich in die Wege geleitet wird. Wohin soll ich mich mit den Informationen wenden?«

»Chichester Street, Nummer elf.« Roscoe verneigte sich vor Loretta, verabschiedete sich von Rafe. »Danke.«

Unter abermaligen Bekundungen, dass sie jederzeit für ihn zur Verfügung stünden, begleiteten beide ihn zur Tür.

Er ging ein Stück die Wigmore Street hinunter zu seinem Wagen, den er nicht direkt vor dem Haus der Carstairs hatte abstellen wollen. Selbst jetzt, da doch alles in Gang gebracht war, ließ ihm sein Bedürfnis, mehr über Lucius Clifford herauszufinden, den Mann auffliegen zu lassen, keine Ruhe. Dabei hatte er alles in seiner Macht Stehende getan, hatte alle alten Gefälligkeiten eingeholt, sämtliche verfügbaren Männer darauf angesetzt. Hatte er nicht doch etwas übersehen? Konnte er noch etwas tun?

Nicht dass er wüsste.

Sollte er sich noch einmal an Miranda wenden, um seine Warnung zu wiederholen?

Ein Gedanke, den er gleich wieder verwarf. Wenn er *das* tat, es auch nur versuchte, wenn er den eifersüchtigen Idioten gab, wie sie ganz recht bemerkt hatte, und die vorhergehende Episode mit Wraxby tat ein Übriges, dann konnte er von Glück sagen, wenn sie ihn überhaupt noch anhörte. Und reden konnte er viel, aber ohne Beweis würde sie ihm kein Wort glauben.

Und bislang hatte er tatsächlich nichts Handfestes gegen ihren lieben Cousin Lucius vorzubringen. Nichts, das belegen würde, dass er nicht der war, für den er sich ausgab. Familienbande galten nun einmal mehr als die Warnungen eines »heimlichen Bekannten«, oder was immer er, Roscoe, jetzt in ihren Augen sein mochte.

Doch sein Bauchgefühl – und darauf war Verlass, es hatte ihm mehr als nur einmal das Leben gerettet – sagte ihm, schrie es ihm geradezu ins Gesicht, dass Lucius Clifford eine Bedrohung für Miranda darstellte. Und anders als bei Wraxby schien ihm eine Gefahr für Leib und Leben nicht unwahrscheinlich zu sein. Leider konnte er sich in Anbetracht seiner Gefühle nicht sicher sein, ob sein unfehlbares Bauchgefühl ihn nicht doch im Stich ließ und sein Argwohn eher darin begründet lag, dass Lucius Clifford ein Auge auf sie geworfen hatte – auf sie, die all seinen Worten, Entscheidungen und Überzeugungen zum Trotz dem Gefühl nach noch immer die Seine war.

Kurzum, er konnte sich nicht sicher sein, ob er sich das alles nicht bloß einbildete, ob er nicht den Schuft in Clifford sehen wollte, weil er einen Rivalen in ihm witterte.

Bei seiner Kutsche angekommen, hielt er einen Moment inne, spielte noch einmal alle Eventualitäten durch, gelangte aber zu demselben Ergebnis. Er war Experte in Risikobewertung, und sich nicht auf sein Bauchgefühl zu verlassen war ein Risiko, das er nicht eingehen würde.

Er öffnete den Schlag und wandte sich an seinen Kutscher. »Zurück in die Chichester Street.«

»Aye, Sir.«

Roscoe stieg ein und ließ sich in den Sitz fallen. So viel Bewegung wie er in die Sache gebracht hatte, sollte er eigentlich bald Gewissheit haben, ob Lucius Clifford ein unschuldiger Kriegsversehrter war und somit völlig respektabler Umgang für Miranda. Selbst wenn sie den entfernten Vetter heiraten wollte, ließe sich nichts dagegen einwenden.

Oder aber ob Clifford ein Schuft war. Und zwar nicht irgendeiner, sondern der gesuchte.

Sollte sich Letzteres herausstellen, würde er handeln, ohne Wenn und Aber.

»Meine liebe Miranda, kann ich dich vielleicht zu einer kleinen Ausfahrt in den Park verführen?«, fragte Lucius sie mit seinem charmanten, ungezwungenen Lächeln. »Ich habe gerade ein Gespann zur Probe, würde vor dem Kauf aber gern ein paar Runden drehen, um zu sehen, wie die Pferde sich machen.«

Seit ihrem Zusammentreffen mit Roscoe am Abend zuvor ertappte sie sich immer wieder dabei, wie sie Lucius verstohlen beobachtete, seit er um Punkt drei Uhr in der Claverton Street eingetroffen war, um Gladys mit seinem Charme zu bezirzen und mit ihr, Roderick und Sarah im Salon beisammenzusitzen und zu plaudern. Zwar hatte sie Roscoes Behauptung, Lucius sehe womöglich mehr als nur die Cousine in ihr, entschieden zurückgewiesen, doch das mochte auch daran liegen, dass der Gedanke ihr bislang nie gekommen war, weshalb sie den Aufmerksamkeiten des Cousins auch keine große Bedeutung beigemessen hatte. Aber vielleicht hatte Roscoe ja etwas bemerkt, das ihr entgangen war.

Seit dem gestrigen Gespräch und Roscoes Warnung, so anmaßend sie auch war, begann sie indes alles zu hinterfragen. Und jetzt lud Lucius sie auch noch zu einer Kutschfahrt ein – nur sie beide. Sie beschloss, sich nichts dabei zu denken, und lächelte ebenso unbefangen wie er zurück. »Danke, gern. Wir haben Glück, dass uns der Regen auch heute verschont, und es sieht gerade so aus, als würde sich das Wetter halten. Eine Ausfahrt böte sich wirklich an.«

Zehn Minuten später waren sie auch schon in nördlicher Richtung unterwegs und folgten der Straße, die an den Gärten von Buckingham House vorbei zum weitläufigen Grün des Hyde Park führte; während der Fahrt plauderten sie über dieses und jenes, aber an der belebten Kreuzung, wo Piccadilly auf Park Lane traf, ließ Miranda Lucius sich ganz darauf konzentrieren, das ihm doch noch fremde Gespann sicher durch den Verkehr zu lenken. Sowie sie die ruhigeren Gefilde des Parks erreicht hatten und der Wagen ruhiger dahinfuhr, entspannte sie sich ein wenig und wartete, was die traute Zweisamkeit ihr nun bescheren mochte.

»Ich sprach heute Morgen mit dem Anwalt der Familie. Anscheinend können sie es kaum erwarten, mich wiederzusehen, weshalb ich in ein paar Tagen gen Norden aufbrechen werde.«

Sie betrachtete ihn von der Seite. »Du freust dich sicher auch schon darauf, wieder nach Hause zu kommen.«

Während der nächsten Minuten stellten sie Mutmaßungen über die Reaktion verschiedener Familienmitglieder an, ehe Lucius wieder ernst wurde. Den Blick nach vorn auf die Pferde gerichtet, meinte er: »Natürlich freue ich mich, wieder dort zu sein. Allerdings wird es mir umso lebhafter vor Augen führen, dass ich acht Jahre meines Lebens verloren habe, und alles nur wegen dieser unseligen Verletzung.« Er schaute kurz zu ihr hinüber und seufzte. »Ich komme mit leeren Händen zurück, habe nichts vorzuweisen. Ich stehe keinen Deut besser da als damals, bevor ich Macclesfield verlassen habe.«

Die Verbitterung in seiner Stimme war nicht gespielt. Ehe sie eine passende Antwort finden konnte, fuhr er fort: »Ich bin einunddreißig. In dem Alter, so hatte ich geglaubt, wäre ich längst verheiratet und hätte eine Familie. Aber …« Er zuckte mit den Schultern. »… die Chance ist mir bislang verwehrt geblieben.«

So wie ihr. Bislang.

Die unausgesprochenen Worte hingen bedeutungsschwer zwischen ihnen. Zumindest nahm sie an, dass Lucius die Parallelen zwischen ihrer beider Situation genauso deutlich sah wie sie. Aber vielleicht täuschte sie sich auch, und er hatte es ganz ohne Hintergedanken gesagt. Oder er merkte es erst jetzt, da die Worte ausgesprochen waren. Vielleicht war es ihm unangenehm, weil er es gar nicht so gemeint hatte, denn auf einmal, als wollte er von dem Thema ablenken, es nur schnell beenden, zeigte er zu einer kleinen Schar Enten, die sich munter schnatternd in dem serpentinenförmigen Teich vergnügte.

Danach redeten sie wieder über Gott und die Welt, machten Bemerkungen über ihre Umgebung und was ihnen dazu gerade so in den Sinn kam; eine sehr nette, unverfängliche Unterhaltung, bei der sie sich hin und wieder anlächelten, gelegentlich gar gemeinsam lachten, während Lucius den Wagen über die gekiesten Wege des Parks lenkte und die beiden Braunen verschiedene Gangarten anschlagen ließ, um sie auf ihre Tauglichkeit als Kutschenpferde zu prüfen. Sie sah ihm zu und wartete ab, ob er noch einmal darauf zurückkäme, doch er ließ nicht erkennen, dass er die Frage nach einer eigenen Familie – und damit nach Heirat – erneut zur Sprache bringen wollte.

Erst als sie schon wieder in Pimlico waren, kam er darauf zurück – um Nägel mit Köpfen zu machen, so machte es den Eindruck. Je näher sie der Claverton Street kamen, desto nachdenklicher und schweigsamer wurde er. Sie merkte förmlich, wie er sich einen Ruck gab, den Blick von der Straße nahm und sie ansah.

Sie erwiderte seinen Blick, konnte in seinen braunen Augen aber allenfalls eine leise Frage, wenn nicht gar einen Hauch von Kalkül erkennen.

»Ich hatte mir überlegt …« Er verstummte wieder und schaute geradeaus. »Immerhin kenne ich dich gut genug, um zu wissen, dass du mir einfach sagen würdest, ich solle mich zum Teufel scheren, wenn du … Herrje, wo soll ich anfangen? Ich hatte ja vorhin erwähnt, dass ich gern heiraten und eine eigene Familie gründen würde. So ist es üblich bei den Cliffords, sämtliche meiner Schwestern haben längst Familie. Im Krieg wird einem zudem bewusst, wie kurz und vergänglich das Leben ist – weshalb ich nun nicht länger warten will. Allerdings müsste ich noch die passende Frau finden, und, ganz unter uns, ich glaube nicht, dass ich der Typ für leidenschaftliche Romanzen oder eine Liebesheirat bin. Weshalb ich mich frage … Ich meine, du bist neunundzwanzig und hattest offenbar auch noch nicht das Glück, den Richtigen zu finden oder von ihm gefunden zu werden.« Er schaute erneut zu ihr herüber und hielt ihren Blick länger als zuvor, ehe er sein Augenmerk wieder nach vorn auf die Pferde richtete. »Wir haben eine gemeinsame Vergangenheit und einiges gemeinsam. Es ist vielleicht nicht die große Liebe, aber ich mag dich, und auch wenn es schrecklich eitel klingt, so bilde ich mir ein, dass du mich auch magst. Ich weiß, wie sehr du dir einen eigenen Haushalt und eine Familie wünschst.« Ohne sie noch einmal anzusehen, schloss er, nachdem er lang und tief durchgeatmet hatte: »Weshalb ich mir überlegt habe, ob nicht wir beide, du und ich, in Erwägung ziehen sollten, uns zusammenzutun.«

Noch während sie nach Worten suchte – oder sich überhaupt darüber klar werden konnte, was sie erwidern sollte, geschweige denn, wie –, fuhr er auch schon fort: »Sag jetzt nichts, wir sind gleich beim Haus angekommen. Denk in aller Ruhe darüber nach. Morgen, wenn du eine Nacht darüber geschlafen hast, sehen wir weiter. Ich habe ohnehin noch ein paar Dinge in der Stadt zu erledigen, ehe ich in Richtung Norden aufbreche. Will sagen, wir haben Zeit, ehe wir entscheiden, ob ein gemeinsamer Weg vor uns liegt.«

Er schenkte ihr ein Lächeln, ungezwungen und charmant wie stets. Sie schaute ihn an, blickte ihm forschend in die Augen, fand nichts darin, das ihr weitergeholfen hätte, und nickte dennoch. »Gut. Ich denke darüber nach«, hörte sie sich sagen.

Als sie vor dem Haus hielten, lud sie ihn ein, zum Tee zu bleiben, aber er schüttelte den Kopf. »Ich muss die Pferde zurückbringen – so richtig überzeugt haben sie mich nicht.«

Insgeheim erleichtert, dass ihr weitere Gespräche erst einmal erspart blieben, winkte sie ihm zum Abschied zu und ging dann, tief in Gedanken versunken, hinauf zum Haus.

In der Halle blieb sie stehen, hörte Rodericks Stimme und Sarahs vergnügtes Lachen aus dem Salon dringen. Sie legte ihren Umhang ab und begann die Treppe hinaufzusteigen. Im Moment stand ihr nicht der Sinn nach Gesellschaft, sie wollte in Ruhe nachdenken, kühl und klaren Verstands die Dinge betrachten und abwägen, wollte ganz sichergehen, dass es sich genauso verhielt, wie sie die Situation einschätzte.

Auf dem Treppenabsatz kam ihr Gladys entgegen; wenngleich die Tante sehr darauf bedacht war, Roderick und Sarah nie länger als unbedingt nötig allein zu lassen, hellte ihre Miene sich auf, als sie Miranda sah, und sie blieb stehen. »Und – wie war es? Ich muss gestehen, dass ich es für einen schweren Fehler hielt, dass du Wraxby abgewiesen hast, aber wenn Lucius Clifford dir stattdessen Augen macht … Er ist zwar längst nicht so gut situiert, wie ich mir das wünschen würde, aber doch sehr angenehm im Umgang und gehört ja quasi jetzt schon zur Familie.«

»Tante, ich bitte dich – fang gar nicht erst an, in diese Richtung zu spekulieren.« Miranda schob sich an Gladys vorbei und setzte ihren Weg nach oben fort.

Hinter sich hörte sie Gladys schnauben. »Du wirst nicht jünger, mein Mädchen. Es muss sich erst mal ein Dummer finden, der dich in deinem Alter noch nimmt – zumal wenn er eine deutlich Jüngere haben könnte, die ihm nicht dauernd Widerworte gibt!«

Miranda machte sich gar nicht erst die Mühe, darauf etwas zu erwidern. Oben angekommen, eilte sie geradewegs auf ihr Zimmer, schloss die Tür hinter sich und atmete erleichtert auf, als Ruhe und Frieden der eigenen vier Wände sie umfingen. Herrlich, diese Ungestörtheit! Vielleicht war es ja das, was sie wollte? Sie nahm ihren Hut ab und legte ihn beiseite, dann trat sie ans Fenster. Ihr Zimmer ging zur selben Seite hinaus wie das Morgenzimmer, und sie blickte geradewegs auf den schmalen Weg, den sie immer nahm, wenn sie das Haus durchs Gartentor verließ.

Seit Roscoe sie kürzlich nach Hause gebracht hatte, nach jenem letzten, allerletzten Beisammensein, war sie den Weg nicht mehr gegangen. Es schien keinen Grund mehr dazu zu geben. Wozu sich noch heimlich aus dem Haus schleichen?

Sie schaute hinab auf den herbstlichen Rasen, auf die Kronen der alten Bäume, die ihr den Blick auf das alte Tor verwehrten. Gleich drei Gentlemen waren jüngst in ihr Leben getreten und von ihr als potenzielle Ehemänner in Betracht gezogen worden. Und war es nicht Ironie des Schicksals, dass ausgerechnet der eine, den sie wollte, sie weder heiraten konnte noch würde, während die Männer, an denen sie kein Interesse hatte, ihr zwar keinen Antrag machten, dabei aber doch immerhin die Lage sondieren und die *Möglichkeit* einer Heirat besprechen wollten? Wann war ihr Leben so umständlich und kompliziert geworden? Wraxby war ein kalter Fisch, ohne einen Funken Leidenschaft, und dass Lucius sie *mochte*, sprach nun auch nicht gerade dafür, einen Bund fürs Leben zu schließen. Seine Gefühle für sie mochten freundschaftlicher Art sein, aber Liebe, geschweige denn Leidenschaft, war das nicht.

Roscoe hingegen hatte sich ihr auf immer eingebrannt, sein Stern leuchtete hell und strahlend, immer noch, flammend vor Leidenschaft, mächtig und stark – und unerreichbar.

Sie hielt den Blick auf den Garten gerichtet, mied es aber, hinüberzuschauen zu seinem Haus, auch wenn es hinter den Bäumen verborgen lag.

Aber was stand sie hier und suhlte sich in Selbstmitleid? Sie hatte doch wahrlich Besseres zu tun, als ihr Los zu beklagen und Trübsal zu blasen.

Oder nicht?

Rückgrat und ein Ziel vor Augen – das war es, was sie brauchte. Lady Micklehams Worte klangen ihr noch immer in den Ohren. Sich auf ihre Wünsche und Bedürfnisse besinnen, wissen, was sie wollte, und dann danach handeln. Ihr Schicksal selbst in die Hand nehmen, denn nur so würde sie ihr Glück finden, könnte sie ihr Leben so leben, wie sie es wollte.

Ihre alte Entschlossenheit kehrte zurück, erfüllte sie mit Zuversicht. Sie schwang sich auf den Fenstersitz, ließ den Blick aus dem Fenster schweifen und begann, eine genau Bestandsaufnahme ihrer Situation zu machen. Sie war neunundzwanzig, wohl wahr, aber trotz allem, was Gladys und die verstorbene Corinne ihr in all den Jahren eingebläut hatten, fand sie sich von gesellschaftlichen Erwartungen nicht sonderlich unter Druck gesetzt – oder zumindest nicht mehr. Solange sie für keinen Skandal sorgte, würde man ihr, auf dem besten Wege eine alte Jungfer zu werden, einiges nachsehen – was reichlich Raum bot, sich ihr weiteres Leben ganz nach ihren Vorstellungen einzurichten.

Sie hatte Geld, und zwar genug, um sich ein eigenes Haus in der Stadt zu kaufen und vielleicht sogar noch ein Cottage auf dem Land, das würde sich zeigen; sie könnte eine Gesellschafterin einstellen und ein paar Bedienstete. Sie würde leben, wie sie es wollte, würde über den Rest ihres nicht unbeträchtlichen Vermögens nach eigenem Gutdünken verfügen.

Das alles barg einen gewissen Reiz, aber …

Lucastas kluge Worte klangen in ihr nach: *Sie müssen schon wissen, was Sie wollen, und dieses Ziel dann auch konsequent verfolgen, denn nur durch unser eigenes Handeln finden wir wahres Glück und dauerhafte Zufriedenheit.* In gewisser Weise waren Lucastas Rat und der von Lady Mickleham sich sehr ähnlich, und beide hatten sie in Miranda etwas zum Klingen gebracht. Aber die Dowager Duchess hatte auch betont, dass es zunächst einmal darauf ankam, sich über seine Ziele Klarheit zu verschaffen und zu wissen, was man eigentlich wollte, ehe man dann all seine Kraft und seinen Willen darauf verwandte, die eigenen Wünsche wahrzumachen.

Den Rest ihres Lebens allein zu leben war ganz sicher nicht das, was sie sich wünschte. Es wäre eine Möglichkeit und allemal besser als eine Vernunftehe, aber es würde sie nicht glücklich machen. Nicht einmal zufrieden, wenn sie es recht bedachte. Sie wollte Menschen um sich haben, die sie liebte – das unterschied für sie ein erfülltes Leben von einer bloßen Existenz.

Was auch schon ziemlich klar umriss, was sie wirklich wollte: Sie wollte einen Ehemann, der sie liebte, und eine eigene Familie. Von klein auf an war das immer ihr größter Wunsch gewesen, sie hatte sich kein anderes Leben vorstellen können für sich. Sie wollte ein Zuhause, das voller Leben war, kein einsames Dasein fristen mit einer Gesellschafterin.

Nun hieß es tief durchatmen und sich auf die drei Männer konzentrieren, die jüngst in ihr Leben getreten waren. Wer könnte ihr bieten, was sie wollte? Wer käme ganz oder auch nur annähernd an ihre Vorstellungen heran? Roscoe war nicht gewillt, wieder Julian zu werden, was hieß, dass sie ihn nicht würde heiraten können, sosehr sie es sich auch wünschte. Zudem hatte er ihr unmissverständlich klargemacht, dass es in ihrem eigenen Interesse wäre, ihn schnellstmöglich zu vergessen.

Wraxby hatte sie bereits den Laufpass gegeben, und sie sah auch keinen Grund, ihre Entscheidung noch einmal zu überdenken; sie war richtig gewesen.

Blieb nur noch Lucius und die ernüchternde Erkenntnis, dass sie, wenn sie ein eigenes Zuhause, einen Mann und eine Familie haben wollte, ihr eigentlich nur blieb, seinen Antrag anzunehmen, so er ihr denn einen machte, denn eine weitere Gelegenheit, ihren Träumen wenigstens halbwegs nahzukommen, würde sich ihr vielleicht nicht bieten. Es war ein Zugeständnis, aber galt es im Leben nicht, immer Kompromisse zu machen?

Lucius bot ihr Zuneigung, aber keine Liebe. Dafür bekäme sie die Familie, die sie sich wünschte, und war das nicht auch Liebe?

Was sie mit Roscoe hätte haben können, mochte, ging man nach der Leidenschaft als auch der zarten Bande, die im Laufe ihrer Liaison zwischen ihnen gewachsen war, sehr wohl Liebe sein oder hätte es eines Tages werden können, wäre ihnen mehr Zeit beschieden worden. Aber so würde sie es nie erfahren, nie wissen, was hätte sein können.

Womit nur noch die Frage blieb, ob bloße Zuneigung ihr genügte.

Ob freundschaftliche Zuneigung jene Nähe und das Vertrauen schaffen, die Beziehung so stark und unverbrüchlich machen konnte, wie sie es brauchte. Denn vielleicht, das erkannte sie jetzt, war das ihr größtes Bedürfnis, ihr innigster Wunsch. Ein eigenes Zuhause, ein Ehemann, eine Familie – alles schön und gut und im Grunde genau das, was sie wollte, aber alles wäre nichts ohne … »Ohne Liebe.«

Sie lehnte sich ans Fenster und versuchte, sich über die Tragweite dieser Erkenntnis klar zu werden.

Wohin würde diese neue, mit einmal so klare Einsicht in

ihre eigenen Bedürfnisse sie führen? Was bliebe ihr, wenn … Als der Gong zum Abendessen schlug, war sie noch immer zu keiner Entscheidung gelangt.

Statt mit einem guten Buch am Kaminfeuer der Bibliothek zu sitzen, wie er es nun an den meisten Abenden hielt, fand Roscoe heute keine Ruhe, sich auf irgendeine Art der Lektüre zu konzentrieren. Rastlos vor dem Kamin auf und ab marschierend, bedachte er Mudd, der ihm soeben die üblichen Wochenberichte einiger Clubs und Casinos gebracht hatte – Berichte, nach denen ihm im Moment so gar nicht der Sinn stand –, mit gereiztem Blick. »Immer noch nichts von Gallagher?«

»Nein, Sir.«

Und dabei beließ es Mudd. Verständlich, dachte Roscoe. Ein paar Stunden zuvor hatte der arme Kerl die Nachricht überbracht, dass Lucius Clifford Miss Clifford zu einer Kutschfahrt abgeholt habe. Roscoe hatte ihn förmlich angefaucht – etwas, worauf er im Nachhinein nicht stolz war, es in Anbetracht der Umstände aber jederzeit wieder tun würde.

Er verlor eigentlich nie die Beherrschung, schon gar nicht in solchem Maße. Aber seit seinem Gespräch mit Miranda am Abend zuvor war seine Laune am Tiefpunkt – und seine Geduld arg strapaziert. Er marschierte weiter, wartete und wartete und verfluchte jede Minute, die er zur Untätigkeit verdammt war. Noch nie in seinem Leben hatte er so sehr das Gefühl gehabt, dass ihm die Hände gebunden waren. Wie ein eingesperrtes Tier kam er sich vor, das jagen wollte, Beute reißen und stattdessen nutzlos umhertigerte, um nicht den Verstand zu verlieren. Nichts hatte sich an seinem Gefühl geändert, dass Miranda in Gefahr war und diese Gefahr von ihrem lange verschollenen Cousin ausging. Aber ihm fehlten Beweise.

Und solange er keine Beweise hatte, konnte er nichts unternehmen.

Schritte auf dem Korridor kündigten Jordan an, der, als er die Bibliothek betrat, bloß einen Blick auf den Freund zu werfen brauchte, um sogleich das Notizbuch zu zücken und so jede ungehaltene Frage zu unterbinden. »Er hat den Anwalt ausfindig gemacht, der sich um die Geschäfte jenes Zweigs der Cliffords kümmert. Seines Wissens geht die Familie noch immer davon aus, dass Lucius tot ist. Man hat seinen nächsten Anverwandten mitgeteilt, dass er bei der Schlacht von Waterloo gefallen sei. Bislang hat er nichts Gegenteiliges gehört.«

»Aha!«, rief Roscoe triumphierend und ballte die Hand zur Faust, nur um sich gleich im nächsten Moment wieder zu zügeln. Jetzt galt es, besonnen zu bleiben und jede noch so vielversprechende Information erst einmal zu hinterfragen – denn genauso würde Miranda es machen, wenn er ihr seine vermeintlichen Beweise präsentierte. »Das muss nichts heißen«, übte er sich in der Rolle des Advocatus Diaboli. Clifford würde es damit erklären können, dass ihm infolge seiner Amnesie der Name des Anwalts entfallen sei. Oder er noch keine Gelegenheit hatte, sich mit ihm in Verbindung zu setzen. Er schüttelte den Kopf. »Nein, das genügt noch nicht.« Grimmig schaute er Jordan an. »Was ist mit der Familie selbst? Gibt es außer Cousin und Cousine in der Claverton Street noch jemanden in London, bei dem Clifford sich hätte melden können?«

»Leider nein. Die ganze Sippschaft – zumindest auf seiner Seite – lebt im Norden, nahe Manchester.«

Roscoe runzelte die Stirn. »Wie genau sieht eigentlich das Verwandtschaftsverhältnis zwischen Lucius Clifford und Roderick und Miranda aus?«

»Hier …«, meinte Jordan und konsultierte seine Notizen, »… dürfte es interessant werden. Verwandt sind sie über Rodericks Großvater väterlicherseits – Malcolm Clifford. Lucius Clifford ist der zweitgeborene und einzig noch lebende Sohn von Morecombe Clifford, der, gleichfalls verstorben, der Sohn von Malcolms älterem Bruder Melrose Clifford war, welcher, wie das Leben so spielt, auch nicht mehr unter uns weilt.«

Roscoe betrachtete Jordan aufmerksam. »Daraus schließe ich, dass das Ableben dieser Herren von Bedeutung ist. Inwiefern?«

Jordan schaute von seinen Notizen auf und grinste. »Jetzt heißt es gut aufgepasst. Ich war auf dem Weg hierher noch kurz bei Montague und habe mir seinen Rat geholt, aber er sieht es im Wesentlichen genau wie ich: Sollte Roderick Clifford sterben und testamentarisch verfügt haben, dass sein gesamtes Vermögen seiner Schwester zufalle, könnte Lucius Clifford als nächster männlicher Anverwandter dennoch Anspruch auf einen nicht unbeträchtlichen Teil der Erbmasse erheben. Und seine Aussichten, damit durchzukommen, stehen nicht schlecht. An alles käme er zwar nicht heran, aber Montague schätzt, dass Lucius auf die Hälfte pochen könnte, und wenn der jeweils vorsitzende Richter ihm wohlgesinnt ist, bekäme er wohl auch mehr zugesprochen. Die Krux ist nämlich, dass Rodericks gesamter Besitz sich einzig aus dem Erbe seines Großvaters speist. Weder Roderick noch sein Vater haben das Vermögen um eigenes Kapital aufgestockt, sondern nur von den Erträgen gelebt. Es hängt somit nicht davon ab, was Roderick testamentarisch verfügt, sondern wie genau der Letzte Wille seines Großvaters formuliert war, ob Lucius, via *seinen* Vater und Großvater, einen Anspruch auf das Vermögen des alten Herrn – jetzt Rodericks Vermögen – geltend machen kann. Hätte Roderick hingegen einen Bruder oder einen Sohn, wäre es schwierig, aber mit nur einer unverheirateten Schwester als einziger Erbin? Da vertreten Gerichte häufig die Auffassung, dass ein solcher Geldsegen bei einem Mann besser aufgehoben ist.«

Da konnte Roscoe nur verächtlich schnauben.

»Du sagst es«, schloss Jordan. »Aber in Anbetracht der

Rechtslage und der vorherrschenden gesellschaftlichen Meinung leider kein unwahrscheinliches Szenario.«

Roscoe überlegte, dann schüttelte er den Kopf. »Lucius Clifford will damit nicht vor Gericht, er hat etwas ganz anderes vor. Wenn er Miranda heiratet und Roderick aus dem Weg schafft, hat er als ihr Ehemann Zugriff auf das gesamte Vermögen, ohne um seinen Anteil feilschen zu müssen.«

Die Versuchung, sogleich in die Claverton Street zu eilen und noch einmal mit Miranda zu sprechen, sie zu warnen, war groß, doch Roscoe versuchte, einen kühlen Kopf zu wahren. »Auch das alles reine Spekulation. Ich brauche mehr, ich brauche handfeste Beweise – am besten etwas, das Lucius Clifford mit Kirkwell in Verbindung bringt. Etwas, das so augenfällig ist, dass der Kerl sich nicht mit Erklärungen herauslavieren kann. Ein Beweis, dass Kirkwell mit Lucius Clifford gemeinsame Sache macht und es auf Rodericks Leben abgesehen hat.« Wenn er *den* Beweis hatte, würde Miranda ihm glauben. Wäre es Lucius Clifford, von dem die tödliche Gefahr für ihren Bruder ausginge, dann dürfte selbst sie am guten Leumund des Cousins zweifeln.

Jordan zögerte. »Dem Anwalt der Cliffords hat der Name Kirkwell nichts gesagt.«

Roscoe schaute zu Mudd, der schweigend zugehört hatte. »Wann kommt denn endlich Nachricht von Gallagher?«

Wie aufs Stichwort betrat Rawlins den Raum. Er hatte Roscoes Frage gehört und schüttelte den Kopf. »Seit vorhin nichts Neues – Kirkwell scheint sich nicht bloß aus dem Staub gemacht zu haben, sondern ist wie vom Erdboden verschwunden.«

»An Stelle von Lucius Clifford würde ich Kirkwell auch verschwinden lassen, wenn ich mir das mit dem Mord an Mr. Roderick noch mal anders überlegt hätte«, warf Mudd ein.

Rawlins nickte grimmig.

Roscoe sah seine beiden Leibwächter an und hätte sich die

Haare raufen können. Sein Gefühl sagte ihm, dass die Zeit drängte, und zwar sehr. Aber wenn er jetzt zu Miranda ginge mit dem Wenigen, das er sicher wusste, standen die Chancen gut, dass sie sich noch entschiedener von ihm abwenden würde als zuvor. Vielleicht würde sie ihn gar nie wiedersehen wollen, nie wieder ein Wort mit ihm wechseln, und damit wäre nun wirklich niemandem gedient.

Carstairs' Bericht stand noch aus, und auch Gallagher hörte sich noch um. Es bestand also weiterhin Hoffnung. Wenn ihnen – wenn Miranda – nur nicht die Zeit davonlief … Roscoe holte tief Luft und ermahnte sich, ruhig Blut zu bewahren.

Beim Spiel war es von entscheidendem Vorteil, sich in Geduld zu üben. Ein kühler Kopf und ein langer Atem, das brauchte es. Und genau das hatte er, abgesehen von seinem Talent, den meisten seiner Gegenspieler immer vorausgehabt. Geduld war eine Tugend, die ihm im Leben viel eingebracht hatte.

Und tief in sich spürte er die Gewissheit, dass er auch hier klug beraten wäre zu warten. Zu warten, bis sie den einen, entscheidenden, unwiderruflichen Beweis hatten, der Miranda einsehen ließe, dass sie ihm, Roscoe, Unrecht getan und sich in Lucius Clifford getäuscht hatte.

Weshalb er warten würde.

Und derweil beten und hoffen, dass es die richtige Entscheidung war.

Er wandte sich wieder an Jordan und nickte. »Gute Arbeit. Das hat uns schon ein ganzes Stück weitergebracht. Von mir aus kannst du gerne Feierabend machen.«

Jordan verabschiedete sich und ging zur Tür.

Dann wandte Roscoe sich an Mudd und Rawlins, die beide gehorsam warteten, ob er noch weitere Anweisungen für sie hatte. »Sorgt dafür, dass das Haus an der Claverton Street weiterhin rund um die Uhr observiert wird. Wenn Lucius Clifford dort aufkreuzt, will ich sofort verständigt werden.

Mindestens ein Mann hat aber immer die Stellung zu halten. Ich will Zeugen, sollte es mit Clifford zu einem Zwischenfall kommen.«

Einvernehmliches Nicken von Mudd und Rawlins, ehe auch sie abzogen.

Womit Roscoe wieder sich und seinen Gedanken überlassen war. Er goss sich ein Glas Cognac ein und nahm seine Route vor dem Kamin wieder auf, ging hin und her und her und hin, gefangen in Erinnerungen an Seide, die seine Haut streifte, an nächtliche Laute der Leidenschaft.

»Ich bedauere, Mr. Clifford, aber bis auf Weiteres sehe mich außerstande, ihnen noch weitere Summen vorzuschießen.« Abrahams, der vermögendste Geldverleiher von Mile End, verschränkte die Hände auf dem schon etwas in die Jahre gekommenen Schreibtisch und maß Lucius Clifford ruhigen Blickes, der ihm gegenüber auf dem wackeligen Stuhl für Bittsteller und sonstige Besucher saß.

Lucius schaute entgeistert zurück, denn er meinte sich verhört zu haben. »Aber ... Ich sagte doch bereits, dass ich kurz davor stehe, mich mit einer Dame zu verloben, deren Vermögen es mir ermöglichen würde, sämtliche Schulden mit Zins und Zinseszins zurückzuzahlen. In ein paar Wochen wird alles beglichen sein.«

»Was Sie nicht sagen.« Abrahams gab sich unbeeindruckt. »Glauben Sie mir, Mr. Clifford, solche Geschichten habe ich schon zu oft gehört, um ihnen Glauben zu schenken. Man könnte meinen, halb London stünde kurz davor, sich mit einer reichen Dame zu verloben.« Er sah Lucius an. »*Beweise*, junger Mann, dann sehen wir weiter. Zeigen Sie mir eine Anzeige dieser so einträglichen Verlobung. Wenn ich die frohe Kunde schwarz auf weiß vor mir hätte, könnte ich es mir durchaus anders überlegen und Ihnen einen weiteren Kredit gewähren. Aber bis dahin ...« Der gedrungene kleine Mann hob entschuldigend die Hände. »... kann ich Ihrer Bitte leider nicht nachkommen.«

Lucius saß reglos und starrte Abrahams an, als er langsam die ganze Tragweite von dessen Worten begriff. Sich auf Diskussionen einzulassen wäre sinnlos gewesen, das wusste Lucius. Genauso wenig würde es etwas bringen, sich an einen anderen Geldverleiher zu wenden, kannten die Kerle sich doch alle untereinander, und wenn Abrahams hörte, dass er woanders als Bittsteller auftrat, würde ihn das nur in der Annahme bestätigen, dass Clifford seine Schulden so bald nicht würde begleichen können – wenn überhaupt. Und dann könnte es brenzlig für ihn werden. Nicht, dass er von Abrahams selbst etwas zu befürchten hatte – mit dem hätte er es jederzeit aufnehmen können –, aber der Mann hatte seine Schlägertrupps, zwei stattliche Burschen gleich vorn am Eingang postiert, und im Hinterzimmer, abgetrennt nur durch einen Vorhang, hielten sich bestimmt auch noch mal welche bereit.

Lucius stand nicht der Sinn danach, sich zusammenschlagen zu lassen.

Aber ausgerechnet jetzt, da er *so kurz davor* stand, endlich das Vermögen des alten Malcolm in die Finger zu kriegen – oder doch zumindest Mirandas Anteil –, was fürs Erste reichen sollte, um sich über Wasser zu halten, bis er die nächsten Schritte in die Wege leiten und sich alles sichern würde. Das Ziel schon in Reichweite, und nun hockte er hier, ohne jede Chance, Abrahams auch nur eine Handvoll Bares aus den Rippen zu leiern. Wovon sollte er leben, wie ihr einen Antrag machen, wenn er ... Er schluckte seinen Zorn und seine Ohnmacht hinunter und nickte knapp. »Spätestens in ein paar Tagen liefere ich Ihnen den Beweis.«

Abrahams neigte unverbindlich den Kopf, und nichts hätte ein *Wir werden sehen* besser zum Ausdruck bringen können.

Im Stillen fluchend stand Lucius auf und ging.

Er trat hinaus in die einsetzende Dämmerung und machte sich zu Fuß auf den Rückweg.

Er würde wiederkommen und den Beweis liefern, und dann hätte er erst mal wieder genügend Geld, um sich eine Weile keine Sorgen mehr machen zu müssen, aber was, zum Teufel, sollte er bis dahin tun? Für heute Nacht hatte er ein Dach über dem Kopf, aber dann? Nach seinen jüngsten Ausgaben – eine standesgemäße Garderobe, die Miete für den Zweispänner samt Pferden, ganz zu schweigen von dem, was ihn die Kutsche samt Fahrer für den Ausflug nach Richmond gekostet hatten – blieb nicht mal genügend Geld für einen Eselskarren! Und an ein Gespann, mit dem er sich in der Claverton Street blicken lassen könnte, war überhaupt nicht mehr zu denken.

»Ich muss sie dazu bringen, so bald wie möglich Ja zu sagen.« Und so überlegte er, wie sich das am besten – und schnellsten – bewerkstelligen ließe. »Sobald ich ihr Einverständnis habe, kommt die Bekanntmachung in die *Gazette*, und tags darauf werde ich wieder genügend Geld in der Tasche haben. Notfalls tauche ich, sowie die Sache sicher ist, für ein paar Tage unter, täusche Unpässlichkeit oder dergleichen vor. Das erweckt keinen Argwohn, allenfalls Mitleid. Und mir schenkt es Zeit.«

Blieb aber immer noch die Frage, wie er Miranda davon überzeugen konnte, seinen Antrag anzunehmen, den er ihr im Übrigen ja noch gar nicht gemacht hatte.

Nach kurzer Bedenkzeit schüttelte er den Kopf. »Der erste Schritt immerhin dürfte klar sein, den Rest sieht man dann.«

21. Kapitel

Von zunehmender Anspannung und Unruhe geplagt, musste Roscoe sich regelrecht zwingen, die nötige Konzentration fürs Tagesgeschäft aufzubringen; aber es musste sein, zu viele Menschen standen bei ihm in Lohn und Brot, als dass er sich Fehler aus Unaufmerksamkeit hätte leisten können. Also riss er sich zusammen – oder versuchte es zumindest. Doch kaum hatte er sich in sein Arbeitszimmer zurückgezogen, um mit Jordan die Bücher durchzugehen, da klopfte auch schon Mudd an und steckte den Kopf zur Tür herein.

Ein Blick auf seinen Leibwächter, und die Bücher waren vergessen. »Was gibt es?«

Mudd grinste von einem Ohr zum anderen. »Gallaghers Mann hat gerade Bericht erstattet. Allem Anschein nach steht ein Mr. Lucius Clifford bei Abrahams tief in der Kreide. Gestern Abend soll er in Mile End gewesen sein, um Zahlungsaufschub zu erbitten und einen neuen Kredit aufzunehmen. Als Abrahams ihm die Bitte abschlug, meinte Clifford, dass er sich bald mit einer vermögenden Dame verloben werde und seine Schulden dann in einem Rutsch zurückzahlen könne.«

»Und?«, hakte Roscoe nach.

»Abrahams hat sich nicht umstimmen lassen, erklärte sich aber bereit, die Sache noch einmal zu überdenken, sowie das Verlöbnis offiziell bekannt gemacht ist. Abrahams meinte, dass Clifford nicht gerade begeistert war, derart unter Druck gesetzt zu werden – kann man ihm nicht verdenken, oder? –, aber glaubt man Abrahams, so schien Clifford sehr zuversichtlich zu sein, dass er die Anzeige schon bald vorlegen kann.«

»Aha.« Roscoe wandte sich an Jordan. »Reicht Miss Cliffords Erbteil aus, um Lucius Clifford aus den Miesen zu holen?«

Jordan hob entschuldigend die Schultern. »Solche Details habe ich aus ihrem Anwalt nicht herausbekommen – der Mann ist seriös –, aber wenn wir nach Rodericks nicht unbeträchtlichem Vermögen gehen, wäre meine vorsichtige Schätzung, dass es um sie finanziell nicht deutlich schlechter gestellt ist. Nicht zu vergessen, dass sie mit neunundzwanzig vermutlich längst selbst darüber verfügen und mit ihrem Anteil machen kann, was sie will.«

Roscoe furchte die Stirn. »Und wenn sie heiratet? Was passiert dann mit dem Geld?«

Jordan neigte abwägend den Kopf. »Schwer zu sagen – das hängt ganz davon ab, was im Testament ihres Vaters festgelegt wurde. In den meisten Fällen ist es jedoch so, dass das gesamte Vermögen bei Heirat dem Ehemann zufällt. Um das zu verhindern, hätte ihr Vater in seinem Testament gesondert verfügen müssen, dass das Vermögen in ihrem Besitz bleibt und nicht an den Mann übergeht. Solche Klauseln sind aber sehr selten.«

»Das heißt«, hielt Roscoe fest, »ihr gesamtes Vermögen geht aller Wahrscheinlichkeit nach auf den Ehemann über?«

Jordan nickte. »Darauf dürfte es hinauslaufen.«

Roscoe ließ sich in seinen Stuhl zurückfallen, starrte vor sich auf den Schreibtisch und ging noch einmal alles durch, was er bislang wusste. Versuchte, wie bei einem Puzzle die einzelnen Teile zu einem schlüssigen Ganzen zusammenzusetzen und dabei ganz nüchtern und objektiv zu bleiben, so wie auch Miranda die Sache betrachten würde.

Bewiesen war, dass Lucius Clifford das Wasser bis zum Hals stand und er dringend Geld brauchte. Und zwar so viel, dass die Vermutung nahelag, Lucius umwerbe seine Cousine ihres Vermögens willen. Aber hieß das auch, dass Clifford sie *ausschließlich* wegen ihres Vermögens heiraten wollte?

Roscoes Miene verfinsterte sich, und er schüttelte den Kopf.

»Das ist immer noch kein hinreichender Beweis.« Zu viele Fragen zu Lucius Clifford waren noch unbeantwortet. Was hatte es beispielsweise mit seiner wundersamen Auferstehung von den Toten auf sich – würde man, sowie man sein Gedächtnis widergefunden hatte, nicht als Erstes seine Familie informieren? Und dann die Narbe im Gesicht – linke Wange, wie er mittlerweile wusste, genau wie Kirkwell ... Konnte es sein, dass er Kirkwell war? Dass sie gar nicht zwei Männer suchten, sondern einen? Oder klammerte er sich in seiner Verzweiflung nur an jeden Strohhalm, sah Zusammenhänge, wo keine waren? Andererseits wäre es zu schön, um wahr zu sein, denn wenn sich beweisen ließe, dass Clifford Kirkwell war, dürfte Miranda zu den Ersten gehören, die Lucius Clifford, entfernter Verwandter hin oder her, den Behörden auslieferte.

Nur leider hatte Roscoe keinen solchen Beweis.

Zumindest noch nicht.

Er atmete tief durch, um der Beklemmung, die sich in ihm ausbreitete, Herr zu werden. Noch nie in seinem Leben hatte er sich in einem solchen Dilemma befunden. Seine innere Stimme pochte darauf, endlich zu handeln, keine Zeit mehr zu verlieren, alles zu tun, um sie zu schützen – sie notfalls gar selbst zu entführen und zu verstecken, zu ihrer eigenen Sicherheit, versteht sich. Die Erfahrung hingegen lehrte ihn, dass verfrühtes oder unbedachtes Handeln nicht zum gewünschten Ergebnis führen würde, im schlimmsten Fall gar den gegenteiligen Effekt hätte und sie beide, ihn und Miranda, dauerhaft entzweien könnte.

Er hatte in seinem Leben schon oft vor schwierigen Entscheidungen gestanden, aber noch nie hatte etwas ihm so sehr zugesetzt.

Vielleicht weil es noch nie um so viel gegangen war.

Worte, die ihm, kaum gedacht, nicht mehr aus dem Sinn wollten. Er war versucht, sie zu verdrängen, ein für alle Mal zu begraben, aber sie bargen so viel Wahrheit in sich, eine

Wahrheit, die er sich lange Zeit nicht hatte eingestehen wollen. Welch fataler Irrtum, zu glauben, er könnte sich jemals von ihr abwenden und sie vergessen, als wäre sie nicht mehr als eine vorübergehende Laune gewesen.

Sie hatte einen festen Platz in seinem Herzen eingenommen; manchmal fühlte es sich gar an, als *wäre* sie sein Herz, denn wie sonst war es zu erklären, dass es ihm immer so bang bis heftig schlug, wenn er nur an sie dachte, zumal wenn er sie in Gefahr glaubte, nein, sie in Gefahr *wusste*? Sie zu beschützen war ihm keine bloße Verpflichtung, die er ihrem Bruder gegenüber empfand, es war ihm ein tiefes Bedürfnis, das ihm immer bleiben würde.

Ihr Wohl war kein nachrangiges Interesse, es war ihm schiere Notwendigkeit. Und wenngleich ein ungebärdiger, draufgängerischer Impuls ihn tatsächlich mit dem Gedanken spielen ließ, sie zu entführen und hier festzuhalten, bis die Sache ausgestanden war, wusste er doch, dass er sich damit keinen Gefallen täte. Widerwillig nahm er von der Idee Abstand und gestand sich ein, dass er, auch wenn es ohne Weiteres machbar gewesen wäre, nicht einfach über sie und ihr Leben verfügen konnte.

Würde er sich das anmaßen, wäre der Bruch zwischen ihnen gewiss. Sie würde es ihn bitter bereuen lassen, und so blieb ihm nichts anderes übrig, als nach ihren Regeln zu spielen.

Er schaute über den Schreibtisch zu Jordan, hob dann den Blick zu Mudd. »Wenn wir mit unserer Vermutung richtigliegen, dann läuft Clifford gerade die Zeit davon – er steckt bis zum Hals in finanziellen Schwierigkeiten und kommt erst wieder an Geld, wenn Miss Clifford sich mit ihm verlobt. Das heißt, auch für uns wird es verdammt knapp, wenn wir ihn vorher noch auffliegen lassen oder zumindest so viel Material zusammenbekommen wollen, um seine eigentlichen Beweggründe zu beweisen. Wenn sie erst mal verlobt sind, wird alles ungleich komplizierter.«

Jordan meldete sich zu Wort. »Wie wäre es denn, wenn wir Clifford etwas nachweisen könnten, das gar nicht unbedingt mit Miss Clifford oder ihrem Bruder zu tun hat, aber für eine Überführung reichen würde?«

»Natürlich, das wäre eine Möglichkeit. Woran denkst du?«

Jordan zögerte. »Ich bin mir nicht sicher, aber diese ganze Geschichte mit der wundersamen Rückkehr, nachdem er jahrelang als tot galt – natürlich, möglich ist alles, aber warum kommt er ausgerechnet jetzt zurück? Das scheint mir ein ziemlicher Zufall zu sein, und wir sollten uns noch mal genauer anschauen, was ihn wirklich so lange auf dem Kontinent gehalten hat.«

Roscoe überlegte einen Moment. »Ich brauche entweder einen hieb- und stichfesten Beweis, dass es eine Verbindung gibt zwischen Lucius Clifford und Kirkwell oder aber dass Lucius Clifford sich eines anderweitigen Vergehens schuldig gemacht hat – das würde auch genügen.«

»Oder«, warf Mudd ein, »wir ertappen ihn auf frischer Tat, wenn er sich erneut etwas zuschulden kommen lässt.«

»Das wäre auch ein Weg«, räumte Roscoe ein. »Allerdings würde ich gern alles vermeiden, was Miss Clifford oder sonst jemanden aus dem Haushalt in Gefahr bringen könnte.«

»Was sollen wir also machen?«, fragte Mudd.

Roscoe dachte nach. »Das Haus der Cliffords wird weiter observiert?«

»Rund um die Uhr, zwei Mann pro Schicht, genau wie Sie es wollten«, antwortete Mudd.

»Sehr gut«, meinte er und setzte sich auf, um sich wieder an die Arbeit zu machen. »Dann warten wir einfach.«

Geduld, nur Geduld, auch wenn es schwerfiel.

Das Glück, so hatte die Erfahrung ihn gelehrt, war dem Mutigen hold; aber noch holder war es jenem, der den rechten Moment abzupassen wusste.

Miranda betrachtete die schon recht winterlich aussehenden Beete, die den Rasen seitlich des Hauses begrenzten und aus denen der Gärtner kürzlich die verblühten Sommerblumen entfernt hatte, als sie hörte, wie das Tor zur Straße geöffnet wurde.

Es war später Morgen, doch für Besuch noch reichlich früh. Verwundert umrundete sie das Haus und sah Lucius mit einem Blumenstrauß die Stufen hinaufeilen.

»Verflixt!« Sie spielte mit dem Gedanken, sich unbemerkt zurückzuziehen, aber damit hätte sie das Unvermeidliche nur hinausgeschoben. Wenn Lucius Blumen mitbrachte … vorausgesetzt, sie waren für sie gedacht, aber davon ging sie in Anbetracht ihres gestrigen Gesprächs aus, dann wäre es das Beste, sie würde die Sache jetzt gleich klären, hier, unter vier Augen. »Lucius!«, rief sie und setzte ein Lächeln auf.

Er schaute in ihre Richtung. Seine Miene war so ernst, dass, wäre sie ihm näher gewesen, sie wohl deutlich die Narbe hätte sehen können, die sich sonst hinter seinem Lächeln verbarg.

Dennoch musste sie unweigerlich daran denken, wie Roscoe sie gefragt hatte, ob Lucius eine solche Narbe habe; aber daran wollte sie jetzt besser nicht denken, denn es half nicht gerade, sich ihr resolutes Lächeln zu bewahren.

Kaum dass er sie entdeckt hatte, wich der Ernst aus seiner Miene, und helle Freude breitete sich auf seinem Gesicht aus. Er kam die Stufen wieder herab und lief über den Rasen zu ihr. »Miranda.« Er verbeugte sich und reichte ihr mit großer Geste die Blumen. »Für dich, meine Liebe.«

»Danke.« Sie nahm den Strauß mit beiden Händen, hielt ihn sich an die Nase und schnupperte. »Wie aufmerksam von dir. Aber ich wüsste nicht, womit ich mir ein so prächtiges Bukett verdient hätte.« Sie sah Rosen und Lilien und noch ein paar andere Blumen, die sie überhaupt nicht benennen konnte. »Zumal zu dieser Jahreszeit. Wo hast du die nur alle aufgetrieben?«

»Kein Weg war mir zu weit, sie für dich zu finden, und die Freude in deinem Gesicht ist mir der schönste Dank.« Lucius lächelte, sichtlich zufrieden mit sich und der Welt.

Sie schaute ihm in die Augen, ließ seine Miene auf sich wirken – die Miene eines Mannes, der wohl ein wenig betört war, hingerissen, aber nur fast und vielleicht mehr von sich selbst als von ihr, doch sichtlich bemüht, das Beste daraus zu machen, oder, wie er es gestern Nachmittag ausgedrückt hatte, der sehr ernsthaft in Erwägung zog, ob man sich nicht zusammentun solle.

Gestern hatte er sie damit noch überrumpelt, aber heute war sie sich darüber im Klaren, was sie wollte.

»Die anderen sind im Salon, aber ich würde es vorziehen, wenn wir unter vier Augen über deinen gestrigen Vorschlag sprechen könnten.« Sie bedeutete ihm, ihr zu folgen, um über die Terrasse ins Morgenzimmer zu gelangen. Es dürfte besser sein, wenn sie seine Hoffnungen jetzt gleich zunichtemachte, ohne dass Gladys, Roderick und Sarah dabei zugegen waren. »Wir gehen ins Morgenzimmer, dort können wir ungestört reden.«

»Natürlich.« Offenbar nichts Böses ahnend, schloss Lucius sich ihr an.

Sie musterte ihn verstohlen. Ein wenig angespannt wirkte er jetzt doch, aber bei Weitem überwog doch sein … Eifer. Es war das erstbeste Wort, das ihr einfiel, ein fast glühender Eifer.

Nun, das konnte heiter werden.

Den Blick wieder geradeaus gerichtet, ging sie ihm voran die Stufen zur Terrasse hinauf und fragte sich mit leisem Spott, welch wunderlicher Fluch seit Neuestem auf ihr lastete, dass sie Heiratsanträge immer schon zurückweisen musste, ehe sie überhaupt gestellt wurden.

Im Laufe des Vormittags fiel es Roscoe immer schwerer, sich auf sein Geschäft als Londons Glücksspielkönig zu konzentrieren. Jordan tat sein Möglichstes, indem er darauf bestand, dass der Freund seine Aufmerksamkeit den Bauplänen eines Hauses in Mayfair zuwandte, das Roscoe zu erwerben und in einen noch exklusiveren Club als das Pall Mall umzuwandeln erwog, als es an der Tür klopfte und Rundle eintrat.

Voller Hoffnung schaute Roscoe auf. »Ja?«

»Ein Mr. Carstairs wünscht Sie zu sprechen, Sir.«

»Na endlich!« Roscoe schob seinen Stuhl zurück. »Bringen Sie ihn hoch.«

Jordan begann die Papiere zusammenzupacken. »Ich sage dem Eigentümer, dass wir uns nächste Woche bei ihm melden.«

Den Blick auf die Tür geheftet, nickte Roscoe. »Mach das. Das Gebäude macht einen guten Eindruck und scheint für unsere Zwecke geeignet zu sein, nur ist der Preis in Anbetracht der zu erwartenden Umbaukosten eindeutig zu hoch. Aber das klären wir dann.«

Wieder öffnete Rundle die Tür, und Rafe Carstairs kam herein.

Roscoe stand auf, um seinen Besucher zu empfangen, dessen Miene nichts Gutes verhieß. Sie gaben sich die Hand, und Roscoe deutete auf die Besucherstühle vor seinem Schreibtisch.

Jordan hatte seinen etwas vom Tisch abgerückt und stand nun unschlüssig daneben, nicht sicher, ob seine Anwesenheit erwünscht war.

Roscoe gab ihm ein Zeichen, sich wieder zu setzen. »Bleib ruhig, ich glaube, du solltest dir das anhören.«

Nachdem sie sich gesetzt hatten, merkte Roscoe, wie unruhig Rafe, sonst die Gelassenheit in Person, war – wenn auch kein Vergleich zu der Anspannung, die ihn selbst im Griff hatte, so doch kaum zu übersehen. »Was haben Sie herausgefunden?«

»Nun, zumindest scheint es mit Lucius Clifford eine Bewandtnis zu haben, die von seltsam bis brisant reichen mag.« Rafe ließ seine Worte einen Moment wirken und sah ihn an. »Sein Name steht auf den Listen der Gefallenen von Waterloo. Sein Tagebuch und eine Taschenuhr mit einer persönlichen Gravur wurden bei einem gefallenen Soldaten auf dem Schlachtfeld gefunden, weshalb man annahm, bei dem Toten handele es sich um Clifford. Tagebuch und Uhr wurden seiner Familie zugestellt, die zweifelsfrei bestätigte, dass beide Gegenstände Lucius Clifford gehörten.«

Roscoe hob die Brauen. »Aber den Leichnam hat die Familie vermutlich nie zu sehen bekommen.«

»Nein. Auch keiner seiner Kameraden konnte Cliffords Tod tatsächlich bezeugen, was nach einem solchen Gemetzel indes nicht ungewöhnlich ist. Allerdings hat auch niemand den Leichnam von John Kirkwell gesehen – und hier wird es interessant. Clifford und Kirkwell waren im selben Infanterieregiment, sie kämpften Seite an Seite. Ihr Zug kam schon relativ früh unter Beschuss, es gab schwere Verluste zu beklagen, etliche Männer sind desertiert.« Rafe zuckte resigniert mit den Schultern. »Wenn keiner mehr das Kommando hat, wenn Angst und Chaos, Tod und Verwüstung herrschen, gibt es immer ein paar, die meinen, die Gunst der Stunde nutzen zu müssen. Kirkwell soll unter den Deserteuren gewesen sein – ein kleiner Trupp, den man ein paar Tage später wieder aufgegriffen hat. Von Kirkwell jedoch keine Spur.«

Roscoe trommelte mit den Fingern auf den Schreibtisch und fügte auch das letzte Stück des Puzzles ein. »Dann war es nicht Clifford, der gefallen ist, sondern Kirkwell«, überlegte er laut. »Clifford hat dem toten Kameraden sein Tagebuch und seine Uhr untergeschoben, dann ist er desertiert.«

Rafe nickte bedächtig. »Alles deutet darauf hin, ja. Und wenn Sie sicher sind, dass Clifford noch lebt …«

»Er wurde von Verwandten, die ihn seit seiner Kindheit kennen, wiedererkannt. Zudem kennt er sich ziemlich gut in der Familiengeschichte aus, weiß sämtliche Anekdoten, die man sich so erzählt.«

»Dann dürfte es wohl Clifford sein.« Rafe lächelte kühl. »Ein Deserteur. Die Armee dürfte Interesse an ihm haben.«

Roscoe nickte. »Das werde ich auf jeden Fall im Hinterkopf behalten. Es könnte hilfreich sein.« Er erhob sich, kam hinter seinem Schreibtisch hervor und gab Rafe die Hand, der ebenfalls aufgestanden war. »Danke.«

Rafe winkte ab. »Wenn damit der Gerechtigkeit Genüge getan werden kann, war es mir ein Vergnügen.«

Roscoe schaute kurz zu Jordan hinüber. »Mr. Draper wird Sie hinausbegleiten. Ich muss mich leider entschuldigen, da ich jemandem umgehend einen Besuch abstatten werde.«

»Natürlich.« Rafe Carstairs, selbst Veteran von Waterloo und hochverdienter Held der Indienfeldzüge, salutierte mit einem Schneid, den man ihm kaum zugetraut hätte, und folgte Jordan hinaus. An der Tür wandte er sich noch einmal um. »Je nachdem, wie die Dinge sich anlassen, dürfte es Sie vielleicht interessieren, dass sowohl Allardyce als auch Wolverstone gerade in der Stadt sind. Ich treffe mich heute Abend mit den beiden zum Essen – bei Wolverstone.«

Es brauchte einen Moment, bis Roscoe die Verbindung hergestellt hatte, dann erwiderte er Rafes ungewohnt ernsten Blick und nickte. »Danke, ja – das könnte in der Tat hilfreich sein.«

Nachdem die beiden fort waren, trat Roscoe zum Klingelzug, läutete zweimal und verließ dann ebenfalls das Zimmer.

Kurz darauf marschierte er, Mudd und Rawlins im Gefolge, durch den hinteren Garten und die schmale Gasse, um auf kürzestem Wege zu Miranda zu gelangen.

Mittlerweile schrillten bei ihm sämtliche Alarmglocken, denn wovor würde Clifford, der schon einmal über Leichen gegangen war, noch zurückschrecken? Wenigstens konnte er jetzt handeln, war nicht mehr zur Untätigkeit verdammt. Und handeln würde er, je eher, desto besser.

Er war noch drei Schritte vom Cliffordschen Gartentor entfernt, als es aufschwang und ein Mann in der Kluft eines Straßenkehrers heraustrat – und fast wäre er wieder zurückgesprungen, als er die drei Männer vollen Tempos auf sich zuhalten sah.

Roscoe verlangsamte seine Schritte, Mudd und Rawlins ebenfalls.

Jetzt erkannte der Mann sie auch; er nahm Haltung an und grüßte. »Ich wollte gerade rüberkommen und Bericht erstatten, Sir. Mr. Lucius Clifford ist vor ein paar Minuten zu Fuß vor Mr. Roderick Cliffords Haus eingetroffen und mit Miss Clifford, die zufällig draußen war, erst in den hinteren Garten und dann ins Haus gegangen.«

Roscoe fluchte und stürmte durchs Tor.

Zunächst einmal würde Miranda sich um die Blumen kümmern müssen. Nachdem Lucius solche Mühen auf sich genommen hatte, sie für sie aufzutreiben, konnte sie den Strauß nicht einfach irgendwo ablegen und vor sich hinwelken lassen. Sie betätigte den Klingelzug und wartete, bis das Stubenmädchen Milly kam und die Blumen mitnahm, um sie in einer Vase zu arrangieren.

Die nachfolgenden Minuten füllte Miranda mit dem üblichen Geplänkel und stellte erleichtert fest, dass Lucius, der sich mit eleganter Lässigkeit am anderen Ende des Sofas in die Polster hatte sinken lassen, seinen Teil zu der nichtigen kleinen Plauderei beitrug. Als Milly dann endlich mit den Blumen zurückkam, bat Miranda sie, die Vase auf die Wandkonsole unter dem Spiegel zu stellen, wo sie am besten zur Geltung käme. Milly tat wie ihr geheißen, empfahl sich mit einem Knicks und schloss die Tür hinter sich.

Miranda holte tief Luft und wandte sich Lucius zu.

Er bedachte sie mit seinem charmantesten Lächeln, beugte sich vor und griff nach ihrer Hand. »Meine liebe Miranda, du weißt hoffentlich, dass du für mich schöner als jede noch so schöne Blume bist und mir mehr bedeutest, als ein noch so exquisiter Blumenstrauß es je zum Ausdruck bringen könnte.«

Sie räusperte sich. »Ja, schön. Danke.« Sie versuchte, ihm ihre Hand zu entziehen, aber Lucius, den Kopf leicht fragend zur Seite geneigt, hielt sie nur noch fester – was ihre Entschlossenheit indes nur stärkte. Sollte er ihre Hand ruhig halten, sie würde ihm schon sagen, was sie zu sagen hatte. »Genau darüber wollte ich mit dir sprechen.«

Ein Lächeln spielte um seine Lippen, aber seine Augen ... Kalt und berechnend waren sie auf einmal, keine Spur mehr seines verschmitzten Charmes. Sie fühlte sich an ein Raubtier erinnert, das seine Beute mit lauerndem Kalkül betrachtete.

Nie war es ihr so deutlich geworden wie jetzt, aber unbewusst musste sie es schon vor Jahren gespürt haben, diese andere, abgründige Seite an ihm. Wie hatte sie das bloß vergessen können? Vielleicht, weil sie einander so lange nicht gesehen hatten, dass manches in Vergessenheit geraten war oder sich in milderem Licht zeigte. Gewiss, sie hatte ihm nie so ganz getraut, aber *das* ... Nein, sie würde sich nicht unterkriegen lassen. Sie hielt seinen Blick und hob entschieden das Kinn. »Ich weiß dein Angebot zu schätzen, das du mir gestern auf der Rückfahrt vom Park unterbreitet hast.«

»Du meinst, dass wir heiraten sollten, weil es zu unserer beider Vorteil wäre?«, vergewisserte er sich. »Jetzt, da ich noch mal genauer darüber nachgedacht habe, scheinen mir die Vorteile so zahlreich, dass es wirklich ein Wunder ist, warum wir nicht schon eher auf die Idee gekommen sind. Wir kennen uns schon so lange und haben, so vermute ich, ähnliche Ambitionen, und ...«

»Das mag wohl sein«, unterbrach sie ihn, denn sie würde sich von ihm gewiss nicht über ihre Wünsche und Ambitionen belehren lassen, »weshalb ich deiner Bitte auch nachgekommen bin und deinem Ansinnen die gebührende Aufmerksamkeit habe zuteilwerden lassen. Allerdings bin ich nach reiflicher Überlegung zu dem Schluss gekommen – und das mag auch mit meinem schon reiferen Alter zusammenhängen –, dass ich mittlerweile andere Interessen habe, die sich in einer Ehe nicht unbedingt verwirklichen ließen. Mit anderen Worten: Ich bin nicht mehr auf der Suche nach einem Ehemann und gedenke weder dich noch einen anderen zu heiraten.«

Für einen Geliebten wäre ich wohl zu haben, räumte sie im Stillen ein, einen Mann, den ich wirklich *liebe.* Aber das war ein ganz anderes Problem, über dessen Lösung sie sich noch nicht recht im Klaren war und das ihren Cousin nun auch wirklich nichts anging.

Lucius hielt ihre Hand noch immer und machte auch keine Anstalten, seinen Griff zu lockern. Sein Blick ruhte auf ihrem Gesicht, ihren Augen, bis er sanft, fast schmeichelnd meinte: »Und du denkst wirklich, ich würde dir glauben, dass du dir keinen Mann und keine Familie mehr wünschst?«

»Lucius«, begann sie erneut und drückte resolut das Kreuz durch, »es bringt überhaupt nichts, noch weiter darüber zu reden. Ich werde dich nicht heiraten.«

Einen Moment sah er sie nur an, seine Miene unergründlich, dann verzog sein Gesicht sich zu einer hässlichen Fratze, seine Stimme nur mehr ein Fauchen: »Oh doch, das wirst du.«

Er packte ihre Hand, dass es schmerzte, und zog sie heftig an sich.

Sie schnappte nach Luft und wich unwillkürlich vor ihm zurück; in seinen Augen war eine solche Bosheit, mit der sie – trotz allem – niemals gerechnet hätte. Sie hatte Angst. Und sie empfand Abscheu vor ihm. Mit aller Kraft versuchte sie, sich von ihm loszureißen.

Doch er hielt sie fest; sie verdoppelte ihre Anstrengungen, ihm zu entkommen.

Dann plötzlich ließ er los, und sie flog rücklings aufs Sofa.

Lucius stürzte sich auf sie.

Sie schrie, aber als Lucius mit voller Wucht auf ihr landete, wich alle Luft aus ihr. Sie sträubte und wand sich unter ihm, versuchte, ihn von sich zu schieben, aber gegen seine Körperkraft kam sie nicht an; wie ein nasser Sack lag er auf ihr. Als sie versuchte, ihre Arme freizubekommen, um nach ihm zu schlagen, sich zu wehren mit Händen und Füßen, hielt er sie gar noch fester, packte ihre Arme, umklammerte ihre Beine.

»Was hast du vor?«, fragte sie keuchend.

»Dafür sorgen, dass du mich heiratest«, gab er höhnisch zurück.

»Das werde ich *nicht* – und jetzt gleich gar nicht mehr!«

»Und ob du das wirst – jetzt erst recht.«

Sie begriff, was er vorhatte, und einen Moment setzte ihr Verstand aus.

Mit einer Hand hielt er sie fest, mit der anderen zerrte er an ihren Röcken.

Sie versuchte, Luft zu holen, versuchte, sich ihm zu entwinden, nach ihm zu treten.

Doch es half alles nichts, es gelang ihr nicht, ihn wegzustoßen. Auch war niemand gekommen, niemand hatte ihren Schrei gehört. Und je länger sie miteinander kämpften, desto schwächer wurde sie, und dann wäre ausgemacht, wie die Sache enden würde.

Ruhig Blut, ermahnte sie sich. Jetzt galt es nachzudenken. Sie brauchte einen Plan.

Weil er sie mit seinem Gewicht schier erdrückte, blieb ihr kaum genug Luft zum Atmen, geschweige denn für einen weiteren, noch dazu einen lauteren Schrei, den man bis hinüber in den Salon hören würde.

Als er ihre Röcke hochschob, drehte sie angewidert und in schierer Verzweiflung den Kopf zur Seite, suchte nach etwas, mit dem sie ihn abwehren könnte … Aus dem Augenwinkel sah sie die Bronzeskulptur, ein Lieblingsstück ihrer Tante, das schräg hinter ihr auf dem Beistelltisch neben dem Sofa stand.

Lucius' Atem gellte ihr in den Ohren, immer schneller, rauer flog er dahin, keuchende Erregung.

Ein kühler Lufthauch streifte ihren Schenkel oberhalb des Strumpfbands.

Sie biss die Zähne zusammen und bäumte sich auf, stemmte sich mitsamt seinem Gewicht so weit hoch wie möglich, rammte ihm den Arm vor den Hals und griff mit dem anderen hinter sich, tastete blindlings nach der Bronzefigur, bekam sie schließlich zu fassen, packte sie und holte aus, um auf Lucius' Schädel zu zielen.

Er sah den Schlag kommen und wich aus, fing die Figur lässig mit einer Hand ab und hielt sie fest.

Sie ließ es darauf ankommen, denn nun, da er nicht mehr wie ein Klotz auf ihr lag, konnte sie endlich wieder Luft holen, und das tat sie, ganz tief, und dann schrie sie um ihr Leben. »Hilfe! Helft mir! *Hilfe!*«

Lucius fluchte derb und hielt ihr mit seiner freien Hand den Mund zu.

Sie warf ihren Kopf zur Seite, schnappte nach seiner Hand und biss zu.

Fluchend riss er seine Hand zurück, und sie holte tief Luft, um erneut zu schreien, doch da hatte er sich schon ein Kissen geschnappt und drückte es ihr aufs Gesicht.

Drückte sie zurück aufs Sofa, immer tiefer, und entwand die Bronzeskulptur ihrem Griff.

Sie konnte nichts mehr sehen, sie bekam keine Luft mehr. Lucius lag wie Blei auf ihr, bis ihr allmählich die Sinne schwanden …

Dann plötzlich ein heller Aufruhr, Türen wurden geschlagen, und im nächsten Moment wurde sie von der schweren Last befreit, Lucius rollte zur Seite. Dumpfe Schläge waren zu hören, das Ächzen und Keuchen eines Zweikampfs. Jemand zog ihr das Kissen vom Gesicht; sie blinzelte und blickte in Sarahs schreckensbleiches Gesicht.

Sie wandte sich um, sah Roderick und Lucius, die einander im Schwitzkasten hielten und erbittert miteinander rangen.

Noch immer heftig atmend, stützte sie sich auf den Ellbogen und sah sich um. Gladys stand an der geschlossenen Tür und verfolgte das Spektakel, das sich ihr bot, mit scharfem Blick. Miranda wartete nur darauf, dass ihre Tante versuchen würde, alles unter den Teppich zu kehren und so zu tun, als wäre das Offensichtliche nicht geschehen – undenkbar, der Skandal! –, doch stattdessen nahm sie Lucius ins Visier, als wollte sie ihn mit ihrem Blick durchbohren. »Du *Schuft*!«, keifte sie. »Du elender Schuft!«

Die Tante humpelte auf die beiden los, hob ihren Stock und holte aus.

Auch diesmal sah Lucius den Schlag kommen, schleuderte Roderick herum und hielt ihn wie einen Schild vor sich.

Gladys' ohnehin nicht allzu kräftiger Schlag prallte an Rodericks Schulter ab, ohne großen Schaden anzurichten, aber durch Lucius' Manöver war er aus dem Tritt geraten, versuchte sich zu fangen, doch sein verletzter Fuß tat ein Übriges.

Krachend ging er zu Boden.

Gladys wich entsetzt ob ihrer ungewollten Tat zurück und ließ sich in den Sessel fallen.

Miranda blieb keine Wahl mehr. Sie schwang die Beine vom Sofa, atmete einmal tief ein, dann stand sie auf.

Derweil hörte sie Sarah mit einem hellen Aufschrei ums Sofa herumrennen – vermutlich in der ebenso naiven wie heroischen Absicht, sich zwischen Roderick und Lucius zu werfen und ihren Liebsten einmal mehr zu retten.

Aber Lucius hatte längst von ihm abgelassen, zog sich fluchend ein paar Schritte zurück ... und zückte eine Pistole.

Miranda erstarrte, den Blick fest auf das kleine Schießeisen gerichtet. Sie sah, wie Lucius' Hand leicht zitterte, doch das war kein Grund zur Entwarnung, im Gegenteil, denn vermutlich waren es eher Zorn und blinde Verzweiflung denn Furcht, die ihn erbeben ließen.

In dem Moment, da er die Pistole gezogen hatte, waren sie alle wie gelähmt. Sarah erholte sich als Erste; sie wollte schreien, doch …

»Ein Laut, und ich schieße«, warnte Lucius sie mit knappem Blick; die Waffe hielt er auf Roderick gerichtet, der zu Mirandas Füßen am Boden lag.

Sarah brauchte ihn nur anzusehen, dann klappte sie den Mund jäh wieder zu und presste die Lippen fest zusammen, damit nur ja kein Laut herauskomme.

Lucius nickte. »So ist es recht.« Sein Blick wanderte weiter zu Miranda. »Lohnt sich nicht, den Helden zu spielen.«

Er schaute kurz über die Schulter zur Tür. Nicht einer der Bediensteten war gekommen, um zu schauen, was es mit dem Lärm auf sich hatte; wahrscheinlich waren sie alle unten in der Küche und bereiteten das Auftragen des Mittagessens vor, nichts ahnend, welches Drama sich über ihnen abspielte.

Lucius wich langsam zur Tür zurück. »Wenn jetzt alle hübsch brav bleiben, kommen wir hier mit heiler Haut raus.«

Miranda ließ ihn nicht aus den Augen; auch Roderick, Sarah und Gladys folgten jeder seiner Bewegungen.

Die Pistole weiterhin auf Roderick gerichtet, zog Lucius sich den Stuhl heran, der neben der Tür stand, und klemmte ihn mit der Lehne unter dem Griff fest. »Damit wir ungestört bleiben.« Nachdem er probiert hatte, ob die Tür sich noch öffnen ließe, und offenbar mit dem Ergebnis zufrieden war, wandte er sich wieder der lieben Verwandtschaft zu.

Roderick setzte sich mühsam auf. Sein Gesicht war bleich vor Anstrengung – oder Schmerz oder Angst, Wut oder einer Mischung aus alledem. Er winkelte die Knie an, stützte seine Arme darauf und schaute zu Lucius auf. »Warum?«

Lucius hob die Brauen. »Ich dachte, das wäre offensichtlich. Ich brauche Geld. Genauer gesagt will ich *dein* Geld – und du wirst es mir auch geben, keine Sorge.«

Roderick schnaubte. »Du musst den Verstand verloren haben.«

»Nein, habe ich nicht.« Lucius hielt inne und schien darüber nachzusinnen, wie viel von seinem Plan er preisgeben sollte.

Zumindest nahm Miranda an, dass er einen Plan hatte, auch wenn der gründlich schiefgegangen war und es jetzt galt, sich eine neue Strategie zurechtzulegen.

»Ich habe gehört«, begann Lucius, den Blick auf Roderick gerichtet und seine Stimme seltsam ruhig, »dass du dein Vermögen – für das du dich im Übrigen ganz allein beim alten Malcolm bedanken kannst – weggeben willst. Für *gute Zwecke*, so heißt es.« Leiser Spott schwang in seinen Worten mit.

Miranda schaute zu ihrem Bruder, der den Blick auf Lucius geheftet hatte, sodass sie sein Gesicht nur im Profil sehen konnte, aber sie meinte zu spüren, dass er ebenso überrascht war wie sie. Woher hatte Lucius davon erfahren? Nicht einmal Gladys wusste von Rodericks Verbindung zur Philanthropischen Gilde. Und wäre sie ihrem Bruder an jenem Abend nicht heimlich gefolgt, wüsste Miranda es ebenso wenig wie ihre Tante.

Roderick erwiderte nichts auf Lucius' Bemerkung, was diesem jedoch Antwort genug schien.

Ein Lächeln spielte um seine Lippen. »Da man mit guten Werken ja bekanntlich vor der eigenen Haustür anfangen soll, würde ich vorschlagen, dass du das Geld stattdessen mir gibst.«

Noch immer keine Antwort von Roderick; Miranda war stolz auf ihn und fragte sich unweigerlich, ob er diese Taktik von Roscoe gelernt hatte.

»Du wirst daher Folgendes tun«, fuhr Lucius fort. »Du stellst mir einen Schuldschein über … sagen wir … vierzigtausend Pfund aus. Ein einfacher Schrieb genügt, kurz und schmerzlos.«

Roderick lachte. »Tut mir leid, aber ich schulde dir rein gar nichts. Warum sollte ich mich von dir erpressen lassen?«

Lucius' Lächeln bekam einen maliziösen Zug. »Wegen des Skandals, den es sonst geben wird.« Er schaute zu Gladys, dann zu Sarah und zuletzt zu Miranda, ehe er Roderick wieder ansah. Die Mündung der Pistole wich dabei nicht eine Sekunde von ihrem Ziel ab; Lucius verstand mit der Waffe umzugehen und hielt sie genau auf Rodericks Brust gerichtet.

»Die Sache ist nämlich die«, sprach Lucius weiter, »dass ich die Schuld nicht von dir persönlich einfordern werde. Sowie du den Wisch geschrieben hast und ich hier weg bin, verkaufe ich ihn. Für die volle Summe werde ich ihn nicht losschlagen können, aber zwanzigtausend wären auch schon ganz nett, nicht wahr? Und dann macht er die Runde, alles unter deinem Namen.«

Rodericks Miene erstarrte.

Sarah berührte ihn sacht an der Schulter. »Aber wir …« Sie deutete auf Gladys und Miranda. »… wissen doch Bescheid. Es ließe sich schnell aufklären, was wirklich geschehen ist.«

»Ach ja?« Lucius betrachtete sie spöttisch. »Drei Weibsbilder, die allesamt dem lieben Roderick verbunden sind – und zwar auf eine Weise verbunden, dass alle drei lügen würden, um seine Reputation und ihre eigene Haut zu retten. Wer würde euch glauben?« Lucius ließ seine Worte nachwirken und schnaubte verächtlich. »Das dürfte nicht funktionieren – schlecht für euch, aber umso besser für mich. Nein, wirklich, ich merke gerade, wie genial der Plan ist, wie einfach und unkompliziert.« Er bedachte Miranda mit scharfem Blick. »Ich hätte es gleich so versuchen sollen, statt meine Zeit mit dir zu vertun.«

Vermutlich wollte er sie mit der Bemerkung verletzen, aber die Spitze ging völlig an ihr vorbei.

Dann jedoch hob er die Pistole und zielte auf sie. Roderick wies er barsch an: »Los, setz dich da drüben an den Schreibtisch, und stell den verdammten Schuldschein aus.«

Miranda schaute sich verstohlen um, ob sich nicht irgendetwas fände, eine Waffe, was auch immer, um das Ganze zu einem glimpflichen Ende zu bringen. Aber Lucius hielt sich wohlweislich außer Reichweite. Selbst wenn sie sich aus der Schusslinie warf, hätte Roderick, auch wenn er bester Verfassung gewesen wäre, was er indes nicht war, Lucius nicht zuvorkommen können. Es war also zu gefährlich.

Es schien keinen anderen Ausweg zu geben, als Roderick den Schuldschein ausstellen zu lassen und zu hoffen, dass sie wenigstens mit heiler Haut davonkämen.

Doch wenn Lucius erst einmal im Besitz dieser Forderung wäre, stünde ihm nichts mehr im Weg, seinen Anspruch auf die verlangte Summe geltend zu machen. Denn was galt ihrer aller Wort gegen Rodericks Unterschrift?

Aber hatten sie eine andere Wahl?

Roderick, der Lucius keine Sekunde aus den Augen gelassen hatte, schien zu demselben Schluss gekommen zu sein. Er wandte sich ab und meinte zu Sarah, die noch immer schützend an seiner Seite stand: »Hilf mir mal bitte auf.«

Sarah sah erst ihn an, dann Lucius, dann fasste sie Roderick unter seinen unversehrten Arm und half ihm auf die Beine. Lucius beobachtete alles mit Argusaugen.

Währenddessen überlegte Miranda fieberhaft, ob es nicht doch noch eine andere Möglichkeit gab, irgendeine Ausflucht, die sie nicht bedacht hatte …

Als spürte er ihre Unruhe, schnellte Lucius' Blick zu ihr und ließ sie ertappt zusammenfahren.

Doch nein, sein Blick galt gar nicht ihr, er glitt an ihr vorbei; dann sah sie ihn leise die Stirn runzeln, ehe sich im nächsten Moment Irritation und Alarmbereitschaft auf seinem Gesicht zeigten.

Da begriff sie, dass er hinaus auf die Terrasse schaute, dass er etwas gesehen haben musste, das ihm gar nicht gefiel, und das konnte nur heißen … Hinter sich hörte sie, wie die Fenstertür geöffnet wurde, spürte den kalten Luftzug von draußen und vernahm Schritte. Jemand war hereingekommen und schloss die Tür hinter sich.

Lucius' Miene drückte völlige Entgeisterung aus. »Wer, zum Teufel, sind Sie?«

Sie brauchte sich nicht umzudrehen, um zu wissen, wer ihnen zu Hilfe gekommen war. Trotzdem riskierte sie einen Blick über die Schulter und wäre vor Erleichterung fast in Ohnmacht gesunken. Obwohl Lucius mit der Pistole noch immer auf sie zielte, die Mündung noch immer auf ihr Herz gerichtet hatte, war sie mit einem Mal sicher, dass nun alles gut würde.

Roscoe kam gewohnt forschen Schrittes näher. Mit einem räuberischen Lächeln auf den Lippen nahm er den Feind ins Visier. Nur als er an Miranda vorbeiging, trafen ihre Blicke sich kurz, dann sah er wieder zu Lucius. »Man kennt mich als Neville Roscoe«, sagte er und ging unaufhaltsam weiter.

Lucius wedelte mit der Pistole und wich einen Schritt zurück. »Halt, stehen geblieben, oder ich schieße!«

Roscoe hob beschwichtigend die Hände und tat einen letzten Schritt – indes nicht nach vorn, sondern zur Seite, um sich zwischen Miranda und Lucius' zu stellen –, ehe er stehen blieb.

Miranda stockte der Atem, sie ballte die Hände und hätte ihn am liebsten zur Seite gestoßen. Was fiel ihm ein? Lucius würde ihn über den Haufen schießen! Oh mein Gott, *nein*. Das Herz schlug ihr so heftig, dass sie meinte, es würde zerspringen, und der Hals war ihr wie zugeschnürt. Was war bloß in ihn gefahren?

An Lucius gewandt hörte sie ihn lässig sagen: »Kommen Sie, lassen Sie die Spielchen. Meines Wissens ist es immer noch verdammt schlechter Stil, im Morgenzimmer einer Dame mit Feuerwaffen zu hantieren.«

Der leicht anmaßende, leicht belustigte Tonfall verwirrte Lucius noch mehr. Eine steile Falte stand ihm zwischen den Brauen. »Was soll das? Sind Sie bescheuert?«

Roscoe hielt inne, dann fuhr er, nun sehr kühlen Tons, der noch frostiger wurde durch die Präzision, mit der er jedes seiner Worte aussprach, fort: »Nein, das bin ich sicher nicht. Aber sämtliche Bosse der Londoner Unterwelt dürften das Sie fragen. Eine Pistole auf mich zu richten ist nämlich nicht nur schlechter Stil, es ist schlichtweg nicht ratsam.«

Lucius lachte höhnisch. »Ich wüsste nicht, warum.«

»Nein?« Roscoe ließ einen Moment verstreichen, ehe er meinte: »Dann liegt es vermutlich daran, dass Sie nur bis zu dem Moment denken, da Sie den Abzug drücken. Angenommen, Sie schießen mir eine Kugel in die Brust – was dann? Wie wollen Sie hier lebend herauskommen? Das Haus ist umzingelt von meinen Leuten.« Er warf einen kurzen Blick über die Schulter, schaute dann wieder Lucius an und deutete mit dem Kopf hinter sich zur Terrasse. »Sehen Sie selbst.«

Und Lucius schaute.

Roscoe stürzte sich auf ihn.

Mit einem Satz war er bei ihm, packte Lucius' Arm und riss die Hand, in der er die Pistole hielt, nach oben. Ein Schuss löste sich mit ohrenbetäubendem Knall; die Kugel schlug in die Decke ein, Putz rieselte in hellen Flocken herab.

Roscoe holte aus und hieb Lucius mit harter Faust ins Gesicht.

Knochen knirschten, und Lucius fiel wie ein gefällter Baum.

»Gott sei Dank!«, rief Miranda und trat zu Roscoe, fasste ihn beim Arm und ließ ihren Blick einen Moment auf seinem Gesicht ruhen, ehe sie hinab zu Lucius schaute, um sich zu vergewissern, dass er wirklich außer Gefecht gesetzt war.

Roscoe nahm seinen Blick von Miranda und kickte die Pistole zu Roderick hinüber. Sollte er mit seiner Einschätzung der Situation recht haben, wäre ihm mit einer Waffe jetzt nicht zu trauen. Lucius Clifford war Miranda gegenüber handgreiflich geworden, hatte sich gar an ihr vergehen wollen, und auch wenn sie unversehrt zu sein schien, war die Versuchung doch groß, dem Mann mit dem Schießeisen so heftig eins über den Schädel zu ziehen, immer wieder, bis er keinen Mucks mehr machte.

Sarah, die neben Roderick stand und seinen Arm umklammert hielt, bückte sich und hob die Pistole auf, um sie Roderick zu reichen.

Aus dem Sessel waren keuchende Pfeiflaute zu hören; Mirandas Tante schnappte mühsam nach Luft und stand offenbar kurz davor, zu kollabieren. Sarah sagte leise etwas zu Roderick und strich ihm kurz über den Arm, ehe sie hinüberging, um der alten Dame beizustehen.

Roscoe schüttelte seine Schlaghand aus, massierte sich die Knöchel und hielt bei Lucius Clifford Wache. Wenngleich ein solch rasender Zorn in seinem Hieb gesteckt hatte, dass der Kerl so schnell nicht wieder zu sich kommen würde, brauchte er doch einen Moment für sich, um eben jenen Zorn halbwegs in den Griff zu kriegen.

Er schaute hinaus in den Garten, als plötzlich laut und vernehmlich an die Zimmertür geklopft wurde.

Miranda, die nicht von Roscoes Seite gewichen war, kaum den Blick von ihm hatte wenden können, als die Erkenntnis jäh über sie kam, die ihr auf einmal *alles* mit solcher Deutlichkeit vor Augen stehen ließ, folgte seinem Blick und sah Mudd und Rawlins über den Rasen gelaufen kommen; vermutlich hatten sie hinten in der Gasse gewartet, als sie plötzlich den Schuss hörten … Dann hatte Roscoe eben geblufft, als er zu Lucius meinte, er müsse nur hinausschauen, um seine Männer zu sehen. »Soll ich sie hereinlassen?«

Er nickte. »Ja, bitte.«

Sie nahm die Hand von seinem Arm und ging zur Terrassentür.

Roderick hatte derweil die Pistole eingesteckt und war zur Zimmertür gehumpelt, um sich der unvermeidlichen häuslichen Krise zu stellen. Nachdem sie Rawlins und Mudd hereingelassen hatte und die beiden sich mit Roscoe besprachen, ging Miranda zu ihrem Bruder, stellte aber fest, dass Roderick die Situation sehr gut meisterte. Mit ruhiger, fester Stimme versicherte er Hughes und Mrs. Flannery und weiß der Himmel, wer noch alles durch den Schuss aufgeschreckt herbeigeeilt war, dass alles halb so wild sei, weshalb sie zu Sarah ging, um ihr mit der völlig aufgelösten Gladys zu helfen.

Während er Mudd und Rawlins Anweisungen gab, wie sie Lucius Clifford zu fesseln hätten, ließ Roscoe Miranda nicht aus den Augen; es war wie ein Zwang, gegen den er nicht ankam, und so versuchte er es gar nicht erst.

Ihre Tante war mittlerweile völlig außer sich. Während Sarah und Miranda sich um sie kümmerten, hatte Roderick die Bediensteten auf Mirandas Bitte angewiesen, ihnen Wasser und Riechsalz zu bringen – und was immer es noch brauchte, um die alte Dame zu beruhigen. Dann schloss er die Tür wieder und humpelte zu Roscoe hinüber.

Auf den Stock seiner Tante gestützt, den er sich kurzerhand unter den Nagel gerissen hatte, schaute Roderick auf Lucius hinab und schüttelte den Kopf. Untermalt von den kurzatmigen Japsern seiner Tante meinte er: »Wenn er Geld brauchte, hätte ich ihm welches geliehen – er hätte mich nur fragen müssen.«

Spätestens jetzt wurde Roscoe klar, dass Roderick nicht die ganze Wahrheit über Lucius Clifford kannte, sie vielleicht nicht einmal ahnte. »Eigentlich bin ich gekommen, um dir und Miranda zu sagen, was ich über Kirkwell herausgefunden habe.«

Sein Ton ließ Roderick aufhorchen, und er sah ihn fragend

an, doch dann dämmerte es ihm, und er blickte bestürzt auf Lucius Clifford hinab. »*Lucius* ist Kirkwell? Beziehungsweise Kirkwell Lucius?«

»Er hat auf dem Schlachtfeld seine Identität mit der Kirkwells getauscht, nachdem Kirkwell bei Waterloo gefallen war.«

Roderick ließ das Gehörte einen Moment sacken. »Das heißt …« Er hielt inne und atmete tief durch. »Dann ist Lucius ein Deserteur?«

Roscoe nickte. »Und damit haben wir eine völlig veränderte Ausgangslage, vor allem im Hinblick darauf, wie weiter mit ihm zu verfahren ist.«

Ein Glas Wasser und ein Fläschchen Riechsalz waren gebracht worden, dazu angesengte Federn, was sämtlich half, den Anfall der Tante allmählich zu lindern. Allmählich vermochte auch Roscoe den Blick von Miranda zu lösen; sie bewegte sich ohne allen Anschein von Mühe, wirkte ruhig und konzentriert. Ein Stein fiel ihm vom Herzen. Er wandte sich an Roderick. »Was hast du dem Personal gesagt?«

Nachdem sie Lucius Clifford mit dessen Krawatte geknebelt und ihm die Hände auf dem Rücken gefesselt hatten, traten Mudd und Rawlins zurück und bezogen hinter dem Gefangenen an der Wand Stellung, als wollten sie sich, nun, da ihre Aufgabe erledigt war, so unsichtbar wie möglich machen. Dafür, dass beide so große und kräftige Burschen waren, beherrschten sie diese Kunst ziemlich gut; aber sie hatten ja auch reichlich Übung.

Den Blick noch immer auf Lucius gerichtet, meinte Roderick: »Ich sagte ihnen, dass der Schuss sich aus Versehen gelöst hätte – was in gewisser Weise ja stimmt.« Mit der Schuhspitze stupste er Lucius, der sich noch immer nicht rührte, an die Schulter. »Sollten wir nicht besser die Polizei verständigen?«

»Nein.«

Endlich schaute Roderick auf. »Nein?«, fragte er und blinzelte verwirrt. »Aber …« Er warf einen kurzen Blick zu Miranda, und das allein genügte, um ihm die Zornesröte in die Wangen zu treiben. »Er hat Miranda *angegriffen*«, stieß er mit leiser Stimme hervor.

»Ich weiß.« Roscoe hatte die Situation sofort erfasst, dazu brauchte es bloß einen Blick auf ihr zerknittertes Kleid, die fast aufgelöste Frisur, aus der wirre Haarsträhnen herabhingen, das Kissen auf dem Boden. Wieder musste er an sich halten, um dem mörderischen Impuls nicht nachzugeben, den ihr derangierter Anblick in ihm weckte. »Genau deshalb müssen wir sicherstellen, dass Lucius ihr nichts mehr zuleide tun, der Familie keinen weiteren Schaden zufügen kann. Wir sollten ein für alle Mal ausschließen, dass seine Machenschaften eine Bedrohung für dich oder für Miranda darstellen.«

Roderick runzelte die Stirn. »Ich kann dir nicht ganz folgen – warum sollte er denn jetzt noch eine Bedrohung für uns darstellen? Wir haben ihn dingfest gemacht. Wenn wir ihn jetzt den Behörden übergeben, was sollte er uns noch tun?«

»Bedenke den Skandal.« Plötzlich war es ganz still im Zimmer geworden. Gladys hatte sich inzwischen erholt. Noch immer etwas kurzatmig und blass um die Nase, aber doch so weit wiederhergestellt, dass sie die Ohren spitzen und mit Sarah und Miranda das Gespräch der beiden Männer verfolgen konnte.

Und Roscoe, den sie ihr Lebtag noch nicht gesehen hatte, geschweige denn in diesem Haus, mit großen Augen und verständnislosem Blick anstarrte.

Er neigte höflich den Kopf. »Madam.« Ein kurzer Blick zu Miranda, dann zu Roderick, ehe er sich wieder an die Tante wandte. »Wenn Sie mir erlauben, Ihnen die Situation kurz zu erklären, damit wir entscheiden können, wie am besten weiter zu verfahren sei.«

Die alte Dame winkte matt ab. »Wenn Sie uns skandalfrei aus diesem Schlamassel herausmanövrieren, lasse ich Ihnen freie Hand – wer immer Sie auch sind.«

Roscoe hielt es nicht für geraten, ihr jetzt zu offenbaren, wer er war, und so begann er mit einem kurzen Blick auf den Delinquenten zu seinen Füßen, in den langsam wieder Leben kam, mit seinem Bericht: »Nach allem, was wir bislang wissen, gehörte Lucius Clifford einem Infanterieregiment an, das in der Schlacht von Waterloo schwere Verluste einstecken musste. Zahllose Männer ließen ihr Leben, andere desertierten. So auch Lucius, aber bevor er sich aus dem Staub machte, schob er sein Tagebuch und seine Taschenuhr einem gefallenen Kameraden unter und nahm dessen Namen an: John Kirkwell. So hielt man Kirkwell für den Deserteur, und Lucius Clifford wurde für tot erklärt. Irgendwann, und wir haben Grund zu der Annahme, dass es nicht erst kürzlich war, kehrte Lucius nach England zurück.«

Roscoe schaute Roderick an. »Aus nachvollziehbaren Gründen nahm er keinen Kontakt zu seiner Familie auf, glaubte man ihn doch tot. Seine alte Identität wieder anzunehmen barg zudem das Risiko, dass man ihn als den Deserteur ausmachte, der er ist, und es ist ja bekannt, was Deserteuren blüht, wenn die Armee sie erwischt. Er nutzte Kirkwells Namen demnach weiter, wie es ihm gerade zupasskam, sah aber vor allem zu, dass er jenen aus dem Weg ging, die ihn von früher kannten. Vom Tod seines Vaters vor zwei Jahren dürfte er beizeiten, auf welchen Umwegen auch immer, erfahren haben. Irgendwann kam ihm dann wohl die Erkenntnis, dass das Erbe, sollte es ausschließlich über die männliche Linie vermacht werden, in seine Reichweite gerückt war, denn nach dem Tod seines Vaters war nun er dein nächster männlicher Anverwandter. Sollte dir etwas zustoßen, käme ihm zumindest ein Teil deines Vermögens zu. Selbst wenn du alles testamentarisch Miranda vererbt haben solltest, dürfte jeder halbwegs gerissene Anwalt Lucius darauf hingewiesen haben, dass er gute Aussichten hätte, sich einen Teil deines Vermögens zu sichern, stammt es doch maßgeblich von deinem Großvater, was wiederum heißt, dass, solltest du ohne männliche Nachkommen sterben, der Bruder deines Großvaters – namentlich Lucius' Großvater – auf seinen Anteil hätte pochen können. Oder eben dessen Erben, sollte er wie in Lucius' Fall schon verstorben sein.«

Er warf einen Blick in die kleine Runde, die seinen Ausführungen zu folgen versuchte. »Soweit ich weiß, ist das alles aber eine recht heikle Angelegenheit, bei der es maßgeblich auf die genaue Ausformulierung des Testaments ankommt und letztlich auch auf das Wohlwollen des zuständigen Richters, zu Gunsten der einen oder aber der anderen Partei zu entscheiden, denn so klar, wie es auf den ersten Blick scheint, ist die Rechtslage eben nicht. Doch mittellos wie er war, sah Lucius seine Chance gekommen. Er hatte nichts zu verlieren. Bevor er jedoch seinen Anspruch überhaupt geltend machen konnte, musstest du erst einmal aus dem Weg geräumt werden.«

Roderick senkte den Blick abermals auf Lucius und schüttelte den Kopf. »Es ist mir unerklärlich, dass er mich für nicht mehr als die *Chance* auf einen Teil meines Vermögens umbringen lassen wollte.« Angewidert wandte er sich ab. »Deshalb hat er Kempsey und Dole doch angeheuert, oder?«

Roscoe nickte. »Aber als es nicht lief wie geplant …«

»Als du eingegriffen und mir das Leben gerettet hast«, fiel Roderick ihm ins Wort.

»Als Miranda und ich dich gerettet haben«, stellte Roscoe klar, »nahm Lucius davon Abstand und überlegte sich eine neue Strategie.«

»Moment!«, rief Miranda. »Er hat da vorhin etwas gesagt, das mich stutzig gemacht hat – er meinte, dass Roderick einen Großteil seines Vermögens wohltätigen Zwecken zukommen lassen wolle, und ich fragte mich …«

»Was?«, entfuhr es Mirandas Tante, die Roderick aus schmalen Augen ansah. »Ja, bist du denn noch zu retten, mein Junge? Dein Geld einfach so zu verschleudern!«

»Nur einen kleinen Teil«, versuchte Roderick sie zu beruhigen. »Nicht der Rede wert. Lucius dachte wohl, es sei weit mehr.«

»Ah ja.« Roscoe nickte bedächtig. »So langsam ergibt alles einen Sinn. Er muss geglaubt haben, du wolltest dich von deinem Vermögen trennen, weshalb er sich zum raschen Handeln gezwungen sah – erst mittels Kempsey und Dole, und nachdem der Plan gescheitert war, versuchte er, anders an dich heranzukommen.«

»Über mich«, sagte Miranda und bedachte Lucius, der nun wieder bei Bewusstsein war, mit einem vernichtenden Blick. »Das werde ich ihm nie verzeihen.«

»Vor die Entscheidung gestellt, wie wir nun weiter mit deinem Cousin verfahren«, sprach Roscoe weiter und konnte sich eines zufriedenen Lächelns nicht ganz enthalten, »sollten wir uns noch einmal sämtliche seiner Vergehen vor Augen führen, die da wären: heute der tätliche Übergriff auf Miranda, bei dem es wohl nur deshalb nicht zum Äußersten kam, weil Lucius von Roderick und den Damen gestört und seine Absicht vereitelt wurde. Danach der Versuch, Roderick mit vorgehaltener Waffe zu erpressen ...«

»... was du vereitelt hast«, warf Roderick ein.

»Ganz recht. Und zuvor schon der Auftrag an Kempsey und Dole, dich zu töten, was wiederum Miranda und ich verhindert haben.« Sein Blick blieb einen Moment an Lucius hängen, der stumm und gefesselt am Boden lag, aber jedes Wort mitzubekommen schien. »Mit anderen Worten, von Rodericks Verletzungen und Mirandas Schreck abgesehen, hat er mit seinem Tun keinen allzu gravierenden Schaden angerichtet. Um ihm seine gerechte Strafe zukommen zu lassen, sollten wir uns also seinem wohl schmählichsten Verbrechen zuwenden: Fahnenflucht im Angesicht des Feindes. Aus gutem Grund von höchster Stelle als eines der schwersten Vergehen überhaupt erachtet. In seinem Fall kommt noch erschwerend hinzu, dass er die Schmach einem anderen Mann und dessen Familie unterschob, indem er dessen Identität mit der seinen tauschte. Obwohl er es vermutlich nur tat, um seine eigene Haut zu retten, hat er so doch immerhin die Cliffords vor dem Skandal bewahrt, einen Deserteur in der Familie zu haben.«

»Oh Grundgütiger!«, entfuhr es Gladys, die sich die Hand an den wogenden Busen schlug.

»Beruhige dich«, warnte Miranda sie. »Wir haben jetzt keine Zeit, uns um dich zu kümmern.«

Gladys stutzte, dann schaute sie zu Roscoe, als erhoffte sie sich von ihm, vor drohendem Unheil aller Art bewahrt zu werden.

Und zumindest einen Gefallen wollte er ihr gern tun. »Zum jetzigen Zeitpunkt ist es allein an uns, zu entscheiden, was mit Lucius Clifford geschehen soll, wem wir ihn überantworten. Sein Schicksal liegt in unserer Hand. Wir sollten uns daher überlegen, was passiert, wenn wir ihn der Polizei übergeben, und dagegenhalten, was ihn erwartet, wenn wir ihn stattdessen in die Hände des Militärs geben.«

»Das können wir?«, fragte Roderick. »Ihn einfach an die Armee ausliefern?«

Roscoe nickte. »Ich könnte Entsprechendes in die Wege leiten, ja.«

Miranda atmete tief durch, zwang sich, ganz klar und nüchtern zu denken. »Wenn wir die Polizei verständigen, müssen wir Anzeige erstatten, oder?«, wandte sie sich an Roscoe.

»Ja. Und wenn es zur Anklage kommt, werdet ihr beide, du und Roderick, vor Gericht erscheinen müssen. Auch Rodericks Entführung und Lucius' Plan, ihn ermorden zu lassen, dürften noch einmal aufgerollt werden, dazu die Zeugenaussagen von Kempsey und Dole und anderen Beteiligten. Es werden sehr viele Details ans Tageslicht und damit an die Öffentlichkeit kommen, denn ein solcher Fall zieht stets das Interesse des *ton* und der Gazetten auf sich, weshalb sich auch schnell herumsprechen wird, dass Clifford desertiert ist, dass er Kirkwells Identität angenommen hat, und damit dürfte der Skandal des Jahres, wenn nicht des Jahrzehnts, gemacht sein. Es würde einer dieser Prozesse werden, von denen man noch lange spricht.«

»Nein«, fuhr Gladys resolut dazwischen. »Das kann ich in keinster Weise gutheißen.« Kämpferisch schaute sie in die Runde, erst zu Miranda, dann zu Roderick. »Im Grunde ist es eure Entscheidung, denn ich bin ja nun weiß Gott keine Clifford, aber ich kann euch nur raten: *Tut es nicht*. Es kann unmöglich in eurem Interesse zu sein, den Name eurer Familie derart in den Dreck zu ziehen.« Sie warf einen pikierten Blick auf Lucius Clifford. »Oder wollt ihr, dass dieser Schuft die ganze Familie mit sich reißt?«

»Dem kann ich mich nur anschließen.« Roscoe nickte Gladys anerkennend zu. »Meines Erachtens spricht nichts dafür, diesen Weg zu gehen. Zwar würde Clifford so oder so schuldig befunden werden und an den Galgen kommen, aber die Frage ist, ob es dazu einen Prozess braucht, der viel öffentliches Interesse erregen und der Familie irreparablen Schaden zufügen wird – und zwar *allen* Cliffords, ohne Unterschied. Wir wissen ja, dass die Gesellschaft leider nicht sehr zur Differenzierung neigt. Sein Makel wird auf euch übergehen.«

Miranda und Roderick sahen einander lange an; zum ersten Mal meinte sie zu spüren, wie ihr eigener Wunsch, ihn zu beschützen, sich in ihm gespiegelt fand. Aber es ging ja nicht nur um sie beide. Und nicht nur die Cliffords galt es zu bedenken. Auch Sarah würde in den Skandal mit hineingezogen, die Dowager Duchess, die Duchess, Henry und vor allem Roscoe selbst. Sich oder seine Familie hatte er in seinen Ausführungen zwar außen vor gelassen, aber bei einer gerichtlichen Anhörung würde natürlich auch er in den Zeugenstand gerufen werden, und damit stünden auch seine sorgsam gehütete Privatsphäre sowie der gute Name und der Ruf seiner Familie auf dem Spiel.

Womit dem einen Skandal gleich der nächste folgen würde.

Der Skandal des Jahrhunderts.

Miranda fasste sich ein Herz und sah Roscoe an. »Was passiert, wenn wir ihn der Armee überantworten?«

Zu ihren Füßen begann Lucius sich zu winden, in dem Versuch, seine Fesseln zu lösen; aber Mudd und Rawlins hatten ganze Arbeit geleistet.

Ohne ihren Gefangenen aus den Augen zu lassen, erwiderte Roscoe: »Ich kenne einige Leute in verantwortlicher Position. Die Chance, des letzten noch auf freiem Fuß befindlichen Deserteurs habhaft zu werden, dürfte man sich dort nicht entgehen lassen. Ich nehme an, dass man sich euch gegenüber für seine Auslieferung erkenntlich zeigen wird, indem man ihn vor ein Militärgericht stellt, ein vergleichsweise kurzer Prozess fernab der Öffentlichkeit. Ein Skandal ist somit ausgeschlossen.« Er hielt einen Moment inne, um seine Worte wirken zu lassen. »Man wird Kirkwells Familie benachrichtigen, dass ihr Sohn fälschlicherweise als Deserteur geführt wurde und stattdessen ehrenwert im Dienst an der Krone starb. Die Kirkwells dürften rehabilitiert und eine ordentliche Entschädigung ihnen zugesprochen werden, um zumindest einen Teil dessen wiedergutzumachen, was dem Andenken ihres Sohnes und dem Ruf seiner Familie angetan wurde. So erfährt ihnen nach Jahren der Schmach wenigstens ein bisschen Gerechtigkeit. Was unseren Delinquenten selbst angeht, so werden wir, wenn er erst einmal in den Händen des Militärs ist, wohl nichts mehr von ihm hören.«

Eine ganze Weile standen Roscoe, Roderick und Miranda schweigend um Lucius Clifford, der gefesselt und geknebelt zu ihren Füßen lag.

Schließlich hörte man Miranda tief durchatmen. »Dann liefern wir ihn an die Armee aus.« Sie klang wie ein Richter, der ein Urteil verkündete.

Niemand erhob Einspruch.

Roderick erwachte aus seiner Starre: »Also gut. Jetzt müsste mir nur noch jemand verraten, wie genau das vonstattengeht.«

Roscoe übernahm bereitwillig das Kommando. Er wies seine Leibwächter an, Lucius in die Chichester Street zu bringen, wo er im Keller eingesperrt werden sollte, bis die entsprechenden Stellen benachrichtigt waren und ihn abholten. Mudd und Rawlins zerrten Lucius hoch, und weil er wie ein Wilder um sich trat, fesselten sie ihn auch noch an den Füßen und trugen ihn zwischen sich aus dem Morgenzimmer, über die Terrasse und weiter zum Tor.

Miranda folgte Roscoe nach draußen, Roderick humpelte hinterher. Schweigend verfolgten sie die kleine Prozession – die beiden Männer, die Roscoe zur Observation des Hauses abbestellt hatte, waren herbeigerufen worden, um sich dem Zug anzuschließen, sicher war sicher, und hier wurden sie nun nicht mehr gebraucht –, als sie über sich einen Ausruf der Verwunderung hörten, gefolgt von Schluchzen und Wehklagen. Alle drei drehten sich um und schauten zu den Giebelfenstern hinauf.

Die beiden Stubenmädchen Milly und Ginger sowie die Küchenmagd lehnten sich aus ihrem Fenster, gestikulierten und schnatterten wie wild – zumindest Milly und die Küchenmagd. Ginger war am Boden zerstört.

Roderick trat ein paar Schritte zurück, um die drei besser sehen zu können. »Was ist denn bei euch da oben los?«

Es brauchte eine Viertelstunde und viel guten Zuredens, bis sie aus den Mädchen herausbekommen hatten, woher Lucius wusste, dass Roderick angeblich sein Vermögen weggeben wollte. Seit etlichen Monaten, so stellte sich heraus, war Ginger von »dem netten jungen Herrn« ausgeführt und hofiert worden, was hieß, dass er seit mindestens dieser Zeit auch an seinem Plan arbeitete, an ebendieses Vermögen zu kommen.

Miranda konnte nur den Kopf schütteln und tätschelte der armen Ginger die Schulter. »Lasst euch das eine Lehre sein, keinem Mann zu trauen, der zu gut zu sein scheint, um wahr zu sein. Am Ende entpuppen sie sich allesamt als Schurken. Aber woher wusstet ihr von Mr. Rodericks Plänen?«

Die Mädchen drucksten wieder verlegen herum, bis Milly schließlich damit herausrückte: »Miss, Sie ahnen gar nicht, was wir alles mitbekommen. Wir haben Augen im Kopf und Ohren. Mal schnappt man dies auf, mal das. Das reicht schon, um sich den Rest zusammenzureimen. Wir erfahren, worum Mr. Roderick Hughes bittet oder wonach er ihn fragt, wir wissen, welche Artikel ihn in der Zeitung interessieren und welche nicht, diesen ganzen Wohltätigkeitskram zum Beispiel, darüber liest er ständig.« Milly warf Roderick einen entschuldigenden Blick zu. »Wir hatten solche Sorgen, dass Sie auch noch das Haus weggeben und uns alle hinausschmeißen.«

»Ah, verstehe.« Roderick wirkte etwas perplex und musste erst mal tief Luft holen. »Keine Sorge, ich wäre schön dumm, mich von meinem Vermögen zu trennen. Hier und da gebe ich etwas für Schulen und dergleichen, aber alles überschaubar, kein Grund, sich aufzuregen. Hier bleibt alles weiter wie gehabt, darauf habt ihr mein Wort.«

»Wirklich?« Millys Miene hellte sich auf. »Vielen Dank. Das wird auch die anderen dermaßen erleichtern!«

Die Mädchen erhielten Rodericks Segen, gleich nach unten zu laufen und die frohe Kunde zu verbreiten.

Roderick wechselte einen Blick mit Sarah und Miranda.

Gladys musterte ihn aus den Tiefen ihres Sessels mit schmalen Augen. »Gut zu wissen, dass ich mich nur an Milly zu wenden brauche, wenn du mir mal wieder nicht verraten willst, was du so treibst.« Sie reckte verschnupft das Kinn. »Anscheinend ist das Personal besser informiert als ich.«

Roderick sah seine Tante einen Moment schweigend an; Miranda war gespannt, was er ihr erwidern würde. Doch dann lächelte er nur. »Es ist wirklich nicht weiter wichtig, Tante. Sieh es einfach als kleines Hobby von mir.«

Gladys schnaubte und richtete ihr Argusauge auf Roscoe. »Und Sie, Sir? Ich fürchte, dass ich Sie nicht kenne, und leider war niemand so aufmerksam, uns einander vorzustellen.«

Roscoe schenkte der alten Dame ein Lächeln, das, so nahm Miranda an, eines Lord Julian würdig gewesen wäre. Er sprühte geradezu vor leichtem, anmutigem Charme, nahm Gladys' Hand und beugte sich galant darüber. »Ich bin Neville Roscoe, Madam. Ich wohne ganz in der Nähe.«

Gladys nickte wissend. »Aha, dann sind Sie dieser Glücksspielkönig. Ihnen gehört die weiße Villa an der Chichester Street.« Als sowohl Miranda als auch Roderick vor Staunen der Mund offen stehen blieb, gab Gladys sich blasiert. »Ihr braucht mich gar nicht so anzuschauen. Hin und wieder halte auch ich einen kleinen Plausch mit Mrs. Flannery.«

Miranda horchte auf und fragte sich, was ihre Tante bei diesen Gelegenheiten noch so alles erfahren haben mochte.

Doch Gladys zollte Roscoe wohlwollende Anerkennung. »Nichtsdestotrotz gebührt Ihnen mein Dank für alles, was Sie heute für uns getan haben. Und da schon fast Zeit fürs Mittagessen ist und wir nach der Aufregung vermutlich alle eine Stärkung gebrauchen können, würde ich mich sehr freuen, wenn Sie sich uns bei Tisch anschließen würden.«

Roscoe schaute zu Miranda, der ungläubiges Staunen noch immer ins Gesicht geschrieben stand. Dann verneigte er sich vor Gladys und meinte: »Danke, Madam. Es wäre mir ein Vergnügen.«

Er hätte die Einladung nicht annehmen sollen; es bestand keinerlei Hoffnung, dass er und Miranda eine gemeinsame Zukunft hatten, und nachdem der mörderische Cousin aus dem Verkehr gezogen war, gab es auch keinen Grund mehr, weiter miteinander Umgang zu pflegen, aber er wollte, nur dieses eine Mal noch, und sei es bloß für ein, zwei Stunden, sich an Mirandas Gesellschaft erfreuen, das Glück ihrer Gegenwart spüren, die Freude, die ihr Lächeln ihm bescherte.

22. Kapitel

Roscoe schickte eine Nachricht nach Wolverstone House. Am frühen Abend traf der Duke of Wolverstone mit seinen Dinnergästen – die da waren Christian Allardyce, Marquess of Dearne, und Rafe Carstairs – in der Chichester Street ein. Rundle führte sie in die Bibliothek, wo sie bereits von Roscoe und Roderick erwartet wurden.

Roscoe machte die Herren miteinander bekannt, und nachdem man sich gesetzt hatte und alle mit einem Glas besten Cognacs versorgt waren, begann Roscoe darzulegen, was er und Roderick über Lucius Clifford und seine unrühmliche Armeezeit wussten. Den Anschlag auf Rodericks Leben behielt er ebenso für sich wie Lucius' nachfolgendes Interesse an Miranda. Beides tat hier nichts zur Sache.

Am Ende seiner Ausführungen ließ Wolverstone einen leicht skeptischen Blick auf ihm ruhen. »Und wie, um alles in der Welt, sind Sie dem Kerl auf die Schliche gekommen?«

Eine Frage, mit der Roscoe gerechnet hatte, daher reagierte er entsprechend souverän. »Roderick und ich waren wegen einer ganz anderen Sache hinter Kirkwell her und sind dann zufällig auf gewisse Unstimmigkeiten gestoßen, die, als wir ihnen nachgingen, uns auf seine wahre Identität brachten.«

Wolverstone richtete den Blick auf Roderick. »Sie sind mit dem Mann verwandt. Wollen Sie um Gnade ersuchen?«

Roderick schüttelte den Kopf. »Nein, ganz im Gegenteil.«

»Aha.« Wolverstone nahm einen Schluck und schmeckte dem guten Tropfen nach. »Wieso das?«

Roscoe zollte dem jungen Freund Anerkennung dafür, wie er seine Gedanken zunächst ordnete, was im Grunde immer eine gute Idee war, aber nachgerade unerlässlich, wenn man es mit Wolverstone zu tun hatte.

»Ich bin hier, um die Interessen der Familie zu vertreten. Wenngleich wir nicht nah verwandt sind – wir, das meint meine Schwester und mich –, so kennen wir Lucius und dessen Familie, namentlich unsere Cousinen, doch praktisch unser ganzes Leben. Seit Waterloo glaubten wir Lucius tot. Zu betrauern gibt es daher nichts mehr. Bislang weiß außer mir und meiner Schwester niemand in der Familie, dass er am Leben und ein Deserteur ist. Sein Vater ist bereits verstorben, aber seine Mutter lebt noch, ebenso seine drei Schwestern, die allesamt verheiratet sind und Kinder haben.« Roderick erwiderte Wolverstones Blick. »Die Gegend um Macclesfield, wo sie leben, ist sehr provinziell. Gäbe es auch nur den Hauch einer Andeutung dessen, was Lucius getan hat, würde auch seine Familie, obgleich völlig unschuldig, das zu spüren bekommen.« Roderick hielt inne und schaute kurz zu Allardyce und Carstairs, ehe er sich wieder an Wolverstone wandte. »Meine Herren, wenn es einen Weg gibt, Lucius für seine Tat zu bestrafen, ohne seine Familie in Mitleidenschaft zu ziehen, so würde ich dafür plädieren, diesen Weg zu gehen.«

»Ah ja«, meinte Wolverstone und ließ ein wohlwollendes Lächeln erkennen. »Na, wenn das so ist …« Er warf einen Blick zu Allardyce, der unverbindlich nickte, und hob dann fragend die Brauen in Richtung Rafe, dessen Zustimmung schon etwas entschiedener ausfiel. Wolverstone wandte sich wieder an Roderick. »Ich denke, es sollte sich einrichten lassen, über Lucius Clifford unter Ausschluss der Öffentlichkeit zu befinden.« Wolverstone sah zu Rafe. »Sie sind doch mit dem Generalstabschef bekannt, wenn ich mich recht entsinne.«

Carstairs nickte. »Ein alter Freund von mir. Ich werde nachher gleich noch bei ihm vorbeischauen.« Er wandte sich an Roscoe. »Wenn Sie ein paar Ihrer Leute entbehren könnten, würde ich den Gefangenen schon mal mitnehmen – besser, wir liefern ihn so bald wie möglich im Armeehauptquartier ab, damit die Angelegenheit recht zügig abgewickelt werden kann.«

»Vortrefflich.« Wolverstone ließ ein zynisches Lächeln aufblitzen. »Und um ganz sicherzugehen, dass man sich in gewissen Kreisen nicht mit der Ergreifung des Deserteurs rühmen und politischen Profit daraus schlagen wird, will ich gleich morgen ein Wörtchen mit dem Minister reden und ihm zu verstehen geben, dass es in meinem und unser aller Interesse ist, diese unrühmliche Geschichte nicht an die große Glocke zu hängen.«

»Machen Sie ihm einfach klar, dass der Krieg längst Geschichte ist und niemand mehr daran erinnert werden mag – egal in welcher Weise«, riet Christian Allardyce trocken.

»Gute Idee.« Wolverstone leerte sein Glas, die anderen Männer ebenso, und dann rüstete man sich auch schon zum Aufbruch.

»Außer meinen Leuten stelle ich Ihnen gern auch eine Kutsche für den Transport zur Verfügung«, wandte Roscoe sich an Rafe. »Sie sehen, mir ist sehr daran gelegen, Clifford aus dem Haus zu bekommen – es wäre unschön, sollte ihn ein Unfall ereilen, noch ehe er sich vor dem Kriegsgericht verantworten kann.«

Rafe grinste. »Kann ich gut verstehen, aber garantieren kann natürlich auch ich für nichts. Mein Bedürfnis, einen Deserteur zu schützen, hält sich in Grenzen, und was die Jungs im Armeehauptquartier angeht … Nun ja, wir werden sehen.«

Roscoe reichte Wolverstone die Hand. »Danke.«

Sie verabschiedeten sich mit Handschlag, dann wandte Wolverstone sich zum Gehen. »Wir müssen Ihnen danken, dass Sie uns diesen Deserteur, der zudem einen anderen seine Schmach tragen ließ, ans Messer geliefert haben.«

Mit einem knappen, doch anerkennenden Nicken verließ Wolverstone mit den anderen die Bibliothek.

»Dann geht nun alles seinen Gang? Wir brauchen uns keine Sorgen mehr zu machen?« Miranda, die zwischen Sarah und Gladys auf dem Sofa im Salon saß, sah ihren Bruder fragend an, der am Kamin stand und ihnen gerade von dem Treffen in Roscoes Haus berichtet hatte.

Roderick breitete die Hände aus, als könnte er es selbst kaum glauben, diese Last los zu sein. »Es war überhaupt kein Problem. Die Männer kennen sich alle untereinander, was natürlich ein großer Vorteil ist. Wir brauchten ihnen nur den Fall darzulegen, und sie waren sich sofort einig, wie vorzugehen sei.«

»Dann ist es also vorbei.« Miranda beschloss, Lucius nun endgültig aus ihren Gedanken zu verbannen; für sie und den Rest der Familie war er in Waterloo gestorben, und so sollte es auch bleiben, selbst wenn sein tatsächlicher Tod nun mit einiger Verzögerung eintrat und er ihn sich ganz allein zuzuschreiben hatte. Nachdem sie einen Moment darüber nachgesonnen hatte, schaute sie lächelnd zu ihrem Bruder. »Sehr gut. Keine abenteuerlichen Verbrecherjagden mehr.«

»Nein, ein Glück.« Roderick blickte auf seinen verletzten Fuß. »Von Abenteuern habe ich erst mal genug, ich laboriere ja noch an den Folgen des letzten. Wenigstens muss ich nicht mehr mit Krücken herumhumpeln.«

»Wir dürfen nicht vergessen, die Krücken wieder zurückzugeben.« Miranda blickte zu Sarah und lächelte. »Wer demnächst nach Ridgware fährt, sollte sie am besten gleich mitnehmen.«

Sarah erwiderte das Lächeln mit einem Nicken und schaute dann Roderick an.

Derweil beanspruchte Gladys Mirandas Aufmerksamkeit, und dann kam auch schon Hughes herein, um zu melden, dass das Abendessen aufgetragen sei. Sie erhoben sich und gingen hinüber ins Speisezimmer.

Die Stimmung bei Tisch war angenehm und gelöst. Während Roderick und Sarah die jüngsten Ereignisse mit der Unverwüstlichkeit der Jugend bereits hinter sich gelassen zu haben und nur nach vorn zu blicken schienen, überwog bei Miranda und Gladys eher das Gefühl der Erleichterung, das sie geradezu euphorisch stimmte nach den Strapazen der letzten Stunden, Tage, Wochen, auch wenn Mirandas Hochstimmung sich noch aus anderer Quelle speiste.

Zum einen war nun geklärt, dass die Gefahr, die Roderick drohte, allein von Lucius ausgegangen war, und wegen Lucius brauchten sie sich keine Sorgen mehr zu machen.

Nachdem diese Last von ihr genommen war, blieben ihr noch reichlich andere Fragen, die es zu klären, Entscheidungen, die es zu treffen galt, aber hier bei Tisch war weder der rechte Ort noch die rechte Zeit, sich damit zu beschäftigen. Vielmehr lenkte sie ihre Gedanken auf das, was sie direkt vor sich sah, namentlich Roderick und Sarah, die mittlerweile so viel mehr zu verbinden schien als bloße Freundschaft.

Mit einem versonnenen Lächeln verfolgte sie, wie begeistert ihr Bruder von seinem Projekt für die Philanthropische Gilde erzählte, das er nun, da er nicht mehr ans Haus gebunden war, mit neuem Nachdruck wieder aufnehmen wollte. Dank ihres Aufenthalts auf Ridgware war auch Sarah mit dem Konzept gemeinnütziger Arbeit vertraut und fand sich schnell bereit, ihren Teil beizutragen und ihn in seinen Vorhaben zu unterstützen. Es folgte eine angeregte Diskussion darüber, welche Schritte Roderick als Nächstes ergreifen solle und wie sich seine Ziele am besten umsetzen ließen. Gladys hörte ebenfalls zu, auch wenn ihr nicht ganz verständlich war, warum Roderick das alles machte. Aber immerhin zeigte sie Interesse und war offenbar bereit, sich mit den neumodischen Flausen ihres Neffen abzufinden.

Für Miranda war es ausgemacht, dass Roderick Sarah bald fragen würde, ob sie ihn heiraten wolle, und dass Sarah Ja sagen würde. Sie freute sich für ihren Bruder. Niemandem, der die zwei jetzt sah, konnte die besondere Verbindung der beiden entgehen, das Verständnis füreinander, die kleinen Gesten der Vertrautheit, dieses strahlende Glück in ihren Augen, das von Liebe und gegenseitigem Respekt zeugte.

Liebe. Hier zeigte sie sich ihr, fand Ausdruck in all den kleinen Dingen, die die Liebenden miteinander teilten.

Jetzt, da ihr selbst die Augen aufgegangen waren, wusste sie es zu erkennen. Und zu benennen.

Das Dessert wurde gebracht und verzehrt, die Teller wurden wieder abgetragen, aber niemand drängte zum Aufbruch.

Schließlich schob Miranda ihren Stuhl zurück und stand auf. Als Roderick und Sarah ihre angeregte Diskussion unterbrachen und sie ansahen, bedeutete sie ihnen, ruhig noch sitzen zu bleiben. »Ihr müsst mich bitte entschuldigen, aber ich … habe noch etwas zu Ende zu bringen.«

Sarah lächelte verständnisvoll, aber Roderick musterte sie aufmerksam, ehe auch er nickte. »Ja, natürlich.« Nach kurzem Zögern fügte er hinzu: »Wenn ich irgendetwas für dich tun kann …«

Gerührt lächelte sie ihn an, ihren großen kleinen Bruder. »Sollte es so sein, werde ich dir auf jeden Fall Bescheid geben.«

Nachdem sie das Speisezimmer verlassen hatte, ging sie hinauf auf ihr Zimmer, schloss die Tür hinter sich und trat ans Fenster. Sie ließ sich auf der Fensterbank nieder und blickte hinaus in den Garten, der einmal mehr in hellem Vollmondschein lag, auf die alten Bäume, die, obwohl sie kaum noch Laub trugen, ihr den Blick auf das hintere Tor und die angrenzenden Häuser verwehrten.

Doch wenn sie den Blick ein wenig hob und weiter nach links richtete, sah sie es weiß zwischen den Baumkronen hervorschimmern, das Haus an der Chichester Street.

Er war dort, und sie war hier. Wie diesen Abstand am besten überwinden?

Sie lehnte sich wieder zurück und ließ noch einmal die

letzten Wochen Revue passieren, versuchte sich jeden Tag in Erinnerung zu rufen, jeden Moment, der seit ihrer ersten Begegnung vergangen war.

Dachte an alles, was sie in dieser Zeit gelernt und erfahren hatte – über ihn und über sich selbst.

Dachte an die zarte, doch unverbrüchliche Verbindung, die sich zwischen ihnen entwickelt hatte und von der sie nun wusste, was es war.

Und sie dachte darüber nach, was sie wirklich vom Leben wollte.

Dass es einen starken Willen brauchte und Entschlossenheit, seine Träume wahrzumachen.

Im Grunde stand ihre Entscheidung längst fest; sie spürte es in tiefster Seele, sicher und unverrückbar. Sie wusste, was sie wollte. Es blieb nur die Frage, wie viel sie bereit war, dafür zu riskieren – und wohl auch zu opfern.

Ihr Ziel vor Augen, bedachte sie ihre Möglichkeiten. Schließlich stand sie auf und läutete nach dem Mädchen.

Lady Mickleham hatte recht. Wollte man als Frau sein Glück machen, brauchte man einen starken Willen und sollte sich nicht scheuen, ihn durchzusetzen.

Roscoe saß in der Bibliothek am Kamin, vor sich ein aufgeschlagenes Buch – noch immer dasselbe wie an jenem Abend vor einem Monat, als Miranda zu ihm kam, um ihn um Hilfe bei der Suche nach Roderick zu bitten. Auf dem Tisch neben sich hatte er ein Glas Brandy stehen, aber beides – Buch und Brandy – war offenbar vergessen, wie er so saß und versonnen in den golden flammenden Schein des Kaminfeuers schaute.

Und sich dabei eines ganz anderen Feuers entsann, dem glühenden Verlangen in Mirandas Augen, der lodernden Leidenschaft, die an ihnen zehrte, wann immer sie einander nah waren, die sie zu verschlingen drohte, wenn sie einander berührten, wenn sie sich liebten.

Ein Feuer, das ihm eine kurze Zeit der Erfüllung geschenkt hatte und ihm das Gefühl gab, *mehr* zu sein. Als wäre sein Leben, als wäre *er* nur vollständig mit ihr. Mit dem, was zwischen ihnen war.

Aber es war vorbei. Eine kurze Liaison, die keine Zukunft hatte. Und einem Mann wie ihm, der über so viel Macht verfügte, fiel es nicht leicht, sich einzugestehen, dass er nichts daran würde ändern können, sosehr er es sich auch wünschte.

Er war nun mal der, der er war – Neville Roscoe. Die Uhr ließ sich nicht einfach zurückdrehen, die letzten zwölf Jahre nicht ungeschehen machen. Nicht, dass er es gewollt hätte, er war stolz auf das, was er erreicht hatte, und er wollte es nicht aufgeben, denn er trug Verantwortung. Und deshalb gab es keinerlei Hoffnung für sie beide, konnte es nicht sein, niemals …

Denn auch sie war, wie sie war. Und deshalb war es schon gut so, dass er einen Schlussstrich gezogen hatte. Wozu Hoffnung wecken, wenn es keine Hoffnung gab?

Er zwang seine Aufmerksamkeit zurück aufs Buch und versuchte ein wenig weiterzulesen, auch wenn er das Gefühl hatte, jeden Satz dreimal zu lesen und sich dann doch an kein einziges Wort mehr zu erinnern.

Noch ein Anlauf; es wurde Zeit, dass er sie vergaß und wieder nach vorn schaute, sein Leben lebte – ohne sie. Bevor er ihr begegnet war, hatte es ihm an nichts gefehlt, seine Arbeit, seine Erfolge hatten ihn erfüllt. Doch jetzt fühlte sich das alles seltsam schal an. Sollte das wirklich alles gewesen sein?

Weiterhin einen Mann vor ihrem Haus Wache halten zu lassen trug vermutlich auch nicht gerade dazu bei, dass er sie vergessen konnte, aber sicher war sicher, und in ein paar Wochen, wenn es zu keinen Zwischenfällen mehr gekommen war und die Wachen allmählich gelangweilt und unzufrieden wurden, würde er sie abziehen, und dann wäre auch das vorbei. Er würde sich schon damit abfinden.

Und irgendwann, mit der Zeit …

Es klingelte an der Haustür, der Laut nur schwach und gedämpft zu hören aus der Entfernung und durch die dicken Wände der Bibliothek. Wer konnte das sein, um diese Zeit? Nun ja, egal, Rundle würde damit schon fertigwerden. Trotzdem ertappte er sich, wie er lauschte und einige Minuten verstreichen ließ, ehe er sich wieder seiner Lektüre zuwandte.

Er versuchte zu lesen, fand sich aber von der Unruhe abgelenkt, die noch immer aus der Halle zu ihm herüberdrang. Kein Tumult, nichts, das Anlass zu Sorge gab, aber irgendetwas schien dort vor sich zu gehen. Sollte er vielleicht doch mal nachsehen? Er überlegte, ob Rafe auf unerwartete Widerstände gestoßen war – vielleicht war es schon zu spät am Tage gewesen, einen Delinquenten auszuliefern, sodass er ihm Lucius Clifford nun doch bis morgen früh zur sicheren Verwahrung zurückbrachte. Sein Blick wanderte zur Uhr. Aber nein, es war fast schon elf. Hätte es Schwierigkeiten gegeben, wäre er sicher viel früher bei ihm aufgetaucht.

Außerdem hätte Rundle ihn in dem Fall längst informiert oder den Besucher in die Bibliothek geführt. Aber niemand kam.

Schließlich wurden auch die fernen Geräusche schwächer, verebbten schließlich ganz, bis Stille einkehrte.

Er schaute wieder in sein Buch, schaute bestimmt eine Minute auf dieselbe Zeile, ehe er es entschlossen zuklappte und neben dem kaum angerührten Glas auf dem Tisch ablegte. Neugier, Rastlosigkeit und ein seltsam unbestimmtes, schwer zu fassendes Gefühl veranlassten ihn schließlich aufzustehen.

Doch dann … Schritte. Er hielt inne und schaute zur Tür, lauschte. Nein, er täuschte sich nicht. Immer deutlicher hörte er sie, immer näher kamen sie, den langen Gang hinab zur Bibliothek.

Leichte, beschwingte Schritte.

Schritte, die ihm sehr vertraut waren.

Vage nahm er wohl auch wahr, dass von Rundles eher behäbigerem Auftreten nichts zu hören war, als die Schritte auch schon bei der Bibliothek anlangten. Die Tür ging auf, und Miranda kam herein.

Sie sah ihn kurz an und lächelte, dann schloss sie die Tür hinter sich.

Er wirkte wie vor den Kopf geschlagen – so hatte sie ihn noch nie erlebt –, aber als sie sich wieder umwandte, hatte er bereits seine übliche Miene aufgesetzt, jene unergründliche Maske, die er vor der Welt zur Schau trug. Sie ließ sich davon nicht entmutigen und wahrte ihr Lächeln, als sie forschen Schrittes auf ihn zuging.

»Was machst du hier?«

Die knappe Frage, der ungehaltene Ton ließen vermuten, dass er nicht gerade glücklich war, sie zu sehen. Aber auch davon würde sie sich nicht abbringen lassen, denn sie war sich ihrer Sache sicher. Sie blieb vor ihm stehen und sah ihn an. »Ich bin gekommen, weil ... Nun, man könnte wohl sagen, dass ich gerade eingezogen bin. Hier, bei dir.«

Im ersten Moment kam keine Reaktion von ihm, dann blinzelte er – ganz langsam, als hätte er sich verhört. »Du bist *was?*«

Sie deutete hinter sich, eine vage Geste, die das ganze Haus umfasste. »Rundle und die Diener bringen gerade mein Gepäck nach oben – wir haben uns für das Zimmer gleich neben deinem entschieden. Ich fand es passend.«

Er atmete tief durch; als er sie wieder ansah und ihre Blicke sich trafen, war es um ihn geschehen. Die ungerührte Maske war fort, ungeschützt und verletzlich stand er da; jedes Gefühl war ihm vom Gesicht abzulesen. »Miranda ... nein. Das kannst du nicht machen.«

Sie hob die Brauen. »Warum nicht?«

»Du weißt nicht, was du da tust.« Er ließ seinen Blick auf ihr ruhen, sah ihren Mut, den er so sehr an ihr bewunderte, ihre Entschlossenheit, aus der sie keinen Hehl machte, ihren festen, unverbrüchlichen Willen, bei ihm zu bleiben, koste es, was es wolle. Herrje, was nun? Er fuhr sich mit der Hand durchs Haar und wandte sich ab, den Blick abermals in die tanzenden Flammen gerichtet, als fänden sich dort Antworten auf alle Fragen. »Ich kann das nicht zulassen. Und ich werde es nicht zulassen.«

Sie trat hinter ihn, legte die Arme um ihn und schmiegte ihre Wange an seinen Kragen. »Doch, du kannst. Ich wünsche mir eine Familie. Das war schon immer mein größter Wunsch. Und ich möchte diese Familie mit dir haben. Ich weiß, dass du dir eine eigene Familie ebenso sehr wünschst wie ich – ich habe dich auf Ridgware im Kreis deiner Familie erlebt, ich weiß, was du dir hier aufgebaut hast, dass deine Leute wie eine große Familie für dich sind, aber das ist alles nicht dasselbe, oder? Ich möchte ein eigenes Zuhause, eine eigene Familie, und du möchtest das auch.« Sie schloss die Arme fester um ihn. »Du brauchst nur Ja zu sagen.«

Einen Moment stand er ganz still, überließ sich ihrer Umarmung, hob gar eine Hand und ließ sie auf der ihren ruhen, ganz fest und warm, dann seufzte er und ließ den Kopf nach vorn sinken, als wäre alle Kraft aus ihm gewichen. Schließlich machte er ihre Hände von sich los, hielt nur die eine noch in seiner und drehte sich zu ihr um. Ihre Blicke begegneten sich, eindringlich sah er sie an. »Ich kann nicht zurück. Ich muss Roscoe bleiben.«

»Ich weiß. Und ich bitte dich auch nicht, ihn aufzugeben.« Sie trat dicht vor ihn, legte ihm die Hand an die Brust. »Ich liebe dich so, wie du bist, als den Menschen, der du heute bist – nicht den, der du einmal warst oder der du sein könntest.«

Mit einem Mal war er ganz still geworden, nur seine Augen suchten fast verzweifelt in den ihren. Ein Herzschlag verstrich, dann noch einer. »Du liebst mich?«

Sie musste gegen Tränen ankämpfen, konnte sich nur mit

Mühe ihr Lächeln bewahren, als sie sich der Verletzlichkeit gewahr wurde, die in dieser einfachen Frage steckte. Aber sie nickte entschieden und gab sich kämpferisch. »Ja, das tue ich. Deshalb bin ich hier – weil ich dich liebe und in der Tiefe meines Herzens weiß, dass nichts – weder im Himmel noch auf Erden – jemals etwas daran wird ändern können.« Sie schaute ihm in die Augen und merkte, wie ihr Mut und ihre Zuversicht zurückkehrten, gar stärker noch als zuvor. »Und ich weiß, dass du mich auch liebst, dass du meine Gefühle in gleichem Maße und in jeder Hinsicht erwiderst. Du hast versucht, dich von mir zu trennen, mich auf Distanz zu halten, aber es ist dir nicht gelungen. Ein Mann wie du, so stark und beherrscht. Heute Mittag erst hast du dich vor mich in die Schusslinie gestellt, was eine ziemlich dramatische Bezeugung deiner Gefühle war und nicht zuletzt auch mir geholfen hat, Klarheit über die meinen zu gewinnen. Nach dem heutigen Tag weiß ich, dass wir niemals mehr voneinander getrennt sein sollten. Gewiss, wir könnten es wider besseres Wissen versuchen, aber wozu, denn es würde keinen von uns glücklich machen. Und deshalb bin ich gekommen, um einen Weg für uns beide zu finden – einen Weg, um dir Partnerin und Geliebte zu sein, solange unsere Liebe währt, was meiner Einschätzung nach ziemlich lang sein dürfte, wenn nicht gar für immer.«

In seiner Miene spiegelte sich ein heller Aufruhr von Gefühlen – ungläubiges Staunen, Bestürzung, Fassungslosigkeit, aber auch Hoffnung. »Und was ist mit Anstand und Respektabilität? Wenn du mit mir zusammenlebst, ist es vorbei damit.«

Sie lächelte fein: »Ich könnte jetzt so tun, als kümmerte mich das kein bisschen, als würden Anstand und Respektabilität mir nichts mehr bedeuten. Und das wäre nicht mal gelogen, denn meine Sicht auf die Welt hat sich – *ich* habe mich verändert in den letzten Wochen. Aber da du dich damit nicht zufriedengeben würdest, will ich versuchen, es dir zu erklären. Mein ganzes Leben lang wurde mir beigebracht, dass Respektabilität die höchste Tugend von allen sei. Ich bin mir nicht mal sicher, ob ich es jemals wirklich geglaubt habe, aber ich kannte es nicht anders. So war es eben. Ich verstieß nie gegen den Verhaltenskodex, geriet niemals an die Grenzen dessen, was schicklich war. Aber glücklich hat mich das nicht gemacht. Und dann, durch die Abenteuer der letzten Wochen, habe ich so viel Neues gesehen und erfahren, nicht zuletzt durch deine Familie, und das alles hat mir gezeigt, dass Respektabilität, so wie die Gesellschaft sie definiert, allenfalls eine kleine, nicht gar so wichtige Tugend ist. Es gibt so viel Wichtigeres, und gegen wahre Tugenden wie Liebe, Aufrichtigkeit und Hingabe kommt sie nicht an. Loyalität, Integrität, Herzensgüte – all das bedeutet so viel mehr. Gutes zu tun und jene, die der Hilfe bedürfen, zu beschützen. Respekt, den wir uns durch unser Handeln verdienen. Gegen all diese Tugenden und guten Eigenschaften verblasst die Respektabilität zusehends, wird zu einem starren Korsett, das von jenen hochgehalten wird, denen es an wahrer innerer Stärke fehlt.«

Sie hielt kurz inne. »Und deshalb – nein, Respektabilität bedeutet mir längst nicht mehr das, was sie mir einst war. Ehrlich gesagt ist sie mir ziemlich gleichgültig geworden. Was jetzt für mich zählt – woran ich mich fortan in meinen Leben halten will –, ist die Liebe. Und du. Weil ich dich liebe.«

Sie war nicht unvorbereitet gekommen und war gewillt, aufs Ganze zu gehen. Wenn sie von Wraxby eines gelernt hatte, dann das. Von Wraxby und Lucasta. Wenn sie ihrem Herzen folgen, wenn sie geliebt werden wollte, brachte es nichts, sich zurückzuhalten und zu warten, bis man ihr Liebe entgegenbrachte. Sie musste selbst den Mut haben, den ersten Schritt zu machen, ihre Gefühle sprechen zu lassen. Um sein Herz zu gewinnen, würde sie das ihre aufs Spiel setzen und alles riskieren müssen.

Er holte so tief Luft, dass es wie ein kleines Erbeben war. »Ich … weiß nicht, was ich sagen soll. Du hast mich ziemlich überrumpelt.«

»Vermutlich sollte ich mich dafür entschuldigen, einfach so mit der Tür ins Haus zu fallen, aber sowie ich mir darüber klar geworden war, was ich wirklich, tief in meinem Herzen, will, erschien es mir ziemlich sinnlos, zu warten, bis du mir einen Antrag machst – oder mich auch nur besuchen kämest.« Sie hob vielsagend eine Braue. »Denn da hätte ich lange warten können, oder?«

Er erwiderte ihren Blick und meinte schließlich: »Zumindest war ich fest entschlossen, es nicht zu tun.«

Das unausgesprochene Eingeständnis, dass er an seinem Vorsatz wohl nicht hätte festhalten können, entlockte ihr ein Lächeln. »Einerseits hätte es mich natürlich gefreut, dich in deinem Entschluss wanken zu sehen …« Sie verstummte, dann fasste sie sich ein Herz und sagte, was ihr wirklich auf der Seele brannte. »Ich verstehe völlig, was dich davor zurückschrecken lässt, um meine Hand anzuhalten, aber …«

Er legte ihr den Finger an die Lippen, damit sie nicht weitersprach. Eine halbe Ewigkeit sah er sie nur an, dann ließ er seine Stirn an ihre sinken. »Ich kann das nicht.« Seine Stimme klang schwach und gequält, gewann dann aber an Kraft und Entschlossenheit. »Und ich werde es nicht. Das Opfer wäre zu groß, das kann ich nicht von dir verlangen. Weshalb ich es nicht tun werde, niemals.« Er richtete sich wieder auf und sah sie an, seine Miene bar allen Trostes. »Ich kann nicht von dir verlangen, das Leben einer Dame aufzugeben und dafür anzunehmen, was ich dir zu bieten hätte.«

Wieder lächelte sie – seinen Worten zum Trotz – und legte ihm die Hand an die Wange. »Ich weiß. Und weil du mich nicht fragen kannst, nicht fragen wirst, bin ich hier. Um dich zu fragen.«

Er senkte die Lider, öffnete sie wieder.

Ehe er etwas entgegnen konnte, fuhr sie auch schon fort: »Ist dir je der Gedanke gekommen, dass du ständig Opfer für andere bringst, dass immer du es bist, der gibt und den anderen nie die Gelegenheit lässt, sich bei dir zu revanchieren? Deine Familie und vermutlich auch andere spüren dieses Ungleichgewicht sehr deutlich, und glaub mir, sie gäben alles darum, endlich einmal etwas für dich tun zu können. Aber du verstehst dich wirklich sehr gut darauf, die Waagschale so zu justieren, dass *deine* guten Taten immer ungleich mehr ins Gewicht fallen. Dir kommt es richtig so vor – du gibst, und die anderen nehmen. Manch einem mag es wohl ganz recht so sein.« Sie hielt inne und musterte ihn mit leicht zur Seite geneigtem Kopf. »Aber in mir hast du jemanden gefunden, der dir ebenbürtig ist. Und genau darin sehe ich meine Herausforderung, die Herausforderung, der ich mich stellen muss, wenn ich gewinnen will, was mir im Leben am meisten bedeutet. Denn um das zu erlangen, muss ich dich erst mal dazu kriegen, deine Haltung zu ändern, und dich davon überzeugen, zumindest dieses eine Mal, dass diesmal *ich* es bin, die gibt, die ein Opfer bringt, und du es nur anzunehmen brauchst, denn ich bringe es für dich, für uns.«

Sie sah ihn an, reckte dann das Kinn. »Und deshalb frage ich dich, Neville Roscoe, ob du stark genug bist, ob dein Wunsch, dein Leben mit mir zu teilen, groß genug ist, um meinen Antrag anzunehmen.«

Er schwieg bestimmt eine Minute, dann meinte er: »Solange du mir den Antrag nicht gemacht hast, werden wir es nie herausfinden.«

Ein Lächeln spielte um ihre Lippen; sie war sich nicht sicher, ob er sich dessen bewusst war, aber er hatte ihr die Hände um die Taille gelegt und zog sie sanft an sich, was sie als ein sehr gutes Zeichen deutete.

»Meine Bitte an dich – mein Antrag, mein Wunsch – ist ganz einfach: Heirate mich. Heirate mich, liebe und ehre mich, halte mich sicher, und lass mich nie wieder gehen. Lass mich den Platz an deiner Seite einnehmen, aus diesem Haus ein Zuhause machen und, so Gott will, eine Familie mit dir gründen.«

Er schaute ihr in die Augen. »Das Leben als meine Frau dürfte kaum den Erwartungen entsprechen, die eine Dame an das Leben stellt«, gab er zu bedenken.

»Nein, aber es wird genau das Leben sein, das ich mir wünsche – als deine Partnerin, deine Geliebte, deine Ehefrau und Mutter deiner Kinder.«

Plötzlich schien die Zeit stillzustehen. Dann holte er tief Luft, beugte sich zu ihr, bis seine Schläfe an der ihren ruhte, seine Stimme, rau und leise, dicht an ihrem Ohr: »Ich liebe dich mehr als alles in der Welt und mehr, als Worte es ausdrücken könnten. Ja, ich will dich heiraten. Du scheinst dir der Herausforderung bewusst zu sein, die auf dich zukommt, aber du bist zu allem entschlossen, und so will auch ich bereit sein, das Wagnis gemeinsam mit dir einzugehen. Denn nichts wünsche ich mir mehr, als bis ans Ende meiner Tage mit dir zusammen zu sein und dich an meiner Seite zu wissen – auch wenn ich nicht weiß, womit ich einen so wunderbaren Menschen wie dich verdient habe.«

Er wandte den Kopf, streifte sacht mit den Lippen die ihren.

Nur der Hauch eines Kusses.

Hingabe.

Sie lächelte. Eine schier unbeschreibliche Freude kam über sie, ein so maßloses Glück, dass sie ihm die Arme um den Hals schlang und dann, die Lippen an den seinen, flüsterte: »Stimmt, ich bin ziemlich wunderbar, und niemand hat mich mehr verdient als du.«

Und dann küsste sie ihn. Er schloss die Arme um sie und zog sie an sich, barg sie in seinen Armen, und sie schmiegte sich an ihn, umfangen von ihm.

Berauscht von heller Freude, von Leidenschaft, unendlicher Liebe und Hingabe, schworen sie einander ewige Treue in einem zärtlich verlangenden, so tief empfundenen Kuss, dass ihnen schier die Sinne schwanden.

Sie brauchten keine Worte.

Als sie sich schließlich lange genug voneinander lösten, um zu Atem zu kommen, ihrer Umgebung wieder gewahr zu werden, war im Haus abermals Stille eingekehrt, doch wie anders es sich nun anfühlte, da die Nacht voller Verheißung vor ihnen lag.

Diese und alle weiteren Nächte; das ganze Leben erstreckte sich vor ihnen.

Hand in Hand verließen sie die Bibliothek, liefen vor in die Halle und die Treppe hinauf.

Er führte sie in sein Schlafzimmer und schloss die Tür hinter ihnen.

Schon einmal war sie hier gewesen, auf seinem Zimmer, aber diesmal war es anders; es fühlte sich an, als wäre sie am Ende ihrer Reise angelangt und würde endlich nach Hause kommen. Hier, bei ihm, erfüllt von einem Gefühl der Geborgenheit.

Als sie wieder zusammenfanden, freudig und liebend, von Leidenschaft und einem Verlangen getrieben, das sie sich nun nicht mehr zu versagen brauchten, wusste sie in tiefster Seele, es war die richtige Entscheidung gewesen.

Mit einem wonnigen Seufzer ließ sie den Kopf zurückfallen und schob die Finger in sein Haar, als sie seinen Mund warm auf ihrem Hals, ihrer Haut spürte. »Wir werden es schaffen.« Ein geflüstertes Versprechen. »Es wird nicht immer leicht, das weiß ich, aber zusammen können wir jedes Hindernis überwinden.«

Mit beiden Händen umfing er ihre Brüste, seine Berührung fest und zärtlich zugleich. »Zusammen werden wir alles meistern, was das Schicksal für uns bereithält …« Er schaute auf und sie an. »… solange wir einander nur lieben.«

Unter schweren Lidern hervor sah sie ihn an, versank in seinem Blick. »Für immer und ewig.«

Dann zog sie seinen Kopf wieder zu sich herab und küsste ihn – innig, verlangend gaben sie sich ihren Gefühlen hin, ließen ihrer Liebe freien Lauf.

Ließen sich leiten von ihr wie von einem Stern in der Nacht, hell schimmernd und wahr trug ihre Liebe sie durch drängendes Begehren, durch das Feuer der Leidenschaft. Einmal mehr ließen sie sich verzehren von den Flammen ihres Verlangens, ließen sich mitreißen von höchster, herrlichster Ekstase, sodass die Erfüllung ihrer Liebe wie ein Segen in sie strömen und sie neu erschaffen konnte als eins.

Als sie schließlich in seinen Armen lag, sich in völliger, glückseliger Ermattung an ihn schmiegte, er den Kopf ins Kissen sinken ließ und ihre Wange an seiner Brust spürte, ihr Haar wie ein seidener Teppich auf seiner Haut, konnte er sein Glück kaum fassen.

Noch immer war es ihm unbegreiflich, dass er – allen Widrigkeiten zum Trotz – doch noch die Chance bekam, ein ganz normales Leben zu führen an der Seite einer Frau, die ihn liebte und die er liebte, mit einem Zuhause, bald vielleicht einer eigenen Familie. Dass ihm all das vergönnt war, von dem er dachte, es würde ihm auf immer versagt bleiben, grenzte an ein Wunder. Jetzt war es an ihm, das Beste daraus zu machen.

Hoffnung und Verlangen stiegen in ihm auf, überkamen ihn mit solcher Heftigkeit, dass er die Augen schließen musste gegen das Anbranden plötzlicher Schwäche, diesem Gefühl unerwarteten, nie geahnten Glücks, das ihn in tiefster Seele berührte.

Sie gab sich, ihr Leben, ihre Zukunft an ihn, um die seine zu erschaffen.

Es war ein Geschenk, wie er nie eines bekommen hatte, eine Geste der Aufopferung, die ihm zugleich so vieles gab und abverlangte, ihn wortwörtlich in die Knie zwang vor ihr. Er würde sie lieben und ehren, solange er lebte.

»Danke«, sagte er und strich ihr sachte übers Haar.

Er spürte ihr Lächeln auf seiner Haut. »Es war mir ein Vergnügen – und wenn es nach mir geht, wird es das für den Rest unseres Lebens auch bleiben.«

Epilog

September 1824

»Einen Moment.« Miranda erhob sich schwerfällig von ihrem Stuhl an Roscoes Schreibtisch und bedeutete sowohl Roscoe als auch Jordan, sitzen zu bleiben. »Ich habe einen Bericht der Schule bekommen, in dem es um die Kostenfrage geht. Wartet bitte, während ich ihn schnell hole.«

Roscoe musste sich wirklich sehr beherrschen, ihr nicht beizuspringen, als seine hochschwangere Frau, die Hand an den Steiß gedrückt, wie sie es in letzter Zeit oft tat, nach nebenan ging – der bislang kaum genutzte Raum, der direkt an sein Arbeitszimmer grenzte, war ihr Büro geworden; meist stand die Tür zwischen beiden Zimmern offen. Im Laufe der vergangenen acht Monate hatte sie sich Stück für Stück seiner wohltätigen Projekte bemächtigt und übersah nun selbstständig sämtliche von ihm geförderten Schulen und Waisenhäuser, eine Arbeit, für die sie, wenn er ehrlich war, einen viel besseren Blick hatte als er.

Sowie alle Beteiligten den Schreck überwunden hatten, dass eine Dame wie sie jemanden wie Roscoe geheiratet hatte – eine Tatsache, die weit skandalöser zu sein schien als der Umstand, dass man sich vom Londoner Glücksspielkönig Gutes finanzieren ließ –, gestaltete die Zusammenarbeit sich sehr angenehm; die Menschen fassten schnell Zutrauen zu ihr, offenbarten sich ihr regelrecht, und sie verstand es, die richtigen Fragen zu stellen und ihre Schützlinge zu fordern, es dabei aber nie am nötigen Zuspruch fehlen zu lassen.

Sie hatte genau das richtige Händchen dafür – eine Gabe,

um die er sie beneidete und die ihr selbst vielleicht erst richtig bewusst geworden war, nachdem sie sich ganz und gar auf sein Leben eingelassen hatte.

Nebenan hörte man sie in den Papieren kramen; Jordan und er sahen sich kurz an, lächelten und warteten geduldig. Am anderen Ende des Arbeitszimmers saßen sich derweil Mudd und Rawlins auf den beiden Kanapees gegenüber und vertrieben sich die Zeit beim Kartenspiel.

Alles in allem, so sinnierte er, konnte er sich wirklich nicht über sein Leben beklagen.

Ein schönes Gefühl. Wenn es nach ihm ginge, könnte es immer so bleiben.

Dabei hatten sich ihnen schon gleich zu Beginn die ersten Hürden in den Weg gestellt, namentlich bei den Formalitäten der Eheschließung. Tagelang hatten seine Anwälte, Rodericks Anwälte und Jordan darüber gebrütet, wie man die Frage seiner Identität handhaben und welchen Namen Miranda nach der Heirat tragen sollte, wie die Rechtslage sich für beider Kinder darstellen würde und dergleichen mehr. Am Ende hatte Roscoe sich damit abfinden müssen, dass Lord Julian Roscoe Neville Delbraith sich zumindest so lange die Ehre würde geben müssen, um mit Miranda vor den Altar zu treten.

Weshalb Miranda nun offiziell Lady Delbraith war, auch wenn sämtliche Bediensteten und Geschäftspartner von ihr meist nur als »Mylady« oder ihm gegenüber als »Ihre Frau« sprachen, womit man elegant die Frage umschiffte, wessen Frau sie denn nun eigentlich war.

Die Hochzeit hätte gleich die nächste Herausforderung werden können, wären ihm nicht alle Vorbereitungen sanft, doch entschieden von den Frauen seiner Familie abgenommen worden. Man hatte sie im kleinsten Kreis in der Kapelle von Ridgware getraut; bei seiner Mutter und Caroline waren während der Zeremonie reichlich Tränen geflossen, und selbst seine drei Schwestern hatten feuchte Augen bekommen. Immerhin hatte seine Braut sich von so viel Rührseligkeit nicht anstecken lassen – sie hatte gestrahlt vor Glück und war ihm nie schöner erschienen. Am meisten hatte ihn vielleicht überrascht, wie viele Menschen eigens für den Tag nach Ridgware gekommen waren. Geladene Gäste gab es aus verständlichem Grund keine, aber die Kapelle war dennoch bis auf den letzten Platz gefüllt mit den Menschen, die auf Ridgware lebten oder dem Anwesen geschäftlich verbunden waren, und auch seine Londoner Belegschaft war recht zahlreich vertreten.

Damit hätte er nun wirklich nicht gerechnet. Abgesehen von jenen, mit denen er täglich zu tun hatte, war er davon ausgegangen, dass niemand sonderliches Interesse an seiner Hochzeit haben könne, und er hatte auch niemanden eingeladen. Aber irgendjemand musste es für ihn getan haben. Und sie waren gekommen, in Scharen. Der Empfang wurde im großen Ballsaal abgehalten und damit in weit größerem Rahmen als erwartet, ein richtiges Fest, bei dem die Gäste sich prächtig unterhielten und keine Scheu hatten, sich in Kreisen zu bewegen, die nicht die ihren waren – selbst Gladys tat munter mit, was nicht nur Miranda erstaunt hatte.

Es hatte wirklich den Anschein, als würde die Gesellschaft sich allmählich verändern, die alten Standesgrenzen sich verschieben und durchlässiger werden.

Sie hatten kurz vor Weihnachten geheiratet, und dieses Jahr würden sie um diese Zeit noch einen weiteren Grund zur Freude haben.

Miranda schob sich mitsamt ihrer Leibesfülle zurück ins Arbeitszimmer, in der Hand den Bericht, den sie im Gehen noch einmal überflog. Die Haare, noch voller und schimmernder, seit sie in anderen Umständen war, trug sie wie üblich aufgesteckt, doch im Laufe des Arbeitstages hatte ihre Frisur sich zusehends aufgelöst, was sich wohl auch der Angewohnheit verdankte, die sie sich von Jordan abgeschaut hatte, sich den Bleistift stets griffbereit hinters Ohr zu stecken.

»Hier ist es.« Sie reichte Jordan die Unterlagen. »Die Gebühren dürften dem neuen Entwässerungssystem geschuldet sein, das in der Grafschaft eingeführt wurde.«

»Ah ja«, meinte Jordan und runzelte die Stirn. »Gut, dann werde ich das künftig mit einkalkulieren.«

Als sie sich wieder setzte, spürte Miranda, wie das Kind sich in ihr bewegte, ein kleines Ärmchen streckte oder vielleicht auch ein Bein; sie legte die Hand auf ihren sich schwer wölbenden Bauch und wartete, bis das Baby sich wieder regte und seinen winzigen Fuß fest gegen ihre Hand drückte. Mit einem verzückten Lächeln schaute sie zu Roscoe, und er lächelte kaum weniger verzückt zurück. Sie konnte es kaum erwarten, dass ihr Kind zur Welt kam, nur ein paar Wochen waren es noch, dann könnte sie ihn – oder sie – in den Armen halten.

Und sie wären endlich eine Familie.

Sie blinzelte rasch, um nicht ganz sentimental zu werden.

Roscoe, wunderbarer Schatz, der er war, entging es nicht, und er hielt derweil Jordan mit einer Frage beschäftigt, die das Budget ihres letzten Projektes betraf. Ihr Mann ließ ihr mittlerweile in allem freie Hand und hatte gar begonnen, sie mit seinem eigentlichen Geschäft vertraut zu machen, den Clubs, Casinos und Spielhöllen, von denen sie selbstredend nur die Ersteren persönlich in Augenschein nahm – und auch dann stets in seiner oder der Begleitung seiner Leibwächter. Aber bei diesen Besuchen war ihr eine Idee gekommen, wie sich die Arbeitsbedingungen der dort beschäftigten Frauen verbessern ließen. Als sie ihm vorgeschlagen hatte, doch beides miteinander zu verbinden – die Clubs und die wohltätigen Projekte –, hatte Roscoe im ersten Moment gestutzt, dann darüber nachgedacht und schließlich zugestimmt.

Es war einfach wunderbar, etwas zu erreichen und Gutes zu bewirken.

Ihr Leben hätte gar nicht reicher und erfüllter sein können.

Manchmal fand sie sich vor Glück so überwältigt, dass sie schier in Tränen ausbrach. Albern, gewiss, aber so war es nun einmal.

So wie jetzt. Nachdem sie sich wieder gefasst hatte, setzte sie sich halbwegs bequem hin, hörte einen Moment zu und brachte sich dann wieder in das Gespräch der beiden Männer ein.

Irgendwann tauchte Rundle mit dem Teetablett auf, wie er es jeden Tag zu der Stunde tat, die ihm als die richtige erschien, den Tee zu reichen. »Wo soll ich es hinstellen, Mylady?«

Miranda war gerade in einen weiteren Kassenbeleg vertieft und deutete hinüber zur Sitzecke. »Danke, Rundle – stellen Sie es einfach ab. Mudd, würden Sie uns einschenken?«

»Sehr gern, Mylady.«

Roscoe musste sich ein Lachen verkneifen und mied es, Jordan anzuschauen. Sowohl Mudd als auch Rawlins waren Miranda treu ergeben. Ein Wort von ihr, und schon waren sie zur Stelle, um selbst die abwegigsten Aufgaben voller Stolz zu erledigen. So beispielsweise das Servieren des Tees in hauchdünnen Porzellantassen, die fast in ihren Pranken verschwanden. Aber die beiden wachten über seine Frau, als wäre auch sie aus zerbrechlichem Porzellan – ein männlicher Übereifer, den sie bei ihm niemals geduldet hätte, den beiden aber großmütig nachsah, was ihm eigentlich ganz zupasskam. Sowohl Mudd als auch Rawlins waren mehrfache stolze Väter und hatten ihm schon den einen oder anderen diskreten Hinweis geben können. So war er zwar selbst auf den Gedanken gekommen, Miranda den schmerzenden Rücken zu massieren, aber dass er auch ihre Füße massieren sollte, diesen Tipp verdankte er seinen Leibwächtern. Und seine Frau hatte es sehr zu schätzen gewusst.

Auch Jordan wusste Miranda zu schätzen und zeigte sich sehr erfreut über ihren Einsatz; einmal hatte er ihm sogar anvertraut, dass sie in einer Weise praktisch veranlagt sei, die ihnen beiden, ihm und Roscoe, doch etwas abgehe. So war Jordan der Meinung, sie sei eine treffliche Ergänzung ihres gut eingespielten Teams, und pflegte sie wie eine große Schwester zu behandeln – was eine zwanglose Vertrautheit zwischen ihnen schuf, die wiederum sie sehr zu schätzen wusste, denn so erfuhr sie auch ein wenig über Jordans Privatleben, konnte ihm persönliche Fragen stellen, ohne indiskret zu wirken, und ihm mit Rat und Tat zur Seite stehen.

Der fast familiäre Umgang der beiden brachte ein wenig Abwechslung in den Arbeitsalltag und erheiterte Roscoe bisweilen sehr.

Mudd und Rawlins brachten den Tee, und sie legten alle eine kurze Pause ein.

Roscoe schaute in die kleine Runde, dachte auch an jene, die nicht anwesend waren, namentlich seine Familie, mit der er jetzt viel mehr Kontakt hatte als früher.

Edwinas Hochzeit war ohne Probleme über die Bühne gegangen, und Sarah und Roderick hatten sich im April verlobt und wollten im kommenden Jahr heiraten. Henry war mittlerweile in Oxford und genoss sein Studentenleben, schlug dabei aber erstaunlich wenig über die Stränge. Auch die Beziehung zu Caroline hatte sich deutlich entspannt, gerade so, als hätte Mirandas Vorschlag, dass Henry, sollte ihn doch einmal die Spielsucht befallen, einfach ein paar Tage in der Chichester Street verbringen und gegen seinen Onkel spielen solle, eine große Last von Caroline genommen. Da Henry bei diesen Gelegenheiten stets haushoch verlor, fanden sich die Verlockungen des Glücksspiels doch jedes Mal auf ein verträgliches Maß zurechtgestutzt.

Edwina weilte mit Frobisher noch im Ausland, aber Millicent und Cassandra sah man häufig in der Chichester Street. Sowohl Roscoe als auch beider Ehegatten bestanden zwar darauf, dass diese Besuche in aller Diskretion stattfanden, doch vergnüglichen Abendgesellschaften, zu denen sich dann auch die Gatten einfanden, stand nichts im Wege.

Hin und wieder verschwammen die Grenzen zwischen Roscoe und Lord Julian, doch blieb er sich stets bewusst, wer er wirklich war – denn letztlich waren Namen Schall und Rauch, und er wusste, dass seine Frau es ganz genauso sah.

Vielleicht war es ja das größte Glück ihrer Ehe, dass sie ihn so gut kannte, ihn sah, wie er wirklich war, und er sie.

Sie war es, die sein Herz erobert hatte, diese wunderbare, unerschrockene Dame, die alles aufs Spiel gesetzt hatte, um ihn für sich zu gewinnen und ihm alles zu geben, was er sich je gewünscht und doch nie zu erträumen gewagt hatte.

Jetzt hatte er eine Frau, ein Zuhause und eine Familie.

Das Beste, was man sich im Leben nur wünschen konnte.

– ENDE –